文學館
Cosmos
6010

德語課

Deutschstunde

Siegfried Lenz
齊格飛・藍茨 作品

許昌菊 譯

導讀

職責與罪惡感的矛盾

鄭芳雄（臺大外文系退休教授）

德國小說家齊格飛・藍茨（Siegfried Lenz, 1926-）的代表作《德語課》(Deutschstunde)，屬於德國「戰後文學」（或稱「廢墟文學」Trümmerliteratur）的經典之作，一九六八年出版後就成為暢銷書，其文學寫實對納粹德國社會心態的刻畫與批判，一時造成轟動，在德國受到讀者青睞的程度，凌駕葛拉斯的《錫鼓》，它的知名度甚至直追托瑪斯・曼的《布登布魯克家族》，及作者本人所崇拜的海明威大作《老人與海》，儼然成為現代德國文學的新古典。

由於這本書具有宣揚道德勇氣的教育意涵：其主題闡揚以道德情感對抗虛偽的理性（即對上級的盲目服從），描寫畫家基於藝術的良心職責，杯葛泯滅人性的專制命令，唾棄警察非理性地執行暴力政權所賦予的職責。因此，自上世紀七十年代以來，這部小說經常被列為德國高級中學高年級的國文教材，影響所及，大幅提昇作者藍茨的文壇地位。

藍茨這位具有高度社會正義感和道德形象的作家，出身於東普魯士的馬祖里（Masuren，座落於現今的波蘭），政治意識型態與德、波混血的小說家葛拉斯一樣，同屬於中間偏左的社會民主化路線，兩人都支持民社黨(SPD)的德國政府於七十年代初所推行的「東進政策」(Ostpolitik)，而兩人也都隨著德國代表團，同赴華沙，促成德波邊界協定。

當時《德語課》一書已發表，藍茨在文壇的聲望甚高，其個性沉默忠厚，行事和寫作風格，與在政壇到處幫民社黨助講、到處批評得罪右派保守勢力的激進派作家葛拉斯迴然不同，前者的小說世界裡，也沒有後者小說人物的怪癖、誨淫誨色、怪異隱喻、辛辣諷刺的特性。《德語課》一書沒有像藍茨這樣一個傳統作家的風範是寫不出來的。「傳統」這個字眼在現代社會固然已遭貶抑，但經由藍茨的堅持，卻具有身處後納粹社會撥亂反正的正面意涵。尤其在六、七十年代學運方熾，在舉國學生批判納粹右翼復活的社會背景下，傳統價值觀有待釐清。

小說敘述者西吉被要求申論的作文題：〈履行職責的歡樂〉，這個「職責」(Pflicht，又譯「義務」）概念原溯自康德的道德自律的「絕對命令」(kategorischer Imperativ)，古典詩人席勒將之擴充為道德情感「對職責的喜悅」(Neigung zur Pflicht)之倫理觀。經由黑格爾「國家哲學」的引申，以及普魯士提倡奉公守法之軍紀，導致納粹軍國主義濫權，扭曲「職責」的概念，要求國民對國家命令絕對服從。小說作者藍茨反納粹之道而行，將「職責」歸復到傳統「道德職責」的本義。

作者成功地塑造了兩位個性截然不同的角色，那就是畫家南森與故事裡第一人稱敘述者西吉的父親嚴斯，他們既是同鄉又是童年遊伴。已經成名的畫家南森，是位樂善好施、知恩圖報的人，他不但收養外鄉的孩子，也長年照顧當年對他有恩，而今落魄的畫家布斯貝克博士，甚至對嚴斯的子女也視如己出。嚴斯的大兒子在戰時自殘、從軍醫院逃出時，畫家幫助他藏匿，但後來當他落到親生父親嚴斯手中時，卻被冷酷無情地直接送回軍中。畫家與嚴斯小兒子西吉更像是一對忘年之交。

嚴斯則是一個不講情面，只知服從上級命令之基層警察，他是德國最北端小鎮的警察哨長，出門執行勤務時一定先一絲不苟地打點身上所配戴的警察裝備。少年時期，南森曾經救起幾乎溺斃的嚴斯。可能就是因為這段往事，嚴斯總覺得在南森面前矮了一截，但他認為不能一輩子欠南森的恩情，「帳總有算清的時候。」而畫家在戰時無視管制燈火的指令，不聽從嚴斯的指揮，也讓「必須」執行法規的嚴斯恨得咬牙切齒。

戰時南森被禁止作畫，地方警察必須密切監視畫家的舉止，而嚴斯就是執行此職務的警員。當他要將南森的畫沒收時，南森脫口而出：「你想要『逮捕』這些作品嗎？」而嚴斯回答：「我無非是盡我的職責而已。」而嚴斯這種盲目地履行職責，南森的詮釋是「對自己別無指望」，而在西吉的眼裡是：「他從不忘記自己的任務，……無論在繽紛的春天，還是綿綿細雨中；無論在陰沉沉的星期日，還是在清晨或傍晚；無論在戰時，還是在和平時期，他總是在自行車上顛簸，向自己命運的死胡同裡踩去。」

事實上，戰爭期間「柏林那些瘋子」需要外匯，南森被沒收之八百幅畫已賣到國外換取外匯，這些事實嚴斯也聽說了。但是戰後，不知是基於新仇舊恨，還是下意識地繼續執行任務，嚴斯將從前自南森處沒收的畫偷偷地運到海邊燒毀。當他燒畫時被小兒子西吉撞見，也使得西吉事後得了妄想症，看到某些南森的畫，就覺得畫中有火光，將被燒毀，「擔心圖畫被毀的恐懼」使他發生錯覺，認為必須將「受威脅的作品」偷走，移到安全所在。南森的畫失竊，奉命要找竊賊的也是地方警察嚴斯，於是視職責為天職的嚴斯又再度將另一個兒子攆出家門。

而偷畫的行為就是西吉被送到少年感化院的原因，有一天在感化院裡的德文課老師給了一個作文題目〈履行職責的歡樂〉，西吉回想他父親這一輩子就是在履行職責，頓時百感交集，不知從何下筆而交了白卷。事後自願在單獨禁閉室中花了數月的時間寫他的作文，寫下父親、畫家與他三人之間的故事。

作者在書中點出了納粹時期執法者心懷罪惡感，但又最喜歡掛在口中的藉口：「必須履行職責。」作者藉著沒收藝術家作品的荒謬行為，指出納粹政權的倒行逆施，身為警察的嚴斯為軍國主義蠱惑太深，泯滅人性（以及親情與友情），甚至在戰後仍執迷不悟，他的兒子西吉由於罪惡感得了幻覺症。作者想藉此打破德國人盲目履行職責的迷思。

這部小說人物雖然簡單，但是故事情節環環相扣，極為精采，皆出自於作者精心安排，所以藍茨花費了整整四年時間，才完成這部鉅著。從以上故事內容來看，作者把敘述故事的主角安置在感化院裡，讓他以寫作文的方式，回憶一九四三年的往事，描寫戰爭中德國邊陲之地的小警員如何假借「履行職責」，淪為納粹的幫凶的過程。警員嚴斯之類的人物，不過是納粹時代其中一個小小的例證。以主角被罰寫作文作為引子，再將全篇故事鋪陳出來，此一杜撰情節是這部小說的神來之筆。

綜觀德國的「戰後小說」，十之八九建立在回憶倒敘的框架上。譬如葛拉斯就是藉由《錫鼓》中的奧斯卡從療養院回憶過去的身世，才能「打開話匣」的；他的《蟹行》(Im Krebsgang, 2003) 和《剝洋蔥》(Beim Häuten der Zwiebel, 2006)，也都遵行回顧歷史、逆時針的倒敘手法。即或是英國女作家瑞秋・賽佛 (Rachel Seiffert) 於二〇〇一年發表的戰後小說《暗房》(The Dark Room)，也運用同一回憶、倒敘的技巧。而藍茨的《德語課》的小說形式則屬此一技巧的最佳運用。就文字敘述的可讀性和描寫的細膩度而言，這部小說較之葛拉斯小說那種跳躍式的敘述和刁鑽的隱喻，讀來更令人爽目。

《德語課》的道德形象反映作者平實而謙卑的為人及寫作態度，他的真誠，即使嚴苛的著名批評家 M. Reich-Ranicki 也不得不給予高度肯定：「他從未背著讀者寫作。」因為他對讀者的真誠態度，使得他所寫的書擁有廣大的忠實讀者群；因為他生性緘默，故不造口業。他是「四七社」(德國文學社團)的成員，也是「四七社」的常客，但不參與批評，他只要以文會友，不願樹敵，因此，左右兩派、藍綠雙方都是他的朋友和讀者。根據統計，他全部小說作品，總共銷售量高達兩千五百萬冊，連享有諾貝爾光環的波爾和葛拉斯都望其項背。一九七二年《德語課》拍成電視劇，使得這部小說流傳更廣，迄今已發行二十五版，其暢銷魅力一直未減。

一九九六年藍茨七十歲誕辰，筆者和他曾有一面之緣，當時他到慕尼黑領取冉袍爾 (Jean Paul) 文學獎。我剛好在慕尼黑大學作客一年，慕尼黑大學德國文學研究所教授 Karl Stocker 邀請我一同參與盛會。會中藍茨先聆聽文學界 Dieter Borchmeyer 教授（筆者就讀慕尼黑大學時的同門師兄）對他充滿學術味的頌詞，之後在面對臺下教授學者時，他謙虛表示自己對理論不很懂，並語帶諷刺地幽了一默：「不會寫作的人，才搞文學理論。」在演講後的雞尾酒會中，我不忘和這位滿臉敦厚的作家聊了幾句，特地向他表示，遠在臺灣的德文學界也在研讀他的《德語課》，不過因為還沒有翻譯，他這麼一部現代文學經典仍走不出學界的象牙塔，實在可惜。臺灣社會大眾曾經歷白色恐怖的專制統治，更需要此書所闡述的道德勇氣和文藝自由創作的精神，以期自省自察。如今，這本書翻譯出版，滿足了臺灣學界多年的期待，實值得推薦。

二〇〇七年二月於台大

推薦

他們怎麼讀《德語課》

◎余華（作家）

我第一次讀到藍茨的小說是《麵包與運動》，第二次就是這部《德語課》。那時候我在魯迅文學院。我記得當時這部書震撼了我，在一個孩子天真的敍述裡，我的閱讀卻在經歷著驚心動魄。

《德語課》是一本讀過以後不願意失去它的小說，我一直沒有將它歸還給學校圖書館。這書是一九八〇年代翻譯成中文出版的，當時的出版業還處於計畫經濟時代，絕大多數的書都是只有一版，買到就買到了，買不到就永遠沒有了。

我知道如果將《德語課》歸還的話，我可能會永遠失去它。我一直將它留在身邊，直到畢業時必須將所借圖書歸還，否則就按書價的三倍罰款。

我當然選擇了罰款。

◎南方朔（文化評論家）

二次大戰後，由於納粹戰敗，背負著沉重的歷史負債，整個德語文學遂形同進入了一個「紀元零年」(Nullpunkt) 的處境。於是，戰後伊始，最先是德語作家重新走回一九三〇年代，緊接著又逃避到其他國家的文學中，如向美國的海明威、福克納，法國的卡謬與沙特，以及義大利的莫拉維亞、巴維賽、維托瑞尼等人。在這種逃避的趨勢下，由前輩作家瑞希特 (Hans Werner Richter，1908-1993) 以及安德希 (Alfred Andersch，1914-1980) 領銜，於一九四七年創設「四七文學社」(Gruppe 47)。

儘管「四七文學社」初創之際，有著蓄意逃避德國現實之意，但到了一九六〇年代中期，那無法逃避的歷史問題終究還是迎面而至。而作為這個社團成員之一的藍茨在一九六八年所出版的成名之作《德語課》，則無疑的是這個文學社團的高峰之作。這部作品也是藍茨本人終身寫作的「定調」之作。

《德語課》所寫的故事，乃是納粹時代一個畫家被迫害的真實事件，在小說裡則被寫成是個奉公而服從的優秀警察，奉行上級命令，而去迫害曾救過他性命的畫家朋友。這部作品將「忠於職守」和「助紂為虐」的辨證關係，做出了罕有其匹的深刻討論。在近代德國文學史上，有其里程碑的意義。

◎駱以軍（作家）

這是一本讀了讓人十分痛苦的小說。人心的冷酷與剝奪、羞辱他人自由魂的意志，竟能以如此鈍沉、靜默、固執耐性的形式進行。當然那後面亦有一個奧茲維茲集中營讓所有文明人百思不解的理性之著魔。一場錯把系統層級而下的分工執行效率當作「一種道德」的現代性噩夢。

一個老藝術家和一個監控、毀滅他創造之有形無形行動的老警員，之間的超越人類承受力的意志對決。荒涼、寬闊的海邊場景，懾人心魄的空曠劇場，凶暴的海鷗、灰色的海面、亂石小徑、讓人瘋狂的風……這一切烘造了一個監視者頑強無感性的心靈形貌。

兩相意志的對決：畫家在空白的紙上畫著「看不見的畫」，而警官便將那些白紙沒收。(「我是不會停止的。我們誰也不會停止。既然你們反對看得見的東西，那我就創作看不見的東西。……那可是我看不見的日落和海濤。」)

整本書，包括那諧謔悲慘的書名——《德語課》，其回憶錄形式的建立即在一種監禁、規訓、懲罰下的記憶重建與拼綴：「履行職責的歡樂」，所有現代性意義的專業系統全介入了：監獄人員、心理學家、教育工作者、偽裝成理性的專家話語對個人隱密內心場所的侵入。於是這個「我」在這樣原本「不知如何去寫」的作文練習（記憶、歷史、集體的懺悔）逐漸摸索出一個二十世紀人類曾發生過的奇異（靜默）暴力的全幅畫面。

「對於履行職責的歡樂，我想從頭到尾弄個明白，不想刪削任何一段。」

◎葛漢（Jürgen Gerbig，台北德國文化中心前主任）

儘管時光已過去很久，但我還是能完整地回想起第一次閱讀《德語課》的情景。我那時二十四歲，是一名在美國生活的大學生。我不想在德國盡什麼「義務」，而是尋找到一個擁有更多樂觀精神的國家。

但是當這本書問世時，所有一切又重新向我襲來：德國的過去，我在學校的往事，那沒完沒了的要人深思的作文，還有德國北部的風光——我就是在這樣的景色中長大成人的——以及我對語言和藝術的熱愛……這一切都向我襲來，讓我回味著這一切。

這本書從一個新的角度展示了我的祖國，讓我和她重歸於好。《德語課》與其他德國作家在一九六〇年代出版的書籍，一起向世界宣告了德國文學的重新崛起，這一事實對我個人來說卻更為重要：因為小說《德語課》，還有後來根據此書上演的電視連續劇使我從中受益。這意味著我與祖國的接近和與她的和解。對我來說，這將具有永恆的意義。（許昌菊譯）

◎《波羅地海報》

這是一本有趣、且傳達德國歷史的書。

◎《斯圖加特報》

以扣人心弦的文字與史詩般的巧計，刻畫一個由偏見、僵化偏執所組成的狹隘、壓抑的世界，將該時代化為圖像，顯現於讀者面前。

目錄

德語課

Deutschstunde

獻給 L. H. L.

第一章　懲罰

他們罰我寫一篇作文。約斯維希親自把我帶進囚室。他敲了敲窗前的柵欄，按了按草墊。然後，這位我們喜愛的管理員，又仔細檢查了鐵櫃和鏡子後面我經常藏東西的地方。接著，他默默但很生氣地看了看桌子和那滿是刀痕的凳子，還把水池仔細瞧了一遍，甚至用手使勁敲了幾下窗台，看它有無問題。他隨隨便便檢查了一下爐子，接著走到我面前，慢悠悠地將我從肩膀到膝蓋搜查了一遍，確定我的口袋裡沒有什麼危險的東西。然後，他帶著責備的神情，把練習本放在我的桌上。

這是一本作文簿，灰色的籤條上寫著：西吉·耶普森的作文簿。他招呼也不打一聲就向門外走去。他很失望，感覺自己的好意受到了傷害；因為這位我們喜愛的管理員約斯維希對我們不時受到懲罰比我們更難過，痛苦的時間更長，所受的影響更大。他不是透過語言，而是藉著鎖門的動作，向我表達了他的傷心和失望。他把鑰匙插入鎖孔時顯得有氣無力，捅了又捅，像是不知所措的樣子。第一次轉動鑰匙前他躊躇了一下，接著轉動起來，把鎖彈開，隨後像是抗議自己的猶豫不決，粗暴地轉動了兩下鑰匙。

不是別人，正是卡爾．約斯維希，這個文弱、羞怯的人為了罰我寫作文而把我關了起來。

儘管我已幾乎坐了一整天，但文章怎麼也開不了頭。眼睛望著窗外，易北河在我模糊的印象中流過。我閉上雙眼，它仍不停地流，河上鋪滿了閃著藍光的浮冰。我忍不住目隨那條拖船。它用油漆剝落且加了擋板的船頭，把灰色的冰塊剪裁成各種樣式。我也忍不住注視河流，看它如何把冰塊沖向岸邊，嘩啦嘩啦地向上擠，再向上推，一直推到乾枯的蘆葦叢中，並把它們遺棄在那裡。

我厭惡地看著一群烏鴉，牠們似乎要趕赴施塔德的約會似的，一隻隻從附近的韋德爾、芬肯韋爾德和漢內弗山特[1]飛來這裡，在我們的島上聚集成群；隨後飛上天去，在空中盤旋，直到一陣風吹來，把牠們送往更遠的施塔德去。多節的柳樹裹著一層閃亮的薄冰，還蒙上一層白霜。白色的鐵絲網、工廠、沙灘邊的警告牌、菜園裡凍硬的土塊——春天，我們在管理員的監督下，自己在這裡種菜——所有這一切，甚至連太陽（它隔著乳白色窗玻璃而變得灰濛濛、投下許多長長斜影）也都分散了我的注意力。

有那麼一刻，我幾乎就要動筆了，目光卻又不由自主地落到用鐵鏈繫著、滿是傷痕的浮橋上。橋邊繫著一艘從漢堡來的汽艇，船身不長但艙房寬敞、黃銅鋥亮。這艘船每個星期要運送多達一千二百名心理學家到這裡來，這些人對難以管教的青少年懷著病態的興趣。我看著這些心理學家沿著沙灘上彎曲的小路走上來，並被領進藍色感化院所大樓。在寒暄之後，可能還有人提醒他們要小心謹慎，進行調查時要不動聲色。隨後心理學家們迫不及待地蜂湧而出，裝出一副隨興走走的樣子，但對我們這個小島卻事事感興趣，並去接近我的朋友們，例如卡斯特納、西魯斯和脾氣暴躁的小庫爾特。這些人之所以對我們如此感興趣，也許是因為感化院曾誇下豪語：在這個小島上改造過的青少年，離開這裡以後，百分之八十不再犯罪。如果我不是被約斯維希罰寫作文而被關在這裡，心理學家們也可能追在我身後，把我的經歷放在他們的放大鏡底下。但是，我必須交出作文來，瘦長而可怕的科爾布勇博士和希姆佩爾院長等著要。

鄰近的漢內弗山特島也位於易北河下游，那裡和我們這裡一樣，也關著一些難以管教、有待改造的青少年。儘管兩個島的情況相同，同樣都被油污的海水包圍著，有同樣的船隻行駛過，同樣一群海鷗在島上棲息，但在漢內弗山特島上卻沒有科爾布勇博士、沒有德語課、沒有作文題，沒有這種（說句老實話）大多數人甚至還要因此受肉體折磨的作文題。所以，我們許多人寧願在漢內弗山特島接受改造。海船會先從那裡經過，在那裡，煉油廠上空的熊熊火焰不斷向每一個人致敬問候。

我要是在那座島上，肯定不會被罰寫作文，因為我們這裡發生的事情，在那裡是不會發生

1　施塔德(Stade)、韋德爾(Wedel)與芬肯韋爾德(Finkenwerder)，皆是位於漢堡市附近、環繞易北河兩岸的城鎮；而漢內弗山特(Hahnöfersand)，則是易北河中的小島。

的。瘦長、滿身散發出藥膏味的科爾布勇走進教室，輕蔑而又嚇人地端詳著我們。等我們說了「早安，博士先生」後，他便一聲不吭地分發作文簿。單是這些就夠人受的了。他什麼也不說，就像享受一種樂趣似地走近黑板，拿起粉筆，抬起他那難看的手，袖子滑到了手肘，露出一條乾癟、蠟黃，至少是百歲老人的胳臂。他用一種造作的歪斜字體把作文題〈履行職責的歡樂〉寫在黑板上。我驚恐地向班上同學看去，看到的只是彎曲的脊背、困惑的面孔，大家交頭接耳，腳在地上蹭來蹭去，個個都在唉聲嘆氣。

我的鄰座奧勒．普勒茨掀動肥厚的嘴唇，低聲跟大家一起念。沙利耶的癲癇快犯了，他的本事很大，可以隨心所欲使自己的臉色變白變綠，可以隨時裝出有病的樣子，使得所有教師都自動免除他的一切作業。沙利耶已經要起他的呼吸把戲來了，儘管臉色還未變，脖子上的青筋已經在跳動，額頭和上唇已經滿是汗珠。我拿出一面小鏡子，斜對著窗戶，把太陽光反射到黑板上，把科爾布勇博士嚇得立刻轉身，兩大步邁到講台邊，定了定神，要求我們立即開始寫作文。他再一次舉起了乾癟的胳臂，用食指僵硬地指著作文題目：〈履行職責的歡樂〉。為了避免大家提問，便補充說：「大家想寫什麼就寫什麼，但必須和〈履行職責的歡樂〉有關。」

他們對我的懲罰——把我禁閉起來寫作文和暫停會客——是不公平的。人們讓我悔過，並非由於我的回憶或想像不成功，而是由於我順從地搜索枯腸，看有沒有盡責任時的歡樂可寫，而且一下子有那麼多話湧上心頭，多得我費盡力氣也理不出一個頭緒來。既然不能愛寫什麼就寫什麼，既然規定要寫履行職責的歡樂，而這正是科爾布勇期望我們發現、描述、探究，以及無論如何要明確證明的，所以，浮現在我眼前的不是別人，正是我的父親嚴斯．耶普森，他的制服、公務用的自行車、望遠鏡、風衣和他在狂吹不歇的西風中騎車行駛在大壩高處時的側影。

在科爾布勇博士催促的目光下，我立即想起春天，不，是秋天，喔，是在某個夏日，天空陰陰的，涼風習習，父親和平時一樣，推著自行車走在狹窄的磚路上；跟平時一樣，在魯格布爾警察哨的牌子前停下，他抬起後輪，把踏板移到起蹬的高度，習慣性地用腳蹬了兩下才騎上去。先是晃晃悠悠的，接著又顛了幾下，衣服被西風吹得鼓鼓的。他先朝通往海德和漢堡的胡蘇姆公路騎了一段，在泥煤塘邊拐彎。這時，風從側面吹來，他順著鼠灰色的水溝向大壩騎去，經過已經掉了葉片的風車，在木橋後面下車，推著車走上高聳的大壩斜坡。到了頂上，在空曠的地平線前，他看起來意外的高大。隨後他又晃晃悠悠地騎上車，像一艘孤獨的帆船，披著被風吹得鼓起、幾乎要爆炸一般的風衣，從大壩頂上向布雷肯瓦爾夫行駛，而且總是向布雷肯瓦爾夫行駛。

他從不忘記自己的任務。當秋風把浮雲從石勒蘇益格—荷爾斯泰因吹到這邊的天空來時，我的父親正在執行公務途中。無論在繽紛的春天，還是在綿綿細雨中；無論在陰沉沉的星期日，還是在清晨或傍晚；無論在戰時，還是在和平時期，他總是在自行車上顛簸，向自己命運的死胡同裡踩去。這條死胡同永遠指引他到一個地點：布雷肯瓦爾夫，阿門。

這一情景——德國最北邊的警察哨，魯格布爾農村區警察局外勤哨的哨長，必須整天不停地騎自行車執勤的情景——我一下子就回憶起來了。為了討好科爾布勇，我還進而想起：那時，我常常繫著一條圍巾，坐在公務用自行車的後座上，跟著父親一起向布雷肯瓦爾夫駛去。我總是用溼冷的手指牢牢抓住父親的腰帶，後座硬梆梆的鋼條在我的大腿上留下了一道道紅印。我看見自己坐在後座，兩人迎著傍晚的浮雲，行駛在大壩上。我感覺到從荒蕪的沙灘上長驅直入的陣陣勁風，我們倆就在這陣陣勁風中向遠方顛簸而去。我聽到父親因使勁踩著自行車而氣喘吁吁。他不是由於風大而失望或者發怒，只是按著踩車的節奏而喘息。我覺得，這喘息聲中還帶有洋洋自得的味道。

我們沿著海灘、沿著冬天黑色的大海向布雷肯瓦爾夫騎去，除了倒塌的磨坊和我家以外，這是我最熟悉的地方。這棟房子坐落在骯髒的地基上，兩側楊樹成行，樹冠修成尖削狀，彎向東方。我走到搖搖晃晃的木門前，打開門，用窺探的目光掃過房屋、廄舍、棚子和畫室，馬克斯·南森常常從這間畫室向我狡黠、威脅似地眨著眼睛。

南森被禁止作畫。魯格布爾警察哨一年四季不分晴雨，都必須來這裡檢查禁令的執行情況。警察局一發現他有創作的念頭就要加以制止，更不用說動手畫畫了；總之，警察局必須密切監視，不再讓住在布雷肯瓦爾夫的這個人繪畫。我父親和南森相識甚早；我是說，他們從小就相識了，由於他們倆都是格呂澤魯普人，他們之間不需言語就能相互了解彼此的處境，以及如果這種狀況延續下去的話，將給對方帶來什麼結果。

至少，父親和南森的會見還完好地保存在我的記憶中，因此，我很有自信地打開了練習本，把小鏡子放到一邊，試圖描寫我父親騎車到布雷肯瓦爾夫的過程。不，不只是描寫他騎車前往的過程，而且也描寫他為南森設下的圈套，那些逐漸引起南森猜疑的，簡單或複雜的詭計，以及各種花招和迷魂陣。

按照科爾布勇博士的意思，我還得描寫父親在履行職責時的歡樂。我做不到，我沒寫成。我一再從頭回想起，如何目送父親向大壩走去，他有時披著風衣，有時沒披；在有風或無風的日子裡，在星期三或星期六。但一切都無濟於事，我心中太不平靜，太波動，太雜亂無章；父親還沒到達布雷肯瓦爾夫，就在我眼前消失了。取而代之的是一群紛飛的海鷗，一艘在風浪中搖晃的挖泥煤舊船，或者一具在淺灘上空飄動的降落傘。

一堆燒得很旺的小火苗展現在我眼前，它點燃了我回憶起來的一切情景和事件，將它們燃燒，化為烈焰；如果火舌捲不著它們，不能把它們燒毀，使它們變作焦炭的話，那麼，抖動的火苗也會把它們遮掩住的。

於是，我嘗試另開一個頭，想像自己來到布雷肯瓦爾夫，南森狡黠地眨著他的灰眼睛，幫助我整理我的記憶。他把我的目光引到他身上去，討好我似地從畫室裡走出來，穿過花園，向他經常描摹的百日草走去，慢慢走上大壩。天空中一道沉鬱而刺眼的黃色，偶爾被陰暗的藍色劃破，南森拿起望遠鏡，向魯格布爾方向望了一眼，拔腿就跑回家去，躲進屋裡。

我差不多已經找到了一個頭緒。這時，窗戶被人推開，南森的妻子迪特跟平時一樣，遞過一塊點心來。許許多多往事，一下子呈現在我眼前：我聽見布雷肯瓦爾夫學校的一個班級在唱歌；又看見一個小小的火苗；聽見父親夜間動身的聲音；外鄉孩子約塔和約普斯特鑽在蘆葦叢中嚇唬我；有人把畫家的顏料扔進水坑裡，水坑像鮮艷的橙子似地閃閃發光；一位部長在布雷肯瓦爾夫發表演說，父親向他致敬；掛著外國汽車牌號的大型轎車停在布雷肯瓦爾夫，父親也向它們致敬；我躺臥在倒塌的磨房中，在南森的作品隱藏的地方，夢見父親用繩子拴著一團火，鬆開頸圈，並且命令這團火說：「搜！」

這一切交織在一起，盤根錯節，愈加混亂，直到科爾布勇警告的目光突然向我掃來。於是，我竭盡全力整理我那縱橫交錯的記憶，擺脫了那些次要情節的糾纏，使一切清晰地顯現在我眼前，特別是我的父親和他履行職責時的歡樂。我也做到了這一點，把所有關鍵人物都集合在大壩下，排成了閱兵的行列，正要讓他們一個個走過我面前時，突然，我的鄰座普勒茨大叫一聲，在劇烈的痙攣中從椅子上倒下。這一聲，剪斷了我的全部回憶，我再也開不了頭，只好放棄動筆的打算。所以，當科爾布勇博士收作文簿時，我交上去的是空白本子。科爾布勇無法理解我的難處，不相信我開不了頭的苦衷。他簡直不能想像，我記憶的鐵錨竟然找不到定錨點，鐵鏈繃得那樣緊，卻只是虛張聲勢地發出一陣陣鏗鏘聲，至多從深深的河底掘起一團團污泥，因此無法張網以捕撈往事。

這位德語老師驚訝地翻了我的作文簿後，叫我站起來，帶著有點厭惡又疑惑不解的神情注視著我，要求我作出解釋；但他卻又對我的解釋不滿意。他懷疑我有回憶往事和發揮想像力的善意和能力，否認我對文章開不了頭的說法，只是說：「你的樣子看起來不是那麼回事，西吉·耶普森。」並且反覆強調說，我交白卷是故意和他作對。他不信任我，硬說我是反抗，心懷敵意等等。由於這類問題歸感化院院長負責，科爾布勇上完德語課便把我帶到藍色的管理所大樓，進入一樓樓梯旁的院長辦公室。這堂德語課留給我的，只有因為自己的回憶雜亂無章、捉摸不定、怎麼也串連不起來而感到的痛苦。

希姆佩爾院長老是穿著一件短風衣，一條燈籠褲。他正被大約二、三十個心理學家包圍著，這些人對青少年刑事犯問題表現出狂熱的興趣。院長的桌子上放著一把藍色的咖啡壺，幾張不乾淨的五線譜紙，其中幾頁有他倉促創作的簡單寫景歌曲，歌頌易北河、溼潤的海風、柔中帶剛的海灘雜草、翱翔的銀色海鷗、飄動的頭巾，以及濃霧中航船急促的汽笛聲。我們的海島合唱隊命中註定是這些歌曲的第一個演唱者。

我們走進辦公室後，心理學家們沉默地傾聽科爾布勇博士向院長作報告。報告的聲音雖然很輕，但我仍能聽到他又在重複「反抗」或「心懷敵意」這類話。為了證明這一點，科爾布勇把空白作文簿交給了院長。院長和心理學家們交換了一個憂慮的眼神，然後朝我走來。他捲起我的作文本，打了一下自己的手腕，又敲了一下他的燈籠褲，要我解釋。我看著這些緊張的面孔，聽見身後還有輕輕的喀喀聲響，原來是科爾布勇正在拉自己的手指。見到一群人圍著我等待解釋，我覺得真是活受罪。

牆角有一扇大窗戶，窗前擺著一架鋼琴。我望著窗外的易北河，看見兩隻烏鴉在飛行中爭食一段軟軟的東西，也許是一截腸子，嚥下去又吐出來，直到這段東西落在一塊浮冰上，被一隻警覺的海鷗叼走為止。這時，院長把一隻手搭在我的肩上，幾乎是友善地向我點了點頭，再度要求我，當著全體心理學家的面作出解釋。於是我向他敘述了自己的困境：我如何想起了和作文題目有關的重要情節，後來思緒又如何亂成一團；我如何尋找落腳點，好由此深入回憶，但沒有找到。我跟他講了許多人物的面孔，因為擠在一堆，分辨不清；還有各種活動穿插在我的記憶中，這一切使我怎麼也開不了頭，怎麼嘗試都終歸失敗。我也沒有忘記告訴他，履行職責的歡樂在我父親身上是一貫的，因此，為了如實反映，我只好不加剪裁地描寫，無論如何也不能隨意選擇。

院長驚訝地，甚至也許非常理解地傾聽著我的敘述，那些有學位的心理學專家們一邊低聲議論，一邊逐漸靠近我。他們相互碰碰手臂，講了一些心理學術語：「瓦騰堡式的知覺能力殘缺」、「視錯覺」等。特別使我反感的是，他們甚至用了「認識障礙」之類的字眼。我已經做了我該做的一切，我再也不願意在這些一定要把我研究透澈的人面前說什麼了；島上的生活我早就受夠了。

院長沉思著把手從我肩上挪開，端詳著它，也許想要鑑定這隻手是否還完整。他轉身在來訪者無情的注視下向窗戶走去，望著窗外漢堡的冬天，似乎想從那裡獲得什麼啟示。突然，他向我轉過身來，眼皮抬也不抬地宣布了他的決定。他說，應該把我帶進單獨囚室去，「體面地隔離起來，」不是為了悔過，而是為了不受干擾地體認到寫好作文的必要性。他給了我一個機會。

他進一步說明，一切干擾，包括禁止我姊姊希爾克來訪、免除我在掃帚工廠和海島圖書館的工作。他特別承諾不讓我受到任何外來的影響，並期望我在獲得同樣伙食配給的情況下，寫出這篇作文。他說，只要我有需要，可以一直保持不受干擾的狀態；他又說，我應該耐心去體會履行職責的歡樂；他還說，我應當仔細思索，讓這一切像竹筍那樣，一點一滴地成長，因為回憶可能是一個陷阱、一種危險，甚至給你時間去回憶也無濟於事。

心理學家們注意傾聽著，院長則近乎友善地握著我的手。對於握手，他是有經驗的。隨後，他讓人叫來我們喜愛的管理員約斯維希，向他交代了自己的決定，並說：「孤獨，西吉最需要的是時間和孤獨；請注意，這兩點要確實執行。」接著，他把我的空本子交給了約斯維希，然後把我們倆打發走。

我們慢慢走過結冰的操場。約斯維希的神情既憂慮又帶著自責，似乎我被罰寫作文是他的錯。這個人除了收集古錢幣、關心海島合唱隊的演唱外，對什麼都不熱心。他把我帶進囚室後，就要獨自傷心離去了。因此，我挽著他的手臂，請求他的原諒。他沒有責備我，只說：「你想想吧，想想菲利普・奈夫。」他是藉此間接地提醒我，別落到與菲利普・奈夫同樣的地步。這個獨眼少年也被罰寫作文，據說他用了兩天兩夜的時間，絞盡腦汁想給自己的文章開一個頭——據我所知，也是科爾布勇出的作文題：〈一個引起我注意的人〉。第三天，奈夫打倒了一個管理員，掐死了院長的狗，逃出感化院，這件事情在我們心中留下了難以磨滅的印象。他逃到海灘，企圖在九月裡游過易北河，最後卻淹死在河裡。奈夫是科爾布勇所進行的災難性活動的悲劇證明，他遺留下來的本子上寫下的唯一字詞是：肉瘤。人們於是猜想，一定是一個長肉瘤的人特別引起他的注意。

不管怎麼說，我來到這個專門收容難以管教的青少年的小島後，就被指定居住在奈夫的囚室裡。約斯維希要我想想他的命運，警告我不要重蹈他的覆轍，於是一種莫名的恐懼感，一種痛苦的情緒攫住了我，我衝到桌子前想要開始寫，見到桌子卻又感到害怕；我想順著方才的路子回憶下去，卻又擔心找不到那條思路。我既躊躇又著急，既猶豫又急於想寫，結果是，我冷冷地看著約斯維希搜查我的囚室，不，不只是搜查，而是給我時間罰寫作文。

我幾乎就這樣整天坐著，如果不是航船轉移了我的注意力，我可能早就開始寫了。船隻在冬天的河流中向這裡駛來。開始只聞其聲不見其影，遠處低沉的機器聲宣告它們的到來。接著是一陣衝撞，一陣轟隆聲，被撞碎了的冰塊，順著船舷向後翻滾。這種搗碎的力量越來越強，同時，船隻從地平線的鉛灰色中向前滑去。天地白茫茫一片，溼漉漉的、顫動著的，這既是水中的景致，也是空中的景致。我用目光迎接它們、伴隨它們駛過。船隻帶著被冰塊劃得遍體鱗傷的舷壁、油漆得鋥亮的船身上層、結滿白霜的肋材穿過冰凍的河。留在浮冰中的不過是一條寬寬的、不整齊的刀痕，像一條水溝，彎彎曲曲地向地平線流去，越來越細，最後被冰塊淹沒。寒冬季節易北河上的光是不可信的：灰色變為雪白，紫色不再是紫色，紅色也不是原來的紅色，漢堡方向的天空斑斑點點，有如布滿一道道傷痕。

河的對岸傳來了無力的鐵錘叮噹聲，還有一條窄窄的、骯髒的彗星尾巴似的濃霧，像一條用紗布做的旗幟在我眼前展開。離我較近的是小型破冰船「埃米．古斯帕爾」號冒出的黑煙，懸掛在河道的正中央。一小時以前，這艘破冰船用怒氣沖沖的船頭像鐵犁般破開閃著藍光的浮冰。長長的煙霧落不下來也散不開去，因為嚴寒把一切都凍住了，都無法消解，甚至連呼吸也變成有形的了。「埃米．古斯帕爾」號兩次從這裡開過，它必須讓冰塊不停地流動，不能讓它們堵塞河道，因為一旦河道堵塞，將使一切活動停滯下來。

警告牌歪歪斜斜地立在荒蕪的沙灘上。冰塊的衝撞把它的木樁撞鬆了，潮水再加一把勁，最後，海風把警告牌吹歪了。所以，想到河裡運動的人——警告牌本來就是為他們設立的——必須歪著頭才能看清上面的字：禁止靠近、停留或在島上架設帳棚。到了夏天，人們肯定會把樁子豎直，因為那些在河面上運動的人可能會妨礙這些少年犯的改造。這是院長的看法，也是院長那條狗的看法。

只是在我們的工廠裡，各種活動既不會減少，也不會中斷，因為他們要讓我們了解勞動的好處，甚至發現勞動的教育價值。電工工廠發電機的嗡嗡聲，鐵工廠鐵錘的叮咚聲，木工廠刨子刺耳的響聲，掃帚工廠劈和削的聲音都從未停過。這一切使人忘記了冬天，也提醒我還有任務擺在眼前，我必須開始。

桌子陳舊而布滿刀痕，還刻有名字的縮寫和年月，還有各種使人回想起痛苦、希望以及倔強時刻的標記。作文簿攤開在我眼前，準備容納那篇懲罰性的作文。我不能再分心了，我必須開始，我終究必須打開保存著我的全部記憶的保險箱，取出它們，以滿足科爾布勇的要求；我必須向他證明履行職責的歡樂，探討它的影響，乃至它在我身上的影響；不受任何干擾，直到完全證明這一切為止。我已經打定主意，既然我要前進，就必須先走幾步回頭路，進行選擇，找出一個起點，也許就從魯格布爾警察哨開始，或者從格呂澤魯普、胡蘇姆公路和大壩之間的石勒蘇益格—荷爾斯泰因平原開始更好。對我來說，在這一片土地上，只橫貫著一條路，即從魯格布爾通往布雷肯瓦爾夫的路。儘管我必須把沉睡中的往事喚醒，我也必須開始。

開始吧！

第二章　禁止繪畫

就這樣開始吧。那是在一九四三年四月的一個星期五，上午，也許是中午，石勒蘇益格—荷爾斯泰因最北部的警察哨——魯格布爾警察哨——哨長，我的父親嚴斯·耶普森準備動身到布雷肯瓦爾夫去執行公務，向畫家馬克斯·南森轉達一項柏林作出的，關於禁止繪畫的決定。

我們這兒的人都管南森叫畫家，這個稱呼從來也沒有改變過。父親不慌不忙地尋找著自己的風衣、望遠鏡、皮帶和手電筒，故意慢吞吞地在書桌邊弄這弄那。我頭上嚴嚴實實地裹著一條圍巾，不動聲色地等著他。他已是第二次扣上制服上衣的鈕扣了，還不時望望窗外這糟糕的天氣，聽聽窗外的風聲。那不僅是颶風而已，西北風怒吼著向庭院、籬笆、成行的樹木直撲過來，好似要以一次又一次的突襲，來考驗它們堅固與否，並製造了一種狂風大作的景象：一切都東歪西倒、亂七八糟，充滿不可捉摸的意象。我覺得這裡的風使屋頂變得聽覺靈敏，使樹木有預言的本領，使那座破舊的風車顯得更加高大；當風緊貼地面掃過水溝時，使溝水如同做惡夢般地翻騰起來；或者當它襲擊那條裝滿泥煤的小船時，還搶走船上形狀醜怪的泥煤。

當我們這裡狂風大作並出現這種景象時，你若要頂得住，就非得在口袋裡裝上一些壓身物不可：一包釘子，一根鉛管，或者一個熨斗。這樣的狂風是屬於我們的，因此，當南森讓淡灰色的線條狂舞，並加上怒氣沖沖的淡紫色和冷冰冰的白色，畫出了吹向我們這裡、為我們大家所熟悉的西北風時，我們誰也不會對他提出任何異議。而我父親此時此刻正疑慮重重地聽著這種風聲。

一道煙幕，一道散發著泥煤香味、緩慢抖動著的煙幕飄浮在廚房裡、客廳裡。西北風鑽進爐子，弄得滿屋子煙霧騰騰。我父親在屋裡踱來踱去，顯然在尋找延遲出發的理由。他在這裡放個東西，在那裡又拾起個什麼來，把鞋套扔到辦公室裡，又把工作手冊攤開來放在廚房的餐桌上。他總能找到些理由來延遲履行他的職責。最後，他不得不氣惱而驚訝地承認，他身上產生了一種新的情緒，他違背了自己的意志，變成了一個照章行事的鄉村警察。為了執行任務，他除了那輛停靠在鋸木架旁的公務用自行車外，什麼都沒有。

就在這一天，可能是因習慣而產生的一種敬業精神迫使他終於動身了——不是由於熱心勤奮，也不是出於工作的樂趣，更不是因為落到他肩上的那樁任務。他像平時一樣行動起來，顯然只是由於他那一身制服、全副武裝的緣故。每次出發前，他和家人的告別總是那一套，總是走到光線暗淡的門廊上，側耳傾聽有無動靜，然後向著關上的門叫一聲：「再見！」沒有人搭理他，他也並不感到驚訝或失望，反而是滿意地點點頭，好像家人已經回應了他似的。他一邊點頭一邊拉著我向門口走去，到了門檻前，他又轉身做了一個像是告別又不是告別的手勢，緊接著一陣風吹來，把我們拽出門外。

一出大門，他立刻聳起肩膀抵擋迎面撲來的風。他低下臉——這是一張乾巴巴、毫無表情的臉。他的每一個微笑，每一個懷疑或同意的表情，都非常緩慢地浮現出來，因此顯得特別地意味深長。所以，從表面上看，他似乎對一切都理解得很透澈，但是太過遲緩。

我們弓著身子走過院子時，一股風正在院子中央旋轉，捲起一張報紙，捲起報上的消息：非洲大捷、大西洋大捷、回收廢鐵取得決定性的勝利……在空中亂舞。被風吹得皺巴巴的報紙，最後貼在我家花園的鐵絲網上。父親走進車棚，邊喘息邊把我抱上自行車的後座。他一手扶車座，一手扶車把，把車子轉了身，推到磚石小路上，在一塊指向我家紅磚房、上面寫著「魯格布爾警察哨」的箭頭狀指示牌前停下，把左邊踏板勾到正好起蹬的位置，騎上車，穿著被風吹得鼓鼓的、兩腿間還夾了一個夾子的風衣，向布雷肯瓦爾夫方向駛去。

從我家到磨房，甚至到樹籬在風中搖晃的霍爾姆森瓦爾夫，這一段路是順利的，只要順著強勁的風，就可以像帆船一樣被吹動著向前行駛。但是，當他轉向大壩，彎著身子推車上壩以後，他立即就像《騎自行車遊石勒蘇益格—荷爾斯泰因》這幅宣傳畫上的男人一樣了。畫中男人是個頑強的旅行者，他彎腰曲背，臀部離開車座，動作僵硬，使人一眼就看出他騎這段路的艱辛；而為了探尋故鄉的美，他不得不如此辛苦地向前行駛。這幅宣傳畫不僅表現出了這種艱辛，而且還提醒大家，當你騎著自行車在大壩頂上行駛時，為了避免被側面吹來的西北風吹倒，是需要足夠技巧的。此外，這幅畫還讓人明瞭，在大風中騎自行車時身體必須保持何種姿態，還能體驗到德國北部地平線上的生活。畫上用一道道白色線條表示風的走向；為求真實感，還畫了一群羊作為點綴。這幅宣傳畫上的景象，自然就變成我父親在大壩上向布雷肯瓦爾夫行駛的景象。所以，為了使這幅畫更趨完整，我還想提一提大黑背鷗、小黑背鷗、紅嘴鷗，還有那罕見的「市長鷗」[2]。這些原來用以裝飾畫面的海鷗，由於印刷時的疏忽，變得模糊不清了。牠們分布在這個筋疲力竭的騎車人周圍，好像晾在空中的一塊塊白抹布。

父親總是在大壩頂上，沿著淺草叢中這條褐色的、狹長的路，頂著凜冽的寒風，低垂著眼睛行駛。今天他也是如此，懷裡揣著那張疊得整整齊齊的命令，不慌不忙地行駛在大壩頂上。別人會以為他的目的地不過是那個木板蓋的、刷成灰色的「淺灘一瞥」酒店，到那裡喝上一杯熱甜酒，和老闆興納克．廷姆森握握手，或許還交談幾句。

這家酒店是靠大壩上兩座木橋搭蓋起來的，它的形狀總使我聯想起一隻把前爪搭在牆上、往牆外探頭望的狗。我們在還沒到達酒店前就轉彎，穩穩地疾駛到大壩下的小路上，由此拐進兩旁楊樹成行的一段很長的斜坡，盡頭是一扇對開的白色木門。緊張的情緒在升高，期待的心情更加強烈——我們這裡，要是有人於四月天，在這種強勁的西北風中穿過宣傳畫中的實景時，心情總是如此。

父親用自行車緩緩地撞開了木板門，門像嘆息似地發出吱嘎聲。我們騎了進去，經過廢棄的鐵鏽色廄舍、水塘和敞棚。父親騎得很慢，似乎是想讓人提前發現我們的到來。他緊挨著住宅窄長的窗戶騎過去，下車前向由住宅擴建出來的畫室掃了一眼，隨後把我像包裹一樣地抱下地，把自行車推到門口。

在我們這裡，誰要是走進一戶人家，不必到門口就會被人發現的。因此，我不必提醒父親去敲門，或者在昏暗的過道裡客氣地叫一聲；也不會有敲門後越來越近的腳步聲，或者突然看見是我們而驚訝出聲。我只須等他推開門，把手從風衣中伸出來，立即會被另一隻溫暖的手握住，上下搖著，接著說一聲：「日安，迪特。」因為就在我們飛速駛下大壩時，畫家的妻子就已來到門口了。

她穿著一件粗布的連身衣裙，那樣子活像一個荷爾斯泰因農村的精明算命女人。她在我們前面走著，在昏暗的走道中摸到客廳的門把，打開門，請我父親進去。父親先把風衣上夾在大腿間的夾子鬆開——每次他都得劈開大腿，彎曲膝蓋，摸索半天才用兩個手指捏住夾子——從頭上脫下了風衣，把制服上衣扯平，把我的圍巾鬆開一點，推著我走進客廳。

南森家有個非常大的客廳，雖然不算太高，卻十分寬敞，並且有好幾個窗戶。這個客廳至少可以容納九百來個參加婚禮的客人，或者包括老師在內的七個班級，儘管四周擺滿了豪華的家具——刻有古體字日期的沉重箱子、桌子和櫃子。它們高傲地站立在那裡，也由於它們那專橫跋扈的外觀，才被長久地保存下來。就連椅子也是不尋常的沉重，也顯出專橫跋扈的模樣，我真想說：「你們這些東西應該老老實實地待著，少在那裡裝腔作勢了。」

粗笨的暗色茶具——南森家管它叫維特丁瓷器——放在靠牆的架子上，已不能使用，只配扔掉，但是南森和他的妻子非常寬容。自從他們從老弗雷德里克森的女兒手中買下了布雷肯瓦爾夫

---

2 Bürgermeistermöwe，當地人自行為海鷗取的名字。

以後，對這棟房子沒有作什麼變動。老弗雷德里克森是個懷疑成性的人，他在一個大櫃子旁上吊自殺之前，為了保險起見，還切開了自己的動脈。

家具的擺設原封不動，廚房裡也沒怎麼變動，各種平底鍋、罐子、瓶子和水壺都按老樣子擺在那裡。老掉牙的碗櫃裡放著珍貴的維特丁盤子和大得有些嚇人的湯碗和盆。就連床也放在老地方，古板、窄小的木板床，夜間就在這麼點地方睡覺，真是寒磣透了。

父親站在客廳裡，他早就該隨手把門關好，向特奧多爾．布斯貝克博士打個招呼。博士總是獨自坐在那套大約長達三十公尺、硬梆梆的沙發上。他既不讀書也不寫字，只是坐在那裡等著，多年來一直專心一意地等著。他穿得整整齊齊，帶著神秘莫測、準備隨時承受一切的神情，好似他所等待著的消息隨時都可能到來。在那張蒼白的臉上，人們什麼也看不出來；也就是說，不論他有何聽聞，他都小心翼翼地不在臉上露出聲色。但是，不管怎樣，我們早就知道，他是頭一個展出畫家作品的人。自從他的畫廊被查抄、關閉以後，他就住在布雷肯瓦爾夫。他微笑著向我父親迎來，向他問好，還向他打聽外面的風有多大。他也朝我笑了笑，又坐回原處去了。畫家的妻子問我父親說：「嚴斯，你要喝茶還是喝點酒？我看還是喝點酒吧。」

父親擺了擺手，說道：「什麼都不要，迪特，今天什麼也不要。」他不像往常那樣坐在靠窗的椅子上，不像平時那樣喝點什麼，不像往日那樣訴說自己的肩膀疼——這是他有一次騎自行車摔了一跤所引起的——他也沒有介紹魯格布爾警察哨最近的案件和案情細節，譬如馬把人踩成重傷，非法屠宰牲畜和農村的縱火案等等。他甚至沒轉達我母親的問候，也忘記打聽畫家收養的外地孩子們的近況。什麼也不要，迪特，今天什麼也不要。

他不肯坐下來，只用指尖摸了摸貼胸的口袋，由窗戶朝畫室望了一眼，默默地等候著。迪特和布斯貝克博士看出父親是在等候畫家。他顯得悶悶不樂，甚至有些不安。他無論如何都必須辦的那件事使他不能無動於衷。他的眼神有些茫然——每當他受到打擊、不安或激動，並以弗里斯蘭人的方式流露出來時，便是如此。他好像盯著誰卻又沒有看著對方，他的目光一碰上對方就立即避開，抬起來，又掃向別處。就這樣，使他自己和別人保持一定的距離，避免別人向他提出任何問題。當他幾乎不情願地穿著那套不合身的制服，眼神茫然呆滯，神態不知所措地站在這間大客廳時，他的樣子絕對沒有任何威脅性。

這時，畫家的妻子在他身後問道：「是和馬克斯有關的事嗎？」父親僵硬地點了一下頭。這時布斯貝克博士走了過來，挽起迪特的手臂，戰戰兢兢地問道：「是柏林來的決定嗎？」父親聽了一驚，但仍然有些猶疑地轉過身去，看著這個身材矮小的男人。布斯貝克似乎對自己的提問感到抱歉，他似乎對一切都有歉意。父親沒有回答，因為他不需要回答，而他們倆——畫家的妻子和他的老朋友——則用沉默來向他表明，他們已經明白了，並且知道我父親帶來的是怎樣的一個決定。

迪特現在當然可以問我父親那道命令的詳細內容。而我父親，我想，也願意，甚至可以輕鬆地回答她。然而，他們並不要求他再說什麼，大家在一起站了一會兒，布斯貝克就自言自語地說：「現在也輪到馬克斯了。奇怪的是，事情為什麼不像別人那樣早點發生。」當他們決定在沙發上坐下時，畫家的妻子說：「馬克斯在作畫呢！他就在花園後面的水溝旁邊。」

這番怒氣沖沖的話是在對我父親下逐客令了。於是我父親除了離開客廳以外別無他法。他聳了聳肩，表示自己對這道命令也感到遺憾，他個人和這樁事情沒有任何關聯。他從衣架上取下自己的風衣，推了我一下，我們倆就走出了大門。他慢吞吞地沿著無遮掩的房子正面走去，看來十分煩惱。他推開了花園的小門，站在靠籬笆的避風處，咂咂嘴唇，像排練似地口中念念有詞。每當遇到比平時更需要交談的會面時，他總是如此。隨後他穿過鬆了土、整理乾淨的苗圃，經過花園裡的草頂涼亭，來到環繞著布雷肯瓦爾夫的水溝旁。溝裡滿是蘆葦，溝水平靜，更顯出這裡的孤寂。

馬克斯·南森站在沒有欄杆的木橋上，在一個避風處作畫。由於我了解他工作時的習慣，所以我不願突然打斷他的工作，便讓父親拍拍他的肩膀。我原想推辭這次的見面，因為這次的見面並不叫人喜歡。我還必須提到的一點是，畫家比我父親年長八歲，比父親個子小，卻比父親機靈。他對自己的情緒無法控制，可能更為狡黠和執拗，儘管他們倆都在格呂澤魯普度過了自己的青年時代。格呂澤魯普，天哪！

南森戴著一頂氈帽，戴得很低，壓住了額頭，帽簷的那點陰影剛好能蓋住他灰色的眼睛。他的大衣十分破舊，背後已經磨破了，就是那件有幾個無底洞似的口袋的藍大衣。有一回，他嚇唬我們說，要是我們影響他作畫，他就把我們這些孩子裝進他的口袋裡！無論是在室內還是在室外，天晴還是下雨，他一年四季都穿著這件藍灰色的大衣，說不定還穿著它睡覺呢！總之，他跟大衣是二位一體。在某些夏日的晚上，當沉沉的烏雲密布在淺灘上空時，人們會以為是那件大衣，而不是畫家本人漫步在大壩上，審視地平線呢！

未被大衣遮住的是一截皺巴巴的褲子，底下是樣式很老但是很貴的皮鞋，鞋上鑲著一條窄窄的黑麂皮。每當我們見到他時，他總是這身打扮，這回也是如此。父親站在籬笆後面，我想，要是他用不著像這樣站著，至少沒有這樁差事，口袋裡沒有那一紙命令，更沒有任何對過去的回憶，他一定比較開心。父親端詳著畫家，用非處理公事的態度端詳著他。

畫家正在作畫。他正在畫那個風車，那個已經倒場、沒有葉片、一動也不動的四月裡的風車。風車在轉盤上微微抬起，就像一朵短莖、已經枯萎的花，一朵即將凋謝、十分抑鬱的花。南森把它畫成了另一種模樣，他把它移到了另一個時節、另一個環境，另一種昏暗朦朧的天地中，而他的整個畫面便是這種色彩。

每當畫家作畫的時候，嘴裡總是念念有詞。他並不是自言自語，而是和站在他身旁、只有他才看得見、聽得著的巴爾塔薩[3]聊天，爭吵，有時還要用手肘撞他一下，因此我們雖然看不見巴爾塔薩，卻能聽見這位鑑賞家突然呻吟。即使不像是呻吟，也像是咒罵。我們站在畫家身後的時間越長，也就越相信有個巴爾塔薩存在。我們必須承認他，因為他那粗粗的呼吸聲和他因失望

3 Balthasar，《聖經・新約・馬太福音》中所述，被巨星引導去伯利恆見剛降生的耶穌基督的東方三博士之一。在由此而產生的傳說中，被稱為「三聖王」。

而發出的嘶嘶聲吸引了我們的注意，也因為畫家沒完沒了地和他交談，聽信他，但隨即又感到後悔。

現在，當父親端詳著他時，畫家還在和巴爾塔薩爭吵。巴爾塔薩被囚禁在畫裡，在許多圖畫裡可以看見他身披一條紫色的、毛茸茸的狐皮，斜著眼睛，一嘴橘紅色的鬍子，像一顆正在滴汁的柳丁。儘管如此，畫家還是很少注視他。他全神貫注地工作著，雙腿微微岔開，腰部扭動著，頭略微歪著，忽而從肩上抬起，左右搖擺，忽而低下去，像要衝撞什麼似的。他的右手臂好像已經僵硬麻木了，因為他活動右臂時相當艱難，似乎要花極大的氣力才能動一下。

儘管這隻具決定性的手臂顯得僵硬，但畫家的整個身子卻都在活動。他用自己身體的姿態明確證明，他所畫的一切是可信的。倘若他在風停的時候用介於藍和綠之間的顏色畫出風來，人們就可以聽到空氣的流動和風車葉片的拍打聲，甚至他大衣的下襬也在飄動；要是他嘴裡叼著一個煙斗，那麼，冒出來的煙也會平直地被風颳走——至少我今天回想這一切的時候，覺得是這個樣子。

我父親躊躇不定、心情壓抑地看著畫家在那裡作畫。他站在那裡，直到覺得身後有目光從那幢房子，從我們剛剛離開的客廳裡盯著我們時，我們這才緩緩地沿著籬笆向前走去。那目光仍然追隨著我們，我們不得不鑽過籬笆的窟窿，隨後走上那座沒有欄杆的木橋，站在橋的邊緣。

父親向水溝望去，在漂浮著的蘆葦葉和水藻之間看見了自己。當畫家向旁邊邁出一步，向那一潭偶然泛起幾絲漣漪的水中看去時，也發現了我父親。在水溝黑色的鏡子中，他們注意到了對方，也認出了彼此。也許當他們認出對方的同時，也閃電般地勾起了回憶，而恰恰是這種回憶把他們倆連結在一起，永遠不會割斷。對往事的回憶，把他們帶到了格呂澤魯普那個破破爛爛的小碼頭，他們坐在石階上釣魚，在閘門上跳來跳去，或者在捕魚小船已經褪色的甲板上曬太陽。但是，當他們倆在水溝的鏡子中認出了對方時，他們想起的不一定是這些，更可能的是，他們僅僅回憶起那個陰沉沉的碼頭。那是一個星期六，當時只有九歲或十歲的父親，從滑溜溜的溢洪道閘門上掉進了水裡，畫家一次又一次地潛入水裡，終於抓住了父親的襯衫，把他拉出水面。為了要從一個夾縫中鑽出來，畫家還折斷了一個手指。

他們互相走近，在上面，也在下面；在溝裡，也在橋上；在水中，也在畫架前，伸出手來，跟平時一樣相互致意，隨意地叫著對方的名字作為問候：「嚴斯？」「馬克斯？」當馬克斯·南森又轉身去作畫時，父親把手伸進了貼身的口袋，拿出那封信，用兩個手指撫平它，躊躇著，在畫家的背後思忖著，該說些什麼來把這紙公文交給他。他可能打算就把這封蓋了圖章、簽了字的禁令不聲不響地交給畫家，必要時說明一句：「這是柏林方面給你的。」這樣一來，畫家就得自己先去讀那封信，不會問些不必要的問題。當然，如果能把這件事交給那個獨臂郵差布羅德爾森去做，那就更好了。但是這條禁令必須由警方遞交，我父親是魯格布爾警察哨哨長，這件事還得由他來負責，而且他還得告訴畫家，將由他來負責監督這條禁令的執行。他把這封沒有封口的信放在手中，猶豫不決。他看看風車，看看那幅畫；又看看風車，看看畫。他不由自主地走近了畫家，又從畫看到風車，從風車看到畫，又看到那掉了葉片的風車，他要尋找的，卻再也找不到了。於是他問道：「你在畫什麼呢，馬克斯？」

畫家走到一邊，指著畫紙說：「我在畫風車的偉大朋友，還為灰綠色的山塗幾塊陰影。」這時我父親也注意著風車的偉大朋友了。他，一個慈祥的老頭兒，長著鬍子，靜靜地從地平線上升起，呈褐色。也許有點神奇，一個模樣親切卻沒有思想的東西正變成一個巨人。他那褐色的、被落日映紅了的手指張開著，似乎要把自己剛剛裝上去的風車葉片輕輕地推動起來。他要把自己腳下那躺在死灰色中的風車轉動起來，越轉越快，越轉越快，直到它把黑暗削成碎片；直到它畫出一個晴朗的白天和更加美好的光明來。依我看，風車的葉片能做到這一點，這是毫無疑問的，因為老頭兒的臉上已經露出滿意的神情。風車旁的水池儘管被畫成紫色以表現一種懷疑情緒，但這種懷疑是站不住腳的，風車的偉大朋友以堅定不移的愛，使這種懷疑失去力量。

父親說：「這一切都過去了，風車再也不會轉動了。」畫家卻說：「明天就會開始轉動起來的，嚴斯，你等著瞧吧，明天我們就可以碾罌粟，讓它冒出煙來。」他中斷了工作，點燃煙斗，搖晃腦袋盯著這幅畫。他一眼也不瞧地把煙袋遞給了父親，根本不問他是否要裝煙斗。隨即又把煙袋裝進了他那取之不盡的大衣口袋裡，並且說：「這裡還缺少一點怒氣，是吧，嚴斯？還缺少一點深綠色的怒氣，然後，風車就可以轉動了。」

父親手裡拿著那封信，拿信的手緊貼著自己的身子，只要時機合適，他就把信抽出來。他本能地躲躲閃閃，因為他不確定什麼時機是合適的。他說：「沒有風來推動風車，也沒有怒氣，馬克斯。」畫家說：「它會為我們轉動的，你等著，風車的葉片明天就會轉動起來。」

要不是畫家強調了最後的那句話，父親也許還要猶豫更久。突然，他不顧一切地伸出手，把信遞給他，一邊說：「馬克斯，這裡有一封柏林來的信，你得馬上看。」畫家不在意地接過信，放進了自己的大衣口袋裡，然後轉過身子，把手放在我父親的肩膀上，將他使勁推向一邊，瞇著眼說：「走吧，嚴斯！只要巴爾塔薩在風車裡，我們就可以離開。我有一瓶日內瓦酒，喝了它，每隻手都會長出第六個手指頭來！日內瓦酒，我的天啊！不是荷蘭來的，是瑞士來的，瑞士一個博物館的朋友送我的。走，到畫室去！」

但是父親不願意去，他指了指畫家的大衣口袋說：「這封信，」他停了一下，又說：「你得馬上看這封信，馬克斯，是從柏林來的。」由於光憑口說不起作用，他向畫家走近了一步。

畫家只好聳聳肩膀，拿出那封信，似乎為了使警察哨長滿意，還看了一下寄信人，平靜而輕蔑地點點頭說：「這些白癡，這些……」然後迅速看了父親一眼。父親的目光使他十分驚異。他把信抽出來，站在木橋上讀起來。他慢慢地把它讀完——很慢很慢，我覺得越讀越慢——然後，把信又塞進了口袋裡，渾身顫抖著，眼光越過大風中的原野，看向那座風車，似乎要問問它該怎麼辦。他瞧著縱橫交錯的溝渠、被風吹得亂七八糟的籬笆、大壩，和那座似乎很自負的樓房。他之所以總是瞅著別的地方，就是為了不去看我的父親。

父親說：「這可不是我想出來的。」

畫家說：「這我知道。」

父親說：「我也無法改變這一切。」

畫家說：「這我也知道。」他把煙斗在鞋後跟上敲了幾下，又說：「我什麼都明白，除了那個簽字，字簽得很不清楚。」

父親說：「他們要簽字的東西太多了。」

畫家怒氣沖沖地說：「他們不相信，連他們自己也不相信這些，這群傻瓜。禁止繪畫，禁止工作，說不定還得禁止吃喝呢！簽署這種東西不能把自己的名字寫得太清楚。」他歪著頭，似乎為了加強自己的信心而去看著風車的偉大朋友。這位褐色的朋友幾乎就要辦成這件事了，不是今天就是明天，就可以讓風車的葉片嘎嘎地轉動起來了。

父親在畫家觀察著這幅畫時，用他常有的口氣說：「禁令在你接到通知後就生效了，信上是那麼寫的嗎，馬克斯？」

畫家說：「是那麼寫的。」

父親小聲地，但卻叫人一聽就明白地說：「我是說，立即生效。」

這時，畫家立即收拾了自己的畫具，一個人，沒有魯格布爾警察哨長的幫助，就收拾起來。他也沒有指望誰來幫助他。

他們一前一後鑽過了樹籬，邁著僵硬的步子走過了花園。他們走進了客廳旁邊擴建出來的畫室。依照畫家的構想，畫室上面開天窗，地面平坦，各種古老的櫃子、滿是書的書架、數不清的鋪板組成了五十五個犄角。我有時以為畫家的那些滑稽可笑或叫人害怕的創造物都躺在鋪板上睡覺呢，比如那黃色的算命人、兌換銀錢的人、傳道少年、土神爺，還有那綠色的、狡猾的市場商人等等。睡在那裡的還有斯洛文人和在海邊跳舞的人，當然還有在田裡被風吹彎了腰的農民。我從來沒有數過畫室裡有多少鋪板。凳子和帆布摺疊凳的數目讓我猜想，大概畫家用幻想塑造出來的，那些會發光的人都圍坐在這裡，其中還包括那幫懶洋洋的、有罪的金髮女人。他把箱子當桌子，把果醬瓶和罐子當作花瓶使用。他的花瓶多得可以插滿整整一個花園的花。而我每次來到畫室的時候，總是看到這些花瓶裡插滿了花，每張桌上都有一束鮮花，鮮豔奪目，像要贏得來人的歡心一般。

門對面，水池邊的一個角落裡，有一張架起來的長桌子。這是個陶器作坊，上方的架子上還有曬乾了的塑像和各種各樣的腦袋。

他們進了門，把畫具放在一邊，畫家從木箱裡拿出日內瓦酒來。我父親剛坐下又站起來，脫掉風衣，重新坐下。他看著客廳那邊窄小的窗戶，窗戶略向外拱，因此，把一切都遮掩得嚴嚴實實。儲酒箱裡的鋸末被畫家弄得沙沙響，光亮的包裝紙被撕碎了，什麼東西被扔在地板上發出了聲響。畫家取出一個酒瓶，高舉著，對著光線看了看，然後用大衣把瓶子擦乾淨，又對著光線看了看，感到非常滿意。他把酒瓶放下，敏捷地從架子上拿起兩個酒杯，兩個厚厚的、綠色的高腳杯，笨手笨腳地，無論如何也不及平時那麼穩當地給兩個杯子都倒滿了酒。他把其中一杯推到父親面前，要他乾上一杯。

一杯下肚以後，畫家說：「不是真的，嚴斯。」

父親證實說：「天知道，馬克斯，天知道。」

畫家又倒滿了兩杯酒，然後把酒瓶放到高高的架子上，要費很大的勁才能再把它拿下來。兩人默默對坐，相互注視著，卻不是互相提防。他們聽著外面的風怒吼著颳過房頂，吹進旁邊的煙囪，從上面灌下來。院子裡，風把一群麻雀颳上了天，讓牠們加入其他飛禽的行列。屋頂上的風信旗也不能使牠們安定下來。有一股煤煙味從外面飄來。他們倆熟悉這種味道，放心地解釋道：「這是荷蘭人在燒泥煤。」畫家不吭聲地用手指了指酒杯，他們一飲而盡。

然後，我父親站起身來，全身被日內瓦酒弄得暖暖的，在屋子裡走來走去，從桌子走到牆角的書架前，眼光落在《皮埃羅檢查面具》這張畫上，又移到《小駒的傍晚》和《賣檸檬的女人》這兩幅畫上。接著又轉過身來，回到桌子邊。最後，他才意識到自己想說些什麼。

父親做了一個手勢，不是指著某一張畫，而是指著所有的畫說：「柏林要禁止這些。」

畫家聳聳肩說：「還有別的城市呢！還有哥本哈根、蘇黎世，還有倫敦、紐約和巴黎！」

父親說：「柏林就是柏林。」接著又說：「你為什麼相信這些，馬克斯？他們為什麼這樣要求你呢？為什麼一定要你停止作畫？」

畫家猶豫著。「也許我話說得太多。」畫家說。

父親問道：「說話？」

畫家說：「用顏色說話，顏色總是要表達點什麼的，有時甚至提出主張。」

「誰懂得色彩的含意呢。」父親說：「信裡還有別的內容，說到了有毒什麼的。」

「我知道。」畫家苦笑著回答。停了一會兒，他又說：「他們不喜歡有毒的東西。但是有一點毒是必要的。」為了說明，他掐了一朵花，我猜想那是鬱金香。他用手指把花瓣一片片地彈下來，就像偉大朋友彈著風車的葉片那樣，故意用食指把那朵花弄得光禿禿的，又把花莖高高地扔上去。接著，他看了一眼架子上的酒瓶，卻沒有把它取下來。

父親意識到，自己還欠南森一點什麼，所以他說：「這一切不是我想出來的，馬克斯，你可以相信我。禁止你從事自己職業的命令與我無關，我只是傳達而已。」

「我知道，」畫家說：「這群瘋子！他們似乎並不知道，繪畫是不可能禁止的。他們也許可以用許多辦法來禁止各式各樣的事情，但禁止不了一個人繪畫。早在他們以前就有人嘗試過，他們只消查一查就知道，對於不受歡迎的畫家，從來就沒有什麼防範的辦法，發配充軍，挖掉眼睛，都沒用，就算砍掉了手，人家還用嘴畫呢！這群傻瓜！他們好像不知道，還有肉眼看不見的畫存在呢！」

畫家坐在桌子邊，父親圍著桌子轉來轉去，他不再往下問了，只說：「禁止繪畫是個決定，也已經通知你了，馬克斯，事情就是這樣。」

畫家說：「是的，柏林的決定。」他緊張地盯著父親，坦率地渴望知道一切。他的目光再也不肯從父親身上挪開，似乎想強迫父親說出畫家早就知道的那些話，而父親在解釋時感到為難的神情也沒能逃過他的眼睛。

父親說：「馬克斯，他們命令我監督禁止繪畫令的執行情況，你也應該知道這一點。」

「你？」畫家問道。

父親說：「我，我負責這件事。」

他們相互瞧著，一個站著，一個坐著。有一刻，兩人默默地揣度對方，也許在琢磨相互了解的程度，考慮今後如何打交道等等。至少他們都在問自己，從現在起，如果兩人在這兒或那兒相遇，那麼，自己究竟在與什麼樣的人打交道？我發現，他們這樣相互揣度著、打量著對方的神情，重現了畫家一幅題為《籬邊二人》的畫。在這幅畫上，兩個老人在橄欖綠的光線下抬起頭，發現了對方；他們站在一籬之隔的兩個花園裡，可能早就相識，可是在這一特定的瞬間，突然懷著提防對方的心理，互相瞧著。

不管怎麼說，畫家本想問點別的什麼，但卻不得不問道：「你，嚴斯，你打算怎麼監督我呢？」

父親已經聽不出這問話裡有親切的含意了。他說：「你等著瞧吧，馬克斯。」這時，畫家也站起身來，把頭微微一歪，看著我父親，似乎已經知道我父親會幹出什麼來。父親認為是該穿上風衣的時候了。他劈開兩腿，夾上夾子。這時畫家說：「我們都是格呂澤魯普人，是嗎？」

父親頭也不抬地回答說：「我們是格呂澤魯普人，我們也不能改變自己的性格。」

「那你就監視我吧。」畫家說。

「事情就得這麼辦。」父親說著向畫家伸出手，畫家一把握住，一直走到門前也沒有鬆開。

由於被畫家緊緊挨著，父親貼在門邊，他看不見門把，估計在腰部附近，但幾次都沒摸著，最後好不容易地摸到了，便馬上扭開，一心只想趕快離開畫家的身邊。

風把我們拽出了門檻，父親不由自主地抬起手臂，伸出去，在西北風向他襲來之前，就側過肩膀來擋風，並一直向自行車走去。

因為風大，畫家使了好大的勁才把門關上。他走到對著院子的窗戶旁，他可能想看看，或者說他已經不得不看著父親和我在大風中離去。也可能，他頭一次想要確切知道父親是否真正離開了，因此，他佇立窗邊，看著我們費勁地踩著自行車而去。

我估計，迪特和布斯貝克博士也一定在看著我們的背影，一直盯著我們到自動航標燈前。這時，迪特會問：「發生什麼事了嗎？」畫家頭也不回地說：「嚴斯負責監督禁令的執行。」

「嚴斯？」迪特一定這樣問。

畫家說：「格呂澤魯普的嚴斯．耶普森，他直接負責這件事。」

第三章　海鷗

有人透過門上的窺視孔在窺視我。我立即就感覺到了，因為針刺般的疼痛在背上竄來竄去，這說明在我不停寫著的時候，有一種探究的，或說是冷冷探究的目光，透過窺視孔在觀察我。當寫到畫家和父親對飲的時候，我第一次感到有人在觀察我，射到我脖子上的那道折磨人目光就此不再離去，就像有細沙子烙著我的皮膚一樣。我聽見囚室門前輕輕的腳步聲、警告聲，還有抑制欣喜的呼聲，因此我猜想，通風的樓梯通道裡至少站著二百二十個心理學家，他們急切地想從我和我的作文中得到啟示。

他們從窺視孔裡看到我當時的神情，一定使他們非常激動，以致有幾個人無法抑制地叫出了所謂「布爾策爾徵兆」或「客觀性併發症」之類的話來。如果我不設法結束這種狀態的話，也許長長的行列直到現在還在窺視孔前慢慢挪動，我脖子上的難受勁和背上針刺般的疼痛也還在作祟。我把燈光聚焦在小鏡子上，出其不意地反射到窺視孔裡。光線把窺視孔前的人群掃得乾乾淨淨。只聽見外面一陣陣的怪叫聲、亂糟糟的警告聲，然後是急促的腳步聲，這隊人馬終於雜沓地離開了走廊。我感覺背上輕鬆了，疼痛感也沒有了。

我得意地寫著這篇作文，還在桌旁活動了幾下筋骨。這時，一把鑰匙插進鑰匙孔，門被打開了，約斯維希還是那麼懊惱沮喪，一進門就不聲不響地伸手向我要作文簿——德語課的貢品。這是希姆佩爾或科爾布勇，甚至更可能是希姆佩爾院長派他來要的。我又驚訝又害怕，自然又遇上他那責備的目光。可是，這位我們喜愛的管理員只是要我注意易北河上的晨曦，並說：「把東西拿來，這樣你就可以出去了。」他說著拿起我的作文簿，握在手中，用大拇指一頁一頁地翻過去，確定我不是什麼也沒幹。

他說：「好啦，西吉，該做的事情都完成了，包括寫作文。」我覺得他的聲音充滿著慈父般的滿意口吻。他讚賞地把手放在我的肩上，微笑著點點頭。他說我整整寫了一夜，還預言院長一定會表揚我。他懷著感激的心情看著我，要把我的作文簿拿到管理所大樓去。他剛往門口走去，我就叫住他，向他要回我的作文簿。這位我們喜愛的管理員用一副不解、甚至懷疑的神情看著我，把捲起的作文本攥得緊緊的，並高高舉起，說：「西吉，交了作文，對你的懲罰也就了結啦！」

我搖搖頭，說：「罰我寫的作文才剛剛開個頭，〈履行職責的歡樂〉目前還沒寫到正題，一切不過是剛剛開始。」

卡爾・約斯維希翻了翻我寫的頭一章，數了一下頁數，懷疑地問我：「你寫了一夜還沒有寫完？」

我說：「我剛寫到樂趣的產生。」

他有點生氣地說：「難道要那麼長的時間嗎？」

我說：「這種樂趣延續的時間很長。另外，對待懲罰的態度不是要嚴肅認真嗎？」

他同意這一點，說：「如果懲罰有效果，改造也就能成功。」

「可不是嗎？」我說。

「你知道我對你寄予了什麼樣的期望嗎？」他問。

我說我知道。

「你還欠我一篇罰寫的作文。」他說：「因此，你必須待在這間囚室裡，直到寫完這篇作文為止。你將一個人吃，一個人睡。你什麼時候回到我們中間來，由你自己決定。」然後他提醒我，不要忘記希姆佩爾院長給我的任務，而且重複說，作文是無限期的等等。最後，他把作文簿還給我，並去為我取早點。臨走前，他懷著誠摯的同情心問我：「使你苦惱的那些事情很糟糕嗎？」

「那是履行職責的歡樂。」我說。

「我感到遺憾。」他用幾乎聽不見的聲音說：「很遺憾，西吉。」他不由地把手伸進了口袋，拿出了兩支皺巴巴的煙捲和一包火柴，飛快地塞到我的床墊下面，面無表情地說：「禁止在室內抽煙。」

「明白了。」我說。

他走了。早餐以後，我一直站在釘著柵欄的窗前，看著易北河上的晨曦、被冰覆蓋的流水；

看著大型拖船和「埃米・古斯帕爾」號破冰船如何剪裁出相同形狀的冰塊，這些冰塊很快又變成了別的形狀。浮標在冰塊的撞擊下歪斜了。在庫克斯哈芬方向，天空呈現出灰土色的透明體，在透明體的旁邊，一片預示著一場大雪的雲朵正在形成。煉油廠上空小小的火苗在越來越大的陣陣狂風中彎著身子。風勢越來越強、越來越猛，把造船廠鉚釘錘的聲響吹到了我的耳邊。

在我們的工廠，在海島圖書館，人們早就開始幹活了，手提包專家奧勒・普勒茨接替了我在那裡的工作。這些並不會讓我感到煩悶，我並不想回到朋友們身邊去，我連沙利耶也不想念。他誰都能模仿，什麼都學得像，無論是聲音還是動作，比如科爾布勇的聲音和希姆佩爾的動作。我只想待在這裡，一個人獨自待在這間囚室裡。囚室對我來說，就像是一塊上下擺動的跳板。他們把我送到了這塊跳板上，而我必須從這上面跳下水去，又潛上來，再潛下去。一次又一次，直到把一切都撈上來，把我的記憶的骨牌撈上來，放在桌上，一塊一塊地拼起來。

又一艘油船往易北河的下游開去，這已是早餐後的第六艘了。船名叫「基舒・馬路」或是「庫施・馬路」。管它呢，反正它會到達目的地的，就像「克萊・貝・納帕西斯」號和「貝蒂・俄特克」號一樣。這些船高聳在水面上，螺旋槳在空氣中拍打著，把河水攪得像沸水一般。它們要開過格呂克施塔特，開過庫克斯哈芬，我想，幾乎在我們這個島的地平線上，沿著這條必經之路向西駛去。

但是，我並不想加入它們的行列，在德黑蘭或卡拉卡斯登陸。我不能讓潮流或情緒來改變我的航向，我必須遵循我的航線。這是一條既定的航線，它通往魯格布爾，通往記憶的碼頭，一切都堆積在那裡，一切都已準備就緒。我的貨物在魯格布爾，魯格布爾就是既定的碼頭，至少是格呂澤魯普，因此，我們不能任意航行。

現在，纜繩扔去處，一切源源不斷地湧來，一切又都可靠地再現了。我讓一片平原在我眼前展開，上面剪了幾道水溝和陰暗的渠道，架上了幾座荷蘭水閘，在人工的土丘上立起五座風車，我站在家裡的屋簷下就能看見它們——其中也有我最喜歡的那座掉了葉片的風車。在風車和粉刷成鏽紅色與白色的房屋周圍，有一條大壩，就像一條保護著它們的彎曲手臂一樣。在西邊我還放了一座紅色燈塔，讓北海沖打著防波堤。而那裡，正是畫家從自己的小屋中觀察北海的浪濤拍打堤岸、泛起泡沫、蕩滌一切的地方。現在，我只需要沿著羊腸般的磚石小路走去，魯格布爾便會呈現在我眼前，也就是說，讓「魯格布爾警察哨」的牌子出現在我眼前。我常常站在這塊牌子下面等著我的父親，有時也等著我的外祖父，很少在那裡等我姊姊希爾克。

一切都老老實實地聽我支配，平原、耀眼的陽光、磚石小路、泥煤塘、釘在褪色木樁上的牌子，一切都靜靜地從海底的昏暗處漂浮上來；各種臉龐，彎腰的樹，狂風停歇後的下午，一切都回到了我的記憶中。我又光著腳站在牌子下望著畫家，或說望著畫家的大衣在大壩上飄動，費勁地向半島走去。這是我們北方的春天，空氣帶有鹹味，風也特別寒冷。我又藏在一輛破舊的、沒有輪子的、兩根轅朝天的板車上，等著我姊姊希爾克和她的未婚夫，他們一會兒就要到半島去撿海鷗蛋了。

我向他們苦苦哀求，要他們帶我到半島去，但是希爾克不肯。什麼都得希爾克說了算數。她說：「這沒你的事。」於是我蹲在板車破碎的車板上等著他們出發，然後偷偷地跟在後面，盡可能不被他們發現。父親坐在家裡那間從不允許我進去的窄小辦公室裡，正用他那種圓形字體寫報告。這時，母親把自己關在臥室裡，在那年糟糕的春天裡，她常常如此。

也就是在那年春天，希爾克頭一次把自己的未婚夫帶到家裡來。他叫阿達爾貝特・斯科沃羅納克，她管他叫做「阿迪」。我聽見他們走出家門，我從車子的板縫中看見他們走過我身邊，上了小路。希爾克以她那副慣於發號施令和永遠有理的樣子走在前面，而阿迪呢，總是拖著僵硬的步子落後一步。

當這兩人在嚓嚓作響的雨衣聲中向磚石小路走去，然後頭也不回地向大壩前進時，沒有手指勾著手指，手臂也沒有摟住對方的腰，也沒有用捏對方的手來打暗號進行交談。他們就這麼走著，似乎知道有人盯著他們而有所顧忌，兩人的許多動作都一模一樣，竭力裝出一副專為撿海鷗蛋而出門的樣子。他們的脊背不自在地直挺著，腳步沉重，彷彿穿了鉛製的鞋一樣，兩人避免任何接觸，其原因都是由於家裡臥室的窗簾在輕輕地飄動，忽而被掀起、忽而落下來，忽而又被急促地拉開了。

我清清楚楚地知道，母親就站在那兒；我也知道，她正在往下看，在那兒生氣、高傲地噘著嘴，那張微紅的臉板著，一動也不動。「吉普賽人，」她輕輕地、神色倉皇地對父親說。那是在她聽說阿迪是個音樂師，手風琴手，也在希爾克當招待員的漢堡太平洋飯店工作之後。自從她說過他是吉普賽人以後，古德隆・耶普森——我的母親，我生命的支柱——就把自己關在臥室裡了。

我一聲不響地趴在板車上，太陽穴緊貼車板，一個膝蓋彎曲著，看著窗簾，又傾聽著希爾克與阿迪向大壩、向海濱遠去的聲音。我等到臥室窗後再也沒有動靜、再也聽不見任何聲音時，便爬起來，跳下車，一溜煙跑到路邊的水溝裡，歪著身子在溝邊的樹叢中追蹤他們。

希爾克提著籃子。現在她微微彎著身子，似乎在準備起跳，準備一下跳出我們家的圈子。她那雙用白粉刷過的鞋，在紅磚路上閃閃發光。在家常常披著的長髮，現在塞進了大衣的領子裡，由於沒完全塞下去，也沒有塞緊，長髮又一大綹一大綹地滑了出來，因此，從後面看，她好像沒有脖子，而她的頭就像一個壓扁了的球一樣。她有一雙八字腳，兩條腿靠得很近，硬梆梆的小腿肚太往內歪，使得她走路常常失去重心。有時小腿肚還互相摩擦，碰來碰去。但是希爾克感覺不到，她也從來沒有感覺到過，或許因為她走起路來就像在執行什麼計畫一樣不顧一切，全憑一股蠻勁。真像螞蟻，我想說，像隻紅螞蟻。

她一次也沒有回頭看過，不想讓自己更有把握一點，簡直無所顧忌。而阿迪，這個手風琴手，走起路來有點猶豫，有點下不了決心的樣子，有時還回過頭來仔細瞧瞧。而我必須提防，或者被他發現，或者他突然想做一些比撿海鷗蛋更刺激的事情。他雙手揣在大衣口袋裡，還抽著煙，因為他快凍僵了，大風把小塊抖動的浮雲吹過他的肩頭。有時他跳幾下，或者轉過身來背頂著風走幾步，一邊使勁地把身子縮進雨衣裡，於是我能看見他那張蒼白的、極為粗糙的臉，這張臉似乎只能做出一種表情，那就是他向人問好時那種知足容忍的表情。當他發現母親不請他坐下，當希爾克把他拉到鄰居那兒，別人連一句話也不問他時，他還是這個樣子，誰也看不出他有什麼痛苦，也不能從他身上知道他有什麼歡樂、他對什麼感到恐懼，因為他只露出這種愉快的容忍表情。他就是以這種表情出現在我們家中，並且永遠烙印在我們的記憶裡。

但是，我現在不能在大壩後面把他們跟丟，我必須盯住他們，就像當年那樣跟蹤他們。我彎著腰挨著水溝邊的樹叢，側著身子躲在水閘後面，然後放心地藏在一段不易被發現的蘆葦叢中。最後到了離壩頂還差一點的地方，他們回頭看時，我只要蹲下來，就不會被發現。他們橫越壩頂的地方，正是父親在無數次騎往布雷肯瓦爾夫的途中，推著自行車向上走的地點。他們倆在上面一刻也不停留，不像一般人那樣總要欣賞一下大海的景色，而是飛快地下壩，奔向海邊一條沿著加固堤、隨著大壩彎曲延伸的小道，走過「淺灘一瞥」酒店，直抵半島。

在這裡，他們倆停下來了，兩人靠得緊緊地站著。希爾克一個肩膀靠在他的胸脯上，手指著北海，我可看不出那兒有什麼可引人注目的。她又伸出手臂緩緩地畫了一個弧形，似乎是要把整個北海連同它的貝殼、波濤、水雷和黑暗的海底失事船隻都送給阿迪。阿迪用一隻手搭在我姊姊的肩膀上。他吻她，然後從姊姊的手中拿過籃子，使她能擁抱他。但是，希爾克並沒有擁抱他，而是說了些什麼話，他也接著說了幾句，全身的姿勢十分緊張，並指著半島上沙石閃亮的頂端，似乎也要把北海的一部分送給我姊姊。我估計有一個半平方公里那麼大。

海水拍擊著防波堤的石頭，水花飛濺到他們身上，泛泡沫的細水柱從石塊的縫隙中噴射出來，接著又嘩啦啦地退下去。堤外海面上有一片含雨的烏雲，像烏黑的滑車索具，掛著上桅帆、下桅帆和主帆，被風吹著向這邊移動而來。這一切顯然引起阿迪說了些什麼，我姊姊也回答了他幾句，大笑著身子往後仰，阿迪只好像警察似地一把抓住她的胳膊，拉她沿著骯髒的小徑走去。

緊挨著小徑旁有一條潮水線，那裡有馬尾藻、枯萎的慈菇和亂石。與這條線相平行的，還有許多過去留下的潮水線，因為每一次大潮水退去以後，總要留下一條長長的痕跡，一條讓人留念的印記，它展現了大海在冬天的力量；或者說，大海在冬天的盛怒。每次潮水捲上來的東西都不同，這一次可能把沖洗成白色的海底植物連根捲到岸上，下一次則把軟木和一個砸碎了的兔子窩推了上來。那裡有一團一團的海藻、貝殼、壞了的魚網和像女人長裙似的暗褐色植物。我姊姊和手風琴手走過這些東西向半島而去。他們並不上壩到「淺灘一瞥」酒店去，而是在海邊走著，現在手牽著手。他們的臉頰灼熱，飛濺的浪花不斷落在他們身上。半島平坦地伸向北海的地帶，可以看到泛著泡沫的浪峰，就像一層羊毛；海浪從黑色的遠方滾滾而來，在淺灘上撞得粉碎，泛著泡沫，忽上忽下，不斷發出嘩嘩的聲響。

半島像一個尖尖的船頭立在大海中，徐徐上斜到一片起伏的沙丘，上面沒有樹木，只長滿了堅硬的海草。海鷗就在那裡棲息。每年春天，海鷗就在飛禽站的小屋和畫家的小屋之間築起寒磣的巢。畫家的小屋在一座沙丘的腳下，四周光禿禿的，朝大海方向是一扇窗戶，低矮，但卻十分寬大。

現在，我在酒店的遮掩下在壩頂上走著，希爾克和手風琴手阿迪已從我的視線中消失。阿迪可能是順從我姊姊的意思把手風琴背到我們家來了。每當他伸手去拿那個有銀的、或許鍍銀的

「A．S．」字樣[4]的手風琴時，母親就滿臉不高興地默默離開，如果不是這樣的話，他肯定是會演奏些什麼的。我父親會請他演奏一支自己喜愛的曲子，我也願意請阿迪演奏一首歌，但是我母親顯然不能忍受，於是，這個沉重的手風琴也就只好放在希爾克的房間裡。我早就在考慮，找個晚上在那破舊的板車上偷偷試它幾下。

我站在酒店的木板平台上，從兩扇觀賞窗之一向裡面望去，那裡只有一個黑黝黝的男人坐在一張空桌子旁。這個男人向我伸出舌頭，似乎要把那個裝著鯖魚刺的煙灰缸向我扔過來。我趕緊低頭從窗下溜走，又回到大壩的樹叢中，希爾克和她的未婚夫正在我的斜前方。他們倆一前一後地走在防波堤的石頭上，一直走到坡度下斜的地方，繼續跑到半島平坦、光亮的海灘上。當他們又手拉手在浮木和海藻之間穿過沙堆向大海走去時；當他們在孤寂中向沙丘走去時，人們完全可以把他們倆當作是阿斯姆斯．阿斯姆森的小說《大海的火花》中的一對情侶——蒂姆和蒂內。

不，這是不可能的，因為蒂姆不會擔心北海上空那片飽含水分的烏雲，尤其他不會像阿迪凍成那樣。當一隻藍背鷗像一發白色的炮彈，發出尖銳的鳴叫，猛一拐彎向他俯衝過去的時候，蒂姆也絕不會像他那樣嚇得低頭彎腰。阿迪見海鷗向他衝過來時，不僅嚇得彎下了腰，而且拔腿就跑，因此，他沒看見海鷗就在他的頭頂上突然停止了俯衝，並被風吹到了安全的高度，在那裡發出了刺耳的警告聲，發洩牠滿腔的憤怒。每次都是這樣開始的。總是由一隻海鷗先開始進攻，一

4　A．S．阿迪原名 Adalbert Skowronnek 的縮寫。

隻藍背鷗，或短尾鷗，或黑帽鷗。我們的海鷗是絕不會甘願把蛋給人的，牠們會進攻，紅的眼、黃的喙，在飛行中佯攻。

我猜想，手風琴手從未經歷過這種場面——兩百萬隻海鷗突然發出尖叫飛向空中，猶如一片銀灰色的雲彩懸掛在半島上空。牠們呼啦呼啦像發了狂一般憤怒地飛上飛下，拍打翅膀，組成各種隊形，同時，羽毛像白色的雨點一般落下來。或者，也許這樣形容更好：絨毛般的白雪填滿了沙丘上的低凹處，又鬆軟，又暖和，顯然，要是我姊姊和她的未婚夫願意的話，無疑可以在上面睡覺。當我這麼描寫時，我的心怦怦地跳個不停。

當海鷗從牠們寒磣的窩裡飛到天上，組成一個喧鬧的天空時，我就從大壩上朝海灘跑去，藏在一只壞掉的魚箱後面。在空中的陣陣怒叫聲中，我屏住呼吸躺下，手中緊緊握著一根棍子，必要時，我就用它砍掉一隻藍灰色的潛水鷗的腦袋。也許我只打掉牠一個翅膀，把牠帶回家去教牠說話。

海鷗早就發現了我。牠們像一片白雲，在我的頭頂上盤旋，憤怒地搧動翅膀。當又笨又大的「市長鷗」像重型轟炸機那樣尋找合適的高度時，機靈的短尾鷗則緊貼著海灘盤旋著，憤怒地向我衝過來，帶著嗖嗖響的氣流，在我面前一個急轉彎，筆直向大海飛去，在那裡又排成新的進攻陣式。

我一躍而起，拿著棍子在我的頭頂上飛快地轉著圈，就像有人——可是像誰呢？——揮舞一把劍，使自己在雨中不被淋溼那樣。我邊舞邊打地離開了海灘，風馳電掣般順著潮溼的海灘上僅有的兩行腳印跑去。

在不討人喜愛的蛋窩裡，有各種顏色的海鷗蛋，藍綠色的、灰色的、黑褐色的。我使勁地在那些蛋窩之間跑了短短一段路之後，就又見到他們倆了。

阿迪死了。他仰面躺在地上，一隻黑背鷗，或者十隻小黑背鷗和九十隻高貴的海燕把他弄死了。牠們把他啄穿了、啄透了。我姊姊跪在他身旁，神態自若，反正就是沒有任何怨恨地解開了他的衣裳。她掌握、計畫、統籌著一切，就是忍受不了遲疑和躊躇。她低下頭，把臉緊緊挨著阿迪的臉，摟抱他，躺在他身上。她還真行，阿迪的腿開始微微抽動，他舉起手來，肩膀在痙攣，身子掙扎著。

我什麼都忘了。我向那些俯衝著、抱怨著的海鷗揮舞棍子，跑到他們那裡，跪在地上，看見阿迪紫紅色的臉在抽搐，嘴巴緊閉，牙齒咬得咯咯響。他手指彎曲，大拇指緊緊捏在手中，汗水使他的皮膚閃著亮光。當他張開嘴的時候，我發現他的舌尖滿是傷疤。

「讓他去，」姊姊說：「別動他。」她無暇對我的突然出現感到驚訝，她扣上了阿迪的襯衣，羞怯地撫摩他的臉，既不激動也不害怕，只是有些羞怯。我看到阿迪在她的撫愛下逐漸平靜下來，嘆息一聲，站起身子，微笑中還有些膽怯。當他見我揮舞棍子不讓海鷗飛近他身旁時，他向我打了個招呼。

我的棍子一會兒往這兒打，一會兒往那兒打，驚嚇了那些進攻的海鷗，使牠們停止了俯衝。我這樣亂打，裝得好像沒有時間去聽姊姊準備對我進行的指責。我在為阿迪戰鬥，我打得海鷗不敢飛近我們。我邁開進攻的步伐，來回跳躍，用手作投擲動作來抵禦海鷗。這時希爾克趕緊把海鷗蛋撿進籃子裡，阿迪則站在那裡發呆，用手揉著脖子。他的脖子意外的蒼老，我敢說，上面滿是皺紋，有點像一張皮革。

海鷗突然改變了策略，牠們似乎已經注意到，佯攻達不到目的。現在只有幾隻神風鳥，主要是黑背鷗，張開腳蹼和珊瑚紅的咽喉，展開像戎克一八七型飛機的翅膀，還在向這裡俯衝。這只是幾隻不了解情況的遲到者，因為別的海鷗已經組成了一片浮雲壓在我們頭上，在那裡用拍打翅膀和叫喊的聲音來向我們進攻。既然俯衝無濟於事，牠們就用叫聲來嚇唬我們。各種刺耳的叫聲鑽進我們的腦子，鑽進我們的骨髓，使我們起了一身雞皮疙瘩。

阿迪笑咪咪地捂著耳朵。希爾克彎腰往籃子裡撿海鷗蛋，斜著落下來的海鷗屎一次又一次地命中她的身子。我仍然揮舞著棍子，只為了使落下的羽毛飛舞起來。我的棍子在鳥的身體和翅膀間起落。有一次，我打中了一隻大黑背鷗的頭部，但牠卻不往下墜落，不肯落在我的腳下。我無法把這些激動的海鷗組成的天空捅個窟窿，我無法嚇唬住牠們，也不能使牠們安靜下來。海鷗又吵又鬧，但是，我們卻頂住了這股喧鬧聲。

有一次，一隻海鷗啄了一下我的腿，由於我沒有打著牠，我就把一個海鷗蛋朝牠扔去，海鷗蛋落在牠的背上，破碎的蛋黃在牠身上塗上一個莊嚴的標誌，於是牠飛到巴西去了。

阿迪讚賞地向我點著頭。他看見我擊中了海鷗，便走到我面前，讓我鑽進他的雨衣裡，因為海上已經開始吹來一陣陣大風，把海草吹得躺在地上，把沙子一片片地颳起來，打在我裸露的腿上。

他喊著希爾克，她還在那裡興致勃勃地撿蛋。阿迪指了指北海，叫她看大雨將臨的形勢。大海像一根弧線，現在縮短了，更加陰沉了，而且被一道白幕遮掩住了。這道白幕被風吹著向我們這邊移來。眼前的海水在閃亮發光，風從波峰裡捲起閃爍的浪花。

「別撿了！」阿迪叫著，但是姊姊沒聽見，也許她聽見了，只是要把籃子撿滿。於是我們慢慢地跟在她後面，也就是說，我在海鷗之間殺出一條通往她的道路。我在阿迪的雨衣裡待得很舒服，我只能從一條縫隙裡往外看、往外打。我感覺到他身體的溫暖，聽見他快速的呼吸聲，也感覺到他表示好感而輕輕按了按我的肩膀。

「別撿了！」他又叫著。因為風突然停止，開始下雨了。隔著茫茫雨絲看去，她的身影顯得又小又遠。她彎著腰在蛋窩之間跑著，直到一道閃電在海上躍出，劃破海空；閃電在黑暗的地平線前爆發出來，接著是一陣絕妙的，按我說是叫人愉快的雷聲越過北海滾滾而來。這時我姊姊才站起身來，看看大海，又看看我們，伸出手臂指著一個方向就跑起來，內八字的小腿肚十分礙她的事。我們只好跟著她，向她所指的方向跑去。

海鷗轟然飛起。牠們張著嘴隨時準備自衛。當我們越過沙谷、翻過沙丘去躲避暴風雨的時候，一陣發狂的叫聲像瀑布一般向我們襲來。風又颳起來了，魯格布爾狂暴的春雨朝我們打來。溝渠太窄了，容不下那麼大的雨勢，草地被雨水灌滿了；牲畜只見骨頭的屁股上胡亂黏著的乾枯菠菜，這會兒也被洗了個乾淨。

我們這裡只要一下雨，大地就不再那麼坦蕩，那麼一望無邊。大雨似懸掛著的薄幕，遮住了人們的視線，一切都變得那樣低矮、窄小。要想到誰家屋簷下去避避雨，那是沒有用的，因為雨是不會停的，只有一覺醒來，你才會愉快地發現雨停了。如果光是下雨，我們還可以舒舒服服地走回家去，我是這麼打算的。但這是暴風雨，還有海上劃破長空的閃電和轟隆隆的雷聲，強勁的海風趕著我們在沙丘上奔跑。在這種惡劣的天氣下，我們不是在走，而是一腳一陷地在沙丘上踉蹌著，一直跟在希爾克後面。她現在正往畫家的小屋那邊跑去。她到達以後，立即打開門，在被大雨遮住的門洞裡等著我們，向我們招手，直到我們也趕到了她的身邊。她把我們叫進了小屋，關上門，滿意地吁了一口長氣。

「門閂，」畫家說：「你得把門閂插好。」姊姊用拳頭把門閂捶上了。我們溼淋淋地站在畫家的小屋裡。

我從阿迪的大衣裡鑽了出來，繞過畫桌，走到寬大的窗戶旁，像從前有那麼一次那樣向窗外望去，像從前有那麼一次那樣，等著看澎湃的海濤浮起一具死屍，一具飛行員的死屍，海浪把他拋到岸邊，又把他捲了回去。畫家也許知道我在凝望著什麼，因為他笑著說：「暴風雨，今天只有暴風雨。」

我常常陪他到小屋去。在他觀察波浪的掀起或翻落、觀察天上的浮雲或海上的光時，我就坐在他身邊的畫桌上。有一次，我們倆一起發現了那具飛行員的死屍。他抓住坐在桌子上的我，久久不放，觀察那緩緩漂浮著、滾動著、聽憑擺布的屍體。它似乎在傾聽海濤的節奏，自己也微微起伏著，懶洋洋地翻滾著。看了好半天，我們最後才跑出去，把那死去的飛行員拖到岸邊來。

「只有暴風雨。」他在昏暗中微笑著說。然後，他拿出一條大手帕，擦乾我的臉，而我卻還在波濤中搜索。照他的看法，我不夠安靜，因為他再次命令我：「安靜點！安靜一會兒吧，維特—維特。」他是唯一這麼稱呼我的人，為什麼不能這麼稱呼呢？「維特—維特」是海灘上彎嘴濱鷸發出的急促而憂慮的叫聲。這種鳥叫不出別的聲音來，畫家也想不出別的什麼來稱呼我。總之，他是這樣叫我的。只要有維特—維特的叫聲，我就回頭，向他靠近些，或者保持安靜。

南森擦乾了我的頭髮、脖子和大腿，又把大手帕遞給了希爾克。她也開始到處擦，用手捏著溼透的長髮往外擰乾。狂風從海上一陣陣颳來，在門外掀起了一陣騷亂。現在，一隻海鷗也看不見了，這些空中衛士完全不見蹤影。大海泛起泡沫，閃著光，我彎著身子歪著頭，瞧著泛泡沫和閃光的海水，把大海當成天空，把昏暗的天空當成大海。當我抬起眼睛，轉過身子時，我發現了她。

約塔不聲不響地蹲在櫃子旁，一動也不動。她盤著腿坐在地上，雙手放在懷裡，兩條瘦腿劈得開開的，把連身衣裙繃得很緊。我看到，她在微笑，只是回應著阿迪那困惑和不知所措的微笑。我有些詫異，看看這個、又看看那個，看看約塔那張瘦削的、愛嘲弄人的獵犬似的面孔，又看看阿迪直挺挺地、不知所措地站在那裡。她像一個穿著連身衣裙的娃娃。她叫人驚異之處就在於她是一個脖子細長、大腿細長，還有一雙轉動得很快、充滿好奇的眼睛的十六歲女孩。這就是約塔，這個女孩嘴上說的，從來就不是她心裡想的。自從她的父母——也都是畫家——死後，南森就把她和她野蠻的弟弟約普斯特收容了下來。從此，她就在布雷肯瓦爾夫到處招蜂引蝶。

無論如何，我想把他們彼此相認的這場啞劇弄明白。我想說點什麼，可是我姊姊已經開口了：「把身上擦擦，阿迪，雨水很涼。」她說著就把手帕塞到他的手裡，以她那種愛發號施令的態度用手肘把他推到一邊。阿迪莫名其妙地看著她，但還是順從地動手擦乾身上的雨水。當阿迪用這塊大手帕擦著身子時，希爾克對畫家說：「這是阿迪，我的未婚夫，他來這兒作客。」畫家笑著指了指角落說：「這是約塔，她跟她弟弟住在我們這兒。」於是希爾克和約塔握了握手，阿迪和畫家握著手。我和約塔握完手以後，阿迪也跟她握手。我突然想起我還沒跟畫家握手呢，我正要這麼做，希爾克也突然想起她還沒有跟畫家握手，於是也把手向畫家伸過去。如果不是畫家要從架子上取煙斗，走到了我們中間，我還差一點跟希爾克握了手。

「我希望這場雨馬上過去。」希爾克說。

「這是暴風雨，」畫家說：「不是一般的雨。」

「你活該，」希爾克對我說：「你幹麼要跟著我們。」

我全身都溼透了。我看到男人們用讚賞的神態在我頭上彼此交換了一下目光。阿迪遞給畫家一支煙，畫家舉起煙斗回絕了。畫家點燃了煙斗，走到小屋的窗前，向著窗外的大風、向著海上的一片黑暗望去，可能那裡出現了唯獨畫家那雙有耐心的灰眼睛才能捕捉到的情景。我已經學會當他浸沉於觀察看不見的過程、動作、現象中時去觀察他，我也熟悉他在和巴爾塔薩聊天或爭吵時的神態。我只要觀察他就夠了，我根本用不著追隨畫家的目光便能了解，他全部的注意力都已集中在那些夢幻般的人物身上了，他的眼睛喚醒了一切：雨王、造雲神、海浪上的行人，風神和霧神，風車、海灘和花園的偉大朋友，只要他的目光與它們交談起它們委屈而神秘的生活時，它們就都升起，顯現在他眼前。

他抽著煙斗站在窗前，凝視著滾滾的波濤，他瞇著眼、歪著頭像要撞什麼似的。這時，約塔不聲不響地從黑暗中走了出來，露出了她的大門牙微笑著，又開始向阿迪提出一些奇怪的問題。

這時，我聽見希爾克在笑。她手裡搖晃著一張畫紙，她趁畫家不注意，從畫桌上的夾子抽出了這張紙。

「這是什麼呀？」我問她。

「你過來，」她說：「你過來呀，西吉。」她看著那張畫，又笑了起來。

「你怎麼啦？」我問她。

她把那張畫紙攤在桌上，撫了撫平，問我說：「你認出這是什麼嗎？」

「海鷗，」我說。全是海鷗，剛開始，除了海鷗以外，我什麼也沒看見。一隻向下俯衝，一隻在下蛋，還有一隻在逡巡。不久我就發現，每一隻海鷗都戴了一頂警察的帽子，帽簷上是一個鷹徽。光這些還不算，所有的海鷗還都長得像我父親，都長著魯格布爾警察哨哨長那張長長的、昏昏欲睡的臉，牠們的三爪腳上都穿著一雙像我父親那樣的帶綁腿的皮靴。

「把它放進夾子裡。」畫家用猶疑不定的聲音說。

但是希爾克不肯，她哀求說：「送給我，好嗎?送給我吧！」

畫家又說：「我說了，放到夾子裡去。」

當希爾克不理會地要把畫紙捲起來時，畫家把畫從她手裡拿過來，放進夾子，說：「這張畫你們不能拿，我還需要。」然後，他把夾子放到自己面前，在夾子上放了一管舊的顏料。

「這張畫的標題是什麼？」希爾克問。

「還沒想好，」畫家說：「可能叫《紅嘴鷗在巡邏》，我還不知道呢。」

「那我就不要了，」希爾克突然說：「你為什麼不畫我呢？你答應過我，畫我或者阿迪。來，阿迪，」姊姊抓起未婚夫的手臂，使勁把他推到畫家面前，做了一個手勢，意思是說：這個人比任何男人都好畫。

「不行。」畫家說。

「為什麼？」姊姊問道：「為什麼不行？」

「我手燙傷了。」畫家說。

希爾克問道：「真的燙傷了嗎？」

畫家點點頭說：「燙壞了，長期不能畫了。」

暴風雨來到了我們的半島，閃電像操練步伐似地一閃一閃，海風陣陣，雷聲隆隆。我看到畫家的小屋在沙丘腳下變得十分渺小。在暴風雨的襲擊下，我能聽到木板在嘆息，地板在顫抖，窗戶玻璃上的泥灰在往下掉。在我們這裡，海上來的暴風雨是司空見慣的。

暴風雨在我的腦海裡並沒有留下什麼，姊姊說的話卻給我留下了深刻的印象。雷電閃過時，她說：「這座木屋有很長一段時間沒打掃過，需要有人來收拾一下。」她這麼說著。別人辦不到的事，她準能成功。希爾克一眼就發現了一把藏在角落裡的掃帚。她根本不問是否有人反對就脫下大衣，把凳子推到一邊掃了起來。她準備把沙土掃到一個角落裡，於是把我們都趕到畫桌旁，從門那裡開始掃起來。她把凳子疊在一起，把扔得到處都是的東西放在書架上，把那個沒人用的酒精爐子上的土撣了撣。她從容不迫地忙來忙去，覺得這個小屋太窄，不能讓她大顯身手，因而猶豫了半天，不想把凳子搬回原地，因為搬回去就意味著她的工作結束了。

約塔微笑著坐在一張木製的摺疊床上，她的兩顆大門牙在那裡閃閃發亮，她一直看著阿迪，而阿迪則窘迫地推推這個、弄弄那個。他想說點什麼，想著最好能把一隻腳踩在那把匆匆揮動的小掃帚上，踏上它——我是那麼猜的——但是他一味地沉默，順從地聽著希爾克的指揮。

我還記得外面突然有人敲小屋的門。暴風雨中有人敲門，那一瞬間可把阿迪嚇了一跳，我現在還記得他那恐懼的神情。我們大家為難地互相望著、猶豫著，儘管阿迪就在門邊站著，最後還是畫家拉開了門閂，把門打開了。門一開，大風就把門吹得撞到了牆上。

我父親站在門口，背後是灰色的沙丘。他身上的披風飄動著，閃電把他照亮，在他身上跳躍著、閃動著。在我眼裡，他是一個行動遲疑的怪物，一個笨拙的雨中怪客，他不讓我們知道他想幹什麼，因為他不打算進屋來，只是煞有介事地站著，似乎拿我們的不安來取樂。可是他突然語調平板地說：「西吉？」

「在這兒。」我說著馬上跑到他身邊，他從風雨衣中伸出一隻手，抓住我的手腕，把我拽出門外，一聲不響地轉過身去，拉著我在暴風雨中走上了大壩。

沒有責備，也沒有嚇唬，我只聽見他輕輕地喘著氣，感覺得出他生氣地緊緊抓著我的手腕。我們踉蹌地走過沙丘，走上他放自行車的大壩。父親一句話也不說，我一聲也不敢吭，因為我害怕，我在深深的恐懼中知道，等待著我的將是什麼，不管說什麼，都不會使情況有什麼變化。於是，我全身痙攣般地坐在車桿上，緊緊抓住車把。他推著車，騎上去，在暴風雨中，在從側面吹來的陣風中駛下大壩，片刻也沒有停下車。我知道，走這條路要花他多大的力氣，注意力要多麼集中。我聽見他在我腦袋邊上喘氣，也聽見他頂著迎面撲來的陣陣勁風使勁踩著車時發出的呻吟。當他把我拉出畫家的小屋時，要是罵我兩句那該有多好，就是打我一下也行啊。要是這樣，一切就會輕鬆多了，我也就習以為常，不這麼害怕了。但是，這一路上，父親沉默不語，他用沉默來懲罰我，用沉默預先宣告他要懲罰我。父親就是這個樣子，一切都要事先預告，有所準備，絕不突然襲擊。如果他出於職責要對什麼事情進行干預時，他總是先打招呼說：「注意，我現在要干涉啦。」不打招呼的時候很少。

我們無言地駛下大壩，越過磚石小路回到家裡。在台階旁，他讓我跳下車，用食指一揮，命令我把車推到車棚裡去。我回來後，他又抓住我的手腕，拖著我進家門。他一邊走一邊脫風衣，避免看我的眼睛，似乎害怕自己的滿腔失望或憤怒的情緒會提早爆發。

他跟在我後面走上樓梯，進了我的房間，屋子裡電燈亮著。自從我哥哥克拉斯把自己弄殘廢並被抓走以後，我就獨自住在這間房間裡，四周的牆和窗台都屬於我。我還有一張可以拉開的桌子，桌上鋪著一幅亞麻布的藍色海圖，各種最驚險的海戰都在這張海圖上進行。我甚至還有一把鑰匙可以鎖上我的房門。

房間裡亮著燈，我從門縫裡看見燈光，立刻就知道，是誰筆直地站在我房間的櫃子旁。她的髮髻梳得又緊又古板，嘴唇撇著。我在門外想像著母親高傲而又死板的神情，因此，父親打開門後，我毫不驚訝地站在門檻上。他一把將我推進房間，看著母親，等她開口。她一動也不動，就像從遠方看著我一樣。他等了半天才說：「他來了。」然後趕忙穿過房間，用詢問的目光看著母親，從我的床底下拿出一根棍子，又詢問地看了我母親一眼，然後又回來，說：「把褲子脫下來！」我知道他要這麼說，但我並沒有在他下令前就把褲子脫掉。我脫下褲子，交給他，看著他細心地把褲子抖平了放在桌上。我還沒有彎腰，還等著他發出命令：「彎腰！」我把手掌放在發抖的大腿上，第一鞭還沒打下來，我就嗖地站直了。

他滿臉不高興地放下棍子，尋找母親的目光，似乎為我的不順從而向母親道歉，母親卻一動也不動。棍子又舉了起來，我彎下腰，把溼漉漉的屁股繃得緊緊的，咬緊牙關斜眼看著母親。這一回棍子還沒下來我又飛快地站直了。我放鬆地走了兩步，揉揉屁股，走回來，在還高高舉起的棍子底下彎下身子。這一回我下定決心挨一棍。可是，在這一棍嗖的一聲落下來之前，地板上的釘子鬆動了，螃蟹夾住了我的小腿跟，信天翁啄著我的脖子，這時候真是什麼輒也沒有，我只好跪在地上啜泣起來。

母親沒有想到我會這個樣子，她從呆滯中甦醒過來，垂下雙手，無所謂地，對我的懲罰不再感興趣地離開了房間，走前還用厭倦而蔑視的目光看了我一眼。父親驚愕地看著她，也許還想把她攔住，在她身後嘮叨幾句，但我母親已經走到了外面的走廊上，回到了自己的臥室，用鑰匙把門鎖上了。

父親聳了聳肩膀，有點不好意思地看著我，也好像沒有什麼興致了。我可逮到機會了，我啜泣著向他微笑，還想試著跟他眨眨眼睛，就像一個幹了壞事的人脫險之後，跟自己的同夥眨眼睛一樣。但我沒有弄成，卻扮出一張鬼臉來，而父親卻瞄了瞄自己的懷錶，隨手抓起了我的襯衣，把我拖到桌子前，小心翼翼地把我的上身按到桌子上。我輕輕地掙扎著爬起來。他又把我按下去。我又起來，他在我的脖子上打了一巴掌，打得我趴在桌子上。我又微微掙扎著爬了起來。

在我的臉下面是一張亞麻布的藍色海圖，上面是茫茫大洋。每當我模仿著打那些大海戰時，我總夢想自己統治著這片汪洋大海，我在這裡進行過雷潘托海戰、特拉法爾加海戰，我在那裡打了斯卡格拉克海戰、斯加帕弗洛和奧克尼海戰以及福克蘭群島的戰役。而現在，船帆落下了，戰船沉沒了，我在夢想的勝利海洋中沒頂了。

我沒有料到，第一棍子就使我疼得發燙，因為他打的時候興致不高，或者說有點不耐煩，所以第一棍子打下來後，我的屁股就產生一道熱辣辣的傷痕。我掙扎著爬起來，父親以左手把我按下去，把我按到那充滿痛苦和屈辱的深深大海裡，同時，他的右手高舉棍子，嗖的一聲打下來，雖然夠狠的，但他卻是出奇地心不在焉。每挨一棍子，我就發出一聲乾巴巴的、誇張的喊叫聲。我父親不時地傾聽著走廊裡的動靜，盼望著母親出現，父親希望用我的喊聲來撫慰母親失望的心情。

父親想，我挨打的叫喊聲既然傳到待在孤獨與冷漠臥室裡的母親耳裡，那她就不能無動於衷，於是，他不停地回頭，聽聽有無動靜。我的父親啊，你永遠是個執行者，無懈可擊的盡忠職守的人！我母親卻不再出現了。即使我還發出一聲短促的叫喊，即使這叫喊聲對她來說是新鮮的，她也不再出現。這顯然使父親感到沮喪，因此，最後幾棍子只是機械式地落了下來，當我回頭看時，他就用棍子示意讓我到床上去了。

我上床趴著，他用棍尖撥我的下巴，非要我抬頭看他不可。透過模糊了眼睛的淚水，我看到他已經筋疲力竭，神情懊喪，但他似乎想要掩飾這種神態，便提高了嗓門問我：「你怎麼說？」為了使他不再重複這個問題，我趕緊回答說：「有暴風雨的時候，我要乖乖待在家裡。」他點了點頭，滿意了，把棍子從我的下巴收了回去。「有暴風雨的時候，你得在家待著，知道嗎？你母親要求你這樣做，我也要求你這樣做，有暴風雨的時候，在家待著。」

然後，他從我的身子底下抽出一床被子蓋在我身上，無所事事地坐在那張海圖前的椅子上，歪著頭聽外面的動靜，一副百無聊賴的樣子。因為現在沒有人派公事給他，而沒有差使，他只是半個人。像這樣安安靜靜、懶洋洋地待著，他也並非毫無經驗。在平安無事的冬天，他能對著爐子發呆許久，要是讓他去執行一個一目了然的任務，他毫無疑問地就會把自己從這種狀態下解脫出來，竭盡全力地去考慮問題和提出問題。

我在那兒啜泣著，並用一隻眼睛從手肘旁偷偷瞧他。傷痕發燙，被子壓在發紅的部位沉重得叫人難以忍受。我盼望他離開這兒，只希望獨自一人待著，而他卻一直不走，對我的啜泣聲，對一切，他都能忍受。

他突然站起來，輕輕敲敲我的肩膀，說：「我跟你說的那些話，你也不必明白，我跟你講過就夠了，你懂我的意思嗎？」

我說：「懂。」為了擺脫他，我又說了一遍：「懂。」

「有用的人必須懂得服從。」他說。

我趕緊回答說：「是，父親，是。」

他又聲音單調、若有所思地說：「我們要把你變成一個有用的人，你要明白。」

突然他又問我：「他工作了嗎，那個畫家？」

我沒有馬上反應過來，於是，他又問我：「你們在小屋裡的時候，畫家作畫了沒有？」

我驚訝地看著他，我意識到有些事情取決於我的回答，我了解的情況有點什麼用處。我裝出想不起來的樣子，確切一些說，我裝得好像被他揍慘了，痛得我連記憶都模糊了。

「海鷗，」我終於開口了：「他給我們看海鷗，每一隻看起來都像你。」

父親還想知道點什麼，可是再多我也說不出來了，然而他所聽到的這一切已經足以使他轉變態度，他不再躊躇不決，似乎突然十分警覺。他的面部表情不斷變化著，露出一副突如其來被激怒的樣子，向窗外看了一眼，眼神裡又是警告，又是失望——至少我是這樣想的。隨後，我永遠也不會忘記，他坐在我的床上，急切地審視著我，慢慢地說：「我們要一起合作，西吉。我需要你，你要幫助我。我們兩個人，誰也對付不了，他也不行。你為我工作，我要把你變成一個正經有用的人。這很有必要。你聽著！別哭啦，你聽著！」

第四章　生日

鞦韆擺盪得越來越高，越來越快，越來越陡，越來越有力量，越來越接近弗雷德里克森年輕時栽種的那棵老蘋果樹沒有修剪過的寬大樹冠。鞦韆從綠蔭中盪回來時，抖動的、綳緊的繩索呼呼作響，鐵環發出刺耳的聲音，產生一股十分強烈的氣流。樹枝的陰影掠過約塔平躺著的身體，她向上擺去，在空中停留一秒鐘，又盪了下來。這時，我飛快地抓住盪到我面前的鞦韆板，或者約塔的腰部，或者她那小小的臀部，推她一把，讓她向前、向上盪去碰那蘋果樹的樹冠，就像從投石器向上彈出去那樣。她劈開兩條腿，連身衣裙隨風飄舞，在她身旁產生呼呼的氣流，使她的頭髮向後飄散，使她那瘦削、愛嘲弄人的臉更加輪廓分明。她堅持要讓鞦韆轉個三百六十度，我也堅持使勁推她，但我們都沒有辦到這一點，即使她劈開兩腿站在鞦韆板上，她也翻不過去，不是樹枝太彎，就是擺動時力道不夠。

那是在畫家的花園裡，在布斯貝克博士六十大壽那一天。當約塔看到我沒有能力這樣做時，她就坐在鞦韆板上盪來盪去，微笑著，不想逞強了，並用一種誰也不曾教給她的神態盯著我，突然劈開兩條曬得黝黑的瘦腿夾住了我，不肯放開。這時，我除了感覺到她貼近我以外，什麼知覺也沒有了。反正，我了解她為什麼貼近我，而且我可以斷定她也明白我了解這一點。我強使自己鎮靜下來，靜待著還會發生什麼事情。但是，除了約塔乾巴巴地、懶洋洋地吻了我一下以外，再沒別的了。她鬆開夾住雙腿的護套，跳下鞦韆，往房子那邊跑去。迪特靠在窗子旁——那四百個窗戶之一——攤開的手掌上放著幾塊淺黃色的點心，像是要餵鳥的樣子。

我扔掉棍子，跟著跑過去。我跳過了花壇和灌木，想找一條捷徑，但我們跑得再快也是白費力氣，因為約塔和我還沒有跑到窗前，我就看見約普斯特從花園的涼亭裡殺了出來，或者說，滾了過來。這個野蠻的傢伙，肥胖但卻機靈，手指很短、嘴唇翹著。他悄悄地踏著大片大片的罌粟花和百日草，跑過競相爭艷、五色繽紛的花壇，他當然是第一個跑到窗前的人，從迪特手中搶走了那幾塊點心，把兩塊放進口袋裡，一塊塞進嘴裡，閉著眼睛津津有味地嚼著。他這個人是不會把已經搶到手的東西拿出來的，他自己占有的東西，也從來不會拱手送人。因此，迪特一句也沒有說他，而是招呼我們到客廳裡去。

在陰暗的走廊裡，我真想趕上約塔，但是她跑在我前面，我叫她，她不理我。我正要在一排水桶、掃帚和箱子處碰觸到她時，她已經推開了門，也不把門帶上，連頭也不回。客廳裡靜悄悄的氣氛使我頓生疑竇。我輕輕走到門檻前，以為客廳裡空無一人，並想：慶生會如果不在這兒舉行，那麼在哪兒舉行呢？當我猶豫地跨進門向四周打量時，我嚇了一跳；誰要是和我一樣以為裡面沒人而走進客廳來，也會嚇一跳的。在一條長得簡直沒盡頭的窄桌子上，一群神態莊嚴、鬢髮蒼白的海中動物默默地坐在那裡喝咖啡，沉浸在古怪的冥想中，默默地吞嚥著點心、核桃仁蛋糕和淡黃色的白糖糕。腿腳僵硬的龍蝦、大蝦和小沙蟹都坐在布雷肯瓦爾夫高傲的雕花椅子上，堅硬帶甲的四肢不時在這裡那裡弄出乾巴巴的聲響，骨頭似的龍蝦鉗子把杯子放下時發出嘈雜聲，有幾個還用牠們那漠然凸出的眼睛掃了我一眼。我想說，這是某種神靈才有的堅定的、威嚴的漠然表情。這群默默聚集在這裡的海中動物完全像我所認識的人：有兩個像是霍爾姆森瓦爾夫的霍爾姆森夫婦；我似乎還發現了特雷普林牧師和普勒尼斯老師；接著我又找到了我父親，甚至還有希爾克和阿迪。坐在最柔順的海鱒魚——多麼像布斯貝克博士——旁邊的是我母親，鐵板的面孔、古板的髮髻，活像一條鱸魚。有一個坐不住的、不斷說笑、像一條燈籠魚那樣快活地就是畫家。

突然大聲說話的也是畫家。他說：「讓孩子們坐在小桌子上吃吧！」這時，迪特已經站在我們的身邊，拉著我到小桌子旁，輕輕把我按坐在那張老式椅子上。一坐上這張椅子，我就不由自主地安靜下來，腰板也挺得直直的，因為我怕從這張有點傾斜的椅子上滑下來。迪特從我手中拿走了那根釘滿圖釘的棍子，把它放在窗台上。她要約塔為我倒一杯牛奶，把那個裝點心的圓盤子轉了四分之一圈，然後親切地對我說：「這樣就可以搆著了。」她敲了敲我的脖子，又回到那個神奇的筵席上。她一坐下，立即就變成了一條扁平的箬鰨魚。

我忘記了點心，也忘記了牛奶，一昧盯著坐在我對面的約塔，我突然覺得非常需要她注意我，於是我無聲地命令她看著我。這一招沒有成功，我便在桌子下面一次又一次地踢她，踢得她把腳直往回縮。她的臉上並無責備的表情，而是心不在焉地在那兒發呆，我不知道她在想什麼，考慮什麼，做什麼夢，我只盯著她那雙漫不經心的黑眼睛，斜陽的餘暉在她的眼中熠熠閃光。她用大門牙咬著點心，目光卻越過我，在客廳裡掃來掃去。多年來的寧靜，還有去冬以來的寂寞，還在這間大廳裡滯留著。

約塔穿著一條紅白格子相間的連身衣裙，細細的臂膀、束起來的頭髮，蒼白的嘴唇隨時準備收回自己的每一句話。要回憶起她是多麼輕而易舉，把她請回來坐在我的對面又多麼不費力呀！我能很快地重複體驗當時驚異的心情，而她竟然那麼快就忘卻了鞦韆，忘卻了我在鞦韆旁替她賣力。約塔就是這樣的人，一秒鐘以前還一起參與我們的活動，一起密謀；一秒鐘以後就能全部推翻。她剛才就是這副樣子。但是，我可沒有料到，她會突然站起身來，嘴裡嚼著點心，走過客廳，到了桌前，她和阿迪．斯科沃羅納克悄悄說了幾句話——她耳語的方式，使阿迪在驚訝之餘，做不出任何抗拒的表示——隨後，她彎著腰向門口走去，沒向我打一聲招呼就溜了。

我放棄了跟隨她的打算。我把點心放在她的盤子裡，把牛奶倒在她的杯子中，坐在她的椅子上。我一眼也不看窗外，儘管我可以在花園裡、在籬笆前、在沒有欄杆的木橋上輕而易舉地找到她。在這群吃吃喝喝的人們面前，我也開始吃起來。小桌上還有第三個盤子和杯子。我專心地吃著全部的點心，喝掉全部的牛奶，不，不對，我把剩餘的牛奶倒在一個較深的點心盤裡，捅醒了那隻在約普斯特坐過的椅子上睡覺的小貓。牠正伸長了身子，兩隻爪子蜷縮著，在那兒睡覺。我逗牠，牠用斜視發亮的眼睛看著牛奶，先用舌頭舔一下試試，然後就急急忙忙地舔起來，很快就把盤子舔得乾乾淨淨。我把盤子放回桌上，牠拉長了身子，使勁伸了個懶腰，舔著自己的大腿，小心翼翼地爬到我的懷裡，繞著一個假想的軸轉了幾圈，接著，摔倒了。牠把彎曲的前爪搭在我的手上，嗚嗚地哼起來。

我看著那一桌默默無言的人，他們還在沒有盡頭的桌邊狼吞虎嚥，煞有介事地清嗓子。桌子延伸到遠方的幽暗處，可能是淺灘和水溝的幽暗處。現在，我認出了我的外祖父佩爾·舍塞爾，這個貪婪的食客、鄉土志的撰寫者；還有大壩管理人布爾特約翰；格呂澤魯普九十二歲的船長安德森，我看他至少在五十五部文化教育片中充當過船長，因為他那勻稱、雪白的絡腮鬍，是人家求之不得的，他那水汪汪的眼睛和迷惘的目光，毫無疑問會被看作是海外遊子鄉愁的流露。

要是我把桌邊的人一個一個地數過來，冬天就會過去，易北河也解凍了，所以，我只想提一提希爾德·伊森布特爾和前飛禽站職員柯爾施密特。我把他倆從滿身鱗片、翹嘴唇的客人中找了出來，並且還看見一隻閃閃發光的海蝦用牠那強壯有力的手臂不停地向我示意，那意思是說：要是你想吃蛋糕，你就過來。

我不想吃蛋糕，我等著慶生會開始。但這一席人不像有停止吃喝的意思，因為他們又是呻吟、又是嘆氣，誰也不肯在這源源不斷擺上來的點心和蛋糕面前罷休。尤其是我那撰寫鄉土志的外祖父，像一隻聰穎而又長滿斑點的龍蝦一樣坐在那裡，一盤又一盤從容地吃著點心，而且顯然是要求文化教育片中的船長也模仿他的行為。在我們這裡，人們要是吃起來就一本正經地吃，之所以如此，正如我外祖父所說過的：吃東西可以使時間悄悄地過去。似乎大家都覺得這樣做很重要，就連那條穿著警察制服的鱈魚——人們會把牠當成是我父親——也在那裡一大匙一大匙地吃著木屐般大小的核桃仁蛋糕和蜂蜜蛋糕。他也是為了使時間盡可能悄悄地過去。

婦女們也要戰勝時間的磨難，她們昏昏欲睡地吃著一塊點心，眼睛卻早已盯著另一塊。要是點心嚥下去了，或者腮幫子嚼累了，她們就喝幾口還冒著熱氣的咖啡。

格呂澤魯普咖啡桌上的這些細節，是十分發人深思的。且不說那種懶洋洋的貪婪勁，那顯然是要人驚訝地承認，他們非要讓東道主傾家蕩產不可。特別令人讚賞的是九種必備的點心（按規定的順序一個一個往下傳），裝滿了方糖的缸子（客人們把方糖在咖啡裡沾一下就放進嘴裡），還有裝著奶油的碗（客人們在咖啡裡倒上一點白酒後，再澆一勺奶油）。

儘管每一個細節都可以寫出一個故事來，我卻不想再在這些細節上多做文章。我說不出餐桌上沉悶的原因。我以按捺不住的心情盼望著畫家從他那高高的雕花椅子上站起來，走到桌子的一端，逕直向布斯貝克博士走去。因為，今天可是博士的六十大壽啊。

我覺得，當畫家向他走去時，布斯貝克顯得更加溫柔，更加不好意思了，就像一枚貝殼，人家碰一下牠馬上就合攏，變成灰色，沒有光澤；他把頭偏向一邊，看了看身後，好像身後還有一個布斯貝克，而這另一個布斯貝克可以在眾目睽睽之下應付自如。畫家以畢恭畢敬的親密態度微微向他躬身，拍了拍他的脊，鼓勵地說：「親愛的特奧，親愛的朋友們。」一聽見這樣的稱呼，「親愛的特奧」把身子彎得更低了，而那些「親愛的朋友們」則微笑著，舉目望著這個身材矮小的男人，弄得他窘迫不堪。

「我是個不愛多說話的人。」畫家說。他這回破例說對了，並且也的確像他所說的那樣，因為他只把話題限制在讓布斯貝克回憶三十年前的一個晚上，在科隆發生的一件往事。要是我理解得對的話，迪特那時在生病，住在一棟寒磣的公寓裡。房裡可能掛著一根晾衣服的繩子，房東親手把電燈泡扭了下來，已經好幾個月沒有付房租了，他們當時的境遇是不難想像的。總之，迪特躺在床上，呼吸困難。畫家向工藝美術學校求職沒有成功。正當他在家中刷洗借來的餐具時，布斯貝克博士爬上了漆黑的樓梯，以令人奇怪的羞怯打聽能不能看點什麼。畫家沒有拒絕他的要求，並請他坐在一個靠窗的角落裡，給他看幾幅畫。他的存在不引人注意，也很難聽見他的動靜，因此，人們幾乎把他給忘了——我是這樣理解的。誰也沒有想到，訪客突然走到鋪著亞麻布的桌子前，手中拿著十張畫。他不聲不響地數了四百馬克放在桌上，隨後僅僅問了一聲，他還能不能再來。由於這個問題是一項請求，正如畫家所說的，他不能拒絕。

這樣的事情是完全可能發生的。畫家快活地讓他和布斯貝克一起回憶在科隆的三月的這一天，他甚至還能說得出確切的日子。他多次運用完成式來感謝他朋友三十年來的濃厚友誼。「現在，你住在我們布雷肯瓦爾夫，特奧，我們不會忘記，你在科隆、在盧塞恩和阿姆斯特丹為我們所做的一切。想一想我們共同反對赫赫有名的將軍沙爾貝格的抗爭。因此，我們要在你今天六十歲大壽的時候……」他看一看在座的人：「向你致意，懂嗎，特奧？」

當人們從其長無比的桌旁站起身來，為布斯貝克博士的健康，顫抖著手把透明的白色東西送到嘴邊，似乎先要克服某種反感才能嚥下去的時候，小貓突然一驚，從我的懷裡跳了下來。人們把酒杯叮鈴噹啷放到桌上，挪了挪椅子，十分費勁地坐了下來。而布斯貝克博士卻仍然站著，在窘迫之中顯得溫柔而激動，似乎在對大家為他起立而表示歉意。他走到椅子後面，看著自己放在雕花椅背上的雙手，然後講出他平時經常在想著的話，向畫家和迪特，也向所有其他的人表示感謝，並帶著歉意說，長時間以來，他已經成為大家的負擔。他暗示說，這種生活對他來說只是暫時的，過去的尊嚴並不意味著今日的尊嚴。他也敢於說出自己的希望，說他有朝一日將回到自己原來的地方，在那裡，他將做出些有益的事情來。

在他講話的時候，並沒有看大家一眼，只偶爾歪著脖子、斜著腦袋看看迪特。畫家的妻子則始終用微笑來迎接他的目光。最後，他又表示感謝，說他心裡又覺得踏實了，又感到自己和大家連結在一起了，總之，可以說感覺極好。他說，他之所以感覺極好，是由於一個人的友誼，這個人在外邊——他說外邊，也許根本就沒有想到其他含意——可算得上最偉大的色彩戲劇大師之一，如此等等。最後，他又實實在在地向迪特和全體在場的古怪人物鞠了一個躬，趕緊拿起自己的杯子，喝下畫家推到他面前的透明液體。這以後，看得出他的確感到輕鬆了。他情緒高昂，隔著桌子向這個、那個點頭。多次耐心地把外衣袖子下漿得硬梆梆的袖口往上拉。他又請人給他斟上一杯白色透明液體，擦了擦額頭，看來十分滿意。

布斯貝克博士感到滿意，因為他看到大家多麼關心他。當畫家說，我們到禮品桌上去看看吧！這時，布斯貝克抬起那張蒼白的臉，卻還坐著不動，直到有兩個人乾脆把他從椅子上拉起來，讓他走在前面到畫室去。畫家，也許是迪特，也許是他們倆，在畫室裡布置了一張禮品桌，還裝飾了一番。當大家站起來的時候，我立即從椅子上滑下來，第一個跑進陰暗的走廊，跑到畫室的門口。但是，父親生氣的樣子使我沒能第一個跑到禮品桌前，不過我還是名列第四。桌子上擺著些什麼呢？住在魯格布爾和格呂澤魯普之間的人們，為這個不屬於他們圈子的人，為這個只是由於某種遭遇才來到他們中間的人，準備了些什麼呢？我記得有領帶夾、一瓶糧食酒、水果點心、咖啡壺、短筒襪，一本書——作者佩爾·舍塞爾，「自家」出版社出版，一筒油脂蠟燭。我還記得有一包煙葉，一條圍巾，毫無疑問還有一罐哥薩克咖啡，因為那是我們送的。我記得最清楚的是那幅畫《帆船消失在光明中》。

畫靠牆放在桌子邊，旁邊有些瓶子在為它站崗，襪子在畫前卑賤地彎著身子，咖啡壺鼓著肚子，水果點心做出了一副要人親熱的姿態，圍巾像蛇似地盤在蠟燭周圍，彷彿要把它悄悄纏死一樣。這些禮物都是經過仔細考慮的，但是這幅畫卻使一切實用的禮物大為遜色了。

我注視著布斯貝克博士的目光，看著他沉浸在圖畫的色彩中。他不安地向作品走去，兩手攤開，好像有些無法置信似的。我看著他用指尖輕輕地觸摸那張畫，但是，立即又退回幾步，瞇著眼睛，突然聳了一下肩膀，好像在戰慄。畫上海天相連，柔和的檸檬黃和光燦燦的藍色交融。浮動的帆船讓人們想見遠方，想見到一段已結束的歷史。為了使所渴望的成為渾然一體，帆船失去了應有的白色，帆船消失了，並透過自身的消失而達到「除了光明，別無其他」的效果。這光明在我看來，就像一首唯一的頌歌。

布斯貝克博士又攤開手走到畫前。

這時畫家說：「正如你所看到的那樣，特奧，我還得再畫點什麼。」

「已經畫完了。」布斯貝克說。

畫家回答說：「白色，要說的話還有很多。」

布斯貝克又說：「這禮太厚重了，馬克斯，我不敢領受。」

畫家用目光向他示意說，本來應該畫完了再給你的。

這時，所有的人都站在桌子旁，在那裡估計、比較、鑑賞，用馬克和芬尼來計算這些禮品的價值，打量的目光迅速來回轉動著，想琢磨出是誰送了哪些禮品，這樣，回家的路上就有話題可以議論了。他們把禮物拿在手上，大聲地讚賞著，相互傳看著，還要加上自己的看法。總之，沒有一樣東西沒被動過，沒有一樣東西沒被仔細端詳過，誰也不敢隨便放過任何一樣。他們把瓶子舉起來，用手指彈一彈，把拳頭伸進咖啡壺裡。有的還開玩笑地把領帶夾別在自己的領帶上。佩爾·舍塞爾打開他的書到處給人看，試圖從中找出可惡的鄉土學的說明來。人們驚訝、讚賞、誇獎，點著頭，牙縫裡嘖嘖有聲。他們擺弄這個，打聽那個。安德森，這個文化教育片中的船長舉起他那褐色多節的枴杖，指著那張畫說：「大概是愛默爾海峽[5]吧？愛默爾海峽的天氣總是這個樣子。」「在格呂澤魯普，」布爾特約翰說：「在我們這個地區才是這樣呢。」畫家拍了拍他們倆的肩膀，無言地表示他們倆都說得對。

人們把禮物放回原處，擠到那張畫前面說三道四。我隨他們去議論，因為我看見約塔光著腳

5　Ärmel kanal，即英吉利海峽。

在灌木園籬笆前沒有欄杆的木橋上走著，身上還背了個什麼。透過玻璃窗，我看見她背著個黑色的東西正往花園的涼亭裡走去。我從若有所思的美術鑑賞家們的圈子中擠了出來，到客廳拿了我的棍子。當我正從窗戶往花園裡跳時，我看到阿迪也跟著我來了。他也從窗戶裡跳了出來，越過花圃向涼亭跑去。也許他也看見了約塔，也許約塔向他作了個手勢。總之，他衝鋒一般地從我身旁跑過，為了超過我，還粗暴地把我推到一邊。

涼亭裡凹凸不平的黑土上放著阿迪的那架手風琴，約塔叉開兩腿站在手風琴後面，臉上是一副嘲弄的神情，準備要大吵一架。阿迪卻什麼也不說，也不抗議，只是不理解地望著她，直搖著腦袋。

「拉一首曲子。」她說。

阿迪一動也不動。

「拉一首吧，」她說：「今天是慶生會啊！」

阿迪聳了聳肩膀。

「你就輕輕地拉一首曲子吧，」約塔說。

我也說：「輕輕拉一曲，好嗎？就為我們演奏。」

阿迪搖了搖頭。

「我以前也有手風琴，」約塔說：「我還有過兩個呢！我也會拉。」

「那你就拉吧，」我說。

「但是，」她指著阿迪說：「讓他拉，那是他的手風琴。」

「你的母親，」阿迪對我說：「她不願意我拉。」

「但是別人願意。」我說。於是，我們倆同時往涼亭的門口走去。

這時，一個人影從門口閃了進來，肥胖的約普斯特站在那裡，露出牙齒在那兒佯笑著，好像他抓到了我們似的。他看了看手風琴，又看了看我們，又看了看手風琴，然後踏著正步走進門來，打開手風琴的箱子，解開了皮帶。我還猶豫什麼？拖延什麼？阿迪兩手伸進了皮帶扣，向我們點了點頭，於是我們在他身後站成一行，叫著「阿羅—阿嗨」，從涼亭裡走了出來，每個人都摟著前面那個人的腰。

約塔摟著阿迪的腰，我摟著約塔那淨是骨頭的細腰。我感到自己的腰上有一股暖烘烘的壓力，那是約普斯特肥胖的手在摟著我。我們沿著花園的小路向畫室走去，又搖又晃，又跳又蹦，又彎著腰。風兒吹拂著，阿迪拉著手風琴，我們這夥夏威夷人唱著布雷肯瓦爾夫最愛唱的歌曲。

他們在裡面敲著窗上的玻璃，向我們揮著手。我們這條奏著音樂的小龍在畫室前搖擺著，接著走過客廳的四百扇窗戶，來到花園黑色的小徑上。我們不時地邀請他們參加我們的隊伍。我還記得，希爾克是第一個加入我們這支搖搖擺擺的行列的，她後面是特雷普林牧師和霍爾姆森、飛禽站的科爾施密特和迪特。迪特在行進中拉住了我父親的手腕，讓他摟著她的腰。我們的隊伍突然變得那麼有吸引力，那麼具有不可抗拒的力量，把沿途的一切全都納入。這是一種歡樂地搖擺著的力量，只要靠近我們，誰也不能置身於隊伍之外。因此，我們的隊伍越來越長、越來越長，拐了好幾道彎。

這時，畫家也在我們的隊伍中，大壩管理員布爾特約翰和希爾德・伊森布特爾也加入了，只有母親不在場。我知道，她是無論如何也不會和我們在一起的。畫室中她那高傲的身影只不過表示了她嚴厲拒絕的態度而已。她至少也該學學安德森船長的樣子。九十二歲高齡的他，還嘗試著陪伴我們這條搖搖晃晃的長龍走過呂納堡的草原，走過美妙的沙地。這個照起相來非常好看的老人，擠在阿迪和約塔之間，彎著腰，骨頭嘎啦嘎啦響，我好像聽見乾枯的罌粟莢裂開了，罌粟子從他的褲腳管裡往外掉。老頭兒還真和我們一起搖晃了好幾公尺遠，直到他撒完了他那秋天的罌粟子，氣也喘不上來，才走到一邊去了。

阿迪領著我們，約塔牢牢抱著他的腰，指揮著他。我們走過花園以後，穿過籬笆，急步走過木橋，越過草地，走上大壩。要不是阿迪改變了方向，我們真會走過北海的海底到英國去。當阿迪來了個急轉彎，帶領我們向大壩下面走去時，我們這支長長的、起伏的隊伍，整齊地按著阿迪手風琴的節拍行動著。我們又向布雷肯瓦爾夫移動，走過一排排的楊樹。楊樹把溝水當作鏡子，很不滿意地瞧著自己的身影，因為風吹皺了鏡子，也使楊樹的枝幹搖來擺去，就像發生了一場海底暴風雨。為了不使我們這支隊伍的鐵鏈在我這裡斷開，我用雙手摟著約塔，約塔也摟住了阿迪，還有好幾個人也是這麼摟著。

我還記得，當我們走過活動柵門的時候，獨臂郵差布羅德爾森正站在那裡。他的自行車靠在外面的門柱上，手裡拿著一張紙，高高舉著，表示他有資格攔截我們。「一塊兒來吧！」約塔叫著。我也重複著喊道：「一塊來！」我們向他擠過去，把他連同他的郵包也一起捲進了我們的隊伍。我們走過鐵鏽色的廄舍，走過池塘、棚子。在拐向畫室的時候，我回頭一看，我們這支單列前進的隊伍解散了，或者說，正準備解散。大家筋疲力竭，情緒卻很高漲，每個人都是如此，而這一點是我母親應該看到的。即使隊伍正在解散，但人們也還是跟在阿迪的後面。他拉著手風琴拐進了花園，在那裡拉著《柏林的空氣、空氣、空氣》這支歌曲，至少他在向人們暗示著這一點——空氣。於是有幾個人在仔細觀察了北海的上空後，就把桌子和椅子往外搬。太陽從烏雲的縫隙中射出的光芒、藍色的水塘，還有那在我們頭上飄動著的片片白雲都在鼓舞我們，我們把慶生會挪到花園中舉行了。

我不想妨礙他們，用最快的速度把家具往外搬。他們抬起來、往下放，從窗子把東西往外送。人們情緒高昂，七手八腳地往外搬，阿迪演奏《鴿子》和《回家去》。

我得找回我那根棍子，那根釘滿了圖釘的棍子，在隊伍行進時不知隨手扔到哪裡去了。棍子在哪兒呢？在客廳？在畫室？我離開了這夥人，在灌木叢中、在院子裡、在棚子旁到處尋找。它既不在窗台上，也沒有漂浮在池塘裡。你們看見我的棍子了嗎？我問站在池塘邊的兩個男人。父親和馬克斯．路德維希．南森沉默著，他們不回答我，連頭也不搖一下，只是激動地沉默著。

我繼續找，但突然懷疑起來，於是又跑回池塘邊。一對白色的鴨子正在教牠們的四隻小鴨子列隊游水。在被砍伐下來、堆疊在一起的一段段楊樹幹的遮掩下，我輕輕地向格呂澤魯普這對老朋友走去。我鑽到樹幹下的一個空隙裡，剛好能透過一條亮縫看見畫家和父親的腰部。他們離我這麼近，我能看見他們鼓鼓的口袋，還能猜出口袋裡裝了些什麼。我躲藏的這個地方，地面又冷又滑，刺骨的風從樹幹的縫隙中鑽進來。我站起來或蹲下去，就能使這兩個人變小或變大。但是，我看不見他們的面孔，他們的面孔在我的視線之外。

我首先注意到，畫家手中拿著一封信，一封打著紅叉的急件，顯然他已經看過，正要把它還給我父親；他非常傲慢、怒不可遏，遞信的動作短促而激烈。我知道，父親已經在口頭重複一下來信的內容或讓南森自己去讀這封信之間，作出抉擇。他和往常一樣，採用了他最省事的辦法，他讓畫家自己去讀這封信，又用那雙長滿了紅色汗毛的手平靜地把信拿了回來，細心地把信疊好。這時，畫家說：「你們瘋了，嚴斯，你們不能霸占這些！」

我沒有聽錯，畫家說話時用的是複數，這自然也包括了我的父親。

「你們沒有權力這樣做。」畫家說。

父親回答說：「我可沒寫這封信，馬克斯，我不霸占任何東西。」父親說話時不由自主地做了一個手勢，大概是表示自己無能為力。

「不，」畫家說：「你自己沒有霸占，但你為他們的霸占效勞。」

「我有什麼辦法？」父親冷冷地說。

畫家說：「兩年來的作品，你知道這意味著什麼嗎？你們已經禁止我工作，難道這還不夠嗎？我無法想像你們還會做出些什麼來？你們總不能沒收誰也沒有見過的畫。這些畫只有迪特見過，頂多特奧也見過。」

「你看過信了？」父親問。

「是的，」畫家說：「信我看過了。」

「那你也知道，」父親說：「近兩年的全部作品都得收走，這是命令！明天我就得包裝好，交給胡蘇姆辦事處。」

他們倆誰也不說話。我從縫隙往旁邊看了一眼，兩條細長、圓得像煙囪的褲管從屋門走了出來，一個聲音叫著：「就缺你們了！你們什麼時候回來？」畫家和父親叫著回答說：「馬上，我們馬上就來！」這個回答使煙囪安心了，它們直挺挺地走回屋去。過了一會兒，我又聽見父親說：「馬克斯，也許有一天這些畫會送回來的，美術協會只要檢查一下，然後也許會送還給你的。」當我的父親，魯格布爾警察哨哨長提出這種可能性時，聽起來似乎很可信。除了這些話以外，誰都知道他也講不出什麼名堂來了。

畫家沒料到他會這樣講，一時找不出話來回答。「嚴斯，」他以嚴厲而寬恕的口氣說：「我的上帝，嚴斯，你什麼時候才能覺察到，他們是在害怕呀！正因為恐懼，他們才會幹出這種事情來，宣布禁止繪畫，沒收作品。送回來？也許裝在一個骨灰盒裡。嚴斯，火柴已經用在藝術評論方面了，用他們的話來說，那叫『藝術觀察』！」

我父親毫無愧色地和畫家面對面地站著，他甚至擺出一種不耐煩的姿態，我毫不費勁地看出了這一點，因此，我也毫不驚訝地聽他說：「柏林方面已作出了決定，這就夠了。你自己也看過那封信，馬克斯。我向你提出要求，在選畫時我必須在場。」

「你想要『逮捕』這些作品嗎？」畫家問道。

父親乾巴巴地、不講情面地說：「我們來確定哪些畫應該收走。我把一切都記下來，他們明天好來取。」

「我要拭目以待。」畫家說。

「你儘管擦亮你的眼睛吧。」我父親說：「那是什麼也改變不了的。」

「你們根本就不知道你們在幹些什麼。」畫家說。

這時我父親脫口說出這句話來：「我無非是盡我的職責而已，馬克斯。」

這時，我看見畫家的兩隻手，有力而又有經驗的手，舉到胸前，一下子握緊。我注視著，他先是五指分開，然後握成一個拳頭，似乎這就是他的決定。與此相反，我父親則雙手下垂，貼在兩邊的褲縫上。我想說，這是兩個俯首貼耳的東西，總之並不特別引人注目。「我們走吧，馬克斯？」畫家一動也不動。

「只是要他們看看，我已經盡了職責。」父親說。

畫家突然說：「這對你們沒有任何幫助，也幫助不了任何人。你們拿吧，害怕什麼就拿什麼，沒收、剪碎、燒毀，可是一旦完成的東西是永存的。」

「你不能這麼對我說話。」我父親說。

「對你？」畫家說：「對你我還可以說完全不同的話，要是當初我沒把你從水裡救出來，你早就餵魚了。」

「帳總有算清的時候。」父親說。

畫家回答說：「你聽著，嚴斯。有些事情是不能半途而廢的。當我潛下水救你時，我就沒有半途而廢的打算，這一次我也不會半途而廢。我說這話是要你明白，我還要畫，我要畫肉眼看不見的畫。畫中的色彩是那樣豐富，但你們卻什麼也看不見。用肉眼看不見的畫。」

我父親抬起手，在皮帶處像揮舞鐮刀似地緩慢擺動著，並且警告說：「你知道，馬克斯，我的職責是什麼。」

「知道。」畫家說：「我知道，我要叫你明白，你們一談什麼職責就叫我噁心；你們一談職責，別人就得作好精神準備來對付你們。」

我父親向畫家走近了一步，兩個大拇指塞在皮帶裡，把身子繃得緊緊的，說：「我不問你要那幾張海鷗畫，這樣我們的舊帳就算了結了。但是從今天開始，馬克斯，你得注意！別的我沒有什麼好勸你的，你得注意。」

「我準備著呢。」畫家說。

過了一會兒，我父親說：「我們走吧，馬克斯？」

「隨你的便！」畫家說：「我們走吧。但是，在走之前，」畫家用躊躇不決的聲音說：「別讓這兒的人知道，嚴斯，特別是別讓特奧知道。」警察哨哨長不吭聲，我想，他同意了。

他們倆一前一後地經過我躲著窺視的縫隙前面，走過風聲呼呼的空庭院。我可以碰觸他們、摩搓他們，或者嚇唬他們，但我沒有這樣做，而是把腰彎得低低的，讓這兩個走動中的身影消失在房子裡，然後我檢查了這個新的隱蔽所，我估量、檢查了半天，斷定這裡足夠藏兩個人，我和約塔藏在這兒正合適。於是，我從縫裡鑽出來，站在池塘邊，迅速地跟鴨子打了一場斯卡格拉克海戰。我在牠們的前面、後面、中間掀起各式各樣的水柱，有沖得老高的、波浪滾滾的、濺著水花的、細長的，使鴨子不得不一再改變陣式，避開我的攻擊。我跑到花園去之前，又放了一排掩護的炮火。這時，一隻小鴨驚慌失措，游出了隊列，用翅膀拍打著水面，誤入了我的火網之中。要是牠跟鴨媽媽在一起，可能不會被我擊中。

我趕緊向花園走去。阿迪還在演奏，他演奏的是一個女孩的歌，這個女孩不顧洶湧的海浪，一定要到遠方的水兵身邊去，因為他們就像風和大海一樣不能分離，如此這般。人們配合著旋律在草地上跳舞，不，這不是在跳舞，尤其是普勒尼斯老師，還有老霍爾姆森夫婦，他們在那裡亂蹦亂跳，推來推去，舉止粗魯，卻堅持不懈。他們肚裡自有算計，那就是跳出一個好胃口，來迎接即將到來的晚餐。

誰在這裡全力以赴，我沒有好好注意；誰坐在遊移的陰影中，這些一動也不動，但卻聚精會神的海中動物是誰，我也不感興趣，因為我第一眼就發現那兩個人在畫室深處，一前一後側身站著，一個拱著肩膀，另一個低著頭。我透過玻璃窗望去，看見畫室裡只有他們兩人站在布斯貝克博士的禮品桌旁。我把兩隻手按在臉旁的玻璃窗上，這時光線已不再刺眼了。我看到他們站在《帆船消失在光明中》這幅畫前，發現他們正在為這張畫進行艱巨的談判。父親用食指指著那張畫，畫家用身子擋住了它，一方要求，一方拒絕；又是力爭，又是駁回——一切都是無聲的，像魚缸中無聲的動作。我看見他們在爭吵，都企圖說服對方。

突然，畫家拿起一管顏料，擠出了一小段，彎腰在畫上修改著什麼，也許是為了使作品更完善。他一會兒用指尖，一會兒用手指的側面，最後，就像常見的那樣，使用了拳頭。父親直挺挺地站在畫家身後威脅著，就像危險激流中的海上航標一樣。畫家直起身來，擦掉手指上的顏料。我在他臉上看出一種謹慎的輕蔑表情。他盯著我父親，父親想了一想，點點頭，好像提不出什麼異議來，至少不能馬上提出來。畫家利用這個時機，把父親擠到一個看不見的角落。我知道，這場談判結束了。我轉過身，尋找布斯貝克博士，只見他和迪特手挽著手站在那株老蘋果樹的陰影下，樹影在他身上掠過。

我正在考慮是不是從一扇開著的窗戶爬到客廳去，然後再從客廳溜進畫室。正在這個時候，阿迪突然中斷了演奏，就像以前那樣，倒在地上，踢著腿，抽搐著，掙扎著，牙齒咬得吱吱作響。我立即跑到他的身邊，但希爾克已經跑在我前面了，就像在沙丘上那樣，希爾克跪在他的身邊，先把那個被拉得歪七扭八的手風琴從他胸前解下來，手風琴跨在他的身上就像一件救生衣。

「你們走開！」她說：「你們走開吧！」但是人們從四面八方走了過來，越靠越近，圍成了一個圈子，他們慌亂、驚訝，多半是害怕，因為他們不說話，也不伸手，只是瞧著阿迪，又彼此交換了一下目光。阿迪的臉色已經變了，嘴唇緊閉著。大家都袖著手在那兒站著。剛剛還在跳舞的霍爾姆森夫婦、特雷普林牧師和飛禽站的科爾施密特、大壩管理人布爾特約翰都走了過來。我的外祖父、普勒尼斯和安德森船長也一聲不響地站在那兒。母親把身子挺得筆直，帶著一副無動於衷的神情站在圈子外。她不看阿迪，而是看著希爾克。

這時只有一個人著急地小聲說著話擠進人群，那就是布斯貝克博士。他毫不遲疑、也不打聽，只是請別人讓路。他走過去跪在希爾克對面，拿出自己的手帕，擦乾了阿迪滿臉的汗水。這時阿迪睜開了眼睛，親切而又莫名其妙地向周圍看著。

「他得吃點什麼！」文化教育片中的船長叫著。沒有人表示同意。

「現在好了，」希爾克說：「現在沒事了。」這時，阿迪在布斯貝克博士的幫助下費力地撐起身子，困惑地看著周圍的這一群人。希爾克挽著他的手臂，微笑著和他一起走到鞦韆那兒，再經過坑坑窪窪的小路到花園的涼亭中去，似乎除此以外，希爾克再也想不出別的好主意了。圍觀的人們也只好散開，他們沒有熱鬧可看的了。儘管還有那麼幾個人，特別是外祖父還在那裡抬起沉重的眼皮盯著阿迪躺過的地方。這時，我看見阿迪在涼亭裡撿起了我的棍子，拿給希爾克看，顯然在向希爾克說：「這可是西吉的棍子。」我馬上就跳了起來，舉起手喊道：「這兒，這兒。」阿迪發現我以後，就把棍子從涼亭裡扔到鞦韆架下，我把它拾了起來。

我想跟他打個招呼，但是我還是沒有那樣做，因為我發現母親攔住了他們的去路，企圖把他們擠到紫丁香樹下的那口舊井旁。我坐在鞦韆板上，打開了我的藍手帕，把它用一排圖釘釘在棍子上。我舉著飄動的藍旗大步走了回來，來到舉行慶生會的地方，走過桌子、椅子，大家都坐在那裡，抽煙、低語，或若有所思地嘆著氣。我高高地舉起飄動著的藍旗，儘管誰也不懂這是什麼意思。

正寫到這裡，寫到我不能避而不談的這一刻，我高舉藍旗的這一刻，有人在敲囚室的門。敲門聲非常羞怯而有節制，但卻清晰得足以把我從回憶中敲醒。我闔上練習本，不高興地扭過身去看著房門。窺視孔後面有什麼東西在移動，褐色代替了白色，一個火球在那裡轉動，幾道光柱閃電似地向我射來。我反感地站起身，這時，門以使人不能忍受的緩慢速度打開了，就像偵探片中那樣，速度均勻、嘎嘎作響、步步進逼似地打開了，還帶著一點猶豫不決，預示著推門的人來意不善——在這樣的電影鏡頭裡，所缺的只是被風吹拂著的窗簾，和一本自動翻頁的書——由於我不想離開布雷肯瓦爾夫的慶生會太久，便客氣地說：「請進，有風呢！」

他很快地進了門，走到一邊，讓他身後站在走廊上的約斯維希從外邊把門關上。他顯然很窘迫，嘴角抽動著。今天回想起來，他好像一個第一次進入籠子的動物飼養員。這位年輕的心理學家靦腆地微笑著，給人一個好印象。他在那裡走來走去，打算微微鞠個躬，但是辦不到，因為他靠門太近。他可能比我大上三、五歲，四肢纖瘦，臉色蒼白。我很喜歡他的衣著，有運動員的風度，不怎麼講究。有一點我不明白，就是他為什麼把左手痙攣般地握得那樣緊，也許他為我準備了一塊糖，也可能是一件武器。既然不是我叫他來的，因此我只是默默地端詳著他。我用十分不快的驚訝目光看著他，要求他長話短說。

「是耶普森先生嗎？」他和藹地問我。

我猶豫了一會兒，簡短地回答說：「沒錯。」

這個回答絕不會使他洩氣。他用屁股頂了一下房門，走過來向我伸出無力的手說：「我叫沃爾夫岡·馬肯羅特，很高興能見到您。」他親切地向我微笑著，脫下大衣放在桌子上，對我做出莫名的親熱樣子，把手放在我的手臂上，自信地看著我，那神情似乎是在問我能不能坐下來。我表示遺憾地搖了搖頭，他不能坐下來。要是您不知道，我就告訴您，我在寫作文，正在受懲罰呢！

他對這一點是了解的。年輕的心理學家知道我目前的境遇，他對我的行為表示讚賞，甚至對他的干擾表示歉意，但他卻說希姆佩爾院長破例允許他到這裡來。他說：「耶普森先生，您得幫助我，有些事取決於您的回答。」我聳了聳肩膀，客氣地喃喃低語著：「走吧，年輕人，誰也幫不了我。」為了向他表示我沒有時間，我坐在囚室的唯一一張椅子上，玩起我的小鏡子來。鏡子聚起的燈光，在爐子、水池子和窗戶上來回晃動，還在窺視孔上停駐了一會兒，約斯維希就在警眼後面看著我們。光線還在房頂上構成了幾個晃動的光環，把囚室的門無聲地切成一條一條的。

年輕的心理學家怎麼也不肯離去，最後我只好用光線來擦我的皮鞋，總之，盡做那些一個人在寂寞時幹的事。我也不看來客，又打開了練習本，試圖朗讀著走進布雷肯瓦爾夫的花園。沃爾夫岡·馬肯羅特就在那兒待著。他待著不走，親切而又專注地觀察著我，就像我是他剛剛獲得的一件新鮮的占有物，必須先對它進行探究一樣。我雖然不情願，但是這位學者卻透過他那隨意的舉止，開始贏得我的好感，於是我問他，是不是走錯了地方？他說：「您，耶普森先生，今後要和我聯結在一起。」然後，他開始向我敘述他的打算。年輕的心理學家被迫要寫一篇學士論文。他自稱這是一項自願的懲罰性勞動，將使他在學術上有一大進展。他熟練地為我和他自己捲著煙捲，揉著脖子向我建議，要我成為他的學士論文的對象。

就像他所說的那樣，我將被寫進他的論文，他將對我進行精心的研究。這就是說，將為我舉行一次頭等的學術性葬禮。他用並不叫人討厭的自我嘲諷口氣向我建議說，我的全部情況將由他來進行分析，論文題目已經有了，就叫做〈藝術與犯罪──西吉．耶普森案件剖析〉。他說：為了使論文不僅獲得成功，而且要在學術界受到應有的重視，他絕對需要我的幫助。為此，他向我眨了眨眼睛，表示要給我一個微不足道的補償，他說，一種罕見的恐懼感曾是我當時行為的動機，他想把這稱作是耶普森恐懼症，而這將使我有機會進入心理學字典。

得到希姆佩爾院長特別許可的青年科學家向我坦率地敘述了自己的打算之後，站在桌旁，一隻手放在我的肩上，低頭看著我，做出一副也許只有在共犯之間，而絕不是在一個心理學家和青少年囚犯之間才有的笑臉。這副笑臉使我困惑。我著實無法用沉默來使他敗興而去，尤其在他低聲細語地繼續述說和解釋他打算如何寫這篇論文的時候。他說，他將為我辯護，證明我無罪。他要為我偷畫的行為辯護。他要把我在破舊的磨房裡建立我的私人畫廊解釋成積極的行為，他要從我身上研究出難以確定犯罪與否的情況來，他將要求為我作出從未有過的判決。他低聲細語，懷著十分誠懇的狂熱向我敘述了這一切，使我覺得可以信任他。我得承認，在把我們這個海島變成一個科學研究場所的一千兩百個熱中於馴化罪犯的心理學家中，沃爾夫岡．馬肯羅特是我唯一準備信任的一個，即使還有一定的戒備之心。

有一點使我不高興的是，他對我的情況太了解了，他看了我的全部檔案，也有人向他介紹了我的情況。起先我還想幫助他完成那篇懲罰性論文，同時，也用他的協助來完成我的懲罰性作文，特別是如果他能不斷提供香煙的話。但是，當我聽說他和希姆佩爾院長幾乎結成了朋友時，我又放棄了我的想法。我細細地打量他，看著他那張蒼白的小臉、細長的脖子和柔嫩的手。我滿腹狐疑地聽著他的敘述。他在我這兒待的時間越長，我對他的印象就越加深刻了。我對他說，他提出的要求對我來說是太突然了，我感到遺憾，我需要時間考慮。「但是，」他說：「我能不能隔一段時候就來訪問您一次呢？」

我表示同意。為了擺脫他，我也同意他的建議：不時地、不定期地、有選擇地，特別是把有些值得商榷的論文段落送過來。送過來，這是他的用語。他向我表示謝意，似乎又怕我變卦，一邊穿大衣，一邊說：「我不會使您失望的，耶普森先生。」他友善地和我握了握手，走到門前，在裡邊叩了叩門，約斯維希打開門，但沒有露面，年輕心理學家走了。我聽著他的腳步聲，他走得很匆忙。

他走了以後，我就坐在滿是刀痕的桌子旁，力圖回到慶生會上來。我摸索著記憶的鐵鏈，身在海島，心在布雷肯瓦爾夫，在畫家的花園裡，在那群等待晚餐到來的儀態莊重的海中動物中。我可以讓人們把晚餐端上來，也許，為了表示對布斯貝克博士的敬意，我也可以首先安排一個宏偉的日落場面，讓紅色與黃色的光熱烈地交流感情，最後還可以描寫在八千公尺高空展開一場歷時數分鐘的空戰，但是，有一個事實是不可改變的：我是頭一個離開慶生會的人。我是極不情願離開的。

那是在哪兒？她在哪兒抓住了我？在鞦韆架上、在涼亭裡，還是在木橋上？反正我手中正舉著藍旗，我在尋找什麼。風已經平息了，母親突然出現在我面前，嚴厲而又非常激動。她想說點什麼而又說不出來，只是發出一聲短短的呻吟，而且就像平時那樣，每當她怒氣沖沖、受到傷害、感到失望時，她就露出自己那口發黃的假牙。她抓住了我的手，把手壓在她的腰上，猛一轉身，把頭往後一仰，剛好仰到那個用髮網和髮針盤得好好的髮髻上。這個髮髻使人會想起一個亮晶晶的肉瘤。

她把我拖出花園，拖出慶生會的地點。她走路的姿勢非常嚇人，幾乎還有些驚慌失措。這個胸部平坦的高個子女人走在我的前面，拖著我走過草地，經過畫室，走過院子，始終一聲不吭，也不理睬從一旁走過的教育片演員船長安德森，他向我們大喝一聲：「馬上就有吃的啦！」她拖著我踢開活動柵門，急匆匆地走上楊樹夾道的通往大壩的小徑。我們彎著腰向上爬著，也不回頭看一眼布雷肯瓦爾夫，便又從大壩向海邊走去。

我想，此時，從不遠不近的距離看去，古德隆．耶普森一定給人這樣的印象：一個母親認定她的兒子已不可救藥，因此萬念俱灰，要去投北海自殺。我早就在考慮，我該怎麼辦，我的責任是多麼重大，得陪著母親涉過海水，穿過波濤，順從地和她一起在一艘當作浮標的破船前沉沒下去。但此時她又改變了方向，沿著大壩下面的路走著，那些在布雷肯瓦爾夫盯著我們的人現在再也看不見我們了。她放開了我的手，命令我走在前面。我頭也不回地問她：「我們為什麼要突然離開慶生會？」我得不到回答，於是我又問她：「父親是否也離開了？還是說他馬上就要離開？」她粗粗地吸了一口氣，還是不說話。一直走到頂部被塗成了紅色的自動航燈處，她都沉默著。這時她說：「快，快走，我要吃一點鎮靜藥，我得躺下。」於是她走到我的前面，也不再注意我是否還跟在她的後頭。

但是，我緊緊跟在她的身後，走在她身邊，跳上了台階，與她一起走進了廚房，她馬上走到一堆亂七八糟的、發亮的罐子——大米罐、玉米粒罐、麵粉罐、西米罐、麥粒罐——前面，在這些罐子裡亂翻。這些罐子裡什麼都有，就是沒有貼在罐子的金邊商標上所說的那些東西。她從一個罐子裡倒出一堆管子、盒子和一個小鐵盒，從中找出了一個小小的、尖尖的紙袋。她把袋子裡的東西倒在一個水杯裡，閉著雙眼坐在那兒喝著。

我恐懼又服從地站在她身邊，既感興趣又有些抱怨地觀察著她：尖尖的下巴、金紅色的睫毛、鼻孔、向下撇著的嘴唇。我不敢碰她。母親用手撐在椅子邊，伸展身子，屏住呼吸待了一會兒。我問她，藥粉有沒有效？接著我又問，我能不能回布雷肯瓦爾夫去參加慶生會？由於她一直不回答，我又問道：「我們為什麼在大壩下面跑得那樣快？」這時，她瞇著眼睛看著我，站起身來，命令我跟她走。

我們上了樓，經過我的房間，一直走到閣樓上，打開阿迪房間的門。阿迪的紙箱子放在地上，刮臉用的刀具在窗台上閃閃發光，毛衣也放在那裡，凳子下面放著一雙新帆布鞋，似乎在等好天氣的到來。一頂遮陽帽，一條圍巾，一堆手帕放在五斗櫃上，枕頭上還放了一本名叫《我們拿下了納爾維克城》的書。「把東西都收起來。」母親說。由於我不肯動，她又要求我說：「把東西都裝到箱子裡去，把阿迪的東西都裝到紙箱子裡去！」

當我在她那監督的目光下這樣做時，她又輕輕地說：「我們可不能遺漏了什麼，他得把什麼都帶走，什麼都帶走。」她遞給我一個不值錢的、大概還沒有用過的照相機，跟我說：「把相機放在襪子中間。」她自己收起了一條領帶，把它塞進襯衫裡。我們又是摺疊，又是塞，又是壓，又是擠，最後閣樓裡除了他的箱子以外，再也沒有任何東西可以使人聯想到阿迪了。

當我母親提著箱子往外走時，誰都看得出她那股反感的情緒，反感到使她的手都變僵硬了。我在想些什麼呢？我先是想，她大概想給阿迪一間更好的房間，我也希望他能和我同房間睡，可是，我們卻下了樓，到了走廊，她把箱子立在父親的辦公室牆邊，還拍了拍手上的灰塵。

「他要走了嗎？」我問她。這時，她已經冷靜下來了，她說：「他在這兒什麼也沒有留下，所以他得走了；我已經跟他談過了。」

「為什麼？」我問道：「為什麼他必須離開？」

「這你不懂。」母親說，同時望著窗外，越過一片原野向布雷肯瓦爾夫看去。突然，她一動也不動，聲音也不抬高地說：「我們家裡不需要病人。」

「希爾克也走嗎？」我問。母親回答說，那得看她了，很快我們就會知道，哪一根紐帶——她的確用了紐帶這個詞——更有力量。

我看著她那張刻板的、發紅的臉，也知道慶生會已經結束，她不可能再讓我去布雷肯瓦爾夫了。當她給了我一片瘦肉香腸麵包、送我去睡覺的時候，我向她點了點頭。我拉上了窗簾，脫了衣服，疊放在床邊的椅子上，就像母親教我的那樣：褲子疊得平平整整的，毛衣疊成了四方形，把襯衫疊好後放在上面；為了協調一致，最後又把背心放在最上面，以便第二天清晨以相反的次序穿上衣服。我聽了聽動靜，屋子裡寂然無聲。

第五章　躲藏

我必須描寫那天的清晨，即使每一段回憶都有一個新的意義。我得讓晨曦徐徐展開，讓不停變幻著的黃色、灰色與褐色在晨曦中互相爭豔，我還得描繪出夏天來，添上無邊無際的地平線，運河和田鳧的飛翔，飛機飛過時在天上留下的長長白線，並讓人們聽得見大壩後面小船划動的聲音。為了讓這一天的清晨再現，我得把樹木、籬笆，還有不冒煙的平頂田舍分布在各處，我得把大群黑白相間的牲口遍布在牧場上。

那一天我醒來時，或者說我不得不醒來時，正是這樣一個早晨。因為我的窗戶上響起一陣敲擊聲，連續不斷，越來越急。我先是躺著不動，只聽到玻璃上有輕輕的敲擊聲，我以為是鶺鴒。接著，一陣淅瀝瀝的雨點落在玻璃上，那是一陣沙暴。細小的沙粒狠狠地打在玻璃上。我從床上坐了起來，看看窗戶，儘管經過這般敲打，玻璃仍然完好。在我聽得見但看不到的細粒幾陣敲打之後，我終於看到一大把、一大把的沙子劈哩啪啦打到玻璃窗上，我跳下床來，跑到窗戶邊，凝望著窗外無風的晨曦。前方和遠方都沒有什麼動靜，突然，近處有一個急速的動作映入我的眼簾，一隻高高舉起的手臂在擺動，在棚子的鋸木架和滿是刀痕的劈柴墩之間，設法引起我的注意。

我並不是一眼就認出我哥哥的，他穿著軍服站在那裡，手上纏著累贅的白繃帶。誰也沒有料到，他會招呼也不打一聲就在這樣一個清晨突然出現在這裡。自從他把自己弄殘廢以後，我們只聽說他在漢堡一個戰俘醫院裡醫治，我們誰也不准去探望他，誰也不准談起他。他從軍醫院寄來過兩張明信片，但誰也沒給他回過信。

克拉斯走出棚子，向我招著手，又退回去。我跑到門邊，聽了一會兒動靜，又跑到床邊，穿起襯衣和褲子。在走到走廊以前，我從窗子裡給了他一個信號。走廊裡沒有動靜，他們還在睡覺，他們穿著長長的粗布睡衣，蓋著厚被子，墊著自家織的、硬梆梆的灰色床單睡覺。在這兩個熟睡者的上方，面對面地掛著兩張肖像畫，特奧多爾．施托姆[6]和萊托夫—福爾貝克[7]，一位是胡蘇姆的詩人，一位是將軍，他們互不信任地瞪著對方，不停地相互打量著。我彎著腰溜了過去，靠牆跑下樓梯，跑過掛在走廊衣帽架上的魯格布爾警察哨長的制服。房子裡寂靜得令人無法置信。鑰匙真冰涼！我慢慢轉動著，我感覺到鎖中彈簧的那股力道，我能不出聲響地轉動鑰匙，但是，開門時卻發出了聲音，我馬上想到，樓上我父親這時會起來了，或者還會出現別的什麼情況，但是，依然靜寂無聲。我從門縫中擠了出去，小心翼翼地掩上門，飛快地跑過院子來到棚子裡。

果然，我哥哥克拉斯就蹲在那裡，亮晶晶的眼睛、圓圓的臉，短而金黃的頭髮貼在頭上。他那纏著繃帶的手臂放在劈柴墩上，軍服的領子敞開著。哥哥十分恐懼地蹲在那裡，這種恐懼不僅使我不必提任何問題，而且等於向我承認了一切：他是從戰俘醫院裡逃跑出來的，繞過了各種巡邏線和檢查哨，在夜間乘車或步行往這裡逃跑。經過長時間的戒備狀態和彎著腰奔跑後，他的恐懼敘述了一切。

他也不向我問聲好就抓住我的襯衫，拉著我蹲在劈柴墩旁。我們從那裡觀察著臥室窗戶的動靜。他不停地看著上面，我則觀察著他那疲憊不堪且呆滯的臉，濺滿了泥水的制服，手臂上累贅的石膏繃帶，不知是誰，也許是他自己，還在石膏上摁熄過一支香煙。他似乎以為家裡有人聽見了我的動靜，以為他們發現了我的空床後，會從窗子裡向外查看我的舉動，但是，沒有任何窗簾有動靜，連個影子也沒有。過了一會兒，哥哥把我按坐在地上，自己也嘆著氣坐了下來。他劈開兩腿坐在我身旁，背靠在牆，嘴唇在哆嗦。由於疲憊不堪，他渾身發冷，下巴上紅鬍子在閃著光。他的帽子哪裡去了？由於找不到他的帽子，我便猜想：準是在逃跑時弄掉的，不是從開動著的貨車向下跳時掉落的，就是越過水溝時丟掉的。我小心翼翼地跪在地上，湊到他的臉邊，半天，他才睜開眼睛說道：「你得把我藏起來，小傢伙。」

我扶他站起身來，他緊緊抱住我，身子搖搖晃晃，幾乎要跪倒在地，但他還是站穩了，猶豫

---

6 Theodor Storm，特奧多爾・施托姆（一八一七—一八八八），德國作家，著有《茵夢湖》和《騎白馬的人》等小說。

7 Lettow-Vorbeck，萊托夫・福爾貝克（一八七〇—一九六四），德國將軍，第一次世界大戰期間任德國東非殖民地駐軍司令。

地笑著問我：「你有個很好的、可以躲藏的地方，是嗎？」「是的。」我說。從這以後，他就聽從我的一切指揮，同意我走出棚子，看看外面有無動靜。他只是看著我，準備一切都按照我的命令行事，或者重複我做過的一切。我跑到那個破舊的板車前，彎著腰，他也跑到破舊的板車前，彎著腰；我跳過了磚石小路，從斜坡上滑了下去，他也跳過了磚石小路，從斜坡上滑了下去；我跑到閘門前，他也跑到閘門前；我說，我們必須越過草地到蘆葦中去。他也重複著說，到蘆葦中去，好的。

他並不問要到哪裡去或者要走多遠，他跟著我時沒有任何好奇心，也沒有任何不耐煩的表示。我用雙臂在蘆葦中劈開了一條路，逕直向著磨房的水池，向著沒有葉片、行將倒塌的風車走去，風對它已經無能為力了。沼澤地彈動著，有時雜草蓬亂的地面十分鬆軟，腳一陷下去，泥煤一樣褐色的水便灌滿了腳踩的窟窿。我們驚動了野鴨子，我覺得到處都有眼睛。蘆葦在我們身後沙沙地又立了起來。野鴨子飛起來，轉一個圈，又從我們身後襲擊。在朦朧的綠色中，我感覺自己似乎在海底活動，透過軟軟的、波動著的海藻林，透過周圍的沉寂前進。蘆葦地帶明亮起來了，風車的水池就在我們前面，而風車就立在長滿鐵鏽的轉盤上。「在這兒？」哥哥問道。我點了點頭，在爬過木柵欄，跑到通往磨房的小路之前，又看了看四周。

我該怎樣去想像我那親愛的風車呢？它佇立在人工堆成的小丘上，滿懷期望地朝西立著，儘管沒有葉片。它的圓頂是用石板瓦蓋成，八角形、用厚木板釘成的塔尖頂住了兩次雷擊。鑲在高處的白框玻璃窗已被打碎，破碎的葉片躺在東邊草地上，老舊的磨石、沒有輻條的輪子和鐵條之間。支離破碎的門早就關不上了，我只得把堆積在這裡的碎土搬開，重新把門框扳正。風雨和漫長的歲月使門口的踏板坍塌了。風吹進我的磨房，發出各種嘈雜聲；當風從西向東吹時，圓頂上也發出沉悶的聲響。從高處垂下一個不能承受任何重量的滑輪嘎吱嘎吱地響著。門窗的玻璃已成了碎片，看起來像一小塊一小塊馬糞紙的蝙蝠，無聲地在打穀場上飛來飛去，鬆動的鐵皮只要輕輕一碰就響。我的風車就是這樣孤零零地待在這裡，亂七八糟、支離破碎，一副頹敗的樣子，只有乾了的糞堆點綴著。我的風車就是這樣黑黝黝地、毫無用處地、孤零零地佇立在魯格布爾和布雷肯瓦爾夫的視野之間。要說它還有什麼用處的話，那就是它挺過了每年春天的暴風和秋天的暴雨，使人感到驚異。

但是，我們不能在外面停留太久，儘管磨房的外部還有不少可以描寫的地方，譬如風車在水池中的倒影，門上刻的縮寫字母，被愛神之箭射中的心房……等等。因為我們沒有時間在這裡參觀，我們必須彎著身子走過夯實的路，經過垮了的平台，走進深深陷在人工堆成的小丘上的入口處。我認為，克拉斯首先並不覺得我的風車是個黑漆漆的呆滯建築物，他也不需要觀察什麼，因為他對我無比的信任。他急匆匆地跟在我後面，氣喘吁吁，纏著繃帶的手臂緊貼在身上，臉低垂著，低得只能看見我的兩條光腿。

我拉開門，讓他進來，把他推進陰涼的樓梯間，關上了門。我們靜靜地站在一起，靜靜地聽上面的動靜，除了大壩後面小船划動的聲響外，什麼也聽不見，就連一走進磨房就能聽見的蝙蝠掠過的聲音也聽不見。強烈而狹長的光線射進屋來，在暗處抖動著。穿堂風和木板樓梯的晃動是我必須一提的，但是，那晃動也許是我的錯覺。哥哥摸著我的手問我：「是這兒嗎？」我說：「上面，上面是我的房間。」然後，我帶著他走上樓梯，來到磨麵室。我在那裡放了一個梯子，我把它藏在麵粉箱的後面。我們爬了上去，擠進了天窗，把梯子抽上來平放著。我們一直來到頂棚下面的一間小屋，我把它稱作是我的房間。

克拉斯把我推到一邊，走在我前面，他一下子就發現了窗戶旁用蘆葦和麻袋搭成的床鋪，但他並沒有躺下，也不肯坐在那個箱子上。儘管從梯子爬上來已費盡了他最後一點力氣，他卻仍然微笑地凝視和讚賞牆上的那些圖畫，用手撫摩著自己黏糊糊的頭髮。儘管他揉了揉自己的眼睛，那些畫也仍然貼在那裡，一張也不少。貼在我的磨房隱蔽所牆上的，主要是些騎士畫，布斯貝克博士六十歲生日過後，我就開始這樣做了。我從日曆上、雜誌上、書籍裡剪下了騎士畫，開始只是貼在牆的裂縫上，後來就把整面牆都貼滿了。這裡是拿破崙的騎兵正要從牆上向下奔馳；這裡是卡爾五世皇帝馳騁在米爾貝格戰場上；約蘇波夫公爵穿著韃靼人服裝，騎在暴烈的阿拉伯馬上；波旁王朝的伊莎貝拉女王騎著安達魯西亞小白馬，在蒼茫暮色中疾馳。龍騎兵、馬術表演者、獵人坐在馬鞍上，姿勢互異，他們互相欣賞著。要是有人願意，他還能聽見鐵蹄達達和戰馬嘶鳴。「這是怎麼回事？」哥哥問我。「展覽，」我說：「這裡在舉辦展覽。」

克拉斯饒有興味地點了點頭，隨即痛苦地拖著步子走到床鋪前，倒了下去。我坐在床頭，看看牆上的畫，又看看他。他已經閉上了雙眼，似乎在傾聽是否有人跟蹤他到了這裡，不讓他得到安寧。他怎麼也無法放鬆，不能舒展四肢；他時時刻刻準備著；他在尋找隱蔽的地方，準備竭盡全力一躍而起，或者把累贅的繃帶藏到衣服裡。我把一隻手放在他的胸前，他全身抽動了一下；我揩乾他臉上的汗，他忽然一驚。直到我塞給他一根香煙後，他才安靜下來，把兩條腿移到用蘆葦葉和麻袋鋪成的床上去。這張床對他而言顯然是太短了。

「你滿意我的這個隱蔽所嗎？」我問他。哥哥注視了我半天才說：「要是你走漏風聲，我就完了。不能讓任何人知道，至少是他們——家裡的人。這是個很好的隱蔽所，小傢伙。」

「誰也沒來過。」我說。

「那就好，」哥哥說：「不能讓任何人知道我在這兒。」

「但是父親，」我說：「父親會知道的，他會幫助你的。」

哥哥又變得疑慮重重，而且幾乎是威脅著對我說：「我掐死你，小傢伙，要是你告訴了他，你就完蛋了，懂嗎？」

他用他那細長而明亮的眼睛盯著我，等待著我做些什麼。突然他一把抓住我，把我拉到床邊，用因恐懼而生的力量把我按在地上，直到我終於明白他的確是在等著我向他做出了保證，他才筋疲力盡但卻滿意地倒了下去，命令我把破窗戶上的一塊馬糞紙挪開。我們的臉挨得很近，幾乎就要貼上了。我們眺望陽光下清晨的大地，一起搜尋著、探視著，一直看到遠方大壩的拐彎處，看到頂端塗著紅色的自動航標燈。

我們同時發現了一輛汽車從胡蘇姆公路開來，陽光在擋風玻璃上閃爍。這是一輛墨綠色的汽車，它緩緩地行駛在鏡子般的水溝旁邊，突然拐進通往魯格布爾的磚石小路，車速更慢了，卻沒有停下來，它消失在霍爾姆森瓦爾夫蓬亂的樹籬中，當我以為再也看不見它時，它卻又出現了。刺眼的光芒又在汽車的擋風玻璃上跳動著。母牛急匆匆地走到鐵絲網前去等著汽車，但在汽車到達的一瞬間卻又驚嚇得搖著笨重的頭跳到一邊去了。而汽車仍無聲地繼續行駛著，在「魯格布爾警察哨」的牌子前停了下來。汽車的一扇窗子搖了下來，一個腦袋和穿著閃亮皮衣的肩膀斜著伸出來。要是這個人靠著窗戶看牌子上的字，那他得看半天才能猜出這被雨水沖淡，又被描過兩次的字跡。

哥哥緊緊抓住我的胳膊，不由自主地、激動地和我擠在一起。這時，汽車門打開了，四個穿皮大衣的男人走下車來，彼此不打一聲招呼，訓練有素地從四個方向向我們家前進，儘管不是很嚴密，卻很機靈地包圍了我家。四個男人穿著同樣的大衣，頭上戴著同樣的帽子，都把手插在口袋裡。我認為，這些人肯定都是經過訓練的，他們拉開隊形，不引人注意地前進，有一個人毫不費力地跳過了花園的柵欄。

直到今天我才知道，為什麼克拉斯連一眼也不看我，一直緊緊按著我的手臂，並突然說：「快去，小傢伙，快跑回家去。」我也知道為什麼他不給我時間提出問題。他把我推出了天窗，非常著急，毫不留情。「走吧！」這就是他說的全部的話。後來，當我站在梯子下面時，他才又補上一句：「吃的，你回來的時候，帶點吃的來。」

我向來都是服從我哥哥的。我跳下梯子，遵照他的要求，把梯子藏在麵粉箱的後面；遵照他的要求，跳過了通往大壩的路，在蘆葦叢中開闢出一條通道，一直跑到閘門前面，然後又彎著身子在水溝的斜坡旁繼續前進，直到破舊的板車旁，我才站直了身子，可以無憂無慮了。我家已近在眼前。我走到汽車前，它還停在牌子下面。我圍著車子轉了一圈，好奇地看著車速表，尋找著最高車速的刻度。我按了一聲喇叭，結果一個穿著皮大衣、身材短小，像個樹樁子一般的男人衝了出來。他抓住我的衣領，想知道我是哪家的孩子，還要我告訴他大清早在外面幹什麼。為了一起回答他全部的問題，我說了自己的名字，指了指我臥室的窗戶說，我就住在這裡。他不相信我，這個墩實的傢伙抓著我的衣領，把我推進屋裡去，帶到我父親的辦公室裡。

所有的人都坐在這裡。三個穿皮大衣的男人對著光亮處坐著，父親只穿著內衣和褲子，背帶歪扭地繫在肩上，既沒刮鬍子也沒洗臉、梳頭，一句話，在這些穿著大衣的男人直挺挺的側影前坐著的，是一個慌亂的、顯然是剛從睡夢中被吵醒的魯格布爾警察哨哨長，我看他至少有九十五歲。當人們問他，我是不是他的兒子，是不是這家的人時，父親端詳了我半天，似乎真要費一番功夫才能認出我來，當人們再問他時，他才點了點頭。謝天謝地，微微點了一下，但總算點頭了。這時，抓住我領子的手才算鬆了下來。那個五短身材、強壯結實的傢伙走到父親跟前，把手交錯著放在背後，晃著身子，連同他厚厚的橡膠鞋跟一起搖晃，用他那對牛眼瞅著掛在父親書桌上的格言：一日之計在於晨。

既然沒人攆我走，我就趁機飛快地環視了父親從來不許我進來的辦公室。但是，這裡並沒有什麼令我感興趣的東西。一個掛著四個印章的架子，一把垂著穗子的警察用寶劍在那兒閃著淡淡的銀光。父親無精打采而又畢恭畢敬地坐在那裡，好像根本沒有他說話的餘地。他雙手平放在大腿上，上身僵硬地靠著椅背，縮著下巴，嘴唇啟開著。他不能掩飾自己在思考著什麼，即使他從眼角審視著這個五短身材、粗壯結實的傢伙時也是如此。這時，這個傢伙正以使人難堪的緩慢速度仔細看著辦公桌上方滿牆的照片。

這些照片都說明了些什麼呢？照片說的是格呂澤魯普一家陰暗、狹窄的商店，彼得．耶普森在這裡出售新鮮的海魚。照片表明魚鋪老闆耶普森家生了五個孩子，其中有一個乾瘦的小夥子，在照相師看來，臉上永遠有著冷淡的懷疑表情，他與魯格布爾警察哨長出奇地相似。有兩家人比賽吃大蝦的；也有格呂澤魯普的兒童合唱團的照片，這張照片正好是在孩子們唱歌的時候拍下來的，因此他們的嘴永遠是張開的。此外還有：小學生嚴斯．耶普森手上拿著一個其大無比的新生入學用紙袋；這個耶普森正在受堅信禮；格呂澤魯普TUS足球隊的左衛。一張橢圓形的照片表明，曾有過一個年輕的炮手耶普森，跪在一門輕榴彈炮前，就像跪在祭壇前一樣；仍舊是那個炮手，穿著一件大衣，和其他炮手一起在加利曾唱著一支關於聖誕樹的歌。警察學校的學生嚴斯．耶普森斜著身子躺在留有短髭的運動員前，在他們的背後，漢堡磚砌的軍營咄咄逼人地高聳著。接著，古德隆．舍塞爾出現了。照片說明了她特別喜愛穿白色的衣服和襪子；長得出奇的辮子一直拖到臀部；古德隆也會看書，因為每一張照片上的她都捧著一本書。有一張照片說明嚴斯．耶普森和古德隆．舍塞爾有一天結合在一起了，參加婚禮的人都眼睛發直，身子發直，十分僵硬地舉著酒杯圍著新郎和新娘，很拘謹地向他們表示祝賀。還有這對夫婦到柏林去旅行，乘坐萊茵河上的汽艇從賓根去科倫途中的照片。最後那張照片表明，這對夫婦生了三個孩子，希爾克和克拉斯一眼就能認出來，坐在高輪推車上、沒有頭髮的那個胖傢伙一定就是我。那個穿著皮大衣的強壯結實的傢伙，不慌不忙地仔細看著這些照片，父親則恭恭敬敬地坐在那裡一動也不動。

一位來訪者在那裡翻閱著用圓形字體記下的最新紀錄，另外三個人像靜止的側影一樣坐在那裡，其中一個抽著煙，從來不把香煙從嘴裡拿出來。他們之間該說的話大概已經說完了。我縮在牆角，等著將要發生的事情，但是母親突然不聲不響地走進了辦公室，向我招手，把我一把抓進廚房。小桌子上擺著我的早餐，稠稠的麥片粥放了糖，還有一片麵包，上面抹了一層果醬。「吃吧。」她語調平平地說。我就在她的注視下吃早餐，並發現她還一直在傾聽辦公室的動靜。

「他們好像在尋找什麼。」我說。

她接著說：「別說話，吃你的！」

「他們一定是從胡蘇姆來的，肯定是的。」我又說。

「我沒問你。」她說完，關上廚房的門，倒了一杯茶，站著喝起茶來。

我問她：「他們要把父親帶到汽車裡去嗎？」

她聳了聳肩，慢慢地說：「我不知道。」接著她放下杯子，走進走廊。

我看了風車一眼，克拉斯正躺在那裡等我呢。我打開食品儲藏室因受潮而發漲的門，看見裡面有一罈子醃黃瓜，半個麵包，醃肉，洋蔥，一碗還沒有加糖的果醬，一缽人造奶油，一段腸子，四個生雞蛋，一袋麵粉和一包麥片，再也沒有別的東西了。我舔乾淨我那片麵包上的果醬，把麵包掰開，裝進衣服口袋裡。

辦公室裡的聲音越來越大，那個壯實的傢伙開始說話了，另外幾個也偶爾插幾句。只有我父親不說話，什麼也不說。母親突然又溜進了廚房，匆匆地拿起茶杯，端到嘴邊。這時，這幫人已經走出了辦公室，來到走廊上。每個人在告別時都和魯格布爾警察哨長握了握手。在他們猶豫地離開我們家之前，還向廚房裡看了一眼，祝我們胃口好……等等。但他們並沒有立即上車，而是四處散開，似乎是在欣賞風景，用他們那訓練有素的眼睛搜索著水溝、草地、籬笆，直到大壩。但是這裡並沒有什麼可以引起他們懷疑的東西在活動，或站著、躺著、蹲著。有一個人在棚子裡搜了半天，另一個在水閘前檢查了好久，但都一無所獲。他們又隨便地查看了一下已經破爛的板車，那個五短身材的傢伙還從汽車裡拿出了望遠鏡，朝泥煤塘那邊看了半天。他們往汽車走去的時候，臉上的表情頗不滿意。他們失望地離去了。

父親站在台階上看著他們的汽車開走，緩慢地行駛在水溝旁。他一直站到汽車開上了胡蘇姆公路才走進來，像平時那樣坐在餐桌旁，兩手疊在一起。他穿著粗布的內衣，繫著歪歪扭扭的背帶，僵直地坐在那裡。他眼裡噙著淚水，輕輕地咬著牙，他看不見母親給他送來的那杯茶，也看不見我——絕不是心不在焉，他的臉色說明，他不僅知道他們一早來訪的原因，也知道後果是什麼。他在那裡翻來覆去地盤算著、權衡著、考慮著。他的眉毛在跳動，他吃力地呼吸著。

突然他舉起右手，又無力地放到桌上，並對我母親說：「他可能突然出現在家門口。」

「他們在搜尋他嗎？」母親問道。

父親回答說：「他原來住在戰俘醫院，但現在跑了，他們在到處搜索他。」

「他是什麼時候逃跑的？」母親問道。

「昨天，」他說：「昨天晚上。這樣一來，他把事情都弄糟了。我打聽過，要是克拉斯不這樣做，他在監獄或懲罰營待一些時候就可以放出來，現在他什麼都甭指望了。」

「為什麼？」母親問：「他為什麼要這樣做？」

「你自己去問他，」父親說：「他會突然來敲門，站在你面前，那時你自己去問他好了。」

「他不會到這兒來，」她說：「尤其是他連累了我們，他一定不敢在這兒露面。」

「他會來的，」父親說：「他的一切從這兒開始，那麼他的一切也將在這兒結束。他會直接跑到他們的手心裡去的。」

「要是他跑到這兒來，你要警告他嗎？或者說，你準備把他藏起來？」

「我不知道，」父親說：「我不知道我該怎麼辦。」

她說：「但願你能明白人們對你有什麼期待。」

她為父親擺好餐具，拿出了麵包、人造奶油、裝著果醬的褐色罐子，把這些東西都推到他面前。盡到了這些麻煩的義務之後，她似乎滿意了。她不坐下來，又倒了一杯茶，把身子靠在廚房的櫃子上，說：「我不想和他有任何聯繫，克拉斯和我，我們之間的關係已經斷絕。要是他出現在這裡，我和他沒什麼好說的。」

父親看著早餐，一口也不吃。他說：「你過去不是這麼說他的呀。再說，他也受傷了。」

母親說：「是殘廢了。克拉斯沒有受傷，而是殘廢了，這是他自己弄的。」

「是的，」父親說：「是的，是的，他把自己弄殘廢了，但這是必要的。克拉斯比我們誰都強，這小夥子比我有前途。」

母親說：「我們想念他，我們一直很想念他，可是他呢？要是他比我們大家都強，他也應該考慮到，他這樣做，會給我們帶來什麼後果，他應該考慮到。現在太晚了。」

父親不吃也不喝，他摸了摸那稀疏的頭髮，突然抓住了左肩，似乎舊傷口的疼痛又要發作了。「現在克拉斯還沒有來，」他說：「誰知道他能不能跑得過來。」

「要是他跑過來了呢？」母親問。

父親說：「我知道我應該做些什麼。」他說話的聲音含有一種小心翼翼的責備口吻。他把那張沒有刮過鬍子的臉朝母親轉過去，慢慢地望著她，輕蔑地端詳她，又補充說：「該發生的事總會發生的，你可以完全放心。」他站起身來，伸著手向她走了過去，但是她不想讓他碰著自己，很快地把杯子放下，躲過了他，繞過桌子，退到門邊，一句話也沒說就上樓去了，她很可能又把自己關在臥室裡了。

父親聳了聳肩，退下了背帶，走到水池旁邊，從牆角的小架子上拿起刷子和肥皂，稍稍又開腿，在水池旁抹著肥皂，眼睛正盯著我。

「你都聽見了，」他突然說：「克拉斯跑了，很可能跑到這兒來。」

我把果醬塗在麥片粥上，什麼也沒說。

「他肯定會跑到這兒來，」父親說：「他會突然跑到這兒，要這要那，還要吃的，要我們把他藏起來。要是事先不對我說，你就什麼也別做。誰要幫他的忙，誰就得受懲罰，包括你，你要這麼做，你也得受懲罰。」

我問他：「要是他們抓著克拉斯，他們會對他怎麼樣？」

父親像擤鼻涕似地把肥皂泡甩掉，只說了一句：「他該受什麼懲罰就受什麼懲罰。」接著他拿起刮臉刀，把腮幫子一鼓，從耳朵那兒開始往旁邊刮著，然後又像吹口哨那樣噘著嘴。

我心不在焉地吃著麥片粥，一勺一勺地舀著灰白色的麥片，舀了好半天，一直到父親刮完了臉。就是現在他也不想吃，不想喝。他刷洗了刮臉用具，拉上了背帶，動作緩慢，心事重重。他在找扣子，其實這顆扣子早就掉了。他使勁兒擦了一下鼻子，沉思著看了半天手帕，然後走到窗戶旁，一直注視著胡蘇姆公路。而公路上什麼也沒有，只有太陽把路上的柏油曬得軟軟的。

接著，他又做了幾件藉以拖延時間的事，例如，刷鞋，清煙斗，給鬧鐘上發條，這才離開廚房，疾步走進他的辦公室。這時，我喝了他的茶，把麵包、人造奶油，和那盛著纖維般一會兒變綠、一會兒變紅的果醬搬進了儲藏室，把一切都放在原地。聽了聽外面，沒有動靜，於是我切了幾片指頭厚的麵包，把它們從領口放進襯衣裡，接著又放進一段腸子和兩個雞蛋，襯衫在繫皮帶的地方鼓了起來。我輕輕地把這些乾糧往背後挪，我的背脊感覺到了冰涼的雞蛋和掉屑粒的麵包。我把腸子塞在衣袋裡，又切了一條剛有一點鹹味的醃肉，把它慢慢滑到了背脊那兒。這時，我背後靠近褲子的襯衣鼓了起來，就像那裡有一個天然的背包，只是偏低一點。但是，我總覺得還不夠。蘋果！我想起了我房間櫃子上的蘋果，決定再從領口裡塞上幾個。於是我離開了廚房，向樓上走著。雞蛋，麵包和醃肉在裡面不停地晃動，身上也發黏了。

我緊貼著牆走，想不引人注意地走上樓去，經過那間充滿敵意的臥室，打開我房間的門，我嚇了一跳，母親瞪著兩眼躺在我的床上。她並沒有像我想像的那樣待在自己的臥室裡，也不像我想像的那樣，高傲地撇著嘴唇站在窗簾後面，從大壩、地平線或者閃爍的水面尋求安慰。她躺在我床上，蜷曲著身子，被子一直蓋到胸前，布滿了雀斑和老人斑的雪白胳膊放鬆地擱在被子上。從那天以後，這種場面再也不會使我吃驚，因為此後她經常這麼做；但在這一天，我一見這情景便呆若木雞。我直愣愣地望著她。我連問都不敢問一聲自己：你母親躺在你的床上，這意味著什麼？她的頭髮散在枕頭上，沒有線條的身子在被單下顯得很難看。難道她要把我趕出我的房間？她躺在這裡的那副樣子，使我想起了姊姊希爾克。從她睜開的眼睛裡我看不出原因來，她也沒有絲毫向我表示歉意的打算。脊背上溼溼和冰涼的感覺提醒了我，我該怎樣離開她的視線呢？對，往後退，就像小貓退出魔法圈那樣脫身出來。

我已經退到了門把處，門檻已經在我的腳下了。這時，她說：「過來，到我身邊來。」我順從地走過去。

「轉過身子。」她又說。我也這樣做了，把屁股使勁往回縮，真以為這樣一來她就看不見我背後襯衫裡的鼓包了。但是她卻說：「把東西掏出來。」於是，我把這一批乾糧從脊背上挪到肚臍眼那兒，從領口把麵包、雞蛋、一條很淡的鹹肉……一件一件拿了出來，放在地上。我等著她提出各種問題，也想好了跟她說出我的隱蔽所，但不是在磨房，而是在半島上的飛禽站。我要講，我之所以這樣做，是為天氣不好時準備乾糧。但是，我母親什麼也不想知道，只是說：「把東西全都放回儲藏室去。」她的口氣既不帶威脅性，也沒有警告的意味和失望的情緒。她命令我把為克拉斯揀出來的東西送回去時，她的聲音裡含有痛苦的音調。我久久地、害怕地看著她，等著她向我宣布那想也知道的懲罰。但是我的恐懼是沒有道理的，母親竟朝我微笑，點著頭要求我照她的吩咐去做。我把襯衫從褲子裡拉出來，把東西堆攏在一起，送到樓下儲藏室去。

她怎麼啦？為什麼她不懲罰我？為什麼不把我關起來？我把雞蛋放在雞蛋那兒，把肉放在肉那兒，把腸子放在腸子那兒，只是那塊掰開的麵包我還放在褲子口袋裡，用手掌拍了幾下，讓褲子一點也不露痕跡。

我從廚房的窗口看著磨房，一遍一遍地尋找天窗上的信號。這時，父親在後面的辦公室裡用他特有的口氣開始打電話。他扯著嗓門向話筒喊叫，他的話都很簡短，最後的幾個字還老要重複一下。他打起電話來是絕不會叫人聽不見的。我估計，母親會像平時那樣走下樓來關上辦公室的門，這樣一來，儘管還聽得清楚他講些什麼，但不至於使人聽著受不了。但是，樓上鴉雀無聲。克拉斯躺在天窗後面等著我，但不見天窗那邊有什麼信號。「從胡蘇姆來的信收到了！」父親朝電話嚷嚷著。我在想像，我哥哥睡在由乾燥的蘆葦和麻袋鋪成的床上，在睡眠之中也時刻提防著，彎曲著身子隨時準備跳起。「沒有什麼特殊情況！」父親叫著：「沒有情況！」

我在考慮，這次我究竟應從哪一條路悄悄到磨房去。我沿著水溝望去，查看了一下大壩，我想，就缺一條地下通道。在我決定繞彎路去磨房的時候，我認出了路上的郵差布羅德爾森，他背著郵袋，騎著自行車，從霍爾姆森瓦爾夫來。這個郵差在車上搖晃著，他那劃上一道道印痕的皮質郵袋似乎有些礙事，使他不能平衡。「報告立即送來！」父親又嚷道。

奧柯．布羅德爾森逕直向我們騎來，越過用樹幹搭成的小橋，發出一陣聲響。他喃喃自語地騎過來，像是要衝撞釘著指示牌的樹樁，但是快要撞到時卻又拐了過來，繞了一個大彎之後，停在我家台階前。他嘴裡咒罵著下了車，制服上衣的空袖子抽動著，像觸電一般地甩出來。他把郵袋拉到肚子前，走上台階，門也不敲，逕直往廚房裡跑，向所有跑來問他有沒有信的人喃喃地道早安。然後，布羅德爾森坐在餐桌邊，拿出他那支懷錶，擺在面前。他安詳地看著那支錶，似乎對它很滿意，因為他在點頭。我正想看一眼他的錶時，他卻攔住我，遞給我一張來自漢堡的明信片，並說：「要是看得懂的話，你就看看，希爾克要回來了，你姊姊要永遠待在家裡啦。」

「馬上就辦！」父親又在辦公室裡嚷嚷。

「你可以星期日去車站接她。」郵差說，又激動但卻滿意地觀察著他那隻懷錶。只要他一坐下，他總是這樣做。有時候我甚至覺得，似乎他的錶計時和劃分時間的方法與別的錶不一樣，而他自己則只想把這種差別弄清楚。

年老的獨臂郵差對父親在辦公室的叫嚷聲不感興趣。他出著粗氣，滿懷心事地看他的懷錶，直到我父親放下聽筒，走進廚房。他站起來，兩個人握了握手，彼此提高了聲調，用叫名字來彼此問候：「嚴斯？」「奧柯？」郵差從我手上把明信片拿過去，和報紙一起交給我父親，又坐下來。他環視了一下廚房，似乎在找什麼。

「要茶嗎？」父親問道：「你要喝杯茶嗎？」

「好，」獨臂郵差說：「一杯茶，好，我正需要。」

於是他們倆喝起茶來，輪流稱讚著放了很多糖的濃茶。一面喝，一面從杯沿向對方望去。他們啥也不做，但是，仔細想一下，他們確實在盤算著。他們不停地暗自思忖，想找出一個話題來，對於那些彼此都想從對方口中知道的事情，只要起一個頭就行了。

在我們家，我們總是平平淡淡地開始談某件事，不抬高嗓門。因此，我不能讓布羅德爾森馬上開始談話，我得像他那樣等待著，我得提一提這兩個人以驚人的耐性在餐桌旁消磨時光時，未入正題前的談話，他們談論低空轟炸機和自行車的內胎；不厭其詳地詢問對方家眷的情況。我得去回想他們那緩慢而又經過考慮的動作。郵差布羅德爾森制服上衣的空袖子擦著餐桌，父親則摺疊著報紙。布羅德爾森講買不到自行車內胎時，看著自己的懷錶。魯格布爾警察哨長則不時地抬起頭，好像在傾聽著屋子裡的什麼可疑的動靜。

他們就這樣互相靠近，就這樣互相為對方轉入正題作準備，時間夠長也夠煩人的。最後，老郵差覺得有必要談談自己待在這兒的理由了。他說：「你不應該管他，嚴斯。」

而我父親似乎早就料到他會說這個，便說道：「你也開始這麼說了，你也跟老霍爾姆森一樣說起這個來了。昨天晚上他順便來我這兒，除了對我說別管他之外，什麼也不說。但是，到現在為止，發生什麼大事啦？禁止繪畫是柏林的決定，不是我策劃的；沒收作品也是柏林的決定，我依照指示辦事，並沒有越出這個範圍。」

「有人說，你老是跟在他後頭。」鄆差說。

「跟在他後頭？」父親說：「跟在他後頭，這是什麼意思？必須得有人告訴他，哪些是規定不准他做的，而這正好就是我的任務。」

「人家說，」鄆差說：「你早晚都監視他，甚至在夜裡也這樣。」

「禁止繪畫必須受到監督。」父親簡短地說。

布羅德爾森對這個答覆早有準備，便說：「人家說，你所做的比你該做的要多，反正超過了你的職責範圍。」

「你們根本就不知道他們要求我做什麼。」父親說。

「不，」鄆差說：「他們並不知道這些，但他們倒是想要知道，你在這個問題上要求你自己做的事。人家說，你個人還採取了一些措施。」

魯格布爾警察哨長聳了聳肩膀，冷靜地看著說話的這個人。在哨長辦公室裡的不少照片上，甚至在那張橢圓形的、炮手跪在榴彈炮前的照片上，這個人總在他身旁。他閉上眼睛，思考了很長時間，才作出回答，大致如下：「我有我的任務，他自稱有他的使命。我告訴過他，他不該做什麼；他也告訴我，他還要繼續做些什麼。我不允許有人違例，但他非違例不可。你就把這些話告訴那些風言風語的人去吧。你放心地去吧，去告訴他們，我們兩個人各行其是，他和我。我們該說的話都說了，而且誰都知道後果是什麼。」

鄆差點了點頭，似乎他自己並無異議，他也不談自己的看法。

「有幾個人擔心，」他說：「有幾個人為你擔心，因為他們認為，時代會變的。你知道，他有許多朋友。」

「我知道得更多，」父親說：「我了解他在那些外國人眼裡的意義，他們甚至讚賞他。我也知道，我們這兒也有些人為他感到驕傲，老霍爾姆森向我證實過。人們之所以為他感到驕傲，是因為他發現或創造了我們這裡的風景，或者說使它聞名了。我甚至還聽說，在西方或南方，要是人們想起我們這個地區，首先就想起他來……我知道得夠多的，你們可以相信我。至於擔心？盡自己職責的人，是不用擔心的，即使時代起了變化也罷。」

郵差說：「有人說，你沒收了他近幾年的作品。」「柏林來了決定嘛，」父親說：「我負責把這些作品包裝好，運到胡蘇姆去。這些作品以後怎麼樣，我不知道。」

「聽人講，」郵差說：「這些作品接著又被送到了柏林，一半燒毀了，一半賣掉了。」

「我不知道，」父親說：「關於這些我沒聽說，因為我管不著，我只負責魯格布爾。」

「但是為什麼要禁止他繪畫，」郵差說：「為什麼要沒收他近幾年的作品，你總知道吧？」

「決定中寫著，他脫離人民，」父親說：「因此有害於國家，不受歡迎，簡直是墮落。你大概知道我這話的意思。」

「不管怎麼說，」郵差說：「有幾個人為你擔心，特別有兩個人，他們沒有忘記，當年是他把你從格呂澤魯普碼頭的水中撈上來的。」

「欠賬總有還清的時候，」父親說：「我們已經算清賬了。這一點現在你也知道了，你可以去告訴那些沒完沒了地說閒話的人。我們倆都是格呂澤魯普人，他和我，我們把話都說明白了。現在一切都取決於他，看他還要走多遠。」

「儘管如此，」郵差說：「你最好別管他，嚴斯。」

這時父親盯著他，似乎要費不少勁才能聽懂他的話。郵差拿起了懷錶，放在耳邊聽了聽，迅速上了發條，放回衣袋裡。他把剩下的涼茶倒進肚裡，站了起來，碰得到處響。他得趕快走，也許因為他討厭自己說了那麼多話。我幫他掛上郵包。

他匆匆向父親告別，不等父親回答就走了出去，把警察哨長留在這裡。哨長既不激動，也不發愁；既不暴跳如雷，也不威脅別人。他甚至一點也不感到不安，只是安靜地坐在那裡，以他特有的枯燥乏味和慢條斯理的神情在那裡沉思。

他沉思的樣子是一望便知的。儘管他的眼睛盯著水池，看著那緩緩滴著水、已經失去色澤的黃銅水龍頭，但他的目光多半是向著內心的。聽不見他的呼吸聲，他的脈搏也變慢了，上身微微收縮，兩隻手或張開或互相握住，或互相擠壓，腳尖不規則地抖動著。別人在他眼前走動、談話，或工作，都不會妨礙他沉思，他也不會發脾氣。

我朝磨房那邊看了看，那裡有人等著我呢。麵包在口袋裡變得越來越沉，總之，它要我注意它。窗台上放著我自製的藍旗，我把它拿在手裡，在父親的眼前晃了一會兒。我搖旗時帶起了風，或許由於這個延續的信號，使他抬起了頭。我一眼就看出，他在沉思時也想到了我。他點燃已經熄滅的煙斗，揉了揉右眼上剛開始長的針眼，使勁地抽煙斗，嘴唇吧嗒作響，煞有介事地坐在那裡。我厭惡這種傲慢的坐姿，我害怕這種總有什麼名堂的沉默，我討厭這種一本正經、沉默寡言、投向遠處的目光和難以形容的表情。我害怕，害怕我們這種傾聽自己的心聲，而不用語言來表達的習慣。

此時，警察哨哨長透過煙霧看著牆壁許久，兩眼朦朧，似乎看到了什麼，這時要是牆上突然生出一塊斑點，或是一塊磚頭鬆動了，我也不覺得奇怪。

我想請他允許我出門，但是不敢。我不敢跟他說話，也不想過早把他的目光引向我這邊，便在屋子裡繞來繞去，差一點把架子上裝著稻米、玉米、澱粉粒和麥粒的罐子碰翻。這時他突然從後面抓住我，把我拉到他身邊說：「別忘了，我們在合作，要是你看見什麼，就得向我報告。」

「用這面旗子嗎？」我說。

他回答說：「隨你的便，反正你得報告。西吉，誰也對付不了我們倆。」

這番話我已經聽他說過一次了。我立即問他：「我現在能離開嗎？」

「去吧，」他說：「依我看，你也可以到布雷肯瓦爾夫去，但是得把眼睛睜大一點。」

他還想說些什麼，辦公室的電話鈴卻響了。他跳了起來，用一個可怕的動作把煙斗放在茶杯托盤上，按了按分得筆直的頭髮，一邊走，一邊扣上上衣鈕扣。我聽他說「我是魯格布爾警察哨哨長耶普森」時，我已經走到門外的台階上了。

我跳下台階，走上磚石小路，誰也沒看見我，至少沒人叫我，我已到達了水閘旁，停留了一會兒。為了保險起見，我打開閘門，把那污濁的水往外放了半天，隨後向大壩迂迴前進，又繞道向蘆葦叢和磨房跑去。我沒有穿過蘆葦叢，繞過磨房的池塘往那邊走，這一回，我從背後繞，在人工土丘的陰影下走著，在已經坍塌的大門踏板上站了好半天，直到我確定那兩個站在公墓前草地上的男人的確是在排水渠排水，才走到下面的入口處，打開了通往樓梯的門。

我並沒有馬上去見他。我靜靜站在陰涼中，站在黑暗裡，聽了聽上面的動靜。舊麵粉箱後面放梯子的地方有聲響。穿堂風向我襲來，一聲責備的叫喊衝向我而來，不，這不是叫喊，是一種與叫喊相似的嘈雜聲，像往常一樣總有什麼東西在高處飄動，掠過屋裡的黑暗，鼓著翅膀，向下俯衝，但這絕不是海鷗。我正想拉出梯子架起來時，我看見了克拉斯，他躺在麵粉箱旁，就在天窗下面。他那隻沒受傷的手拿著一根繩子，那個舊滑輪的鐵鏈子正在他的頭頂上緩慢無聲地擺動著。他用這條鐵鏈子把自己掛了下來。他想用繩子把鐵鏈接長一些，將它們纏在一起，可是只有鐵鏈能承受住他的重量。

我放下梯子，跪在他的身旁，從他手裡把繩子拿走，再從他身底下抽出來。我說，這是我在緊急情況下用來往下降落的繩子，它就塞在我的床鋪下。繩子並沒有斷，只是沒跟鐵鏈纏住，從鐵鏈最後一節上滑脫了，由於拉拽和擠壓，繩子的末端變黑了。但是，我這樣詳細地解釋並不能幫助我哥哥站起來，因為我把繩子從他手上拿開以後，他仍舊蜷曲身子躺在那兒。要是從上往下看，這是一個蜷曲身子準備起跑的姿勢。當我小心地搖晃他或者輕輕地碰碰他的時候，他一動也不動，回答我的只是輕輕的呻吟。

我把麵包從口袋裡拿出來，遞給他。我把一碰就碎的麵包緊緊挨在他的臉旁邊，要他吃，至少讓他把眼睛睜開。但他只是呻吟，抬起了那隻累贅的、打著石膏的胳膊，又放了下來。我把麵包掰開，慢慢送到他的嘴邊，輕輕往他嘴裡塞，使勁地塞，最後才發現被他咬緊的牙齒擋住了，我沒能把麵包塞進他的嘴裡。我想挪動他，把他拖到木頭柱子邊，讓他的背靠在柱子上，但我辦不到，因為他太重了。看來我一點辦法都沒有，只好坐在他身旁，為他敘說家裡的情況。

我耐心地衝著他那張圓臉說著，也看不出他究竟聽進去了沒有，他聽明白後有沒有在他心裡產生什麼想法。不論我怎麼說，他就是彎著身子躺在我面前。

我沒有別的辦法，只好不時地離開磨房，走過已經坍塌的木踏板，觀察著那兩個排水工人，也觀察著從格呂澤魯普方向來的一輛大車，和那個站在「淺灘一瞥」酒店平台上動也不動的男人，還有魯格布爾警察哨哨長的家和棚子。我還得觀察多久呢？

當我從瞭望處確定沒有可疑跡象後跑下來時，我哥哥已經沒躺在麵粉箱旁，而是自己坐了起來，把背靠在一根用斧頭砍得很光滑的柱子上。他自己坐了起來，上氣不接下氣地呼吸著，用被追逐者的眼光看著我，用緩慢的點頭動作向我述說，我把他單獨留在那裡以後，一股驚慌的情緒忽然攫住了他，他覺得我的隱蔽所是一座陷阱，想要離開這裡，所以他嘗試著用繩子把舊滑輪延長，用一隻手向下爬，結果摔了下來。他述說著這一切，又說他的小腹疼痛。他用那隻健康的手按著它，把頭向後仰著，閉上了雙眼。現在他還是不想吃東西，我用手捧著麵包遞給他，他拒絕了。

「走吧，小傢伙，」他費力地說：「把我從這兒帶走。」

我說：「那就回家去吧，克拉斯，你到家了，他們就會幫助你的。」
「疼啊，」他說：「這下面疼。」
「我帶你回家去。」我說。
「不，不回家，」他說：「那就等於把自己交出去了。」
我問他：「如果不回家，那去哪兒呢？我把你帶到哪兒去？」
克拉斯必定已經考慮過了，他並非隨口說出：「畫家那兒，把我帶到他那兒去。」
我說：「可是，你不知道他發生了什麼事嗎？」
「他是唯一可以幫助我的人，」哥哥說：「他會把我藏起來的，我知道。」
我又說：「你不知道發生了什麼事！」
哥哥卻說：「他會幫我忙的。」
他說著，就用手臂撐著地面站起身來，抱著木柱，招呼我過去。他用纏著繃帶的手招呼我，他的命令幾乎成了威脅。「畫家那兒，」他又說：「我早就該上他那兒去，我今早就應該去敲他的門的。」
克拉斯放開柱子，靠到我身上來，試試我究竟能承受他多少重量。他的身子不重，每走一步還要減輕一點。我們走到外面陽光下的時候，他把手從我的肩上拿開，蹲在一個水坑旁，用泥土抹在石膏上。他細心地抹著，我也幫著他，我們用褐色的溼泥煤土把石膏繃帶全塗滿了，還在水坑裡浸了幾次，最後，它看起來就像一長條泥煤。接著我們出發，溜過磨房的水池，彎腰來到水溝旁。我們越走近布雷肯瓦爾夫，我就越是加緊勸他回家去，他卻無動於衷，不回答。我們懷疑此時寧靜的氣氛，我們也不相信被曬暖的黑水溝上的夏天烈日。在我們這兒，誰要是出門，就會被人看見，我們倆對這一點很清楚，因此儘管四野無人，我們仍須提防。我們倆都清楚，在我們這裡，總會有人在遠眺水溝和原野，可能站在籬笆後、門邊或窗戶裡一動也不動地瞧著，所以當我們一路向布雷肯瓦爾夫跑去時，總覺得早就有人發現了我們，或者甚至在跟蹤我們。

我們小跑步過了閘門，踏過斜坡上的蘆葦草，涉過飼水場，穿過被無數牲口踐踏過的爛泥地，到了人們為牲口擠奶的地方。我還記得，我們急匆匆地把柵欄扒開一個洞鑽過去，柵欄的鐵絲網吱扭亂響地抖動著，我們把身子緊貼在地面上聽著動靜。我跟著克拉斯跑，他要我幹什麼，我就幹什麼；這不是由於他的恐懼，也不是由於我們一躺下就使他呻吟。我一路陪著他，儘管我相信，馬克斯・南森也許不會把我們送回家去，但一定會把我們送回磨房去。最後一段路我們是直著身子跑的。我們來到了能遮掩我們的布雷肯瓦爾夫的樹籬下。在沒有欄杆的木橋上，克拉斯摔倒了。他試圖用膝蓋直起身子來，但是辦不到，他又摔倒了，臉貼在地上。我飛快地從籬笆的窟窿裡鑽了過去，掃視了一下花園，又看了看那邊的房子，但是沒有人在。於是我回到哥哥那裡，把他拖到一旁。我把他的頭壓在草叢裡，問他：「要我現在去叫他嗎？」哥哥茫然地看著我，我又急切地問了一遍：「要我去叫他嗎？」「去吧，」他低聲說：「去吧。」臨走前，我又蹲下來，盡可能地把哥哥的制服弄乾淨，把他身上的草弄掉，又把已經乾了的土剝下來，把皮鞋擦乾淨，把領子拉整齊，扣上上衣扣子。「你安靜地躺在這兒吧，」我說：「別離開。」說完，我就走了。

從鑽過籬笆開始，我就可以直著腰走了，從左右邊折下些樹枝拿在手裡，一邊觀察著花園、房子和畫室，因為我想保險一點。我既不想碰見約塔，也不想碰見約普斯特那個肥胖短小的怪物，更不想向他們洩漏秘密。花園裡有雞在花壇間跑來跑去，漢堡的金斑雞，比利時的萊亨雞，牠們成群地聚集在車軸草和百日草間，啄著百合花上的蟲子。誰也不在這兒，花園的涼亭也是空的。那四百扇窗戶裡也沒有人影。是誰碰著了蘋果樹下的鞦韆？為什麼那朵罌粟花在搖動？

到畫室去，我想，你得到畫室裡去找他。我走進花園，沿著籬笆前進，我緊緊盯住花壇和房子，繞過外面那條耙過的路，來到了畫室的後牆。我聽見裡面有談話的聲音，不，只有一個人的聲音在那裡激昂地提出問題和嘲諷地回答問題。門沒有鎖，我悄悄地開了門，溜了進去，馬上聽到從一側傳來的畫家的聲音。我得說，這兒吵得可真兇啊，當時畫家可能是這樣說：「別胡說了，巴爾塔薩，每一張圖畫只有一個情節，那就是色彩。」我光著腳踩在堅實的地板上，悄悄走到他身旁——我今天還能想像當時踮著腳尖走近他的情景——畫家坐在一張臨時搭的鋪板上，拉開當簾子用的一張床單，穿著那件舊藍大衣，戴著帽子。他在作畫，他在和巴爾塔薩爭吵，他在畫一幅名叫《景色和陌生人》的畫。

畫釘在櫃子右邊一扇門的內側，左邊，在開著的抽屜裡，放著被他稱之為「顏色」的輔助工具。把兩扇門一合，櫃子就關上了，作品和顏色也就消失了。但是，天曉得他此刻會不會因為腳步聲、人聲或者警告的聲響而關上櫃子。我覺得，他和巴爾塔薩的爭吵太認真了，他太專心了，他要用紫色的狐狸皮來向對方證明，站著數個陌生巨人的風景畫中，不能用死亡的或衰敗的顏色來表示暴行或滅亡的臨近，而要用可怕刺眼的顏色，比如用可怕的橘紅色、白色，就像輕輕塗上一層表面的顏色。在黑灰色裡加進一聲尖叫——黃色、褐色和白色——沉默隨即消失，克制、順從和戲劇性的變化開始了；接著是綠褐色。他跟平時一樣，大筆大筆地抹著綠褐色，他就是需要綠褐色。在他的畫裡，一切都從綠褐色產生，而巴爾塔薩不能或不願看到這一點。

我看著他，又看看那些陌生人，又看著他。他現在正側耳傾聽著、重複這些人的表情，這些人顯然感到不安、陌生和被遺棄了，因為他們不是在旅行中偶然來到這個地方，而是被風颳來的，所以他們有理由感到恐懼。這些陌生人頭上戴的東西當時就曾使我感到困惑，今天也仍然如此。這些覆蓋物介於土耳其帽與頭巾之間，似乎是哪一場土耳其戰爭的產物。但是他們的陌生感、恐懼和被人遺棄的情感完全被畫面上風景的情調證實了。

而現在，我小心翼翼地把當窗簾用的床單放下來，溜回門邊去，然後正式地重新走進來。我踮著腳尖走到門口，敲了敲門，把門打開，隨即又關上門。我叫著：「南森伯伯，你在這兒嗎？南森伯伯！」

他沒有立即回答，直等到把櫃子關好，把鑰匙拔出來之後才叫道：「怎麼啦？誰呀？」一邊慢慢地從看不到的畫室深處走出來，嘴裡沒有嘀咕著，臉上也沒有因為工作被打斷的不樂意表情，而是滿不在乎地，慢條斯理地……

我等他走到門口來。

「維特－維特，」他看見我以後這樣叫著，並不輕鬆也不驚異。「喏，維特－維特？」他退回去聽了一下，似乎那個巴爾塔薩要利用他離開這段時間，把櫃子門打開，按自己的意思來改變那些景色。然後，他問我說：「有什麼特別的事嗎？」

我無言地指了指籬笆那邊，說：「克拉斯……」由於他沒能立即明白我的意思，便用他那灰色的眼睛向外看了看。「克拉斯來了，你得幫助他。」我又說。

「你哥哥不在家，」他說：「他受傷了，住在醫院裡。」

「他現在躺在橋邊，」我說：「他要上你這兒來，只肯上你這兒。」

這時，畫家抓起大衣，把還在燃著的煙斗放進口袋裡，又回頭聽了一下巴爾塔薩的動靜，然後轉過身來，離開了畫室。我關上門，跟在他後面。

「你們就會幹蠢事。」他邊說邊用小跑步跑過花園往橋那邊奔去。

我在他那有勁的、儘管有點彎曲的脊背後面說：「他們在搜查他，這些人已經上我家裡去過了。」

「你們就會讓人生氣，」他咕噥著說：「你們從來不讓我們安寧。」他那長得拖地的藍大衣遮住了他邁步的樣子，使我覺得他似乎是由於憤怒，至少是由於激動而在我面前奮力地跑著。我又聽見他那責難的聲音：「你們就會幹蠢事！」

我們抄了近路，沿著籬笆一直走到那個窟窿前，走出花園，找到了克拉斯。他還是我走時幫他擺的那個樣子，頭部仍然枕在草叢上。畫家彎下身看著他，寬寬的大衣落在哥哥的身上，似乎要蓋住他，給他遮蔭。我們，一個躺著，另外兩個跪著，不忍指責地安慰著，我不能不認為，這場面就像元首[8]最喜愛的一幅作品，名叫《大戰之後》，不過，畫中跪著安慰人的形象應該是個婦女。畫家並不想安慰哥哥，他只是想弄清哥哥到底發生了什麼事情，為什麼太陽穴上沒有血跡，卻躺在他的籬笆後面，就是現在也站不起來？

「克拉斯，」畫家說：「克拉斯，我的孩子，你怎麼啦？」

哥哥舉起了那隻無用的胳膊（他在最近距離處朝自己的胳膊開了兩槍），又放了下來。畫家摸了摸哥哥的肩膀、胸部、下腹。克拉斯這時一陣痙攣，說：「別，別動那兒。」

「你能走嗎？」畫家問道。

克拉斯說：「一定能的，我又能站起來了，現在行了。」他在畫家的幫助下站了起來，身子顫抖著說：「我得躲起來。」他奮力站直了身子。

「耶穌，瑪利亞，」畫家說：「你們就會幹蠢事，你們就會叫人生氣。」

「在家裡，」哥哥說：「我不能在家裡露面。他們來過了，他們還會來的。」

「你們總是叫人發愁。」畫家說。他攙扶著哥哥，哥哥呻吟著說：「要是這一回他們抓住了我，我可就完了。」

「你們就不讓我們安寧。」畫家說著，緊緊地抓住我哥哥，試著邁出第一步，他一邊罵一邊

8　指希特勒。

搖頭，拖著他走，還不斷喃喃地重複著自己的怨言。

我們走過那個窟窿，又在花園裡走了一段路，來到涼亭裡。在昏暗的光線下，他把哥哥放在一張用光滑的樹枝編成的寬大椅子上。他端起哥哥的臉，不是要和他面對面地談話，而是要從他的臉上重新找到曾一度打動他的那種特定的表情，把我哥哥重現在他的某幾張畫上；因為哥哥臉上有時有一種感情衝動的神態，這不是有意造作，而是典型而樸實的。馬克斯·南森曾把他畫進了聖餐畫中。在畫上，克拉斯被畫得很粗壯，滿懷期望地望著聖餐杯；在《與紅馬在一起的安靜生活》這張畫上，克拉斯被畫成了像個胖娃娃似的；在《不信神的托馬斯》裡，他斜站在托馬斯面前，好像要絆他一腳；在《舞蹈家和夏天的不速之客在海灘上》這幅畫裡，克拉斯兩眼明亮，臉被畫成藍色，站在那裡力求了解這種場面。

在十多幅作品上，克拉斯都表現出了他那出色的感情衝動的神態。當畫家在涼亭裡抬起了哥哥的臉，並把它在亮光中轉動著的時候，我以為他又在尋找那種特定的表情呢。但是，事情不是那樣，因為他突然問道：「你知道嗎，你知道你要我做的是什麼事情嗎？」克拉斯毫無表情地看著他。「那就繼續走吧，」畫家說：「起來吧！」

他又緊緊地摟住哥哥，我們走出了涼亭，從窗戶下面一直走到院子裡。畫家一路上罵著、叨嘮著、數落著我們——也包括我，因為我們淨做些叫他發愁的事。

走進過道後他才安靜下來。他打開了通往客廳東屋的門，在客廳的窗戶旁邊有一條過道。從過道開始，簡直可以說有一百一十道門。門很厚實，都漆成了灰綠色，鎖孔上插著很大的、看來像是自製的鑰匙。他推著哥哥沿著過道往前走，走過了所有的門。我猜想門後不會有人，而是鳥兒，頸上沒羽毛的兀鷹、笨重的南美兀鷹、黑鷲，牠們都搭著眼皮蹲在壞了的床架上。我不敢靠著門去偷聽。石板地上刻著一六三八年、一九一二年，下面還有幾個縮寫字母：A．J．E．與F．W．F．。凹槽的邊緣已經磨損了，有幾塊石板已經有裂縫了。

畫家開的門對嗎？是他早就給克拉斯準備著的房間嗎？畫家出乎意料地站住了，打開門，走進去，馬上又走了出來，點了點頭，小心翼翼地帶著克拉斯走進房間。這是一間浴室，或者說，似乎是一間浴室；不知是誰，也許是老弗雷德里克森把這間屋子當作浴室，裝了一個蓮蓬頭，安了一個浴盆。這個暗白色的龐然大物好像立在四隻獸爪上，但是蓮蓬頭和浴池並沒有連接上，沒有水龍頭、沒有放水口、沒有水管，使人不得不認為，這是由於沒有興致了，整個計畫也就沒有實施，或者說，是因為老弗雷德里克森要找到這間房太費勁，所以逐漸把它給忘掉了。為什麼在這間未完工的浴室裡堆放著一套可以用的墊子，至今人們還解釋不清，可是墊子就放在這裡。畫家把墊子扔下來，鋪一張床。他每扔一下，屋裡就升起了一道灰柱，在斜射進來的稀薄陽光裡散開。接著，畫家要克拉斯躺下去。

哥哥全身一齊倒了下去，跌在一邊，伸直了身子。他渾身發冷。他問道：「有蓋的東西……你們有蓋的東西嗎？」

「你要什麼一會兒就會有的。」畫家說。他在一扇高窗戶下收拾著，把一個人字梯收好，搬到一邊，把鉛管、閥門、鐵鋸和防漏水用的材料堆成一堆，裝進一個紙箱裡，又用腳把灰砂、廢紙和煙屁股集中起來，從牆壁上取下一件滿是魚刺花紋的上衣，在口袋裡掏了一下，把上衣疊了起來，塞在哥哥的頭下當枕頭用。

克拉斯的呼吸十分費勁。他痛苦地看著我。當今天我透過灰塵、透過回憶的薄霧看他這樣躺著的時候，我覺得他當時好像在給我一個暗示，一個秘密信號，要求我留在他身邊。塵土落在他臉上，落在他的眼皮上。我不明白這個暗示。畫家搖著頭在屋子裡來回走著，看看還有什麼要做的，但又放棄了。哥哥把身子轉向一邊，把臉放在彎曲的手臂上。

「他什麼也沒吃呢。」我說。

於是，我把麵包放在墊子上、他的腦袋旁邊。

「一步步來，」畫家說：「你們幹了這樣的蠢事，一切也都得按部就班地收拾，慢慢地他要什麼就會有什麼的。你現在跟我來，他應該獨自待在這兒。我要考慮一下該做些什麼。」

第六章 第二視覺

首先，我讓夜幕降臨，讓晚上的前半部時間由幻燈機來負責。這部幻燈機是格呂澤魯普故鄉協會的登記財產，買來時是個舊貨，由主席佩爾・舍塞爾（我習慣這樣稱呼我的外祖父）保存、保養和使用。幻燈機擺在走道中間的桌子上，走道兩側放著沉重的、可說是粗笨的凳子；不知為什麼，大多數觀眾坐在上面不一會兒就兩腿發麻了。為了使幻燈機的光恰好打在螢幕上，人們在幻燈機的下方墊了兩本書，被拿來派上這種用場的，一直是施托姆的《議員之子》和克洛普施托克的《彌賽亞》[9]，它們用自己的體積保證幻燈機的光柱與螢幕的邊緣恰好吻合。

被當作螢幕來使用的，是一張石勒蘇益格—荷爾斯泰因歷史圖的背面，一張灰白色、左上方有些污點的長方形圖紙，在光柱的照射下，圖背面的島嶼、海岸和河流的入海口，都隱約顯現出來，它向每一個持懷疑態度的人證明：這片土地即使沒有完全被海水吞沒，至少也有兩個方向受

9 Friedrich Gottlieb Klopstock，弗・戈・克洛普施托克（一七二四—一八〇三），德國詩人，他的宗教詩《彌賽亞》，寫救世主耶穌的生活故事。

到了大海的威脅。坐在走道左右兩邊觀看幻燈片的有八個，不，我瞎說什麼呢，有十二個或十六個人。從幻燈機的邊縫中漏出的光線，落到牆邊和窗戶之間的櫃子的玻璃板上，又反射回來，使幾位觀眾覺得非常刺眼。小蟲子在光柱中飛來飛去，一隻小飛蛾似乎在測量鏡頭與螢幕之間的距離，每一次牠都撞在一個小小的金屬環上。人們坐在凳子上低聲聊天，偶爾也有人咳嗽幾聲，沒有人抽煙。天氣很暖和。

鄰近的廄房裡不時傳來拉扯鐵鏈的聲音，每當一頭牲畜揚起頭時，就會發出這種響聲；有時，那裡還會傳來一陣喧鬧聲或狂躁的獸蹄蹴地聲。陣風呼嘯，狗在吠叫。外祖父的那張紅紅的、長長的、抑鬱寡歡的臉從半明半暗中移向螢幕，就連他的頭影看起來也是憂鬱的。佩爾．舍塞爾向來不放聲大笑，也不微笑，他不跟任何人眨眼睛，也不使眼色。他只要往那兒一站，低頭默想，像隻蒼鷺兀立，人們就不再竊竊私語，即使偶爾有人咳嗽一下，那也只是為了在放映時不再咳嗽。我希望這樣能勾勒出他的形象來。

我願意利用現在所出現的寂靜指出：一直到外祖父出現在螢幕前，人們在庫爾肯瓦爾夫所度過的每個夜晚都是一模一樣的，晚上的時間都被用來研究胡蘇姆和格呂澤魯普之間這片鄉土的狀況，研究它的發展、它的未來，它那令人著迷的物產，那值錢的爛泥，它的動物、植物和溝渠，特別是這片鄉土的特徵。要是我集中思緒深入回顧的話，我必須指出，在我對故鄉協會聚會的記憶中首先保存著的是那種氣氛：溫暖、半明半暗、幻燈機的光柱、麻木的飛蟲、近處廄房的聲響和與會者的低語聲，以及愉快等待的心情。他們是由佩爾．舍塞爾用書面通知——冬天的次數多於夏天——邀請到庫爾肯瓦爾夫，到舍塞爾的祖宅來聚會的。

我還記得，外祖父在客廳與廄房之間舉行的故鄉研究會議上，展示了各種或深奧難懂、或易於理解的，關於歷史、文化，當然也有關於鄉土特徵方面的證明材料，例如，鹿角製的鋸齒形魚叉，石製的刮削器，斧頭和錘子，骨灰罈，銅器時代中期的首飾，石器時代晚期劍鞘的飾物和裝飾繁複的壺罐，我隨時都可以打定主意，給它們插上短梗鮮花，拿它們當花瓶用。劍柄、木製的兵器、著名的特雷恩巴格金片，以及無數泥塊、沙土和礦石樣品，諾爾施洛特沼澤的船骸，還有從前的獵人和沼澤地農民的奇形怪狀衣服，我都不能忽略不提。

最後一件吸引人的東西，是一具已經萎縮成一張皮的、被繩子勒死的女孩屍體，繩子自然是鹿皮製的，它仍然像一件危險的裝飾品那樣掛在她的脖子上。還值得一提的是藏書，由佩爾・舍塞爾收集的專門性書籍：《石勒蘇益格—荷爾斯泰因土壤史考察》、《海岸的作用與演變》、《索布爾的生活》、《我們海島的綠裙》、《晨風》。除此以外，還有一堆他自己的、由「自家」出版社出版的小冊子和書籍，其中有《墳山的語言》、《諾爾施洛特沼澤出土的獻祭品及其他》以及《海嘯及其影響》等等。

要是有人發現漏掉了任何一部書或某件出土物時，他可以加以補充。而我覺得提一提以上這些實物就夠了，因為我不能老讓外祖父待在幻燈機的光柱中，儘管他還一直向暗處凝視，不怕刺眼地向任何一個光源凝視，這個別人也都能回憶起來。此外，我還不得不消除這樣的印象，即那些為研究鄉土學而舉行的晚間聚會每次都雷同，開場和進程都是一模一樣的，因此，只需描寫其中的一次就夠了。

如上述所說，在佩爾·舍塞爾出現在螢幕前之前，我一直以為這只是一個尋常的晚會，不會有什麼特殊事件發生，大多數參加者也是這麼看的。但是，當外祖父突然舉起雙手，不放心地檢查著門口有無可疑之跡，並要求大家安靜下來時，大家就已經感覺到不一樣了。我們都安靜了下來，就連安德森船長也抑制著自己的咳嗽。門後面沒有任何動靜。外祖父的表情嚴厲，微微張著嘴，露出他的蛀牙，眼睛緊盯著大門。

這時，大家也都看著那個方向，伸直了身子，屏住了呼吸，但這卻不能使身材矮胖的逐鹿獵人、舊日的沼澤地農民，或那位曾航海到英國的國王斯文走進門來。我們往那個方向看的時間越長，就越覺得門後真有什麼動靜。我們看見窄長的毛玻璃後面有一支煙頭在閃亮，又聽見清嗓子的聲音，在佩爾·舍塞爾準備作出雖是簡單、但卻是表示邀請的姿態時，阿斯姆斯·阿斯姆森終於進來了。他是《大海的火花》的作者，格呂澤魯普故鄉協會的名譽主席。儘管他穿著海軍制服，以參謀部上等兵的身分走了進來，但大家立即就認出了他，並用呼喊和鼓掌表示歡迎，他則隨便地行著軍禮回敬大家，並熄滅了煙頭。

他是蒂姆和蒂內的創造者，這是《大海中的火花》中的兩個主要人物，在我們這裡幾乎是家喻戶曉的。如果我沒有弄錯的話，這兩個人是用「瓶中信」通訊的方法相識的，他們覺得這種通訊方法非常有收穫，因此他們在訂了婚、結了婚以後也用這種辦法互通信息，並且毫不厭倦地繼續此一遊戲，即使於年邁力衰時，也還把瓶中信視為最美好的、至少是最節約的通訊方法。這樣，他們就使作者有可能在他們死後很久，還能在偏遠的海灘發現軟木塞封口的瓶子，而蒂姆和蒂內相互用短簡通信的新奇事，這樣為後人所知悉。

這位阿斯姆森在北海的一艘前哨艇上值勤，從不來梅港回來短期休假。他長著兩條羅圈腿，一頭濃密的、烈焰似的頭髮，脖頸上的肌肉發達得就像一個舉重選手那麼可怕，目光在大膽與善良之間變來變去。我可以說，如果不是由於他那張富有啟發性的嘴，那張敏感的、銀幣似的圓嘴，人們不會一下子就想到他就是蒂姆和蒂內的創造者。他那張嘴洩漏了天機。他敏捷地脫下了有兩根長飄帶的水兵帽，按規定將帽子夾在手臂下面，帽徽和鷹朝前，聽著外祖父向他致歡迎詞。外祖父每講一句，他幾乎都點頭。他似乎同意佩爾·舍塞爾稱他為一位「熟悉故鄉的專家」，「一位守衛在故鄉前哨的哨兵」。當他被稱為「故鄉命運的締造者」，甚至「格呂澤魯普的良心」時，他也不提出異議，只是點頭。當外祖父宣布晚會的題目為《大海與故鄉》，將由一位有資格的人講演，而此人便是阿斯姆斯·阿斯姆森時，他也微笑以示贊同。接著，外祖父坐了下來。

《大海的火花》的作者把帽子放在桌上，讓長飄帶筆直地垂下來，把手插到胸前的領口裡，一直往裡伸，怎麼也摸不著要拿的東西，於是，他聳起兩肩，繃緊臀部，在左腰部尋找，佯笑著停下來，慢慢地、小心翼翼地取出了一個裝著幻燈片的信封，把信封舉到光源處說：可以開始了。我想馬上爬到第一排去，但是父親抓住了我，把我按住，於是，我只好和他一起待在窗戶旁邊，看著阿斯姆森如何從走道的中間向幻燈機走去，把第一張幻燈片放進了機器，但是這時還看不見畫面。

我的父親怎麼啦？當阿斯姆森向大家表示謝意，帶來外面的問候，並準備說幾句開場白時，父親變得那樣激動，這是我從未見過的。他在座位上扭來扭去，用指尖輕輕揉了揉眼睛，把手帕一會兒絞在一起，一會兒又展開。有時，他把身子直往後仰，我都怕他會失去平衡，倒在前飛禽研究站的職員柯爾施密特的懷裡。他的上唇滿是汗珠，似乎由於內心的某種不可忍受的壓力使他顫抖，一種驚異的表情浮現在他臉上。他似乎自己也不明白是怎麼回事，不時地用有力而又嚴厲的動作擦拭自己的額頭。

他那種少有的激動，我今天回想起來比當時更覺新奇，因為不言而喻。那時我正專心聽著阿斯姆森講話，更等著他把第一張幻燈片放映到螢幕上。

但是，阿斯姆森卻磨蹭了半天，先大講了一番《大海與故鄉》這個題目。他說，他推敲這個題目，修改了好幾次。他說，如果將「與」改成「作為」，是否會使之獲得，或者添加某種新的意義？並請在場的人考慮，如果把大海視作故鄉，由此會產生一種什麼樣的可能性？他還建議把標題縮短為《海鄉》，覺得這樣更全面、更親切。至於改作《故鄉的大海》，他考慮的時間最長，引起的想法也最多，在概念的親切性方面他下了不少工夫，但也沒有忘記力量，這種力量教育人們堅定、頑強、大膽。接著，他用手劃了一個弧形，要求我們考慮一下：為了我們能把大海稱之為「故鄉的大海」，我們要做多少事情，但是，有一點可以肯定：人們保衛的不是隨隨便便的哪個大海，而是故鄉的海洋。

這時，阿斯姆森打出了第一張幻燈片。螢幕上，前哨艇漂浮在一個由片狀波濤組成的天空，波濤下面是陰暗的、被艦艇切斷了的地平線。我們都笑了，直到被放得很大的手指捏住了幻燈片的邊緣，把它倒轉過來後，笑聲才停止。這時，這艘小艇令人滿意地停泊在大海上。誰也不懷疑，這艘歪斜得挺厲害的、下一個大浪打來就會沉沒的武裝魚輪，就是阿斯姆斯·阿斯姆森在他的海鄉中守衛著的前哨艇。

這張幻燈片可能是從瞭望台上拍攝的，船上的人一個也看不清，但是，艇艄的活動炮架前有兩個人蹲在那裡，正在向照相師招手，卻被飛濺的浪花遮住了。這艘前哨艇沒有名字，只有一個編號，給人的印象是被遺棄了，至少是沒有希望。我們努力讓這艘小艇吸引住我們，設想自己就在甲板上，把望遠鏡放在眼前，或者讓人給我們盛豬油拌麵。三十七毫米的雙筒炮炮架上的兩個白圈意味著什麼，我也清楚。當時的風力有多大，我卻無法估計。

「這就是我們的船。」阿斯姆森用一種既平穩又匆忙、就像淺灘上、水溝裡急流似的聲調說著。他又補充說：「我們那條出色的船，請注意，」他說：「這是許多艦艇中的一艘，是數不盡的艦艇中的一艘，它們分布在故鄉的大海上值勤，夜以繼日，無論下雨，無論下雪。它們聯結成了一條絕對保險的鐵鏈，誰也不能從這條鐵鏈中溜進來，就連海兔也不行，更不用說英國人了。就像我們這艘船一樣，元首把無數的船放在外頭。」阿斯姆森在這裡說的「放」字也有「丟開」的意思。

父親的手在顫抖。他舉起一隻手，伸出去，用食指指著前哨艇，想說什麼卻沒說出來，便又慢慢地把手放了下來。這時，阿斯姆斯．阿斯姆森又把另一張圖片塞進了幻燈機。這張幻燈片展現了一個海上空曠處，上面是乳白色的陽光。那條船怎麼也看不出來，但是誰也不會認為它已經下沉，因為有一種白色泡沫般的東西在水面上流過，而這是船的螺旋槳才會產生的現象，那就是沸騰般的尾浪。第二張幻燈片只是要表現尾浪，可以看得很清楚，而且越來越寬，最後匯入了地平線中，像一條明亮的、轉瞬即逝的泡沫帶。

「這像是尾浪啊。」安德森船長叫著。

阿斯姆森用引起大家驚異的聲調說：「在外面擔任前哨，這意味著不是單純值勤，不是嗎？誰敢和大海對抗，大海就熱愛誰，就會向他展示自己的情懷和奧秘。」

「那不是尾浪嗎？」安德森船長很想知道這一點，但是，阿斯姆森卻轉入了一種抒情的語調，不受任何影響地說：「這個萬花筒般的世界絕不向置身其外的人、向陌生人打開大門。誰要是只想過鄉村生活，就不能明白大海的意義。請注意，在這張幻燈片上還有點點星火，儘管表達得不太清楚，我們管它叫『海上的火花』。它在發光、在燃燒，它向大海投射出黃色和綠色的閃電。每當這樣的時刻，大炮就啞了，尤其在夜間，整個尾浪就變成了一道閃亮的痕跡。這就像大海在向那些以海為家的人們致敬，又像是向一艘燈光漸暗的船隻發出歡迎信息；在這條船上，只要光亮的閃電在船頭或船尾活動，就沒有任何人會睡覺。」

他沉默了，一動也不動地看著螢幕，也許像我一樣，也在觀察著那個笨拙的飛蛾，牠多次企圖向尾浪衝去，卻只是無力地撞在螢幕上。我覺得，阿斯姆森和這張幻燈片的景象難捨難分，因此，當九十二歲的船長，特別上鏡頭的安德森想了解這個情況，並說出了下面這段話時，阿斯姆森十分愕然。安德森說：「這種火花是不是由一種小蟲子或者類似的東西發出來的？我們過去就遇到過類似的現象。」

「當然，」阿斯姆森說：「發光是有原因的。在一定程度的刺激下，發光的和閃爍著火花的東西都是水上體積微小的生物，是鞭毛滴蟲。要是你想知道得更詳細的話，那是些單細胞生物。但是，難道牠們不是大海的一部分？難道不是這一個在另一個之中，並藉著另一個在發光？」

他沒有回答這些問題，也不等待別人回答，而是沉浸在回憶之中，乾脆讓會場上出現一段靜默。就在這陣靜默中，父親微微把屁股從凳子上抬了起來，叫著說：「VP-22，VP-22！」

有幾個觀眾驚訝地回頭看著我們，那就是我的外祖父、希爾德．伊森布特爾和迪特。阿斯姆森驚奇地說：「這是我們那艘船的號碼，真的！」但是，當大夥還想聽父親說些什麼時，他卻窘迫地微笑著，做了一個可能是表示歉意，也可能表示無能為力的手勢，慢慢坐下來。他把一隻手放在我的大腿上，過了好半天才意識到這不是他的大腿，於是又把自己的手挪開。我甚至在半明半暗中，也能看出他在苦苦思索著什麼，他激動而又恐懼，我覺得他似乎在忍受著痛苦，總之，在那次故鄉的大海專題晚會上，魯格布爾警察哨哨長表現出了一種痛苦，這種痛苦——儘管在我們身上經常發生——將對父親的警務活動產生一定的影響。

但是，我只想講非講不可的。眼前，我只想從一堆牌中抽出一張來，因為阿斯姆森正把大海的火花從螢幕上取下來，又放上一張新的。這是一張什麼內容的幻燈片？他塞進去的，是一幅晚景，人們在甲板上休息，北海也在休憩。幾個水兵倚著欄杆，他們不是在眺望遼闊的遠方，而是看著一個正在彈鋼琴的同袍，他背對著沉沉低垂的晚霞，這片雲裡藏得下大量布倫海姆工廠出產的轟炸機。

「在這裡，」阿斯姆森說：「在這裡本來沒有多少東西可看。這是一個傍晚，對吧？有人在放哨。人們聽著曲子在休息，在右舷站崗的哨兵——這就是我們——正毫不懈怠地注視著地平線。就像你們所看到的那樣，武器也在休息。吃飯的時間已經過了，自己捕捉的各種鱈魚，大大豐富了我們的菜單。大海滋養著一切。大海。左上方，在這塊地方，這是我們的四門高炮。站在駕駛艙外欄杆旁的——在幻燈片上的確看不出來——是指揮員。這張圖片的確看不出多少東西來。這兒的這張也許更有意思一些。」阿斯姆森，這位熟悉大海的專家，又在幻燈機上放上一張新的圖片。

清晨的太陽躺在大海上，舒展而又明亮，在這樣的陽光照耀下，人們卻感到寒冷。長長的海浪。VP-22顯然在開動著。船尾的崗哨正把幾隻海鷗轟向天空。煙囪裡冒著一股輕煙，使人想起家鄉早晨生起的爐子。也許廚師正心情不佳地煮著清晨的咖啡；也許VP-22號船上的士兵們正在刷他們得了壞血病的牙齒；也許，收音機正向甲板、船艙播送著晨間的歌曲。阿斯姆森說：「請注意看！空中的右上方正懸著幾顆炸彈。這四顆炸彈隨時可能落下。對著太陽看起來很費勁，但仔細看就能看見，全部炸彈都落在右舷這一邊。」

我跳了起來，我前面和身旁的人也都緊張地伸直了身子。誰也沒有料到，誰也沒有這種心理準備，因為人們的情緒和炸彈絕不協調。我認為，前哨艇一清早什麼都可能遇到，唯獨不可能在船的右舷高懸著炸彈。我們大家仍然發現了炸彈。一個冷靜的信號兵已經收到了有炸彈的信號，有兩顆炸彈在晨曦中甚至變成一道黑光。它們處在不同的高度，如果在炸彈尾部畫上連接線，便會形成一個對角線，不一會兒，它們就會一個接一個地落到水上，在預定的深度爆炸。這一切對每一個畫海的畫家產生了透視性的魅力。四顆中型的、但卻顯得很小的炸彈，從一架看不清的飛機上扔了下來。在這種情況下，自身的速度、落下的角度、船的方位，都是VP－22號船的計算內容。

「這是隨便舉例的一個早晨，」阿斯姆森說：「儘管如此，人們必須時刻警惕著。大海對什麼都保密。可惜的是，沒有把炸彈落下的場面拍下來。這是個水花四濺的噴水池，在我的日記裡，我稱這是噴水池的花園，我們的船就在這噴水池中堅定不移地沿著自己的航線前進著。」

突然，安德森船長叫著說：「那不是從下面翻起來的東西嗎？」

阿斯姆森似乎沒有立即明白他的問題，當然最後還是回答了他的問話，但聲音裡明顯地帶著被激怒的情緒。「大海很快就抹去了炸彈的痕跡，」他說：「當然，它們首先捲起了一堆海藻，紅色的、褐色的海藻，就是沒有綠色的。海草和死魚漂浮在水面上，其中有各種比目魚和笞鰨魚，不少的鱈魚，少見的鮋魚，更少見的軟骨魚，如魟魚或角鯊，就是沒有螃蟹與帶殼的動物。對於這些損失，大海是無所謂的。不久後，這一切就會各奔東西，沉沒海底。過不多久誰也不會發現這裡曾經落下一顆炸彈。大海會吞沒一切痕跡。」

「沒有什麼被擊中嗎？」安德森船長又叫道。

報告人回答說：「沒有損失，如果你指的是什麼損失的話。」

當阿斯姆森在幻燈機旁的燈光下檢查整理其他幻燈片，並把它們混在一起時，父親正用他那其大無比的淺藍色手帕摺東西，一會兒把它摺成一隻兔子，或是一隻會跑的刺蝟；接著他只在中間打一個結又把手帕拉開，隨即就出現了一條吞著一隻兔子的長蛇。他之所以這樣做，並非由於他熟悉這些幻燈片，或者說，他感到乏味，而是因為他必須分散一下自身的注意力，他必須輕鬆一下，減輕自己心頭的壓力。真的，你可以毫不費力地感到：在我的身旁，坐著一個超過自身容量的小水庫。水什麼時候溢出來呢？

當阿斯姆森用舌頭在嘴裡彈了一聲，插進一張新的幻燈片時，水開始溢出來了。這張幻燈片表示，VP-22號的船員在打掃船隻。這一次，炸彈沒有懸掛在右舷上方。大海一片寧靜，六個水兵像一條鐵鏈，一環接一環地，彼此之間距離相等，都拿著刷子站在甲板中間，其中就有蒂姆和蒂內的創造者。水兵們有節奏地把甲板刷得雪亮。大家都看著鏡頭，大家都在笑，看來大家都很樂意洗刷艦艇的甲板，他們也不去注意那碰倒的水桶，肥皂水直往外流。天空陰沉沉的，視線很不清楚。在他們的後面或者旁邊，可能藏著一架鋼琴，讓水兵們可以依節奏來刷洗地板。

「清潔，」阿斯姆森說：「大海要求清潔。我想說說這翻倒的水桶：每打掃一次艦艇，我們需要四桶這樣的肥皂水。雖說艦艇只是一個漂浮的家鄉，我們也得讓她像魚鱗、像水底的細石子那樣閃亮發光。即使臨近危險，也不能原諒骯髒。請大家注意這裡的泡沫……」

「別……」這時父親叫喊起來：「別……阿斯姆斯，」他站起身來，伸著手臂指了指VP-22，把話嚥了回去，接著又叫著：「不，阿斯姆斯，先別取下來，先別取下來！」

這時，幾乎大家都看著我們。父親用手帕擦了擦額頭，微微晃動了一下，試圖不去看螢幕，好像他忍受不了水兵們正在有節奏地洗刷甲板的情景。阿斯姆斯．阿斯姆森把幻燈片插了進去，面向著父親，瞇著眼觀察他。他問道：「你說『別』是什麼意思？」

這時，大家都看著我們，緊張地等待著父親的回答，等待著魯格布爾警察哨哨長必須給但還沒有給的回答，因為他得先急匆匆地解開制服上面的兩顆扣子，然後他兩隻手使勁地搓著，似乎要用這個辦法把它們搓乾一樣。

父親仍然猶豫著。他走近了阿斯姆森，幻燈機側面發出的一條光線照在他的臉上，就像在他的臉頰畫上一道燃燒的傷痕。他把手放在阿斯姆森彎曲的手臂上，可能是捏了他一下。走道頭幾排左右的觀眾有幾個站了起來，想聽聽父親要說些什麼。

「怎麼回事？」阿斯姆斯．阿斯姆森問道，本能地拿起裝著還沒有放映過的幻燈片的信封。

當魯格布爾警察哨長開始說話時，他的情緒比人們預期的還要平靜些。屋子裡非常安靜。他說：「先別拿出來，阿斯姆斯，先別拿出來，我看見你們了。」

「他說什麼呢？」安德森船長叫著。有人告訴船長說，父親看見什麼了。

父親又說：「我看見你們在煙霧中，然後一陣風吹來，颳走了煙霧，而我就再也看不見你們了！」

人們只聽見幻燈機有規律的嗡嗡聲，廄舍裡牲畜微弱的叫聲和跺地聲。舉著刷子的六個水兵在螢幕上咧著嘴笑著，為預告的沉沒洗刷著自己的船。

「我看見你們在煙霧中，」父親又說：「當煙霧飄走後，只有救生衣和救生筏漂浮在海上，此外空無一物。就是它，就是你們的船，VP－22在煙霧之中。」他向周圍環視了一下，似乎想在半明半暗的屋子裡尋求支持，而這裡的人都愕然地沉默著；不僅愕然，而且感到恐懼，甚至有些慌亂，但是誰也不願意、也不能違反自己的意願去證明自己在螢幕上沒有看到的東西，這一切似乎只是為父親一個人準備的。看他站在那裡的那副樣子，人們會以為他很想為自己所說的一切表示歉意。這時，他站在那裡，垂著雙肩，看著地面，全身放鬆，令人側目。

而阿斯姆斯．阿斯姆森呢？他安慰地拍了拍父親的肩膀嗎？他憑著自己對大海的專業知識在鼓勵他，要父親對VP－22前景的判斷說得客氣一點嗎？阿斯姆森制止父親插進來對船的前景作任何預測嗎？他把手向父親伸了過去，無言地向父親表示謝意，把父親的手握在自己的手裡許久許久。這一雙手似乎渴望高高舉起，但卻緊緊按著，直到安德森船長叫道：「難道他能透視嗎？」這時，他們的手才分開。阿斯姆森不僅驚訝，而且羞怯地注視著父親說：「我會考慮這些的，嚴斯，我也會告訴其他的人，我們會注意的。」

隨後，他拍了拍父親的肩膀安慰他，用手扶著他的腰部，恰到好處地把他一下推到了我身邊，並沒有讓他跌倒。

儘管發生了這些事，父親還是沒費什麼勁就找到了自己的座位，坐了下來，他心中的壓力明顯地減輕了，但卻筋疲力竭，體力不支，就像被別人打倒了一樣。這一切，別人是看不到的，雖然他們在半明半暗中還是偷看我們。有幾個人由於感到意外還在發呆，或者害怕父親又會開始和幻燈機爭個高下，或是用自己的想像去代替螢幕上的畫面，或者提出疑議。

「開始吧，我想。」阿斯姆森說著又放進了一張新的幻燈片，立即引起觀眾的注意。圖片上說，那乘坐著橡皮艇正向船的右舷划來的兩個男人是美國人，他們是飛行員。他們在幻燈片的斜上方被擊中了。飛行員穿著鼓鼓的救生衣，脖子上有一堆隆起的東西，看起來就像被救生衣勒死了一般。他們倆同時把船槳插入水裡，從照片上看，兩人的神情似乎很滿意。他們是划去當俘虜。兩人向VP-22划去，在那裡，人們掛起了一個救生梯，一根繩子已經在空中向橡皮船那邊甩過去了。其餘的一切不用費勁就能夠猜到。

「這是我們的三十七毫米炮，」阿斯姆森說：「他們第一次飛來時，我們就把他們打下來了。這是一片煙霧，他們被迫降落在水面上。降落後，他們打出一顆照明彈，就在此時，他們遇難了，他們自己很明白。這些美國人。」

「對他們來說，什麼都是職業，」外祖父插嘴說：「戰爭也是如此。」

「他們沒有束縛。」阿斯姆森說：「他們不懂什麼是責任感，他們在哪兒都感到像是在家裡一樣。」

「他們吃棉花，」我那抑鬱寡歡的外祖父說：「喝染色汽水，我在書上看到過。他們的食物也說明他們的特性。」

「因為他們四海為家，」阿斯姆森說：「因此他們哪兒都沒有家。他們唱的是《旅行者之歌》；他們居住的是游牧人的住所；他們的書籍是流浪人的書。美國生活也就是隨時準備離開人世的生活，沒有永久的義務，一切都是臨時性的。我們可以說，他們生活在一輛有頂篷的車子裡。」

「活老百姓！」外祖父輕蔑地說：「都是些活老百姓，即使穿著軍服也是活老百姓。」

「是啊，」阿斯姆森說。接著，他成功地做了這麼個總結：「只有定居的人，才能戰勝大風暴。」

這句話意味著結束。阿斯姆斯已經從信封裡取出了一張新的幻燈片，正要把它放進幻燈機的時候，父親又插了進來，他並不是以一個警察哨長的身分出來發表意見，他的嘴唇急速地活動著，斷斷續續地吐出一些句子和單字，像排練時默念台詞似的，一邊眼睛緊盯著報告人和他手上那些預示著不幸未來的照片，準備給這天的晚會製造一個新的高潮。他說：「哎，阿斯姆斯，我看見你坐在橡皮船裡一動也不動，一隻手放在水裡，沒有任何人在你身邊，你周圍什麼也沒有！」

父親沒有多說什麼，這大概是他最後的話了，再也不需要多說什麼了。報告人擋住了父親伸過來的手，他不讓父親走過來，他說：「等一會兒，請等一會兒。」

「但是，你在橡皮船裡一動也不動。」父親為了表示歉意輕輕地說。

阿斯姆斯卻說：「我求求你，別老是打斷我的報告，好不好？」

魯格布爾警察哨哨長絕望地看著四周。他在尋找什麼。也許是在尋找一個螢幕？他是否要把在自己腦子的暗室裡洗出的幻燈片，在一個明亮的地方放映出來，以便證明自己了解到的緊急情況？「那就算了，」他喃喃地說：「那就算了吧。」他理解和考慮一切問題都非常緩慢，而這也是他的幸運之處，這樣，有些事情他就可以承受得了，主要是承受得了他自己。他嘆了口氣，聳聳肩，把手帕塞進口袋裡，把自己全部的激動之情都包進了手帕之中。他毫不驚奇地看著向他走近的興納克．廷姆森。廷姆森可能應別人的要求來到了他的身邊，抓住他的袖子問道：「我們走吧，好嗎，嚴斯？」

當我父親猶豫地穿過走道向門口走去時，觀眾都站了起來，對此，他也不感到驚訝。在酒店老闆興納克．廷姆森的引領下，他如釋重負地走到門外，彷彿正式的、很無趣的演出終於結束了。

當他們走到門口時，父親說：「興納克，依我看，我們可以走了。」他沒有覺察到默默站在兩旁看著他走過的人，而我自己則躊躇了好半天，等人們都坐下來以後，才追上他們跑了出去。在庫爾肯瓦爾夫布滿水坑的廣場裡，我看見這兩個人手挽著手走在我前面，不，這麼說不對，是廷姆森挽著父親的手臂，領著他在明亮的夏夜裡，沿著小路向大壩上走去。

有必要談談興納克．廷姆森嗎？他圍著一條圍巾，就像他從事過的職業那麼長，他在選擇職業時，能迅速決定自己要幹什麼，儘管如此，卻都以失敗告終，那是一面拖得很長的失敗的旗子，就像那條拖到膝蓋的圍巾。廷姆森當過船員、牲口販子、糧食袋製造廠的廠長。他還當過農工、舊貨商、彩券銷售員。在他繼承他姊姊的「淺灘一瞥」酒店以前，我們還看過他推著一輛橡皮輪車子賣牛奶。一開始，他就想依自己的喜好嘗試著把「淺灘一瞥」擴建成全區最大的、第一流的酒店。那裡有音樂，他自己當主持人、丑角和魔術師。但是，一切都是白費力氣。當他開始主持時，客人們就倉皇地站起身來，啤酒也不喝，盤子裡的菜也不動，付了錢就跑。他的事業心完全得不到人們的理解，如果不是由於戰爭到來，他可能早就到另一種行業中去尋求成就了。

興納克·廷姆森是個喜歡亂出點子的人，也是一個容易衝動的人。他帶著我父親往大壩上走去。我一會兒走在他們前面，一會兒走在他們後面。這兩個人也不在意我，他們只顧自己說話。父親對自己說過或無意中洩漏出來的話感到不安。他似乎記不起多少東西了，只是在情感上，他不得不承認，人們在責怪他。「我做錯了嗎？」他一再問道：「說呀，興納克，我做錯了嗎？」

這位身體笨重、有許多種行業經驗的人搖了搖頭，不停地從側面斜視著這位追悔莫及的警察哨長。我覺得他相當憂慮，有時甚至帶著一種驚嘆的神態，比起今天晚上所見到的這一切來，他似乎覺得父親還會搞出更多名堂來。

總之，內心的不安促使興納克加快了腳步。在大壩頂上，他心不在焉地撫慰著父親，又推又拉地攙著他前進，沿著緩緩上漲的北海向下走著。海水衝擊在防波堤上，便失去了力量，只得緩緩地退了回去，就像慢鏡頭那樣。這一天的傍晚，沒有爆炸聲，沒有強勁的吸力，在被海水衝擊著的岩石之間，也沒有噴濺出水柱。一中隊的飛機從我們上空向基爾方向飛去。大海碘酒般的氣息、帶鹹味的海風，這一切多麼近，多麼願意又回到眼前來。只要你抓住那一瞬間，找到了貼切的話，你只需觸摸一下，傾聽一下，悉心注意那隨時都會傳來的聲音。但是，你切莫放鬆下來，切莫相信這個聲音，它是不懂得什麼叫懷疑的——這裡是大壩，這裡是北海，在我前面走著兩個男人。

我們向下面的「淺灘一瞥」走去，我們走上擴建到大壩上的木製平台。俯瞰景色的窗戶已經拉上了窗簾，測風向的小氣球也無力地掛在旗杆上，藍色的影子倒映在大海中，大海被灰色的波紋劃成一道一道的。父親從車架上搬下自行車，把它轉了個方向。這時廷姆森說：「進來吧，喝一杯。」

「今天不喝。」父親說。

廷姆森堅持邀請父親說：「就一杯，好嗎？」

然後又是一陣推讓，終於，後悔莫及的父親又把自行車推到車架上。我們一前一後地通過側門，走進了餐廳。裡面沒有客人，只有約翰娜坐在那兒織毛衣。她認出我們之後，也沒有把毛衣收起來。就是這個約翰娜，從前和廷姆森結了婚，如今為他工作。她簡單地回答了我們的問候之後，便又埋頭幹她的活了。廷姆森為我們選了一張桌子，熱心地招待著這位警察哨長。他賣力地招待我的父親，把桌子用力擦乾淨，找來幾個墊子，滿臉堆笑，意味深長地從櫃子裡拿出了只有在特殊場合才使用的甜燒酒瓶，以此表明他是多麼的慷慨。他還從來沒有如此殷勤地招待過我父親。他還一反常態，把酒瓶放在桌子上，讓父親隨意自飲。這時，他的臉上露出一種瘋瘋癲癲而又大膽冒失的快活神情；這種愉快含有威脅人的味道，許多客人顯然是由於這個原因才倉促離去的。

我還記得，我半天也不敢喝他遞給我的那瓶汽水。他一切都考慮得很周到，他在我們身邊坐下之前，先把約翰娜趕走了。他向她做了一個鬼臉，長長地噓了一聲，就像趕一隻雞一樣。果然，這個把辮子盤在頭上、穿著十分隨便的肥胖女人，邊抱怨著邊把自己的手工活收做一團，走了。他坐在我們中間，和父親碰了碰杯，也眨著眼睛和我碰了杯，接著又補充說：「為你乾杯，嚴斯，為這個富有啟發性的夜晚乾杯。」

我們就這樣坐在「淺灘一瞥」酒店，庫爾肯瓦爾夫那邊則繼續很有把握地在那裡證明《海鄉》能夠回答一切問題。可是，如果說《海鄉》能夠回答一切問題，那麼，為什麼在我們面前他們羞於承認自己在這方面或那方面，在這個領域或那個領域的無知呢？對故鄉這個詞產生誤解，是由於他們愚蠢淺薄，也就是他們自認為有權解答一切問題——這是由於狹隘無知而產生的傲慢。

我們坐在「淺灘一瞥」酒店裡，低矮、暗綠的頂棚，布滿貝殼的門柱，表示方位的路燈，格呂澤魯普儲蓄協會的鑲邊小旗，一個發亮的小舵盤，邊緣白漆已經剝落的空箱子，暗色、有廣告字樣的鐵製煙灰缸，鋪著骯髒桌布的桌子，櫃台邊有一張為常客保留的圓餐桌，拯救海上遇難者協會的船形募款罐，一個花台，上面擺了許多舊報紙，還有反映近千年來，至少是近三百年來浴場生活的模糊照片。

我們坐在圓桌旁，我是第一個喝完飲料的。父親把水壺中的一小塊沉澱物掰成三角形，還加上幾小塊當作海島。他深感內疚，一味沉思。而這種內疚他無法解釋，或者說他不願解釋。他漠然地喝著酒。廷姆森飲下第一口以後就再也不動自己的杯子，只是緊張地注視著父親，急切地想知道一切，就像盯著盤上的數字顫顫地轉動著的吃角子老虎一樣，不錯，他的目光是有所求的，他盤算著的目光，越過冒著氣慢慢冷卻下來的甜酒透露出：他想從父親那裡知道某些情況。

在「淺灘一瞥」的這一幕戲已經準備好了。這難忘的場面是這樣開始的：

哨長（眼睛向下看著）：我們該走了。

廷姆森（跳了起來）：先別走，我還有事，嚴斯，我有事找你談，你好好為自己斟酒吧。

哨長（筋疲力竭）：今天不談。我們把酒喝光就走。

廷姆森（站在父親椅子的後面）：嚴斯，不會給你添太多麻煩的，我只是有個建議，別的沒什麼，你不必承擔任何風險，（他出其不意地為父親斟著酒。）你也不必費什麼勁。

哨長（縮作一團）：今天你什麼都可以對我說，但是我什麼也聽不進去。我不知道我腦子裡是怎麼回事，你可以對著窗戶講。

廷姆森（走到一邊，端詳著父親的側影）：這沒關係。我自己也常想心事。（遠處有爆炸聲，窗框發出了嘎嘎的聲響。）可能是水雷，也可能是這一類東西。現在你聽著……

哨長（揮了一下手）：我告訴你，今天我什麼也想不起來，再說，這孩子也該睡覺去了，我的眼睛也疼。（用一隻手遮住眼睛。）

廷姆森（熱切地）：要我把燈關掉嗎？（他快步走到開關處，把燈關掉了。）好，要是你的眼睛疼，關著燈也能談。

哨長（無能為力地）：開燈吧，否則我會睡著了。

廷姆森（很樂意處在黑暗中）：你不必馬上答覆我，你有充分的時間考慮。

哨長：把燈開開吧！

廷姆森（著迷地，把手放在開關旁）：你要是處在我的地位該怎麼辦？我有個雞蛋供應處，有個酒精供應處，我一切都籌劃過了。我想建一個小工廠來生產蛋黃酒，有營養，還是熱的。我把它出售給國防軍。

哨長（疲乏地）：你可以用蛋黃酒把我攆走。誰發明的這玩意兒呀！

廷姆森（堅定不移地）：辦這樣的工廠有前途嗎？我很關心這一點。許可證會有的。到了和平時期還可以把它擴大呀！

哨長（笑著說）：要靠我你就得破產，興納克。

廷姆森（又把燈打開，急切地想知道）：我問我自己，是不是有機會，比如說建立一大間乾淨的蒸餾房，一座高聳的磚砌煙囱和一座管理大樓。男人和女人都穿著白色的工作服在屋子裡工作，手裡拿著試管。大卡車按著喇叭來往在寬敞的門前，每一個瓶子的標籤上都寫著：廷姆森的蛋黃酒……

哨長（笑著喝酒）：我只能建議你：吃雞蛋，要是你有興致，就喝燒酒，別的事就隨它去吧！

廷姆森（不相信地）：難道沒有什麼指望嗎？

哨長（真誠地）：有什麼好指望的呀？你想想看，當你斟酒的時候，那一塊塊黃色的東西就從瓶子裡直往外掉，光看一眼就夠噁心的。

廷姆森（回到桌子邊）：以後還可以出口，有些地區的人特別愛喝蛋黃酒；再說，這玩意兒也可以調稀一點呀。

哨長（筋疲力竭，但卻愉快地）：要是我到你這兒來，我只要原料就好。

廷姆森（失望地喝著酒）：要是你肯出點力，要是你肯出點力就好了。

哨長（莫名其妙地）：你說出力是什麼意思？這個玩意兒我喝過，那是在受堅信禮的時候喝的，直到今天我還覺得夠受的。（他喝著酒，站起身來。當他認出了從黑暗中走過來的人後，又坐了下來。馬克斯．南森猶豫地站在門口，身上揹著速寫板。）

畫家：各位晚安。能喝杯茶嗎？隨便放點什麼都行。（他一個人坐在靠窗的桌子旁。）

廷姆森：你還能喝一杯熱甜酒，水還是熱的呢。

畫家（清理著煙斗）：那就更好了，興納克，人總得走走運呵！

（哨長靠著桌子，觀察著畫家。）

廷姆森（準備著甜酒）：你上哪兒去了？今天在庫爾肯瓦爾夫，你要是去了準會大吃一驚的。你一定不會相信是誰突然出現在那兒發表演說——阿斯姆斯．阿斯姆森！

畫家：我以為，他應該是坐著他那條前哨艇在北海值勤的呀！

廷姆森：他來放幻燈片，放的是船上的生活，他還做了說明。

畫家（捻碎一個雪茄煙頭）：大概說得很長吧？晚會結束了嗎？

廷姆森（要把杯子遞給畫家）：要是你坐到我們這邊來，我就不必把杯子端著走那麼遠了。

畫家：不應該打擾你們的聚會。（站起身來，端著杯子，回到了自己的桌邊，高興地鞠了一躬。）為你們的健康乾杯。

廷姆森：我們離開庫爾肯瓦爾夫比較早，嚴斯的情緒不怎麼好。

哨長（不滿地）：什麼叫情緒不好？

廷姆森：是在報告進行中發生的，可以這麼說，他的情緒突然爆發了！

畫家（把煙草塞進煙斗，點著火）：這是可以想像的。

廷姆森：那你就想想赫塔·班特爾曼或者迪特里希·格里普。他們看到的都應驗了。

畫家（驚異地）：嚴斯會透視嗎？他？到今天為止，我們還從來沒有這種感覺。

廷姆森：你去問問阿斯姆斯·阿斯姆森。他現在知道他期待的是什麼了，他就在畫面上。今天晚上嚴斯把什麼都指出來了。要是你在庫爾肯瓦爾夫的話，你會大吃一驚的。

哨長：住口吧，一切都過去了，都忘掉吧。

廷姆森：無論什麼事情，只要發生過一次，就會接連不斷地發生，就像瘧疾一樣，我兄弟就從來沒有擺脫過瘧疾。誰能透視那麼一次，誰就會永遠那麼下去。赫塔·班特爾曼就知道，下回該輪到誰家的房子起火了。

畫家（在黑暗和煙霧中，別人幾乎看不見他）：我認為，以嚴斯這個職業來說，這樣可能對他有利，這會使他的工作方便些。

廷姆森：他看見阿斯姆斯．阿斯姆森在海上漂浮，坐在一條橡皮艇上，一隻手伸進水裡。

畫家：瞧，他還不如待在岸上。

哨長（被激怒了，用空煙盒敲著桌子）：要我是你，就老老實實地閉嘴，說這種話對你沒有什麼好處。

畫家（別人看不見他）：要是你能透視的話，你就可以省去好多調查工作。我是這樣看的，別的沒什麼。

廷姆森（打岔）：我從迪特里希．格里普那兒知道，光憑願望是不行的，必須等待，等待事情的到來。而只要到來了，未來就一清二楚了，就像太陽照耀下的山谷那樣。事後他頭疼，而且筋疲力竭，太陽穴有一種疼痛感。

哨長（喝完杯中的酒）：我得讓你們知道，不管怎麼說，我的太陽穴不疼，也請不要再說這些事了，事情已經過去了。

廷姆森：你的眼睛呢？你說你的眼睛疼啊。

畫家：過於深入地看東西，是會眼睛疼的。

哨長（站起身來，扣上了皮帶，把兩個大拇指勾在皮帶上，走到了畫家的桌旁）：可以問問嗎，你夾子裡裝的是什麼？

畫家（毫不緊張地）：我到半島上去了，在小屋裡。我想畫日落，紅色與綠色。戲劇性的，幾乎沒有什麼單一的顏色。你們也應該去看看。

哨長（指著夾子）：我問這裡面有什麼。

畫家（嚴肅地）：我在日落時畫的畫，繼續畫畫。

哨長（命令地）：把夾子打開。（畫家一動也不動地坐在那裡，興納克．廷姆森滿懷興致地從後面走了過來。）

哨長（堅定地）：我有權要求你把夾子打開，我要你這樣做。

畫家（從容地）：顏色過度的部分還沒有畫成功，要把橘紅色畫成紫色。（他緩慢地，幾乎是莊重地把夾子打開，取出了幾張白紙，小心翼翼地放在桌子上。）一切都是裝飾性的。裝飾性的隱喻。

廷姆森（迷惑不解）：我什麼也看不見。你們可以揍我一頓，可我什麼也看不見！

畫家（向著我）：你，維特—維特，你看得見日落嗎？

我（聳了聳肩膀）：我不知道，不知道。

哨長（他把所有的紙都拿在手上檢查著，一張一張地對著燈光看著，然後把所有的紙都扔在桌子上）：你別把我當傻瓜。

畫家：你指望看到什麼？我對你說過，我是不會停止的。我們誰也不會停止。既然你們反對看得見的東西，那我就創作看不見的東西。你可得看清楚了，那可是我看不見的日落和海濤。

哨長（懶洋洋地拿著一張紙對著燈光）：你該想出些別的花招來，馬克斯。

畫家（輕蔑地）：用你那行家的眼光好好瞧瞧，用你那能預見未來的眼睛看看吧。

哨長（激動地）：我請你用另一種方式來跟我談話，就算你是赫赫大名的南森。你也太自負了！

廷姆森：你們別激動，你們又不是陌生人。

哨長（不停地把畫紙對著燈光檢查著）：這張紙……所有這些紙都沒收了！

畫家（盛怒地）：那就請吧！

哨長：如果你非要不可的話，我可以給你一張收據。

畫家：我要。

哨長：只是我不能馬上開給你，收據本在辦公室裡。

畫家：那我就耐心地等著。

廷姆森（一副實在無能為力的樣子）：簡直令人無法相信！我看這些都是白紙啊，你沒收的東西是真正的白紙。

哨長：這是我的事情。（他細心地把紙整理好，放進了夾子，然後關上夾子，拿了起來。）

廷姆森（向畫家）：你自己倒是說說啊，你在這些白紙上沒有畫什麼東西，這些白紙就像白雪一樣清白呵！

畫家：這上面有看不見的圖畫。你聽見了吧，這顯然也是不允許的。

哨長（警告地）：馬克斯，你知道這是怎麼回事，你知道這是我的職責。這些紙要拿去檢查。

畫家（憤怒地）：好，好，我也要你們檢查檢查。我看你們最好把它們塞到碎紙機裡去。你們可別累壞了！人不同，看出的畫也不同。

哨長（平靜地）：我必須跟你指出，你這種口氣有一天會對你不利的。

廷姆森：也許……你們倆還是談一談吧！

畫家：反正你們總不能到我腦子裡來搜查吧！待在這裡邊的東西是很牢的。你們總不能沒收腦子裡的東西吧。

哨長（向著我）：來。（我們走到門口。）

畫家：要是你發現了什麼，可得告訴我。要是在你眼裡紙上出現了顏色，你可得跟我說一聲。（哨長轉過身子，想說什麼，但是什麼也沒說。我們離開了。）

雖說我還願意待在「淺灘一瞥」裡再喝上一瓶汽水，聽他們談論關於白紙——儘管顯然不是清白無辜的紙——的爭論，但我還是無言地跟著父親走到外邊去了。在父親從車架上抬起自行車時，我把裝著白紙的夾子接過來。我坐在後座上時，把它緊緊地抱在胸前。我們默默地在從側面吹來的和風中、在一片漆黑中，向大壩下面駛去。他一次也沒有回頭看我，我完全可以把白紙拿出來，即使不是全部，把它們飄撒到大壩旁的草叢去。我想像著，把白紙鋪在平原上，讓它們像曬著的大手絹那樣鋪在那裡。老霍爾姆森看見這些撒得到處都是的白紙以後，會先往哪兒看呢？

但是，我沒有把夾子打開。

一棟棟的房子在黑暗中矗立著，屋頂向兩邊下垂，房子裡都沒有點燈，周圍是被風吹歪了的籬笆。院子裡的狗隔著老遠相互談心。海邊傳來一陣喧嘩聲，好像是一條大船拋錨了。我問他說：「你知道是哪艘船嗎？」我真的相信他會說出船的名字或號碼，就像突然說出阿斯姆森的那條船的號碼那樣。

但是，使我很失望的是，他只是說：「現在你別問，聽見了嗎？現在你什麼也別問我。」但是，我還是相信，他是有辦法看得見、也認得出那條船的。我到今天還記得，在回家的路上，我突然產生一種恐懼感，我怕他看得見、認得清更多的東西，這種恐懼感警告我，也使我變得小心翼翼起來。這種恐懼感延續的時間比我自己承認的時間還要長。

但是我要述說一下，我也必須這樣做。陌生的恐懼感告訴了我許多問題。難道不是由於這種恐懼感，迫使我在經過掉了葉片的風車時，看也不看它一眼？為什麼我要避免去想磨房中的隱蔽所？為什麼我走上布雷肯瓦爾夫時，我的頭要向左邊轉去？看也不看，想也不想？為什麼我要竭力把那不斷擠進我腦子裡的、破舊的、未完成的浴室景象擺脫掉？為什麼我要強迫自己不去想那個總是不斷出現的名字？

要是我把這個乾巴巴的晚會總結一下，不管我願意與否，我必須承認：我的父親，德國最北部的警察哨——魯格布爾警察哨哨長，在戰爭期間接受了一項任務，向馬克斯·南森轉達一項禁止他繪畫的決定，並負責監督這條禁令的執行。他就是在格呂澤魯普故鄉協會的幻燈放映會上讓大家知道了他有第二視覺，這在我們這裡雖不罕見，卻也不多見。從前並沒有跡象顯示他有這種能力，這絕不是遺傳的。不管怎麼說，事實已經表明他有這種能力，而且一開始就獲得成效。

第七章　中斷

約斯維希的腳步聲。是他從那個空蕩蕩的管理員辦公室走過來的腳步聲，總是引起我的遐想：彎曲的鐵梯、在他身上晃來晃去的鑰匙串、略顯不平的水泥板、像一張撒開的網那樣伸向四方的陰暗走廊。

那些日子，那些簡直就像穿在繩子上的乾蘋果片的日子，突然出現寧靜。窺視孔上他那窺視的目光，從迷茫的遠處向這邊走近的、懶洋洋的、踟躕的腳步聲，主樓道裡的黑板，人們站著讀書的情景，我們用肩膀和腰部抹黑了的牆角，休息時的早餐，從不打開的窗戶，拴在辮繩上的哨子。從掃帚倉庫門前傳來的拖沓的腳步聲，使人覺得，從這裡開始，他需要半天的時間、經過多次休息後，才能到達盥洗室，隨後是最後衝刺，短促而絕望的腳步聲。一隻伸展的手臂，鑰匙急促地轉動著，有什麼東西掉了下來，不，沒有什麼掉下來，是鑰匙的聲響，先是試一試，然後用力插進了鑰匙孔。總是如此。

他從管理員辦公室來到我的囚室究竟需要多長的時間，我尚未準確地計算過，但是，我認為這段時間足夠我從容不迫地洗好三雙襪子，捲出二十支香煙；或者從容不迫地品嘗完我的早餐。

他總是那樣緩慢，緩慢得使人產生了希望，就像一條航船緩慢地從地平線上升起並駛進來一樣。約斯維希就這樣緩慢地從他那遙遠的、只掛著一個日曆的辦公室向我走來，時間就這樣緩緩地流逝了。當他一邊勾起我的想像，使我記起某些事情，一邊向我走來的時候，我再也不懷疑小庫爾特的說法了，他說，在約斯維希從他的辦公室拖著腳步向他走去的那段時間裡，足夠他把一堆剪成了一條條的床單整整齊齊地縫在一起。

約斯維希拖著緩慢的腳步向我這裡走來。我照著小鏡子梳頭，目光尾隨著易北河，它就像一列長長的隊伍，拖著腳步，吃力地在準確的方位上移動，被我窗前柵欄的倒影分割成一塊一塊。我觀察著向下游飛去聚會的海鷗。一陣陣嗚嗚的輪船汽笛聲向拖船求援。約斯維希沒有停下腳步，他會給我帶來新的練習本嗎？希姆佩爾院長會同意給我墨水和鋼筆讓我繼續寫作文嗎？我用洗臉池的水龍頭放出很急的水柱來冰涼我的手腕。我把幾個煙頭揉碎了，用水把它們沖走。我不想去試探約斯維希的好意。為了讓他高興，我把木板床上的床單拉得很平整。

出乎意外地，我發現了易北河上有兩個水上運動員，他們正頑強地逆著水流划行。易北河已經解凍。煉油廠上空的火炬還在燃燒嗎？它還在燃燒。漢堡還是平時那樣的灰白色和磚紅色嗎？約斯維希正不停地向我走來。我的作文檢查的結果如何？在希姆佩爾看來，我還能繼續要作文簿嗎？我拿定主意，立即穿上乾淨的囚衣，脫下運動鞋，穿上皮靴，從鐵櫃子中取出一塊乾淨的手帕。大鏡子對我的評定還算可以：服貼的淺金黃色鬈髮，和我哥哥一樣深陷而明亮的眼睛，鼻梁微微隆起，稜角分明，兩片薄薄的嘴唇——佩勒・卡斯特納早就看準了這一點——有力的下巴，像被老鼠啃過的不整齊的牙齒——這肯定是舍塞爾家的遺傳——稍長但不算太細的脖子，令人滿意的雙頰，這就是我。在我身上看不出夜以繼日為罰寫作文而操勞的痕跡。但是，我的小鏡子的判斷卻並非如此，和牆上的大鏡子相反，它指出我眼下有黑影，並略微改變我的整個模樣。它照出了我的皺紋，使我看到自己過於勞累和緊張的臉色。約斯維希見到我以後，會認為哪一面鏡子才是正確的呢？來吧，約斯維希，快點，別去看盥洗室，那裡只有蓮蓬頭在滴水。

開始倒數計時，約斯維希把門打開，終於讓我心裡踏實。

這一次我也和平時一樣，迎著他走過去，盡可能靠近門邊，眼睛盯住鎖和鎖孔，圓鈍的鑰匙插進去，一點一點地往裡捅，鑰匙的前半部一轉，把鎖撥開了。這是一把很簡單的鑰匙。我收集的各式各樣鑰匙和鎖，比這要複雜得多，什麼混合鎖、字母鎖、布拉馬保險鎖、丘普保險鎖、撞鎖、號碼鎖、哥特式鑰匙，法國鑰匙、巴羅克鑰匙……我以後還能找到這些東西嗎？不管怎麼說，門到底打開了。

受我們喜愛的管理員約斯維希並沒有走進來，我也看不見他，只聽見他的聲音：「來吧，西吉，出來吧。」我聽從他的要求。但使我感到驚奇的是，他把這間空囚室又鎖上了。這是按照他工作三十五年來的常規辦事呢，還是他特別關照，在我離開期間，不讓任何人進入我寫懲罰性作文的地方呢？

「院長等著呢。」他說，並讓我走在他前面，這只是他對一個新來的犯人在最初幾周採取的安全措施。我並沒有立即覺得自尊心受到傷害，只是迷惑不解地看著他，發覺他的臉上隱藏著一種猜疑，一種感到絕望而又想幫助人的神情。還沒等我問他為什麼說話那麼簡短，他就用他那褐色的扁平大拇指劃了一個半圓，僵硬地往下面的走廊一指。我只好繼續往前走著。

在走到主樓道的黑板以前，我一直是走在他的前面。他的腳步聲就像是我的腳步變調的回音，他那老氣橫秋的嘆息聲也像是我變粗的嘆息聲。在這裡，在這塊黑板前，我回頭問他：「一切都過關了嗎？」而他則心情惡劣地說：「你等著吧，難道你等不及了嗎？」

我走在他前面，感到他的目光盯著我的脖子，也感到自己的動作十分僵硬，而且越來越僵硬，背脊也感到一陣刺痛。我應該做些什麼？我能夠做些什麼呢？我們這裡的人都知道，只要你機靈地向約斯維希訴苦，你就能夠贏得他的同情；你的樣子越是可憐，他就越是堅決地準備保護你，甚至恨不得把你摟在懷裡。為了找到話題，此時此刻，我該杜撰些什麼呢？我邁著沉重的步子走在他的前面，試圖自行解釋，他為什麼沒有給我帶練習本和墨水來，甚至連點煙草也沒帶來；他不僅不像往常那樣向我表示同情，卻要我到院長那裡去，這意味著什麼？難道我的情況不妙？是不是他們對我迄今所寫的作文不滿意？是不是要提早中斷罰我補上的德語課？

管理員那空蕩蕩的辦公室電話鈴聲在響。我並沒有因此而走得快一些。鈴聲始終不斷，六次，八次，十次。我沒有加快自己的步伐，只是從眼角向右邊瞟了一眼，我以為，他會馬上從我身邊走過，趕到我的前面去拿起聽筒來。但是，那頂上了漿的工作帽並沒有出現在我身邊，那串鑰匙也並沒有晃動著從我身邊經過，約斯維希堅定不移地走在我後面。只是當我們走到他的辦公室門口，他才命令我：「停下，站住。」

我按照他的要求站住了。我一直往前望去，把注意力放在那八級鐵樓梯上。

他說：「在這兒等一會兒。」我點了點頭。

他又說：「我馬上就回來。」我又點了點頭。

然後，我從眼角看著他拿起聽筒，又把帽子向後一推，一邊聽電話，一邊數著那串鑰匙，也許在檢查，也許是把鑰匙從圈上解下來。對話並未改變他的神情，就像我父親一樣，他在電話裡也只是簡短的回答或提問。他那樣子不快活也不生氣。他掛上電話，示意我到他的辦公室裡去。我立即屏住呼吸，空氣真污濁，叫人窒息，此外還有一股腐爛的燻魚臭味。

「我們增加兩個新人，」約斯維希說：「他們叫我去，但願你自己能找到管理所大樓。」我點了點頭，仍舊站在那裡，儘管他已經揮手讓我離去，表示我已經成了他的累贅。

「你忘了怎麼走嗎？」他問道。我等待著，急切地打量著他，終於低垂著目光問他，我做了什麼事，使他對我如此粗暴？

他手拉著門對我說：「你，還有你那些朋友，你們所有的人，有人在關心你們，要把你們摟在胸前，為你們獻身。可是你們呢？走吧！院長等著你呢！」

說完，他隨即把我推出他的辦公室，把門關上。

由於他覺得他的暗示已經夠了，也沒有必要向我解釋他的情緒變幻的原因，於是，我在沒有他陪伴的情況下，獨自向院長辦公室走去。我四肢僵硬地踏著鐵梯向下走著。在通風的前廳，我輕輕地摸了一下議員H・W・J・W・L・里本薩姆的大理石禿頂。我們這個海島雖說不是他創建的，最後卻是他批准的。我還倉促地摸了一下他那冰涼的下巴。我有多久沒向他致意了？自從有一回我看到他那九十八歲的未亡人親吻這座大理石的半身像以後，我每次從這裡經過時，要是不輕輕地摸他幾下，就感到像是沒有盡到責任一般。我沒有遇到任何人，這還是我受懲罰以來的頭一回。

一艘汽艇的汽笛聲在向我打招呼——是向我嗎？不管怎麼說，我驚恐地回頭望去，有一艘來自漢堡、黃銅船身不斷閃爍的汽艇繫在浮橋上，船上裝滿了急切的心理學家，他們無一例外地穿著風衣，褐色或黃色的風衣。希姆佩爾的代表，阿爾弗雷德・堤德博士站在浮橋上，老遠就用一種很誇張的、顯然是希姆佩爾教他的動作來歡迎這些心理學家。

我不由得想找一條路溜走，去看看我們的菜園。溜走似乎沒有必要了，因為堤德博士站在浮橋上，把心理學家們集合在自己的周圍，正作著鼓動性的演說。

從海灘那邊——被冰塊擠歪了的警告牌已經重新豎直了——颳來陣陣涼風，搖晃著柳樹叢。易北河上沒有霧，寒氣襲人。清朗的空氣中，遠方的河岸似乎在向這邊靠攏。本來黑得不能再黑的河水，這時卻以深綠色或藍黑色顯示出易北河水的深深淺淺。一艘掛著旗子的船隻出發了，大概是下水試航。人們正從工廠用小車把疊成堆的窗框往外推。艾迪・西魯斯也在他們中間。

因為我誰也不想遇見，一心只想快點知道我的事情結果如何，於是我向工廠後面跑去，在人們看不見的避風處跑著，一直跑到一條彎彎曲曲的小路上，藍色的管理所大樓就聳立在路邊。我一步兩級地上了石台階，拉開油漆過的橡木門，深深地吸了一口氣，然後上樓到院長辦公室去。

我準備好回答可能提出的問題，至少我知道該如何去回答那些突如其來的問題。我不會忍氣吞聲地同意他們中斷德語課，我一定要堅持到底。可以這麼說，我準備為繼續寫我的懲罰性作文而抗爭。

就這樣，我走到了他的門口。我抬起手準備敲門，並聽著屋內的動靜。但是我的手指還沒有觸及門板，屋子裡就爆發了一陣音樂的暴風雪，因為希姆佩爾顯然要一擊琴鍵，就像盛怒之下的造物主下的命令一樣，用一個誇張的強音震碎冰塊，使冰川爆裂。在開始的幾個嚴峻的音符之後，他立即使許多條山間的河流擺脫了冰塊的壓力，強有力地把冬天趕走，送去流放，如此等等。這一切都是為了使人們感受到春天的溪流潺潺、鳥蝶飛舞，還有和風吹拂。

人們一下子就能聽出來，他先是設計了滿天風暴，在風暴之下，某些力量爭鬥得相當激烈，他讓春天費力地戰勝扼殺、咆哮，和暗中抵抗，最後升起自己的藍旗——如果這一切真有什麼內容的話。隨後，他讓春天節節取勝，用海鷗的歡叫聲、輪船的汽笛聲、水面的細浪拍打聲、歡快的笑聲、一種陶醉其中的喃喃低語聲，來權充凱歌。完全可以確信，我們海島合唱隊不久就要表演這首新的〈春天之歌〉，也許還會在北德廣播電台舉辦的海港音樂會上演出，因為已經來邀請了。

我敲門的聲音怎麼也壓不過冰川裂開的聲響，於是我一直等到春天終獲全勝，便又敲了一次門。他總算聽到了我的聲音。現在，我可以進門了。希姆佩爾院長穿著一件短風衣，一條過膝的褲子，從鋼琴前面的轉椅上站了起來，彎腰看了看墨漬斑斑的樂譜，嘴裡叫著「姆—達—達」，非常滿意地向我點頭，伸出手向我走來。他的手溫暖而又溼潤。

「我還得推敲一下。」他說著，又指了指身後。我迅速向書桌看了一眼，並確信，他已經讀過我那寫得滿滿的作文簿了。不過我察覺，儘管作文簿堆在那裡，但他已暫時忘記了我的事情，也沒有興致和我長談這樁事。未完成的春天風暴把他吸引住了。他彎腰看了看桌曆後，才認出了我就是他在名字上劃了紅圈的人。這說明他對我還有幾分重視，於是他又在書桌旁，第二次把手掌舉到眼角處，向我致意。

他請我坐下，自己卻不就座，而是用了一個十分費勁的姿勢翻閱著我的作文簿。他的微笑向我表明，他的記憶又恢復了，他一會兒難以置信地搖著頭，一會兒又表示同意地點著頭，這說明他正在進行著慎重的考慮，嘴裡還嘖嘖有聲。有一次，他敲了一下大腿，卻只敲著燈籠褲肥大的褲邊。他翻閱了我的作文簿，朗讀了幾段，又想起一些必要的事情之後，就一直朝秘書辦公室的門奔去，拉開門叫道：請你告訴十四號房間！又重新把門關上，在走向書桌的時候，竭力避免看我。這時我已經明白，我大概要和他進行一次面對面的談話了。

書桌上方掛著一幅油畫，畫的是議員里本薩姆的肖像，他瘦削，雙眼朦朧，茫然地由畫裡往外瞧著，好像對從喀麥隆抵達易北河的船隻，比對希姆佩爾院長屋內所發生的一切更感興趣，看來他是不會幫我忙的。

我聽見了秘書的腳步聲。釘上了鐵釘的鞋後跟離開了房間，咯噔咯噔地通過了走廊，又如釋重負地向十四號房間說了幾個字。隨後，不再是她一個人的，而是好幾個人的腳步聲回到了秘書辦公室，她為幾個心理學家打開了院長辦公室的門。我看到，這是五個心理學家，他們顯然正在漢堡參加一個國際會議，因為每人上衣領子上都掛了一個小牌子，牌子上寫著每個人的名字。只有一個人的上衣上沒有牌子，他隨意地跟我打招呼。這是沃爾夫岡．馬肯羅特。他的在場雖然不能使我的憂慮減輕，但由於一種說不出的原因使我非常高興。我也向他致意，毫不掩飾自己的感情。

這時，院長和心理學家們握手，微笑著接受大家從蘇黎世、從俄亥俄州的克里夫蘭，和從斯德哥爾摩帶來的問候，又用有些過大、過於激動的聲音表示他的問候，並巧妙地使這些來客圍著我，站成一個半圓形。他想幹什麼？他的眼睛透露出了些什麼？這些從事教育工作的花樣騎士想表演些什麼？訓練課？平衡課？還是心理學上的走鋼絲課？他是不是要把我送上他那功名之所繫的高鞦韆，在我翻過兩個半觔斗之後，一把抓住我，以證明他是十拿九穩的呢？

希姆佩爾院長並沒有這樣做。他親切地把手放在我的肩膀上，請求我允許他把我的情況向來訪者作一簡短的介紹。由於他料想我一定會同意，就馬上介紹起來了。

「事情是從德語課開始的，」他說：「作文題是〈履行職責的歡樂〉。德語課結束後，耶普森先生交上來的是一個空本子。這並非由於他無話可寫，而是由於——用他自己的話來說——要寫的太多。這是一種初期抑鬱症，科薩科夫式的病態性恐懼症。我們決定對他進行懲罰，讓他補寫一篇作文。耶普森先生於是有機會與大家隔離開來。」

接著，他又提到一些我們協商好的條件，如禁止會客、免除全部勞動等等。他向那些並沒有屏住呼吸，而是有些懶洋洋地傾聽著的訪客們敘述了我寫作文的情形：絕對順從。興奮莫名。

當希姆佩爾院長向來訪者介紹說，我因受懲罰而補寫作文的時間已經延續了一百零五天時，這些人確實都在注意地傾聽著。

「三個半月以來，」他說：「你們看到的耶普森先生為寫好作文而努力工作著。毅力他是有的，這就是……」他高舉著我的作文簿：「令人信服的證明。你們看，作文越來越長，感情驅使他寫出了真名實姓、真實的地址和心靈深處的記憶。」

最後，他請求我說，如果我覺得哪個地方說得不對，可以加以更正。我只是聳了聳肩膀。

從俄亥俄州克里夫蘭來的客人鮑里斯·茲維特科夫從希姆佩爾手中拿過我的作文簿，用拇指把我已經寫好的篇章快速翻過，就已經了然於心了。來自蘇黎世的小卡爾·福查德先生和來自斯德哥爾摩的拉爾斯·拉爾森先生也是如此，都有一種深入了解和掌握材料的莫名其妙的本事，他們只消把本子這兒翻翻、那兒看看，特別是拿在手裡掂量一下，就足以作出一種判斷來。只有沃爾夫岡·馬肯羅特既不這樣，也不那樣做。他最後一個小心翼翼地把本子接到手中，細心地把本子撫平，再把它放在書桌上。

我鬆了一口氣，覺得表演已經結束了，當希姆佩爾院長向我走來時，我站在那裡換了姿勢。他向心理學家們掃了一眼，要他們特別注意地看一看即將出現的場面，而後轉過身來對我說，我所寫的作文不僅已經完成，而且大大超過了他的期望。他向我宣布，德語課已經結束。我已經使他和科爾布勇博士信服了。他建議我回到海島的團體中去，到圖書館去工作。他一字一句地說：

「你已經認識到了寫作文的必要性，而我們就是要你認識這一點，並非單純為了懲罰。」似乎要送我一份私人禮物那樣，他補充說：「春天已經來到了。」

最後那句話他完全可以不說，他尤其應該知道，對我們來說，這裡的春天是不存在的。然而我還是驚奇地看著他，因為我根本沒有料到他會提出這樣的建議。

「如何？」他問道：「明天結束對你的懲罰好不好？和朋友們重聚好不好？」

「我的作文還沒寫完呢。」我說。

「這沒關係，」他說：「迄今為止，你所作出的成績使我們很滿意，剩下的可以免除了。」

「不把剩餘的部分寫完，我的作文就沒有任何價值。」我說了我的意見。

這個回答使希姆佩爾愕然。他要我向他和來訪者解釋一下，為什麼我願意放棄海島這個團體，放棄春天的陽光和圖書館，一定要把已經中斷的作文繼續寫下去。我透過牆角那扇寬大的窗戶向易北河望去，先是看不見什麼東西，然後，我用目光搜尋了一下河灘，發現兩個水上運動員駕著一艘銀灰色的小船從柳樹叢中露出。小船上沒有人掌舵，也沒有人划槳，只是在激流中歪歪斜斜地漂浮著、漂浮著，一直這麼漂浮著，因為，後面的那個運動員把前面的那個抱住了，使勁把他往後壓，儘管姿勢很不舒服，還是在他的臉上吸吮著，或作諸如此類的動作，雙槳在轉動，浸在水中，卻沒有漂走。

「為什麼？」希姆佩爾院長問道：「為什麼？」

這時我說：「對於履行職責的歡樂，我想從頭到尾地弄個明白，不想刪削任何一段。」

「要是這種快樂永無止境呢？」他問道，一邊要心理學家們注意：「要是這種快樂沒完沒了該怎麼辦？」

我說：「那就更糟了，更糟了。」

我感到，他們在打我的什麼主意，想把什麼事情弄個明白，但我不知道究竟是什麼。水上運動員們還是在那裡抽搐著，一個誇張地仰著身子，一個趴著，兩張嘴緊緊地吸在一起，任船向下游漂浮著，遺憾的是這時沒有一條船用船頭把他倆切開。這兩個人的船槳一枝也沒丟。

突然，小卡爾．福查德問道：「你在向誰述說這一切？」

「向我自己。」我說。

他接著問道：「這樣做使你感到安慰嗎？」

「是的，」我說：「這使我感到安慰。」

瑞典人一聲不吭，用敵視的目光一再端詳著我，好像要把我打翻在地一般。鮑里斯．茲維特科夫，那位美國人問我，在我寫作文時，是否有站在水中，或涉水而過，或在明淨的水中游泳的感覺。當我很乾脆地只用「沒有」二字回答他時，他非常滿意。

一個身材粗壯的學者——他的名字我猜不出來，因為他身上的小牌掛反了，但他的口音卻透露出他是一個荷蘭人——他的問題使我大為驚訝。他先是問我的年齡，然後問我鞋的大小。我回答了這兩個問題以後，他又想知道，我在寫作文時，是否有盜汗和產生恐懼感的現象發生。我不想什麼也不說，於是我承認有時有恐懼感。

馬肯羅特什麼問題也不提出，一再用微笑來鼓勵我，這使我更加喜歡他了。我認為，他們是要把我琢磨透，但我並無值得引起他們爭論或進行學術討論的價值，因為，國際學術討論會的人士不再問我，放棄對我繼續進行研究。

希姆佩爾博士顯然沒有想到這一點，他盼望人們提出更多的問題，進行更深入的研究，來一場即使不激烈、但也熱絡的討論，可是這一切都落空了，現在又得重新由他來處理我的問題。我飛快地向外看了一眼，那兩個水上運動員滅頂了，淹死了，無辜的易北河水空空蕩蕩地奔流而過。

「那麼，西吉，」希姆佩爾院長說：「我們得共同找到一個解決的辦法，總不能這樣下去。罰哪個人寫篇作文並不是什麼了不得的事情，這在哪兒都會發生，在我們這個海島上，罰寫作文作為一個教育措施，也證明是最為有效的。不管怎麼說，」他繼續說：「罰寫作文總得有個限度，一百零五天，足夠了！從今天起結束懲罰。」

他向我伸出那隻有握手經驗的手，表示德語課就此結束，但是，我拒絕握他的手。我抗議，我要求延長時間。我保證說，只要他讓我回去繼續寫我的作文，我一定表現良好。我記得，我還曾請求他慷慨相助。但是，抗議也罷，請求、保證也罷，都無濟於事。最後我是怎樣達到目的的呢？我提醒他我們之間的那個約定，引用了他的諾言：罰寫作文何時結束可由我自己決定。

「難道不是您自己說的，需要多少時間就寫多久嗎？」我引用了他的這句話，儘管沒有使他完全改變主意，卻使他暫時同意我繼續寫作文。

「好吧，好吧，」他略帶無可奈何的神情說：「好，好，你暫時可以繼續寫下去。」

他走到桌邊，把我那寫得滿滿的作文簿還給我。他端詳著心理學家們的面孔，看不出他們還有任何考慮，於是，他便把我打發走：「你一個人走得回去吧？我同意發給你一個新本子，還有墨水。」

我如釋重負般地擠出了來訪者的包圍圈，即使心裡還有些擔憂。我故意設法從馬肯羅特身邊經過。他向我眨了眨眼睛。我覺得，他的目光裡含有讚賞。但是，他雖然好意地眨著眼睛，底下卻並不那麼好意地搞了點小動作：他那細長的手指輕捷地打開了我的上衣口袋，只一秒鐘的工夫，就把什麼東西塞了進去，然後從外面把口袋撫平，接著又退了回去。我似乎什麼也沒有覺察到，但一定是這麼回事。掏手提包的專家奧勒．普勒茨是我們這裡唯一能重複這種動作的人，一點也不誇張。

在門邊，我又轉過身子，匆匆向學術討論會的客人們告別，但仍有足夠的時間觀察馬肯羅特的臉色。對於剛才發生的事，他一點也不露聲色，裝出若無其事的樣子。他一句話也不用說，光憑他站著的這副神態，就有效地否定了別人的任何懷疑。

到了走廊上，我才把手伸進口袋裡去，才知道年輕的心理學家把什麼東西偷偷地塞進了我的口袋。東西不多，我摸到用迴紋針別在一起的幾張摺疊的紙，此外，我還慶幸自己得到一整盒十二支裝的香煙。我立即走進廁所，把香煙塞進右邊的襪子裡，把那幾篇寫滿了字的紙當作裹腿布，綁在左邊的小腿肚上，拉上襪子，用橡皮筋綁緊，又細心地放下褲腿。我洗了手，喝了點水，用水潤溼額頭。

所有的窗戶都開著，那可能是希姆佩爾放進來的春天氣息，使氨的氣味不再那麼刺鼻。下面的院子裡有人在用口哨吹著〈一天二十四小時〉，節奏相當拖沓。為了不去聽這走調的音樂，我把三間廁所的水龍頭都打開了，嘩嘩的水聲沖跑了這支曲調。然後我走到走廊上，在希姆佩爾的門口聽了一會兒，裡面除了一聲聲愉快的哼哼以外，什麼動靜也沒有，就像有人在按摩，於是我走到樓梯邊，下樓到文具管理處去。

文具管理處在辦公樓底層，圖書館旁邊，兩間屋子緊挨著，圖書和文具的管理都由一個人負責。我知道敲門之後誰會出來，誰會滿臉奸笑地跟我打招呼，嘴裡嚼著東西問道：「一切都順利，是嗎？」他是我們中間最年長的一個。每個人都不得不爭取他的友誼，而且還要經常給他些小小的好處來保持這種友誼。他在海島上已經生活了五年半，因此他要求特權。只要他一句話，比如：「西吉，你那布丁想上我這兒來，讓它過來吧。」這時，你就得把飯後的點心給他送過去。要是看到他那沒有光澤的頭髮、肥厚的嘴唇，和在德語課上因痙攣而渾身發抖以至摔倒的情形，人們多少會相信他。但是誰也不相信，他只要看見一個女人臂膀上掛著提包，就有本事從外面來斷定提包裡有些什麼。他還說他能用按摩的方法，打開任何一個東西。雖然我覺得這樣說是誇張，但是他曾經向我們中間的某兩個人證明過他有這個本事。

總之，奧勒．普勒茨是我在圖書館的代班人。就像我一樣，他也得負責管理文具。我的敲門聲把他叫了出來。他打開門的上半部，佯笑著，拉出一塊板子，把門的下半部變成一個櫃台，兩個手肘撐在上面，抬起臉來問道：「一切都順利，對嗎？」我說是，聽了聽有無動靜，把手伸進褲腿裡，一邊聽著，一邊取出那盒煙，拿出三支，放在奧勒那永遠向你伸出的手中。可是我忘了奧勒對公道這個詞的精確見解。正當我想把煙盒收起來的時候，他文雅地把香煙盒拿了過去，迅速地數了數，認定三根太少，便自己動手一聲不吭地又拿了幾根，把剩餘的部分還給我，把手指放在額頭處向我表示感謝。

「我能為你做些什麼？」他問道。這時我看得出來，他嘴裡玩的是一顆扣子，要是我沒弄錯的話，是一顆真正牛角製的扣子，可能是哪件冬大衣上的。我先要一本不帶橫格的本子和一瓶墨水，又改口說要兩本。

奧勒說：「你要什麼你考慮好了。現在我們很慷慨，就我來說，今天你可以拿走五本，把這些廢物全拿走！現在誰對你都不感到奇怪了。」

「他們罰我寫作文。」我表示歉意地說：「你們都知道的。」

「是的，」他說：「這我們都知道，但是，我們這裡誰也不像你那樣，對懲罰感到是一種享受。」

「我並沒有做出對你們不利的事情。」我說。

他說：「我們看不順眼你關在屋子裡，但是今天我們原諒你。今天我們準備寬恕所有人。」

「有什麼特殊情況嗎？」我問道。

「沒什麼特殊情況，」他獰笑著：「就是有幾個人要搬家。換換地方，換換空氣。」

我在一本書中讀到，人是一種成年而能自立的動物，要是一個成年而能自立的動物自願要離開一個地方，那這裡面就含有批判的意味。

「你們要逃走嗎？」我問道。

「我們希望你跟我們一起走。」他輕輕地說著，聽了聽走道的動靜，抓住我的胸脯，把我從臨時櫃台這邊拉到他跟前。

「今晚十一點，」他悄悄地說：「一切都討論過了，我們有六個人。」

我問他船是從哪兒弄到的，他輕蔑地說：「只有不會游泳的人才坐船。」

我問他了解不了解易北河水流的情況，他告訴我漲潮時對游泳者有什麼好處。他並不、也不願意把卡爾．約斯維希看作是個障礙，因為艾迪．西魯斯負責和我們喜愛的管理員打交道。艾迪得過德國西北部柔道比賽的大師級腰帶。

我還想知道，如果水流把我們送到對岸的布蘭克內塞，他們將採取什麼應變方法？他一聽，放開了我，獰笑著打量我，說了句「不是個東西」之類的話，平靜地把一支煙塞進嘴裡。他抽了幾口，又把香煙捻熄了。他走到架子前，從一堆本子中拿出三本扔給我，又從一個盒子裡找出一個方方的小墨水瓶扔給我。接著，他又把收據本扔給我，用他那敏感的食指指著一個地方讓我簽名。我看得出，奧勒．普勒茨不想和我打交道了。

我不能一聲不吭、充滿敵意地和他告別，就是現在也不行，我也必須讓步，因為不能保證誰將來還會回來。於是我問道：「你們那邊的計畫安排好了嗎？」

他舔溼了他那肥厚的嘴唇，掀起板子，打開門的下半部。他說：「我姊姊，我們大夥都藏在我姊姊家，她的男人是海員。」

「你們肯定能在她那兒躲過第一次風暴。」我說。

他警覺地說：「我想，你會跟我們一起走？我想，人不能把朋友甩在一邊。」他探視了一下走廊。「怎麼樣？」他問道：「十一點？你連門都不用開，我們來接你。」

我站在他面前，拿不定主意，想這樣做，又必須那樣做；在這裡有義務，在那裡又為人所需要。在這折磨人的時刻，我給了他怎樣的印象呵？一方面，我想像著我們共同逃出感化院的情景：把約斯維希綁起來，在樓梯間裡彎著身子往下跑，緊張地在工廠的暗影中聽著外面的動靜，一個接一個地用小跑步跑到海邊的柳樹叢中，也許聽到狗叫聲，和菲利普．奈夫突然聽到的一樣，並把牠掐死。接著又是涉水前進的動作，直到我們到達海灘的溝渠邊，直到我們都無聲無息的沒入水中，月亮同時在我們六張臉孔上升起；或者說，在蕩漾的銀色水波上的六張臉孔，像易北河上不為人熟知的小小浮筒，與激流成斜角，機靈地利用水流，向布蘭克內塞漂去。刺骨的寒冷，一聲叫喊，高高舉起的手臂，不，不是叫喊聲，是光明，是從布蘭克內塞來迎接我們的、值得歡迎的、近在眼前的光明，閃亮的海灘，菲利普．奈夫曾經眼睜睜地看見了它，卻沒有到達。接著，六個人排成一行，涉水向岸邊走去，逐漸高大起來的身體，像是從易北河河底走出來的一樣。

我一方面這樣想像著，也看出了這種充滿希望的機會。另一方面，我看著我那寫得滿滿的作文簿，就像心理學家那樣，拿在手裡掂了掂，在奧勒那奸刁的目光下，想著科爾布勇給我出的那個可能是恰如其分的題目。我已經開始感到的快樂湧上了心頭，已經開始承擔的職責，已經開了頭的敘述與表白，難道我能不完成就把它拋棄嗎？德國最北部的警察哨長、畫家、我的哥哥克拉斯、阿斯姆斯·阿斯姆森、約塔，難道我能夠給他們機會，讓他們自己去解釋，自己去辯護嗎？難道我能拉上帷幕，讓無情的黑暗籠罩我的舞台嗎？難道我能讓這一切變成一個有頭無尾的故事嗎？難道我有權利從不輕易重現的往事面前隨隨便便地縮回去嗎？難道我從各個角度向往事呼喊之後，能不等待回響傳到嗎？

「不，奧勒，我說，不行，不，我很遺憾，不行，我不能和你們一起走，我不能把作文扔在一邊，現在不行。」

他把門的下半部乒的一聲關上了。他說：「履行職責的歡樂抓住你了。我看，你會因此而憋死的。」

「你應該理解這一點。」我說。

「拿著本子滾吧！」他說。

「你得諒解我，奧勒。」我說。

他冷笑著回答說：「諒解？要是有人甘心情願地在糞缸裡泡著，有什麼好諒解的？拿起你的本子，小傢伙，滾吧！」

「等一等吧，」我說：「以後，我想以後跟你一起走。」

「就在今天晚上。」奧勒說。

「對我說來太早。」我說。我又提醒他：「你們要注意約斯維希，他可能察覺到什麼了，他有些猜疑。」

「這是我們的事。」他說。接著，他用眼神要求我離開這裡，好關上門的上半部。我換了一個話題，向他打聽圖書館的情況，但是，奧勒・普勒茨根本就不聽我的，從裡面把門關上了。最後幾句話我是衝著文具管理處的牌子說的。戰鬥已經結束，但是誰取得了勝利呢？我衝著牌子說：「祝你們幸運，祝你們今天晚上一切順利。」

我開始往回走，我也必須往回走，腋下夾著本子，手裡拿著滿是灰塵、但卻能保證我繼續寫出作文的墨水瓶往回走。誰也沒能說服我放棄寫作文，就連要我逃跑都不能把我從寫作文中引開。反正我得回去。我用肩膀撞開了活動門，穿過希姆佩爾院長在他房間裡製造出來的強烈春天聲響，看來他正讓一群候鳥乘著勁風返回海島，歐椋鳥、燕子和仙鶴——當然只是些孤零零的仙鶴——他讓這群鳥叫著、飛著，在管理所大樓裡橫衝直撞，並且毫不妨礙他懷著對春天的幻想回到一首現成的、反覆被人詠唱的春之歌裡去。

外面，在明淨的空氣中，在柔和的陽光照耀下的沙土地上，人們已經完全能夠感受到漢堡春天的氣息。白菜需要澆水了。被流水不斷拖曳的柳樹叢裡，停棲著幾隻歐椋鳥。水天一色。生菜和萵苣狂長。熱心的心理學家們敞開風衣。我的朋友們被迫在工廠和菜園裡發現勞動的好處。我們的管理員們站在一旁抽著煙，為監視這些人而疲憊不堪。

不，這不是希姆佩爾的春天，這個使我周身寒冷的春天，在我通過廣場走回自己房間時，絲毫沒有觸動我，我想說，我沒有絲毫願望去觀察春天大步來臨的情景。我突然跑了起來，腋下夾著練習本，手上緊捏著墨水瓶。當然，幾個管理員懷疑地向我這邊看來，由於我跑動的線路不是向著海灘，而是消失在我們的禁室區中，他們也就沒有採取什麼行動。要是他們追趕我，他們會後悔自己白費力氣的，他們會看到，那個穿著難以管教者制服的人，跨著大步登上石台階，束手無策地站在空蕩蕩的管理員辦公室前，在樓梯通裡向四下張望著，最後不耐煩地叫喊起來，叫喊著哪個管理員來把他鎖起來。那時，他們將目睹這個人們決定對其進行改造的小夥子，如何走進了那間空蕩蕩的管理員辦公室，無辜地在尋找一把鑰匙，由於找不到，只好坐在那骯髒的轉椅上，並開始等待。

我等著約斯維希。為了打發時間，我就翻翻書桌，結果只找到五百億馬克的通貨膨脹時期的鈔票，它們和其他的貶值鈔票一樣，是我們喜愛的管理員收集的。我又發現了一塊奶酪麵包，由於被人遺忘多時，已經又乾又硬像塊石頭一般。為了消磨時光，我研究起那張重要電話號碼表：西側樓、東側樓、希姆佩爾院長、會議室、秘書室、警報——今天晚上警鐘會敲響嗎？我還看到有第一到第四工廠、園藝場、物資管理處、醫院和廚房的電話號碼。

約斯維希還沒來。我把電話號碼牌掛回原處，把日曆取了下來。為了打發時間，我讀著日曆上的格言，從後面的秋天、夏天、一直翻到春天。當我發現第一幅畫時，我嚇了一大跳，那是一個站在水中的巨人，水淹沒了他的腳踝，他正在用他那過分發達的生殖器向一個海島噴水。我翻開另外的日子，那一天也是一張鄙俗、甚至有損美感的圖畫：從一個使勁向外撅的屁股裡，噴出病態的，可以說是生了佝僂病一般的音符，升向天空，畫下面用粗體字寫著：希姆佩爾的第一號個人音樂會。我驚慌失措地翻開下面的一天，那是個星期六，一個煙囪微笑著向一個長滿苔蘚的糧倉門鞠著躬。我一天天地翻著，每一天都有一張畫，一句刻薄的話，一個叫人不愉快的問候，整個月都被破壞了，烏七八糟、甚至無恥之尤、傷風敗俗的畫面。從筆觸來看，這是奧勒·普勒茨幹的。我不用費力就能看出來他就是罪魁禍首，我也能夠想像，他要將自己的傑作留給管理員們作紀念。這裡面恐怕也有約斯維希的份兒。

我必須承認，當我翻閱這些即使很有才能但卻污穢不堪的畫時，著實大吃一驚，並深信誰也沒有看見我。於是便把日曆放回原處，掛到牆上。奧勒能成功嗎？另外幾個也能成功地渡過易北河嗎？我記憶中所有的故事——不是有意記住的——總是起頭不好，結尾也就不好。所有的故事都是如此。

卡爾·約斯維希還不來。我把香煙掏了出來，又立即塞了回去，因為這間玻璃房子不通風。我從另一條褲腿中取出馬肯羅特摺疊起來的幾張紙，把它打開，想找一點有關我個人的信息，緊張地想知道他怎麼稱呼我，是尊敬的耶普森先生，親愛的西吉？或者不親不疏，稱我為親愛的西吉·耶普森？但是，上面沒有信息，他塞給我的不過是他向我透露過的一部分他的文章，就像他註明的那樣，是一份草稿。題目似乎已經定下來了：藝術與犯罪——西吉·耶案件的剖析，題目下面還劃了一道線。

我該不該看？我決定看下去：一、積極的影響。（一）畫家路德維希．南森，一個梗概。值得繼續看嗎？

沃爾夫岡，馬肯羅特寫道：

> 畫家馬克斯．南森對剖析對象所產生的積極或消極影響，無疑大大超過了學校和家庭的影響，因此，為了解析這種關係，有必要首先列出有關這位畫家的經歷和藝術活動的某些事實。這些事實主要是選自自傳《眼睛的貪慾》（蘇黎世：一九五二年）和《友人書》（漢堡：一九五五年），此外，還選自特奧．布斯貝克所著的《色彩的語言》（漢堡：一九五一年）等書。這些材料即使不是有直接幫助，也間接有助於了解我們所剖析的對象與畫家之間的關係。

我抬起頭來側耳細聽，飛速地將一支香煙塞進嘴裡。我微微感到不安，太陽穴有一股發熱的壓力，右腿在抖動。剖析對象，好吧。難道他是波濤，我是船隻？他應該知道，《色彩的語言》一書是一九五二年才出版的。

沃爾夫岡，馬肯羅特寫道：

> 馬克斯．南森是格呂澤魯普一個弗里斯蘭農民的兒子，他的誕生地的景色，即是他日後透過藝術揭示和表現的景色。早在鄉村學校時，他就開始繪畫和塑造模型。他在伊策霍的一個家具

廠學會了木刻的手藝，並在那裡的一所補習學校學習繪畫。學徒生活結束後，他在西德和南德的一些家具廠工作，但還繼續上夜校，在博物館中深造。他獨自在山區旅行時畫鉛筆和水彩的風景畫；冬天，他則畫裸體畫。他的第一批畫遭到展覽會負責人的拒絕，想進研究班又被拒於門外，他高傲而又自負地承受了這一切。根據布斯貝克的說法，主要是由於他的作品不斷遭到拒絕，於是他決定放棄工藝美術教師的職位，成為一個畫家。他到佛羅倫斯、維也納、巴黎、哥本哈根旅行，卻失望而歸，回到父母家中。他離群索居的性格、他和大自然的密切關係，使他覺得自己「在那些五光十色的藝術中心地就有如一個迷路的人」。根據他的自白，他需要和大自然緊密聯繫，大自然是他絕對的依據。他滿腔怨恨，但卻固執地、自視頗高地忍受著作品一次又一次地遭到拒絕。這些作品被布斯貝克稱為「用色彩作的敘事詩體景色報導」，再現了他在大自然中發現的傳奇和幻想。

有一次，他在淺灘徒步旅行時，遇到歌唱家迪特．戈塞布魯赫，她成為他後來的終身伴侶，她幫助他度過了艱苦和不被人理解的歲月。這對夫婦暫時逗留在德雷斯頓、柏林和科隆。馬克斯．南森在藝術上表現得堅定不屈，造成生活的窮困，迫使他多次返回格呂澤魯普。

一九一四年，一份名為《我們》的雜誌發表了幾幅木刻的複製品，內容表現出北部故鄉怪誕而又富有傳奇色彩的主題；組畫《我們的大海》也在布斯貝克的畫廊裡展出。戰爭爆發後，南森自願參軍，當他得知由於健康的原因讓他免於服役之後，他失望地回到父母家中的畫室裡整整待了一年。在這個時期，組畫《不信神的托馬斯訪問胡蘇姆》誕生了。

漢諾威的第一次集體畫展後，路德維希．馮．德．戈爾茨寫了一篇文章，論述南森的蝕刻畫，不久即出版了一部名為《與澎湃的海濤相遇》的彩色平版畫冊。在柏林，人們仍然拒絕他的作品。耶拿一個名為「早晨」的畫家協會，邀請南森入會。當他在耶拿短期停留期間，得知該協會主席是一個著名的和平主義者和法國印象主義的追隨者之後，他撤回了入會的決定。繼《北部地區收穫場面》在慕尼黑冬季畫展展出之後，《低溼地之秋》也在卡爾斯魯厄展出了。

馬克斯．南森曾獨自一個人在哈利根島上度過了幾個夏天，在這個時期，他創作了許多水彩畫，主要畫的是神怪與寓言世界、冥冥之中的自然神以及神奇力量等等。他和他的妻子一起參加了一項人民運動，之後發現運動的領導層中有同性戀的關係，便提出抗議並退出。在巴塞爾藝術大廳的展覽會上，南森把他的《泥煤船》這幅畫剪得粉碎，也不作任何說明。一九二八年，哥廷根大學授予他名譽博士的學位。同年，紐約現代藝術博物館買下他的作品《向日葵起義》。

由於幾家報紙的報導，馬克斯．南森成為柏林全城討論的中心。報導說，一個年輕的竊賊闖進他家，把他嚇了一跳，還捅了他肺部一刀。但他竟要求與竊賊再見面，要收他為義子。這對夫婦買下了布雷肯瓦爾夫以後，就很少離開這農村的故鄉。據馮．德．戈爾茨稱，南森成了「蔑視城市者」，他認為，城市裡是一團「黃色的腐敗現象和愚昧」。

在布雷肯瓦爾夫，組畫《海邊一座古老風車的故事》誕生了。儘管具有影響力的藝術商人馬爾特修斯肯出南森從未獲得過的高價，但卻一直未能成交。就像馬爾特修斯過去曾讓年輕時的南森足足等了四個小時而一無所獲那樣，南森也讓馬爾特修斯等了四個鐘頭而不給他任何答覆。

一九三三年，他被任命為國家美術學院院長之職，一年後，他卻用一封電報拒絕了這個任命。這份電報後來經常為藝術界所引用：感謝光榮的任命。本人患顏色過敏症。褐色為引起過敏之原因。謹此表示遺憾。畫家南森。緊接著，他在普魯士藝術科學院的院士資格被取消，又被帝國美術協會開除會籍。德意志博物館所收購的他的八百餘幅作品被沒收。在這種壓力下，馬克斯·路德維希·南森退出了國家社會主義德國工人黨[10]。他加入該黨的時間只比阿道爾夫·希特勒晚兩年。

他與特奧·布斯貝克一起發表了《色彩與反抗》一書（蘇黎世：一九三八年）。他拒絕了要他去柏林談話的要求，聲稱他不能去是由於他必須重新畫出一部分被沒收的作品。魯格布爾警察哨長接到任務，要盡一切可能記下出現在布雷肯瓦爾夫的外國訪問者。據馮·德·戈爾茨說，畫家用戰前幾個月內創作的幾幅畫一勞永逸地證明：偉大的藝術也包含著向世界復仇的內容，這種藝術硬把可鄙的東西化為不朽。

沃爾夫岡·馬肯羅特的大綱我就讀到這。我想馬上指出，我提不出苛刻的指責來。這時，我感到有一道目光射過來，甚至鑽進我的身體裡，這目光是從走廊射進來的。我沒有立即抬起頭，而是先把馬肯羅特的草稿疊起來，把它塞進一個練習本，然後把另一個本子放在上面，好像我正在看書。然後我才抬起頭來，看出那是約斯維希。我向他鞠躬微笑。他並沒有向我走來，而是垂著雙肩站在那裡，兩隻手臂來回擺動著，像一隻穿著制服的懊喪的黑猩猩，用眼光或頭的姿勢來表示自己的哀怨。於是，我拿起練習本，衝著他走去，在他還沒開口時我就說：「同意了！他們都認為我可以繼續寫懲罰性作文。遺憾的是我無法自己把自己鎖在屋子裡。」

「猶大，」他輕輕地說：「小猶大。」

我把練習本和墨水瓶舉到他眼前，並說：「以後幾個星期有保證了。」

他沉默不語，只是盯著我。突然，他指著我的褲腿並命令說：「香煙——交出來。」他把香煙拿到手以後，說：「往前走吧，誰也不會再打擾你了！」

10 NSDAP，德國的法西斯政黨，簡稱「國社黨」或「納粹」。

第八章　肖像

穿紅大衣的人，現在該說說你了。終於輪到你在這荒涼的海灘上表演倒立，甚至在我的哥哥克拉斯面前倒栽蔥地跳舞。而我哥哥碰巧，不不，並非偶然地站在你的身邊。

現在，你可以讓我們再問一問，為什麼畫面上沒有歡樂，卻只閃耀著綠白色的畏懼？你，還有你那張蒼老的面孔，你那老年人的圓滑，現在該輪到你上台表演了。

我猜想，正是由於你，畫室才沒有按照規定熄掉燈火。因為馬克斯·南森對你還不滿意，他得一再地用他那有力的筆觸將你修改，這是由於有時他倉促地來幫助你，使你酷似你本人——無論早晨還是傍晚——他根本沒有空圍著房子走一圈，從外面檢查一下遮掩燈光的窗簾是否嚴實。總之，他在和你打交道，要把你修改得更好，因此，他沒有注意到，還有一扇窗簾沒放下，就像一張沒有扯開的風帆，光線，也就是工作的燈光，露到外面去了。

因此，在魯格布爾和格呂澤魯普之間的平原上，突然出現了一束抖動的光線。它一直停留在布雷肯瓦爾夫而不離開，它不是隔一段時間滅掉一次，既不移動，也不上下揮動，這束光線深深地射入颳風的秋夜，使微微隆起的台地像一艘拋錨停泊在平地上的船隻。頭上是塊塊雲朵，周圍是大壩。在我的記憶中，這是多年來出現在平原上的第一束光線，它在溝渠上巡邏著，誰要是見了，都不能不驚恐地問道：這束光線在引誘誰？誰會在一百七十度角上首先發現它，對它進行計算並由此而得出結論？是北海燈光暗淡的船隻？特務？還是布倫海姆的轟炸機呢？

早在輪船、特務和布倫海姆的轟炸機發現之前，魯格布爾警察哨長就已認定這是違禁的燈光，由於他負責此地天黑以後的燈火管制，因此他已經出門上路了。他騎著車，披著飄拂的風衣，這已是為人熟悉的影像了。由於颳著風，他斜著身子沿著大壩行駛，很熟練地衝下大壩，駛上楊樹夾道的小路，下了自行車，走進花園，再次檢查燈光的來源。

燈光來自畫室。住房的全部窗戶都按規定用簾子遮住了燈光，只有一束強烈的光線從畫室射進了花園。魯格布爾警察哨長向那塊方形的光亮走去，他不按著路徑走，而是踩著野菊花花壇，繞過花園的涼亭，穿過潮溼的灌木叢，最後來到一伸手就能被燈光照到的地方。他發現，一面窗簾沒放下來，他看了看滑出來的繩子，和懸擺著的瓷圈。他側耳聽了聽，空中沒有引擎的聲響，但是，在他前面不遠的地方，有結結巴巴地爭吵聲。這時，他應該招呼一聲，也應該敲敲門才是，但是我記得，他哪樣也沒做，由於光源太高，他把一張花園裡的桌子拖了過來，爬上桌子，把臉貼在玻璃上。他還從來沒有用這樣的方式觀察過布雷肯瓦爾夫！

風吹動著他的風衣，風衣輕輕拍打著玻璃。他小心翼翼地把身子移到一邊，把風衣的衣角掖在皮帶下。最後，他脫下帽子，一隻手遮在額前，也許，他還要確定一下，花園裡是否有人在窺視他。

我那堅定果斷、忠於職守而又耐心的父親為執行計畫，再也不需要什麼了。必要時，他可以比其他警察哨長站在桌上的時間更長些。

把這些交代清楚，我就可以繼續敘述了。這時，他抬起目光。

那是一個穿著紅大衣的男人，另一個是克拉斯——或者說，是一個令人一下子就聯想起克拉斯的人。站在他們前面，半遮著這兩個人的是他，頭上戴著一頂帽子的畫家。畫家在作畫。他用短促的筆劃，邊說邊爭吵地畫著那個穿紅大衣的男人。他正把男人那雙從紅大衣裡伸出來的山怪似的腳改短，他正在加深藍的底色，把大衣的紅色襯托得柔和些。這件大衣在冬天黑色的北海邊、荒涼的海灘上閃著光，並違反一切重力原理，因為儘管穿大衣的人用手支撐著走路，甚至在跳舞，但是，像鐘形罩似的大衣下半截卻沒有倒掛下來。大衣不倒掛下來，也沒遮蓋住那個男人蒼老的面孔，即使他用手倒立著，那老謀深算的樣子仍在他那張臉上表現了出來。他的手腕多細啊！彎曲而保持平衡的身體多麼柔軟！他顯然在笑，吃吃地笑，並想用自己的笑聲來感染克拉斯，真的，他急切地要討我哥哥的歡喜，贏得他的歡心，讓他快活，他想以倒立行走或跳舞的方式做到這一點；我覺得，他這樣做是輕而易舉的。

儘管紅大衣男人能輕而易舉地頭手倒立著，卻不能贏得克拉斯的歡心，甚至不能吸引他留下來，因為他無意識地在我哥哥身上引起的恐懼，一種閃耀著綠白色光焰的恐懼，迫使克拉斯想轉身走出這個場面。克拉斯的手指張開著。他的頭往後仰。張開的嘴下方的陰影使人感到他是欲叫不能。看得出再猶豫地走上兩三步，克拉斯就會跑開，恐懼就會驅使他跑過海灘，朝著漠然無情的地平線跑去，只要離開這個頭足倒立的紅大衣男人就行。這幅畫的名字叫《突然在海灘》，至少畫家是這樣稱呼它的，但他本人也在日記中給這幅畫加上《恐懼》這個標題，我哥哥臉上的恐懼。總之，從這個角度出發，我必須這樣描寫這幅畫。

父親把這個場面都一一看在眼裡了嗎？或者說，他站在桌子上觀察的僅僅是在那裡爭吵著、執拗地作畫的畫家嗎？為什麼他不立即進行干涉呢？因為畫家足足違反了兩條禁令啊。在颳風的秋夜裡，他站在那裡的時間比實際需要的更長，他用手擋著光，充滿了好奇心，彷彿還有更多的事情將要在這裡發生，他不管怎樣也得統統了解。難道他所看到的一切還不夠嗎？

儘管畫室中外洩的燈光落在大地上，為船隻、特務和布倫海姆轟炸機提供了線索，父親卻仍然站在桌子上，注視著畫家作畫的情形。他注視著畫家和他那看不見的、但卻更有學問的巴爾塔薩之間的爭吵，他注視著畫家活動右臂時所必須克服的阻力。他還觀察著那些重複的動作：畫家如何用自己的身體來重複克拉斯和穿紅大衣的人之間所發生的一切：逗人開心，料想不到的恐懼……等等。

父親一動也不動地站著。由於無法置信，也由於不能忍受的驚愕心情。這個人，和他是同鄉，因此和他條件類似，但他什麼也不承認，不承認任何禁令和規定。對畫家警告得夠多了，難道他心中的蔑視竟更甚於擔憂？他的想像力足以使他想像出，他如此肆無忌憚會帶來怎樣的後果。莫非他竟然自信到從來不去想像一下後果？難道換一個警察哨長，比如說換成胡蘇姆的哨長，會比他做得更好？

畫家似乎並不感到快樂，也看不出他因違反禁令而心中暗自得意。他在作畫時，只有巴爾塔薩和色彩的爭論能使他分心。他顯然只是在按自己所說的行事：要他停止繪畫是辦不到的。或者他的創作當真是針對魯格布爾警察哨哨長？

令人反感的自鳴得意。這可能是父親在觀察時所感受到的，這也是他久久站立不動的原因。因為燈光射得很遠，從黑暗的平原以外的地方，也許從加德維克都能看見，所以不允許他在這裡站得太久。眼前發生的違規事件使他感到一種難以言狀的高興，如果他不是以為自己突然聽到了迪特的聲音，誰知道他還會在那裡站多久！

他從桌子上爬了下來，把桌子搬回原處，把風衣從皮帶中放了下來——我是這樣想像的——又向亮著燈的窗戶看了最後一眼，才去敲畫室的門。

他又敲了一下。也許他在考慮，如果是迪特——神情高傲又痛苦的、灰色短髮的迪特——開門，他該說些什麼，但是，門被驟然打開，畫家站在他的面前，一點也不感到吃驚，並問道：「有什麼事嗎？」

哨長默默地向畫家招手，要他到花園裡來，並指了指那束燈光，以此向他說明了來意，然後又默默回到門口，這才開口說道：「馬克斯，我必須告發你。」

「告發吧，你愛怎麼幹就怎麼幹。」畫家說。接著又補充了一句：「馬上就弄好，我馬上就製造你們所需要的黑暗。」

「儘管如此，我還是要告發你。」父親說，並跟著畫家進了屋子，自己把門關上，看著畫家踩上一把椅子，先用一把尺，接著又用掃帚柄，把勾住了的簾子拉開，又敲了一下，直到簾子全部落下，蓋住了整個窗戶。他滿意地邁下椅子，把掃帚扔回角落裡，從大衣口袋拿出他的煙斗，點燃煙斗之前，他喝了一杯白色的、黏稠的飲料。

「事情會有什麼後果？」畫家問道。

他沒有得到回答。他轉過身子，看見父親站在那張畫前。這張畫不像《景色和陌生人》那樣釘在櫃子裡面，而是公然擺在畫架上。父親從自己認為重要的角度來觀察這張畫；他不改變站立的姿勢和距離，連頭也不動，只是把手放在背後，我覺得，他站在那裡的那副樣子就已給人深刻的印象。穿紅大衣的人倒立著，盡可能地用手撐著跳舞，我哥哥克拉斯站在那裡看著，感到很害怕，像是要逃跑的樣子，這個事實，父親顯然並沒有意識到。

「正如你所看到的，」畫家說：「我把一件舊東西取出來了，一件幾乎被人遺忘的，也不會使你們感興趣的東西。」

父親沉默不語，把臉轉向畫家。

畫家接著說：「對這些舊東西，你們不過問，是不是？這些東西，這些畫，和你們沒關係吧？」

「你作畫了，馬克斯，」警察哨長不動聲色地說：「我們不用再欺騙自己了，我盯了你半天了。你又幹你那行當了，馬克斯，你違反禁令。為什麼？」

「這都是些舊的東西。」畫家說。

警察哨長說：「不是，馬克斯，不是的，這不是舊東西。克拉斯，他站在這裡的那副樣子，還有他那恐懼的神態，是今天才有的。誰都看得出，他不是昨天的那個年輕人。」

畫家說：「那個穿紅大衣的男人，你知道我是什麼時候畫出來的嗎？一九三九年九月。」

「不管，」父親說：「這回我得告發你。」

「你知道你這是在幹什麼嗎？」畫家問道。

「履行我的職責，」父親說。

要使馬克斯·南森改變態度，他無須多說什麼。畫家一直毫無憂色，相當從容地與這位晚間的來客交談，或許他甚至還考慮過，是不是請父親喝點日內瓦酒。畫家從嘴裡拿出煙斗，閉上眼睛，挺著身子靠在櫃子上，絲毫不掩飾逐漸出現在臉上的憤怒與蔑視的表情。

「好，」他輕輕地說：「如果你認為人們必須盡自己的職責的話，那麼我也得告訴你一些與此相反的話：人們也得做點什麼觸犯職責的事。職責，依我看，不過是盲目的自吹自擂而已。做點什麼他們不讓人做的事，這是不可避免的。」

「你這是什麼意思？」父親懷疑地問道。

畫家睜開眼睛，身子離開了櫃子，把煙斗放在窗台上。他聽了聽外面的聲響，風正把核桃樹的樹枝吹打在簷槽上，然後，他外表一點也不激動地走到畫架前，取下畫紙，拿在手中遠遠看了一眼，又疾速地拿到自己身前，用那有力而又富有經驗的手觸摸著畫的邊緣，猶豫著、躊躇著，突然，那雙有力的手高高舉起，又分開了，用這向前高舉的動作，把畫撕碎了。這條撕裂的口正好把克拉斯和穿紅大衣的老人分開了，把引起他的恐懼的東西拿走了。畫家把兩張碎片放在一起，不，這還不對，他先是把穿紅大衣的男人撕碎，把閃亮的碎片扔在地上，然後再著手收拾我哥哥，把那張恐懼的肖像撕成了大大小小的碎片，就像煙盒那般大小。他把碎片聚攏在一起，走到父親面前，交給他，並說：「你有可帶走的東西了，我替你們省了一道手續。」

父親沒有提出抗議，沒有打斷畫家的講話，也沒有提出我曾聽見過的那些指責。他注意地，僅僅是注意地看著畫家撕畫的動作，當畫家把碎片交給他以後，他打開了掛在皮帶上的公文包，用一副公事公辦的表情把畫的碎片塞了進去，隨即又細心地拾起了地上的碎片，皮包塞不下了，他只好放在那寬大的上衣口袋裡。

「滿意了嗎？」畫家問道：「你滿意了嗎？」

緊接著，好像對自己剛才的行為感到遺憾似地說道：「不，我應該把事情交給你們辦才對，撕畫的事應該交給你們去辦。我真不應該那樣幹，不應該。」

「你本來可以不這麼做嘛。」父親說。

畫家說：「我就是這個樣子，我不能不這樣。我得經常試驗試驗，痛苦是從哪裡開始的。我們格呂澤魯普人就是這個樣子。」

「就只有你是這個樣子，」我父親說：「就你一個人而已。其他人都遵守一般的秩序。而你只遵守你個人的秩序。」

「這個秩序還會繼續下去的，」畫家說：「直到你們全都完蛋。」

「你講這些話，」父親說：「你這個樣子，你等著吧。許多人都變了，你，終有一天，你也會變的。」

他們相互注視著，聽著門外的動靜和帶鞋釘的皮靴走動聲。他們還不見約塔的人影時，就聽見她叫道：「馬克斯伯伯，你在這兒嗎？馬克斯伯伯！」

畫家沒有作聲，讓她拖著沉重的軍用皮靴走來。當她穿著薄薄的連衣裙，凍得皮膚也變粗了，但卻微笑著站在南森面前時，他端詳著她，責備地搖著頭。瘦瘦的腿。長著紅汗毛的細長胳膊。瘦削的、愛嘲諷人的臉、大門牙。約塔把裙子揉在一起，夾在兩腿之間，似乎是為了向人顯示她的皮靴有多麼肥大。她說：「我來接你了，我們都等著你呢。」

畫家把兩隻手伸進大衣口袋裡，好像是要避免一隻手會滑脫。他也避免去看約塔，她正拽著他，把她往外拉，把她那小小的、發硬的乳房貼在他的胳膊上。畫家猛地掙脫。他說：「我過一會兒來，過一會兒。告訴他們我有客人。」

「我們完事了，」父親說：「就我來說，什麼都明白了。」

「但是我還有話說。」畫家說著示意約塔走開。他粗暴地向約塔揮著手，急匆匆地向她走近幾步，似乎要把她往外擠。

當她終於拖著皮靴，叉開兩條腿，兩隻細長的手划動著走出去時，畫家一直跟她走到門口，等到約塔消失以後，他把門給鎖上了。

畫家垂著雙肩慢慢走了回來，坐在一口箱子上，低著頭站了一會兒。父親站在空空的畫架前，在畫家燈光的照耀下，他的身影格外輪廓分明。他已經準備走了。

「嚴斯，」畫家說：「你聽著，你最後一次聽我說。我們總該一起談談的。我們認識的時間夠長了。我理解你不能採取中立的態度，我也不能中立。每一個人都有他自己的職責。但是，預見，我們總還能夠預見一件事情的結局吧。即使我們兩人都已經變了，但我們總還能認識到所有這一切將會有怎樣的結局。讓我們忘掉至今為止的一切，讓我們想一想將在兩、三年內，也許還會更早一點發生的事情吧。如果說我們有什麼責任的話，那就是預見。我知道，身不由己的人都特別敏感，我們倆都身不由己。難道我們不能暫時把事情先擱在一邊嗎？誰非要我們做出最後的判斷呢？你坐下，我要向你提出一個建議。」

他抬起頭來，從箱子上站了起來。當他在這一瞬間看出，警察哨長並不準備接受他的建議，不論它的內容是什麼時，他隨即又坐了下去。他看得出，哨長的姿態所表達的唯一意思是拒絕，至少也是想走了——現在，在他看來，事情已經辦完了。他用無言的、能穿透一切的目光遠遠地望來，看著畫家，聳了聳肩膀，帶著這種似乎什麼都知道，甚至知道得更清楚的、有預見的目光。畫家無可奈何地把兩手一拍，把腦袋搖了搖，灰色的眼睛變得更小更冷漠了。他清了清嗓子，然後說：「現在我們到底把一切都弄清楚了。現在沒有未了結的事了，嚴斯。我要知道，下一步你們打算幹什麼？」

「那更好，」父親說：「有些事情是忘不了的。」

「不錯，畫家說，人家給我們的喜悅，我們是忘不了的。我們只忘記我們忍受不了的事。」

「他們在等著你，」我父親說。

畫家說：「你要走了？」

他們默默地向門口走去，走過櫃子、壁櫥，走過插在花瓶或水桶中大把的秋天花束。南森曾經說過，沒有什麼顏色是中立的。他們走過放陶瓷器的長桌子，走過劃得一道道的工作枱，上面有一對赤身裸體、嬌弱、抬頭向上凝望的泥塑像。

他們告別時沒有握手。畫家把門打開，父親也不道別，只是在關上門之前稍稍回轉一下身子。

「我會通知你的。」父親說。

畫家答覆說：「我已經知道了。」

然後，父親獨自一人拿著自己的戰利品，站在不安的秋夜中，站在符合規定的黑暗中，管制燈火、製造黑暗，是他必須負責的事情。他大步向前走去，穿著隨風飄拂的風衣，穿過布雷肯瓦爾夫的院子，經過池塘和沒有牲畜的廄舍及棚子。我覺得，在他腦中的暗室裡，同時在沖洗著布雷肯瓦爾夫的另外一幅圖畫。難道他能看到戶外別人看不見的東西嗎？我相信他也畫了一幅畫，在畫面上，他不只發現了楊樹、蘋果樹、白玫瑰叢，和長長一條似乎在沉思或休憩的樓房。閉鎖得緊緊的布雷肯瓦爾夫的外貌，在他的腦中是另一幅畫面：被掀開的房頂，鑿開的牆壁，他把布雷肯瓦爾夫畫成一眼就能看清內部結構的模型圖。

當他走過院子時，我想，他看到自己在院子中走動，不僅如此，還朝那剖開的房間裡望去，看到迪特和特奧．布斯貝克抬起了頭，因為他們似乎聽見了他的聲音。他也許看見了約塔拖著軍用皮靴在鋪桌子，甚至看見約普斯特在頂樓捕捉在房架上築巢的倉鴞。此外，他總是同時也看到自己走過無數扇窗戶。這兒的畫面是怎樣的呢？是什麼原因使他突然停住了腳步，拿出手電筒，試著照了照，又關掉了，然後他並不繼續朝活動柵門而是朝住宅的東側走去？是怎樣的一幅畫面促使他這樣做呢？難道他會在布雷肯瓦爾夫外面找到他在屋內發現的東西嗎？

風捲著樹葉打轉，吹皺了池塘的鏡面，在被砍伐下來的樹木堆的縫隙間號叫著搜查。父親一直走到水井前才拐彎，來到牆角的窗戶前。他舉起手電筒，它的圓玻璃上貼了一圈黑色的絕緣膠帶，因此，射出來的只是細細的一道光。這道光射在一個掛下的窗簾上，接著又射向下一個窗戶。他用這束光線到處偵察，先照到正對窗戶的門，又沿著牆壁，掠過一個老式的三腳洗臉架，一面幾乎什麼也照不出的鏡子，一堆紙盒子，一個已經裂開的椅墊，一個怪物似的褐色五斗櫃，最後掠過一本日曆，上面的日期是一九〇四年八月一日。

下一間屋子是空的，再下一間也是。牆上的石灰已經剝落，有幾處連草稈也已經依稀可見了。接著，這束光又跳進了一間滿是灰塵的臥室，掃過一張木床，滑過掛在牆壁衣鉤上的衣服和潮溼而又發黃的睡衣。床頭的一張矮凳上像平時一樣放著一頂睡帽，已經踩平了的拖鞋。笨重的夜壺上面有發藍的金屬鏽斑，這使人想起古時候投石器在城牆上打出的洞眼。

手電筒的光線繼續沿窗巡視。這是什麼？

在一間屋子中央有一張桌子，上面坐著一隻鳳頭鸊鷉，似乎正在和一把刷子聊天。是誰把這隻鳥填塞起來了？是誰打算為牠刷一刷羽毛卻又把這項工作扔在一邊再也沒有回來？我想像著，這個長著一張瘦長臉加一個筆直長鼻子的男人，他自己的形象就使我聯想起一隻水鳥，他是如何把手電筒的光照在那隻鳳頭鸊鷉身上，使牠那雙人工製作的眼睛閃閃發亮。

隨後，由於某種感覺的驅使，他毫不遲疑地繼續往前走，一個房間一個房間地檢查著，向牆壁、家具、壁櫥照射著，一直來到那間未完成的浴室前。地上鋪著骯髒的墊子，摺疊梯、石灰塊、釘子、煙蒂、鉛管的屑片，一件帶著魚刺花紋的破爛上衣，一個沒有燈罩的電燈泡。他希望能找到更多的東西嗎？或者說，他實際所知道的，要比我們以為他知道的多得多？

父親用那束細光線搜索著那間未完成的浴室。就算迪特或畫家此時發現了他，他也會覺得沒什麼關係，或者說關係不大，他為這種事情而表示歉意的日子已經一去不復返了。他執拗地在浴室周圍走來走去，那種仔細搜索的勁頭說明，他認為已經接近自己的目標了。他看到電燈泡在微微搖晃著，他還看見了盤子裡吃剩的飯菜。正如我後來聽說的那樣，他還在行軍床的床頭上看見了一件軍衣的領襯。手電筒的光束在領襯上停了一下，又掠過盤子，在電燈泡上晃了幾下。警哨長關掉了手電筒，聽了一會兒動靜，側轉身子靠在牆上，聽見的東西比他想聽的要多得多。

在我們這裡，誰要在秋夜裡颳風的時候站著傾聽些什麼，那他能聽到的總比他指望的或想像的要多，因為在籬笆叢中總有閒聊的聲音，在空中會出現一處神奇的建築工地，誰非要聽到說話或關門聲不可的話，他一定會心滿意足的。

父親站在窗前細心地聽著，聽到了許多腳步聲，許多說話聲，他一次又一次像突然襲擊似地打開手電筒向浴室照去，但一次又一次失望地一無所獲，最後，他把手電筒往胸前一扣，走到自行車前去了。

我們可以這樣想像：當他回到自行車旁時，他感到輕鬆，雖然不滿意，但卻感到輕鬆，如果像停泊在黑暗中的大木筏般的布雷肯瓦爾夫在他眼前划走的話，他也會視而不見的。他口袋裡塞滿了紅色和綠色的紙片，他已經為製造黑暗盡了力，並且已經親自證實了他知道或者預感到的事情，因此，他可以像一陣風似地在帶鹹味的濛濛細雨中駛下大壩，滿載著他職業所要求的疑心病使他贏得的戰利品返回家去。歸途中，他可能已經在打告發報告的腹稿，也可能只是惦著希爾克在廚房裡為他所準備的、他最喜愛的一道菜——炸青魚加馬鈴薯沙拉。反正，當他走進屋裡，把帽子和風衣掛在衣架上，搓著手走過來時，我們大家都在煙霧騰騰的廚房裡。

「好了嗎？我們可以吃飯了嗎？」

「可以。」

我頭一個坐到餐桌旁，這時，母親正在擺餐具，希爾克眼淚直淌地站在爐子邊將平底鍋裡的豬油熱得劈啪響，油星四濺，泛起泡沫，冒出兩萬個氣泡，希爾克把去了頭、裹上麵粉的青魚放進滾燙的油裡。父親走進來向大家問好，誰也不搭理他，他也無所謂。

「大家晚安。」他說著，拍了拍我的肩膀，走到爐子邊，點著頭瞧我姊姊如何把炸焦了的青魚從鍋裡撈出來，擺在一個盤子裡，一邊用手背揉著眼睛，一邊又把裹著麵粉的青魚放進鍋裡。青魚發出了嘶嘶的聲音，油星四濺。父親向我做了一個手勢，以誇張的愉快神情揉了揉肚子，接著，他解下皮帶、手槍和公文包，放到食櫥上，在我身旁坐了下來。黃褐色的炸青魚油光閃亮，炸焦碎裂的魚尾蜷曲著。當我在這通風良好的囚室裡回想這些情景的時候，我同時也聞到了那股濃烈的味道，覺得喉嚨癢癢，甚至突然覺得非咳嗽不可。

希爾克穿著本地樣式的衣服，衣服上釘的不是扣子而是小錢幣。炸魚時，她繫了一條高及胸脯的圍裙，又長又粗的頭髮在脖頸後面用一個蝴蝶結紮住。她的腿上穿著過膝的毛襪，手腕上有一只鍍銀的手鐲在滑動，這是阿迪出乎她意料地從鹿特丹寄來給她的；阿迪隨軍隊招待工作組去了鹿特丹。她每回從滾開的油鍋中撈出幾條炸好的青魚之後，便噘起下唇把掛到臉上的一綹頭髮吹開，然後，回過頭從嗆人的油煙中勉強朝我們微笑。

母親總算把青魚和一碗有些凝住了的蘋果丁馬鈴薯沙拉端上桌。我們手拉著手，同時語調平平地說了一句「祝大家胃口好」——這種事情只有希爾克在家時我們才這麼做——然後開始吃飯。

我們依序從褐色的碗裡把沙拉盛到自己的盤子裡，從盤子裡把青魚夾起來。只要用叉子一壓，就可以把魚背上的肉折下來，用叉子一挑，那根大魚刺就能剔出來。我不需要費什麼勁，就能保持或超過比希爾克多吃兩條魚的進度，只是無法超過我父親。魯格布爾警察哨長有他自己的一套剔魚刺的方法，他能很快就用叉子叉起半條魚塞進嘴裡，連口氣都不用吹，而我只能乾著急，眼看著魚刺在他的盤子邊上越堆越高。如果飯桌上有炸青魚，他那狼吞虎嚥的勁頭不亞於那個貪婪的食客佩爾．舍塞爾，這個人的吃相我是見識過的。

不過我還是得為我父親說幾句好話。我父親比那個抑鬱寡歡的鄉土學家更能體會到趁熱大嚼的妙處，更懂得吃東西所獲得的實惠和心滿意足的享受。我簡直不能像他那樣在盤子邊堆起那麼多魚刺，但是我卻可以不費什麼力氣地超過希爾克和我母親。

我們坐在這裡啃著、嚼著，吞嚥著，那堆青魚越來越少，一大碗馬鈴薯沙拉也呈現出漏斗、窟窿、溝縫等形狀。我已經覺得自己既暖和又疲累，心滿意足，倦意正濃。這時，希爾克發現了父親上衣口袋裡露出來的紅光閃閃的紙片。她把這些紙片都取了出來，放在攤開的手上，像是在詢問，因為誰也不說話，她便把紙片放在自己的盤子邊，對父親說：「你口袋裡裝什麼？」

父親一句話也不說，伸過手去，把紅紙片抓起來，又塞進衣袋裡去了。

「這大概是秘密吧。」希爾克說。

父親銜著盤子說：「在這種時候，只要有足夠的青魚吃就行了。」

「馬克斯身體好嗎？」母親突然問道。

「他身體大概不錯吧，」父親說，一邊用叉子撕開一條魚。「他現在已經到了我不能再對他寬宏大量的地步了，但這是他自找的。」

「這個布斯貝克博士，」母親說：「要不是這個布斯貝克影響他，馬克斯可能是另一種樣子。這個人的情況誰也不知道。他無家無業，是一個沒有根的人，簡直就像是一個吉普賽人，他不愛工作。」

「不，」父親說：「不關布斯貝克的事。馬克斯幹的事情都是他自己要幹的。馬克斯認為他對誰也不必負責任。他以為法令、規定都是為別人制定的，就是對他沒有用處。現在，我再也不能睜一隻眼閉一隻眼了。我覺得，友誼不能成為通融一切的許可證。」

母親放下了刀叉。她把手肘支在桌子上，看著父親那條分得清清楚楚的髮線說道：「有時我想，馬克斯應該對那條禁令感到高興才是。瞧瞧他畫的東西：綠色的臉、蒙古人的眼睛、畸形的身體，全都是稀奇古怪的。他畫的全是病態的東西。在他的畫裡，從來沒有見到過一張德國人的臉。從前他還是不錯的。但是今天呢？他在發燒！你不能不認為，他的這一切都是在發高燒時做出來的。」

父親說：「但是在外國他很受歡迎，他可是有名號的人物。」

母親說：「因為他們自己就有病，所以他們要在自己周圍布置上病態的畫。你看看他畫的那些人的嘴，又歪又黑，不是在叫喊，就是在嘮叨，從這些嘴裡不可能說出一句經過深思熟慮的話來，至少是說不出一句德國話來！我有時也問自己：這些人說的都是些什麼語言呀！」

「反正不是德國話，」父親說：「這你可說對了。」

母親說：「準是布斯貝克把馬克斯弄到這個地步的，是他給馬克斯出主意，讓他去討外國人的歡心，畫這麼些陌生的和病態的東西，綠臉、張大的嘴、稀奇古怪的身子。馬克斯應該對這條禁令感到高興才是，因為這會使他恢復自己本來的面貌，回到我們這種生活方式中來。」

父親把盤子推開，擦了擦嘴唇。希爾克站起身來，把盤子都端到爐子那邊去了，又端來幾小碗蘋果泥，放在我們面前。

「這回將給他一點懲罰。」父親說。

母親接著說：「迪特那麼愛錢，要是罰他們錢，那可就打中要害了。」

「我把情況送到胡蘇姆去，」父親說：「不送到柏林去。胡蘇姆的人會考慮怎樣對付馬克斯的。」父親用勺子挖蘋果泥，嘖嘖稱讚，還留了一部分給我。他說：「違反燈火管制的規定，無視禁止繪畫命令——這兩條湊在一起。」

父親把他的碗推到我面前，自己往椅背上靠，用舌頭把牙齒舔舐了一下，使勁嘬著，彈了一下舌頭，又清了清嗓子。母親也把盛著褐色蘋果泥的碗推到我面前。

「這回他可欺騙不了我啦。」父親說著，從衣袋裡掏出幾張紅色的、綠白色的紙片。他像玩撲克牌似的，把這些紙片放在桌子上，擺來擺去，但是擺不出什麼名堂來，既湊不齊全，也拼不到一塊去。

「是你？」母親吃驚地問道：「是你幹的嗎？」

警察哨長傲慢地搖了搖頭，並帶著自我讚賞的口氣說：「是他自己。我把他逼到牆角裡去了，他怎麼也出不來。他自己把畫撕碎了。但是這也無濟於事。」

「撕掉了自己的作品？」母親問道。

「上面畫的是什麼呀？」希爾克問道。

「能把這些碎片給我嗎？」我問。

父親把手一揮，以此把三個問題都打發了。他站起身來，伸了一個懶腰，從食櫥上取下公文包。他把公文包打開之後，就像童話裡的霍勒夫人，倒出那些紅的、綠的、白的、藍的紙片，像一場暴風雪，發亮的厚紙片落在桌上、落在我的蘋果泥上、落在地上，一直飄到門邊。然後，他又把上衣口袋裡的也全掏出來，只是沒有把碎片往下撒，而是把它們堆成一疊一疊放在桌上，並且說：「我把這些附在控告信裡，當作證明。」

「我來把它整理一下，拼在一起。」我說。

「沒有必要，」父親說：「你不必費這番工夫。把碎片附去就行了。」

「但是我想整理一下。」我說。

一陣敲打聲響起，我們一起豎起耳朵聽著。外面有人敲門，父親對我做了一個手勢，要我趕快把碎紙片從桌子上收走，隨便收到哪兒去，就是得把桌子騰出來。他顯然猜到了是誰，他好像把握十足，一猜便知道這個時候站在外面敲門的是誰。由於太有把握了，所以當他打開門，迎進來的卻是興納克．廷姆森時，他臉上失望的情緒是顯而易見的。他們在走廊裡說話，我們靜靜地坐著聽他們談話。門縫裡漏出的燈光只照著我父親，照不著廷姆森。

「天上有可疑的引擎的聲音，從『淺灘一瞥』的陽台上可以看見……突然，一架四引擎的飛機從雲裡鑽了出來，越飛越低……一個引擎吐著火苗，飛機自己卻……外面海上……第二架飛機又起火了，在海上……爆炸聲可以把每一個人都從睡夢中驚醒……有一個降落傘肯定落在淺灘上……什麼也看不見……但是，那降落傘……」

廷姆森在黑暗中，在我們看不見的地方報告這件事。他還說：「美國人，我想，是美國人。」

父親乾癟的臉上重複著廷姆森報告的那件事，不僅如此，在他臉上也顯露出他已經做出的決定：把事情弄明白，去證實是否真有其事。他鄭重地點著頭，從衣帽架上取下帽子和風衣，又向我們叫著說：「我的皮帶！」希爾克把皮帶和手槍交給了他。他扣上皮帶，把手槍的位置擺正，兩大步走到門口，又兩大步走回來，只是為了說一聲再見。然後，跟著已經站在院子裡的酒店老闆，朝他指點的方向走去。

我沒有跟著他們去，儘管這一次我很想跟著他們去。我的懷裡還揣著那張畫的碎片，那是我方才小心翼翼地塞在毛衣和襯衫之間的。因為沒有人注意我，我便鑽到桌子下邊，把地上的碎片全都撿了起來。在希爾克的兩腿之間、在窗台上、在母親的椅子下、食櫥前撿著，直到我把這張畫，或者說把它全部的碎片都撿到我的毛衣裡，毛衣不再是扁平的，而是鼓起了一個下垂的大包。我用手抱著肚子，站在食櫥前。希爾克和母親面對面坐著，不吭一聲，也許她們正在傾聽外面的聲響。引擎的嗡嗡聲在遠處空中響著，它突然被鬧鐘的聲音壓了下去，鬧鐘立在麵包箱的旁邊，邊響邊站在它那鋼製的短腳上跳舞，轉了一百八十度，為灶台上那些軟軟的、啃得乾乾淨淨的青魚刺報時。

她的胃酸病怎麼還不發作？那樣她就會走到水槽邊，打開水龍頭，等自來水流出來後，才去取杯子和藥袋；水杯裝滿水以後，又撕開藥袋，把藥全部倒在杯子裡，最後坐在桌子邊去吃藥。我從來沒有這樣迫不及待地盼她胃酸病發作，因為我想趁她犯病的時刻溜掉，免得聽她的詢問、教訓或警告。胃酸病似乎遲到了，也許是被炸青魚擋住了。於是，我試著採取一種果斷的新辦法。我乾脆走到她們跟前說：「我還有事。」希爾克一聽就笑，母親也樂了，並轉過身來，可是她們還來不及開口，我就已走到屋外，上了樓梯，走進我的房間。

她們在叫我嗎？沒有。我走到那張鋪著藍色海圖的桌子旁，我那些灰色的艦艇模型在上面游弋，我好像看到，在斯卡格拉克又打了一場海戰，「希帕」號艦出於戰術上的明智考慮，在實力強大的「耶利柯埃」號前退讓了。但是，我現在顧不得這些。我用手肘把這些戰艦推到一邊去，讓這場海戰延期進行，然後在平靜的海面上，打開了我的毛衣。畫紙的碎片像飛雪一樣飄落下來，飄浮在海上。紅、藍分明。白色使綠色更顯眼，褐色比灰色更突出。一個褐色的勾著的腳趾，一隻三角形的眼睛，凝視著。張開的手指頭，浪花四濺的波峰。難道斯卡格拉克海戰還在進行？這時，我才注意到，碎片完全混在一起了。我聽了一下樓下廚房的動靜：自來水嘩嘩地流，杯盤作響，希爾克正在費力地消除晚餐的痕跡。她們讓我一個人獨處。我開始了自己的工作。穿紅大衣的男人，我就從你開始把這張撕碎的畫恢復原狀，我要把那不規則的碎片和紙屑拼湊起來。我知道，這番嘗試既緊張又有趣。我不從旁邊，也不從中間開始，而是根據顏色來分類：紅色歸紅色，綠色歸綠色，這些碎片雖不能湊在一起，卻根據顏色分成幾部分，或者說，叫做分段整理。

我承認，譬如把每一褐色碎片都歸入褐色的那一部分，這絕不是隨隨便便可以定下來的；有些綠色我得推敲三次才能確定把它歸到綠色那一類。我把時間大都用在確定顏色上了。

把紙撕得粉碎多有意思！為了把各種形狀的碎片拼在一起，我得費多大的勁進行比較呀！它們有的像克里特島，有的像矛鋒、屋頂架、燈罩、洋白菜、座鐘、皮靴似的義大利半島、青花魚、花瓶。這些五顏六色、帶毛邊的碎紙片使我聯想到這一切乃至更多的東西。我現在只把它們挪來挪去，排列組合。

我用食指按著碎片在桌上移動，將它們放在可能拼得上的地方，把一艘黑色的快艇塞進一座被我用三角形包圍著的港口，將合適的部分拼成一棵紅色的圓形樹，又拼成一匹直立的馬，然後變成一條飛行的龍，再拼上新的大大小小的碎片，最後，拼成了一口紅色的鐘，一件鐘形的大衣。一張畫裡含有多少種可能哪！在畫它的時候，要經歷多少階段和步驟哪！

那個穿紅大衣的男人在幹什麼？為什麼他用手托著海灘做平衡動作，那雙怪模怪樣的腳卻伸在空中？在這灰色海灘的重壓下，他能發出吃吃的笑聲嗎？接著，我把腳，把伸開的五指，把那沉重的綠白色的身體拼在一起，並給一張由於陰影而放大了的嘴尋找臉龐。在拼湊的過程中，我找到了克拉斯的模樣，又添上了幾個三角形和菱形，使那模樣越來越像我哥哥，最後終於呈現出他準備逃跑的樣子。不僅重現了克拉斯的模樣，而且是一副滿臉恐懼的表情。

我就這樣用碎片恢復了他們倆——我哥哥和穿紅大衣的男人原來的模樣，使他們露出了自己的真面目。他們出現在這裡，但卻不願湊到一起去。哥哥正想從平坦的灰色沙灘逃跑，而這海灘卻被穿紅大衣的男人高高舉著：難道這是兩個海灘？這裡難道缺少一座橋梁？這張圖我拼得不對嗎？我圍著桌子轉圈，像玩耍似的拿著紙片這兒拼拼、那兒湊湊，想探究出這兩個人之間的關係。既然從畫面的前景看不出究竟來，我就注意起畫的背景和冬天黑色的北海來。從黑色的大海中湧起一股碧綠色的波浪沖向海灘。這股海浪在兩人中間和身後都隱約可見，寬闊，但卻沒有力量。於是，我讓這股海浪負起主要聯繫的功能，不管這兩個形象之間的關係，我要把這股寬闊的海浪拼在一塊兒，讓它們合成一股，這樣一來，我就不得不把這個穿紅大衣的男人倒轉，讓他的頭足倒立。

這下子我可拼上了，哥哥想逃開的海灘與那個老人用手托著的海灘合在一起了。現在就對了，下面的地平線就是他倆的地平線，並且橫貫畫面，哥哥想從畫面上逃走，引起他恐懼的直接原因也找出來了，就是那個瘦削、曲背、耍弄著重力把戲的紅大衣男人。碎紙片一張也不剩了。

我沒有去叫希爾克和母親來觀賞父親沒收的碎片中所隱藏的這一切，而是走到門邊，把門鎖上。然後我想尋找一塊合適的空地，卻怎麼也找不到，只是在床下找到一塊破舊的燈火管制用的窗簾。我把它鋪放在地板上，每個角都用椅子壓住，免得它來回扯動，然後又拿些東西，主要是把不再看的童話故事書壓在椅子上面。我從「小木匠」工具箱裡取出一管萬能膠，跪在窗簾前面，從錫管裡擠出蜂蜜色的肉蟲子一般的膠水，用管口將膠水都抹在窗簾上，或抹成螺紋形，或抹成花環形。膠水顯然乾得很快。我把原來是黑色，現在由於時間過長而變白的防空紙黏在窗簾上，然後把整理好的碎紙片從桌上拿起來，按照順序，利用紙上的小方格細心地把紙片貼在一起。那些撕碎了的紙片的毛邊不可避免地變黑了，新產生的這幅畫出現了一道道的條紋，就像一個編織物，它反映出這張畫曾經被撕碎的情形，而且會永遠反映出這一情形。從右上方開始，我把天空、北海和克拉斯貼在一起，最後把你，穿紅大衣的男人，連同你那老年人的圓滑勁兒和那一成不變的微笑貼了上去。我把椅子挪開，窗簾彈了起來，向另一端捲過去，於是也把這張畫一起捲了起來。我小心翼翼地把它塞回床底下去。

這時，我想起了我的畫具盒，想起了圖畫本，要是我把花盆推到一邊，窗台是夠大的。現在必須迅速進行，我本來應該按相反的次序來做才是。我現在在囚室中還能看見窗台上的畫具盒與圖畫本，看得見自己跪著身子手裡拿著一支最大的畫筆，有力地在畫本上塗著紅色，畫出了一條噴著火焰的舌頭；我還聽得見畫紙被扯下來時的聲音；我還看見自己塗上了陰暗的褐色。就像那時一樣，我現在再一次讓綠色和白色匯合在一起。那張畫上所有的顏色我都畫在繪畫本上，一共畫了三、四頁。我揮動著這幾張畫紙，衝著它們吹著氣。我把小手電筒打開，在畫紙上晃著圈兒，觀察著顏色如何由溼變乾並滲到紙裡去。接著，我把畫本和畫具盒擺在一邊，把這些除了顏色還是顏色的幾頁紙放到桌上，然後把它們撕個粉碎。

我細心地撕著這幾張紙，先是幾乎都撕成規律的長方形，再把那一張張的長方形拿起來，撕成尖角形、拱形、美麗的鋸齒形，然後把各種形狀的碎片疊在一起，像雨點一般地撒在桌子上，撒在海圖上。這些碎片令人滿意地混在一起了。

外面傳來了腳步聲。長方形的碎片一張接著另一張，化成了彩色的大雪，碎片集成一堆。經過考慮，為了讓人不能完整地拼在一起，我把幾張碎片塞進衣袋裡。我彎曲著手指在這堆破紙中耙了一遍，又把它們摻合了一遍，我把碎片捧起來，但捧得不算太高地撒下來，像落了一場安排好的小型暴風雪。

腳步聲、叫喊聲：「西吉！」

我飛快地跑到門口，把鎖打開，又回到桌子旁，把紙片這樣拼、那樣擺，把那些拼不到一起的紙片擺在一起。當希爾克走進門來時，我還煞有介事地嘆了一口氣。她問道：「看得出是什麼嗎？」她站在椅子背後，看著碎紙，似乎馬上就受到了啟發。她那不顧一切講究秩序的念頭甦醒了，她拍拍我說：「這個你不懂，讓我來。」

「我只能找到紅的和綠的，」我說：「火與水。」

她說：「讓希爾克來吧。」

她把我當成小弟弟看待已經成了習慣。她信心十足地把紙片收在一起，堆放在一本書上，並說：「在廚房的桌上拼更方便。」於是她把書捧在肚子上，下樓去了。

到了樓下，她先打開收音機，聽一個男人唱歌，唱他在女人身上發現什麼。儘管氣氛不協調。我不聲不響地坐著，設想她怎樣去整理這些碎片：紅色歸紅色，褐色歸褐色（我多想親吻一下女人）。白色屬於哪裡？灰色有什麼作用？我設想，她如何把這些撕得很巧妙的碎片拼在一起，鑑定拼湊的結果，又弄亂，又從頭開始，但毫無結果（從來也不問是否允許）。我設想，別人也會像希爾克那樣坐著，想把這張畫拼出來，在胡蘇姆，或許甚至在柏林，他們將會研究父親送去的這件證明材料，擺在桌上，一而再、再而三，越來越不耐煩地玩著這場拼湊遊戲，試著把它拼成一塊完整的圖畫，直到有人指出還缺幾塊時方才罷休，並以缺幾塊作為拼不成的理由來自我安慰，最後把我的大作放到檔案裡去。

希爾克在那裡忙碌著。她一邊整理，一邊跟著收音機裡的那個曲子輕輕吹著口哨，偶爾還唱上幾句。我又把那張貼著畫的防空窗簾拖了出來，走到樓梯間裡（從來也不問是否允許）。我緊貼牆根，溜下樓梯，這時，那個對女性頗有研究的歌唱家被特別新聞打斷了，收音機喇叭裡響起了號角聲。號角聲幫了我的忙，使我能打開又關上大門而不被人發現。我就像拖著一個打坦克的火箭筒那樣地拖著那捲沒有什麼彈性的窗簾，跑到舊敞篷車前，看準四下無人，便跳過紅磚路，滑下斜坡，彎腰跑到水閘旁，再次四下瞧了一眼，風吹進窗簾，把它壓在我的腰部。

蘆葦後面，比地平線更黑暗的地方，站立著我的無葉片的風車。我把捲起的窗簾放在肩上，這樣扛著更費勁，於是我又把它夾在兩隻手臂下面。後來，穿過蘆葦時，我又把它豎著緊緊抱在胸前。這時要是有人看見我，他必定會得出這樣的印象：有一架望遠鏡在蘆葦中滑行，一艘潛水艇處在射擊方位上，正準備發射魚雷，炸毀那座風車。

磨房的頂端有什麼東西鬆動了，在那裡嘎嘎作響。我現在顧不得這許多。我只想把貼著畫的窗簾帶到安全的地方。我跑過磨房邊的池塘，走上圍著欄杆的小路。我想把畫藏在一個舊麵粉箱裡，過一夜之後，再把它存放到我的隱蔽所裡，釘在騎士畫旁邊。我想用《突然在海灘》這張畫開一個展覽會，我敢說，這個展覽會是奉獻給我的故鄉的。

遠處是大壩和「淺灘一瞥」，但看不見在淺灘上尋找降落傘的父親。我用力把通往磨房的門拉開，聽了聽黑暗的樓梯上有無動靜。有什麼東西在我頭上掠過，還有各種聲響在警告我，從四面八方盯著我；磨房的頂棚上，有東西嘶嘶地在我頭上響動，在往上升。跟平常一樣，玻璃被碰碎了，那看不見的滑輪的聲響有時還能分辨得出來。我不需要燈光。我摸索著尋找通往磨麵房的樓梯，摸了一下左邊，找到了那根光滑的、被斧頭砍過的柱子，側著身子向左邊移動。有什麼東西在響動，像耗子一樣飛快地逃跑了。我一隻手拿著窗簾，另一隻手往麵粉箱那邊摸去，這裡有咯吱咯吱的聲音，我已經摸到了麵粉箱那冰涼的蓋子，但是我還不想操之過急。

當我摸到麵粉箱的時候，從身後有一隻手勒住了我的脖子，並不使勁，也不堅決，但卻是那麼有力氣，使我手裡的窗簾落到了地上，我不得不用兩隻手去抓那隻勒住我的手。我可能叫喊了，也可能企圖去咬那隻手。我還記得，我的臉觸及到的是一件扎人的衣服。我使勁向後打，盡力想扭轉身子，但怎麼也掙脫不了這隻手。我們就這樣僵持著。那隻手並沒有加力氣勒我。突然，他停了下來，把我放開了，我聽見克拉斯問道：「你來這兒幹什麼？」

「是克拉斯嗎？」我在黑暗中問道，接著又問了一聲：「是克拉斯嗎？」

他說：「快回家去，再也不要在這兒露面。」

我只聽見他的呼吸聲。

「是誰告訴你我在這兒來著？」他問道：「是誰？」

「沒人告訴我，」我說：「沒人告訴我，真的，克拉斯，我只是想把畫送到這兒來。」

「是他派你來的嗎？」他問道。

我說：「不是，肯定不是，他根本就不在家，有人叫他上『淺灘一瞥』去了。」

「他在找我，」克拉斯說：「他一直都跟在我的後面，他知道我在這裡。」

「我答應過你，」我說：「他們不會從我這兒得到任何消息。」

「今天，」克拉斯說：「今天差一點兒叫他逮著了，相信我的話，他聽到口風了。一定是有人給他提供了線索。我必須離開布雷肯瓦爾夫。他都站在我的房間前了。」

「他看見你了嗎？」我問道。

克拉斯說：「我不知道。他往我的房間照手電筒的時候，我正躺在窗台下面。我根本就不知道他究竟看到了多少情況。但準是有人向他通風報信了，他知道我在這裡。」

哥哥在黑暗中走動著。他穿著畫家送給他的帆布鞋，沒有任何聲響地向我走來。我聽見他踩到了窗簾，於是他停住腳步，慢慢抬起腳，防空窗簾也跟著發出聲響，掀了起來。他彎著腰，摸著畫紙，把窗簾打開，又讓它捲了回來。

「來。」他命令說。我服從著他的調遣，依他的吩咐按著窗簾的一端。他把窗簾攤開，用一根木條壓著，點著一根火柴。火柴閃耀著光亮，從下面照射著他，臉上的陰影搖曳著。他用火柴照著那張畫，慢慢轉著。第一根火柴熄滅後，又點燃了第二根。

「這是誰呀？」他問道。

「你不認識他嗎？」我問他說：「右邊那個男人，你不認識他嗎？」

第九章　回家

他，約普斯特，不喜歡我；我，西吉，也不喜歡他，可是他更不喜歡我。普勒尼斯老師幾乎還沒來得及把題為《漁輪》的圖畫發還給我；我幾乎還沒來得及把這張向這幫蠢傢伙示範，應該如何畫一艘漁船的畫平整地塞進書包；在戰爭中曾經被掩埋兩次，而變得寡言的普勒尼斯老師還沒有宣布下課，約普斯特就已經飛快地衝向我的腿彎處踢了一腳，用紙球扔我，動手推我，還做了一些敏捷的、無法說清楚的粗野動作。

我不用回頭看就知道他在我的身後。約普斯特肥胖卻靈活，長著兩隻會動的、像船帆似的大耳朵，脖頸和手腕上滿是一道道肥肉，嘴唇向上努起，褐色的眼睛茫然而又滿足地看著。

他穿一條過膝的天鵝絨褲子，戴一隻手錶，但早已不能走了，老是指著四點四十分。一下課，或者說課剛上完，約普斯特就立即跟上我。有時我認為，他之所以上學，就是為了和我打交道。他一坐下來，簡直就是一堆肉褶子，從脖子開始，直到圓滾滾的腰。要是他從椅子上抬起他那圓圓的、有可能把褲子繃得綻線的大屁股，並且搖晃著站起來時，總使我聯想起那個灌滿氣的、微微晃動著的橡皮人，只要用針刺一下，氣就會漏光的。要是他在我的身後，手上還拿著一把尺或橡皮筋和迴紋針的話，那就能聽見他喘吁吁地高聲笑著，但這笑聲並不是說他是缺乏耐力的。

普勒尼斯老師還沒有放我們出來，約普斯特就跟在我後面，閃電一般地用膝蓋一下接一下地撞我，把我擠到門口、擠到走廊，推著我跳下兩級台階，讓我在沒有一棵樹、只鋪著沙礫的學校操場上嘗他那把尺的滋味。要是我轉過身去，他也驚愕地轉過身，好像他也在找那個惹事的人。

他跟在我後面穿過胡蘇姆公路，當我們拐進磚石小路時，海尼·邦耶也對這場惡作劇發生了興趣，立即加入，和約普斯特一起設法把我從小路上推進像油似的，閃亮、污濁的溝裡去。他們不動手，只用身體把我擠到一邊，逼著我走到水溝斜坡的邊緣，當我歪著身體在斜坡上繼續往前走時，他們也向我身邊走來，企圖把我推進水溝裡去。我等他們動手時，便彎腰閃躲，讓他們撲個空。

約普斯特主意多得很，他撿了許多石頭，不，不是石頭，而是些鬆動的碎磚塊，緊擦過我的身邊扔進水溝，濺起褐色的泥煤水，濺髒我的腿、書包、短褲和襯衫。海尼·邦耶也來尋開心，他也把撿來的磚塊扔進水溝，濺起一個個泥漿的水柱。我聽見磚塊嗖嗖的聲音，看著它們落在黑色的鏡面上，可是幾乎在泥水劈啪響的同時，泥漿也有力地濺到我的身上了。

我利用他們撿磚塊的時間，趕緊向前跑去，距他們大約十到十五公尺左右。但是，我馬上就感覺到，這樣做並不一定有好處。由於距離拉遠了，他們也失去了準頭，於是磚塊從我的頭或腰部旁邊嗖嗖地飛過，一塊磚頭竟擊中了我的書包。這時，我再也沒有興致當他們的目標了。我又走上了磚石小路，頭上頂著書包，儘管有點哆嗦，卻又挺直了身子，繼續向魯格布爾方向走去。可是這些傢伙又在我後面追上來了，他們的影子在我身邊閃動。他們投在磚石小路上的身影告訴我，他們在打手勢，彼此在暗示什麼。我必須採取行動，但究竟是什麼行動，我自己也說不清楚，因此，儘管我做好了準備，仍舊無濟於事。約普斯特一聲令下，他們便從兩邊把我夾住，要我讓路，把我擠到路的那一邊去。

這回他們沒有推我，而是擠著我從水溝的斜坡往下走，直到我再也站不住而跳進了水溝。我想說，這一跳我是經過算計的，因為我是直著身子跳進去的，怎麼也不會沒入水中。我站在水溝的中間，慢慢地往冰涼的污泥裡陷下去，溝底的氣泡往上冒，五光十色，在我的周圍劈啪作響，褐色的泥煤水一直浸到腰部，散發著一股腐臭味。我前面是一隻青蛙，正以正規的動作拚命向野草叢生的岸邊游去。約普斯特和海尼．邦耶高興了一陣子，但很快就不能滿足於我頭頂書包站在污泥溝裡慢慢地越陷越深的樣子了。在海尼．邦耶尋找磚塊的時候，約普斯特在食指與大拇指之間拉起了一根橡皮筋，放了一枚迴紋針，對準我的手臂彈了過來。當這些小子彈飛射過來的時候，空中響起了啾啾的蟋蟀聲，蚊子也在嗡嗡叫，大黃蜂、蜂鷹，還有各種野蜂都開動了牠們的小縫紉機。

約普斯特開始用迴紋針向我掃射的時候，我用書包保護頭部，吃力地扭動腰部向溝的另一岸跋涉著，腳拔出來，又陷下去，又拔出來，這都是在迴紋針啾啾的伴奏之下進行的。我還聽見他們在笑我那兩條糊滿泥巴、巧克力色的腿。第一枚迴紋針擊中我時，我正躺在斜坡上，它打在我的脖頸上，熱辣辣的，就像被咬了一口，我大叫一聲，不再注意掩護，只顧爬上水溝另一邊的斜坡。在往上爬時，又被擊中了，我急忙鑽過刺上掛著羊毛的鐵絲網，拐彎抹角地朝泥煤塘那邊跑去。

他們就此罷休了嗎？沒有。他們馬上就看穿了我的盤算，便跑在我前面，朝魯格布爾方向奔去，還不時地彎腰撿起一些特別好用的磚塊，一直跑到第一個水閘，坐在木頭的攔水壩上，截斷了我的去路，得意揚揚。

我至今還記得當時如何拚命地跑；還記得脖子和右腿上熱辣辣的，痛得難受；還記得恐懼不讓我停下來，不允許我稍稍喘一口氣，驅使我越過牧羊的草地往前跑，因為我告訴自己，只有堅持向前跑，並把他們甩在後面，才能使他們放棄來追逐我。但是，他們很有把握。

他們坐在水閘的攔水壩上，晃動著腿，手裡轉動著磚塊，一邊欣賞著。看來他們對自己又將玩弄的這場把戲，以及因此而得到的歡樂很有把握。我看得出這一點，也了解這一點。因此，我改向西北方向跑去；說的更準確一點，向北邊跑去。柵欄擋住了我，我就先把書包扔過去，然後自己使勁跳了過去。讓他們去傻等吧！

太陽照耀著嗎？沒有風，陽光溫暖著平原，如果不是秋天而是春天，是萬物甦醒的季節，陽光會把一切都喚醒的。野鴨子還在泥煤塘裡游泳嗎？當我走過大泥煤塘邊羽毛般的草叢，跪下身子，洗去我兩腿已經乾了的藍色污泥時，我既聽不見急促的跑步聲，也聽不見野鴨從水上飛起時翅膀的拍擊聲。泥煤船還在那兒嗎？我在水溝和泥塘匯合的地方找到這艘舊船。船尾浸在水裡，舷壁塗著柏油，褪色的坐板滿是海鷗屎。我爬了進去，用一根棍子趕走瞌睡的水蛭，觀察著從蘆葦邊游過的鯉魚脊鰭和緩慢的波紋。

我獨自一人坐在這艘舊的泥煤船裡，不管是坐著還是站著，我都看不見水閘的攔水壩。家裡早就吃過飯了。希爾克肯定已把我的飯菜端到爐台上去保溫了。現在，沒有人擠我、逼我、追我，脖子與大腿上的灼痛也減輕了。我把泥煤船推入水中，使它浮在水上，隨後用放在坐板下面的一個生鏽的空鐵罐，把船中的水舀出去。

當我聽到人聲的時候，我在幹什麼呢？我突然聽到，一個男人在喊，一個女人在笑，聲音是從泥煤坑那邊傳來的，是從挖好的、砌得整整齊齊、等著曬乾的泥煤堆那邊傳來的。男的又叫了一聲，女的又笑了一下，但是我看不見人影。我用棍子把小船划到一邊，讓它橫在水溝裡，把兩岸連接了起來。我走了過去。到了對岸我再側耳去聽時，已經一點兒動靜也沒有了。溝水不流動，小船也穩穩地停在那裡，好像在等待我，一旦需要時就讓我上船。

我在微微向上傾斜的土地上向泥煤坑走去，還沒到坑沿，就看見一把溼漉漉、閃閃發亮的圓鍬在那裡畫著半圓形。圓鍬被舉起來，在地面上方劃一個弧形，又消失了，看起來就像往前又往後各走一刻鐘的分針。我走到泥煤坑的邊緣，向下一看：一輛手推車、一塊踏板、彎斜的影子，暗色泥煤台階。希爾德．伊森布特爾和她的比利時人正在挖泥煤。那個比利時人萊昂光著上身，站在台階的最下層，他把圓鍬插進潮溼發亮的泥裡，鏟起一長條泥煤，熟練地把磚塊一般大小的泥煤扔給希爾德．伊森布特爾，順勢又把圓鍬收了回來，接著又插進溼泥塘裡。

這一切，我在坑緣上看得一清二楚。希爾德・伊森布特爾盯住扔過來的煤塊，雙膝一彎，接了過來，放到黏著土塊、溼漉漉的黑色手推車上。這一男一女都穿著褲子。比利時人穿一條黑色馬褲，她穿一條寬邊布褲，這兩條褲子可能都是從她的丈夫阿爾布雷希特的櫃子裡找出來的。幾年來，阿爾布雷希特一直在圍攻列寧格勒的部隊裡。兩個人都穿著木屐，但是猜想只有戰俘萊昂穿著阿爾布雷希特的木屐。我已經說過，比利時人光著上身在那兒幹活；那個婦女穿一件褪了色的襯衫，隨隨便便地塞在褲子裡，頭上圍一條印著地球儀、圓規和計算尺圖案的頭巾。我還忘了提到那個用報紙覆蓋著的籃子，旁邊還有一件襯衫，一件褪了色的比利時軍裝。

無論從哪一個角度來觀察她，也不論在哪兒碰見她，希爾德・伊森布特爾如果不是在笑，也是準備要笑的樣子，這不僅由於她那又稀又短的牙齒，也不僅由於她那高高聳起不需要加墊肩的肩膀，以及她那雙長成這種樣子的眼睛：凡是這一隻看到的，另一隻則看不到。還由於她的外表——健壯的、太過彎曲的雙腿；軟而尖的肚皮，繫一根皮帶警告它別再發胖；沉甸甸而又討人喜歡的乳房，一直長到耳根的雀斑。希爾德・伊森布特爾身上的這一切給人的印象是：她在笑。溼漉漉的泥煤塊她接得多穩啊！堆到黑色手推車上去時又是多麼靈巧，一塊也沒有摔碎過。

比利時人一直挖到手推車裝滿泥煤為止，然後把圓鍬插進泥裡，跳下台階，把希爾德・伊森布特爾抱起來，放在手推車上，推起車子，走過一條搖搖晃晃的寬木板。木板旁是一個黑水坑，推上一段斜坡，手推車準確地跳到另一塊木板上，經過砌起曬乾的泥煤堆。這些泥煤堆有齊腰高，越到上面越尖，共六層，如果從遠處，在黃昏時分，或在霧中看去，都會使人誤以為是一些哨兵。

希爾德．伊森布特爾從手推車邊緣上下來，兩個人先把泥煤砌成一個圓圈，留著通風的縫隙，然後築起了一個塔。由於這個塔和別的塔之間的關係和距離，特別是由於相應的氣氛，使人聯想到一個士兵。他們彎著腰默默無言地工作著，用兩隻手把煤塊從車上取下來，又用兩隻手拍緊。萊昂還在最後一塊泥煤上插了一根羽毛，我猜那是他在木屐旁找到的一根鴨毛。他向這堆新壘成的泥煤塔行軍禮，突然又把手放下來，齜牙咧嘴地搔他的脊背，很可能是因為一隻蟲子在他行禮的時候咬了他一口。隨後他坐到那輛空車上，雙手交叉在胸前，等著希爾德．伊森布特爾抬起車把，把車子推回到泥煤坑那邊。這一次輪到他來坐車觀賞風景了。比利時人身邊好像坐著一個看不見的人，並向他無聲地介紹著這裡的景色。他頻頻向兩邊致意，又向來自兩邊的問候回禮。

他抬頭向泥煤坑邊緣眺望的時候發現了我，向我揮手，希爾德．伊森布特爾卻並不因此把車停下來抬頭看我，因為她以為萊昂在向他想像中的過路人或觀眾招手呢。她一直走到坑底籃子旁邊才停下來。她這才順著萊昂的手勢抬頭看到了我。她認出是我，便喊道：「來呀，西吉，幫幫忙！」我從台階上一級一級地跳下去，震動著那鬆動的坑壁，一直跳到他們跟前。他們倆看著我的溼褲子和我身上已經乾了的一條條泥巴，但是，無論男的還是女的都沒有問一句，他們也不問我為什麼還揹著書包。他們向我問好。比利時人拿起籃子，希爾德．伊森布特爾在籃子裡翻來翻去，找出一塊火腿麵包和一片蛋糕，讓我從中選一塊，在這種情況下，我難以做出抉擇，於是把兩塊都接了過來，也不管他們倆怎樣彼此嘲諷地眨著眼睛。

他們讓我吃過東西以後，分配給我一件工作，讓我把比利時人要鏟的泥煤地面清理乾淨，好讓他順順當當地挖。我得在他的前面，先用一把鏟子挖掉一層草，又挖掉一層已經乾了、發黑但卻沒有腐爛的植物，因為我們挖出的泥煤必須完完全全腐爛才行。多年的植物必須用自己的壓力和重量沉積在一起，必須產生沼氣，經過膨脹和碳酸的作用分解並腐爛，這樣泥煤就能烤乾使用，而且在爐中不會很快燃燒完。

我把楊樹和柳樹的樹枝從土裡拉出來，那樹根看起來就像是被魔王的孩子玩過似的。像蠟一樣閃亮的樹根、蘆葦的殘根，還有一些無從分辨的纖維狀東西、一塊厚木板，也許是一隻船上的木板。我連拉帶扯帶挖地把一切都清除掉。我暗暗希望能挖到，並能放到我的風車磨房裡去的，是一具搬得動、可以運走、壓成羊皮紙模樣的沼澤屍體，但卻始終未發現。我連一隻鳥的骨架也沒找到，更不要說一件史前時期的武器了。這裡充滿硫磺、氨和沼氣的味道。

比利時人挖著，那個女人砌著泥塊。有時，他們到了上面煤塊堆前，便相互交談起來，可是我聽不懂。萊昂講我們的土話，但帶著法語腔調，這樣一混雜，除了希爾德·伊森布特爾以外，誰也聽不懂。這個比利時人原是個炮兵，他的肩章上那個帶翅膀的榴彈早就掛在我的磨房裡了。

我現在回憶往事，又看見萊昂站在我面前的泥煤坑裡，看見那個笑著的，或者正準備笑的，戴著印花頭巾的女人，聽見她接過溼泥煤塊時很粗的喘息聲。我不時地向魯格布爾方向的池塘看幾眼，但是，誰也沒有向這邊走來，牧場上只有牛羊。牛和羊，說來簡單，然而我必須把牠們安排在背景裡，黑白相間、灰色、凌亂，牠們融為一體，你不可能把牠們一隻一隻地區分出來，因為我想避免把我的平原和任何其他的平原混淆。我所描寫的不是隨便哪一個地方，而是我的故鄉；我所探究的不是隨便哪一個人的不幸，而是我的不幸。總之，我所講的不是隨隨便便講的故事，隨隨便便講的東西，是不必承擔任何責任的。

因此，我非堅持這樣寫不可：一個令人感到壓抑的天空，薄霧濛濛，陽光微弱；我讓我們在有節奏的海濤聲中幹活，蘆葦沙沙響，鳥兒在空中結隊飛過，沼澤像滾開的一鍋粥似地冒著氣泡。沼澤，泥濘，原始泥濘地，我的外祖父不是在書裡強調過，從原始泥濘地裡產生的雖說不是一切，但也是最優秀、最頑強、最有抵抗力的生命嗎？難道他沒有宣傳過：一切生命都從蝌蚪開始，而蝌蚪是以自己的鞭尾從原始泥濘地裡誕生的嗎？佩爾．舍塞爾，這位抑鬱寡歡的鄉土學家！

我坐在那裡休息，聽到從北海那邊向這裡移近來的、像歌唱一般的引擎聲。這聲響在坑底的那一對男女很可能沒有聽見，也可能他們聽見了卻毫不在意，因為飛機常常經過我們這裡飛往基爾、呂貝克、斯維納明德。聲音來得這樣快，我不得不瞇著一隻眼，向大壩望去。為了能迅速看見即將越過褐綠色山丘的飛機，並將它納入我的觀測器範圍內，我便借助於大壩上面把天空分割成幾段的四條電線。我的大炮，我把自己那門看不見的雙炮架大炮對準了大壩，讓它們來吧！它們必須飛得很低，緊貼著水面。看來它們正在大壩的遮掩下掃射，接著又帶著閃電般發光的螺旋槳飛過了褐綠色的山丘，越過電話線，立即就向我們這裡拐了過來。兩架飛機，兩架機身短而粗的野馬式戰鬥機。

它們越飛越低，我看出了第一架飛機機首的牛頭標記，毛髮蓬亂、低垂的牛頭，仗著它那狂風暴雨般的力量，盲目地射擊著。我覺得自己甚至看到了玻璃罩裡飛行員的面孔，他平穩地操縱著牛頭，對準目標，使它越來越朝下低垂。第二架飛機跟著第一架飛機的斜後方拐向這裡，重複著前一架的每一個動作和飛行特技，似乎這兩架飛機是聯結在一起的，因此只需要下一道命令就足以操縱它們。

我舉起手臂，又放下來，飛機立即掃射了過來。火焰從上向下噴射，燃燒，火舌伸得長長的，好像剎那間在天空和地面之間綳上了一根根燃燒著的線。子彈落在沼澤裡，響起一陣劈啪聲。塔樓！那由萊昂和希爾特．伊森布特爾壘起來的褐色泥煤塔樓土塊亂飛，炸碎了，有的往一邊倒，有的坍塌了。泥煤塊裂開了、粉碎了。一條火蛇在沼澤的乾草地中游動。泥煤末突然像雨點一樣向我們落下來，但這時我已經躺下了，我一下子躺在泥煤坑底的溼土上，除了萊昂身體的重量，他在我脖子邊的呼吸聲，和他那緊抱住我卻並不使我疼痛的兩條胳膊外，我什麼也感覺不到。當火輪在我眼前轉動，鋸齒般的火苗布滿四周時，萊昂用身子掩護著我。我還看到，有幾顆子彈打到了對面的泥煤壁上，我認為，這毫無效果，因為子彈只不過在淺褐色的、越到下面越黑的牆上留下一些不顯眼的窟窿而已。

我覺得萊昂趴在我身上的時間太久了，因為剛剛從我們頭上飛走的飛機又轉回來了，它們高高地飛在同一個角度上，機翼幾乎是平行的，然後開始俯衝，又突然停止，並向我們這邊飛來——如果不是向我們，那也是向那些雖已稀稀落落，但仍有紀律、有毅力地排列在那裡的泥煤塔飛來。泥煤塔激怒了他們，駕駛員見泥煤塔這樣紀律嚴明地排列著很是惱火，因為，泥煤既不逃開，也不尋找隱蔽所，顯然毫不關心那些被擊中的夥伴。像一營士兵那樣僵直而又整齊地站在沼澤地裡的泥煤塔，被他們當成射擊目標了。

飛機轉向胡蘇姆以後，我們爬到上面，幾個師團的泥煤站在那裡，整個軍隊都遵守著災難一般的紀律在那兒發呆。那個比利時人，他在那兒幹什麼呢？萊昂向低飛的飛機揮著拳頭笑著。萊昂叫道：「混帳東西！」但他的發音卻叫人聽了像是：「蚊帳東弟！」萊昂指了指被糟蹋了的場地，拉住希爾德・伊森布特爾頭巾的一角，把她拽到自己身邊，笑著親吻她，對這些或者全部，或者嚴重，或者輕度遭到損害的泥煤塔做了個手勢，意思是說：沒有關係，我們再把這些收拾好，我們有時間。

萊昂敲了一下我的肩膀，說：「我們就這樣幹，小傢伙，不是嗎？」緊接著，他開始收拾那些遭殃的泥煤堆，把沒有損壞的泥煤塊搬到一處，又砌成了新的塔樓。我們幫他，希爾德・伊森布特爾和我。我們把完好無損的泥煤塊找出來，擺在一起，讓萊昂，這個當了戰俘的比利時人一行一行地疊起來，看來他什麼也沒有短少，無論是那只鞋匠用的三腳凳，還是他的情人。

工作時，他吹著口哨，給我們打氣，也許這就是他聽不見從泥煤堆之間突然傳來的啜泣聲的原因。事實上，我也沒有注意到有什麼情況，反倒是那個女人先聽到了什麼聲音。她側耳細聽了一會兒，又繼續幹活。突然，她向我們做了一個手勢，要我們安靜下來。當我們看到她的時候，我們也聽到那啜泣聲了，還有那從下面倒塌的泥煤堆裡傳來的有節奏的微弱呻吟。萊昂喊了一聲，沒有人回答。他又喊了一聲，隨後我們三個人從泥煤的碎塊之間走下去。

我不知道等待著我們的將是什麼，我們準備怎麼辦。這時，什麼聲音也聽不見了。我們慢慢地從被掃射得七零八落的泥煤塊中走下去，在泥煤堆的盡頭，我們找到了克拉斯。他仰面躺著，一動也不動，沒有看著我們，臉部很鬆弛，手也張開著，脖子下面枕著一塊乾泥煤塊。克拉斯的肚子中了一顆子彈。他繫著一根皮帶，不，這麼說不對；子彈就是從皮帶的扣鎖上打進去的，血斑比一朵紅色的百日草花還要大。

我必須指出，當我現在回想此事時，我才想起我們圍在他身旁時的那種寧靜氣氛。沒有叫喊聲，沒有人像在舞台上那樣喊著啊，啊，沒有人突然跪倒在地，觸摸他，弄清情況；沒有人呼喚他，甚至沒有人趕快檢查他的傷口。我們大家就這樣站著，似乎一切都已為時太晚了。

萊昂第一個向克拉斯彎下身子。他用手撣去哥哥身上的泥煤末和碎塊。萊昂把他身上撣乾淨，如此而已。我也跟著他那麼做，然後，我叫著克拉斯的名字，但是他已經聽不見我的叫聲了。希爾德·伊森布特爾把我扶起來，拉到她身邊，然後和比利時人悄悄說了幾句，談了自己的打算，又和他商量。

接著，比利時人走下泥煤坑去，穿上衣服，推了手推車回來。

他把車子推到克拉斯身邊，把車子打掃乾淨，又把自己的上衣鋪在車板上。然後小心翼翼地把哥哥抱起來，讓他躺在車上，用斜的後擋板枕著他的頭。

我說：「到畫家那兒去，我們一定要把他送到南森伯伯那兒去，克拉斯會想要這樣的。」

那女人搖了搖頭說：「這怎麼可能？他得回家，我的孩子，沒別的辦法，你安靜些：他得回家去。」

「但是，克拉斯他，」我說：「克拉斯要我們把他送到畫家那兒去。」

「他得上軍醫院，」希爾德說：「他先得回家，然後去軍醫院。我的上帝，怎麼會發生這種事情！」

她指了指魯格布爾，比利時人點了點頭，抓起了手推車車把，我提著籃子，就這樣我們走出了沼澤地。手推車顛簸著。鐵箍木輪陷下土裡，在草叢中搖晃著，輾過軟土。哥哥的身體隨著車身小小的震動而跳動著。他顫抖著，縮成一團，頭滑向一邊，或者靠在歪斜的後擋板上震動著。他的手也懸在兩邊，擺動著拖在地上。鮮血從他的嘴角淌出來，太陽穴上的血已經凝結成十字形。

比利時人一會兒把車子抬起，一會兒撐著，一會兒往下壓。他的身體也在抖動，脖子上的肌肉突起，脊背硬梆梆地挺著。他一直低頭看著克拉斯，克拉斯每撞一下就好像他自己身子撞了一樣。我們走上通往大壩的路，然後沿著大壩往前走。比利時人不時地把車子停下，讓希爾德・伊森布特爾把克拉斯的身子扳正，或者把身子下面的上衣拉平。只要我們一停下，她就和萊昂悄聲說話。

我是不是應該跑在前面？不。我是不是應該跟家裡說一聲？不。我是不是應該讓父親來迎接這輛慢慢行進的手推車？不。我寧可拿起那根皮帶，那根放在車上沒人使用的拉車的皮帶。他們倆讚賞地把這條拉車的皮帶套在我的肩膀上，我低低地彎著腰，心裡想著水閘上的攔水壩，想著我躲開了的約普斯特和海尼．邦耶。我不知道他們是不是還在等我。

克拉斯一直很安靜。他躺著，多麼放鬆！他那隻纏著繃帶、殘廢了的手總是往下滑，拖在地上，那女人抓起這隻手，壓在他的胸前。這一切，今天都歷歷在目，還有比利時人那對黑眼睛和他那因為使勁而變了形的臉。

當我不得不或多或少地講一講這些赤裸裸的事實時，我該怎樣去回憶我們回家的這一段呢？我聽見車輪吱吱呀呀的聲音，我感覺到車帶勒在我的肩上。我看見魯格布爾越來越近，紅色的磚房、棚子、車把朝上的舊板車，我的魯格布爾。儘管我必須提到我們越走越慢了，那是因為比利時人已經筋疲力竭，因為我突然感到恐懼，但這有什麼用呢，我們越走，離魯格布爾越近了，我們已經過了木板橋，從這裡可以看見水閘的攔水壩，沒有人拿著彈弓坐在那裡等我，他們都走了。

我們過了水閘，過了指示牌和板車，我想，克拉斯現在會直起身子來了，現在他會明白到了什麼地方，以及我們將會把他送到什麼地方去。我甚至估計，他會從車上滾下來，從地上一躍而起，逃到泥煤沼澤地裡去。自從他從布雷肯瓦爾夫失蹤以後，那裡就是他白天的藏身之地。但是我哥哥仍然躺在車板上，並沒有直起身子，甚至當我們停在門口的台階前時，他連看也沒看一眼。

希爾特・伊森布特爾走進屋去。比利時人坐在台階上，想找一根半截香煙，他用僵硬的手指在口袋裡摸了一陣，什麼也沒有找到，他突然指了指自己墊在克拉斯身下的上衣，在那兒，顯然他是把煙頭放在上衣口袋裡了。他一揮手，放棄了找香煙的打算。待會兒再抽煙吧，他為難地指了指克拉斯，詢問地攤開了自己的手。他什麼也不說，用目光和我示意。他覺得，要是他能夠幫忙的話，他是會出大力氣的，但是，在這裡，特別是他這麼個人，幫不了什麼忙，把克拉斯運回來，他已經辦到了，在他這種處境下，人家不能也不願意指望他做更多的事情。

他一直在聽著屋子裡的動靜，很顯然，他想快點離開這裡。他很想把克拉斯下垂的胳膊彎上去，但是，在我家的窗戶下面，他連碰一碰我哥哥都不敢。我觀察著克拉斯，我沒有放棄讓他在適當的時刻逃走的希望和期待。他在動嗎？他是不是在慢慢地曲起一條腿準備起跳？克拉斯冷得在發抖。他全身一陣痙攣。

這時我父親出現在石階上，他敞開著制服上衣走出屋來，根本不理會比利時戰俘的問候，只是站在那裡，長臉上浮現出我沒法用言語形容的表情——責備和絕望混雜在一起。他並沒有立即衝到手推車前，而是站在台階的最高一級，從下面看去就像放大了一般。他站在那裡往下瞧著克拉斯，那神態就好像他早就預料到克拉斯要歸來似的。也許，他事先就承受了這一切。

他猶豫著，似乎在權衡著什麼。他慢慢地走下台階，簡直太慢了。他繞著手推車走著，直到後擋板前才停下，毫無意義地撫摸著克拉斯的肩膀，無能為力地沉默著，既不跟克拉斯說話，也不叫他。但是他抬起了克拉斯下垂的胳膊，彎曲著放在他的胸前。希爾德・伊森布特爾跟著他走下台階，解下頭巾，甩了甩頭髮，不斷地問著：「怎會發生這樣的事？」比利時人隨時準備幫著做點什麼。父親要他抬起克拉斯的兩條腿，他自己抱住克拉斯的上身，就這樣把他抬起來，搖晃著走進客廳，把他放在灰色的長沙發上。

父親沒有注意到希爾德．伊森布特爾和萊昂彼此交換了一下眼色，招呼也不打一聲就走了。他直挺挺地站在克拉斯面前，聽著聲音，盼著有一聲聽得見的呼吸來回答他站在這裡的無聲詢問。他發覺自己單獨和克拉斯一起，便想跟他說些什麼。看來他有什麼重要的事情要通知他，而克拉斯卻連眼睛也不睜開。

父親小心地拖過一把椅子，放在長沙發的一頭，坐了下去，彎下身子看著我哥哥。過了一會兒，他拿起哥哥的手，那隻傷殘的、纏著繃帶的手，轉動著，注意地觀察著它，卻不把它鬆開。他的嘴唇在動，他不甘心這樣沉默下去，突然說道：「你的痛苦和你結下了不解之緣，事情還沒有完呢。」他輕聲地、匆忙地、低頭向克拉斯說著，也不管克拉斯是否聽得懂。他這樣一說，似乎就了卻了一件既定的義務，一件在克拉斯逃回以後他就擔在肩上並早該了卻的義務。

他還沒有說完，房門推開了。他停止了說話，沒有回頭，拉著克拉斯的手也沒有鬆開。他聽見母親拖著腳步從門口走來的聲音。當母親走進這平時極少使用的客廳時，他俯著身子，屏住呼吸。母親抿緊嘴唇，臉上毫無表情，或者說還沒有露出表情來，也許這是痛苦的自我控制。這時，父親站了起來，想扶她坐到椅子上，她無聲地拒絕了。她走得這樣近，膝蓋都碰著沙發了，然後坐了下來。她舉起雙手，眼看就要放到克拉斯的臉上，可是又縮了回來，把手放在他的肩上。

我沒有弄錯，因為在這種時刻我會加倍清醒、聽得特別仔細，什麼也不能使我分心。這是必定得傳達、接收，用再多的語言也無法言喻的時刻。母親沒有叫喊，沒有撲到克拉斯身上，沒有去撫摩他，沒有叫他的名字，也沒有去親吻他，只是緊緊抓住他的肩膀，順著他的右手臂往下摸，卻又驚恐地突然停住了，似乎這樣做已經太過分了，她幾乎是自知有罪，而把手又放到了克拉斯的肩上。她沒有去檢查他的傷口，她一動也不動地坐了片刻。接著，她身體顫動起來，她抽泣著，無聲地哭著，某種程度是在乾嚎。我父親把手搭在她的肩上，她似乎沒有察覺。我父親的手又使勁按了一下，這時她站起來，轉過身，一直乾嚎著，走到擺著花的窗戶前，向著窗戶問道：「我們該怎麼辦？」

父親說，他先給格里普醫生打電話，其餘的事情都還不到處理的時候。

母親靠在窗台前問道：「這一切是怎麼發生的？」

警察哨長說，他不在場，事情是在沼澤地發生的，在一次低空空襲中緊挨泥煤坑的地方發生的。希爾德·伊森布特爾和那個戰俘正在那兒幹活。

「那個萊昂，你是知道的。」父親說：「希爾德·伊森布特爾和她的戰俘把克拉斯放在手推車上，送回魯格布爾。」

關於這些，母親什麼也沒說，因為她都知道了，她都看見了。他是不是該給胡蘇姆打個電話？要的。要不要給漢堡軍醫院打個電話？不，胡蘇姆的辦事處會負責這樣做的。只等格里普醫生一到，他就來給胡蘇姆辦事處打電話嗎？是的，他會打的，他會跟辦事處談一切該談的事情。

她轉過身子，用銳利的目光對著克拉斯，克拉斯還是那樣躺著，還是放到沙發上時的姿勢。她的目光像是要看出點什麼來，想要得到點什麼啟發。我問自己，當她從窗台向沙發跟前走去時，她想做些什麼呢？我覺得她步履艱難，好像遇到了無形的阻力。當她吃力地靠近沙發後，我感到驚訝的是，她不過是拿了一條疊好的毯子，蓋在克拉斯身上，然後走了出去。

現在，哪些事情是不可忽略的呢？哪些細節呈現在我眼前呢？打電話。父親一定是開著門打電話。我聽見他要大夫講話，兩次使勁地向大夫嚷嚷，發生了什麼事情，為什麼要他來。我看見他打完電話後，走了回來，向前探著身子，喃喃自語，十分激動，一隻手拿著從書桌上取過來的活動日曆。他圍著那從來不曾用來進餐的餐桌走動，他使那褐色的碗櫃戰慄。在電燈下，他緊挨著三層鐵製花架來回巡視，只是為了不必去聽見什麼，不必去理解什麼。他連右腳上拖著的鞋帶也不繫好。我不敢跟他說話。打電話時，他扣上了制服上衣，現在又把上衣解開了，露出總是扭著的褲子背帶。

突然，他站在碗櫃前，舉起打開的活動日曆，看了一眼，扔在地上。日曆片往外飛，像炮彈開了花，有幾張掛在倒掛金鐘上。他又開始量步子，但轉了兩圈之後，他向門口走去，走進辦公室。我聽見他拿起聽筒時的鈴聲，又聽見他什麼也沒說便把聽筒放下時的鈴聲。

克拉斯在毯子下面動了一下。我跳到他身邊，輕輕叫著他的名字，請他睜開眼睛，聽我說話，考慮一下，這可能正是他期待的時刻。他把毯子一直拉到胸部。

「窗口，」我說：「大門口、地下室，都沒有人。」

他顫抖地張開嘴，抓住毯子，將它的邊緣摺成一長條起伏的山脈。

「沒人在這兒，」我說。我還說：「要是你能，你現在就跑。」

但是，我的話進不到他耳朵裡，當我跑到窗戶旁邊，打開窗戶，指著外面時，一點也沒有引起他的注意。他連頭也沒有向我轉過來。我又回到他身邊，把手伸進毯子裡，尋找他那隻傷殘的手，要他注意，我就在他身邊，準備幫助他。他聽憑我握著他的手，毫無反應。

我只好罷休，關上了窗戶，把撒了一地的日曆片收拾好裝進盒子，放在桌子上，撿起了一九四四年九月二十二日那一張，壓在其他的日曆片上面。克拉斯又在哼哼，可能他想要什麼，但是我聽不懂他的話，父親輕手輕腳地走了進來，彎下腰聽克拉斯說些什麼，但也聽不懂，他毫無辦法，也沒為克拉斯做任何事。他聳聳肩膀，站直身子，來到餐桌旁，在我身邊坐下，看著活動日曆發呆。他不再激動，不再因為激動而自言自語，而是鎮靜地坐著，空虛而鎮靜。他把一隻手擱在另一隻上，垂下雙肩，低頭等著，這就是說，他已經作出決定了。在此之前，他出乎我意料地打開了抽屜，取出鑲在鏡框裡的克拉斯照片，把它放在碗櫃上。這是克拉斯穿著軍服站在崗哨前面的一張照片。他自己弄傷手臂以後不久，照片就被流放到抽屜裡。父親又把它放回原處，放在一個發亮的貝殼與描花陶瓷儲蓄罐之間，就再也不去注意它了。

我們等待著，各自在肚裡盤算。我們等待著，那就是說，再沒有別的事情可做了。我們倆都只好如此。我們在這裡等待的那副模樣，就是要讓人明白，我們以前途未卜聊以自解。我們希望能發生一些我們自己不可能讓它發生的事情。至今為止的一切顯然已成往事，我們只是等待著接下來的事情，等待著收拾殘局。當我回憶起父親如何坐在我身邊時，我必須承認，他那使人害怕的鎮靜和無可奈何的神情表明他已經打定了主意。我的父親，魯格布爾警察哨的哨長顯然知道人家要求他做些什麼，既然如此，他還要在這裡指望格里普大夫些什麼？向大夫希冀些什麼？

「大夫來了。」父親向我一揮手，我走到門邊，給醫生開門。我們的醫生是一個身子沉重的老人，行動困難，滿頭紅髮，是一個呼吸有聲的巨人。經驗告訴他，他得把頭縮著，否則過低的橫梁會碰著他的腦袋。他從來不滿足於只診斷出一種病情，他多疑，至少會提出兩三種病症，讓病人進行挑選。我提著他的皮包，走在他前面，走得極慢，一步挨著一步，我覺得像是把他引誘到客廳來似的。從門口到客廳短短的幾步路，格里普大夫靠在牆上休息了兩次，把他那本來就彎著的脖子彎得更低，彈著手指，開始有節奏地呼吸。他走到客廳門口，儘管我提醒他注意門檻，他還是差一點兒絆了一跤，虧得父親抓住他的胳膊，扶住了他。隨後，父親把這個龐然大物領到沙發旁的椅子邊，按著他坐下，向他致意。父親叫我出去，又把我叫回來，命令我把皮包放在格里普大夫的腳旁，然後到旁邊希爾克的房間裡去等著。接著，他親自在我的身後把門關上了。

我迎面看見一個電影演員，他不僅從牆上向我微笑著，而且端著一杯香檳酒要和我碰杯。他被一群揮舞著棍棒、藤圈、踏著轉輪的婦女和姑娘們包圍著，這群女人為了「信念與美」而穿著白色體操制服。所有這些照片都是從雜誌上剪下來的。在一張照片上，可以清楚地看到希爾克緊靠著的腿肚子，她正踮起腳尖，挺起胸脯，轉動著兩根棍棒。棍子就放在櫃子旁的角落裡，我把它們拿在手上掂了掂，來回敲打著，又覺得沒意思，就扔在一邊了。

椅子的靠背被一件本地樣式的上衣溫暖著，坐墊上放著一條黑裙子和一根黑色的漆皮帶。鏡子上插著一張軍用的明信片，鏡子下面的玻璃板上，我發現了指甲刀、髮夾、四把梳子、一管止癢藥膏、棉花、橡皮筋、一瓶藥，接著又是棉花。床上坐著那隻用黃布做的、受委屈的小雞。床底下是希爾克的鞋。那訓練耐心的玩具呢？它在床頭櫃上，三隻耗子都掉進陷阱裡了。

我溜到門邊從鑰匙孔向外看。格里普大夫坐在沙發上，父親站在他的身旁。毯子掉在地上了。我看著父親的臉，急切和內心的痛苦，使他的臉起了皺紋，嘴唇也分開著。格里普醫生的背遮住了克拉斯。父親問了些什麼，格里普醫生搖了搖頭。這次父親問話的聲音很大，我全聽見了：「為什麼不行？」這位巨人醫生低頭看著哥哥說：「只能在軍醫院裡治療，我們得馬上把他送進軍醫院。」他用攤平著的手指著克拉斯，似乎為他的診斷提出一個明白無誤的證明。

父親又提出問題，格里普醫生把他的手舉到肩膀處，攤開來，以此表達了自己要說的話。他的提包不顯眼地擺在地上，還沒有打開過。這時，父親走到他的身旁，我只能看到他們的背部，猜想醫生在作解釋，讓父親理解這樣做的必要。格里普醫生還是沒有打開他的提包，那個安著老式鎖、已經有裂紋的皮包。醫生向父親小聲說話，但沒有轉過臉去，我覺得，他說話時，把父親僅有的希望都給破滅了，這一點是看得出來的，因為父親轉過身子，眼睛望著窗外，不再提出問題了。

大門關上了。我跳到窗邊，想看看是誰來了，但已經太晚，於是我又回到鑰匙孔前。父親一動也不動，並不看門口一眼。醫生扣上了克拉斯的上衣。來人出現在客廳門口，身影最初很小，接著一點一點地變大了，好像一手拿著煙斗，一手拿著帽子，穿一件破舊的藍大衣，走得幾乎喘不過氣來。他站在門檻上，並非由於他在這個不恰當的時刻出現而感到猶豫或膽怯，而是因為他需要使勁聳起肩膀喘幾口氣。我父親呢？他沒有轉過身子，顯然不想知道進來的是誰。父親再也沒有什麼問題要問了，現在，他要去思索必須要做的一切。

畫家進來了，向沙發走去，他不單是向著大夫，而是向著這兩個男人說道：「他死了嗎？人家都說他死了。」接著，他兩個箭步到了沙發前，他的目光在克拉斯和醫生之間飛快地來回移動著。我聽見醫生說：「送到軍醫院去。我們必須把他送到軍醫院去。我可以打個電話嗎，嚴斯？」

「在那邊，」父親說：「在辦公室裡。」

畫家扶著醫生站了起來。畫家說：「還有救嗎？他能挺過去嗎？」

「我們希望如此，」格里普醫生說：「情況可能變得更壞。」然後，他伸出兩隻胳膊艱難地一步步離開了客廳，這一次，他順利地跨過了門檻。

畫家彎腰站在克拉斯面前，仔細觀察、探究，全神貫注，似乎在尋找什麼；如果不是尋找，那就是要加深對什麼東西的印象。他的嘴唇嚅動著，他吞嚥著唾液，牙齒咬得緊緊的。憤怒，當他輕輕搖著頭時，臉上充滿了憤怒、失望，不相信眼前的一切。突然，他向我父親轉過身子去，想要問些什麼，頓了一下，到底說話了。他請父親原諒他來到這裡，他說：「人家都說他死了，所以我來到這裡。」

警察哨長點點頭，他點頭並非表示諒解，而是無動於衷地表示他知道了。

「怎麼發生這種事的？」畫家問道。

父親聳了一下肩膀說：「事情已經發生，再也不會改變了。」

「是在外面沼澤地裡嗎？」

「是的，在外面沼澤地裡。」

「他可是有辦法躲避的啊，不是嗎？」

「是的，他有辦法。我們都希望他能活下去。」

「這還不夠，只是活下去還不夠。愚蠢，嚴斯，可惡的愚蠢！」

「你這是什麼意思？」

「他們會把他抓走的，他們會把他治好，讓他聽到對他的判決。他們治好他，是為了將他綁在柱子上處死，你總該知道這個吧？」

「我？我什麼也不知道。」

「他們不是已經來抓他了嗎？」

「還沒有。」

「當然，一切都取決於你。」

「是的，一切都取決於我，那就別管我的事好了。」

「我來這兒只是為了這個孩子。」

「好，好的。」

「你知道，我喜歡克拉斯，他和我比較親近。」

「我什麼都知道。」

「我能和古德隆說幾句話嗎？」

「我想不行，她在樓上。」

「我還能為你們做些什麼嗎？」

「沒什麼了，我們會自己看著辦的。」

「祝你們一切順利。」

畫家走到沙發前。他倉促地摸了一下克拉斯的手，又摸了一下他的肩膀，然後目不斜視地走了出去。我還在等著關大門的響聲時，他已走下了台階，到了放自行車的柱子旁。我從窗戶向外望去時，他已把帽子夾在自行車的後架上，舔了一下自己的大拇指，推著車走了，沒有騎上去。

我一直目送他，直到他消失在霍爾姆森瓦爾夫亂蓬蓬的籬笆後面，然後我走了回來，不再緊貼著鑰匙孔，而是逕直走進了客廳。我有點害怕，手抓著門把，站著等了一會兒，可是沒有人理我，也沒有人趕我出去，於是我把身後的門帶上了。格里普和父親站在走廊上商量，克拉斯安靜地躺在毯子裡。醫生總想承擔點兒義務或責任，他一再說：「我會這樣做的，我負責，讓我來辦。」他鼓勵似地拍了一下父親的肩膀，把父親的身子轉過來，推向我待著的房間，然後自己吃力地向台階走去。我得說，他是踏著步走的，以致父親和我都抬起了頭，聽著這位身體沉重的巨人踏著沉重的步子走向台階。

「謝天謝地。」父親喃喃地說，全身都放鬆了。

他發現了我。他抓住我，把我拉到他的身邊，用他的身體推著我走到沙發前，但並不挨得太近。

「要走這一步，」他說：「必須走一步。我曾對克拉斯寄予很大的希望，我們怎樣教育他都無濟於事。他知道，他對我們是有罪的。不管怎麼說，我們要走這一步。」他沉默了。

於是我問他：「他什麼時候會好起來？」

父親在我身邊說：「他知道我非怎樣做不可，他知道我的職責是什麼。現在事情已經發生了，我們不能再往後退。我們把所有的問題，一切必要的問題都提了出來，我們也盡可能回答了這些問題。並不是今天才這樣做的，自從克拉斯來到這裡的那一天就這樣做了。我們回答了一切問題。來吧。」

他拉著我，他的臉色灰白。我們並排走過走廊，來到他的辦公室。他拿起電話聽筒，等著響聲，然後要求為魯格布爾警察哨長接通胡蘇姆，聲音雖不像平時那樣響亮，但不帶一絲猶豫。

第十章　半小時的期限

我願意講出我所知道的事情。即使我所知道的會被一場新雨沖刷乾淨，我也得講一講布雷肯瓦爾夫那個油漆成鐵鏽色、久已廢棄不用的廄舍；講一講平野上霧氣籠罩的一個清晨。我必須打開廄門，使人們能看一眼那頭受傷的牲口，並再一次把所有的人都集合在充足的亮光下。這些人當時都在場，或者參加過屠宰，或者在一旁觀看過。接著我必須安排妥當的，是布雷肯瓦爾夫那間通風的，如前所述，廢棄不用的廄舍，裡面有豬欄，拴牲口用的生鏽鐵圈，還有一個歪歪斜斜、滿是雞屎的養雞架；老霍爾姆森、他的妻子、約塔、畫家和我，坐在一堆搖搖晃晃的木板上；受傷的牲口靠著廄舍的石灰牆，兩條前腿支撐在地上，喘著氣，嘴裡吐著泡沫，脖子和脊梁上的傷口慢慢向外滲著血。

如果我說一架飛機在飛行中拋棄裝備，把兩顆炸彈扔在魯格布爾，人家自然會問我是怎麼知道的。好吧，且不說我無法想像飛行員會在雲端之上，認為值得向魯格布爾扔一顆炸彈，至於是怎麼知道這樣一個問題的，我也認為無足輕重。總而言之，飛機在飛行時拋棄裝備，於是扔下了兩顆炸彈，一顆掉在海裡，另一顆落在布雷肯瓦爾夫附近泥濘的牧場上，炸出了一個彈坑，彈片打中一頭母牛的脖子與脊梁。這頭母牛是霍爾姆森家的。

我們坐在廄舍裡的木板堆上，觀察著這頭再也抬不起身軀的牲口，但牠的傷口又不足以讓牠死去。在一條鋪開的裝馬鈴薯用的麻袋上，放著斧頭、刀子和鋸子——這不是醫用骨鋸，而是一把抹了一層油的短柄鋸——旁邊放著盆子，一個水桶，一個撞扁了的牛奶桶，還有一條準備隨時繫到身上，有裂紋的皮圍裙，為了在不得已的情況下屠宰這頭受傷的牲口，一切都已準備就緒。我們看著這頭牲口。牠彷彿坐在自己的兩條後腿上，骯髒的乳房、很粗的乳頭，奶水流在被踩得硬梆梆的地面上，乳房顫動著、抽搐著。毛茸茸的牛尾掃著地面，有時還打在牆上。這頭牲口把頭使勁向前伸，就像在喝水一樣，鼻孔出著粗氣，舌頭舔著嘴唇，舔著鼻孔，一邊噴吐白沫。有時用前蹄蹴地，想靠著牆站起來，但是辦不到，摔了下去，發出一陣聲響。鮮血不斷地從傷口滲出，在黑白相間的牛皮上留下一條閃亮的痕跡，滴到地上。一塊彈片打斷了牠的右後腿，牛皮給掀了起來，骨頭也露在外面。

老霍爾姆森的妻子是個羅圈腿，性格孤僻，頭上戴著一張灰色髮網，這有時給老霍爾姆森一種感覺，似乎他自己和一條獵犬結了婚。他在妻子的要求下，曾兩次試圖動手。他舉起斧頭，在老伴的催逼下，走到牲口跟前，就像我們已經看到的那樣，他已經看準了母牛鬈毛額頭上的一點，也站穩了腳跟準備動手，可是，儘管他老伴催促得越來越緊，火氣越來越大，老霍爾姆森卻無法將斧頭劈下去，他每次都聳聳肩膀回到木板堆前，和我們坐在一起。

老太婆叨嘮、挖苦，不停地威脅老霍爾姆森。現在她也在威脅他，說要到格呂澤魯普去，要把那個很久以來就在各處為私人屠宰牲畜的斯文．普夫呂姆叫來，要是霍爾姆森自己不把牛宰掉，他就得付錢給普夫呂姆。當畫家凝視著牲口時，她說：「快點呀，霍爾姆森，快呀，天啊，要不牠死了，那我們就倒楣了！」為了催他動手，她把撞扁的牛奶桶拎了過來，走到母牛跟前，讓霍爾姆森明白，她要親自把血接住，要在宰牛時跟他一起動手。

她的這種姿態同樣無濟於事，既不能給老霍爾姆森力量，也不能給他信心。老霍爾姆森讓畫家把煙葉遞給他，抽著煙，使勁往一旁噴著。老太婆提醒他說，他殺過鴨，也殺過鴿子和雞。她拿過斧頭，把斧頭把塞到他手裡，要他想一想，這樣可以省下給斯文．普夫呂姆的一筆費用。這一點他能同意，於是他嘆著氣點了點頭，從木板堆上站了起來。可是，他注視著這頭受傷的牲口許久，他的目光證明他下不了手，斧頭從他手裡滑到了地上。要是換一頭母牛也許還可以，但是宰特阿可不行。宰特阿不行，牠是我的第二頭最好的乳牛，最聽使喚了。但是現在，老太婆說，牠不能再聽使喚了，因為牠只剩半條命了。我們只得解救牠的痛苦，不得已把牠宰掉。這時，約塔說她非常想知道，能不能把傷口捆紮起來，讓牠長好。霍爾姆森太太一聽就發火了，她毫不掩飾自己的蔑視，說道：「得把你給捆上，這樣才能叫你明白！」

牲口開始蹴地，向前倒下，脖子平伸在地上。這時老太婆又拾起斧頭，但不是交給自己的男人，而是想提醒他現在該做什麼了。她手執斧頭走到牲口跟前，牲口似乎根本沒有注意到她，只是搖晃著腦袋，多次想用舌頭去舔一舔自己脊背上的傷口，因為搆不著，便使勁對著地面噴出粗氣，把地上的乾草和樹葉都踢揚了起來。牲口靠著牆，用盡全力想要站起來，但不一會又摔倒了。牠喘著氣，不再嘗試舔掉嘴邊泡沫，軀體內的那股勁減弱了，牛尾再也不在地面上拂來拂去了。老太婆伸手指著牲口，誰都看得出，這種手勢裡包含的責難是對著在場的每一個人的，而不是單純對著坐在木板堆一角、瘦長而滿頭銀髮的老霍爾姆森。他正往一旁吐著煙，人們也看得出他的痛苦。他正在整理自己的思緒，兩肩下垂，坐在那裡，竭力避免去看那頭受傷的牲口。

畫家突然不聲不響地從木板堆上滑下來，把帽子往後一推，使勁在門柱上磕打煙斗，然後走到那個女人身邊，一句話也不說，也沒有絲毫躊躇的樣子。他匆匆向我們——約塔和我——打了一個手勢，要我們離開這兒，也不看看我們是否聽從了他的吩咐，就從老太婆的手中抓過斧頭，把老太婆拉回來，推到木板堆那兒，然後他走到牲口跟前。牲口顧不得看他，只是伸著脖子，在地上抽搐，艱難地把頭往上抬。畫家掂量著手上的斧頭，擺好架式，腳跟蹬地，還踩踏幾下試試腳下那塊地是否堅實。他看著牲口，看著正向他抬起的，那個堅硬而沉重的牛頭，和一雙烏黑而漠然的眼睛，臉上毫無表情。黑白相間地牛毛黏在一起，一圈一圈地貼在牛的額頭上。牠嘴上掛著涎水，毛茸茸的耳朵對著畫家，似乎在聽他的動靜。人們注意到，畫家在牠的兩隻眼睛之間尋找下斧頭的部位。接著，他往身後看了看，舉起斧頭，向後退了一步。我們都一動不動地坐在那裡。我至今還看到他站在廄舍裡的模樣：舉著斧頭，頭微微向後仰，眼睛盯著牲口，施展身子，準備往下劈。他的長大衣衣襬提到了腰處。

畫家在斧頭劈下去的同時嗯了一聲。他順勢收回斧頭，舉過肩頭，往後退了一步，第二次用斧頭背劈下去，斧頭隨著他的身子落下去，速度極快。他的帽子掉到地上了。第二斧以後，他匆忙地擦了一下嘴唇，輕輕說了些什麼，誰也沒有聽明白。他向我們這邊——約塔和我——看了看，但我覺得他並沒有注意到我們，至少他對於我們仍然留在這裡並不感到驚訝。他把斧頭拎在身前，讓它慢慢滑落在兩腳之間。過了一會兒，他覺得有必要再來一下。這第三斧落下時更快，但卻更沒有力量，更加猶豫不決。他轉過身體，把斧頭交給了老霍爾姆森，坐在木板堆上揉著自己的手指。

但是，在我的記憶裡，上述一切並不是那天上午廄舍裡發生的全部事件經過。我還聽見了斧頭背劈在頭骨上的聲音。在這一斧的重擊之下，牛頭向地上倒去，我感覺到約塔的手指抓疼了我的手臂。斧頭劈在牲口的兩隻眼睛之間，那聲音就像劈在空心樹幹上那樣。斧頭把牛的前額劈得粉碎。在這一瞬間牲口軀體也隨即像癱了一樣。但是，接著牠用前腿蹭地，尋找著落腳點。牠掙扎了一會兒，脖子抽搐，脊背越來越僵硬，後腿向外伸。在沉重的打擊之下，這個笨拙的軀體似乎想防禦或逃跑。這一擊再次喚醒了這頭受傷牲口的知覺，但牠所尋求的力量卻已經不夠用了，這力量只夠暗示牠想到抽搐或蹭蹭地。牠的頭以沉重的節奏從地面抬起又倒下去，每次都發出碎裂的響聲，兩脅顫動；第二斧以後，就顫動得更加劇烈了，那短促而劇烈的顫動，彷彿要轟走那些來叮牠的小蟲子一般。

我想，現在我終於可以讓這頭牲口倒下去了，且不管牠那看不出的反應，先讓牠一動也不動地伸直身子，鬆弛地躺在石灰牆角前吧。牠似乎越來越龐大，在牠死去的地方，我覺得一個龐然大物在不斷地隆起、向外鼓出。我還記得，我恨這個女人，她一點也不能等，牲口還沒有完全安靜下來，她就把那條有裂紋的皮圍裙遞給了她的男人，接著又把刀子遞給他，怒氣沖沖地指著牆前的那條牲口，她的手已經提起了牛奶桶。我恨她——我並不仇恨老霍爾姆森和畫家——仇恨之心使我對她更加注意。這時，她踩在死去的牲口的脖子前，把牛奶桶歪放在地上，桶口對著喉管，不再示意她丈夫動手，而是緊緊盯著牛奶桶，似乎牲口的血馬上就要流出來了。老霍爾姆森看到了。他拿起刀子，用大拇指試了試刀口，用手按著牲口的脖子，把牛頭夾在兩腳之間，慢慢彎下了身子，不再縮回來了。他把刀擱在牛脖子上，一下捅了進去，把刀子抽出來以前，還看了她妻子一眼，似乎要讓鮮血剛好流進牛奶桶裡。

這時，有人從後邊掐住我的脖子，我想轉身，但掐在我脖子上的手指更加使勁，我只感到自己被拖到門口，身邊的約塔——好像我們倆被捆在一起似的——也令人驚異地重複著我的動作，也被拖到了門口。畫家把我們倆並排推到院子裡，在我們身後關上了門，接著又把門打開了，因為他可能發現了迪特從客廳向我們這邊走來，還在池塘那邊就向我們、更主要的是給畫家作了一個手勢。

「走吧，」畫家說：「離開這兒，這兒沒你們的事了！」他把我們從廄舍推開，緊急宰牛還在那裡繼續進行。他把我們推到那一堆疊在一起的黑色樹幹前。「怎麼啦，迪特？」他不耐煩地問道，似乎為了解釋他不耐煩的原因，他又說：「我們正忙著呢。」她悄悄跟他說了幾句。畫家看看自己的手，然後朝魯格布爾方向看了一眼，又看了看他的手和濺滿血跡的大衣。「他們都知道了，」他說：「這裡什麼也逃不出他們的眼睛，依我看，他們來就來好了，霍爾姆森總不能眼看著牲口死去，他得把牠宰掉呀。要是先去請求批准，牲口早完了。」

迪特又悄悄說了幾句。畫家回答說：「為什麼呀？他們應該待在廄舍裡繼續幹活。要是他們能證明牲口滿身都是彈片，那麼來人又會把他們怎麼樣？他們是可以證明這一點的。要是汽車來到這兒——我們都在廄舍裡。你，迪特，給我們沏點茶吧，我們都想喝茶。」然後，他轉過身子，一隻手已經伸向廄舍的門，在轉身的同時朝魯格布爾看了一眼，我們也不由得往那個方向看去，於是，我們幾乎同時發現了那輛從霧靄籠罩的平野向這邊開來的汽車，它偶爾消失在灰色的山丘後，隨即又出現在預定的地方。它以平穩的速度開到楊樹夾道的入口處，在那裡停了車，過了一會兒，也不見誰走下車來。車中的人影一動也不動，引擎的嗡嗡聲不停地響著。

畫家放下了伸出的手，小步走到汽車前，不，這麼說不準確，他往活動柵門走去，也許是因為汽車停在那裡，而誰也沒有走下車來，他慢慢地把門拉開，做了一個粗暴但卻是邀請的姿勢，於是汽車又向我們開了過來。汽車開進來以後，畫家讓柵門自動關上。汽車進了院子，在池塘邊拐了彎，但並沒有向我們開過來，而是向客廳那邊駛去，然後，緊挨著大門口停了下來。

先下來兩個穿皮大衣的人，他們繞著汽車各自向相反的方向走去，不慌不忙，動作笨重而誇張，幾乎跟電影慢鏡頭一樣——他們繞墨綠色的汽車走了一圈，在冷卻器前碰上後，不約而同地停下，向我們這邊看著。綴著口袋、長而筆挺的皮大衣，一眼就能看出它們的分量。我覺得，那沉重的登山皮靴和遮得住臉的寬邊軟帽，完全配得上他們那笨重而又誇張的動作。當他們劈開腿站在冷卻器前時，魯格布爾警察哨長也下了車，身體筆直，嘴裡罵著那件不知在什麼地方勾住了的風衣。父親使勁地把衣服拉出來，走到站在冷卻器前穿皮大衣的兩個人面前。這些人不肯走到我們跟前來，而是等候著。那三個人就站在那裡等候著，即使畫家向他們揮手，用手指著廄舍的門，他們也不離開自己的位置。

這時，畫家迎向前去，用大拇指朝肩膀後面一指，說：「在裡邊呢，過來吧。」但是穿皮大衣的人似乎根本就不理會他的請求，還是站在那裡，畫家只得走到他們跟前去。我聽見畫家又說：「那邊，那邊，在那邊呢！」我父親搖了搖頭，揮手表示他對廄舍裡發生的一切並不感興趣，至少，這不比他專程為之前來的事情重要，他擺手的動作似乎在說：「以後再說，以後再說，現在先辦別的事情。」

魯格布爾警察哨長向兩個穿皮大衣的人身後走了半步，在那裡端詳著畫家，目不轉睛地注視著他。約塔利用這個機會溜回廄舍，從裡面把門關上了。我和馬克斯·南森站在一起。此時，他躊躇著，聳起肩膀，自言自語地問道：「這是怎麼回事？」接著，他走向那群站著不動的人，一字一字清楚地問道：「你們幹麼來這裡，嚴斯？」

「快去收拾，準備動身。」一個穿皮大衣的人突然說道。

畫家問：「為什麼？怎麼回事？」

「我們給您半小時的時間。」第二個穿皮大衣的人說。

畫家看著他們，聳了聳肩膀問道：「你們到這兒來，是為了把我帶走嗎？」

誰都認為沒有必要直接回答他的問題。

「你只有半小時的時間。」魯格布爾警察哨長，我的父親說。他拿出懷錶，看著它輕輕重複著說：「半小時。」對此我毫不感到奇怪。他伸出一個手指做了一個短促的、解釋性的動作，點了點頭，又把懷錶收了起來。

那個時候，他們只需說極少的話，知道極少的情況就能了解對方的意思，很快就能弄明白等待他們的是什麼。我記不起來，當他們給了南森半個小時去收拾東西並和家人告別時，南森有沒有想去打聽更多的內情。看來，他不肯為爭取時間再提出任何問題，或者設法弄清楚他們為什麼到這兒來了，他僅僅問道：「這一切需要多長時間？」

其中一個穿皮大衣的人聽後聳了一下肩膀，父親把頭低下，於是畫家慢慢向屋子走去，走過他們身旁時，他說：「我馬上就收拾好，我不需要半個小時。」

他們誰也不到廄舍裡去。他們一隻腳蹬在保險桿上，一隻腳踩在踏板上，抽著煙，上身懶懶地、放鬆地向前傾著，放心地、默默地等候著，也許腦子裡什麼也沒想，對廄舍裡發生的事情一點也不感興趣。他們心情非常平靜地在那裡等候著，因為他們知道，像南森這樣的人會好好利用給予他的期限，而不會利用它去幹別的事情。廄舍那邊他們連看也不看。當畫家挺著身子站在走廊裡，後背靠在門上傾聽著外面的動靜時，半小時的期限已經過去一部分了。這情景現在完全可以想像得出。

如果我只敘述必要的情節，刪掉多餘的部分，如果我要回到當時的情境，那我還得作如下的敘述：當我的父親，魯格布爾警察哨長和那兩個穿皮大衣的人在外面安靜的等候畫家的時候，畫家進屋去了。他站在門後，背靠在門上，在陰暗的走廊裡站了一會兒，至少是站到迪特打開了通往客廳的門，注意到他為止。這時，他身子離開門迎著她走了過去。在走廊裡他不想說話。他挽起迪特的手臂，把她拉到自己的身邊，領著她走回客廳。他和她的這種接觸使迪特感覺到發生了事情，或者將要發生什麼事情了。她走過那嚇人的六十二個座鐘，每一個都指著過一刻。布斯貝克博士從沙發上站起來，迎向他們走了過去。

「我……」畫家說。他停了一會兒，又說：「我得跟他們走。他們到這兒來，就是為了帶我走的。」

「不是為了幸牛？」布斯貝克問道。

畫家輕輕地說：「他們給了我半小時的期限。」

「嚴斯，」迪特說：「你得謝謝他，他大概把什麼都報告給胡蘇姆了。」

「他們會審問你的，」布斯貝克說：「這我知道。」

「不知道得被拘留幾天，」畫家說。

「多久，」迪特說：「他們要把你扣留多久？」

「一般來說，需要一天一夜。」布斯貝克說。

「我不知道會多久。」畫家說著，小心地把煙葉裝進煙斗裡。他眼睛不看迪特，對她說道：

「我帶那只褐色的小箱子、兩個煙斗、刮臉刀、信紙，這些你都知道。」

「你會看到，」布斯貝克博士說：「他們會審問你，向你提出警告。他們必定會那樣做，因為他們收到了魯格布爾送去的揭發證據。但是，他們不敢對你怎麼樣。」

「憑我們自己的想像，」畫家說：「他們不敢怎麼樣，但是，你看一看周圍吧，有多少事情是無法想像的，但他們就那樣做了，他們也敢那樣做。他們的力量就在於他們毫無顧忌。」

他向特奧・布斯貝克道了歉，衝著座鐘點了一下頭，說：「半個小時，你知道，我得動作快一點。」於是他來到了臥室，坐在窄木床上，脫了鞋，脫了大衣、上衣、襯衫，拉開了五斗櫃的抽屜，把手伸進去，找出襪子、鞋帶、手帕，把這些都扔在床上。最後又往床上扔了一件法蘭絨襯衣。他從臉盆裡拎起一個大水壺，灌滿水，把上身俯在臉盆上，不慌不忙地洗著脖子和臉，又用一塊溼布擦著胸部，用一塊浮石搓著手，把稀疏的頭髮梳了兩次。

他把髒水倒進水桶，用誇張的有力動作拭擦臉盆，又把水壺放了回去。他用溼布轉著螺旋形擦乾淨洗臉架，把溼布掛在臉盆邊晾著。現在，請想像一下，他又發現他的背帶髒了，橡皮筋鬆了，得換下來。於是又在五斗櫃裡找出一根用紙袋包裝著的新背帶。他扣上了新背帶，套在肩膀上試了試，看看鬆緊怎麼樣。他滿意了。

還要幹什麼呢？在這樣的時刻，不應該把影片切斷。還必須提一提，他是怎樣繫上新鞋帶的：他把鞋放在腿上，極仔細地一個洞一個洞地穿著。他穿上鞋試著走了幾步，把繫緊的鞋帶鬆了鬆，很滿意。然後他又拿起襯衫，套在頭上，高舉雙手，就像淹沒在襯衫裡一樣。他穿上上衣，藍大衣，戴上帽子，在房間裡來回走著，把換下來的衣服收拾在一起，扔到一邊。接著，他又把床單鋪平。他沒有向窗戶旁走去，也沒有往外看。離開臥室之前，他從一個藍色的瓷罐裡拿出一個懷錶，上緊發條，放在上衣口袋裡，準備一會兒再對時。

他回到客廳，看到迪特和布斯貝克博士正在等他。迪特提著那口褐色的小箱子向他迎了過來。他說：「等一會兒，我得簽個字。」他站在一張放在角落裡的桌子旁，從一個裝好的信封裡抽出兩張紙，在上面簽了字。簽好字後，他又把它們裝進了另一個信封，放進抽屜裡。我能想像得出，他那勉強作出的泰然自若神情和一絲不苟地利用那半個小時的勁頭，使布斯貝克博士猶豫起來，不再分享更多自己那些撫慰人心的經驗了。

畫家根據一座與人等高的座鐘的時間，對了一下懷錶，揮了一下手說：「很快，我很快就會回到你們身邊的。」然後，他走到一架鼠灰色的座鐘旁，打開座鐘的門，從底部拿出一個雪茄煙盒，走到桌子旁邊，從中取出一把雪茄，可能是用舊刀片把雪茄切成煙斗洞一般大小，又把這一段一段的雪茄煙裝進白鐵皮盒子裡。盒子外面的字跡已經磨光了。他又把雪茄煙盒放進了座鐘，然後把白鐵皮盒子放進大衣口袋。

「小酒瓶要帶著吧？」迪特提醒他。於是，他把那個罩上白布的扁平瓶子裝上了酒，塞到褲子的後口袋裡。接著他走到窗戶邊的桌子旁，迪特和布斯貝克在那裡等著他。他把一隻手放在箱子上，並沒有打開箱子。

「東西都放好了嗎？」他問道。

迪特說：「僅僅是因為嚴斯的告發，他們對你根本就沒有什麼證據。」

「是這麼回事。」畫家說。

當座鐘一一固執地宣告已過去一刻鐘時，他沉默著，無可奈何地微笑著。座鐘發出各種聲響，有的敲、有的打、有的鬧，報時器在響，鋼製的鏈條在擺動著。鐘擺嘎嘎地上下移動著。在布雷肯瓦爾夫報時的那一會兒時間，人們只能沉默地等待著。當座鐘安靜下來以後，畫家說：「你們就待在這兒，我很快就回來。」他把箱子放在窗台上，走進了畫室。

我從花園裡看見他走進了畫室，這就是說，我看見了他的影子和他把簾子放下來時畫室光線的變化。穿皮大衣的人站在汽車旁，父親來回走動，尋找他剛才丟失的東西，也許是扣子或者帽徽。我也煞有介事地幫他在這兒那兒地找了半天。誰也沒有注意到我是怎樣溜進畫室的——也許有人在最後一剎那看到了門是怎樣從裡邊關上的？總之，我溜進了畫室，在夏天當花瓶、現在堆放在角落裡的水壺、罐子、盒子的旁邊貓著腰，污水從這些東西中散發出臭味。我抬起頭看著那些畫，嚇了一跳：算命先生、兌換銀錢的商人、山怪、狡猾的市場商人，還有被風吹彎了腰的田野上，有農民出現在一片綠光之中，那綠光閃著火花，在燃燒，似乎燃起了一場綠色大火，它的光亮照耀在這些畫面上。我還記得，我第一眼看見這種景象時就想喊叫，大聲地喊叫，可是，當我走近這些畫時，火花已不再閃耀，綠色的光也消失了。

畫家來回地走動著，他拖來一口箱子，放在地上，打開後隨即又關上。他扭開水龍頭，把一個空罐頭扔在陶瓷桌上。我利用這裡的許多犄角和臨時搭起來的行軍床，躲躲藏藏地往他的身旁移動。最後，他和我之間只剩下一條走道了。我把一條鬆鬆地掛著的床單往旁邊一拉，他就出現在我眼前了。他小心翼翼地打開那個大櫃子，聽了一下動靜，拉開了兩扇櫃門，又聽了一下動靜，然後彎下腰，把整個身體都探入櫃子裡去。

我不能忘記我看到的櫃子裡的情景：不可遏止的褐色展開在整個畫面上，連地平線都給吞沒了；褐色的畫面上還有一條一條的狹長的黑色，四周塗上了灰色。這褐色的浪濤滾滾而來，越掀越高，最後高過昏暗的大地。這張畫名叫《造雲的人》。畫家歪著頭審視著這幅畫，退了兩步，緊緊挨著我，我只消動一下手就能摸到他。他對這幅畫並不滿意，他感到失望。他為難地搖了搖頭，走到畫前，舉起手，把拳頭打在褐色的畫面上。「這裡，」他說：「情節就從這裡開始。」

他把手放下，聳起肩膀，似乎有些發冷。「別廢話了，巴爾塔薩，」他說：「我自己就看出來了，這裡缺少預感，缺少對暴風雨到來的預感。因此，這裡的顏色應當強烈表達出逃遁。這裡應該有對事物的警覺性，隨時作好準備的精神。而現在，只是表達了人們的恐懼。」

畫室的門打開了，畫家沒有聽見。我感覺到穿堂風灌了進來。我還記得，我等著關門的聲響，但是這一聲響並未發出。這時，我掀起鬆垮搭著的床單，從我藏身的地方爬出來，把食指放在嘴唇上，踮著腳尖向他走過去，敲了一下畫家。他猛然一驚，張開嘴，想說些什麼，但是當我伸出的手臂指著門時，他明白了，他似乎有所準備，很快就明白了我的警告，急匆匆地把畫從櫃壁上取了下來，捲成一捲，塞進櫃子裡，但是，馬上又拿了出來。他向四周看了一眼，這裡有成百個可以藏東西的地方，但卻沒有一個地方可以藏得下《造雲的人》這幅畫。這裡的各個角落、背面、縫隙，還有張著大口準備接受一切的水壺，此時此刻，他認為都沒有用。他發現了我。他把我擠到櫃子旁邊，彎著腰看著我，眼光是從未有過的逼人，挨得那樣近，使我聞到了他身上的肥皂味和他呼吸中的煙草味，感到了他灰色眼睛中的寒光。

「維特—維特，」他突然悄聲地說。聽了一會兒門口的動靜，又悄聲地說：「我能信任你嗎？我們是朋友嗎？你能為我做點事嗎？」

「能，」我點著頭說：「能，能，能。」這時，我已經知道他要我幹什麼了。我把我那件塞進褲子裡的綠毛衣一直撩到腋下，彎著腰，把那張畫放在我的身上，再把毛衣拉了下來，塞進我的褲子裡。毛衣綳得太緊，我又把毛衣扯鬆一點。我試著活動了一下。他悄悄地說：「把這帶出去，放到一個安全的地方，以後再送回到迪特阿姨這兒來，我需要它。」他把手伸了過來。當他如此嚴肅地把手伸過來，而不是像平時那樣眨著眼向我發出警告時，我嚇了一跳。他沒有像平時那樣撫摩我的頭髮，也沒有拍我的脖子。

我說：「你要我怎麼做，我就怎麼做！」

他點了點頭，聽了一下門那邊的動靜後，悄聲說：「好，維特—維特，我不會忘記這一切的。」

他把櫃子關好後，對我做了一個手勢要我走開，這就是說，他只是把床單掀開，等著我溜出去。然後，他叫道：「特奧，是你嗎，特奧？」沒有回答，只有緩慢的腳步聲，越走越近。我立即就能分辨出這是誰。

「我馬上就來，特奧。」畫家叫道：「我完事了！」接著，他揮著手命令我蹲在床旁邊。然後他從後面褲袋裡取出了酒瓶，喝了一口。當床頭出現人影時，我蹲了下去。僵硬的畫紙在我身上擦擦作響，我抬起頭時，影子已經過去了。腳步聲停住了，腳尖踢了一下水罐和罐頭盒子，那是在進行檢查。桌上的畫夾子也被推開了。儘管畫家至少此時已經知道，來到畫室的人並不是布斯貝克，但他仍然喊道：「來呀，特奧！」我看見他故意打開櫃子又關上，目的是讓那腳步聲聽見，好走到他跟前來。

我早就聽出這是父親的腳步聲，而畫家也聽出來了，因為他一點兒也不驚訝，只是往旁邊一站，做出了一個準備出發的姿勢。父親抬起那張乾癟、瘦削和繃得緊緊的臉望著天窗，他在尋思著什麼。微微的優越感，也許甚至是一種得意的神情浮現在他臉上。他掏出錶給畫家看，告訴他時間還沒有到，還有幾分鐘可以隨便做點什麼，他可以好好利用批准給他的時間，等等。畫家站在那裡，胸脯挺得高高的，劈開兩腿，手背在背後。看得出來，他決心不讓人擺布。

我父親請他允許從畫架上拿下那堆發了黃的速寫稿時，畫家不搭理他。他默默觀察著父親踩上一個踏腳凳，往櫃子後望著。父親打開櫃子，半個身子鑽了進去，最後幾乎整個身子都趴在櫃子的底板上，拿起了一堆小的空白畫紙，對著天窗照著看，轉過來轉過去，又捲了起來，小心翼翼地放在桌子上。這時，畫家什麼也沒說，也不採取任何行動。

父親想用這些白紙做點文章。他把白紙在桌子上擺成兩排，又鑽進櫃子裡，固執地檢查、搜尋著。後來他罷休了，回到桌子旁，滿意地把空白紙收了起來，捆成一捆。他不停地看著畫家，似乎想要看到畫家的笑臉，因為他已為這樣的微笑準備好了回答的話語。但是，畫家沒有笑。父親請他同意把這些空白畫紙帶走，畫家沉默著。警察哨長說：「到今天為止，你還是算走運的，馬克斯。不過落到這一步是你自己願意的，我不相信你會一直走運，永遠滑過去，總有一天你會倒楣的，那時，不管這些作品是看得見的還是看不見的，都幫不了你的忙，我都能找到。我們已經搜索到其他企圖讓人看不見的東西。」他敲了一下那些小的空白畫紙，然後走到畫家面前。畫家依然直挺挺地站在那裡，他態度輕蔑但卻不懷敵意，沒有任何憂慮，他只是輕蔑地看著警察哨長。

我能理解父親當時為什麼要打破沉默，為什麼急於得到回答。但是，馬克斯・南森根本就不理那一套，既不表示驚訝，也不恐懼或憤怒。父親想不出別的話來，只好提醒畫家說，迄今所發生的一切和將要發生的一切都歸咎於他自己。「你自己要這樣的，」他說：「是你自己。你們是大人物，你們了不起呀！對別人有效的東西，對你們就無效。」

這時，畫家突然——主要是衝著自己，而不是衝著我父親——說：「時間到了，我們該走了。」父親一聽，感到愕然，也許他認為，應該是警察哨長來決定啟程的時間，而畫家卻連瞧都不瞧他就自己先走出門去，到院子裡，父親生氣地跟在他身後。穿皮大衣的人還在汽車前抽煙。迪特和布斯貝克博士站在門前，褐色的皮箱立在他們之間。這四個人懷著不同的期待心情站在那裡，誰也不說話。我很想追上畫家，很願意走在他的身邊，但是，他卻朝著那一堆人走去了。我怕父親發現了我毛衣下面的那張畫，於是我溜到廄舍那邊，從那裡觀察著這兩個人一前一後地向汽車走去。

我承認我感到奇怪，畫家沒有試圖逃跑，至少在開始時是如此。他其實只消一跳，就可以跑到泥煤塘那邊去，甚至跑到半島上去。通過窗戶、花園，他怎麼也能不引人注意地逃走的。但是，他不願這樣做，看來他連想都沒這樣想過。他似乎盡力遵守時間，毫不猶豫地從布斯貝克手中拎過那只褐色箱子，和迪特握了握手，又和布斯貝克博士握了握手。他走到汽車前，向穿皮大衣的人，我得說，有些無禮地向穿皮大衣的人說：「我來了，開車吧，還等什麼？」一個穿皮大衣的打開了車門，想從畫家手裡接過箱子，不，他已經把箱子拿在手上了。畫家彎著身子縮著頭坐了進去，這個穿皮大衣的想把畫家往裡推。這時，布斯貝克博士無言地看了這一切之後，突然舉起一隻手叫道：「站住，再等一會兒！」他跨出幾步走到汽車前，垂著瘦瘠的手，激動地說：「等一會兒，請你等一會兒。」

一個穿皮大衣的探出身子。他認為這個身材矮小的男人對他來說是多餘的，他顯然對阻止出發的原因並不感興趣，於是向魯格布爾警察哨長一揮手。父親立即走到布斯貝克面前進行干涉。他問道：「怎麼回事？」說著，他把布斯貝克從車上拉開了。「你想幹什麼？」父親問道。「您聽我說，」布斯貝克說，但並不是向著父親，而是向著無動於衷地等在那裡的穿皮大衣的人們：「是我幹的，那天畫室沒有拉好防空窗簾是我的責任，這完全是我的錯誤，南森先生與此無關。」

父親緊緊抓住這個身材矮小的男人的胳膊，責備地看著他，但是什麼也不敢說，因為現在他能說的話都得留給穿皮大衣的人去說。「你們把我帶走吧，」布斯貝克博士說：「你們把我帶走吧！讓他留下來，那是我的錯！」他向汽車走去，才走了一步，父親就把他拉了回來。穿皮大衣的兩個人相互使了一個眼色，一個坐在駕駛盤前，發動了引擎，另一個指著布斯貝克博士向警察哨長說：「這是誰呀？他有什麼要說的嗎？」父親揮了一下手，回答說：「這是布斯貝克博士，他住在這兒，是個朋友。」布斯貝克博士又叫道：「請你們原諒我！南森先生不知道應該把窗簾……」

「您別說了！」一個穿皮大衣的說：「您別攔住我們，請您讓開。要是您現在老老實實地走開，您就沒事了。」他坐在後面的位置上，畫家的旁邊，把門關上了。父親放開了布斯貝克博士，向站在門檻上的迪特那邊望望，又朝我看了一眼，繞著汽車走到前邊，上了車。當汽車緩緩地朝敞著的門開去時，我一溜煙跑到布斯貝克博士身旁。我尋找著，並立即找到了坐在後座的畫家的側影。我碰了布斯貝克博士一下，和他一樣地等待著，等待著馬克斯．南森回過頭來看我們一眼，但是，那側影一動也不動。

我看著遠去的汽車，向廄舍掃了一眼，他們還在那裡宰牛——我沒有聽見鑰匙伸進鑰匙孔和約斯維希的腳步聲，甚至連他進門時問好的聲音都沒聽見。

我們喜愛的管理員羞怯地把一隻手放在我的肩上，關心地說：「別害怕。」他小聲地說：「別害怕，西吉，是我。」但我還是被嚇得跳了起來，馬上就躲到窗戶旁邊去了。約斯維希站在桌子前，像一隻可憐的獵犬。他拿起我的那面小鏡子，顯然想照一照自己，但是，鏡子裡除了那光禿禿的電燈泡反射出的光線外，什麼也沒有。於是他又把鏡子放在我本子旁邊原來的地方，無言地坐在那滿是刀痕的凳子上。

他到我這裡來，難道又是為了要求我保持夜間的安寧？或是他嫌我用電太多？抑或是由於夏夜的失眠而來到我這裡，希望我為他朗讀如他所說的作文中「內容扎實的一章」？他彎腰看著我的作文，搖著頭朗讀著。朗讀的時候，用修長的手指從上衣口袋裡掏出兩枝皺巴巴的香煙，兩支美國煙——可能是一個美國心理學家送給他的——現在他把它們當作書籤夾在我的作文簿裡，忘了把它帶走，這我一點兒也不怪他。

誰都不會花時間責怪他，責怪這個羞怯的好心人。如果我們遭遇到什麼不幸，他也感到不幸；我們痛苦，他也感到痛苦；我們受到懲罰，他也感到像受了懲罰一樣。他讀我的作文時，我向窗外的易北河望去。易北河上比較平靜，只有一條冒著濃煙的笨重拖船駛過那裡，開得很慢，好像已經疲憊不堪了。一團雲一樣的煙霧遮住了月亮。煙霧一會兒像彎弓，一會兒又變成了別的模樣，最後又變成了一群黑馬。黑馬無聲地站在月亮前，就像站在飲水池邊一樣。沒有海鷗，庫克斯哈芬方向沒有值得一提的雲彩，月亮自在地移動著。遠方是黑暗的河岸，一長串的汽車燈。

我想說，作為讀者，約斯維希和其他讀者絕沒有什麼兩樣，因為他還沒有翻到最後一頁，還不知道馬克斯．南森已經被警車帶走了，他就想知道，什麼時候，在什麼情況下，南森能回來。他為什麼要提出這種典型的問題呢？我聳了一下肩膀，似乎我自己對此不能作出決定一般。

約斯維希驚愕地看著我，不再往下問了，只是站在我身邊，透過裝著柵欄的窗戶向夜晚的易北河望去。大約在大航標的後面，有幾處地方閃著銀光。我們工廠的弓形燈發出的亮光，使任何陰影都不能在廣場上停留。柳樹把搖曳的枝條伸進水裡，似乎在測量流水的方向和力量。所長的狗在海灘上搜尋著隱藏起來的水上運動員。一陣哀號聲傳來，那是停泊在上游海港的一條戰艦在向拖船求救。

約斯維希給我充裕的時間，讓我眺望到更多的景象。他站在我身旁喃喃自語，既不要求我把燈關掉，也不要求我就寢。他是否感到難受？是的，他感到難受，但也並不過分。他是否在尋找什麼？他是在尋找一種向我表示信任的方式。約斯維希想從我這裡獲得什麼，但卻下不了決心；他這樣考慮著，但又懷疑自己；準備開口，卻欲言又止，他有興致去做，但又不敢。這種叫人一目了然的躊躇不決神情，曾經贏得過我們多少同情啊！他凝望著滾滾流去卻又無聲無息的易北河；他期望著從我這裡得到解脫，盼望著我的支持。

我從窗邊轉過身子，走到桌子旁，突然想到怎樣才能幫助他開個頭。我拿起一支他當作書籤夾在本子中的香煙，點燃了它。當火柴點著時，他轉過身子，看見我在桌子前抽煙，立即表示反對，向我伸著手走了過來。他並不生氣，只是感到驚訝。他說：「在屋子裡抽煙，天哪，你知道，在房間裡是禁止抽煙的。」

我不等他對我提出要求，就把煙熄滅了。

「你呀，」他說：「就是你，西吉，幹這種事。而現在，正是我需要你的時候。」他嘆著氣。我讓他坐在床上，他搖著頭坐了下來，看著我把那剛才曾點燃的煙頭收拾乾淨，不反對我把它再作為書籤夾進本子裡。我想，他馬上就會向你提出，即使不是請你幫助，也是請你合作。我並沒有搞錯，約斯維希到這裡來，是為了讓我幫他出主意的。

他當然是用自己的方式首先向我敘述了他的難處。他說，他是從老遠的地方走來，從後面冰涼的廚房走過來的。「你作為年齡最大的一個，」他說：「你作為最年長的成員之一，你知道，在這個海島上什麼事情允許做、什麼事情不允許。」接著，他目標明確地提了一下感化院的一般規定，說了半天在室內與室外吸煙的各項規則，跳過兩條規定之後，又提醒我違反規定的後果。接著，他又一口氣講述著看不見的、卻又存在著的各種規定，並停留在第二條規定上，他念道：「管理員不可侵犯，他的指示一定要服從。」此時，我還不曉得他究竟要把話題引向何方。他裝作無所謂的樣子提到奧勒．普勒茨，談起他已成往事的逃跑企圖，老是說：「你還記得那個陰雨綿綿的夜晚嗎？」

「他們什麼都準備好了，也把什麼都考慮好了。那時，正是河水退潮的時候。他們最後決定利用在工廠配製的鑰匙。你還記得，海上升起了濃霧，船隻得在河水中拋錨。你能聽得見船聲隆隆、鐵鏈嘩嘩的聲響。其他人都不同意這樣幹，只有奧勒，不管起霧了沒有都堅持照幹。因此，一切都按原來的決定照常進行。你後來大概也看到了。你可以為自己慶賀，不然，也許你也會像他們那樣突然可憐地呼救了。誰能在大霧茫茫，只能見到數步之遙的易北河中游泳啊！你還記得那天凌晨，他們穿著溼衣服，瑟瑟發抖地站在那裡，我們圍在他們四周的情景嗎？」

我不想把這個故事聽完，我說：「是的，我還記得那天的夜晚，那天的大霧，他們為了準備逃走而迷惑管理員們，特別是其中的一個管理員等等。事情已經計畫很久了，但也許並不太久。」

約斯維希點著頭，牙咬得嘎嘎作響。他痛苦而又不知所措地張開手臂說：「為什麼，西吉，為什麼會有教訓？你懂嗎？為什麼教訓無濟於事，或者說幾乎無濟於事？這些教訓是為誰提供的？」

這時，我突然敏感起來。我用目光詢問地盯著他，直到他再也招架不住。

「經過這一切後，你明白嗎，西吉？」他說：「你根本就不知道，我知道他們在廁所討論了計畫，誰都聽得見。我該怎麼辦？奧勒，你的朋友奧勒．普勒茨準備在星期五那天把果醬從麵包上刮下來，用紙包起來。在最後一輪的討論中，他們約好晚上來騙我，然後再行動一次，再來一次。」

我說：「我什麼也不知道，真的。」

他相當懊喪地說：「奧勒準備躺在地上，把果醬抹在臉上、脖子上，使我誤以為他們揍了奧勒一頓，或者把他摔倒在地，於是，我會驚嚇地把門鎖打開，衝進去，彎腰站在他的身前，把奧勒扶起來；而他則根據計畫把我打翻在地，鑰匙問題他就無須再提出請求了。又要開始行動了。西吉，要是你聽到這個消息，你就應該去問問他們：難道教訓一點也無濟於事？」

「還有誰參加？」我問。他不願意告訴我，也許還是上次的那些人。

「星期五行動嗎？」

「星期五，是的，我一直在考慮，」約斯維希說：「根據我對情況的了解，應該採取什麼辦法，我還是能夠想出來的。」他的意思是，比如他乾脆不走進奧勒的囚室裡去，或者，即使走了進去，卻不彎腰站在奧勒身前，而是把奧勒打翻在地，進行必要的防禦。當然，他也可以讓整個計畫都告吹，他只需要向所長講一句話，所長就會立即大動干戈。

約斯維希垂下目光，他沉默著。突然，我明白了，他要我提出他所希望的第四種可能性。還沒等我考慮好，他就滿懷期望地抬起頭來。

「我也可以跟奧勒談談，」我說：「我會說，一切都是白費功夫，而且已經滿城風雨了，像上次那樣，事情只會落個悲慘的結局。要是他聽我的，肯聽我的，我就把這些都告訴他們。」

「他會聽你的。」約斯維希說。

我說：「不行，我不能去提醒他。要是我提醒他，他會以為我和管理員站在同一陣線了，在這兒誰也受不了。」

「那我該怎麼辦呢？」約斯維希問道。他的憂慮是真心的。

「我該怎麼辦呢？西吉，星期五馬上就要到了。你要是不提醒他們，會發生什麼事情呢？」

「果醬，」我說：「你就放一瓶果醬在桌子上，瓶子上寫一張紙條：如果傷口還不夠鮮紅，則請隨意使用。」

約斯維希不相信地看著我，顯然已經有了主意。他又衡量了一下，似乎對這個計畫感到滿意，甚至感到高興，並且突然把它當作是唯一可行的辦法了。他從床上站起身來。「我知道，」他說，並且把手向我伸過來：「我就知道，西吉，到你這兒是不會白跑一趟的。」

第十一章　看不見的圖畫

生命和一切有關的東西，就是在這裡，在希爾克和我捕捉鰈魚的地方誕生的，這種說法你可曾聽說過？根據作家和鄉土學家佩爾．舍塞爾的意見，生命是由此地的淺灘，由水溝縱橫、淺水坑遍布的灰色爛泥和黃色黏土的荒灘上產生的；凡是能呼吸的，以及諸如此類的東西，有朝一日會從海底升起，越過水陸兩棲地帶，來到海灘上，洗掉身上的爛泥，燃起一堆火，煮起咖啡來。我的外祖父，這隻寄居蟹，就是這樣寫在書上的。

總而言之，我們在淺灘上抓鰈魚，遠離半島，走在退潮後光滑的泥地上，希爾克總是走在前頭。和我們一起捕魚的是海鳥。希爾克撩起連身衣裙，把它纏在肚子上。她的腿沾滿黃泥，直到膝蓋窩，她的短褲衩邊上都溼了、黑了。海鳥在捕魚，張著嘴伸進水坑裡，一張一合，叭叭作響。水溝的溝槽輪廓分明，它們分成無數支渠，一直伸向大海。海水退去，這裡便是捕魚的好地方。

我們倆總是手牽著手，走在灰色的水坑裡，或淺水溝邊沿，陷到淤泥裡，用腳趾觸摸，又相互倚靠著把腿從泥裡拔出來，一腳一腳地踩著，總是緊張地注意著腳底下有沒有東西在蠕動；只要我們的腳踩到一條魚、比目魚、鰈魚，偶爾還會有箬鰨魚，牠們就會使勁拍打、扭動；每當希爾克發現或者踩住一條魚，她便大聲尖叫，我還沒見過有誰像我姊姊希爾克那樣對抓鰈魚有這等耐性。儘管她很怕癢，每次都要嚇人地搖晃身子，尖聲怪叫，但是平魚只要落到她手裡，一條也休想跑掉。她把魚踩在腳下，直到我抓住牠，拉出來為止。

有時，她連大腿都陷進了泥裡，於是，她就把裙子撩到胸前。有時，她滑倒在冰一樣滑的爛泥地上，當冰冷的泥水咕嚕咕嚕在響，水泡接連爆裂，而她自己在鬆軟的泥裡越陷越深時，她簡直開心得不得了。她從來不忘記觀察水溝中水流的狀態。當起伏不平的淺灘在我們腳下變硬了的時候，她便用一條腿跳起來，每回都落在聚成一個圓圈的沙蠋上面。她抓小螃蟹、柱木蟲和毛足蟲，端在手心上看一會兒，又把牠們放進水裡。她拾各種捲角蝸牛的空殼，把空殼丟進褲衩裡，褲腿上的橡皮筋可以使蝸牛殼不掉下去。這一切都是我們捉魚的畫面。

接著，淺灘上一片昏暗，西邊布滿了低沉的烏雲，陣陣海風吹皺了水溝和水潭，把海鳥的羽毛也吹得豎了起來。遠方傳來孤零零的一架飛機引擎的聲音，半島上閃閃發亮的黃沙、高聳的大壩——從淺灘望去，它顯得更加穩固，任憑風吹浪打也垮不了——再往後便是沙丘上畫家的小屋。

我提著魚籃，跟著希爾克走過淺灘，揮趕啄魚的海鳥，也學著牠們用一隻腳跳著走。我踏著被風吹攏來的黃色泡沫堆。魚在籃子裡蹦著，鰓蓋一開一合地呼吸著。希爾克好幾次要我用溝裡的流水把她腿上的泥巴洗乾淨。洗腿時，她靠在我的背上。蝸牛殼在她的褲衩裡像玩具那樣碰得亂響。我把腳踩在一塊微微隆起的地上，讓泥漿從腳趾中流下去。橡皮筋在希爾克的大腿上留下一圈紅藍色的印記，坑坑疤疤，好像被蟲子咬的一樣。她的頭髮在風中飄舞，有時把整個臉都給蓋住了。

我記得，在我們向半島走去的路上，希爾克在我前面跑著、跳著，突然，她輕輕叫了一聲，坐在潮溼的地上，兩手捧起左腳翻轉過來，看著腳掌。我馬上來到她身邊，跪在地上，一塊暗白色淡菜殼尖尖的碎片刺進了她的腳掌。「可別弄斷了。」她說著，並用兩根手指捏住碎片，飛快地把碎片拔了出來。她沒有帶手帕，於是拉起連身衣裙的衣角，卻又不用它去揩乾淨傷口。她把我的襯衫從褲子中拉了出來，用我襯衫的邊角擦傷口。傷口是彎月形的。這時，鮮血已經不怎麼流了。

「血已經止住了。」我說。

希爾克卻說：「不能讓它不流，傷口得清乾淨。」過了一會兒她又說：「你會嗎，西吉？你敢吸傷口嗎？」

「怎麼吸？」我問道。

希爾克不耐煩地搖了搖頭說：「那還用說，當然是用嘴吸，再吐出來。」

她兩隻手撐在地上，又開雙腿，把腳向我伸過來說：「開始吧！」

我抱住她的腳踝，閉上眼睛。她的腳散發著淡淡的淤泥和碘酒味。我把臉湊近她的腳，在嘴唇湊過去之前，又看了一下傷口。我先嘗到爛泥味，我把它吐了出來，又吸著，用舌頭輕輕壓，又吐了出來，逐漸什麼味道也沒有了。我睜開兩眼，看見希爾克躺在我面前，她讚賞地向我點頭。

然後她把腳縮回去，看了一下傷口，兩隻手臂向我伸了過來，我拉她站起來。她靠著我的肩膀，我摟著她的腰，我們就這樣向沙灘、向半島走去，把我們的鞋襪都留在那裡。

希爾克輕聲咒罵，她顯然今天還有什麼安排，而且需要她的腳不出毛病，她沒完沒了地罵著、嘮叨著：「今天，偏偏在今天發生這件事，討厭！為什麼不在明天？」她的手變得很不安寧，老是看手錶，反正她有什麼事情就是了。她一瘸一拐地走著，左腳只用腳跟落地，每一次膝蓋還要扭一下。偏偏今天把腳扎傷了！

「今天怎麼啦？」我問她。

我姊姊一字一句地回答說：「你要是再摟得這樣緊，會把我的腰弄斷了。」

我們避開較深的水溝，繞過深淺莫測的水坑，但有時仍免不了掉進爛泥坑裡，一直陷到膝蓋。野鵝在我們頭頂上低低掠過，向泥煤塘飛去，海鷗在淺灘上與彎嘴濱鷸和蠣鷸一起忙碌著。雨還是不落下。一到半島的岸邊，我立即就倒在細沙堆裡，擺脫了希爾克的束縛，想再把她的傷口吸乾淨，但是希爾克不讓我這樣做。她用手指把褲腿上的橡皮筋拉開，讓蝸牛殼雨點一般地落在沙土上，蹲下身子數著，這時，我把她的鞋和襪子拿過來。

「這些不夠，」希爾克說，「我還需要十到十五個蝸牛殼，你能幫我去撿嗎，西吉？」

「你會等我嗎？」

「不，」她說：「我先走。」

她很會用這種辦法擺脫我。她把所有的蝸牛殼都扔進籃子裡，扔到魚身上。她用一隻襪子將腳掌上的傷口擦乾淨，穿上以前，還把襪子抖了抖，又拍打了一下連身衣裙，迎著風繫好頭髮，然後隨便打個招呼，就跛著腳沿著海灘往回家的方向走去。

我躺在沙堆裡，兩隻手肘支撐著，目送她遠去。她那藍色的身影走在綠樹前，又出現在褐色的沙土地前，越來越小，越來越模糊，正如我們這兒每一個人那樣，越走近大壩，大壩似乎用自己龐大的身軀把他縮小、變矮了，至少當人們走在大壩腳下時是如此。當希爾克抵達大壩頂上時，她轉過身子尋找我，發現我之後，便伸出一隻手命令我到淺灘上去：「去吧，去幫我找蝸牛殼！」

我躺在那裡，等著她的身影完全消失。我沒有返回淺灘，因為當希爾克走下大壩另一側時，我看到沙丘的海草叢中鑽出一個人，一個身材瘦削的男人——布斯貝克。他剛才躺在草叢中，讓希爾克從身旁走過。布斯貝克博士手上抱著什麼，他把一件什麼東西緊緊抱在胸前，還時不時地回頭張望著，似乎害怕希爾克返回來。他的身體前傾，空著的一隻手顫抖地前後擺動著爬上沙丘，這時已經可以看出，他到半島上去的目的是什麼了。他手上似乎拿著一條手帕，因為他好像不時地在揩著脖子和頭上的汗。他給人的印象是有人在追他，即使在他回頭張望或者向海灘的另一個方向注視，他也不停步。他的動作堅決果斷，看來怒氣沖沖，在滑溜的沙堆上走不穩，在乾燥的沙丘上也站不住腳。

沒錯，他準是選擇了一條最短、但卻是最費勁的通往畫家木屋的路。他把腰彎得低低的，向那裡走去。飛沙從山丘吹來，在他頭頂上盤旋著，向內陸颳去，當他被捲進這飛沙之中時，便迅速揉一揉自己的眼睛。從沙丘上往下走要輕快得多，布斯貝克博士好像興致勃勃地跳起舞來了，他跳著、舞著，從沙丘的斜坡上滑下來，然後向畫家的木屋跑去，打開了門閂，緊張地、長時間地向周圍巡視著，多疑地搜索著半島、海灘和大壩下面那條狹窄的地方，最後才溜進木屋，關起門來。

這時，我忘記了蝸牛殼。至於布斯貝克呢？要是有人像他那樣引人注目、惹人懷疑地在別人的視野內活動，那他就不要怪別人對他感興趣，對他產生種種猜測，並去跟蹤他。他還沒把門關上，我已經從地上爬了起來，繞了一個彎，向著木屋沒有窗戶的一側跑去。我彎著腰，隨時準備臥倒，但我卻一直無需停止奔跑。

我越走越慢、越走越慢。在木屋避風的地方，我踮起腳尖，把臉貼在被侵蝕的木板旁諦聽著，然後爬到窗戶邊，等候著，裡面傳出敲打聲、嘎嘎聲，鑿子拔起一根生鏽的釘子的吱吱聲。我小心地站起來，背靠著牆，走近那寬大的窗戶，可別碰著了。他在那兒幹什麼？為什麼掀地板？可別太早讓他看見我的身影。他似乎在用一把鑿子掀起地板，我彎著身子來到窗前。

我們一下子就認出了對方。他好像預知我會在這裡出現，因為當我彎著腰走到窗前，為擋住光線的反射而用一隻手遮住額頭時，布斯貝克博士正用目光迎接我。他跪在地板上，生氣多於驚訝，身前放著一把鑿子，他已經用它掀動了幾塊地板，大約有二十五公分的樣子。當然，我感到奇怪的是他立即發現了我，但更使我奇怪的是他那瘦弱的手腕竟然能用鑿子撳動地板。我們互相注視著，他中斷了工作，我還一直用不舒服的姿勢透過窗戶望去，好像我的到來仍未被他發現一般。我們誰也擺脫不了誰，時間越長，我就越不想逃跑，而他也想不起繼續自己的工作。他不肯放下鑿子，我也不肯把手放下來。

後來，他向我招手，他終於無奈地招手了，不再是怒氣沖沖的樣子。他招手要我進去。當我推開木屋門時，他正站在畫桌前等我，鑿子放在地上，旁邊放著一個捆著的畫夾。我的樣子可能有些不好意思，因為他馬上就抱怨我說：「你秘密而又成功地跟蹤我，為什麼？打算幹什麼？你受誰的指使？什麼目的？」

要是我告訴他，說是我父親派我來跟蹤他的，那他一定會相信。布斯貝克博士根本就不相信我沒有受任何人的指使。

「你想幹什麼？」他問道：「你想了解什麼？」

我看著捆著的夾子，聳了聳肩膀。他盯著我的眼睛，沉默了一會兒。

「為什麼？」他又問。

我回答說：「我不知道，我真的不知道。」

這時，他自己也束手無策了，就像平時那樣窘迫，給人的感覺是他需要幫助。他兩隻手收攏在一起，插進漿得硬梆梆的袖口中，恐懼地透過寬大的窗戶向下面的海灘望去，又從門口觀察著外面的沙丘。

「要把夾子藏起來嗎？」我問他，並且拿起了畫夾。他把畫夾從我手裡奪了過去，像他這樣的人做出這種動作，算是很粗暴了。隨即他又做了一個和緩的手勢，對自己剛才的粗暴表示歉意。

他搖搖手表示不是。他知道畫家曾把那幅畫交給我，而我又在汽車開走後不久還給了迪特。我們的事情他都知道，有些事比我們知道得還早。這麼說來，他正在為畫夾尋找一個隱藏所。馬克斯·南森從胡蘇姆回來後，立即就委派他來做這件事，不，這麼說是不確切的。那天早上，畫家回來後，疲憊無力、極其煩惱，也不願意與人交談，他只是默默地跟迪特打了一個招呼，就把自己鎖在房間裡，在那裡過了幾小時。他走出房門後，也沒有講述胡蘇姆發生的一切。他們問他，他只是搖頭，顯然有人禁止他說什麼。他把至今還藏在布雷肯瓦爾夫的畫夾取了出來，交給布斯貝克，請他藏在一個安全的地方，至少是一個比較安全的地方。藏在這裡，這棟木屋裡。此外我還知道，畫夾裡是畫家自認為自己擁有的最珍貴的東西，類似的話他也說過。

「《造雲的人》。」我說。

但是藏在木屋的什麼地方呢？怎麼藏呢？

布斯貝克博士開始尋找那可能放在櫃子裡、櫃子下面和櫃子後面的油紙，我們一起尋找。尋找時，我發現他不停地觀察著我，有時，他之所以繼續尋找，只是因為他在我面前不知如何是好。我們沒有找到油紙，也許不知是誰把它拿走了，也許它漂浮到海上去了，也許甚至是畫家自己把它用掉了，總之，布斯貝克不是感到失望，而是如釋重負地了解到，保護畫夾和作品的油紙沒有了。

「油紙沒有了，」他說：「沒有辦法，沒有油紙就不能把畫夾存放在地板下面。」

他又說：「誰知道這是不是個好地方。」

他一邊自問自答著，一邊走到撬開的地板上，搖晃著把板子往下壓，然後，我們倆同時走到地板上面踩著、跺著，最後，布斯貝克博士用鑿子把那鬆動了的釘子敲了下去。這底下是個黑魆魆的洞，下面潮溼的沙土泛著微光。這個隱蔽所又封上了。

「你要把畫夾拿走嗎？」我問道。

他說：「是的，我要帶走。這裡沒有油紙，而且也不是個好地方。」

我請求他把夾子中的畫給我看看，他拒絕了。當我想解開夾子上的帶子時，他伸出一隻手擋住了畫夾。

「是新的作品嗎？」我問道。

「看不見的圖畫。」他說。

這時，我乞求他讓我把畫夾送回布雷肯瓦爾夫去，只要他讓我看一張畫，飛快地看一眼。但是他不願意，也不可能這樣做。他說：「你什麼也看不到，這是些看不見的圖畫。」

「這些畫摸得著嗎？」

「當然摸得著。」

「能拿嗎？」

「也可以拿。」

「掛起來呢？」

「也能掛起來。」

「那為什麼叫它們看不見的圖畫呢？」

布斯貝克博士環顧了一下屋子，檢查著，審視著，把畫夾放在腋下說：「你說什麼？」我說：「如果這些畫是看不見的，那你就不需要把它們包在油紙裡，藏在地板下面了。要是這些畫看不見，那麼，看不見的東西是誰也找不到的，看不見的東西是安全的。」

「這麼想，」他確實這樣說道：「你這麼想，當然是對的。」

他一邊往門口走去，一邊不在意地隨便說著。但是，他突然停下，轉過身子，接著說：「你想像一下，這些圖畫上並非一切都看不見。紙上有那麼些小小的提示、標記、暗示，比如箭頭什麼的，你要知道，這些是能看得見的。但是，最重要的東西，關鍵的東西是看不見的。意思是，東西在那兒，你卻看不見，你懂我的意思嗎？有那麼一天，我不知道是什麼時候，在另一個時代，這一切就都能看得見了。現在你別再問了，也別再說了，回家去吧。」

「你呢？」

「我也回家。」

告別時，他還不時地向我微笑著，然後把畫夾抱在胸前，離開了木屋。我凝視了他一會兒，看他走到起伏的沙丘上，先是躊躇著，然後弓著上身，急匆匆地朝前走去了。

外面淺灘上，潮水嘩啦嘩啦響。潮水越過水溝兩側的沙土堤，伸著舌尖一般的浪花，沖向光滑的淺灘，灌滿水坑和小渠；潮水淹沒了雜草和貝殼，把破木塊沖到岸上，抹去了海鳥的足跡，也抹去了我們留下的腳印。它一直向北，沖到岸邊，然後以更快的速度席捲了一片灰褐色的土地，一直延伸到半島。

沒有蝸牛殼了，現在去拾希爾克要的蝸牛殼已經為時太晚了。當我離開木屋時，布斯貝克博士已經走得看不見人影了。我穿過半島，沿著海灘，沿著一條彎月形的路斜對著不斷衝擊的海浪走著，一旦浪濤真的要越過堅硬的沙地向我沖來時，我可以躲過它。海灘。大海。但是我現在必須走到紅色的航標燈前，爬上斜坡，越過大壩，走到下面的磚石小路上，走過水閘和那釘在褪色木柱上的魯格布爾警察哨牌子。那輛陳舊的、沒有輪子的板車，我童年時藏身的地方，似乎在地裡陷得更深了，朝天豎著的車把已經發霉腐爛，露出一道道長長的裂紋；破爛不堪的車板中，有一塊已經完全斷裂了。

我走過板車，走過棚子，在石階前停了下來。我不得不站住，因為在我的前上方，父親正站在門框中，好像透過透鏡，至少放大了七公尺半——就像克拉斯被人用手推車推回來時那樣。父親站在那裡等候著。他堵住了一切去路，至少不能從他身邊繞過去。他紋風不動地向下看著我，也不往旁邊讓一讓，更沒有把手伸出來，乾癟的臉緊緊繃著，這樣一來，他的身軀似乎顯得更加高大、更帶有威脅性，使得我根本不敢抬頭看他一眼。我的眼睛看著下面，看著他那因潮溼而發白的鞋跟，看著那沾滿了泥土的鞋套，這種鞋套他不僅喜歡，而且愛穿。我注意到，他的鞋帶兩邊繫得一樣長、一樣整齊。他喜歡把鞋帶打成一模一樣的結，他也喜歡用這種使人難受的等待方式，讓自己的對手突然感到不安、痛苦和疑慮。在這樣的時刻，可別想有什麼好事。

這一回他聽到什麼風聲啦？我應該向他承認些什麼？我盯著那雙靴子，讓他對我保持沉默。他用沉默把我變得渺小而又聽話。當他把我融化得只有五分硬幣大小時，兩隻皮靴互相靠近，轉了四十五度角，讓人看到那雙舊靴子十分可笑的側面，也看到父親的側臉。他的背靠在右門柱上，不僅給我讓開了路，而且用這種姿態表示他要我進屋。我從他身旁經過，走進家門，站在走道上，聽他轉過身子。「到辦公室去。」他命令著。我在他前面走進了這窄小的辦公室，這就是說，要進行一場談話了。

開始，他只是端詳著我的臉，用他那藏在眼簾後面的目光牢牢盯著我。但這樣審視我顯然還不夠，他背靠窗台坐下，用試探的口氣說：「講吧！」

我應該怎樣去回答這樣一道命令呢？

「講吧，」他說：「開始講吧！我什麼也沒聽說呢。」

我已經明白，他指的是某個確定的問題，不過是什麼呢？「講吧！別裝模作樣，講吧！」那就是說我必須承認點什麼，對他來說，講就等於坦白。

「你知道的情況很多，」父親說：「你了解的情況比你對我說的要多。我想，我們兩人可是訂好了協定的！咱們倆，咱們倆不是要合作嗎？你怎麼啦？」

他站起身子，背著兩隻手慢慢向我踱過來，要發生什麼事已經可以預感到了，然而他猶豫著沒有打過來——打這一下，與其說是為了懲罰，還不如說是為了擺脫困境——他一直猶豫著，真使我感到意外。我父親當真認為，揍我一頓可以恢復和活躍我的記憶力。他心平氣和地回到椅子邊。

「你不是常在那邊嗎？」他說：「你整天都在布雷肯瓦爾夫遊蕩，什麼也躲不過你的眼睛，那你就說吧！」

既然他這樣堅持，於是我說：「昨天布雷肯瓦爾夫有點心，布斯貝克博士坐在陽光下看書，約塔和我爬到馬車上，就是你知道的那輛陳舊的、放在糧倉裡的馬車；約普斯特騎在一頭山羊上大發雷霆，把一根皮鞭都抽斷了。」我把我記憶中能夠搜尋到的一切沒有用處的東西都向他報告了：「獨臂郵差布羅德爾森來他們家喝茶，迪特吃過飯就睡覺了，我們把鴨子從池塘趕進了水溝裡。」

父親在聽這些無關緊要的事情時多有耐心啊！然後，他突然說：「你沒有忘記什麼吧？」

「是下雨嗎？」我問道。

「那個乾巴瘦老頭兒，」他說：「那個布斯貝克，他拿走了什麼東西，好像是個畫夾。他從家裡把這個東西拿出去了，拿到半島上去了，你正在那兒。要是你長了眼睛，你就能看見他。」

「喔，他呀，」我說：「是的，是他，他走過沙丘，」我說道：「相當匆忙，他要去木屋，接著就消失在木屋中，也許他要隱藏點什麼。」

「你這麼認為嗎？」他問道。

「他在木屋裡待了好久，」我說：「也許他把什麼藏在地板下面了。」

「藏在地板下面？」

「這是唯一可以藏東西的地方呀！」

父親沉默了一會兒，然後說：「禁令，這對他沒有任何意義，他一直在作畫，秘密地進行著。但是我得拿到證據，這一回可讓我抓住了。我要逮住他，或者是拿到他的作品，到那時，誰也幫不了他的忙。我要告訴他，禁令是為所有的人制定的，也是為他制定的。這是我的職責。你說在木屋中的地板下面？」

「可能是這樣，」我說：「這是唯一可以藏東西的地方。」

父親站起來，從我身邊經過走到窗戶旁。我完全猜得出，他在我的身後做些什麼，他好像拿著一把小刀刮鞋套上的乾土。我不敢轉過身子，我站在那裡，聽著身後的聲響，直到另一個更大的聲音從廚房傳來——是母親打開了收音機。

先是傳來一群蝗蟲飛過鐵皮的聲音，接著是哀號聲、口哨聲，然後好像有人在使用電鑽，然後是講話的聲音，一直聽不清楚，直到母親調準了波長；現在聲音清楚了，整個屋子都聽得見那平穩，甚至帶了幾分愉快的聲音。收音機裡廣播說：「義大利向我們宣戰了。」一個名叫維克多·埃曼努埃爾的皇家冒牌貨，和一個名叫巴多格里約的窩囊廢認為這樣做是對的。」播音員說：「我們不需要發愁，也不要對曾經是我們戰友的人感到失望。因為，」播音員說：「我們只有完全依靠自己才能向全世界顯示出我們的能力，只有擺脫那靠不住的夥伴，我們才能夠發揚蘊藏在我們身上的道德力量。」播音員就是這樣說的，這聲音聽來令人寬慰，充滿著自信，是那樣有把握。

「義大利……」父親說。我轉過身子。他站在窗戶旁，向窗外的泥煤塘望著。

「第一次世界大戰時如此，」他說：「現在又是這樣。義大利人就是這樣，就會跳塔蘭泰拉舞和抹髮油，別的什麼都不會。我們早該知道這一點。」

他伸直身子，挺起胸膛，兩手握拳，臂部繃緊，突然轉身，從我身旁走過，一眼也不看我。他來到走廊，穿整齊軍服，繫上腰帶、手槍，一個按規定武裝齊備的警察出現了。這時，他衝著廚房叫著：「回頭見！」可能因為我母親問他什麼時候回來吃飯，他又說：「一會兒，全都過一會兒。」他打開門，從車棚裡取出自行車，上了磚石小路，騎上車，向大壩蹬去。收音機裡播送著〈浴場邊的人〉。「去吧，」我心裡想：「去找吧！」

我也不餓，我也想像父親那樣等一會兒再吃飯，因為我得去磨房裡辦點事。但是，我還沒有走到走廊上，母親就叫道：「吃飯了，西吉，快來呀！」你們別以為我們家裡又要吃魚了，今天只有扁豆、梨子和馬鈴薯煮的一鍋湯，裡面沒有肉，只有豬肉皮。母親和我默默地相對坐著，希爾克還沒有回來。母親沉思地凝視著，嘴裡咬著馬鈴薯或梨子，她不用吹氣，因為她從來不怕燙嘴。她毫無興致地吃著，眼神直楞楞的，慢慢吞嚥著。她叉起一根扁豆，盯著看了半天，人們會以為這根扁豆的下場肯定不會太好，在如此懷疑地審視了半天之後，至少會給扔在盤子邊或者扔到水槽裡去，但是，她伸出長牙把扁豆從叉子上咬下來，嚼也不嚼，就用舌頭和上顎把它使勁壓碎，然後毫無表情地把那綠色的碎末吞了下去。要是我在吃飯時跟她說點什麼，她就專橫地指著我的盤子說：「你的任務在這兒，別說話，吃飯！」要是我吃得太快，她就警告我；要是我沒有胃口，她就威脅我。

我早就吃完了，但是她卻不讓我走開。她要我就待在她的身旁，命令我把桌子收拾一下，把用過的碗碟放進水槽裡，把剩下的飯菜放在保溫箱裡。她還要我擦桌子，而她自己卻漠然地坐在那裡，有時把牙齒磨得直響。我不想一直生氣下去，也還不想描寫她的後背：一個鼓鼓的大髮髻、滿是老人斑的長脖子、僵硬的脊背，叫人受不了的臀部。

我寧可讓那個大壩管理員布爾特約翰，那隻咯咯叫的老公雞出場。我曾親眼看到他身上佩戴著不只一個，而是同時佩戴著三個黨徽：襯衫上一個，上衣上一個，大衣上一個。他總是進了門才敲門。由於他總也分不清他那九個孩子，因此也就不可避免地每一次都用另外的名字來稱呼我。他叫我亨利希或者貝托爾德，或者赫爾曼，有時還叫我小阿斯姆斯，只要他經常照顧我的存錢筒，他怎麼叫我都無所謂。每次他跟我打招呼時，總給我一枚銀幣，還說：「向你的存錢筒致意！」

這一回他管我叫約瑟夫，拿著銀幣向我打了個招呼，還誇獎我在廚房裡幹得好。他不是坐，而是滾到椅子上去的。那張椅子對他來說太小，只坐得下他的半個屁股。他撫摩了一下母親的手，費勁地喘氣，似乎要把灌入肺部的風噴出來。他向我眨著眼睛，用眨眼來誇獎我在水槽、桌子和食品儲藏室之間的來回奔忙。我發現，母親從來不問客人來訪的原因，誰來了就來了。我從他在屋子裡四處張望的神態看出，布爾特約翰不是來看望我母親的。他終於問道：「嚴斯，他在嗎？」

母親搖了搖頭。大壩管理員把他肥胖的上半身彎向桌子說：「嚴斯得管這件事，他得進行干涉。」他低聲說著，他自稱在悄聲說話，其實在食品儲藏室裡也完全聽得清。

他看到了一些情況，必須報告，這才到這兒來了。他要報告中午在「淺灘一瞥」看到的情況：「古德隆，酒店裡別無他人，我在窗戶邊坐了一會兒，等著，我什麼也沒想，只是等著興納克，但他沒露面。……這時，我站了起來，在屋裡走了幾步，又喊了幾聲。你可以想像，總不能一個人自己去倒酒喝呀！我想，他們會以為我……怎麼能讓他們知道我來了呢？像這種時候，總有點不自在……你想想，他們準是認為我自己會在這段時間裡做些什麼。在『淺灘一瞥』的櫃台旁，有一架收音機，你知道吧，古德隆，我打開了收音機，一會兒收音機就熱了，突然，倫敦廣播電台播音了。這是他們方才收聽的電台，你懂嗎？倫敦電台。」

大壩管理員布爾特約翰看著我母親，大概希望從她臉上看到她讚賞的表情，至少表示他來報告這一發現是正確的。但是他一無所獲，我母親什麼也沒說，也沒把臉轉過來，只是直楞楞地看著窗外的秋色。她就這樣坐在桌旁，而布爾特約翰顯然在考慮，如何引起這位女士的關注。我看到這隻咯咯叫的公雞如何粗聲粗氣地呼吸著，又撫摩我母親的手，按她的右手臂，用更簡短的語言，更急迫地重複了一遍：「在『淺灘一瞥』，古德隆，你想像一下吧，嚴斯會關心這件事的。興納克偷聽敵台，我有證據。」

母親一動也不動。她讓他講完，然後從沉思中清醒了過來，抓住自己的髮髻，擺弄著，突然轉身命令我說：「回你的房間去吧，西吉，走吧，時間到了。」

我很不情願地離開食品儲藏室，磨蹭著，生氣地走到水槽邊，想把抹布擰乾，但她不讓我做，並不耐煩地說：「走吧，沒你的事了！」於是我把那油膩的、沾滿菜屑，還滴著水的抹布掛在水龍頭上，無聲地抗議著，表示自己的不滿。我一聲不響地把手伸給了母親，伸給了大壩管理人布爾特約翰，祝他們晚安。

為了向他們表示，我可以讓他們單獨在一起，便把廚房的門關上了，從外面的衣架上，拿起父親不是忘了就是不想拿的望遠鏡，一步一級地上樓，回到我的房間裡去。在那張摺疊桌上，在我自己的大海上，沒有什麼特殊情況。「斯皮伯爵」號最後要沉沒了，我把它與三艘英國巡洋艦集合在拉普拉塔海口；「斯皮」號確實沒救了，只好自己沉下海去，這場海戰的終局毫無疑問是這樣的。我走到窗前，坐在窗台上，黃昏還沒有降臨。

我們這裡秋天很長，春天很短。這沒完沒了的秋天呵！我從皮套中拿出望遠鏡，在暮色降臨之前把秋天納入這極為清晰的圓鏡片中。讓他們在樓下廚房裡談去吧！格呂澤魯普右邊又矮又細的樹木，奇形怪狀，被風吹得十分凌亂，已經變成了褐色。草地和一直延伸到胡蘇姆的樹籬還是綠色的，但也已微微露出黃褐色了。陰影籠罩的水溝呈鉛灰色。磚紅色總是擠進我的視野之中。我們這裡沒有山，沒有河流，沒有河岸，只有平原，綠色和黃色中鑲著長條的褐色。成排的楊樹，結著黑色的果實，被風颳進了水溝。所有這一切——大地、樹林、小花園，都染上了褐色，一條一條地，或者說，就像貯存太久的東西發霉了一般。

傍晚時安靜地站著的牲口，牠們有節奏地呼吸著，為了抵禦秋夜的寒冷，有幾條牲口已經被披上了帆布。我移動望遠鏡，沿著地平線巡視。老霍爾姆森天黑前在自己的蘋果園中摘蘋果。他站在摺疊梯上，搖晃著，搖晃得很厲害，我只能看到他的腰部，他的上半身幾乎完全鑽在仍然枝葉茂密的樹冠之中。「淺灘一瞥」的旗杆上飄著一面旗幟，這是興納克．廷姆森私人的旗幟，白底上有兩把交叉在一起的藍鑰匙。我的外祖父曾經不止一次地說過：鑰匙他是有的，就是缺少他可以打開的門。泥煤塘中，像軟木塊似的秧鳥在活動；在營養豐富的夏天，牠們吃夠了，現在胖得連頭也抬不起來。

我的磨房。望遠鏡把我帶到了我的隱蔽所，歪斜的圓形石板屋頂、八角形塔樓、仍然呈現出白色的窗框，上面最後一塊玻璃也碎了，連碎片也被風颳走了。我認出了窗上的厚紙片，我曾和克拉斯在紙片後面躺臥過，觀察穿皮大衣的人到來。他們在廚房裡爭吵嗎？收音機，我母親打開了收音機。

我又拿起放下了一會兒的望遠鏡，把鏡頭移到磨房處，這時，我看見他們正從門口走出來。我得承認，我馬上想到的是，畫家發現了我的隱蔽所、儲藏室、騎士畫、我收藏的鑰匙和鎖，當然還有那幅《穿紅大衣的男人》。我以為，他是偶然在磨房頂上發現這一切的，因此，和我姊姊走了上去，欣賞並清點我的收藏物。必要時，還要違反自己的意願讚賞一番。

我記得，我當時很害怕，怕他從釘子上取下貼著《穿紅大衣的男人》的防空簾子。但是，他腋下並沒有夾著什麼，手上也是空空的。他隨便地挽著姊姊的手臂，輕輕地推著她往前走著。他們在磨房裡幹什麼？希爾克默默地走上通往泥煤塘的那條路，腳還微微有點跛；他們在十字路口道別。他們分別前，腳步越放越慢，身子越靠越近，當他們停下時，兩人的肩膀還挨了一下，也許是畫家走過她身旁，猛地轉身時無意中碰了她一下。他好像要攔住希爾克的去路，但他並沒有伸出雙臂，而是捏住希爾克的手，抬到齊腹處，隨著自己說話的節奏抬起來放下去，抬起來又放下去，我猜想，他講了些鼓舞人心的話，表示同意的話，總之，是些簡短有力的話，比如：「考慮這件事。」或者是「我們就這麼進行吧。」等等。希爾克低垂著臉，什麼也沒說，她聽任畫家把她的雙手舉起又放下，以這種順從的態度來表達她心裡要講的話。

畫家出其不意地，不管怎麼說，使我驚異地突然放開她的手，不，他把她的手向下一甩，轉過身子，邁著沉重的腳步走去；不，簡直像帆船一般地向布雷肯瓦爾夫駛去，身子前傾，大衣鼓起。希爾克呢？她突然跳了起來，那隻劃破了的腳竟能做出大動作，她邊跳邊轉過身子，不斷招手，我得說，毫無用處，因為畫家一次也沒有回過頭，一次也沒有回頭向她招手。希爾克突然站住了，她沉思著，就像魯格布爾警察哨長那樣，臉上露出了明顯的沉思表情，突然轉回身子，跛著腳——現在她又跛著腳了——回到磨房去了。她在裡面待了一會兒就又挽著籃子出來了，隨即好像沒事一樣，以不可捉摸的愉悅心情向魯格布爾走來。她還沒有忘記招手，在水閘旁，最後一次機械地向空中揮了那麼一下，就跳到磚石小路上，這時，她又突然感到自己的腳是劃了一道傷口的。

她發現我在窗戶旁，向我做了個威脅的手勢。我也向她做了個手勢，發出信號說：有客人！

廚房裡有客人！她對這個信號不感興趣，笑咪咪地走上台階，臨進屋之前，把頭髮向後一甩。這時，我已跳到門邊，擺好偷聽的姿勢。希爾克大笑起來，因為大壩管理員布爾特約翰真的打了她一下屁股，向她致意，這是我們這個地方的習慣。希爾克並沒有從碗櫥裡拿出盤子來，這就是說，她沒有胃口。她走進食品儲藏室，把給魚開膛、撒鹽的任務留給了父親。她匆匆忙忙地離開了廚房，但是還沒有向大家道晚安。

我聽見她向我這兒走來，便趕緊溜到桌子邊，彎腰看我那「斯皮伯爵」號裝甲巡洋艦的沉沒，等待著她的到來。「仗打贏了嗎？」她進門時問道。我說：「船已經壞了。」儘管她腳上有傷口，但走路仍不帶聲響，她用一隻胳膊摟著我的肩膀，彎腰看著拉普拉塔海口的戰事，伸出食指刮我的脖子，計算著我對她的情況知道多少。也可能她在想，為小心起見，得對我好一點，因為這無論如何是沒有壞處的。她不問蝸牛殼的事情。她刮我的脖子，撫摩我的後腦勺，下巴放在我的肩膀上，好像沉浸在夢幻之中，不，不是那麼回事，因為牆上的鏡子照出了她那雙斜著試探的眼睛，一下子就看出她表裡不一。

「你猜不出我現在想幹什麼？」她說。

「你想幹什麼？」

「抽煙！」

「抽煙？」

「我想抽煙，」她說：「我們可以馬上把煙排出去，母親肯定不會發現。」

姊姊從四支裝的小煙盒中抽出一支來——我不知道她是從哪兒找來的——把煙盒放在海圖上亞速群島的北邊。我搖了搖頭，把香煙向她推了過去，可是希爾克舉起雙手拒絕，強迫我把香煙拿起來。我把煙盒拿回來，往自己嘴裡塞了一支。她走到門口聽了聽樓下的動靜後，也在自己嘴裡塞了一支。

我們倆坐到我的床上抽起煙來。起先，我們慌慌張張地抽著，更注意點燃的煙頭，而不是藍白色的煙霧。直到我們彼此把煙霧向對方臉上噴去時，才發現了種種花樣，比如海牛、捲毛羊和樹冠，從我們嘴中吹出來的煙霧滾動著，飄浮著，慢慢散開，又聚在一起，變成一團，在希爾克和我之間升起了藍白色的小鹿、流動的航標、羊群；還出現了一張臉孔，一張激動的、喜怒無常的由煙霧織成的臉，當時，我找不到相似的東西來比喻。

我們吹出樹木、拖船。我成功地把我們呼出的煙柱吹出了一艘航行中的三桅船。我們坐在床上抽著煙，真是愜意。

我們誰也沒有咳嗽。只是當我打開窗戶，用一隻襪子在頭上揮舞當作吹風機，把煙霧往外搧時，希爾克走到廁所去嘔吐起來。她不一會兒就回來了，坐下來，用手臂擦著嘴唇，小心翼翼地拉出一絲口水，直到它斷了。我把煙頭扔到窗外，關上窗。當我聽到姊姊在那裡笑時，我感到很驚訝。

「你為什麼笑？」我問道。

「呵，西吉，」她說：「如果他們發現了，他們會對我們怎樣呢？」

「掐死我們嗎？」我問道。

「不，是揍死。」她說。她還說：「今天你可是什麼也不知道，聽見嗎？你什麼也沒看見！」

她在我床上伸展四肢躺下來，翻過身子趴著，放鬆全身的肌肉。我先讓她平穩地呼吸了幾下，讓她在我的床上舒展舒展，當她快睡著時，我問道：「在磨房裡是怎麼回事？你們在磨房裡幹什麼？」

她好像聽不懂我的問題，我得把問題提得更尖銳一點。我想要讓她緊張一下；她的身子在抖動，心裡在打鼓。她一躍而起，彎著身子，向我撲來，她臉上同時露出了恐懼與憤怒。「你千萬別洩漏！」她說：「你用望遠鏡觀察我！我什麼也沒幹！」她的聲音太大了一點：「在磨房裡什麼也沒幹，你懂我的話嗎？我們在那裡碰見了，像平常碰見那樣。」

「上面呢？」我問道。

當她莫名其妙地看著我時，我滿意了，並安慰她說：「我什麼也沒看見。」

姊姊如釋重負地倒在床上，把臉埋進枕頭裡，可笑地想要抱住整個床墊。我想像她已經死了，開始更加仔細地觀察著她，沉重、光滑的原色木項鍊，鎖骨旁觸目的凹陷處，手肘上極為粗糙、滿是皺摺的皮膚。她的手無可指摘，很正常，但是耳根卻有很多皺紋，脊椎骨也嫌太長。我摸了一下她被胸罩勒進背上肉裡的地方，沒有繼續碰她，儘管我很想把她的脊椎骨數一數、敲一敲，聽聽它們的聲響。這時，我想起了阿迪，那個有耐心的手風琴手。

我小心翼翼地把姊姊推到一邊，她很不情願地把自己暖和的身體從床的中間挪開，把位置讓給了我。我覺得她動作太慢，她睡意太濃了。「這可是我的床呀，如果你不給我騰出地方，那你就走吧。」我說著在她身邊躺下，卻不料感到一陣陣的暈眩。飛行的海牛、航標、羊群開始在我的周圍轉動，一直重複著同樣的畫面。我緊挨著希爾克，動手打綿羊群，這時，我聽見有人在叫我的名字。很輕，在很遠的地方，有人在叫我，又叫了一聲：「西吉下來，西吉！」希爾克爬了起來，神態呆滯，低頭坐在那兒，蓋住她臉的長髮，使她看起來像一個拖把。「父親在叫你。」她說：「他回來了。」

就在這時，我聽見父親在下面叫道：「馬上下來，西吉！」我感到很無奈，他現在相當生氣，如果我猶豫、不服從他的命令，就會更加激怒他。於是我從床上爬起來，讓希爾克幫我重新站穩，把我送出房門，甚至一直送到樓梯口。

父親又叫了：「要我接你嗎，西吉？」我覺得他的聲音聽來很急迫，但還沒有發怒。我回答說：「我下來了！」我一腳輕一腳重地下了樓梯，逕直向他走去。

他站在那裡等我，嘴角微微露出些不愉快的表情，向我伸出一隻手，把我從最後一級上拽下去，用他那人們相當熟悉的動作把我拽下去，隨即走過走廊，進了他那間巴掌大的辦公室——又要談正經事了。我仍然感到暈眩，但是還受得了，我的周圍不再有什麼東西在轉動，我覺得，如果這時有人要求我，我可以踩著一條地板縫筆直地走。難道他要我做這類事嗎？

父親把我拽到書桌旁，使我驚訝的是，他讚許地看了我半天，又稱讚地拍拍我的肩膀，我開始警覺起來。他還說：「幹得好，西吉！監視得好！」

這時我不安起來，由於突然產生的懷疑，使我感到恐懼。我沒法若無其事地站在他的面前，於是，我把身子扭到一邊，向前傾著，想透過他叉在腰上的胳膊所形成的三角形來觀察書桌上的一切。

「你幹得真好，西吉。」我父親說。

我立即就感到害怕了：「什麼？什麼幹得好？」

父親向窗前跨了一步，讓我看清書桌上的一切，甚至指著桌子上的那堆東西說：「你沒看見嗎？」

我當然看見了，他根本就不用告訴我那綠褐色、油光閃亮的油紙裡包著些什麼東西。我覺得什麼話都不用說了。

「在小屋裡，」他說：「半島上，就是你說的地方，在地板下面。」

我走到書桌前，摸了摸油紙，冰涼而又光滑。我兩手拿著夾子，有趣地掂量了幾下。

「我用鑿子撬開了地板，鑿子就放在旁邊。」父親說。

我問道：「那兒沒人嗎？」

「沒見到任何人。」

「布斯貝克博士也不在？」

「布斯貝克也不在。」

「是新藏進去的東西嗎？」

「什麼叫新藏進去的？」他說：「窩裡面有鳥，這是主要的。」

他從我手上把畫夾拿了過去，放在書桌上，用食指指著它，命令我打開畫夾。我猶豫著，又想打開、又不願意。

「動手吧，」他說：「你幫了大忙，因此，你可以親自把紙包打開。」

他遞過來一把已經打開的牛角把的刀，放在塗蠟的繩子上。我根本沒想為給自己保存一根完好的繩子而去把它解開，我用刀子猛地一割，繩子嘣的一聲斷了。

「現在把紙打開吧，」他說：「漂亮的油紙。」

我順從地打開油紙，拿出畫夾，念著夾子上用工整的字體寫著的字：看不見的圖畫。

「打開吧，」父親說：「我們得看看他都畫了些什麼。」

他點燃煙斗，一隻腳踩在椅子上，手肘撐在膝蓋上。警察哨長擺出一副小憩的姿態來欣賞這些畫。我想起了布斯貝克博士，想起了我們在小屋相遇，想起了那些我認為他對看不見的圖畫所作的不充分的解釋：關鍵的東西，他說，是看不見的。但是，什麼是關鍵的東西？

「動手啊，」父親說：「打開吧。」

現在我該怎樣描寫這些看不見的圖畫呢？馬克斯・南森曾經說過，這些畫包含著他想表達的關於這個時代的一切，因為它們坦率地說出了他畢生所經歷體驗的一切。這一切最後把什麼刻在他的心上，他又如何在不能作畫、憂愁煩悶和偶然露出光明的時刻表現這一切的？應該怎樣去描寫和觀看他的《看不見的圖畫》呢？就算是看得見的圖畫，要像畫家有這種表現能力，也是很不容易的。他的眼睛審視過應該審視的一切，他的手略掉了一切多餘的筆墨。我想，我總得透過這些看不見的圖畫表達點什麼的。

父親抖著腿：「打開！」他粗暴地命令我，用舌頭彈了一聲響：「打開呀！」

我按照他規定的節奏，一張一張地翻開，又按照他簡短的揮手動作，一張一張地放在一邊。我說不清為什麼他看每張畫的時間長短不一。畫紙上只看得出必要的幾筆，我覺得上面只有全部作品的七分之一，餘下的，必須這樣說，餘下的大部分是看不見的。難道畫家有什麼新發明？難道這些記號、暗示，和像布斯貝克博士說的箭頭等等，能使他把隱去的部分重新躍然紙上嗎？難道他的另一雙眼睛能幫助他填滿這些空間嗎？難道他認為他所省去的一切也不安全嗎？我只看到我所看到的，過去和現在都不想看到任何其他的。

當時我看到一個水車輪子，看到它在打水，嘎嘎地轉動著，一股黑色的水流沒有界限，上面沒有天空，人們只能去胡亂猜想那些看不見的東西。另一張紙上只畫著一個老年人的一對眼睛，沒有沉思時的愉快，也不準備回答問題。這雙眼睛使人聯想到他對面站著一個大光其火的人，並和他意見不一。對面這個看不見的人在期待著什麼，什麼都可能，唯獨不會遷就。再看這畫了一半的向日葵：軟綿綿地垂掛著的土色葵花瓜子盤，彎曲的莖稈上沒有一片葉子，一圈黃花被風吹得零零落落，但還不斷閃爍發光。要是畫家不把那六分之五的畫紙空出來，人們會輕率地把它與《秋》或《暮色》聯繫起來。再說這棵樹，不，不是樹，只是一個樹幹，嫁接處的樹皮張開了，一束引入注目的光芒落在這個地方，這使我想起種種不同的褐色。毫無疑問，關於被隱去的東西可以講出一段故事來。

父親並沒有不耐煩，也不催我快翻。他不說話，也不讓我透過他的手勢或臉上的表情去猜測這些看不見的圖畫在他心中引起的感想。

下一張畫的是一把北德雕花椅的靠背，上面卍字比星星多，還有粗糙的玫瑰花，許多斷了的半環，到處都是花紋，隱去的好像是一個北德人的屁股坐在上面。再看這件掛在釘子上的衣服，顯然是一件撕破了的制服上衣，滿是窟窿、骯髒的斑點和撕裂的破洞，或者反過來，窟窿和撕裂的破洞在盯著看畫的人。這件上衣身不由己地成為一個見證人，是某個人的一件紀念品：這個窟窿是逃跑時留下的彈痕，這個撕裂的破洞是鑽過一個普通鐵絲網時留下的。

隱去的部分還有什麼更多的意義嗎？還有這條飛躍的魚，透明，像一根鞭鞘一樣漂亮地彎曲著；還有這三角點，一個三角形的木架，與平面並不相容；還有這扔向天空的舊式鐵錨，鐵鏈生鏽了，被風吹動著，搖擺著垂向地面；還有那向下墜落的燕子，就像兩支在燃燒的箭，在尋找自己的目的地，也找到了自己的目的地；還有被一陣風暴吹得紛飛的乾草堆，被吹向想像得出的草地；還有那雪中的足跡，黑色的，不知從何處而來，因為每隻腳印都停在原地；還有用一根繩子捆住的水罐；向後仰的婦女的頭，嘴張開著準備呼叫，但是沒有人聽到她的呼聲；還有單桅船上的索具彎曲的影子，可以想像這艘船擱淺了；還有那繞成圈的繩子，可以捆許多東西。我也不能忘記那藍色的柵欄木條，只有五根或三根，釘在一條骯髒的橫杆上，前後什麼都沒有，也沒有人，只有一點橄欖綠的背景，在這背景上還有一點小小的、紅色的火花。

我正拿起這張藍色柵欄木條畫——如同其他的畫一樣，它只表達了一點點意思——的時候，父親突然抓住了我的手腕，把我拉到他身旁說：「你為什麼這樣發抖？像你這樣的年紀是沒有理由發抖的！」

「我不知道，」我說：「我不覺得我在發抖。」

「只要不是因為這些畫就行。」父親說。他把腳從椅子上抽了回來，把身子轉向窗戶。他說：「居然把這些東西叫作畫，還有人把這些畫掛起來，整天看著它。看不見的圖畫，別讓我笑話啦！」

他盯著書桌上的畫夾，猜疑、指責，不是懷著勝利，而是懷著越來越失望的情緒。他臉上出現了疑惑不解的神情，他帶著這種神情在辦公室踱來踱去，凝視著牆上的照片許久許久，似乎要徵詢他們的意見並證實自己的想法。隨後他輕蔑地笑著，招手叫我過去，用他那無所不知的食指指著我，說：「我們可別上這個當，我們別上當！西吉。」

我對他的話十分驚異，牢牢地盯著他的食指。

父親說：「他想用這些玩意兒讓我們上當！他的畫我見過，這些東西不過是企圖轉移我們注意力的誘餌，沒錯。這是詭計，如此而已！」

他使勁地把畫夾扔到油紙中，打開書桌抽屜，把這些畫扔了進去。然後說：「要是他現在認為我已經滿意了，那他就搞錯了。他既然給我找了這麼多的麻煩，那麼，現在我要加緊監視他了。他應該知道，跟一個格呂澤魯普人打交道時，應該做什麼，不應該做什麼。這些玩意兒連讓我轉送到胡蘇姆去的資格都不夠，他們見了只會搖頭。」

「要我把它送回去嗎？」我問道。

「這不占什麼空間，」他說：「就把它放在抽屜裡。但是，你為什麼要發抖？你一直抖個不停。不舒服嗎？」

第十二章　放大鏡底下

在我這種情況下，僅僅為了回憶，在我寫懲罰性作文時應達到頂峰的回憶，要四十支香煙，總不能拒絕吧。這時，馬肯羅特來了，他踮著腳尖走進我的牢房，一副病厭厭的樣子，至少給人的印象是虛弱，還沒有完全退燒。當我拍掉他在公共廁所牆上沾上的石灰時，他微微有些搖晃。我們這裡的牆大多容易掉灰。

我們默默地握手。他對我的作文篇幅做出了一個讚賞的手勢，然後把那可以說是精巧的心理學家的腦袋轉向窗戶。他眼望窗外，冬天又一次來到易北河，他顯然對這番景色有話想說，卻又嚥了下去，只是向我轉達了希姆佩爾院長對我的問候。

馬肯羅特差不多和院長交上了朋友。希姆佩爾收到了我給他的信，當時他，沃爾夫岡．馬肯羅特也在場，院長打開信，瀏覽了一遍，坐下，又讀了一遍，然後說：「必要的強制，必要的教育強制。」他既沒有暴跳如雷，也沒有用唱歌使怒火冷卻下來，而是在屋子裡——這都是根據馬肯羅特所述——沉思著轉了幾圈。圈子越轉越小，慢慢地一個好主意形成了。他回到書桌旁說：「透過強制也已經收到了良好的效果。」他沒談我的信的內容。我已經知道，他同意我繼續寫作文的要求，即使寫到三聖王降臨那一天也可以。

我只能請沃爾夫岡·馬肯羅特坐在我的床沿上，但是他不願坐下來，因為他不想待在這兒，他想回家，想回到大陸上去，回到阿爾托納他那個家具齊全的房間裡去，如他所說，那裡已經準備好了八瓶啤酒，能使他睡上十五個小時的好覺。他覺得自己已經工作過度，筋疲力竭，他用手輕輕敲敲自己的後背說：「體力不行了。」

我問他是否還幫助他的女房東、北德平衡木冠軍進行家庭訓練，糾正她的姿勢？是的，他還在做，但是他現在不想談這個。他是否還在應她的丈夫——一個起重機手——的請求，每星期五幫他藏起二十馬克，以備星期日早晨把它花掉？是的，他還在做，但是更多的情況，他現在不想說。

於是問題來了，他既然已經如此筋疲力竭，什麼也不想說，那他到底為什麼來這裡？沃爾夫岡·馬肯羅特以自己特有的敏感，對這個沒有講出來但必定會產生的問題，用自己的方式作出了回答：他躊躇著，把手伸進上衣的內袋，拿出一份摺好的稿紙，放在我的枕頭上，壓上兩包香煙，然後，衝著香煙和稿紙做了一個邀請的動作，那意思是說：請隨意使用。總之，他不想花力氣把他帶來的這些玩意兒塞進那灰色的、硬梆梆的、晚上蓋在身上就使人發癢的毯子裡去。這種粗心大意表明，他的確已經「體力不行了」。他不再說什麼，疲憊不堪地朝我笑著，敲了一下我的手背。這是他的告別。馬肯羅特可以這樣，但他並非一向如此。

即使您已經知道，我也必須提一提，放在我枕頭上的稿子，就是他的學士論文的一部分〈藝術與犯罪，西吉·耶案的剖析〉。這一章沒有標數字，標題頗有啟發性，開門見山：〈B·少年時期與周圍環境的影響〉。這就是說，他又在期待著我的評語，想知道我對自己是否滿意。他把一個名叫西吉·耶普森的小夥子放在他的科學放大鏡下面。現在，我也得用用這個放大鏡，直到我們其中的一個在聚集的光線照射之下化為一陣煙。現在我應該怎麼辦？他期待我提出改進建議嗎？讓我表示同意或拒絕？我拿起稿子，點燃了一支香煙。

我讀著這篇文章來了解我自己：

……他是農村警察奧勒·耶普森的第三個、也是最小的孩子。他的故鄉是魯格布爾，德國最北部格呂澤魯普旁邊的一個小地方，離丹麥邊境不遠。西吉——他確切的名字應該是西格弗里特·凱·約翰內斯——的母親，娘家是自耕農，幾百年來就耕種自己的土地，父親的祖輩主要是——主要是！——小商人、手工業者和低階職員。家裡的一切都井井有條，他就在這個生活無虞的環境中成長，成長階段都很正常！他和父親比較親近，對母親則懷著羞怯的愛。由於哥哥和姊姊——克拉斯和希爾克——比他年紀大得多，不能成為他的玩伴，使得這個男孩另闢了他自己豐富多采、生動活潑的遊戲天地。據他母親說，當時他主要與兩個孩子一起玩耍，一個名叫卡埃斯，另一個名叫普希。他們在一起有過歡樂，也有過恐懼。筆者曾到魯格布爾，和那裡的人談過話。

孩童時代的他，與外界的關係沒有受到什麼干擾。根據各方面的反映判斷，這一段時期的活動，對他並沒有明顯的影響。他的父母和幾位鄰居認為，本文剖析對象在上小學以前給人的印象是：謙虛、安詳、不引人注意，頗受大家的喜愛。有幾個受訪者特別記得他「病態般地」愛乾淨，以及探索問題的頑強精神。據說他曾問一些問題，把大人們弄得窘迫不堪。此外，人們還強調說，他很小就富有正義感，尤其表現在分配食品方面。這樣看來，一位年長的鄰居所作出的判斷顯然是錯誤的，他說，西吉從小就有惡作劇和盲目占有的傾向，而且行為誇張。

根據大多數人的說法，西吉．耶普森從上學的第一天起，就是班上最優秀的學生；有很長一段時間，學校對他來說，是與歡樂聯結在一起的，他常常在上課前一小時就坐在教室裡了。他的父母也證實說，早上他從來就不需要別人去叫醒他；暑假對他來說總嫌太長。他的老師稱他為「成熟的孩子」，因為西吉．耶普森不僅不會和同班同學一起胡鬧，而且常常用富於想像的方法，制止他們胡鬧。在學校多次的考評中，他時常獲得誇獎與表揚；他當年的同學則稱讚他有團隊精神，因為他會把作業給夥伴照抄。他總是第一個做完學校作業的。

由於老師的介紹，這個孩子經常參與漢堡廣播電台的兒童節目。電台女編輯認為，西吉在《孩子們眼裡的世界》和《兒童的問答》這些廣播節目中給人留下了深刻的印象，得過多次獎勵。除宗教課以外，他在各門功課都顯示出有發展潛力。他的老師特別指出他在繪畫與德語方面有特殊才能，並且指出，他曾有幾篇文章在學校被公開朗讀過，他的特長是描述美術作品。他對畫家保羅．弗萊茵胡斯所畫的一艘遇難船隻的描述，獲得很大讚賞，文章還被送到基爾州政府的有關部門。後來，西吉．耶普森在格呂澤魯普的文科中學不再是班上最優秀的學生，那是因為他開始在校外發揮他的特長和積極性。關於這一點，下文還要詳述。與此有關、必須強調的是他的判斷能力、他的固執，以及他那種富於創意的藝術感。

綜上所述，證明以下假設是正確的，即：西吉．耶普森早年脫離社會常規的原因，唯有從他的才能中去探討。一個團體由於不斷受到這個局外人的挑戰、威脅或干擾，就以全部注意力去注意他、猜疑他，最後甚至懷著仇視的心理對他進行迫害。

對於這一點，本文分析對象在自己被樹立為同學們的模範與榜樣時，便深切的感受到：越是經常這樣，他就越是感到被孤立。在做作業時，別人期待得到他的幫助，但下課後，同學們仍然明顯地蔑視他。他的家人回憶說，他有時會遠離同學，躲藏起來，直到天黑才回家。這個孩子在學校與別人格格不入，正和他在家中的地位符合：由於他的兄姊都已成年，加上父母承擔的責任越來越重，不僅對他缺乏照顧，更常把他當成年人看待，使他成為各種談判、爭吵、警察任務和某些案件的目擊者。

西吉．耶普森的獨立性，表現在他父親給他的建議和協助，他都不接受；或者，如果他認為自己是正確的話，就暗中加以破壞。如果他認為自己該受處罰，他不僅不為難處罰他的人，而且勇於認錯，自願受罰。這孩子過早形成的獨立性，不僅由於當時正逢戰時，父親沒有餘力對他進行教育，更因為他本身就具備那種獨立行事的特質。經多方證實，西吉和兄姊關係親密，他信任他們，願意無條件地為他們效勞。也許正是由於他與成年兄姊之間的親密關係，使得他把其他成年人也視作自己的同儕，而與他們交往。

可是這些並沒有說明畫家馬克斯．南森與西吉之間的關係。他的父母講不出所以然來，事後也莫名其妙。根據詳盡的調查得知，他們的友誼形成於南森創作他那幅名作《小馬與暴風雨》時期。起初，西吉只是為畫家幫些小忙，其餘時間則沉默地觀察這幅畫的誕生。鄰居們驚訝地指出，迄今為止，有人在場時，畫家總是拒絕進行創作，總是以粗暴態度來對待那些參觀者；但是他不僅容忍西吉經常待在他身邊，後來，如果西吉沒有出現，還要四處去尋找他。人們常常看見他們倆手拉著手。

本文剖析對象的父親沒有理由反對這種關係，因為他和南森都是格呂澤魯普人，從少年時期，彼此就保持著友好關係。且西吉．耶普森和他的哥哥克拉斯，以及姊姊希爾克，都曾經是畫家的模特兒。西吉．耶普森當過兩次，一次是小怪物，一次是稻草鬼的兒子。這兩張畫上的鬼怪都很和善，甚至給人一種樂於與之交往的印象。南森還為西吉．耶普森創作了一組童話，其中每一種色彩都敘述自己誕生的故事。此外，有一篇尚未完成的題為〈學會觀察〉的文章，也是畫家要贈給西吉．耶普森的。有時，畫家會帶一些畫紙和顏料給他，在畫家解釋了自己的構思之後，兩人一起競賽繪畫，因此，鄰居有時會看見他們在一起創作。

為了逃避班上同學的欺負，這個孩子經常躲藏在畫家的畫室裡。有一次，他在那裡待了一整夜，肆意塗改了《來自哈城的尼娜．奧》這幅畫，因為他受不了畫中人紫色的衣裙，把它改成了綠色。也因此，他一度不被允許進入畫家的畫室。

不是改成綠色，沃爾夫岡．馬肯羅特，而是改成了黃色；至少在色彩問題上我們要準確，就

我來說，其餘的一切，您盡可以大膽地為您的學術論文去進行選擇。

在一處隱藏所，西吉收集並展出騎士畫的複製品。他異乎尋常的收集癖原因何在，在此無肯定的答案，也許是他無意識地與畫家展開競賽的一種表現。他同樣熱中於——當然是非常內行地——收集鑰匙和鎖。此事被披露之後，有些人因此找到了鑰匙莫名其妙丟失的原因；格呂澤魯普的故鄉博物館也同樣找到了偷鎖和鑰匙的小偷蹤跡。他們認為西吉．耶普森的幾次這類偷竊行為是情有可原的。

在戰爭最後的幾年裡，畫家馬克斯．南森收到了禁止繪畫的命令。農村警察耶普森不僅是這項禁令的傳達者，也是監督執行人。在這種情況下，本文分析對象被迫陷於情與理的矛盾之中。父親讓他充當通風報信的人，而畫家有時卻把搶救圖畫的任務託付給他。這個孩子以此證明：他了解在那個時代必須採取的態度。

這句話可以換一種方式來表達。

此外，西吉的家庭發生了分裂，使他感到非常痛苦：他的哥哥克拉斯在自殘之後，從軍醫院逃出，卻被母親趕了出去；在重傷的情況下，又被父親交給了當局。由此而產生的後果，即是西吉．耶普森疏遠了他的父母。也許在這個時候，西吉．耶普森認為，他缺少父母的愛。

現在唱起溫柔家庭的歌兒來了。

他孑然一身，沒有愛，在那個沒有個人價值的時代裡**瞧他說的！**成長起來，他必須累積經驗，但沒有一個孩子能不受害而獲得這些經驗的。當時正逢戰時，即使西吉．耶普森沒有受到戰爭的直接影響，較之其他同年齡的孩子，卻也更強烈地感受到它的後果，包括消費品供應短缺，乃至死亡的經驗。使這位敏感而細心的觀察家考慮最多，並且——我們可以在這裡預先指出這一點——最感痛苦的，莫過於父親和畫家馬克斯．南森之間的關係起了變化。

就到這兒，謝天謝地，就讀到這兒吧，四十支香煙的代價早就不夠了。沃爾夫岡．馬肯羅特關於我的描寫是對的。對此，我不想再多說什麼，再多講也不是我的事。這也是對的：他可以以我為起點，在已開出的路上繼續走下去，這對誰都沒有壞處。只是如果有人問起這裡提到的地點和人物，想找到他們，打算和他們打打交道，那我就得奉勸他再多了解些情況，聽聽其他的聲音，讀讀其他的描寫，比如關於雲的形成，成列的鸛鳥，關於我們的記憶和我們的仇恨，我們這裡的婚禮和冬天。讓他把我放在放大鏡下；讓他到魯格布爾去，進行任何可能的調查；讓他把所了解到的細節收集起來，編上號碼，用他的科學之針串在一起；讓他將我的過去熬成濃湯，再讓它凝固起來，用這道菜來通過一切考試，但是，他幫不了我的忙。

我知道他想贏得什麼，但是，他幫不了我的忙，我不會認可的。他用說的當然容易，一下子就把故事講完了，只是，事情並沒有結束，還在進行中。我想把這一切再敘述一遍，用另外的方式加以敘述。我得繼續寫下去，哪怕是年復一年地寫下去，還有許多東西在等著我寫呢。只要用光束回頭照一下，就可以看到有哪些東西在等著我去寫，比如：和平的時刻在等著我，但是，在和平時期開始之前，還得過一個冬天，一個北德的冬天。屋頂上覆蓋著一層薄薄的、已經開始融化的白雪，滿溢的溝渠、潮溼的風、鬆動了磚塊，使壁紙和牆壁分離，鼓了起來。還有這樣一個冬天。

雪和雨不停地下著，沒有鋪上石子的路開始鬆軟了，被水淹沒。逐漸上漲的黑水的反抗力量太大，水閘閘門開不了了。溝渠中突然出現一股洪水，枯死的岸邊小草像一面扇子般在水中浮動。牧場上沒有一頭牲畜，水珠在電線上滾動並滴落下來。如果雪裡有腳印足跡，也幾乎保持不了半天。彎曲的樹木呈黑色，海灘荒涼，北海陰沉。只要可以不出門，誰也不會出大門一步。門廊裡擺著潮溼、補過的雨鞋，誰想出門，首先得跳過由簷槽中流下的水珠門簾。深紅和灰白色的牆皮從牆上剝落，窗玻璃整天蒙著一層水氣。這是迪特患病的那個冬天。

人們都在議論她的病情，或者暗示、或者用手捂著嘴。我所聽到的一切是，畫家的妻子患口渴病，嘴裡像火燒一般——我不明白的是，這究竟是疾病的一種症狀呢，還是它本身就是一種病？在那個冬天，她大口大口地喝紫丁香汁和茶。她喝水，喝麥芽咖啡、牛奶和魚湯。每一個罐子、每一個容器，只要裡面有水，她就貪婪地放在嘴邊。要是有人制止她，她就嘆著氣說：我要燒死了，我要燒死了！只要是液體的東西，她都想要喝下去。她穿著長長的粗布連身衣裙，仰著頭，在布雷肯瓦爾夫搜尋一切可以喝的東西，就連裝雨水的桶子她也不肯放過。這無節制的、盲目的乾渴，似乎早已表現在她的臉上了——我覺得，她那披著灰色頭髮、美麗瘦削的臉顯得浮腫，並且在發燒。

格里普醫生被請來了，他拖著那只滿是裂紋、有一把老式鎖的皮包來到了布雷肯瓦爾夫，他先單獨和迪特交談，後來又允許畫家在場。約塔和我走過變得軟綿綿的草場，到格呂澤魯普的藥店，根據醫生開的藥方，取回了藥水和藥片。她喝下藥水後，卻又引起了一陣新的乾渴。她閉著眼睛說：「還要喝！」把送下藥片的那半杯水喝光後，隨即又從裝洗臉水的水罐中倒了滿滿一杯，一飲而盡。畫家言語不多，總是讓她喝，一直看著她。他的眼珠似乎變小了，圓圓的，十分犀利。這段時間，他總是待在迪特的身邊；要是他必須走開，他就給特奧．布斯貝克一個眼色，讓他來注意照顧迪特。約普斯特修好了一個破舊的留聲機，但現在醫生不讓他使用；長得豐滿些的約塔——她每逢冬天都如此——也被禁止在病房旁邊練習舞步。

據我所知，格里普醫生最擔憂的是，這無休無止的乾渴晚上也不停止。有好幾次，洗臉架上的水被喝光了，迪特就下床，摸到廚房或食品儲藏室去找水喝。醫生給她打了幾針，但這也只是引起一陣陣新的乾渴。當她的體溫越來越高時，格里普醫生讓她臥床休息。病人坐在床上，卻並不放鬆，她痙攣地靠著枕頭，灰色的眼睛盯著門口，好像在諦聽著並非出現在這個房間，而是在遠方，在過去或未來的聲音。有時，如果有客人來探望她，捏住她那瘦削的手，向她點頭，我就覺得自己聽到一種沙沙的聲響。這聲音比雨聲輕細，比雪片柔和，好像是有道光線在窗戶旁沙沙走過。

特奧．布斯貝克始終坐在床頭，穿得整整齊齊，忠心耿耿地坐在那裡。如有需要，他就拍一拍枕頭。只要病人需要，他就把冰涼的果汁取來。當病人喃喃地要求什麼的時候，似乎只有他明白她的喃喃細語。就是畫家也不及特奧．布斯貝克了解得那樣快。要是人們注視他久一些，就會發現，他給人一種心不在焉、漠不關心的印象，也許他故意裝出這種模樣，以便能更專注於迪特的每個動作反應與需求。有一次我看到畫家把一隻手放在布斯貝克的肩上，輕輕地拍著，不是因為感激他，多半是為了安慰他。我覺得，布斯貝克比畫家更需要安慰。

一天傍晚，一直慷慨地診斷出迪特患幾種疾病以供選擇的格里普醫生明確指出，迪特患有肺炎；自然他也不想否認，除此以外，她還患著另一種病，但是，她那枯瘦的軀體正承受著肺炎的痛苦，這一點，他是可以保證的。他甚至可以講出迪特患肺炎的原因。他說迪特一定是晚上赤腳走在屋裡的石板地上找水喝的時候得病的，因此他以肺炎來為她進行治療，不准她起床。迪特一直遵守著他的規定，直到有一次她從床上下來，從五斗櫃裡拿出一件自己縫製的屍衣，一根繡花腰帶和一個沒有裝飾的銀手鐲——這是畫家為他們的訂婚禮自己製作的。她把這些東西整齊而醒目地放在一張凳子上，並堅持要把凳子放在自己的身旁。

據說有一天夜裡，畫家來到了病房，觀察著自己的妻子許久。他走出病房一會兒，又帶著速寫本和炭筆走了進來。這件事我並不清楚，但我認為是可能的。那年冬天，他曾經給迪特畫過兩張肖像，那是肯定的，但究竟他是憑記憶還是在病床邊畫的，那我就說不確定了。總之，這兩張畫像後來收集在獻給特奧．布斯貝克的題名為《二》的畫集裡出版了。她躺在那裡，僵硬而又嚴厲，半邊臉上都是陰影，嘴張開在要著什麼，似乎在要水喝——這是她唯一還能夠思索和要求的東西。她那平板的身子在被子下看不出輪廓，兩隻胳膊僵直地擱在兩旁。

迪特孤獨地去世了。格里普醫生既然診斷出肺炎，他也就知道如何去開那張死亡證明書。

外面在下雪，雪花一落地便立即融化了。迪特死前的掙扎想必是短促的，至少是無聲無息的。特奧．布斯貝克坐在床頭的椅子上，竟然沒有注意到。他們替畫家的妻子洗了身子，穿上屍衣，繫上繡花腰帶，戴上手鐲。然後，客人們來了。所有來到這裡的客人都不得不承認，他們不可能單獨和死者在一起，因為，在死者後面，在一面懸掛的鏡子下面，坐著畫家；而布斯貝克則仍然坐在床頭的椅子上。

客人們走了進來，表達了他們能夠表達的一切。希爾德．伊森布特爾穿著一雙有洞的套鞋走了進來，解開她的溼頭巾，擤著鼻涕，大叫——肯定不是事先就想好的——一聲，便衝出門外，結束了自己的探訪。霍爾姆森瓦爾夫的老霍爾姆森還在門口時就迅速作出一個祈禱的姿勢，他並不是把兩隻手合在一起，而是拿著他那頂溼禮帽的帽簷，在胸前依順時針方向轉了幾圈。祈禱完畢以後，他就走到死者跟前，拿起她的手，又小心翼翼地放了回去；然後搖著頭走到畫家跟前，只是跟他交換了一下目光，沒有握手。與他相反，普勒尼斯老師先走到畫家面前，和他握了手，然後轉了一個大彎，帶著出色的空間感走到床邊，在那裡，這個在戰爭中曾兩次被炮火掩埋，自己就接近過死亡的人，走到迪特面前，用他那直挺挺的身子向迪特微微鞠了一躬。

飛禽站的柯爾施密特只是看著那個角落，向畫家點著頭，對死者看了一眼，就準備讓霍爾姆森瓦爾夫的霍爾姆森夫人走上前來。她還沒有走到床前就跪了下來，但她顯然跪得太早了，只好跪著走到床前，抓起死者的手，下意識地啜泣起來。時間的長短，全看她自己的意思了。儘管如此，她的哭喊聲卻使人信服，對她高聲抽泣沒有什麼好說的。當她離去時，也和她男人一樣搖著頭。

安德森船長是大壩管理員布爾特約翰用馬車拉來的，他還在院子裡時，人們就能聽見他的聲音。他在那兒埋怨著，為什麼迪特選了這樣一個糟糕的天氣死去。他說：「這丫頭不能等到春天嗎？」由於他這把年紀絕對不能摔倒，要是摔倒了，沒有別人的幫助他就爬不起來，於是，布爾特約翰就挽著他走進屋子，卻不能讓這位下巴長著一圈銀色鬍鬚、兩鬢垂著絲絲銀髮、十分上相的美男子，與這裡哀傷的氣氛協調起來。他這樣的年紀也不想哀傷。他口裡流著涎水，走一步就在地面上留下一灘小小的水坑。他走進了這個肅靜的房間，瞇著眼到處張望著，問道：「我們的姑娘在哪兒？」發現了死者之後，他費勁地走到她跟前，用顫抖的手摸著她的臉，說：「就不能等到春天嗎？」他看到畫家以後，便走到他跟前說：「你呀，讓她死去吧，我的孩子。」

這裡我還想提一提我的外祖父佩爾．舍塞爾，那個農民和鄉土學家。他那乾癟而抑鬱寡歡的臉，像是架在一根棍子上被小心翼翼地舉了進來，他站在屋子的中間，抬起頭，閉上雙眼。他臉部表情激動，又吝嗇地滲入一點點哀傷，兩隻手慢慢靠攏，在下腹上合在一起了。他僅僅用嘴角就能做出一副心緒不佳的表情，而且數他做得最妙。臨走之前，他張開雙臂誇張地做出了一個無能為力的姿勢，然後把手臂啪的一聲放下來。古德隆．舍塞爾在哪兒？魯格布爾警察哨長在哪兒？關於魯格布爾的人談不出什麼，因為他們都沒有到布雷肯瓦爾夫來。

他們先是想來，後來又不來了。他們和奧柯．布羅德爾森講好要來的，正要動身，從胡蘇姆來的訪客到了。他們一邊吃早飯一邊反覆商量，到了該走的時候，父親擺擺手表示不去了。他們認為，鄰居們對他們到那裡去肯定會有想法的，儘管別人告訴他們，鄰居們不會有什麼想法，但經過反覆權衡、多方考慮，已經決定的布雷肯瓦爾夫之行最後還是取消了。他們再也看不到迪特死後的臉了。那張現在已消腫的臉，或許由於無法治癒的乾渴已經解除，那張臉上除了嚴厲之外，還露出一絲微笑。如果不是佩爾．舍塞爾在一次拖得很長的晚餐時做了說服工作，天知道他們，我是說，我們魯格布爾這一家會不會去參加葬禮呢！

我的外祖父每次去布雷肯瓦爾夫都要先到我們這裡吃晚飯，也可以說是到這兒來洗塵。晚餐桌上有酸菜，燻豬脖子和兩大碗馬鈴薯。鄉土學家還特別為自已要了一盤豬油汁澆在酸菜上。我們看著他吃飯時怎樣吸、嚼、嚥、盛，他則告訴我們為什麼必須出席葬禮：在棺材前，一切都了結了……我們誰都得死……誰要離開這個世界，就不能……因為……誰也不能越過墳墓……和解總是有好處的。他說：應該有足夠的經驗呀！最後的告別總不能……活著的人的責任就在於……誰要是不履行這最後的義務，人們肯定會對他……即使他是個警察哨長，如此等等。

他吃著，胃口極好。他話很多，在這樣的場合下他也說了一句令人難以忘懷的話：「不能讓所有的親屬為其中一人承擔責任。在他臨走前，我們參加迪特的葬禮這件事，已經決定下來了。」

葬禮在星期六中午十二點舉行。這是我被允許參加的第一次葬禮。我等不及了，前一天夜裡就夢見了迪特，夢見我們倆高高興興地費了好大的勁兒堆起了一座小山，一座由點心堆成的陡峭小山。我們背著裝滿砂糖的袋子，把砂糖撒在山坡上，然後拉著雪橇上山，又一溜煙地滑下去。我們翻倒時，我在地上舔著，地面是甜的。迪特摟著我，駕著雪橇平穩地穿過蒙著一層晶瑩薄冰的楊樹林。風把我們的圍巾吹起了。

舉行葬禮的那天早上，我第一個穿戴完畢，焦急地等著我的父親。他好像對自己的服裝不滿意：他先穿上執勤的制服，然後又老大不願意地穿上那身黑色的老式西服。他結婚時，這套衣服在他胳肢窩下就疙疙瘩瘩的，現在仍然不舒服。最後，他長嘆一聲，把這身便服扔到床上，又穿上了警察禮服。正如有一次克拉斯所說的那樣，他穿著這身衣服就像一頭每逢星期日就被允許穿上管理員制服的狒狒。父親那樣子不像打扮，倒像化裝，雖說整齊，卻很造作，單看他的褲子繃得有多緊，便能大大地形容一番；瞧一眼警察禮服下吊著的屁股，就能想像出它的形狀。上衣倒是挺合身，那是因為在剪裁的時候，就已經考慮到了他的體重和身高可能發生變化的緣故。

父親使勁向下伸胳膊，並讓母親來鑑定：「行嗎，古德隆？說呀，到底行不行？這樣子能見人嗎？」

古德隆．耶普森無所謂地打量著他，一邊喝她那溶化在水裡的鎮靜劑，一邊表示還可以，同時，自己則默默地站在衣櫃門上的鏡子前，照著自己的黑綢禮服。這件禮服和那條毛料襯裙和肥大的毛料短褲都配不上，於是，她一次又一次地把禮服往上拉。為了穿一套參加葬禮的禮服，他們本來可能花上一整天的時間，幸虧他們發現了我，這才不再繼續為他們自己的衣服發愁。

「為什麼這孩子沒穿黑襪子？沒戴帽子？沒穿膠鞋？」

「融雪的季節也不能讓他穿膠鞋去呀！」

「圍巾呢？戴上了！」

「內褲呢？他到底有沒有穿內褲？」

「讓我看看你的指甲。」

「理過髮嗎？你早就該讓他去理髮啦！」

他們就是這樣向我襲來，從頭摸到腳，讓我換這換那，根據他們的意思把我打扮好。快到十一點的時候，他們才明白地講早該幫我穿戴才對。

「就讓孩子那個樣子吧，古德隆，否則我們就來不及了。」父親不高興地說。

於是他們穿起大衣，披上雨衣，大家都踏著沉重的步子下樓，希爾克正激動地等著我們。她的激動心情與她的黑襪子、黑套鞋、黑大衣不相稱。她拿聖誕節得到的皮手套拍打自己的手腕，拍打衣帽架上假想的蒼蠅。「怎麼回事？」我問道。她用手套打了一下我的脖子算是回答，接著就把我往外面推，往雪裡推，往雨裡推。北海上空，雨雪更大，並以三倍的嘩嘩聲響趨近，烏雲下面懸掛著一層白紗。大風從側面向我們撲來，鑽進大衣底下，考驗我們能否站穩腳跟。由於大衣扣得很緊，它就搗著外面的雨衣。風這麼大，地這樣滑，要掌握好方向實在不容易，我們得站在那兒等著，直到父親——他當然又忘掉點兒什麼——又跟上我們，但是，這樣站著絕不能說是休息。

我們終於出發了，希爾克和我走在前面，耶普森夫婦無言地挽著胳膊跟著我們，距離我們大概有五公尺遠，這一看就知是一支家庭艦隊。過了磚石小路之後，我們在一條積水的泥濘道上航行，越過木橋，穿過田野，向里本公墓的方向行進。這個公墓不屬於那個同名的里本村，因為這樣一個村子並不存在，它屬於格呂澤魯普。

要是那個星期六有一架飛機出現在我們這個地區的上空，飛行員會看到這樣的景象：星星點點的人群正向一塊小廣場走去，一條沙石路把它分成了長方形的兩半，周圍架著滿是窟窿的籬笆。這些人或是單個走，或是三五成群，被風颳得倒轉身子退著走；或側身順風，或把腰彎得低低地頂著風走，踏過變成黑色的骯髒雪地，在水溝的木橋上相遇、會合，互相匆匆打個招呼，人數更多了，並組成了新的隊伍，向那個齊整的、顯然是人工堆成的高崗走去，高崗上只有一座長條形紅磚樓房。

此外，人們的動作雷同，這也會引起飛行員的注意：大家都急匆匆地向一扇敞開的大門走去，沒有人奔跑，個個都遵守紀律，令人驚異。門前停著兩輛汽車，第三輛正在路上。入口處聚著更多的人，他們不再是匆匆打個招呼，而是相互問候，甚至放下了手裡的東西——好多人手裡都拿著東西——你一言我一語地，在傘下彼此攙扶著。從空中可以看到一些細節，但不管怎麼說，能夠看到的終究太少。

當我們同霍爾姆森夫婦、興納克．廷姆森、希爾德．伊森布特爾以及身穿郵差制服的奧柯．布羅德爾森相遇時，父親悄悄對我們說：「要是有人抱怨我，你們可得團結一致。」

隨即「淺灘一瞥」的老闆走到他面前，急切而又滿懷希望地說服著我父親，似乎要請他當準備創建的新企業的股東。「戰爭結束以後，嚴斯，」他說：「我是說，戰爭結束以後。」

希爾克戴上手套，但手指卻蜷曲著。我緊緊抓著她那冰涼的手套指尖，站在她的身旁。即使沒有人要我這樣，我也要站在她身邊，因為她從來沒有像今天這般美麗。她一身黑衣服。我們越走近公墓，她就越是激動，向四處張望著，彷彿要尋找什麼人，或者希望別人發現她，因此，她有時一腳踩進水坑裡去，濺得滿腿都是泥，連她那肥肥的腿窩上都是。不過，並非只有希爾克的腿是如此，我所看到的每一個人，他們的褲子和襪子也都滿是泥漿，奧柯．布羅德爾森連腰上都是。我父親的情況最好，這或許和他走路的姿勢有關係。

我們碰到的和要打招呼的人越來越多，卡爾．威廉．比寧和嚴斯．蘭珀，被大家稱作是施特魯韋大娘的黑德維希．施特魯韋，安克爾．比爾克和德特勒夫．黑格維施，還有那長得太快的吉爾林姊妹，大壩管理員布爾特約翰，普勒尼斯老師，從索爾林莊園騎著敏感的牡馬而來的索爾林夫人，從格呂澤魯普來的畫家的兩個朋友雅普．洛依克森博爾恩和保羅．弗萊因胡斯，他們繪畫的特色是：在行動中的人，和大海上的各種戲劇性的景象。還有十年制學校女教師博伊西恩，因患風溼病而全身佝僂的木匠黑克，迪特的棺材是他做的。

誰也不會相信我們這裡竟有這樣多的居民，浩浩蕩蕩向公墓走去，完全改變了這裡的荒涼景色。要是允許大家走進教堂該有多好！黑色的人群都站在墳山旁的馬路上，站在氣氛悲傷的教堂前面或後面，站在滴水的楊樹下和被風掃蕩著的籬笆旁。我們既看不見安德森船長，也聽不見他的聲音。但是約塔來了，她臉色蒼白，注意力集中，在她身旁站著那個肥胖的龐然大物，身上披著深色的但願使他發癢的毛衣。

我們在教堂前的位置很好，但漸漸地被擠到了一邊，站在幾個光禿禿的墳墓前，黃土地裡插著褪了色的木十字架，十字架上寫著外國名字。幾隻烏鴉飛近公墓，沒到就轉彎了。這是人們在這裡所看到的唯一一種鳥類。這裡沒有紅鶇，沒有喜鵲，沒有燕雀，連大山雀也沒有。希爾克拉著我走過一排排墳墓，來到了新栽種的生命樹樹籬旁。鑽過樹籬，儘管有些擁擠，但總算又站在教堂前面了。教堂上有一隻鐵皮剪成的風信雞，被風吹得橫在那裡，給人的印象是：這隻雞正在使勁找小蟲子。

畫家呢？我找不到畫家，也沒看見特奧．布斯貝克，也許他們倆已經在教堂裡了。教堂的門仍未打開，不知道為什麼。我們前面有一個背後看來像烤焦的四方形麵包的女人，她對一個羅圈腿的瘦高個子說：「要是我們還得在這兒等下去，那下一個就該輪到我了。」誰聽見這個女人那麼說，或多或少都會悄悄地表示同意，只有那位什麼都能看得見的高個羅圈腿似乎不能接受她的意見，他個兒高，顯然不在乎。他的名字叫費德爾．馬格努森，如果我沒有弄錯，他在格呂澤魯普開了一家小艇製造廠。

我既不想讓那個四方形的女人，也不想讓全體凍得發抖的參加葬禮的人們得肺病，於是，我直截了當地讓那嘴臭衝天的公墓管理員芬內打開漆成鐵鏽色的教堂門。他用一根鐵門支撐著門，低著頭，好像他是在邀請大家進門一樣。我們向裡面移動，坐到又窄又高的長凳上去。

這時，我發現了畫家和布斯貝克博士。他們坐在第一排，緊挨著走道，兩個人都盯著山一般的花叢。褐色十字架在花叢中閃閃發亮，蠟燭的火焰在過堂風中不安地搖晃著。班迪克斯牧師站在祭壇前，可能在審視自己的指甲。教堂裡飄散著蘑菇、香菌和傘菌的氣味。希爾克脫下了皮手套，把它們疊在一起，顯然，她再也不能抬起她那雙活潑的眼睛了。就像在庫爾肯瓦爾夫外祖父家的凳子上那樣，我感到雙腿發麻。為什麼他們不把大門關上呢？

許多人都轉過身去，我也轉身去看門口。公墓管理員芬內本想把門關上，但卻關不了，因為在教堂裡找不到位置的追悼者不想被人關在外面，他們的意見誰都聽得見。那就讓門開著吧。於是，班迪克斯牧師給了芬內一個信號，抬起戴著厚眼鏡的頭，往屋頂上搜尋著，伸出了雙臂。我們站起來祈禱，然後坐下，隨即又站起來唱歌：「如果有一天我必須離去……」希爾克熱心地唱著，她用高音唱著，連歌詞也不看一眼。畫家也在唱，父親也在他身後三排的地方唱著，只有我母親沒有跟著唱。

班迪克斯牧師說：「我在所有的行動中，都遵循那至高無上的主的教導。」待我們都坐下之後，他向我們解釋說，他為什麼要這樣做。他談到一位元帥，當然囉，他很強大，不言而喻，他也很狡黠，打仗打得很順利，因此很有權勢，半個世界都屬於他——班迪克斯牧師的意思是半個地球。世界也罷，地球也罷，這位沒有被披露姓名的元帥隨著每一次勝利，每占領一個地盤，都變得更為懊喪，甚至有那麼一次，一個信使又給他帶來了勝利的消息，他竟當著信使的面，露出滿臉愁容，正如諸位所能想像到的那樣，只是因為每占領一個新的地盤，便使占領新地盤的可能性更小了。誰都知道，這位元帥正非常緩慢地攻打幾個尚未占領的國家，雖然出於計謀上的考慮，最後的勝利延遲了，但這並不妨礙有一天整個世界——班迪克斯牧師說的是整個地球——都將屬於他。世界也罷，地球也罷，這位元帥與他的星象學家們談到了自己低落的情緒，星象學家們表示，能給這位憂鬱的元帥帶來新的歡樂。他們建議他，應該去占領天上的無限空間。元帥振奮起來了，他被這個計畫所吸引，充滿了必勝的信心，要向至高無上的主證明，他要與祂爭奪天上的無限空間。

但是，這一點他卻不能辦到，因為，至高無上的主認為，這位元帥已經占領得夠多了，因此，他即將死亡。對於主的這個預示，元帥很不高興，竭力反對。班迪克斯牧師是說：他瞎罵一通，他告訴至高無上的主說，他和他的無數衛兵能夠隨時抵擋死神的接近。當死神在頭一天的傍晚悄悄地走進這位元帥的帳篷時，他大為驚訝。他和死神商談，要求給他一個新的、最後的機會。死神給了他這個機會。於是，他讓人備好一匹地球上最快的馬，啟程到黎巴嫩他最邊遠的占領地去，那裡有一座伸向大海的花園。是誰在花園裡等著他呢？是死神。死神對自己捷足先至表示歉意，並請元帥走在前面。元帥服從了。在最後的路途上，他還聳著肩膀，感到一種傲慢的欣快——班迪克斯說的是靜默的欣快——他總算及時了解到他的征服活動究竟有多大價值，於是，他服從了至高無上的主的吩咐。

班迪克斯牧師歇了一會兒，目光犀利而又坦然地從左向右、由前向後地望著參加葬禮的人們。當他高舉著手臂，用食指指向我後面時，我也不由自主地回過頭去，看見在我身後有兩件微微發亮的皮大衣，他們倆親切地坐在一起，衣袖像被設計師安排過一樣勻稱地彎曲著。「但是，愛，」班迪克斯牧師喊道：「愛永遠也不會停止！」接著，他把食指指著山一般的花叢——迪特就躺在下面——等了一會兒，由於沒有發生什麼情況，他又把食指縮了回來，向畫家點了點頭，把身子轉向迪特，說：「你的旅程結束了。」他停頓了一下，聽見嗚咽和啜泣聲，還有令我聯想到霧中汽笛低沉的吼叫聲，看來，這是施特魯韋大娘的聲音。班迪克斯牧師用在宗教課中從來不曾有過的溫柔聲調，再一次敘述起迪特生平的各個階段。

他從迪特還是一個小女孩時講起，她穿著白色連身衣裙，穿著白色繫帶的鞋，住在弗倫斯堡安靜而又寬敞的家中。「別在花園裡待得太久，別到海灘去，你得保護嗓子，我的孩子。」母親和祖母叫喊著：「齊格爾教授就要來了！」這位身穿大禮服、面帶微笑、儀表端莊的聲樂老師，就是在音調得過高的鋼琴上，也會對你滿意的。最後，他獲得了一份可觀的計時酬金。每當這個小女孩在冬天的晚上，在飯後表演一些短小的歌曲時，這個小城市的社交界為之傾倒，齊格爾教授也心花怒放。我問自己，為什麼這個溫柔的女孩不能永遠年輕呢？為什麼班迪克斯牧師要讓她長大，要送她去音樂學院，在《被出賣的新嫁娘》[11]中扮演主角？

牧師繼續沿著她的這條生活道路敘述下去。

他提到小舞台上的演出，她與作曲家弗里德利希·德魯茲之間的友誼，後者為迪特譜寫了夜曲和詠嘆調，迪特如何一直關照她癱瘓的兄弟。最後，馬克斯·南森出場了，牧師敘述他們如何在郵局初次相遇、如何在櫃台前——如他們所意料的——提出只得到郵局職員搖搖頭答覆的問題，以及他們之後如何還有一點時間一起喝杯咖啡，如何在短短一星期後，他們寄出了親手繪製的訂婚卡片。牧師提到了兩家人都沒有參加婚禮，迪特放棄了工作，長期固執地忍受著貧窮和誤解，疾病也隨之而來。這位年輕的婦人穿著灰色的連身衣裙，顯得過早蒼老。總之，無論是奔波艱辛的生活，還是後來榮耀的日子，用班迪克斯牧師的話來說，無論在藝術家滄桑生涯的順境或是逆境中，她都泰然自若，寧靜安詳。牧師指著迪特的遺體說：「你是她初入人生之途時的旅伴，迷惘年代的安慰者，孤獨歲月的知心人，這樣的生活伴侶，是人人需要、但只有少數人尋獲的。」

哭泣聲越來越大，從外面傳來施特魯韋大娘第二次霧中汽笛聲，還帶著鼻息粗重的哀號，此時，班迪克斯牧師對迪特的生平簡述達到了最高潮。他談到了幸福，「共同的幸福」，是必然要在這個世界上留下痕跡的，儘管妖魔鬼怪——他確實講了妖魔鬼怪這個詞——千方百計抹掉這些痕跡。「看吧，你也沒有虛度此生！」他用這句話結束了生平追述，並建議大家祈禱，隨後又唱了一次歌。

我們祈禱、歌唱完畢之後，公墓管理員芬內帶進來六個抬棺人，他們無一例外地都是老年人，雙手龜裂，脖子上有道道黑皺紋。我們看著他們搬開花圈和鮮花。畫家和特奧·布斯貝克首先跟在棺材後面，然後是約塔、約普斯特和班迪克斯牧師，接著是我不認識的從弗倫斯堡來的婦人們，隨後，能找到空檔的，或只消一轉身便能離開凳子的人，都加入了行進中的隊伍，比如希爾德·伊森布特爾和霍爾姆森太太。我的父親則明顯地在往後躲，插進了隊伍的最後三分之一中。這樣做他似乎還嫌不夠，為了不引人注意，至少不要讓人們馬上發現他，他還低垂著頭。那

11 Verkauften Braut，捷克作曲家斯美塔那 (Bedřich Smetana) 的著名歌劇。

兩個穿皮大衣的人更加不引人注意，他們謙虛地跟在隊伍的最後面。畫家走過我們身旁時，我發現他的臉沒有刮乾淨，面色蒼白，全神貫注，皮膚由於寒冷而變得粗糙了。

我把希爾克留在那裡，從送葬行列的左側趕到前面去，幾乎與抬棺人同時到達墓穴旁邊。墓穴四周蓋著木板，它並沒有我想像的那樣深；穴底黏土地上有些水，但不是地下水，而是融化後的雪水；四壁有許多白色細樹根，已被鐵鍬鏟斷了。整個里本公墓都是人工堆成的，這從表面上只有半公尺深的沙土和黏土層就能看出，下面的泥土呈黑褐色，一捏就碎，完全可以在這裡採掘泥煤。

畫家看著我，我向他問好，他卻沒有回答我。他挽著布斯貝克博士，博士沉重而又潮溼的大衣似乎在往下墜，那雙似嫌太大的膠套鞋，在黏土地上竟然找不到穩妥的落腳點。芬內給了一個手勢，抬棺材的人就把棺材放了下來，他們用粗繩子把棺材捆上，把繩子的一端拿在手中，我想，這顯然是準備把棺材放進坑裡。可是在棺材落下去之際，班迪克斯牧師將一隻手舉起在墓穴上，讓這手鬆弛地像一張紙那樣飄過去。他在為棺材祝福，那隻手在不安的空氣中停留著、停留著，直到祈禱時，他才把手垂下來。

祈禱完畢後，抬棺人站在黏土坑邊緣，抬起棺材，慢慢地把它放進了墓穴裡。這時，畫家用一隻手摟著特奧．布斯貝克的肩膀，把他往自己的身邊拉著，他們的身子都快貼在一起了。

發生什麼意外了？怎樣的呼喊聲？墓穴前又是怎樣的動人情景？不論是什麼，我都得放棄，我也沒有能力一一記錄這種種誓言、悼詞和希望，這一切，在尚未埋下棺材的墓穴前，在相應的天氣裡，是經常能聽到的。迪特的棺材消失在墓穴裡以後，畫家和特奧・布斯貝克都撒下一把土，隨即站到籬笆角上去，於是，每個人在往棺材上撒一把土以後，都得從他的身邊走過。儘管那裡放著一把小鏟子，但是，許多人都彎下腰，曲起手指抓一把沙土撒下去，如果碰上成團的沙土，就會砰然一聲落在棺材上。然後，他們向畫家和布斯貝克博士伸出手，有的說那麼一句話，有的什麼也沒說。

我等到希爾克走過來，便插到她後面。在她撒過土以後，我也抓起滿滿兩把土向迪特撒下去，也跟在她後面和這兩位男人握手。父親也在隊伍裡，在布羅德爾森和布爾特約翰之間，慢慢走近墓穴，向下撒了兩把土，然後，他——我永遠也不會忘記他那張乾癟、尷尬的臉——走到畫家面前，畫家像對別人一樣用從容、殷勤的態度對待他。看來他們之間不會有什麼驚人之舉，不會發生什麼事情，至多只會輕輕叫一聲對方的名字來問候：「馬克斯？」「嚴斯？」

但是，當畫家握住警察哨長的手時，似乎比握別人的時間更長，看得出來，在大家都向他表示哀悼的這一刻，在他的腦中產生了一個念頭，畫家想把它說出來。「你等一下會到我那兒去嗎，嚴斯？」畫家輕輕問道。

而我父親似乎預料到他會這麼問，並很快就回答說不去。

「我要給你看件東西，嚴斯。」

父親聳了聳肩膀表示無所謂地說：「是什麼東西？」

「迪特的最後一張畫像。」畫家說話時毫無敵意，而是帶著信任又放鬆的口氣：「嚴斯，如果你來，我會給你看的。」

魯格布爾警察哨長聽罷，認為沒有必要再和特奧・布斯貝克握手，便緊緊地抿著嘴唇走開，跨幾大步走到公墓中間的馬路上，我母親正在那裡等著他。他猛地挽起她的胳膊，推著她向前走，突然又想起了我們——他的動作十分突然，猛然一轉身竟把我母親也一起帶過來，弄得她趕緊跳了兩步。「來啦，來啦，我們來啦，我們不是過來了嗎？」我順從地走在希爾克的身旁，抓著她的手套。

這回是老倆口走在前面，沉默不語，心不在焉地向左右的人們草草打招呼，急匆匆地走著，魯格布爾警察哨長正是以此來表示自己剛才被畫家激怒了。無論在教堂前或在公墓門口他都不和人搭腔，對於安德森船長的喊話：「都完了嗎？」他也只是略微點了點頭；他甚至不肯停下來和這位剛被一輛馬車送來，正掀開毯子下車的老人說一句話。

他急匆匆地走過木板橋和小徑，橫越田野，走過平坦的、被雪水淹沒的窪地，鑽過籬笆；風又變了方向，朝我們迎面撲來，這在我們這裡是常有的情況。布雷肯瓦爾夫坐落在鋪滿白雪的土地之上，光禿禿的楊樹之下。那裡大型咖啡席已經擺好，儘管拉開的桌子上沒有由迪特做的點心堆成的黃色高塔，但是，餅乾和甜點心，核桃奶油蛋糕和所有這類東西，都滿滿地擺在大大小小的桌子上。來自弗倫斯堡的婦人們安排了這一切，並且顯然也考慮到了我們吃點心時的喜悅。

可是，當我們經過布雷肯瓦爾夫時，父親連看也不看那邊一眼。他抬高肩膀擋著風，就這樣衝在我們前頭，一直來到水閘旁。在這裡，他又一次轉過身子，我們也跟著轉過身子，並當真以為他會回頭，重新把我們這支隊伍開回到布雷肯瓦爾夫去。這時，從公墓那邊過來的一支散亂的隊伍，有的一個人，有的成雙成對，有的三五成群地向布雷肯瓦爾夫而去。

但是，他轉過身子只是為了避避風，擦一擦流淚的眼睛，接著走上磚石小路，回到家裡。我們關上門後，都有多少話要問，每個人都想對別人說些什麼，他卻怒氣沖沖地搗著爐子，捅著、吹著、添著煤，以此讓我們明白，他現在沒有興致去交流各人所經歷的事，這就是說，他已經向我發布了命令：在希爾克和母親換過衣服後，讓我到樓上去，把他的制服拿下來。爐子把整個屋子弄得煙氣騰騰的，一縷縷濃煙在廚房裡飄動著，弄得我們什麼也看不清楚，這時，他開始換裝了。這下他可輕鬆了，真是謝天謝地！他的情緒好轉了，他像解凍似地脫下一件件衣服，扔到廚房凳子上，他感到舒服了。當有人敲門時，他不僅叫著進來，而且說：「進來呀，只要不是裁縫就行！」

我還記得，當郵差奧柯．布羅德爾森進來時，他穿著內衣。揮手打過招呼後，布羅德爾森就走到桌子邊，掏出懷錶，放在桌子上，以此告訴我們，他規定了自己在這裡停留的時間，儘管不知道有多久。老郵差坐了下來，空袖子的一端放在上衣口袋裡。他看看自己的懷錶，又看看父親，然後又看看懷錶。他必定和我們一樣，是橫越田野到這兒來的。

「今天你什麼也沒有給我們帶來。」父親站在腳凳上說著，把褲腰帶鬆到最大限度。

「今天沒有，」老郵差說：「今天我只想帶點什麼走。」

「你要帶什麼走？」

「帶你走！」

當父親把腿伸進右褲腿時，晃了一下，把褲子放低一些，抬起左腿，往黑洞洞的褲腿裡伸，但沒對準。他第二次使勁地、成功地把腿伸進了左褲腿，但褲子又在腿肚子上卡住了，他使勁一扯，才把褲子拉過了大腿、屁股，勝利地結束了這場戰鬥。

「你想把我們送到哪兒去呢？」他問道。

「我們大家都在布雷肯瓦爾夫，」布羅德爾森說：「就少你一個。誰也沒有派我來，但是我認為，少了你可不行，嚴斯，一起去吧！」

父親為了把襪帶和袖帶拉好，脫下了鬆緊帶，用手繃了一下，擺正位置。

「少一個人比多一個更好。」父親說。

「你們可以在一起談談。」布羅德爾森說。

「我們剛才談過了，」父親說：「該說的話我們都說過了。」

他走下腳凳，站在鏡子前，劈開雙腿打領結。

布羅德爾森在他背後說：「在這種時代，誰知道這一切會延續多久，特別是今天這個日子；你們應該好好考慮一下，究竟現在什麼事情是重要的；這一切肯定不會延續太久。」

「奧柯，」父親說：「你說的這些我從來沒有聽說過，要是你真想知道，我可以告訴你，在一個人盡自己的職責時，我並不問個人會從中得到什麼利益，會有什麼好處等等。到處打聽將來如何，有什麼用呢？你得明白，人不能憑自己的情緒去履行自己的職責，不能要求他總是小心翼翼。」他穿上上衣，扣上扣子，走到布羅德爾森坐著的桌子跟前。

「曾經有這樣一個人，」老郵差說：「由於他在適當的時候，沒有履行自己的職責，就保全了自己。」

「這樣他也就從來沒有盡到自己應盡的職責。」父親乾巴巴地說。

奧柯．布羅德爾森站起身來，把錶塞進懷裡，走到門口，再一次轉過身子問道：「那就是說，你不去了？」

我看得出，父親已經開始在考慮什麼了，他不回答，讓郵差把問題又重複了一遍。他琢磨了半天，終於說：「你等著，我們一起走。」接著就進了他的辦公室。

我們單獨在一起的時候，郵差對我說：「你越長越高了。」我大概是這樣回答：「你也越來越老了。」他對端著馬鈴薯走進屋來的希爾克說：「我不久就會給你帶來一封美好的信，如果不是從荷蘭，那就是從不來梅寄來的。」希爾克對他的好意只回答說：「我誰的信也不等。」

「不期待的信更美好。」布羅德爾森說。人們注意到，這是他經常說的一句話。

父親回來時，頭上已套上了溼漉漉的雨衣，戴上了帽子，褲子塞進了膠靴裡。他已經準備就緒，並說：「我有我的打算，奧柯。」

「你還要出去嗎？」希爾克叫道。

「去布雷肯瓦爾夫，」父親說：「就去一會兒，去布雷肯瓦爾夫。」

「我都端上馬鈴薯了。」姊姊說，聽起來像是一種威脅。

「我送點東西去，」警察哨長說：「很快。」

「要是母親問怎麼辦？」

「告訴她，我到布雷肯瓦爾夫送懲罰令去了，我會回來吃飯。」

第十三章 生物課

特圖斯．普魯格爾打起人來比別的老師動作快，效果也更明顯。只要我們上課時不注意聽講，他就大發雷霆地揍人——偷懶、愚笨或理解力遲鈍，他並不動手——因此，班上的同學，誰也不敢往玻璃窗那邊看，雖然玻璃窗因遠處的爆炸已經震動了一上午。儘管飛機上的英國皇家徽記清晰可見，誰也不敢去看那些向下俯衝的飛機。這些飛機是從海上飛來的，它們越過大壩，在柏油公路上空拐了個彎，又向胡蘇姆飛去。當引擎的聲音打斷了他的講話時，他就輕蔑地仰望天花板，等著噪音消失，然後又順著原來的句子——甚至毫不費力地找到了原來的謂語——講下去。這個人身寬、禿頂，還曾在冰河中游泳。他會因為發脾氣而把臉漲得通紅，像火燒一般，因此而使整個學校，至少也會使一個班級的教室變得暖烘烘的。他認為沒有理由停止這最後一堂課，即使爆炸和飛機的騷擾使講課一再中斷，他也堅持要上完這堂生物課。

我們僵直地坐在椅子上，挺著胸，兩手放在微斜的桌面上，臉向著他，眼睛盯著他的嘴唇，滿懷恐懼的從他的嘴唇裡汲取知識，汲取關於魚類的知識，不，關於魚類生命形成的知識，不，這也不完全對，是關於魚類新生命形成的奇蹟的知識。他要在這個炎熱的日子裡，四月底或五月初，在所謂的生物課上，用他帶來的私人顯微鏡向我們顯示這種奇蹟。顯微鏡已經擺好，裝著神秘奇蹟的兩個鐵盒子也已擺在旁邊。海尼．邦耶和彼得．保爾森已經成為班上的代表，受到警告，他們兩個人的指尖都被戒尺準確而又快速地打了三下，於是，全班的注意力都集中了，至少在一定時間內很集中。

對普魯格爾再費些筆墨，敘述他受過的傷或每次受傷的故事，當然是值得的。他在心情好的時候，會給我們看在他的肋骨間移動的子彈陰影。走訪他那個由梅克倫堡遷來的家庭是會有啟發的，他勸大家無論天氣如何都要去淺灘上散步，當然是穿著運動衣嘍。不過我不願意描寫過多而使他的面目不清，我只想說，他在我們班上講生物課，今天講的是魚類新生命誕生的奇蹟。

他在那裡講著，同時，在遠方——離得很遠，我們無需操心——一門八十八毫米的大炮，也跟著他一塊兒講；有時，也有二十毫米的四管高炮；偶爾也有一百五十毫米的長管炮插進來。我們已經學會了根據大炮的射擊和衝擊波將它們加以區別。

他一動也不動地站在黑板前——肯定是表演飛刀特技的人的好夥伴——用目光制伏我們，輕聲命令我們把全部身心都投入魚類世界中。「所有這些種類，」他說：「所有這些名稱，無論是小還是大，你們必須想像一下這種生活，你們這些笨蛋，」他說：「想像一下海底的群居生活：鯊魚，對吧？角狗魚、鮐魚、鰻魚，海兔魚、鱈魚，不要忘記還有大海的麻雀——鯡魚。」他問自己說，如果魚類不一代一代繁殖，那將會發生什麼情況呢？他回答說，這些種類自然將會一一消失滅亡。他又自問道，如果海裡沒有了魚，那又將怎樣呢？那當然是一個死亡了的海洋。接著，他泛泛談了談大自然的高超計畫，這個計畫把一切都考慮在內，一切都有所安排。他以蒸氣機為例，讓我們懂得，生命需要燃燒。他也不忘提及自然淘汰，然後又一頭栽進魚群之中。

不會說話、但並非絕對沉默的魚，也具有性的特徵、性的區別和生殖器官。兩種性別的魚在產卵期成群地在河岸附近或海灘上尋找產卵場所，牠們要游得很遠，你們肯定也聽說過，有時還往河的上游游去，並克服各種障礙，你們想想斑鱒吧。魚卵在安全而又養料豐富的地區孵出，常常呈塊狀，公魚給卵授精。總之，骨類魚──普魯格爾中斷了自己的講話，控制著自己的蔑視感情，等到飛機一閃而過的陰影掠過我們的操場，噪音漸弱後，他才接著說──大部分鯊魚產下的是活的幼魚，但這只是剛沾上一點兒邊，你們這些笨蛋很快就會忘掉的。卵，生命就在卵中。有人一定會感到奇怪，因為只有少數的魚關心或者照顧自己孵出的卵，但是，小刺魚還會築一個窩，看守著卵，甚至還會保護幼魚一段時期；還有些種類的魚，牠們吞食自己的卵，把卵存放在自己的鰓蓋下，直到幼魚從鰓蓋裡孵出。大多數的魚根本就不管卵，既不管幼魚的成長，也不養育牠們。那麼小魚呢？牠們並不在卵裡生長，你們這些笨蛋，而是平平地附在卵上並逐漸從卵上脫離下來。

「這一切，」普魯格爾說：「你們馬上就會自己來證實，今天我給你們帶來了材料寶貴的材料生命由此產生，我們將透過顯微鏡來細細觀察。」

遠方，四管高炮又響了，八十八毫米口徑的老大哥把我們窗戶玻璃上一碰就掉的油灰震落下去。但是普魯格爾似乎不愛聽這些，他走上講台，打開他的小刀，又打開兩個鐵盒子，湊到鼻子邊聞了一下，用刀尖把那灰綠色的塊狀物挑了出來，擱在一小塊玻璃片上，又用指尖把這東西分開，也就是說，他輕輕地在玻璃片上把它們分開了。然後他把玻璃片塞了進去，彎腰俯在顯微鏡上，閉上一隻眼睛，將他的臉扯成了一副強作笑容的樣子，用手在旁邊摸著，直到摸著了那個黑色的螺絲。他扭轉螺絲，把鏡頭調清晰，猛地直起身來，骨頭嘎吱作響。他看著我們，得意揚揚。警告著、懷疑地打量我們，好像把這東西給我們看是太浪費了，太可惜了。他命令我們：「起立！坐下！起立！」讓我們排成一行。「排成一行，你們這些笨蛋！」他把我們又拉又拽的，直到我們隊伍排整齊了，膝蓋繃得直直的，總之，為了看一眼將使我們大有所獲的奇蹟，我們的隊伍已經無可指責了。看一眼卵，看一眼魚卵。

謝天謝地，約普斯特站在最前面，他將第一個說出他看見了什麼。我們緊張地看著他如何彎腰，害怕地再一次向普魯格爾轉過身子，踮起腳尖，彎下腰，俯到離顯微鏡還有一段距離的地方。「再彎下去一點兒，」普魯格爾命令著：「再近一點兒！」於是這個肥胖的龐然大物把眼睛貼在鏡頭上凝視著。他的大屁股把褲子繃得很緊，咖啡色的曼徹斯特呢褲嵌進屁股縫裡。他凝視著，觀察著，突然，尖叫一聲說：「魚卵，也許是鯡魚卵！」

「你還看見什麼啦？」普魯格爾問道。

約普斯特使勁看了半天以後說：「魚卵，相當多的魚卵。」

他被允許坐下了，這樣一來，我們也知道自己該說些什麼才能回到座位上去。約普斯特以後，是海尼・邦耶用他腫得發青、疼得鑽心的手指扶著顯微鏡。他觀察時，普魯格爾說：「別淨想著烤魚子、燻魚子或醃魚子；別淨想著吃，你們這些笨蛋，要想著藏在每一個卵裡的奇蹟。每一個小卵裡都有一個獨立的生命。許多生命過早地死亡，成了其他生命的食品，只有最強大、最優秀、抵抗力最強的才能生存下去，獲得生命，如果不把你們算上，那麼，世界上到處都是如此。沒有價值的生命必須消滅，從而使有價值的生命能夠存在下去。大自然就是這樣安排的，我們必須承認這樣的安排。」

「一隻蝌蚪，」海尼．邦耶叫道：「一隻極小的蝌蚪！」

「總算說出了東西，」普魯格爾說，並糾正道：「這是魚的孩子，馬上就要孵出來了，看清楚了。」

「是死的。」海尼．邦耶叫道。

普魯格爾卻說：「浪費，你們這是對大自然的浪費！我是怎麼說的？成百、成千，甚至有幾十萬小卵，所有一切都寄希望於把少數的卵保護起來，使生命得到繼續。淘汰，不錯，不斷地進行著競爭。弱者在競爭中滅亡，強者將生存下去。在魚類是這樣，在人類也是如此。你們發現了沒有，一切強者都依賴弱者來生存。開始時，所有的卵機會都一樣，每一個簡單的卵包圍和吞食著一個生命，然後，當競爭開始時，那不體面的，」──他是說：不體面的──「就要滅亡。」

他說完了這番話以及類似的道理以後，就招手要我到顯微鏡前去，讓我自己去看，並說：「讓我們聽聽耶普森發現了什麼。」

他說著走到我的身邊，手上拿著戒尺。我還沒向顯微鏡彎下身子，他就迫不及待地問道：

「看見什麼啦？」

我匆忙地看了一下那偶然形成的灰綠色的、經過壓製的，像純膠塗成的球狀物體。我準備想出些什麼來，因為，他的戒尺已經放到我的腿窩上，不疼不癢地滑上去，冰涼了我的大腿，但是，我並沒有把眼睛收回來，而是忍受著戒尺在我身上的爬行，想找出他所說的奇蹟的標記來。一對小魚眼凝視著，小而透明的魚身子，胚囊與魚之間腸子的連接，我覺得我已經看出點名堂來了，但是我覺得還不夠。我想——我自己也不知道想幹什麼，我之所以說不出話來，也許是因為顯微鏡下的東西令我失望。

「什麼也沒看見？」普魯格爾問道：「什麼也沒有看見嗎？」

「黑線鱈，」我猜測著說：「這可能是一條黑線鱈的卵。」

於是，他抽回了戒尺並證實說：「確實是黑線鱈卵。」

但是，同學們還沒有聽見他的話，就有人喊了起來：「英國人！英國人來了！」

於是，我們衝到窗戶旁。一輛滿是塵土的裝甲偵察車停在學校的院子裡，長長的天線搖擺著，看不清的大炮正對準了漆成白色的球門，兩個男人，看起來像英國人的模樣，從裝甲車的天窗中爬了出來，接過了機關槍，向裝甲偵察車喊了幾句，然後向學校走來，他們向四周探視，隨時準備臥倒。他們穿著茶褐色的衣服，繫鞋帶的皮靴。他們很年輕，袖子都向上捲著。

這兩個人在陽光下並排走過旗杆，來到大樓門口。我在想，他們什麼時候抬頭看我們呀？這時，他們已經看見了我們，而且站住了。兩人都示意對方瞧趴在窗戶玻璃上的一班學生。他們在商量，然後相互打了招呼，繼續往前走，接著消失在我們斜下方的入口處。如果不是普魯格爾老師命令我們，我們還會待在顫動著的玻璃旁。他叫道：「列隊！」他嫌我們的動作不夠快，於是就拿起戒尺在我們的背上耍弄著，這兒敲一下，那兒捅一下，把我們從窗戶旁趕了過來，讓大家從講台到中間的走道上排成了一行。約普斯特，海尼．邦耶和我可以坐下來。

這位老師並不問我們剛才他講到哪兒了，儘管一輛裝甲偵察車已經停在我們的院子裡，英國人已經來到了我們學校，但他還是說：「這是鱈魚卵，耶普森說得對。這是一種魚的卵，是其他許多種魚的食糧。」

「但是，還能在魚卵裡發現什麼？貝特拉姆！」

卡勒．貝特拉姆把金灰色的頭髮從前額撩上去，向顯微鏡彎下了身子。我們大夥兒——只有普魯格爾不是這樣——則張著嘴聽著外面的動靜，只要可能，兩眼就緊盯著門把。那不是腳步聲嗎？不是英國人在說話嗎？卡勒站在講台上，正在顯微鏡旁踏著兩腳，費勁地觀察著。門把不是在轉動嗎？是在轉動。卡勒．貝特拉姆還沒來得及說出卵裡的奇蹟，門開了，起初並沒有人露面，也許門是自動打開的，可是，當普魯格爾正要說「耶普森，把門關上」時，那兩個人就走了進來，兩個金黃頭髮，兩雙明亮的眼睛，兩張緋紅的臉。

他們走到了教室旁邊走道的中間，向我們轉過身來，打量著我們——似乎他們到這裡來是為了要認出某個人。其中一個人說：「戰爭結束了，你們回家吧！」我覺得，我們是在吃驚地看著他們；他們則相反，是在審視我們。

這段時間不算長。我們注意到，他們把身子轉向黑板和講台。一個英國士兵拿起了板擦，使勁捏了一下，把它扔進箱子裡。另一個則圍著講台轉，做了一個手勢，默默地要求普魯格爾老師坐下。普魯格爾老師不肯坐下，英國人也並不堅持執行自己的命令，也許是因為這時他發現了那架顯微鏡。他走到顯微鏡跟前，懷疑地朝我們看了一眼，然後低頭把一隻眼睛對準顯微鏡。我必須說，他驚愕地站直了身子，朝他的同伴作了個手勢，這同伴兩大步就來到他的跟前，詢問地看了他一眼，他指指顯微鏡。這第二個英國人也湊過去看，突然，他好像發現了海中女妖或者某種已經絕種的蹼足動物一般，總之，他發現了什麼名堂，而且是我們大家，包括生物教員普魯格爾都忽略了的。他把眼睛緊緊湊在顯微鏡上看著。他在觀察什麼？他在鱈魚卵中發現了什麼？

他的夥伴敲了一下他的脖子，他才離開了顯微鏡。現在他們倆都點著頭，好像都看見了什麼重要的東西。他們倆一前一後沿著窗戶向教室後牆走去，我們自然課的櫃子就立在那裡，兩扇門的玻璃櫃，櫃門永遠鎖著——有一把鑰匙早就豐富了我的收藏物。為了不讓反光刺眼，他們把臉緊挨在玻璃上，擺在裡面的全部死玩意兒在獰笑。鳳頭鸊鷉標本在獰笑，秧雞標本和在一節塗了亮漆、在樹樁上爬著的白鼬標本，野兔、烏鴉標本，經過加工像羊皮紙一樣閃亮的狗魚頭都在獰笑；即使是蛇蜥，儘管身子彎曲，也在一只圓瓶內獰笑。這兩個英國人默默觀察著，甚至蹲下去觀察一隻海豹的骨骼，有一個還試著要把櫃子打開。他們倆終於相互點了一下頭，向門邊走去。我們大家認為，在告別時他們不會說什麼話，或者沒有什麼話可說，可是，這兩個人又在門口站住了，其中一個再次說道：「戰爭結束了！」然後才走了出去。

普魯格爾呢？難道他忘掉了我們？忘掉了顯微鏡和卵裡的奇蹟？為什麼他不再用戒尺來管束這支隊伍的紀律？為什麼他還允許幾個人把臉貼在玻璃上？

我還記得，他是怎麼把手中的粉筆捏得粉碎，怎樣張著嘴唇、閉著眼睛，向後仰著腦袋，急促地喘氣。我記得，他的面孔蒼白而呆板，此時此刻，他突然像一個跑到終點的筋疲力竭的田徑運動員一般，失望、倉皇失措而又憤怒。他的胸脯緩慢地起伏，喘著氣。我還記得，他是怎麼搖搖晃晃走上講台，當他差點兒摔倒的時候，就只剩下抓住椅子的力氣了。全班都能證明，他怎樣用手遮著臉，就那樣呆坐了半天，然後嘆息著用手揉著臉，小心翼翼地，似乎想擦掉臉上的一層皮。我還記得在那當兒，他好像頂著一股巨大的阻力站起身來，把兩個鐵盒關上，聳了一下肩膀，然後向全班望去，想明白無誤地說些什麼，卻又什麼也說不出來。

這就是普魯格爾，我們的生物老師。最後他終於對我們說：「回家去吧！」

在我們匆忙地收拾東西時，他卻沒有離開教室的表示，他站在顯微鏡旁，猶豫不決和不知所措。他讓我們先走出教室，我們向他告別，他卻理也不理。我最後一次看到的普魯格爾老師就是這個樣子。

我們離開他以後，走廊裡、樓梯上就像無數蘋果落地一樣，熱鬧非凡。我們跳啊、滾啊、滑啊，就這樣出了校門。校園已經空了，裝甲偵察車已經上了柏油馬路向北開去。學生們跑到大街上，觀看著遠去的裝甲偵察車。當我早就走在磚石小路上時，他們仍然成群地站在那裡。約普斯特和海尼·邦耶怎麼也追不上我了。也許，今天他們根本就不想追我。我邁開大步走著，輕型飛機在大壩上盤旋，飛機的陰影在我頭上掠過，螺旋槳像一把圓形的鋸齒，閃亮地劃過明亮的天空，我卻一次也沒有伏倒在水溝的斜坡上。只有春天才給我們帶來這樣的日子——明朗，只有幾片靜止不動的雲掛在天上，強烈的陽光，西北風使皮膚發燙。

家門敞開著。興納克．廷姆森的自行車靠在台階旁的牆上。父親在辦公室裡打電話，大聲喊著，因此我走過棚子時便能聽到他的談話：「接受武器，是，全體，是，是，已經通知了全體男人。」我開始跑起來。「負責守衛公路，是。」父親叫道。過了一會兒，他說：「一定執行。」我兩步跳上水泥台階，衝進走道。「還有袖帶，是。」父親喊道。他指的毫無疑問當然是袖章，我從走道就看見袖章擺在食櫥上。

興納克．廷姆森站在廚房的桌子前，迎著我說：「現在開始了。」

因為他不想做什麼解釋，於是就指了指擱在那兒的武器：工廠剛裝箱的手榴彈，幾個打坦克的火箭筒，卡賓槍和子彈。

我問他：「是誰把這些東西搬到我們廚房來的？」

他卻說：「誰也沒有，西吉，誰也沒有想到，我們還得出力。」

「是從胡蘇姆弄來的嗎？」我問道。

他沒有回答，從桌子上拿起一個火箭筒，裝上瞄準器，對準了鬧鐘，然後又準備收拾那些大米罐、麵粉罐和西米罐。但是沒有發出任何聲響，也沒有打壞任何東西。他檢查卡賓槍，讀上面刻的字，斷定是義大利的戰利品，但讓人聽了覺得他不大有把握。

他把手榴彈放在桌子下，數著子彈，一直數到我父親走進廚房。他說：「大約有六百發子彈，嚴斯。」

「所有的東西都在路上，」我父親說：「崗哨都布置好了，我們負責守衛公路。」

「就我們兩個人嗎？」

「柯爾施密特和南森和我們在一起。」

「南森？」

「是的。你戴上袖章。這裡的人民衝鋒隊員[12]都要上陣。」

興納克．廷姆森把袖章套上了他那件土黃色上衣的衣袖，他不是隨隨便便地套上去，而是認真得讓人難受，一會兒覺得太高，一會兒又覺得太低。當他終於覺得位置合適了以後，我用兩個別針幫他別好了那能證明他是一個士兵的袖章。這個身材魁梧、幹過多種職業的男人，又照著鏡子審視一番袖章的位置，然後，幫助我父親將武器彈藥分成四堆，一邊一小口一小口地喝著希爾克倒給他的茶。這茶他似乎喝不出什麼味道來。

當我提到那輛因走錯路而停在我們學校的英國裝甲偵察車時，興納克．廷姆森立即拿起一個火箭筒走到大門前，向右邊察看著，不一會兒，他就回來了，做了一個叫大家放心的手勢。

「沒有什麼情況。」他說著，緊挨我父親坐到廚房的板凳上。他們倆在等待。他們沉默著。

12 Volkssturm，人民衝鋒隊是納粹德國崩潰前動員超齡男子組成的裝備簡陋的民兵。

其實也沒有什麼好說的，因為一切都已決定了，他們之間沒有什麼不明確的問題，大壩負責人布爾特約翰已收回了對他的控告——那是在一次談話之後，魯格布爾警察哨長也參加了。我站在窗戶旁，幫著他們盯住草地：誰會第一個來呢？人民衝鋒隊就要在我們這兒進入陣地了。

畫家是第一個來的。我看見他穿著那件長長的藍大衣，頭上戴著帽子，兩隻手深深地插在口袋裡，走過了草地。

「南森伯伯來了。」我報告說。

父親說：「時間還沒到呢。」

「為什麼？」廷姆森輕輕問道：「你為什麼一定讓南森在這兒，嚴斯？而且是現在這個關鍵性的時刻？」

「正因為如此，」父親說：「正因為現在是關鍵性的時刻，我才要他待在我身邊。這樣更好，興納克，相信我吧。」

「難道說，你對他是放心的？」

「是這樣的，」父親說：「要是我對他放心，我就不要他待在我身邊了。」

他站起身來，從窗戶向畫家望去。

而畫家並非獨自一人，也不是第一個來到這裡，他站在魯格布爾警察哨的牌子下，向索爾林莊園的方向招手，等著，又很隨便地揮了一下手，最後還走了幾步去迎柯爾施密特。他們握手，匆忙地寒暄。柯爾施密特攤開兩手向他說了些什麼，想要說服他，至少是要取得他對什麼事情的同意，畫家好像不能作出決定。他挽著柯爾施密特的手臂聽他說話，拉著他來到我們家院子裡，上了台階。

門廊裡還聽不到他們拖沓的腳步聲，魯格布爾警察哨長就作好了他們到來的準備，可以說，他簡直是擺出了一副準備戰鬥的姿態，挺著胸，兩腿稍稍叉開，穩穩地、舒服地，不，不太舒服地站在廚房的中間，用這副模樣來顯示他的權威，顯示他作為教官和所謂人民衝鋒隊小隊長的權威。他粗魯地對正要捲煙的廷姆森說：「你不能在這兒抽煙。」

他等著那兩個男人，擺出一副與這個時刻相稱的姿態，在回答人們的問候時，讓人毫不含糊地知道誰必須先向誰致意。他指揮著他們到凳子那邊去。他說：「你們到興納克那邊去坐著吧。」

男人們坐下後，他這才放下架式，走到桌子前，將手放在一支繳獲的義大利槍的槍把上。他摸著槍把，使男人們默默地、緊張地看著他，自己卻又不先說話。

飛禽站那個害貧血病的柯爾施密特第一個發言，他把自己一下子從禁錮中解脫出來，抬起頭，明白無誤地說道：「胡鬧，我們在這兒幹的一切都是胡鬧！他們到了易北河，到了勞恩堡，甚至到了倫茨堡，也許他們的先頭部隊已經到了這裡。所有的人都在結束自己的事情，唯獨我們，還要在這裡重整旗鼓。想用這麼幾根老掉牙的玩意兒來抵擋他們，用剪鐵皮的剪子去對付人家！要是這樣做有點意義還好，但是，這毫無意義，完全是胡鬧！」

柯爾施密特激動地坐下去，從貼胸的口袋裡拿出那個用黑色的絕緣膠帶黏著的短煙斗，塞進嘴裡。

「你不能在這兒抽煙，」我父親準備繼續說下去，興納克·廷姆森卻先開口了。這位有過許多輝煌資歷但最後一事無成的「淺灘一瞥」老闆不認為抵抗是沒有意義的；現在，一切都要結束了，正是在這樣的時候他要繼續抵抗，這是責任；因為在順利的時候，一個人容易經得起考驗，如果不是勝利在望，那也是一種考驗。此外，他個人從來不經奮鬥便放棄某件事，誰說一切都完了？可以最後做出一個榜樣來嘛，出敵不意地堅決抵抗，讓敵人，肯定可以讓敵人考慮考慮嘛。抵抗不需要永遠持續下去，但要頑強，這是應該的嘛。

既然沒人要求他們發表意見，他們就談了起來，所以我父親也下意識地沉默著，並盯著馬克斯·南森，似乎要用這種方式使他感覺到：「現在該你談談自己的看法了。」

畫家毫不猶豫。他說道：「為什麼待在家裡？我們可以在外面等。」更多的話他也不說，當父親要他說得明白些時，他只是重複著自己說過的話，不肯對自己的態度再多說一句。

魯格布爾警察哨長呢？他當然有話要說，此事即使不是全部，那也大部分取決於他，但他慢吞吞地，也許是要從他自己的聲明中把積極和消極的各點挑出來，加以評估、盤算著、總括著。總之，在經過艱難、緩慢的思索之後，他通知說：「有命令，命令不是白下的，而是必須執行。」他逐字逐句地說著：「命令上說，守衛公路。根據命令，我們負責守衛公路，立即開始行動，誰還沒有袖章，現在拿一個，然後我們進入陣地。」

經過這樣一番談話以後，我們這兒的人民衝鋒隊進入了陣地。由於我父親和畫家奉命共同守衛我們這條雖然偏僻，並非要道，但畢竟可以通行車輛的公路，因此在我的想像中浮現出這樣幾幅圖畫：一個潮溼的地洞，是的，齊胸，夠四個人用，南側是一道牆，射來的子彈在牆上四處飛迸，但只是開始時飛迸著，因為在多次沒有結果的進攻之後，在這座可憐的防護牆上升起另一垛牆，由一動也不動的人體組成的牆，不用說，他們的手僵直地伸向天空，前方遠處的草地上布滿了許多履帶斷裂、炮塔炸毀的坦克，有幾輛冒著濃煙。這是戰後休憩，地下有許多飛機殘骸，飛機被擊中後就一頭栽進了鬆軟的泥煤土裡，至少飛行員的座艙埋了進去，露在地面的只有一小部分，小得出奇。我想像自己是個運彈藥的人，送飯送水的人，像那些男人一樣，我頭上也綁著一條新的、也許是希爾克幫我纏上去的繃帶。這些純屬想像，想像中的一場印地安人遊戲！

他們戴上了有印記的袖章，分配了武器，規定好位置——據說要在這個位置上緊緊咬住英國裝甲車和裝甲偵察車——但並沒有把我轟走。他們的陣地就在風車——我的風車下面。他們準備在人工堆的山丘上挖戰壕，從這裡可以俯瞰我們的公路，一直望到胡蘇姆公路，還可以同時保衛那座陳舊的水閘。此外，老霍爾姆森家的草地足以容納被打壞的飛機和裝甲車。他們揹上卡賓槍，扛著火箭筒，抬著子彈箱和手榴彈箱，用唯一的姿勢，即被武器重壓的姿勢，小碎步走出廚房，膝蓋發軟地走上磚石小路。我小跑步追隨著他們，希爾克走出自己的房間，母親走出了臥室，非常關切地注視著這支隊伍。由於其餘的人都肩挑手擔，不能揮手，我便代替他們向女人們揮手道別。希爾克做了一個威脅的手勢，但我母親卻不理會她。我們的人民衝鋒隊就這樣進入了陣地。

我拖兩把鐵鍬，他們就緊挨著風車築起戰壕。一個齊胸地洞挖成了，沒冒地下水——這在我們這裡意味著什麼呀——以這個洞為中心，我們又挖了幾條橫壕溝，手榴彈、子彈就存放在那裡，這有幾個火箭筒也給拖了進去。

看著這四個男人挖戰壕是頗有意思的：興納克．廷姆森不停地吹著口哨，儘管是無聲的口哨，含著鼓勵的微笑對著每個人；飛禽站的柯爾施密特無所顧忌地發洩自己的憤怒，在整個挖戰壕的勞動中，他都在咒罵，還把幾句罵人話變出各種有意思的花樣來；馬克斯．南森板著那張冷冰冰的臉，無表情而專心地幹著我父親命令他做的一切，看來他已打定主意只用手勢來說話。末了是魯格布爾警察哨長，旁觀者一眼就能看出他是這裡的負責人，因為無論在堆砌那平而寬的土牆，或檢查射程範圍時，他都在深思、在計算，並及時提出修改；事實上，我父親的全部精力都用在安排和偽裝磨房下的陣地上了。

在三、四個小時內，這幾個性格完全不同的人建造了一個難以辨認，但卻能控制整條公路的陣地，可以輕而易舉地從三面來保衛這條公路，只有通往北海的那一面是開放而危險的，可是這裡不需要設防，因為估計對方不會從這裡登陸。那麼從空中來呢？那平坦的壁壘已蓋上了一層枯草皮，從空中觀察獲得的印象也許是在磨房陰影中一大堆與世無爭的牛糞而已。一切必要的檢查和審視都令人滿意，這些男人們便相互幫助著走下地洞，拿起卡賓槍和三個火箭筒，架好了武器，緊緊盯著通往胡蘇姆公路的那條公路。

他們把我攆走兩次，我兩次都又跑了回來。可是，當父親用平靜聲調發出第三次警告後，我知道如果再回來，等待我的將是什麼，因此，我拍掉身上的蒲公英，向大壩走去，繞了一個大彎，躲過了我們的人民衝鋒隊，又悄悄溜回磨房，隨即爬到磨房頂上我的隱蔽所，把梯子拉了上來，使任何人都不能追蹤我。

有什麼狀況嗎？我錯過了什麼嗎？我扯開窗前的馬糞紙，趴在我的行軍床上，轉動我的天線，首先向下面的陣地望去——全體人員一個不少——然後看著胡蘇姆公路閃亮的柏油路面。路上有什麼在滾動，有人在拉，有人在推，一輛裝滿了東西的手推車，周圍有六個男人，似乎在保衛這輛手推車。沒有裝甲偵察車，沒有坦克。格呂澤魯普方向也沒有什麼情況。為了防萬一，我搜索了一下北海，一直望到了地平線，一無所見，沒有敵機把校園當成機場，里本公墓也沒有動靜，只有一輛手推車。除此之外，沒有任何值得那四個警覺的男人注意的目標，沒有製造一場人為暴風雨的機緣。

我當時就感到奇怪，為什麼我們的人民衝鋒隊沒有想到派個人到磨房的高處來擔任觀察哨？既然他們疏忽了，我就自認是他們的私人前方觀察員，即使沒人委派或允許我，在某種意義上我是受自己的委託進行活動的。做有益的事情可以不要徵得別人的同意，如果遇到危險，我可以向他們報告我所偵察到的裝甲偵察車或坦克的全部細節，但是什麼情況也沒有，前方沒有，背後目光能及的遠方也沒有，簡直不可理解，值得射擊的東西一直沒有出現。地平線上也沒有冒出什麼來。

我下面的那些男人大概也是這麼看的，因為經過半個小時費勁而又無效的值勤以後，他們進行了討論，一致認為一條空曠的地平線無需所有的人來保衛，並很快同意把這個小組分成兩個更小的小組。現在，只讓兩個人觀察著地平線，另兩個人我姑且稱他們作替換哨吧，他們坐在坑裡打盹，積蓄力量。我知道，父親和畫家一組，另一組由廷姆森和飛禽站的人組成。他們等候著，在卡賓槍和火箭筒前等候著。如果索爾林方向的獵槍突然衝我們這邊響起來的時候，我馬上可以發出警報，但是，那邊的獵槍毫無動靜。要是里本的白玫瑰倒了下去，要是一個用樺樹枝偽裝起來的不知名牲畜向我們這邊跑來的話，該有多好！我們卻必須等待。

我不知道做點什麼才好，為了消磨時間，我把發硬而彎曲的油灰和小玻璃碎片收集起來。我已經找到一小堆了，於是，我試著將一塊油灰從我這裡扔到人民衝鋒隊的陣地裡，恰好落在興納克．廷姆森的頸項上。儘管他不相信自己已經受傷，但卻認為自己是被柯爾施密特捏了一下，於是使勁把這位莫名其妙的夥伴推了一下，差點把他推倒。短暫的爭吵聲一直傳進我的耳朵裡，父親則根據目前的處境進行了調解。現在，他們又彼此互敬煙葉了。

我又把一隻手伸到外邊，鬆開手，又馬上縮了回來，看著玻璃片遵循著物體降落的原理，有時還閃著光，落進地洞裡，但是我完全沒有想到碎片竟然落進了廷姆森的煙盒裡，而柯爾施密特正要從煙盒裡拿煙葉往煙斗裡塞呢。飛禽站的人驚訝地拿出了玻璃片，瞪起雙眼看著它，就像看著一塊隕石碎片一樣。他把碎片當作單眼鏡片觀察天上不安定的浮雲，最後把它遞給了興納克．廷姆森，他搖著頭，把它扔出了陣地。

我決定要把一大把油灰和玻璃片撒到我們的人民衝鋒隊的頭上去，這一次的目標是我父親，但是，我的這個打算沒有實現，因為陣地前面有人在行動。

有人溜過了水閘，沿著水溝猛一拐彎，神不知鬼不覺地向陣地跑來。是希爾克。

難道真是神不知鬼不覺嗎？希爾克提右手提著籃子，左手提著水壺，就像拿著她的體操棍一樣，來回擺動著，身體隨著這擺動向前移動，走上已辨認不清的磨房小路，越過墨綠色的小丘，來到陣地前。要是我呀，我會讓這些男人早點兒吃飯的，但是希爾克來得並不早，她現在才把籃子和水壺送到陣地來，想自己送到坑裡去，但是父親不肯，希爾克只好坐在那根腐爛的橫梁上，讓人民衝鋒隊隊員自己去吃喝。

他們吃著麵包夾香腸，喝著茶。魯格布爾警察哨長想知道麵包裡放的是些什麼，只有他一個人把麵包片掰開，看看夾的是什麼，然後顯然毫無興致地吃他那份乾糧。廷姆森覺得應該用隱秘的、但是誰都明白的手勢要希爾克下坑到他跟前來，但她笑著揮手拒絕，似乎知道他想幹什麼。畫家沒有吃，只是喝茶，抽煙，獨自一人靠牆站著。柯爾施密特坐在那裡啃著，邊啃邊抱怨要畫家到這裡來。只有一個人在吃飯的時候還盯著地平線，那就是我的父親。

我不能只看著他們吃，我必須到他們那裡去，於是我走了下來，出其不意地出現在那裡，把希爾克嚇了一跳，連連斥責了我三次。

酒店老闆說：「小傢伙！你們看，有吃的他就來了。你一下子從哪兒鑽出來的呀？」

「那兒。」我說著，把頭隨便向大壩那邊一甩。

「是飛來的嗎？」

「是。」我說。

接著，他們就讓我喝茶。我捧起水壺，掀開壺蓋就喝，吃了畫家不想吃的夾心麵包，連飛禽站的人吃剩的東西我也吃了，而且特別愛吃，因為他的麵包夾著自家製的肝腸。父親容忍我和他們一起吃，也暫時讓我聽著他們的談話。他們以人民衝鋒隊隊員的身分，談論一種坦克的型號，說必須讓它開得很近才打，說排氣管是它最虛弱的地方；他們談起夜晚，霧天和春寒時的景色，連手電筒以及怎樣節約電池也談到了。只有畫家沒有跟著聊天，他好像自願擔任警衛。另外三個人坐在地上，考慮還缺點什麼。他們現在缺的當然是撲克牌。沒有人有撲克牌嗎？廷姆森上衣口袋裡有一盒舊撲克牌，這曾經是他的工具，當他開大酒店的時候，他這些玩意兒把客人全給嚇跑了。「我有，誰發牌？」

畫家還是盯著地平線，這些人在他身後玩起來了，開始還有些心不在焉，不時地聽聽動靜，後來越玩越來勁，越玩越無憂無慮了，用玩牌消磨時間；有人抱怨，算牌並證明說：「剛才你要不是那麼打，那我就會贏最後兩把了……這是誰都清楚的。」父親連出兩次方塊，兩次都輸了；柯爾施密特兩次都大獲全勝，他雖然贏了，卻很不情願似的，甚至大發脾氣。像柯爾施密特這樣生氣的贏家可是很少見的，他想輸，輸了好發洩自己滿肚子的火氣，但卻一直贏。「又是胡鬧。」他說，然後攤牌，他又贏了。興納克．廷姆森呢，儘管他很精明，睡覺時也在盤算，但玩起牌來也不怎麼樣。總之，他們興致勃勃地打著牌，也許沒有忘記敵人，但卻把我忘記了，誰也不想把我攆走，因此，我也就看不到一把乾油灰和玻璃片從磨房頂上撒到陣地上會有什麼後果了。

接近傍晚的時候，飛機終於來了，幾架噴火式和野馬式戰鬥機從弗倫斯堡或石勒蘇益格低飛而來，從我們頭上掠過，朝北海飛去。飛機的影子還看不見呢，廷姆森就用那繳獲來的義大利卡賓槍開起火來，他事後為自己辯解說，這叫做散射。飛機緊挨著樹梢，就像跨欄運動員一樣向我們飛來，引擎的隆隆聲越來越迫近，越來越響，越來越尖，這時，它們已經飛到我們學校的上空，越飛越低，眼看就要碰著霍爾姆森瓦爾夫被風吹得歪歪斜斜的樹籬了。在將碰未碰之際，它們又稍微升高了一些，現在，它們準備一起著陸。飛機的影子越來越大，越來越慢地投在地面上，它們肯定是準備著陸的。但是一下子又改變了主意，也許是因為陣地裡的男人開始射擊了。柯爾施密特，飛禽站的柯爾施密特射擊得特別起勁。他們拉開槍栓射擊著，不可能用較長的時間瞄準這些橫衝直撞的目標。

畫家也在射擊嗎？畫家馬克斯．南森也在射擊，有時對著飛機，有時卻對著磨房的池塘，因為他槍栓拉得太快了，池塘裡好幾次噴起了細長的水柱，野鴨子驚嚇地拍打著翅膀從蘆葦叢中飛起，伸著長長、僵硬的脖子越過了陣地。飛機並沒有還擊，也許他們把炸彈扔光了，也許是子彈射完了，也許，但這一點我可不能作出準確的判斷，我們的射擊壓根兒就沒有引起他們的注意，儘管廷姆森發誓說他曾好幾次連續擊中了一架飛機。難道它們想用自己的機身衝垮大壩，給北海打開大門？不，它們只是在大壩上一掠而過，飛到海上，變成了幾根黑線條，向地平線衝去，最後成為黑點，消失了。

人民衝鋒隊保全了自己的武器。他們慢慢開始聊起剛才的經過，我則收集子彈殼，數著。令我感到驚奇的是，居然有這麼多的子彈殼，我原來聽到的槍聲好像並沒有這麼多呀！人民衝鋒隊隊員們一致認為：「我們應該密集火力，集中打一架飛機，事先要把目標交代清楚，下一次我們就應該這麼辦。」他們很容易地取得一致意見之後，四個人又警戒了幾分鐘。不一會兒，注意力就分散了，有人把牌集中在一起洗了洗，這時，廷姆森說：「這回該輪到我了，這回我得贏你們！」大家立即按照他的話辦，蹲在已經踩得很結實的地面上，開始發牌了。

「你寧可站著嗎？」父親問道。

畫家擺了一下手說：「你們坐著吧。」

我坐在畫家身旁蓋著草皮的土牆上，不敢跟他說話，只是隨著他的目光巡視著他經常描繪的大地：深綠色、農舍屋的火紅色。我們一同巡視泥土路和兩旁栽種果樹的公路，我們同時發現了遠方的一個騎馬的人——我向那邊指去時，他點點頭——載重汽車也沒有逃脫我們的眼睛，汽車跑動時，屁股後面捲起一股塵煙，它正沿著海濱公路向索爾林莊園駛去。我盡可能追隨著他的目光，我們的身體同時來回轉動著，有時，他提醒我注意什麼，而我恰好和他同時發現了，我便點著頭。但是，我首先看見了希爾克；她從「淺灘一瞥」酒店出來，正沿著大壩頂上的道路回家去，把空水壺掛在手臂上轉圈。布雷肯瓦爾夫沒有絲毫動靜。與此相反，老霍爾姆森則在霍爾姆森瓦爾夫不停地拉鐵絲網，而且肯定是從棚子往院子裡拉，也許他為了霍爾姆森老太太的安全，要把院子圍起來。畫家很少拿起警察哨長的望遠鏡來觀察。

我們等待著，一直等到幕色降臨，仍然沒有任何動靜。太陽落到大壩後面，就像畫家在堅硬不吸水的紙上讓它呈現的那樣：一道道紅光，黃光和棕紅色的光，落到或者說滴落到北海中去，浪峰更加灰暗，鐵鏽色和艷紅色散在潔淨如洗的天空中，輪廓並不分明，像是畫筆一掃而過，手法甚至有些不太靈巧，而畫家要的卻正是這樣的畫面。他確實說過：我和靈巧無緣。於是，一個緩慢的、笨拙的，甚至還帶有些英雄色彩的日落畫面便展現出來了，開始還界線分明，接著便層層重疊。這個場面在陣地的後面重複著，從風格上來說，簡直無可挑剔。

這回，他們三個玩牌的人碰上好運氣的機會是均等的，打完一盤，只是草草議論幾句。與納克·廷姆森不時地問我們：「她來了沒有？」他指的是約翰娜，他的前妻，她該從「淺灘一瞥」酒店給他送吃喝來的。畫家和我說，我們一見就會通知他的。

在這樣的日子裡總是伴隨著暮色降臨的大霧，今天也姍姍來遲了，但是，牲畜卻和平常一樣，在這個時候開始叫喚了。先是從遠方傳來了一陣低沉的、突出的叫聲，這是地平線下面一頭看不見的牲畜的叫聲，在我們的陣地下面，黑白相間的牲畜把頭伸向牠認為合適的方向，搧動長毛耳朵，但沒有獲得回應；當遠方的叫聲又開始時，有一頭牲畜才費勁地仰起頭，吐著一圈圈白氣呼應了起來，牠並沒有馬上得到回答；這時另一頭牲畜卻用喇叭一樣的聲音摻了進來，使得里本方向的另一頭牲畜不再保持安靜，發出了從未聽見過的低沉的叫聲，這可能是遠方那頭牲畜的問話引起的，因為此時牠的聲音如此緊迫。但是低音還未回答，我們周圍的牲畜都加入了這場大合唱。

每到傍晚，牲畜的叫聲就從一處傳到另一處，我向來毫不在意，可是那天傍晚，我卻專心傾聽著牠們的聲音，卻沒有察覺到畫家做出了什麼決定，並在暮色中做了準備。突然，他撐起身子跳出壕溝，拍去身上的泥土，回頭向另外幾個人說：「一會兒，你們就什麼都看不見了。明天見吧！」接著，便上路了。

父親扔下手上的撲克牌，喊道：「馬克斯，等一會兒！」畫家卻繼續向前走著。警察哨長讓興納克．廷姆森協助他爬出地洞。他用手扶著帽簷跑著，從池塘那邊斜插過去擋住畫家的去路。其實，畫家走得很慢，他根本就不需要這樣做。他趕上了畫家，把手放在他的肩上，說：「你怎麼啦？不能隨隨便便就走呀！」

「馬上就要天黑了，」畫家說：「所以我想待在家裡。」

父親緊挨著畫家，忍受著他那蔑視的目光慢騰騰地說：「你大概忘了你帶著袖章吧？你大概不知道這意味著什麼。」

畫家一句話也不說，把袖章退了下來，遞給警察哨長。但是，哨長不肯接過去。最後，畫家對我說：「你幫我保存到明天吧。」

「拿著袖章，」父親命令說：「回到崗位上去！不能擅自離開，不能隨隨便便地回家。」

「你們可以繼續打牌，」畫家說：「要是你們繼續玩牌，我並不反對。」畫家想在話裡表達出謹慎的藐視，卻沒有產生這種效果，因為此時我父親非常激動，什麼也聽不出來；即使聽出來了，此時此刻也不能接受他這種蔑視，不理會他的言外之意，我父親只想按規定來解決這裡發生的事情，在這樣的情況下是另有規定的，他顯然是知道的，在這一剎那間，他想起了這些規定。他一字一句地說：「我第二次命令你留下！」他用「命令」這兩個字，把話說得夠明白的了。

一直在陣地中向這邊觀望著的廷姆森和柯爾施密特，大概也看出來，矛盾已經變得尖銳化了，他們都想當個目擊者，於是就都走了過來，但是立即就受到了批評，因為我父親說：「每個人都應該堅守在自己的崗位上。」

「對呀，」畫家說：「自己的崗位。我的崗位就是回家。」

接著，他就像一個已經把理由說清楚的人那樣準備走開。

警察哨長卻不這樣認為，他一下子把槍盒打開，抽出手槍，對準了馬克斯・南森──對準他的腰部上下──他不再重複自己的命令。他站著。天已經黑下來，什麼也看不見了。拿著大口徑的、幾乎未用過的手槍的手是多麼平穩！這樣全副武裝地站在這裡，他一點兒也不覺得怎樣！這支手槍他用過兩次，一次是一隻發狂的狐狸咬了一頭小牛，另一次是因為霍爾姆森的一頭種牛搞亂了格呂澤魯普車站的運行計畫。

柯爾施密特突然說：「理智一點！」可是，不清楚他指的是誰。他們究竟要這樣對峙多久？一言不發，又不緊張，或許他們僅僅想知道事情可以發展到什麼地步。他們都很鎮靜，彷彿事先就知道會有怎樣的結局，因為或許他們早已多次這樣對峙過。父親拿著手槍，根據規定，一再重複說：「我在這裡最後一次命令你留下。」

我伸手把袖章交給畫家，畫家連看也不看，但又擺脫不了我父親。他的身體終於有所動作了，那勉強做出的從容的姿態，不再那麼從容了，在手槍的壓力之下，他的身體微微有些前傾。根據我對他們的了解，我當然不會懷疑畫家會根據自己的決定離開這裡，我同樣不會懷疑我父親是會開槍的，因為他們倆都是格呂澤魯普人。

畫家證實了我的看法。畫家說：「我要走，嚴斯。誰都攔不住我，你也攔不住我。」由於魯格布爾警察哨長沉默不語，他又接著說：「一切都不能改變你們，戰爭結束也改變不了你們，只有等到你們死絕才行。」

父親不回答，此時，他只要求畫家執行他的命令，別的以後再說。命令已經發出，他等待著命令的執行。

「馬克斯，要是你走，」柯爾施密特說：「那我跟你一塊兒走。」他扣好上衣。

「好吧，」畫家說：「我們一起走。」

「有一點你必須認識到，嚴斯，」柯爾施密特對我父親說：「我們在這兒待一晚上，幫不了任何人的忙。好像我們能阻擋什麼似的！這一切都是胡鬧！」

又有一個人要離開陣地，但是，這好像與魯格布爾警察哨長無關，他的眼睛只是盯著畫家，他只想和他一個人爭論。

「來吧，嚴斯，」柯爾施密特說：「別惹事了，把傢伙塞回去。」說這話時，他本想拍拍警察哨長的肩膀，可是，他突然嚇了一跳，不想再去拍，伸出了的手猶猶豫豫地縮了回來。

我父親的嘴唇在嚅動，準備好要說的話，然後把身子轉向柯爾施密特說：「逃兵，你大概不知道逃兵的下場是什麼吧！」

「慢點，」柯爾施密特說著繞過我父親，緊挨著畫家，組成了一條陣線，一條抗拒的陣線，至少是持不同意見者的陣線。他非常鎮靜地說：「好大的口氣，嚴斯，該好好擦擦你的眼睛吧！我們現在離開這兒，明天早上回來。」

「要是大夥兒都在這兒毫無意義地開槍，」興納克．廷姆森說：「那我也不幹了。在這兒過夜沒有意義，剩我一個人更不想幹了。」他從後面走到畫家和柯爾施密特一邊來了，並以此表明他已經做出了抉擇。

雖然他們要共同行動，又一致宣布要離開，卻沒有人敢邁出第一步，這倒不是因為害怕那隻平穩地舉著手槍的手，而是想成功地把警察哨長拉到他們一邊來，一起離開陣地。

我父親目不轉睛地注視著畫家，畫家此時有可能說幾句，但是，眼前他不想再說什麼，即使廷姆森在身後捅他，鼓勵他說話，他還是不說，也許因為唯獨他看出我父親在其他人也決定回家時，已經放棄了爭論。畫家讓他自己拿主意。他一言不發地等待著，也讓別人跟他一樣等待著。

我當然還可以讓我們的人民衝鋒隊在暮色中，在沒有葉片的風車前再待上一會兒。一個回憶往事的人，必須像商人在過秤時一樣，把虧損估計在內。我也許算了，因此我讓父親不再和畫家交換目光，驚訝地匆匆掃了這幾個人一眼，離開了他們，用均衡的步子從他們身邊經過，爬上小丘，回到陣地上，回到他認為人們委派他在的地方。

那時，我除了跟著父親以外，別無他法。他一聲不吭地協助我跳進地洞，拖了一口箱子過來。我坐在箱子上，發現面前有一支槍，可是我沒有去碰它。我們倆都看著那幾個男人，他們都還沒有離去，他們挨得很緊地站著悄聲說話，也可能他們一下子又意見不一致了。但是，他們還是走了，有時只能聽到他們的腳步聲，他們一起走到水閘邊，儘管只有飛禽站的柯爾施密特必須經過那裡。這時，他們又不肯分手了。是呀，要他們分開是不容易的。最後這幾個人還是分散了，向不同的方向走去。現在我們什麼也看不見，我估計他們中間會有一個人，比如興納克．廷姆森會重新出現在陣地上，抱著他的槍，似乎什麼也沒有發生過一樣。但是誰也沒有回來。

現在，我一個人和魯格布爾警察哨長待在陣地上，他正彎著一隻手擋風，點上煙斗，然後用他那刻板而堅定的方式窺視街道、草地，特別是在夜幕籠罩的田野上有無敵人。此時大霧也來幫黑夜的忙了。牲畜安靜了，牠們都躺下了。在風車池塘後面，還隱約可見牠們一長塊一長塊的身子。霧氣聚成扁平的長條狀，裊裊上升，向四處擴展，把台地上的農舍輕輕托起，就像漲潮的海水把海灘上的小船浮起一樣。偶爾從遠處震過來一陣衝擊波，估計是爆破而不是炮彈產生的。

「回家去吧，」父親說。

「那你呢？」我問道。

「睡覺去吧，」他又說。

我懷疑地看著他，但是他嘴上說的，確是他心裡想的，他用頭朝魯格布爾方向一歪，於是，我爬出了陣地，讓他一個人守衛在那裡。

「你呢？」我又問了他一次。

「我得尋找一個名稱。」他說。

「一個名稱？」

「為不幸，為不幸和所有這一切尋找一個名稱。」

「那晚飯呢？」我問道。

他一擺手，想了想，聳了一下肩膀說：「要是還剩下醃青魚，你們就給我留下。我在這兒還有事要做。」

像上次那樣，離開這兒，繞個彎兒再悄悄回來嗎？不，我已經沒有興致了，我在他的注視下，頭也不回地往家裡走去。剛進院子，我就聽到短促的電話鈴聲。

電話鈴響個沒完，為什麼她們不把聽筒拿下來？廚房裡有燈光，希爾克和母親剛在這兒吃過飯，現在都已回到樓上的房間裡去了。她們應該聽見電話鈴聲的，噢，是這樣，她們不願意讓人知道家裡有人，那就算沒人吧。也許希爾克正替坐在床上的母親梳她那金紅色的頭髮，將它編成一個閃亮的髮髻，我想。或者她正把鎮靜劑溶化在水中，按順時針方向攪動著。或者她正用自己那雙有力的手很內行地給母親按摩。沒有別人的陪同，我是不能進辦公室的，因此，這電話與我無關。剛才我也不在家。

食品儲藏櫃裡放了一碗醃青魚，我把它端到廚房桌上。我吃了一條鋪著洋蔥和石竹的深黃色青魚，又吃了一條魚皮皺在一起的青魚，把剩下的兩條用一張報紙蓋了起來，報上一個名叫德尼茨[13]的男人看著我，目光逼人卻又空虛。我在一張紙條上寫著：別吃掉！還打了一個驚嘆號，又

13 Dönitz，納粹德國海軍元帥，希特勒自殺後的政府首腦。

在紙條上壓了一把叉子。麵包呢？麵包他可以自己切。

我把魚刺端到外面，扔在黑暗的院子裡，然後上樓，在進自己的房間前，靠在臥室的門上聽了聽。毫無動靜。我進屋後，沒有先把防空簾放下來，衣服沒脫就倒在床上，等我父親回來。

我還記得，我在黑暗中瞧著、聽著，突然希爾克彈起鋼琴來了。她從來沒有學過，卻能用手指在鋼琴上小心翼翼地彈奏，鋼琴擺在屋外，在水閘旁，海鷗在她的頭頂上盤旋。她彈琴時，似乎有冰柱，很小的、小的、較大的冰柱從房簷上化開了，落下來，落在一塊玻璃上，粉碎了，跌碎時顯出它們是染了顏色的，主要是紅色與黃色。

然後，一片陰影落在希爾克的身上，是一架沒有引擎的飛機的陰影，一架灰色的、相當大的飛機，準備在父親的陣地旁降落，盤旋了幾圈，使人感到有一股冷嗖嗖的氣流。飛機降落了，向一邊傾斜著，橢圓形的門打開了，從裡面跳出來了的男男女女，淨是些熟人，走在前面的是安德森船長，後面有老霍爾姆森和普勒尼斯老師，布爾特約翰和希爾德・伊森布特爾。希爾克彈著鋼琴為這些人的跳躍伴奏，鋼琴倒映在水閘旁湍急的水流中，她的琴聲使大家手挽著手踏著舞步包圍了父親的陣地。圈子越縮越小，衣裳飄飛，但不是風吹的。

他們終於跳到父親近旁，站到他的上面，捆住他，把他從地洞裡拉了出來，邁著舞步把他抬到綠色的山丘上，抬進了磨房。風車現在有了葉片，張著骯髒的亞麻布的葉片，焦急地顫抖著。他們把我父親綁在葉片上，有節奏地拍著手，葉片開始慢慢轉動，我父親一下子從地上升起，腳尖朝下，身體懸空，葉片越轉越快，呼呼直響，能清楚地看出離心力的作用，在向上轉時他的身體呈水平狀態，葉片的影子在我們的臉上轉動，池塘裡風車的影子也在轉動，一直轉到磨盤上冒起了一股輕煙。是的，磨房冒煙了，空氣中有一股火焰味。

這時，我跳了起來，跑到窗戶旁，窗前升起一股細煙柱。下面院子裡，在清晨的陽光下，我父親站在一堆火前。他從分類文件夾中取出一份份文件慢慢投入火中，並看著不讓上升的火苗把燒焦了的紙片帶走。他把飛到一旁的紙片都撿回來，再投進火裡燒盡，如果火勢太大，他就翻著手中的文件等待著。

我站在那兒看著他，他終於發現了我，既然他沒有喝令我走開，於是，我就跑到院子裡，沒等他要求就幫忙他把被火焰吹起來的紙片撿回來。他感覺到我一直在一旁仔細觀察著他，但是他卻一直忍著。過了半天他才問道：「怎麼回事？你不認識我嗎？」

我沒有向他講述磨房和飛機在希爾克伴奏下降落的事，只是問他說：「我們什麼時候到那兒去呀？」

「過去了，」他說：「一切都過去了。」

接著，他從分類夾裡抽出紙來，揉在一起，扔進火裡。他臉色發灰，鬍子也沒刮，帽子歪戴在頭上，鞋上還沾著陣地上的溼土。他的雙肩下垂著，動作艱難，聲音嘶啞。誰要是看見他，立刻就會認為，他已經放棄了一切希望，再也游不到岸了。人們不好意思和他說什麼，因為人們已經知道是怎麼一回事了。他坐在一塊推過來的劈木墩上，人們可以看到他的背影。

他讓我一個人守著這堆火，自己則坐在疤節累累的墩子上，把那些陳舊的，也許是沒有什麼價值的文件扔進火裡，有時他也讀上幾行，完全心不在焉，似乎這些文件對他從來就沒有任何意義。他燒完第一批後，又回到辦公室裡再拿出一批文件，文件日積月累，真不少啊。他是不扔東西的人，什麼都要收集，分類歸檔，保存起來，這一切就像他生活的證明文件，總有一天他會對自己的生活算一次總帳的。

他對我很滿意，滿意我看火的方式，我把什麼東西都一燒而盡。他最後一次走進屋裡去時，除了拿出兩個分類文件夾外，還拿了許多書，一疊草稿，還有一個油紙包，上面鬆鬆地繫著一根繩子。

「連這個，這些看不見的圖畫也要燒。」

「統統都燒掉嗎？」我問道。

他聲音喑啞地回答說：「燒掉，統統都燒掉。」

他開始撕碎稿紙。這時，希爾克出現在台階上，她走到門前，叫我們進去喝茶。她嚷道：「要是你們不來，茶就涼了！」

後來，她又出來了一趟，走到火堆前我們身旁，毫無興致地重複了她的要求。她不看火，而是看著我。突然她說：「你的臉真老，西吉，你看上去已經有二十八歲了！」

我的姊姊就是這麼個人，她有時就像談論一匹馬似地談論一個人。我對她說：「你走吧！」

當她從火堆旁撿起一張燒焦了的紙準備念時，我一把奪了過來，扔進火裡。

「你走吧，接著彈吧。」我說。

「彈？彈什麼呀？」她莫名其妙地問道。

「鋼琴。」我說。

於是，她看著那個正在沉思默想的警察哨長說：「西吉過於勞累了，臉都變老了。」

我知道，不傷害傷害她，她是不會走的。我正考慮著怎樣傷害她比較好時，希爾克忽然叫道：「那邊！你們瞧那邊！」

我們轉過身子，向磚石小路看去，那裡停著一輛綠色的，橄欖綠的裝甲偵察車。車子停在那裡，引擎還在轉，炮管平伸著。一個士兵的腦袋從天窗裡伸了出來，頭上戴著一頂黑草帽。裝甲偵察車那方形、向下傾斜的車頭，慢慢開過魯格布爾警察哨的牌子，轉向我們駛來，車身摩擦到木柱，卻沒有把它碰倒。它開過了那輛破舊的板車，停在火堆前。

父親從劈柴墩上站起身來，下意識地把制服拉整齊，挺直身子看著裝甲車，並不害怕，只是挺直身子。當裝甲偵察車已停在火堆旁時，父親用我剛好能聽到的壓低了的聲音說：「把東西弄走！」但是，怎麼弄呀？

我伸腳把一個文件夾往那個油紙包前挪動，不停頓地，一寸寸地向前推進著，發出了輕微的響聲，沙土地上留下了一條帶狀的痕跡，好像什麼動物爬過一樣，也許是一隻烏龜。一個肩膀從裝甲車的天窗裡露了出來，接著是手臂，士兵向我父親招手，要他過去，問了他一些什麼，父親微微點頭回答。文件夾已經挨著了油紙包，趁那個士兵把整個身子從車子裡鑽出來並跳到地上的一瞬間，我把兩樣東西都拿了起來，往後退著走進了棚子，讓油紙包落在地上，然後手上拿著那個文件夾，又向火堆走去，繞著火堆慢慢走到正在和士兵說話的父親面前。

這個士兵長著一頭紅鬈髮，肩章上有兩顆紅星，要是這能說明什麼的話，一條褪色的布腰帶上繫著一個褪色的手槍盒，裡面裝著一把手槍，口徑和我父親那把一樣。他要把火踩滅嗎？他要沒收那些還能看得清的文件，拿到可靠的地方去鑑定嗎？難道魯格布爾警察哨竟有這麼大的價值？

英國士兵並不管這堆火。他對那些完好的或者是半燒焦的文件並不感興趣。他看著一張從貼胸口袋裡掏出來的紙條，用我們的語言結結巴巴地問我父親是否就是魯格布爾警察哨長耶普森。父親點了點頭。他又問這裡是不是魯格布爾？我父親也點了點頭。要是的話，那個英國士兵說，他就得根據這個命令逮捕魯格布爾的警察哨長耶普森。他疊起了紙條，又把它塞進貼胸口袋裡。他向裝甲偵察車做了一個手勢，不，不是對裝甲車，而是向視孔後面緊盯著我們的那雙明亮的眼睛，然後示意父親上車。

警察哨長猶豫著，他說：「總可以隨身帶幾件東西吧？」

士兵不知道該不該答應。為了確認，他向視孔裡說了幾句，那雙明亮的眼睛同意了。士兵把身子轉向父親，指了指我們的家。父親走在前面，士兵和我在後面跟著。

我們走進家門後，我真感到害怕，感到特別緊張。我以為，什麼事情都可能發生，唯獨不會發生這樣的事情：他不準備逃跑，不反抗，不言不語地收拾東西，按照他們的要求上車，離開這裡。我們走進了廚房，早餐放在桌上，茶壺等待我們去喝茶。父親把水槽旁窗台上的刮臉用具收拾在一起。我們走進了辦公室，那裡的書架空無一物，書桌抽屜也都拉開著，似乎抽屜裡的東西都被偷走了。

警察哨長拿起了公文包，打開一層，裡面除了公文包的第二把鑰匙外，什麼也沒有，他把刮臉刀具放了進去。我們一前一後地上樓到了臥室門口，敲了好幾下，母親才穿著浴衣，披頭散髮，出現在門縫裡，遞出來兩雙襪子，一條毛巾和一件襯衫，什麼話也沒說，因為她既看不見我，也看不見那個士兵。我們走進了我的房間，父親走在前面。我暗自問道，他還要從這兒拿走什麼呢？他只是在桌子上摸著，敲敲海圖，敲敲床架。

接著又走進了下面的廚房。那個士兵總是離開父親幾步遠，把手指插在褪色的腰帶上，完全沒有不耐煩的樣子。他看著父親隨隨便便地做了一個請求諒解的動作之後，把茶倒進那個厚厚的陶瓷杯裡，一面喝著茶，一面從杯口輕蔑地懷著反感觀察著那個士兵。父親喝茶時，我一直拿著公文包。他居然能如此有耐心，能如此安逸地喝茶！儘管士兵已經把一隻腳踩到一把椅子上開始抖動起來，父親還居然把茶喝完，並且倒了第二杯。直到他喝完了第二杯茶，才從我的手中接過公文包，並和我握手。他把希爾克從食品儲藏室裡叫了出來，和她握了握手，然後來到走廊上，聽了聽上面的動靜，想叫又不想叫，尷尬地朝士兵笑著，而士兵連理也沒理他，最後他終於叫道：「再見！」然後挺直了身子，表示他已經準備就緒。

我們陪他走出家門，站在台階上，身子跟那輛橄欖綠的、畫著一隻大老鼠的裝甲偵察車的炮塔一樣高。

「我很快就回來！」父親叫道。

希爾克小聲哭著，我不用看就知道是她，因為她的哭聲就像打嗝一樣。現在他們都站在裝甲偵察車前，士兵接過父親的公文包，用大拇指指了指上邊，這時，一雙赤裸的、滿是雀斑的手臂把我們——希爾克和我——推到一邊，推到牆上。

她來了。母親披頭散髮，穿著褐色圍裙從我們中間走過，她的腳摸索著踩下去，柔軟而健壯的身體直挺著，腦袋往後仰，她的動作令我聯想起一個驕傲兇惡的女皇——是哪一個呢？——總之，她的出現使士兵推了一下父親，又向他說了幾句什麼。那堆火幾乎已經熄滅了。母親站在火堆前，讓父親走過來。父親越走越近，越走越近，已經近在她身邊了。她伸開兩臂，那樣子像是在比喻捕到的一條魚有多麼大一般。她擁抱他。她匆忙地、笨手笨腳地摟著他。然後把手伸進了圍裙的口袋，遞給了他一件東西，一件小小發亮的東西，我想那可能是一把小刀。他接過小刀，揮了一下手，像是在回覆一個信號。

「準備好了嗎？」士兵問道。魯格布爾警察哨長爬上了裝甲偵察車。當車繞著火堆掉轉車身時，他仍然在看著我們。橄欖綠的車身緊貼著我們開過時，他驟然抬起了身子，用誇張的動作畫了一個十字，他是想在分別的時候讓我明白，我應當撐著。

第十四章　觀察

他們要半個麵包作為入場券。我們腋下夾著四個麵包，可以穩穩當當地換到四張入場券。我們從布雷肯瓦爾夫出發，沿著大壩下面的小路，穿過格呂澤魯普的草地，向東一拐，到了稀疏的小樹林前。這片小樹林屬於集中營，也就是屬於現在被他們稱作封鎖區的克林克比和廷門施泰特之間的整個地區。不過這裡還稱不上是集中營，因為這裡沒有各種教科書所描述的，能夠監視並控制封鎖區的鐵絲網、營房、瞭望塔、探照燈和崗哨。

為了管好這六十萬被俘的士兵——他們中間有許多人還沒有意識到自己是俘虜——他們建立了一個封鎖區。我們彎腰看了一下地圖：這裡是從克林克比通往格呂澤魯普的公路，然後我們又在胡蘇姆公路上走了一段，又從法爾特沼澤向東南方向拐去，讓封鎖區的邊界一直延伸到廷門施泰特，於是整個封鎖區就被一條貫通的公路環繞著，再讓裝甲偵察車在這條公路上巡邏。

這場一開始是那麼勝券在握的戰爭結束了。不管是從北邊、從東邊，或是從南邊成功地逃跑的人，都被巡邏的裝甲偵察車截獲，帶到封鎖區去。在封鎖區裡，人們可以自由活動，士兵們可以自己確定帳篷的位置，可以組織關於離婚法的報告會，可以不經允許就去摘酸模草和好處很多的蕁麻葉，而且也不禁止組織歌唱晚會、讀書晚會和戲劇晚會。在這裡，藝術家也不乏其人。鄰近田莊的居民可以到封鎖區來觀賞演出；為支持被俘的藝術家們，他們要求我們交半個麵包作為入場券。

我不想問沃爾夫岡・馬肯羅特將怎樣從心理學的角度來評論這事實，即我有生以來第一次看戲得付出半個麵包。此外，我們拿的軍用麵包，是透過封鎖區的會計弄到手的，現在，又由我們帶進封鎖區去。總之，我們向小樹林邁進，我、希爾克、布斯貝克博士和畫家。畫家把兩個麵包裝在一個紙盒子裡。天氣怎樣呢？按教科書說，是卷雲、積雲；風向：西風轉西北風。多雲時晴。這正是看戲的好天氣，當時我沒有想到，今天才知道這是怎麼回事了。我們把麵包交給了會計，他點了人數，讓我們進去，長頭髮的海軍士兵幫我們找座位，領著我們朝前走，來到搭在小樹林——松樹、山毛櫸和楊樹——中的舞台前，舞台用縫在一起的帳篷做頂。一萬二千名觀眾盤腿坐在枯草地上，有嬉笑著的，有用勺子在碗裡舀東西吃的，有不少在那兒打盹的。叫人吃驚的是居然有許多人在摳腳。有幾隻喜鵲飛到這稀疏卻尚可藏身的小樹林裡來，牠們還下不了決心在樹梢上停留，又匆匆地飛走了。田鳧早就離開了封鎖區，山雞、還有愛清靜的野兔也都從這裡遷走了。

演出開始以前，又有人講話，他穿著鋥亮的皮靴，有一張滿是皺紋的娃娃臉，從小樹林中走上舞台，讓大家安靜。這個人很可能是個會計，他開始講話了，講得很激動。在我周圍，有人在拍打什麼，短促的咒罵聲越來越響，原來是牛蠅和黑蚊子紛紛飛來，但是牠們不能影響演出。

一個長著亂糟糟的絡腮鬍子、裝著一隻鐵手的傢伙——據說他為皇帝獻出那隻真正的手——人們竭力稱頌他，說他英勇又高貴，在敵人的騎兵叢中殺出了一條血路。他當然為自己的負傷感到自豪。他並不反對皇帝，因為皇帝是他的朋友，但他討厭主教和那些小邦公侯，因為這些人相當可惡。由於他妨礙了這些人，他們自然要排擠他、打擊他，雖然他的朋友們和勇敢的騎士們使此輩久久未能得逞，但最後他還是被指控為縱火殺人犯，被送進海爾布隆監獄，那裡的獄卒允許他在小花園中曬太陽。無計可施了。他死了，死了卻還在撲打咬他的牛蠅，就像公侯和夫人們一樣，他們也一個勁兒地撲打牛蠅和黑蚊子，這都是在舞台上演的。

我感到很驚訝，這齣戲竟如此乏味。就說那些對白吧，什麼「千萬層沉重的苦難，你們滾出去吧」；什麼「直到死亡」；什麼「告訴你的長官，對於國王陛下，我永遠懷著內疚的尊敬」。我越來越注意那發狂的拍打聲和咒罵聲，這是觀眾和演員對那些咬人為樂的蟲子的回答，而不再注意舞台上的對答。我毫無辦法，當那個鐵手漢子叫道：「他呀，你告訴他，他可以舔我的屁股。」這時，我無法跟大家一起笑，更不可能一起鼓掌了。

唯一使我感到興趣的是某個馬丁兄弟，一個演員，穿著一身修道服出場，他使我立刻想起了克拉斯；他的聲音、動作，微微前傾的站立姿勢，使我覺得他非常像我哥哥克拉斯。我碰了一下畫家，讓他注意這個馬丁兄弟，他點了點頭，似乎他知道更多的情況。馬丁兄弟幾乎沒有得到什麼掌聲，而其他的人卻被掌聲弄得下不了台，尤其是那些聲音低沉的婦女。只要他們一上台，或者捏碎一朵花，抹一抹眼淚，掌聲就響起來了。在雅各斯特豪森宮殿的別離那場中，當一位夫人掉了假髮，露出那條分明的男人髮際線時，一萬二千名觀眾大為興奮。

希爾克的哭泣完全可以理解。畫家過後對她說，只有她才看懂了劇情，這也是在看戲時發生的。剛開始，我還有興致想溜到後台去，到小樹林中去，因為我還抱有某些希望。但是，演出的時間越長，我就越對在山毛櫸和松樹陰影中所發生的一切感到無所謂了。我數了數有多少老百姓，計算出他們總共帶來了多少麵包支援忍飢挨餓的藝術。大概有三十到三十五個麵包吧？確切的數字只有會計知道。

暮色降臨了，舞台上響起了哀號之聲，聽起來就像真的一樣。因為有個名叫魏斯林根的相當叫人討厭的傢伙，他的臉被蚊子咬腫了。越來越多的抱怨聲，表示演出結束了，因為那個有著一隻鐵手的漢子或是由於哀怨，或是由於苦惱而死，也許哀怨和苦惱不幸地一起降臨了。我對這齣戲不感興趣，因此不能同俘虜觀眾們一起歡呼，我第一次接觸戲劇竟使我大失所望。我往外擠著要回家，但是畫家還有點事，他讓我們等著他，就獨自消失在舞台後面的小樹林中了。觀眾們站起身來，四散而去。許多人向希爾克眨著眼睛，吹著口哨，有的要她跟他們一起走。現在也看得出來，許多觀眾都睡著了，別人就讓他們躺著，從他們身上跨過去。許多觀眾在走路時還拿著鍋吃東西，左顧右盼地和人交談著。不少觀眾光著腳，把襪子拿在手上，把皮靴繫起來揹在身上。也有些觀眾不聲不響地離開，沒有人去注意他們。

希爾克跟一個名叫勞拉．勞里岑的女人打招呼，我知道她患有糖尿病。布斯貝克博士和索爾林莊園的索爾林夫人聊天，其實是他在聽她說話，耐心地聽她複述他在舞台上看到的一切。像魏斯林這類的人她想親自認識一下，她認為這個典型一點兒也不誇張。她說：「你相信我的話吧，博士，世界上有許許多多像魏斯林這樣的人。」布斯貝克博士不想反駁她，因為她能說得天花亂墜。她對我說：「哪，親愛的西吉，你喜歡我們這些士兵的演出嗎？」她不等我回答，就替我說，我對哪些情節滿意，為什麼滿意。謝天謝地，她終於發現了馬格努森一家，他們也沒有弄清舞台上究竟演出了些什麼，於是，我們總算擺脫了她。但是畫家在哪兒呢？

他終於回來了，他的動作和臉色告訴我們，他了解到了一些情況，恨不得一下子就告訴我們。他擺動著雙臂，噘著嘴，彈著手指，在議論紛紛的人群中向我們走來。他說：「是的，真的是他，是克拉斯！他明天回家。」

誰都想立即多聽點情況，希爾克甚至還想跑到後台去，跑到小樹林裡去。但是畫家把我們拉走了，他一再重複說：「別去，現在別去。」他又拉又推，讓我們遠遠地離開了封鎖區的地界。我們走過裝甲偵察車和一座由松樹幹搭成的小橋。

「是克拉斯。」他說。

他還說：「這孩子還活著。你們想想看，世界上還有他。」

「是那個穿修道服的嗎？」希爾克問道。

「我簡直不相信我的眼睛。」畫家說：「但是我沒有弄錯。」

他是怎麼到封鎖區的呢？他們把他抓住了，沒別的。他曾兩次企圖闖回家去，但兩次都被人抓著了，後來被送到這兒來。據我了解，他在軍醫院住了好久，證件、檔案、懲處資料在一次空襲中燒毀了，可能也有人把他的案件拖了一下，後來他被送進了國防軍監獄，據說戰後他從阿爾托納步行到了這裡，但是，裝甲偵察車把他……現在他正等著被釋放，因為農業工人和藝術家優先釋放，他現在成了藝術家，和從前不同了。此外，畫家也進行了關鍵性的幫助，大家答應他，盡快把克拉斯放出來。

「肯定是明天。你們想想看，他又回來了。」在回家的路上，畫家一個人說著，偶爾被我們用一些簡短的問題打斷。我們要他把克拉斯和他相遇時所看到的一切都告訴我們，他對所見的一切的敘述，如果說當時並不使我感到驚訝的話，現在我卻感到十分吃驚了。這位老人的歡樂情緒是怎樣描述也不過分的，真的是喜出望外！只有一次他憂鬱地沉默著，這是在希爾克說到，她準備把自己的房間騰出來讓給克拉斯，他完全有資格享受這一點的時候。「我明天早上就開始收拾。」她說：「要是他明天中午回來，就可以搬進我的房間了。」

這時畫家說：「你等一等，先別這麼安排。」

「那他不是要回來嗎？」

「是的，他要回來，我明天親自去接他，但是，也許他先在布雷肯瓦爾夫住幾天吧。」

「他願意這樣嗎？」

「他向我提出的。如果他到我們這兒來，他就不只是要求離開封鎖區。肯定不會待久的，待那麼幾天。他必須先讓自己恢復過來。」

讓自己恢復過來，他這是什麼意思？這該如何解釋呢？我問到的人，在一番考慮之後，都聳了聳肩膀，他們有的反問我，有的說：「你會知道的。」這時，我幾乎等不及克拉斯回家了。

這個問題實際上沒有任何意義，開始是這樣，後來仍是這樣。克拉斯也沒有回答我，因為當我在過了那麼長的時間之後再見到他時，沒有機會和他說話，因為他一直在睡覺。他從早上睡到中午，無論晴天還是下雨。他們把布雷肯瓦爾夫那間未完成的房間給了他，他睡在地上一張行軍床上。他們總算把梯子和那一堆石灰、釘子、煙頭和鉛管搬走了。他躺在一張寬墊子上，身上蓋著一條畫家從畫室拿來的墨綠條花被子；有時只能看見他那失去光澤的頭髮，或者一隻腳，或者那隻套著毛襪的殘廢的手。

由於他們不讓我走進他的屋裡，我只能常常站在窗前，兩隻手按在玻璃上，一直站在那裡。我羨慕約塔，她可以坐在墊子前觀察他，看樣子是在照顧他睡覺。她送飯給他，她半躺著，一隻手肘撐著，看著他吃。當哥哥又躺下去時，她有時還替他蓋好被子。她根本就不注意我，即使有時我出現在窗前，看著她在那兒比實際需要的時間更長地整理著哥哥的衣服。把這些衣服仔細疊好之前，她還要比量一下他的上衣和褲子。即使克拉斯睡在外邊，睡在花園裡，睡在蘋果園裡或籬笆旁的一切避風的地方，她總是蹲著，露出一副骨頭架子警惕地不允許我靠近。在她的保護下，克拉斯可望而不可即。

「喂，小傢伙！」有一次他這麼叫過我，如此而已。

我除了習慣於他的昏睡之外，還有什麼辦法呢？我跑到布雷肯瓦爾夫去，期望他睡覺時能找到他，但是尋到他時他還睡著。徒勞地觀察了半天之後，我想，那就算了吧。我走了，去找畫家。他也不知道克拉斯還要睡多久，但是他卻了解，為什麼克拉斯除了繼續睡覺以外，什麼也不想做。即使我無法和克拉斯說上話，即使克拉斯只衝我眨眨眼睛，至多是短暫而又悲楚地一笑，但我那時還是盡可能地往布雷肯瓦爾夫跑，也許是因為我想要在他最後醒來時，待在他的身旁；也許是因為畫家正在那裡完成他的自畫像，這是他離開風車下的陣地後不久就開始的創作。

我總是先去看克拉斯，而他卻什麼變化也沒有，然後我就通過花園走進畫室，到畫家那兒去。他一聽到我的開門聲，就知道是我，便從裡面叫我：「快，維特—維特，過來。」這就是說，他又有困難了。他在和色彩進行探討，那目光顯得很不滿意。他正在創作他最新的《自畫像》。他把自己當作是繪畫的對象，但他逐漸認識到，不能協調一致。「我簡直就看不見我自己，」他說：「什麼都留不住，變幻得太迅速了，我不能把畫中的矛盾消除。那色彩突然不再是『友誼』，而是一種流逝的狀態；這色彩有著該死的要求自由解放的傾向，」他說：「它變成了一種不能隨意控制的力量。你看，西吉，你描繪這個試試看，只有這樣你才會認識到，如果色彩變成了一種力量、變成運動，變成空間的運動，那麼，僅僅用描繪所能達到的是微乎其微的。」

我坐在他的斜後方一口鋪著布的箱子上，看著他在一定的地方，一定的天空之下，一定的景色中去「攫住」自己，而披著火紅色狐狸皮的巴爾塔薩正在這景色裡走動，聲音相當輕，盡可能不被觸及地走過遠景。日本畫紙被色彩浸透著，使我聯想到紡織品，被不同色彩分成幾部分的臉，使我聯想到一個非常輕而薄的、發出照遍世界的光亮的假面具。左半邊臉是無力的紅灰色，右半邊是綠黃色，底色是斑斑點點的紅色。他看到的自己就是這樣一張面孔，兩邊不同的臉，灰色的眼睛從遠處望過來，透過藍色的薄紗，洩漏出隱藏的艱辛來。如果說，那微微張著的嘴準備說話，那麼，白光閃爍的額頭卻表示反對；如果說，鼻梁上的暗藍色把分成兩半的臉調和在一起的話，那麼我就不得不承認，這張臉是可以分成兩半的。沒有一個部位是輪廓分明、一清二楚的，嘴是這樣，眼睛是這樣，耳朵也是這樣，我覺得都像是人工製作的，像是用金屬製作的。

「怎麼樣？」他焦急地問道：「你覺得這幅畫怎麼樣？你說說看啊！你在思考問題的時候，不能不說話；如果你在看，也不能不說話。怎麼樣啊？」

我不知道他想要我說什麼，我不知道為什麼這兩個不同的半張臉——紅灰與綠黃——使他不能或不願甘休。

「沒有內容，」他說：「一幅畫不應表現內容，那又表現什麼呢？不，巴爾塔薩，色彩不能成為平板單調的，想一想冬天吧，當水彩突然在紙上凝凍以後，當雪把它抹淡以後，當色彩在融化後交融在一起時，那會出現什麼情況？它會變成力量？將會產生水晶、海藻、苔蘚所產生的力量嗎？你是怎麼看的，維特——維特？我們不能使色彩調和的原因在哪裡？是因為我們不能屈就，還是我們不會觀察？巴爾塔薩認為，我們必須再一次開始學習觀察。觀察，我的天哪，似乎一切並不總是取決於觀察。」

他拿起兩張自畫像的草稿放在畫架上，把它們並排放在一起，然後後退幾步，用緊張而歪斜的上半身來表達畫上的缺點和自己的不滿。

「你在這裡就可以看出，西吉，太貧乏了，過於無可指責。整個臉上的淺藍色——這裡沒有活動的餘地。你知道嗎，什麼是觀察？增添。觀察就是滲透和增添。或者說就是虛構。為了能夠和你相似，你就必須用目光不斷地虛構你自己，凡是經過虛構的東西，也是變成了真實的東西。你瞧這兒，在這片藍色中，沒有游移不定的因素，沒有隱藏著任何不安定，因此也就沒有什麼真實的東西。也沒有任何增添。如果你加以觀察，你也將同時看到你自己，你的目光應該反射回來。觀察，天哪，這也意味著要投入精力，或著說等待著變化。一切都在你的眼前，這些物、這個老人，如果你不由你這方面加進若干東西的話，這一切便不是原來的模樣。觀察不是說從檔案材料中找東西，必須時刻準備著撤回自己原來的想法。你去而復返，事情就有了變化。不要只是忠實的紀錄，形式必須游移不定，一切都必須游移不定，色彩並不是那麼規規矩矩的。

「或者你看這兒，維特—維特，這一幅小畫被陽光溫暖地照耀著，巴爾塔薩張開手遞給了我一個小小的風車，我沒有理睬他。你看這兒，這裡還有另外一個人，這裡稍有不同，但必須使他動起來。觀察就是相互之間的交流，由此而產生的是雙方的變化。拿這條海灘上的小溝、這條地平線、這條水溝和這棵飛燕草來說吧，只要你把握住它們，它們也會抓住你，你們相互之間就會了解。觀察還意味著：相互接近，縮小差距。不是這樣嗎？巴爾塔薩認為這一切還不夠。他堅持說，觀察就是暴露，事物必須這樣予以揭示，要使世界上沒有人可以認為自己一無所感。我不知道是否真是這樣，我自己是反對暴露這套玩意兒的。人們可以把洋蔥的皮一層一層地剝下來，但是最後就什麼也不剩了。我告訴你，一個要放棄觀看者的角色，同時要想像你自己所需要的，比如一棵樹、波濤、海灘等等，你才能看到。

「現在你看這兒：這幅畫表現什麼？我必須把這張臉分成兩半，這邊是紅灰色，那邊是綠黃色；我不知道該怎麼說好，但它和所有的東西不一致。在這張自畫像前我可以說，它與我無關，因為上面缺少的東西太多了。它缺少各種可能性，就是說，如果你畫點什麼，一張臉、一件物，那你就必須能夠畫出它內在的可能性。有些人在《自畫像》中畫了點什麼進去，你一看那張臉，就可以看出那是大病初癒，甚至看得出他的經濟狀況。這裡缺少的東西太多了。事物沒有被觀察到，因此也就沒有被把握住。把握、占有，這些也都屬於觀察之列。我準備重畫一次，另外進行創作。你看怎樣？」

在某些時候，在他進行探求以及邊說邊思索的時刻，畫家就可以如此高談闊論。人們不用回答他所直接提出的問題，因為這些問題與其說是對在場的人，也就是我，不如說是對他自己提出來的。他之所以說起來沒完沒了，也許是由於他喝了用礦泉水或南瓜汁調稀了的酒的緣故。

「讓你的舌頭更靈巧，」他說：「給自己倒一杯吧。」

酒瓶和裝著南瓜汁的罐子並沒有放在櫃子裡，而是像過去的日內瓦酒一樣，放在櫃子頂上，也許他不願意輕鬆地給自己斟酒，也許每倒一杯酒他都想花點力氣，也許他不想讓自己喝太多。因為他從櫃頂上取下罐子和酒瓶時，幾乎每次都有把南瓜汁倒在自己頭上的危險；他喝得越多，這種危險就越大。他每倒一杯，都要做出一副憂慮的樣子，也總是做出遺憾的表情，因為他沒有給我送過來一小杯。誰要是跟他談話，就得先和他碰杯。不管是特奧．布斯貝克，奧柯．布羅德爾森，兩個英國軍官，還是乘坐帶有外國車牌號汽車的客人。他總是要讓別人的舌頭更靈巧，只有一個人他不給倒酒，那就是貝恩特．馬爾特查恩。

馬爾特查恩走進畫室時，我正坐在鋪布的箱子上。這個人身材高大，兩頰下陷，一身衣服已經磨舊，依我看，已經像薄片似的了。這時，畫家正在把將那張臉分成了兩半的藍色塗淡一些。馬爾特查恩自稱在漢堡辦了點事，順道來這兒的，他腋下夾著《色彩與反抗》那本書。

「來了。」畫家說，既沒有放下手裡的工作，也不請客人坐下。馬爾特查恩說，他早就在考慮是否該來這兒一趟，他也曾想寫信，多年以來就想這樣做，有些事情要解釋、要交談、要澄清。他站在畫家背後，用食指揉著下巴，一邊踏著大步走到旁邊。他問畫家是否聽說在慕尼黑出版了一本新雜誌。

「是《人民與藝術》嗎？」畫家冷冷地問道。

來人毫不窘迫地說：「《留存》，它的名字叫《留存》。」

他本人儘管不屬於編輯部，但是他有希望成為固定的自由撰稿人。該雜誌每月出版一期。

「沒聽說，」畫家說：「我沒聽說過。」

他仍然不停下手頭的工作。馬爾特查恩看著門口，可能他在想，要是不進來該有多好。但是既然來了，既然做好了開始談話的準備，又怎麼能退出去呢？既然來了，那就談下去，至多是盡快辦完這件事。於是他說：「雜誌每月出版一次，滿足人們的一切要求。」馬爾特查恩不僅知道他已經說的，而且還了解更多的情況。他聽說這裡有一組畫，取了一個引人重視的名字《看不見的圖畫》，他能不能看一看？如果可以，他將非常感謝。編輯部是否可以在特定情況下複製其中的一幅或幾幅?作品發表後自當酬謝,如此等等。

他用那雙不安的小眼睛看著畫家,因為事情取決於畫家的第一個回答。畫家搖了搖頭。他說,這組畫不全,給人沒收了,沒收後經過了好些個人的手,其中有幾張——對他來講恰恰是最重要的幾張——遺失了。儘管這組畫又到了他的手中,但是,不完整的東西他是不願意給別人看的。這個回答顯然比馬爾特查恩指望的要客氣得多。他向前走了幾步,以便把畫家的目光吸引到自己身上來。這時,畫家衝著自畫像又開始說起來。沒想到《人民與藝術》編輯部偏偏看上他,他們是不是搞錯了,是不是看錯人了?

聽了這話,馬爾特查恩直往回縮,帶著痛苦的笑容說:「現在說的是一本新雜誌,名字叫《留存》,向各方面開門,想把在受蒙蔽的時代裡所耽誤的一切補回來,這是我們當前最緊迫的任務。」

畫家點著頭,看來他好像並不反對這些,但是說到他自己,他卻懷疑說:《留存》所在的那個角落,叫他不太舒服,那裡的光線太亮,因此,他寧可留在《人民與藝術》編輯部曾經發配他去過的「恐懼室」裡;在那裡,在「恐懼室」裡,他覺得很自在,他並不缺少朋友,此外,那裡正是他和他的作品所希冀的地方,而且世界上值得表現的東西首先是恐懼,由於他經常嘗試以自己的方式再現這種恐懼,因此他完全適合待在這相稱的房間裡。如果馬爾特查恩允許他就個人的事情再說一句的話,那就是,他十分感謝讓他待在這樣的地方,這些年來他對此一直非常高興,因此,他的要求很簡單,就是允許他繼續待在「恐懼室」裡。

這時，馬爾特查恩嘆了一口氣，身子轉了一個圈，痛苦地點著頭，但仍抱著一線希望說：「是的，是的，我知道，曾經發生過這樣的事情；事後誰也理解不了這一點，但是現在談起這一點總是好的。」他，馬爾特查恩甚至希望談到這件事情，因為這正是他來訪的原因之一，他想把事情說明白，希望能有助於「正確看待這件事情」。

「正確看待？」畫家反問了一句。

馬爾特查恩趕緊說：「正確看待，是的，雖然只有極少數的人理解了這件事。」

他想繼續講下去，大概準備撤回過去所說的一切，但是畫家已經用同樣的聲調說起來了。畫家說，他無能為力，但是馬爾特查恩過去怎樣看待他，他現在也這樣看待自己——畫上的蠱惑幽靈和墮落藝術。這可是馬爾特查恩過去的觀點，他曾經發表過這種看法，這件事情，如果現在要「正確」看待的話，該得出個什麼結論來呢？對他來說，世界確實是鬼魅橫行。如果一個畫畫的人想事先規定自己的界限，那他必得墮落。德意志藝術之家的阿道夫．齊格勒不理解這一點，因此他始終是德國的陰毛畫家，合乎種族特性，天然無飾。所以，畫家請馬爾特查恩一切照舊，過去把他說成什麼，現在還這樣說下去，他對畫家作品的看法一開始就是「正確的」。

馬爾特查恩黯然微笑，從外表看來鎮定自若。他說，方才畫家提到了那句雙關語，他很高興，因為事情表明，過去懂得這句話的人可惜寥寥無幾。畫上的蠱惑幽靈，是的，他是這樣評論馬克斯．南森的畫的，他寫過文章，也講過這樣的話，他不想否認。但是，他這句話的意思是什麼，難道現在還不清楚嗎？他當時指的是誰，難道還不明白嗎？他原來是這樣講的：「不真實，周圍的人都這麼看。」這句話也可以理解成：「不對嗎，周圍就能發現。」——這可是夠明白的。對他來說，蠱惑幽靈是在外部世界顯現的，畫家以自己的方式把這個政治幽靈表現了出來；而他，馬爾特查恩只是隱晦地、用有節制的雙關語指出了外部世界和繪畫世界之間的聯繫。但是，這一點大多數人都沒有看出來，他至今還感到奇怪。

馬爾特查恩繼續說下去，話講得更快了，他試圖證明，也許事與願違，可能看法會不同，但是……他正說著，門開了，真惱人！

「是你！特奧。」畫家喊道。布斯貝克博士沒有回答，他慢慢地走進來，發現了來客，略微有點吃驚，馬上想離開，並表示歉意說：「我已經收拾好行裝了，馬克斯。我都準備好了，只是來告訴你一聲。」

「這兒有客人。」畫家說著轉過身去。

這時，特奧．布斯貝克打量著這位身材高大、穿著一身磨舊的衣服的客人。他抬起目光，好像認不出這人是誰，終於他問道：「是貝恩特．馬爾特查恩嗎？」

馬爾特查恩微微鞠了一躬以示回答。

「是《人民與藝術》的貝恩特．馬爾特查恩嗎？」特奧．布斯貝克不相信地問道。

「正是。」畫家說：「要是你還不知道的話，我可以告訴你，這是我的推崇者，我的不知名的捍衛者。他冒了不少風險，剛才他證實的那件事我們誰也沒有注意到。這件事我們簡直就沒有看對。」

馬爾特查恩露出牙齒，舉起手，好像在要求發言。他搖了搖頭，清了清嗓子。他在兩個男人之間看來看去，張開手臂說：「請您讓我說完吧。」但是畫家不想繼續聽下去了，他從容地走到馬爾特查恩面前，臉上既無憤怒也無輕蔑的表示，唯有拒絕的神態。他指著門，並不提高嗓門地說：「出去！」由於馬爾特查恩不理解地看著他，他又說了一次：「出去！」

如果是我，聽了這一聲逐客令，也會不知如何脫身是好；不管怎麼說，馬爾特查恩搖晃了一下，猛地站直身子，把輔音念得特別重地說：「祝你平安。」然後走了。

「真是馬爾特查恩嗎？」布斯貝克問道。

「這麼快，」畫家說：「這麼快他們就從洞裡鑽出來了。你以為他們會躲藏一段時間，帶著羞恥在黑暗中安靜一陣子，死去一陣子，但是你還沒有喘過氣來，他們就來了。我知道總有一天他們會來的，但是這麼快，特奧，他們這麼快就來了，我可沒有想到。你可以問問自己，究竟是他們的記性差，還是他們無恥？」

他用一隻手摟著布斯貝克的肩膀，把他拉到《自畫像》前。我也走到了他們身邊。他們端詳著這張未完成的畫，與平時不同，沉默著，誰都不想說話。當他們意識到沉默的時間太長時，畫家說：「你的房間我給你留著，誰也不讓進去住，讓它保持原樣。」

「我把一口箱子留在這兒，馬克斯，」布斯貝克說：「希望它不會礙著你。」

他的目光沒有離開那張畫，也沒有回轉頭看畫家，而畫家正用親切的聲音提醒他們之間的約定，他說：「這是永遠有效的，要是你想來這兒住一段時間，你儘管來，連信也不用寫。我真不了解，你為什麼要走？」

「現在一切都過去了，」布斯貝克說：「你不需要我了，我還想試一試。你是知道的。」

「肯定的，我們都是這樣的人，特奧。但是你能經常到這兒來嗎？」

「每年夏天，馬克斯，你可以放心。」

「這張畫呢？怎樣？這張自畫像，你看怎麼樣？」

「我還不知道，馬克斯，我還得看看。」

「那就是說沒有看法。」

「我不是這個意思，我先得琢磨一下你的想法。我現在得走了。」

「我們一起去，特奧。我們送你到格呂澤魯普，當然嘍，西吉和我，我們送你上火車，這是沒有問題的，維特——維特，你看怎樣？」

「哦，那當然。」

「我們去找根棍子來，把行李掛在棍子上，用肩抬著，就這樣走到格呂澤魯普車站去，路上也不用休息，西吉就提那口接生婆用的箱子。」

我提著那只被畫家叫做接生婆箱子的帶鎖皮包，這兩個男人把掛行李的棍子抬上肩。搖晃的行李先在棍上滑來滑去，後來又把棍子給壓彎了。我們沿著彎曲的小路，順著鋪滿水藻的泥濘水溝向大壩走去。我們沒看見馬爾特查恩的人影。

這是收割牧草的好天氣，溫暖而又乾燥，天空一片蔚藍。廷門施泰特也有人在割草，赤裸的上身彎下又伸直，長齒草叉向下揮舞時閃閃發光。我們抬著行李爬上大壩。這時，畫家最後一次問道：「特奧，你不願意留在這兒嗎？」

布斯貝克面向大海說：「我還會來的，馬克斯，但目前還是離開較好。請相信我的話。」我跑在他們的前面。這一天真是燕子的好日子，牠們飛得很低，像箭一樣在滾燙的沙堆上俯衝下來，扯著嗓子亂叫，這時更多的飛鳥沿著牠們的飛行軌道蜂湧而至，在最後一瞬間交叉在一起。牠們撲向草地，一會兒緊貼著大壩，一會兒又被突然颳來的風拋到大海上空，直衝雲霄，又吱吱地撲了回來。

「我們來得及，」畫家說：「你不用老是看錶，特奧。」

他們突然站住了，放下行李，交談著，向半島望去。

「你沒有看見嗎？就在左前方，在水邊的窪地裡。還沒有看見？」

「是約塔嗎？」

「是的，是約塔，但是你知道，是誰躺在她的身邊？」

「克拉斯？」

「那還有誰！」

這就是說，克拉斯到底醒來了，到底復原了，可以走出布雷肯瓦爾夫這塊保護地了。他趴在沙灘上，約塔在他旁邊，穿著緊身的游泳衣，腋下和包住她那小小、發硬的臀部的，都是織補過的。克拉斯脫下了襯衫，把外褲和內褲都捲得高高的，因此，他的腿肚上就好像有一圈灰白色的翻邊，他那沒有光澤而又毛茸茸的頭髮散落在窪地的沙堆上，他的兩隻軍用長筒靴立著，靴筒摺向兩側，像兩個古怪而疲憊不堪的生物。約塔在為他按摩，在用什麼東西在他背上揉著，一上一下，一下一上，有時還拍拍他的肩胛。克拉斯抬起一條腿，她便強迫他把腿放到沙中；他想抬起頭來，她便開玩笑地緊緊掐著他的脖子。

「要我叫他們嗎？」我問道：「要我叫他們來嗎？」

「不，」布斯貝克博士說：「我已經在花園裡向他們兩人告別過了。讓他們去吧。」

這時，約塔趴在地上，靈巧地脫下游泳衣上的背帶，克拉斯不知所措地坐了起來，過了一會兒才找到那個裝油的瓶子。他在約塔身上塗滿油，然後擦乾淨自己的手，他想摸她又突然停了下來，歪著頭看約塔。約塔則順從地躺在那裡，此刻也許她在問：「怎麼啦？怎麼回事？」克拉斯這才開始相當機械地在她的皮膚上按摩，表情很可能是木然的，因為他在按摩時，向北海望去，兩眼巡視著滾熱的沙灘；他是不可能沒有發現我們的。

他向我們招手，推了推約塔，用手指著我們。兩人都向我們招手。我們也向他們揮手。大家都待著不動。接著我們又抬起了行李。我讓他們倆走在前邊，他們不時地變換腳步，好讓那晃來晃去的行李穩住，它顯得過分活躍，常常往一邊歪斜。

「謝天謝地，幸虧這孩子跟來了。」

「是的，謝天謝地。」

格呂澤魯普近在眼前，在這陽光燦爛的日子裡，我們甚至能看見兩個格呂澤魯普，海市蜃樓的第二個格呂澤魯普比第一個高：水泥廠的白灰廠房，水塔和煤氣廠旁生鏽的汽油桶。

「不懂得風趣，馬克斯。」

「你這是什麼意思？」

「這片土地，你的故鄉，它不懂得什麼叫風趣；即使在今天，在這樣的日子裡它也不懂。總是深沉嚴肅，即使在陽光下，也是這樣嚴厲。」

「這一切使你難以忍受嗎？」

「馬克斯，在某些方面你總是非如此不可的。」

「指什麼呢？」

「我不知道，也許是嚴肅，嚴肅和沉默。即使在中午，這裡也叫人感到無名的恐懼。有時我想，這片土地沒有外表，只有……什麼？我該怎麼說呢？深度，它只有糟糕的深度，而那裡的一切都在威脅著你。」

「這你覺得糟糕嗎，特奧？」

「我只是認為，外表具有許多人性的東西。」

「我懂了，特奧。如果已經是這樣，難道我們不應該設法讓這片土地變得可居住嗎？」

「我知道。它使人不安；但是，使人不安的，只是情緒，要是你了解那些情緒，你就不至於驚慌失措。」

「也許我們應該學會觀察。」

離別之前，他們就這樣在大壩頂上談著，給人的印象是他們相互間不留半句話，全要傾吐出來。他們談著，始終沒有注意到，興納克．廷姆森正兩手叉在腰上，劈開兩腿站在「淺灘一瞥」酒店前望著我們。酒店的窗戶全都開著，用鉤子鉤牢。白色的旗杆上飄揚著廷姆森的酒旗，旗上有兩把交叉的鑰匙，據說，這兩把鑰匙都沒有鎖。木台階和走道刷洗得乾乾淨淨，在陽光下呈白色。您以為，酒店老闆會走上前來迎接我們嗎？他笑咪咪地等著我們，等著我們的隊伍走到他跟前時一把攔住；不，他要把這支隊伍領進「淺灘一瞥」。但是，男人們只是放下行李，站在那裡，布斯貝克掏出錶來，說：「我們得趕火車，興納克，只有一趟直達漢堡的火車。」

「就喝一口，」廷姆森說：「喝一杯相處多年後的告別酒，一切都準備好了。」

他的上身鑽進開著的窗戶裡，雙手一拍，繫著一條白圍裙的約翰娜便端了一個托盤走來，托盤上擺著幾個斟得滿滿的酒杯，每個杯子裡還漂著一塊檸檬。

「這是怎麼回事？」

「先喝一杯。」

「那西吉呢？」

「對了，約翰娜，給小傢伙來一瓶汽水！」

我們為離別和重逢乾杯。男人們覺得酒的味道很好，他們問道：「你從哪兒搞來的杜松子酒，興納克？」

「你們知道我們為什麼發瘋似的使酒店通風嗎？」興納克問道：「這裡舉行過多次歡慶勝利

的酒會，他們乘汽車從格呂澤魯普到這裡來舉行慶祝活動，我們只是提供地點，所以要使空氣流通。你們大概也經歷過這種事情吧。」他一邊說，一邊喝著，似乎想替我們大家品嘗。

「我不久就有更好的東西給你們享用的。馬克斯，今天早上又有人在這兒打聽你。他們是坐吉普車來的。他們的德文不怎麼好，我的英文也不怎麼樣，但大家的意思還是明白了，他們要你給他們畫肖像或別的什麼，像給那個少校那樣。我沒有辦法，只好告訴他們怎麼往布雷肯瓦爾夫走。」

「他們會找到的。」畫家說。他把空杯子放在窗台上，還示意我們也把杯子放在那裡，然後他拍了幾下廷姆森的肩膀以示感謝。當布斯貝克和廷姆森握手時，他說：

「我們簡單點，又不是一去不歸。」

「那就是說你們不想進來待一會兒囉？」酒店老闆問道。

布斯貝克說：「要是再待下去，我怕趕不上火車了。」

於是大家又告別了一次，他們說：

「一定要再回來，好好保重自己；別離開我們太久，我們等著消息；我們衷心希望你再來。」

我們拿起了行李出發了。廷姆森在小路上，約翰娜則在觀景台上向我們揮手。畫家說：「再告別幾次，你就得留下了，特奧。」

「我們還趕得上火車。」布斯貝克博士說。

我建議他們抄近路，先到鐵路路基那邊，再沿著路基穿過鐵橋，他們同意了。我們踉蹌著下了大壩，越過暖烘烘的草地。

「九月八日她生日那天別忘了放花。」布斯貝克博士說。

「我想我應該知道迪特的生日是什麼時候。」

「那就好，我只是提醒一下。」

我們爬上了鐵路路基，沿著一條人們經常走的路——不僅鐵路工人，我們這裡幾乎所有的人趕火車時都走這條路——我把碎石扔進蒸發著熱氣的寬黑水溝裡，用一根棍子敲打鐵橋的欄杆。我已經看到車站的鐘，兩條橡皮膏在上面貼成一個十字，因為鐘上的玻璃裂了。

「你瞧，」畫家說：「我們舒舒服服地走到了。我們還來得及給你買火車票呢！」

「希望如此。」布斯貝克說。

這裡是格呂澤魯普車站：四條鐵軌，兩個月台，一個被煤煙熏黑的修車房，一座箱子形、紅磚砌的主樓，還有好幾條旁軌。那裡停放著車皮燒壞或損傷程度不一的車廂；有幾節車皮上還可以看到這樣的標語：「車輪必須為勝利而滾動！」主樓包括售票處、服務室、行李存放處、廁所和一個候車室。這候車室面積很大，只要把桌子、椅子、凳子搬開，就可以當作體操館用；室內有十二公尺高，因此，也可以供打球用。

入口處在齊膝高處攔著一條鐵鏈，只有穿鐵路制服的搬運員才能跨過去。跨越路軌是不被允許的。從一個月台到另一個月台必須從一座木頭架起的天橋上過，那些等得不耐煩的旅客在木板上畫了許多猥褻的圖畫，刻上了自己名字的縮寫字母。人們看見穿著制服的職員坐在玻璃窗後面忙碌著；如果窗戶上掛著「休息」的紙牌子，你敲窗戶也是徒勞的。寫著「吐痰入盂」的琺琅質牌子已經失去作用，因為這裡沒有痰盂。可能是由於物資短缺而被撤掉了。主樓地面鋪的是大理石，一塊大理石上寫著建造的年月：一九〇四年。

我們到達車站的時候已經開始售票並放人進月台了。我們得進第二號站台，和格呂澤魯普全體居民一起木然地站在陽光下，他們顯然已經決定離開這座城市了。他們坐在籃子上、背包上、紙箱、皮箱、木箱上，拖著麻袋、掛鐘、被褥枕頭、洗臉架和鹿角，不聲不響地把東西抬到月台旁，準備衝上火車，占個好位置。

「你看，特奧，你可不是一個人出門喔。」畫家說。

「看來是這麼回事。」布斯貝克說。

人們是多麼耐心地坐在那裡呵，有幾個人好像在他們看不出形狀的行李包上睡著了。我發現這裡有許多退伍士兵，他們的武裝就剩下那根雕刻得非常藝術的旅行手杖了，大多數人的行李只是一個鼓鼓的麵粉袋。一個年長、留鬍子的旅客引起了我的注意，他歪著脖子在水龍頭下已經待了幾分鐘，他的嘴對準水龍頭咕嘟咕嘟地喝著，用兇惡的眼光制止一幫也想喝水的孩子們湊過來。一個穿著緊身衣服的女人也引起了我的注意，她毫無顧忌地在旅客中穿來穿去，使勁扳轉背朝她的男人的身子，而每一次她都大失所望，並把不是她要尋找的對象粗魯地推開。那個提著白色鳥籠的婦女也引起了我的注意，籠子裡雖然沒有鳥，但有一個帶老式打鳴器的鬧鐘。當希爾德·伊森布特爾站在天橋的台階上時，我當然也發現了她。她站在那裡俯視整個月台，也讓別人能立即發現她。

「希爾德・伊森布特爾在那兒呢。」我說。畫家看了一眼，對特奧・布斯貝克說：「你瞧，特奧，只有孕婦能站在那兒。她們的肚子具有優先權，不必花力氣擠了。」

「她總會有位置的。」布斯貝克說。

從一間服務室裡出來一個穿著鐵路制服的人，手拿一根指揮棒，越過鐵軌向我們這個月台走來。為了旅客的安全，他無情地把旅客們從月台的邊緣往後推，自己沿著邊緣線一路走去，以此畫出進站火車的警戒線。他用熟練而有效的命令告誡旅客：讓路，讓路，請往後退。

「火車大概要進站了，馬克斯。」

「是的，我聽見火車聲音了。」

「我應該怎樣感謝你呢，馬克斯？」

「別那麼說了。」

「感謝你這些年來的照顧。」

「別說了，特奧。」

「我感到我是在離家遠行。」

「我希望是這樣，來信談談科隆的情況。火車來了，這就是你要搭的那班火車。」

火車拖著長長的身子，越來越慢地壓著鐵軌進站了，像一堵發亮的熱牆，帶著一股強烈氣流緩緩駛來，幾乎要燙焦我們的皮膚。火車驟然停下，震了幾下，鐵製零件互相碰撞，熱蒸氣使勁往外噴。在壓力變化的情況下，閥門敲打著，從緩衝器上、車頂上、扶梯上，人們把自己的軀體從令人窒息的痛苦中解脫出來。他們鬆開自己抓住的地方。依我看，他們這樣抓著，不僅為了不使自己摔下去，而且似乎要把整個火車都拉住。他們的身體掛在火車上，想使火車順從自己，就像海草要讓船身順從自己一樣。

海草逐漸掛滿船身，而越來越降低火車的速度。火車也真的掛滿了人，站滿了人，使人相信，他們僅僅用身體的數量和共同的意志控制住火車，不讓它繼續前進。由於他們已到了這等地步，當然不會把好不容易占到的位置拱手讓給從月台上擠上來的旅客。然而，他們也不得不對來自月台的壓力做些讓步、後退著，為新來者讓出點空間；而新來者也立即開始爭取活動空間了。

儘管這裡高聲叫嚷、搶占地盤、諒解或搏鬥，卻還能清楚地聽見那個手拿指揮棒的人的聲音。他間歇地喊著：「格呂澤魯普！這裡是格呂澤魯普！」

「我們怎麼把布斯貝克送上車呢？」

畫家緊緊拉著我們說：「放心，放心，讓他們衝吧！」他站在後面觀察著火車，突然決定說：「這兒，制動室。」於是我們開始進攻，三個已經坐在制動室裡的護士生氣了，不讓我們把布斯貝克博士的行李往裡塞。當我們把布斯貝克博士推上去時，一個灰頭髮的護士用胳膊保護著她那大得不像話的乳房，無力地呼救著，臉色也變了。畫家衝著開著的窗戶說：「這位先生一路上會給你們飯吃，給你們清涼飲料喝，你們好好照顧他吧。」說完他把門關好，還從門把到支柱之間拴了一根繩子，過了一會兒，我們就在月台上聽到從制動室傳來的笑聲，這就是說，他們彼此已經和解了。

火車在多次問答信號以後，終於晚點開出。特奧·布斯貝克沒法招手。於是，一個護士代他向我們揮手。火車上掛滿人們的軀體，他們或者平臥在車頂上，或者站在緩衝器上，隨著鐵軌碰撞的節奏搖晃著。我還記得，火車猛地晃動時，葡萄串般的人影掉在地上或者蹦了下來，有的跟著火車叫著、跑著，一直跑到了月台的盡頭，俯在一根橫木上，向火車上的人招手，然而卻得不到回答。

火車在閃亮的鐵路彎道處消失之後，月台上也並非空無一人。他們占據了空椅子，坐在行李上，表明自己可以在這裡等著碰運氣。在炎熱的上午，經過一場筋疲力竭的搏鬥之後，他們又拉開了休息的架式。

我們正準備離開這兒的時候，看見希爾德·伊森布特爾越過月台向停放行李車的地方跑去。那兒有什麼？她要幹什麼？我們同時用目光追隨她，其他人也在看她。這個時時準備微笑、戴著印花頭巾的女人，費勁地繞開行李堆和橫躺的人，這些人輕佻地向她揮了一下手。一個穿軍服的男人坐在地上，她正向他跑去。這男人坐在一輛自製的板車旁邊，車上放著兒童車的輪子。他直挺挺地坐著，兩條腿沒有了。這個男人光著頭，臉還年輕但很嚴峻。當她小心翼翼地挺著肚子向他跪下去時，男人緊緊抓著她的臂膀，他們面對面，但沒有像人們想像的那樣一起靠近。

「這是阿爾布雷希特呀！」畫家說：「是阿爾布雷希特·伊森布特爾。」他是從那邊，從列寧格勒出來的。女人從男人的手中掙脫了，突然擁抱起他來，兩人微微晃動著，然後，她站起身、彎下腰，先試著，隨後堅決地把他抱了起來，放在板車上。她看著那兩條斷腿琢磨了半天，最後把綠灰色的軍褲塞到斷腿下。她解開車上的拉繩，舉到頭上，一隻手臂伸了進去，拉起車走了。

希爾德．伊森布特爾獨自拉車走過月台，那男人僵直地坐在那方形的木板上，兩隻手緊握推車沿，在微微的震動下不停地點頭。他目不斜視，不理睬任何叫喊聲，就是我們攔住他們，要幫希爾德拉時，他也不理會我們。他並非無動於衷，而是因為他此時此刻顯然一切都交給了那個女人去辦，因此，無論她是接受或拒絕幫助，他都同意。女人表示感謝地說：「不，馬克斯，別管了，我一個人就可以；也許上台階的時候要幫幫忙。」

他們抬著沒腿的男人上了台階，我在他們身後拉著車，到了上面，他們又把他放到這個剛好能坐下的木板上。她說：「他總算回家了。」在外面隆起的車站廣場上，在菩提樹蔭下，我們再次表示要幫忙，希爾德．伊森布特爾仍然拒絕了。畫家指了指她的肚子，可是她呢，把頭往後一仰，說：「我可以，我一定辦得到。」她解下頭巾，擦了擦脖上的汗水，把頭巾壓在男人的斷腿下，然後對我們說：「非常感謝。」

我們讓他們走在前面，跟著他們沿海港方向走去，然後繼續走在沒有鋪石子的海灘小路上。板車的硬橡皮輪揚起輕塵，我們只好看著這女人，聽任她不時停下來擦汗，或者把那勒得過緊的繩子鬆一鬆。這時，我們也跟著停下來，放慢了腳步。畫家說：「還沒說話呢，他們倆沒說過一句話。」

「為什麼？」

「他們用眼睛看就夠了。」他說。

車輪在海灘小路上吱吱呀呀地滾動著、搖晃著，希爾德·伊森布特爾不管這些，只是沿著彎曲的小路向大壩走去，我們走在他們後面。空氣中有一股灰塵和枯草味。推車上的男人仍然直視前方，一次也沒有扭過頭去看北海或農舍稀疏的大地，離家多年他可是看不到這一切的啊！只有一次，在他們離開大壩的時候，女人跪在地上頂著小車，男人用手撐著地面幫忙使勁，這時，他看著我們，似乎在請求我們的幫助，但是他沒有喊我們，因此，我們也沒有過去幫忙。沒有我們，他們也能走過那隆起的土坡。這時，我們停下了，因為那女人用意想不到的力氣拉著小車走上泥煤色的小路，向白楊樹林走去。白楊樹上停著黑壓壓的一群歐椋鳥。

從背後看別人如何在地平線上消失，是饒富趣味的，在我們這裡，這一直是值得一看的景象這時，我們自己也會站住，將注意力集中在運動和空間的關係上。由於地平線總是在前方，怎麼也超越不了它，每次見到這情形，我們還是驚訝不已。

我們站在大壩上許久許久，背向大海。這對夫婦在我們眼前越變越小，最後重疊成了一個軀體；這軀體又越變越小，只剩下一個難以辨認的活動黑點。

「你看，我們現在是否該做點什麼事？」畫家問道。

「當然。」我說。

他用手摟著我的脖子，摟得不算緊，還受得了。他推著我往大壩那長長的彎曲處走去，隨後，不經過「淺灘一瞥」，而是向東，向胡蘇姆公路走去。也許他沒有興致再遇見興納克・廷姆森。即使他沉默不語，即使他的內心世界隱而不顯，我也願意走在他的身邊，並非按著他腳步的節拍，只是由於他親切和藹又捉摸不定地在我身邊，迫使你準備回答某個問題或他的目光。這樣走在他的身邊，意味著緊張的期待和不停地思考，至於歡樂，那是談不上的。

第十五章　重操舊業

今天，一九五四年九月二十五日，我二十一歲了。希爾克給了我一小包糖果，我母親給了我一件穿著會扎人的毛衣，希姆佩爾院長按所裡的習慣給了我一根化得很快的蠟燭，我們喜愛的管理員卡爾．約斯維希拿出十二枝香煙，陪我聊了兩個小時。他們拿出這些東西使我覺得我的成年生日還算過得去。如果不是因為這篇懲罰性作文糾纏著我，我絕不會待在這間囚室裡，而是和其他人在一起。那時，餐廳裡我的位置上會擺上鮮花——插在果醬瓶裡的短莖野菊花——那幫傢伙也會唱一首希姆佩爾作的輪唱曲式的生日歌曲向我表示祝賀，我還能額外獲得一塊點心和一塊肉，當然還免勞動一天，晚上允許我比別人晚熄燈一小時。

現在，一概不行。

從今天起，我得說自己已經成年了，得像成年人一般地受人家的指責了。我在水槽邊刮臉時，還看不出自己有什麼變化。我一邊讀自己的作文，一邊嚼著糖，與那枝化得很快的蠟燭聊天。從它那裡，我得不到任何啟示。我抽了一支沃爾夫岡．馬肯羅特送給我的儲備煙。最後，那該死的蠟燭快點完了，它讓我提出和考慮的，都是我在外祖父，那個鄉土學家和生命起源解釋者那裡聽過、令人厭惡的問題：你是誰？你到哪裡去？你的目標是什麼？等等。我又沉浸在回憶之中，想起慶祝布斯貝克博士六十大壽的「海底宴席」，想起鞦韆上樹影下的約塔，想起我的海戰，想起在泥煤塘邊找到克拉斯的那一瞬間，想起了迪特的葬禮。

我回想著，但又一無所獲，因此，當約斯維希羞怯但又興高采烈地進門來時，我並不覺得他打擾了我。他向我道了早安，並說：「歡迎你，西吉，以『成年人的身分』歡迎你！」他笑咪咪地從衣袖裡把香煙抖落到我的練習本上。他坐在床沿上，長時間地、默默地、關切地看著我。外面，在秋色正濃的易北河上，一條拋錨的挖泥船斗鏈正嘩啦嘩啦地上下運轉，許多天以來，鐵齒犀利的斗鏟不斷地挖進河底，又搖搖晃晃、泥水淋漓地被拉上來，將那些閃著藍光的泥漿像擤鼻涕一樣地倒進接駁船裡。

約斯維希告訴我，大夥都想念我，問我能不能因為這個原因而加快工作？

「艾迪也想你呢？」

「不，工作快不了。」

約斯維希認為我十分憔悴，敏感易怒，很不耐煩，他覺得可能是因為科爾布勇出的那個題目：〈履行職責的歡樂〉造成的。原因可能就是這個題目。

「你能不能快刀斬亂麻，把作文結束了，交給希姆佩爾呢？」

「不，由於履行職責的歡樂還沒有完呢，我不能不顧題目，攔腰斬斷，把文章結束呀。」

這時，卡爾．約斯維希用兩隻手托著自己的臉，目光下垂，點頭表示同意，不僅如此，他還明確地肯定我的頑強，讚揚了我的固執勁。他說他只是想提出這些問題來考驗我的立場是否堅定。他說：「懲罰性作文就是懲罰性作文，西吉。履行職責的歡樂是各種各樣的，值得統統寫出來。」

「各種各樣？」我問道。

約斯維希回答說：「是的，如果你能了解我的意思的話。」

但我不了解。他說：「那你就聽著。」

於是，他講了一個故事，提供我作素材用。「要是對你有幫助，你就用它。」他說，因為這裡談的也是履行職責的歡樂。這件事發生在漢堡阿爾斯特河划船運動員協會，出在他姪子身上。從前，漢堡〇二划船隊有一條陣容整齊的八人賽艇，領槳名叫普法夫，人們管他叫「費埃特」，這個名字幾乎人盡皆知，許多照片都拍下他脫了運動衣送人的鏡頭。他是一個正直的運動員，但也免不了在接觸了一回金錢之後就覺得有錢不壞，以致財迷心竅，甚至不明不白的錢他也要。但這是隱瞞不了的，有一次，阿爾斯特河上舉行大型錦標賽的預賽，就像往常一樣，費埃特理應是漢堡的希望。阿爾斯特河兩岸一片民間節日的氣氛，水上警察們負責不讓其他船隻進入賽區，費埃特在他們之間也頗有名氣。輕便賽艇供艱苦的雙人賽用，人們無所謂地觀看著雙人賽，高潮總是出現在八人賽時，而這還沒有到來呢。

這位骨架很大，名叫費埃特·普法夫的正直領槳人，在比賽開始前和一位彬彬有禮、但毫不讓步的先生進行了一次談話。這位先生很了解費埃特的愛好與習慣。當他們分手時，費埃特答應在這場比賽中他將意外地休克，如果一名不知名的運動員休克了，觀眾是不會原諒的，而大家崇拜的偶像，則肯定會得到同情。

現在，我們可以讓賽艇出發了。場面與往常的比賽一樣：推船的人趴在地上，緊緊抓著賽艇。信號發出後，這輕盈、細長、油漆耀眼的船身便在整齊的划動中、在舵手的呼叫聲，和觀眾們咆哮般的助威聲中駛入平滑如鏡的比賽線上。出發後，兩艘船齊頭並進，然後，對手的那條船——我說的是對手那條船——改變了划槳的速度，這時費埃特．普法夫和他的同伴們也猛划向前，領先半條船的距離，他們顯然是要得第一了。身材纖瘦的舵手透過麥克風向運動員大叫著，運動員們坐在滑動座位上，拚命用特別長的槳拍打河水，勝敗主要取決於賽艇中的划槳動作，誰也沒有費埃特．普法夫的動作那樣柔軟平穩，這在他身上並非完全是由於訓練的結果。

八百公尺、一千二百公尺，現在領槳人應該休克並決定比賽勝負了，但是怎麼回事呢？費埃特並沒有搞亂賽艇的槳速，讓自己輕拂水面向前倒下去，而是力氣越來越大，一股狠勁兒划動著他的船槳，一種說不出的愉快使他忘記了他向那位彬彬有禮、但卻毫不讓步的先生許下的諾言，他與平時一樣，是本隊的榜樣。促使他不顧許下的諾言，狂熱而又愉快地使自己的賽艇衝向勝利的是什麼？如果你提出這樣的問題，那你就得承認，那是履行職責的歡樂。你看，此時此刻，什麼都不算數，什麼都不發生作用，一旦坐在這滑動座上，操起槳，耳畔響起同伴們的喘息聲、阿爾斯特河岸觀眾的咆哮聲，他就沒有別的選擇，必須按要求的節奏來划動，這麼說吧，他必須履行職責。

這個名叫費埃特．普法夫的領槳人，是一個感情細膩的巨人，在被人勒索的壓力之下，他不得不答應在預賽時假裝休克，可是，職責之網套住了他，拖著他差點就要達到目的地了。然而，就在只剩下二百公尺光景的時候，事情發生了，觀眾們大聲嘆息，主持競賽的官員們從椅子上跳起來，費埃特真的休克了，身體倒向前面，賽艇失去了操縱，對手的船獲勝了。人們相信他嗎？協會的領導人大體上相信他，儘管後來他們知道在費埃特和那有禮貌的先生之間進行過一場什麼樣的談話，人們也不會完全不信任他，甚至還要讓他繼續留在八人賽艇隊裡。但費埃特本人不願意，他不能夠、也不允許自己這樣做，他認為退出這個組織是自己的義務，他退出了。

約斯維希等待我立刻發表看法，但是我沉默著，我正把他講的這個故事想像成一部電影——我僅僅把它看作是一部電影。

「你看到了嗎？」他問道：「你認識到了嗎，履行職責的歡樂會把一個人驅使到何種地步？會使一個人變成什麼樣子？」他做了一個邀請的手勢說：「如果你願意，你可以用這個材料。」

我說：「這正是科爾布勇所希望的履行職責的歡樂；只不過歡樂的犧牲品不一樣就是了，對於這種犧牲品，人們是不談的。」

他從床沿上站了起來，把一隻手放在我的肩上，撫摸我的肩頭表示同情與讚賞。他說：「從你的談話中可以看出，你已經成年了。」他正式允許我在今天剩下的時間裡可以抽煙，並輕輕拍了一下我的後腦勺，向我告別。

「今天你不想讓自己放自己一天假嗎？」他站在門口問道。

「為什麼？」

「二十一歲呀！」他說：「現在可以開始決定自己的事情，給自己提出問題，出去散散步。我二十一歲的時候，西吉，我已經獲得了候補巡官的頭銜。這種年齡也正是出去漫遊的好時候。二十一歲的人可以從過去的想法中選定一種，譬如我當時就想當個博物館管理員。你明白這是什麼意思嗎？一個人到了二十一歲，就應該去承擔某種職責了，會被請到會計科去領報酬。生日台上的蠟燭一點完，就永遠變為成年人了。」

約斯維希能說出這樣的話來，我是不曾想到的，不過我明白這些話的意思，便抑制自己不對他的生活提出什麼問題，以免刺激他。我順從地點著頭，做出一副反省和準備有所改變的表情，目不轉睛地盯著那支很快淌著油的蠟燭，燭火的熱氣把我抽煙噴出的煙霧一直送上天花板。我不去打擾約斯維希，聽憑他滔滔不絕地對我提出告誡與建議，又圍著桌椅轉了一圈，窺探在我身上是否有立竿見影的效果，然後離去。

約斯維希身上有一股什麼味道呀？每當他來過我的房間後，總要留下一股刺鼻的消毒水味，也許他進牢房之前，每次都要偷偷地抹，真拿他沒辦法。總之，他迫使我不得不把窗戶打開，透透氣。

易北河！秋天裡的易北河流水多麼沒有生氣。對岸的水氣開始下降，田野已經看不清了，樹冠在被水氣淹沒的樹海之上升起。柴油引擎的隆隆聲像微弱的脈搏，造船廠的敲擊聲也不再有回聲，挖泥船的斗鏈從河底拖上來時的聲響已傳不到我這兒來了。從我窗前緩緩經過的暗淡燈光似乎在告訴人們行動的艱難。船上的艙房在我眼前滑過，它們似乎不接觸河水。對我來說，易北河上使我最緊張——我不想說是使我最激動——的時刻，是夜間白色的水氣下降，河上的一切都變得模糊可疑的時候。

我已經發覺，有一種想法正湧上我的心頭，要在這生日的時刻總結和剖析一下自己，但是，我必須回來，回到我個人的亞特蘭提斯島[14]上去，將它一塊一塊取上來。時間在催促我，責任感在催促我。二十一歲算什麼！想想看，安德森船長去年春天歡慶了自己一百零二歲的生日，就在他一百零三歲的第一天，他還略帶醉意地在一部文化片中軋了一腳，這部影片目前正在電影院演出，片名叫《海岸邊的人們和力量》。易北河，河上的一切，還有籠罩著它的水氣，與我有何相干？水上運動員在稀疏的樹枝下釘好了木樁，最後一艘汽艇逆水而上，悄悄地開走了。我對這些都不感興趣。那正要啟航的海洋研究船哪天帶回的研究成果會對誰有利，我也不關心。我只需要魯格布爾的土地和水溝，我將把這海上的大網撒在這個陰鬱的平原上，把捕獲的東西搜集在一起。

每當我打開魚網時，首先出現的，總是我的父親——魯格布爾警察哨哨長。自從他被釋放後，便又重操舊業了，格呂澤魯普和胡蘇姆公路之間的人們也正是這樣期望著他的。魯格布爾警

14 Atlantis，亞特蘭提斯島是古代著作中提到的一個沉沒在大西洋中的大島。此處喻西吉個人已成往事的經歷。

察哨僅僅中斷三個月，現在他又以那張乾巴巴的臉和不合身的衣著重新出現了。他理所當然地繼續擔任他的公職，彷彿度過了三個月非強迫性而是自願的休假；只是公務自行車的輪胎需要打氣，因為在這段期間氣都漏光了。母親幫他拆下帽子上的鷹，他自己則摘下了帽徽，但並沒有把鷹和帽徽扔掉，而是把它們放進一個鐵盒子裡，保存在他書桌的抽屜裡。在同一天、在他被重新任命之前，他就跨上自行車上，搖晃地駛下大壩，隨時準備被人攔住，並用同樣的話、同樣不屑一提的手勢，來說明他離開的那段光陰——在諾因加默？不錯；日子也沒那麼難受；吃的方面？沒有什麼好說的；他們待你如何？總的來說還可以；也沒發生什麼侵犯人身的情況……等等。

不管什麼時候，只要講起這段經歷，他絕不會新增或刪去一個字詞。他誰也不欺騙，每次都能做到一字不差地重複。回家以後，他就按自己的方式、根據自己的順序，繼續他那被迫中斷的公務。他闔上公務手冊，劈柴，帶著手槍到格呂澤魯普，把槍上繳。在花園的一角闢了一片地，想在那裡種些煙草，也真的種了。他把希爾克從「淺灘一瞥」的某次慶祝會上拖回家，把她的臂膀都扭傷了。他去過胡蘇姆多次，有一次還領回一份《警務新方針》，看也沒看就鎖了起來，他騎著自行車巡行，一天早餐以後，把「克拉斯問題」提到日程上來了。

這一次，我沒有必要去敘述早餐桌上有些什麼了——也許有燕麥糊，麵包和李子醬、咖啡。我們默默地吃著，速度不一，每個人都在數著別人吃了幾片麵包，大家什麼也不想。這時，父親突然對希爾克說：「把他的照片拿來。」

我姊姊吃飯時從來不把湯匙子放進嘴裡咬出聲響來，但當父親重複他的要求時，希爾克把湯匙含在嘴裡，使勁咬了一下，噎住了。她眼睛直楞楞地，似乎不明白父親在要她幹什麼。

「克拉斯，」父親說：「把他的照片給我拿過來。」

於是姊姊把手從湯匙柄上鬆開，湯匙卻仍舊留在嘴裡。她迷惑不解地站起身來，用眼睛提出了她不能用嘴提出的問題。最後終於走了出去，不一會兒，拿了裝著哥哥照片的鏡框回來。這張照片自從被拿開那天的以後，就一直塞在抽屜裡，不見天日。

父親從希爾克手中拿過了照片，扣過來放在碗櫥上的鬧鐘旁。他已吃完他的早餐，耐心地等我們也吃完，然後讓我們收拾桌子。桌子收拾好了，我還記得，我數了一下湯匙，一共四把。我們把餐具放進水槽，我擦乾淨桌面。警察哨長嚅動嘴唇，顯然是準備要說些什麼，間或憂慮地看一下我母親，她卻一眼也不瞧他，而是沉思著，不斷地用舌頭檢查自己的齒縫。在父親的示意下，希爾克和我坐了下來，而他卻站起身子，把照片放在窗台上，緊盯著它，不是在責備，而是在懇求，彷彿要克拉斯也聽他說話。他說道：「他至少應該在場呀。」我緊張地看著照片。

父親兩手扶著椅背，顫抖著，仰著頭，眼睛盯著克拉斯的照片說：「該了結了，該跟你把問題了結了。我們不能讓心裡想的糾纏我們一輩子，必須講出來，一定要講出來。我們現在在一起，是為了把帳算清。我們都知道你幹了些什麼，也許時代變了，但是，你做過的事，已經做了。」

他停下來，把一隻手的大拇指和中指放在眼睛上。母親利用這一刻挨到了桌邊，把背靠在桌子上。希爾克悄悄地搔著她那肥胖的腿窩。警察哨長唰地一聲放下手，看著照片，搖搖頭說：

「結束，我們必須結束這一章，並作出判決。在這裡，我整天都得考慮他給我們帶來了什麼。我不得不想到，他回來了，卻連腳都沒有踏進過家門一次。沒有說過一句請求原諒的話。先是幹了羞恥事，事後連請求原諒的話都不說。他住在布雷肯瓦爾夫那邊，然後一聲不響地去了漢堡。應當把該說的話說清楚。這件事必須了結。」

他就這樣說下去，清算克拉斯對我們做了那些事，不提可以寬恕的地方，因為他顯然看不到。他衝著照片說話，向它指出，一個家庭也是一個法庭，可以作出判決。這時，我警覺起來，試著去琢磨和想像他的判決：他會把克拉斯關在監獄裡幾年嗎？或者他會命令克拉斯在我們在場的情況下，喝下農藥？我也想到，為了懲罰他所做的一切，他會讓克拉斯從風車上跳下來？或者命令他，在沒有任何人的幫助下，自己吊死在「魯格布爾警察哨」的牌子上？他是否還不想走這麼遠呢？他會不會讓克拉斯終身受廚房勞役之苦？或者讓他在泥煤塘裡待上五個夏天呢？

他需要時間來宣判，這不會讓任何人驚訝。他向我們——也向他自己——十分囉嗦地提到克拉斯如何自己把手弄殘廢了，談到他的逃走和被家裡交出，最後又拒絕回家。這時可以察覺，他並不願講，而且不得不在內心天人交戰，儘管如此，他終於談到了正題，他讓希爾克把鏡框遞給他，從鏡框中取出照片，放在桌上，這時，他才宣布自己的判決。

我感到十分驚訝，因為，在我當時看來，這判決是那樣無力：禁止克拉斯回家。他宣布說：「你們好好聽著，只要我還活著，就絕不允許他走進父母的家門，也不准你們想、或者說出克拉斯的名字。你們應該從記憶中把他抹掉。」然後，父親撕碎照片，把碎片扔進火爐。

母親站起身來，這一切她大概都已經知道了，也許是她和父親一起商量的，我這樣推想。她拍掉裙子上的麵包渣，走進食品儲藏室，在那裡忙碌著，把一張嘩嘩響的紙蓋到果醬盆上，然後打開果汁瓶。希爾克和我坐在那裡，避免眼神接觸，更不敢開口說話。警察哨長呢？他剛給鬧鐘上過發條，或者說，他正在給那老式、但卻十分可靠，響起來叫人討厭的龐然大物上發條。他上發條的速度突然變慢，一邊開始靜聽、諦聽、竊聽，同時，臉上露出異樣的激動神情。我們第一次發現他這種神情是在庫爾肯瓦爾夫，在那次關於故鄉或海洋，總之，關於故鄉的海洋的晚會上。

他諦聽著，似乎發現了什麼，他的手在顫抖。他把鬧鐘放回櫥櫃上，手指勾住吊帶褲背帶，拉扯著。他在往哪個方向傾聽？往斜上方，往我房間的方向，但是那兒沒人啊。是壓力，是他頭上的壓力使他不安，他必須尋找一個依靠。還有什麼？他冒汗了，當然，嘴唇咧開，眼睛鼓出，但卻掩飾著不露真情，我覺得這是一雙有預感的眼睛。他在抗拒著什麼，但失敗了，誰也無法幫他。他又嚅動著嘴唇，斷斷續續地自言自語，並使勁點頭，彷彿在證實一切都是對的。然後他搖搖晃晃地走到走廊，匆匆穿上制服，繫上皮帶，戴上帽子。我們驚愕地坐在桌旁，聽著他衝出門外，到了棚子裡、到了自行車旁，猛地把自行車掉轉頭來。這一次他沒有和家人告別就走了。

別以為母親從食品儲藏室走出來時會注意到父親的離去，當希爾克說道「他大概又看見什麼了」時，母親只是抬頭望了一下，又無動於衷地打開收音機，在〈螢火蟲、螢火蟲〉的歌聲伴奏下，在水槽邊洗著碗。再也沒有發生別的情況，儘管我還在期待，卻什麼也沒有發生。我溜出了廚房，上樓到自己的房間裡，由於克拉斯被拒在門外，這個房間就永遠屬於我了。

屋角架子上放著他的東西。我把薄布簾拉到一邊，最下面一層放著一口捆著的紙箱，我曾經答應過他永遠不把箱子打開。在他離家期間我遵守了自己的諾言，雖然有那麼三、四次想打開，但還是放棄了這個念頭。而現在，我突然發現，紙箱自己抬起了身子，繩子自己散開了，我幾乎連手也不用動，蓋子也開了，為了能迅速把箱子收起來，我把哥哥交我保管的收藏物全都倒在我的床上。她們在廚房忙家事。父親走了。

在禁止克拉斯回家的此刻，他難道不指望我把箱子打開，把裡面的東西收藏在安全的地方？他必定是這樣指望我的。於是，我把東西倒了出來，檢查著、觀察著。我還記得其中有一個褐色貝殼做的杯子，一個彈弓和一本書《小花匠》，一條骯髒帶血跡的手帕、作文本、繩子、又是繩子；我還記得在一個紙袋裡裝著一塊隕石，還有一盒錫做的士兵——全部完好無損，一個自製的小手電筒，想必是畫家送給他的；一張他班上的合影——十八個小老頭和五個紮著辮子的小老太婆；一張畫家的速寫《摘蘋果的人》，我立即把它塞到我的枕頭下面；還有一把柄上鑲著貝殼的小刀。我記得還有一包捆著的信，要是外人的來信我是不會打開的，但是這些信都是哥哥的手跡，都是他寫給希爾克的。每一封信都是一篇牢騷和威脅。他抱怨她又沒有到泥煤塘、海灘、航標燈這些地方來；他威脅她說，要是下次還不來，那就全「了結」了。有時他在信中回憶起某個夏天他們在海灘上的一段經歷，我記不清詳細情況了，反正他們曾在一起觀察過出現在半島沙丘上的一男一女——一對陌生人，後來還跟蹤過他們。

我把紙箱中的全部東西都倒了出來，有幾件東西到了我的手裡，特別值得一提的是那張《摘蘋果的人》的速寫。樓下的電話鈴響了。我傾聽著。希爾克拿起聽筒，用慣常的口氣說：「我是希爾克．耶普森，你是誰？」之後我只聽見不和是，是和不。當她急急忙忙地回到廚房去時，我已經知道有人要找我父親了。我還沒有把紙箱關上、捆好、搬開，下面就叫開了：「西吉，下來！西吉，快呀，西吉！」

於是，我除了下樓去以外，沒有別的選擇，希爾克正在那裡等我。由於我瞧著她時的目光，我急於知道一切的心情，使她不由自主地向後退去，不是立即把任務委派給我，而是說：「你怎麼這樣看著我？別這麼盯著我了，好像我有什麼對不起你的地方！」

「可是，想怎麼看你是我的自由呀！」我說。

她回答說：「但是別這樣，別用這種冷漠的眼光。」

「說吧，有什麼事？」我說。

「布雷肯瓦爾夫那邊有什麼事，馬上，或者兩小時以內，可能有高級的，也許是最高級的客人來訪，是一個州代表什麼的，總之，是個大人物。他們有點什麼事找南森，那裡少不了警察哨長在場。去吧，西吉，告訴父親，說有人來了電話，他得馬上去布雷肯瓦爾夫。我跟你說了，別那麼盯著我，我不喜歡這樣。」

我的目光竟突然使她不知所措，於是，她走到走廊衣架的鏡子前，察看自己的臉，又轉過身子，懷疑地檢查著自己的襯衫和裙子。由於什麼也沒有發現，於是她怒氣沖沖地把我轟了出去。

她說：「快呀，事情很緊急！」

到大壩上去，先到大壩上去。初秋陰沉、無風的一天，北海微波蕩漾，十分平滑，一條小船上有兩個捕鯖魚的漁夫。空中不見一隻海鷗，因為海鷗正聚在水面上休息，像一股與海岸平行的徐緩流水。看不見一個騎自行車的人，「淺灘一瞥」酒店那邊沒有，航標燈那邊也沒有。在天與海的交接處，有兩艘掃雷艇正在掃雷。大壩下面有輛吉普車正往格呂澤魯普開去。我決定到「淺灘一瞥」酒店去，我可以在那兒打聽父親的下落，那兒的人也許會知道。凌亂的羊群一看到我就蜂擁了過來，跟著我，弄得我只好用腳踢，不讓牠們貼近我。牠們那黏乎乎的羊皮散發著一股羶氣。

要不是因為這股臭味兒，我早就會聞到一股燒焦的味道，並發現我的父親正在幹的勾當，但是，我被羊群追隨著、簇擁著，直到從半島一旁跑過，偶然一回頭時，才發現在畫家小屋旁的沙丘腳下，停著一輛自行車，那可能是父親的車子，但也不一定。我利用有利的地形，跳下了大壩，擺脫了嘴裡咀嚼著草、跟在我後面的羊群，把牠們身上的那股羶氣和咩咩的叫聲統統扔到了身後。有人在畫家的小屋裡。空氣中有一股燒焦的味道，卻看不見火光，也看不見煙柱。但是，當我走到沙丘上面時，那股燒焦味卻越來越濃，這時，就在這時，我看見了小屋後面的一股輕煙，說不出的恐懼一下子向我襲來，這是一種我從未體驗過、令我心悸的恐懼，這就是當時的心情，至少開始時是這樣。

靠在小屋側面牆上的是我父親的自行車。門開著，但他卻不在小屋裡，而是站在屋外後牆前，抽著煙，盯著那堆火，那堆餘火，並用腳小心地把沒有燒盡的東西往還冒著火星的灰堆裡踢。當他看見我時，他是憤怒還是驚訝呢？他好像沒有認出我來，只是站在那裡，筋疲力竭，心不在焉地凝視著火苗。他並不阻攔我，任我用一根棍子撥弄著灰燼，甚至匆忙間撥到了他腳邊。來不及了，不值得去干預了。這張紙，一張沒燒了的小紙片，淺藍色的，是一本速寫本的封皮。父親把畫家畫著組畫《海岸邊的頭像》的速寫本燒毀了。

我站起身子，驚恐地看著他。他的表情是滿意的，現在，由於他已經燒完了，他可以安心地站在那裡抽煙，像一個了卻了一樁任務的人一樣。在這個半島上，在這堆灰燼之前，我突然開始怕他了，並不是怕他的力量、他的詭計或是他的頑固不化，而是怕蘊藏在他內心的這種幹到底的決心。這種恐懼比仇恨更為強烈，這種仇恨突然產生，讓我想要向他猛撲過去，用拳頭狠揍他的大腿和腰部。這不露表情的心滿意足！這可惡的內心的平靜！我不能再看他一眼，我蹲下身子，把沙子撒到那堆火上，把細沙撒落在那堆灰燼上，直到沙子把它們全部掩蓋，再也露不出一點痕跡。

這一切似乎都與魯格布爾警察哨長毫不相干，他默不作聲地看著我，深深地呼吸了幾下，似乎甦醒了，但又似醒非醒，重新陷入那種無表情的心滿意足中去。我竟覺得太陽穴抽搐般地疼痛，並微微有些麻木。另外，恐懼感也襲著我，並使我第一次想到，在他的管轄範圍內再沒有東西是安全的。當時，不，當時我還不感到驚詫。我想，他這種可怕的、幹到底的決心，將能讓他找到任何隱藏東西的地方，我立即就想到我放在磨房裡的收藏品，想到我應該防備他而把一切都藏起來，但是，藏在哪兒呢？

「你為什麼發抖？」他問道：「在你這種年齡還不至於有使你發抖的事情。」明天，我想，最好是今天晚上，我就把東西拿走。他問道：「你怎麼啦？」我想，也許把它拿到布雷肯瓦爾夫去，畫家也許會在那兒幫我找個隱藏的地方。

「回答呀！」他命令道。

我回答說：「不許你這樣做，不許你再沒收東西，不許你放火，不許你再燒東西！」

「誰跟你這麼說的？」

「所有的人，所有的人都是這麼說的，禁止繪畫的時期已經過去了，你什麼也管不著了，要是我把你在這兒幹的事說出去，畫家會不高興的。過去的事情結束了，過去了，大家都這麼說，我也聽過了、看到了你過去做的事，現在不許你再做了。你現在管不著南森伯伯了，他現在想做什麼就可以做什麼，這我知道。」

他給了我一拳。我跪倒在沙土中。他一拳頭打在我的下顎上，可是第二下只擦到我的臉頰。

「站起來吧。」他說。我躺著不動。他抓起我的襯衫領子，把我拽起來，把我的臉使勁湊到他的面前，使我不得不用腳尖踮著地，整個身子都挨到了他的身上。他仔細審視我的眼睛，嚴肅檢查我的視網膜，做這樣的事他是很有經驗的。這一回，我迎向他的目光，不迴避他，看著他那縮小了的瞳孔，我還很少挨這樣近地看他。他的臉上有多少皺紋，多少煩惱，這種煩惱與他還特別相配，它告訴每一個人，這位警察哨長不滿意這個世界。

「你也知道一些事情，」他說：「瞧瞧，你也四處打聽！你知道什麼事情是可以做的。事情都要有始有終，這個你也知道。今天和過去不一樣了，這也瞞不過你了。」他的手鬆開了，把我推開去，力氣不算太大，沒讓我踉蹌著摔倒在地。

「你聽到了不少事情，」他說：「但是有一件你沒有聽到，那就是一個人必須忠誠，必須履行自己的職責；即使情況起了變化。我指的是一種認可的職責。而你要出去散布你父親盡他認可的職責，好吧，你可以到處去講，你也可以到常去的布雷肯瓦爾夫向他報告。你可以跟我作對。我跟克拉斯已經斷絕關係，我也可以跟你一刀兩斷。」

他抬起臉，面無血色，兩唇緊閉，牙齒咬得咯吱響。他目光輕蔑，不帶任何揶揄，而是輕蔑。他自言自語似的做了一個意義不明確的手勢。「你還要說什麼嗎？」

我驚訝之餘，雖已準備搖頭，但仍重複說，再也沒有他可監督、沒收和毀壞的東西了。我告訴他，禁止繪畫的命令已經不復存在，他干涉的職責已不存在了。

我雖然沒有威脅他，也沒有說出我多麼恨他，不過他必定感覺到了這一點，如同他已感覺到了我的恐懼一樣，因為這時他走到我面前，說：「只要你不說出去，我們的關係就仍然和過去一樣，只要你不說出去。」

接著，他看了一下被沙土掩埋著的灰燼，點點頭，走到自行車旁，抬起車子，轉向大壩那個方向，也沒問我為什麼來了，也許他以為我是在跟蹤他，因為我聽見他走在前面嘮叨著我的名字。我跟在他後面，一直走到水邊，才衝著他的背告訴他家裡叫我幹什麼來了。

您不相信他會站住嗎？當他聽說有人在布雷肯瓦爾夫等他，他必須在場，因為「州代表」還有幾個大人物要去，這時嚴斯．耶普森居然站住了；他默默地聽我通知完，繞過沙丘，在大壩下沿著海邊一直駛去，翻過大壩，上了通往布雷肯瓦爾夫的楊樹夾道小路，箭一般地騎到柵門口，進了院子。他下車以後，和我一樣，向胡蘇姆公路那邊望去，這時，我們倆同時看見了那輛正在拐彎向這邊駛來的橄欖綠汽車。

父親先是把車靠在牆上，然後又把車推到那一堆木柴旁。他沒有走進屋子，而是打開了柵門等候著，我走到他的身邊，我們倆用背靠著門不讓它自動關上，可憐兮兮地站成了一排，等著那正被霍爾姆森家的籬笆遮擋著的、緩緩而來的汽車。

自從我父親從拘留營回來以後，從未到布雷肯瓦爾夫來過，也沒有和畫家說過一句話，打過一次招呼，他從來不問布雷肯瓦爾夫是否一切依然如故，像他所熟悉的那樣。由於他不能忍受任何變化，因此，他連問也不問，也不去打聽。他全身放鬆地挨著我站在入口處，不緊張，但也不是無所謂的態度，因為我得身前身後檢查他的制服是否平整，還得抓一把草來幫他擦皮靴，即使不能擦得晶亮，可也得擦乾淨。

我不知道自己為什麼要在柵門邊和他站成一排。他連汽車裡的人還沒看清，就已經把手舉到帽簷敬禮了。我們行著禮，讓汽車從我們面前通過，兩輛車一前一後駛進院子。

我就這樣讓四個身材不同、穿著不同、往院子裡看去的男人下了車，讓他們先環顧一下池塘、廄舍、畫室、花園和周圍的景色，讓這幾個男人不由得同時得出了一個共同的想法，並且相互從臉上就能看出這一想法來：原來他就生活在這裡，這就是他的世界。

男人們相互點了一下頭，誰都明白這意味著什麼。司機們開著笨重的橄欖綠汽車，繞過池塘，把車整齊地並排停在那裡。

該怎樣去描寫這四個男人呢？那個笑容滿面的人好辦，因為他是唯一穿軍服的人，光頭，鬍子花白，嘴角上叼著一只弓形煙斗，胸前一塊五彩牌，臉上手上都有雀斑，肩章上有一個王冠和好幾顆星，這麼說吧——一頭稍稍有些跛、永遠笑咪咪的海豹。與他相反，那個州代表——後來我才知道他是州代表——則不顯眼，甚至有點寒酸。他比海豹矮一個頭，瘦小，背駝得令人驚訝，兩手插在褲袋裡，好像覺得很冷，衣服也很陳舊，他是蓋恩斯先生。最年輕的那個卻引人注目，但並非由於他那張粗糙的四方臉，也不是因為他總是叼著煙，和那雙過大的麂皮鞋，主要是因為他那說話的聲音引起人們的興趣。由於他是翻譯，他說的話比所有的人都多一倍，只要他一說話，就好像聽到索爾林莊園的櫻桃園裡刺耳的轟歐椋鳥聲。第四個人呢？他戴一頂寬邊軟帽，鋼絲邊眼鏡，拿著一個鼓鼓的公文包。

這次來訪，不僅已經有人通知，而且住宅裡也早就有人發現了，這是毫無疑問的。儘管如此，門卻未開，也沒人出來迎接這四個男人，他們正站在畫家秋天的花園前，還都沉默著，也許是在拚命回想這些花的正確名稱。他們好奇而內行地觀賞著；在花園裡走了幾步，又繞著畫室走幾步，然後回到院子裡，彼此提醒對方注意池塘中緊張游動著的鴨子，接著向我們走了過來。

父親和我站在門邊，可以說，我們可憐巴巴地站成一排，他靠外，我靠裡。我們的眼睛一直盯著這幾個男人，我是說，我們一動也不動地站著，以此要求他們別把我們給忘了。他們也真這樣做了，明顯改變了步伐，從原來慢騰騰、無所事事的散步，變成目標明確地大步走過來。

我父親向他們敬禮，並握手致意。他們儼然以州長的架式，向父親提出了簡短的問題。警察同樣簡短地回答。那個笑容滿面的傢伙和翻譯也和我握手、打招呼，卻沒有看我一眼，完全是一副心不在焉的樣子。翻譯嘰嘰喳喳地問我說，你好嗎？對於這種問題，我通常是不回答的。我父親並非情願而是出於職務地想知道，他是不是應該為他們的來訪敲敲門。州代表笑了笑，親自用隨便握著的手敲了兩下門，正滿懷期望地環顧自己的隨行人員時，門已經開了，這一點他顯然沒有估計到。

「尖嘴耗子」當然可以等更長的時間，應該一直數到十二再把門打開，但是她也許在那裡站得太久了，神經緊張，已使她受不了啦。畫家的女管家出現在門口，她從弗倫斯堡來，與迪特沾點親戚關係，畫家管她叫卡特琳娜或特林欣，反正她已出現在門裡，有些操之過急地做出邀請的姿勢，向我們表示歡迎，然後站到一旁。四個男人消失在昏暗的走廊裡。我們留在外面，考慮著如何度過這等待的時光。這時，州代表卻又走了出來，他不僅招手請我們進去，而且還讓我們走在前面，自己把門關上了。

光線從巨大的客廳射出來。我們魚貫而入。我立即就鑽到前面去了，畫家在那兒。他與其說是坐，不如說是躺在特奧·布斯貝克坐了多年的那張其長無比的沙發上，藍大衣裡是一件粗麻布睡衣，布滿青筋的光腳上穿著一雙拖鞋，不用說，頭上是戴著帽子的。在一張被拖到近旁的桌子上，放著煙斗和煙葉，還有一疊沒有拆開的信件。一床灰色的毛毯掉在地上，尖嘴耗子帶著責備的神情慌忙拾了起來，略略摺疊後，蓋在畫家的腿上。「他感冒才剛好。」她說。畫家似乎想把她甩開似地說：「給大夥煮點咖啡吧，但是裡邊得放點什麼。先給我們搬幾把椅子來。」女人怒氣沖沖地看著他，他卻笑了起來，把手遞給州代表，代表緊緊握著。

接著，他又向大家問好，向滿臉笑容的那個人、向翻譯、向戴寬邊軟帽的人、向我，最後向魯格布爾警察哨長。警察哨長並不希望這種問候，他甚至想避開它，只是由於他站在這行人當中，除了把手伸給畫家之外，別無他法。

「嚴斯？」

「馬克斯？」

誰也聽不出這些問候的弦外之音來。我們搬來椅子，在沙發前圍成一個半圓形，端詳著畫家半臥半躺的臉。他的額頭是溼的，因為退燒而冒著汗。他也用狡黠的灰眼睛相當坦率地打量我們。

談話怎麼開始呢？這是一次在特定場合的正式談話，而主要人物卻穿著睡衣和大衣躺在人們面前，感冒剛剛痊癒。首先，疾病成了話題，他們談到流感，談到非季節性和季節性的流感，談起人們在石勒蘇益格—荷爾斯泰因和英國如何治療這種疾病，而且各人情形不同，例如州代表就從來沒有得過流感，他的妻子卻每年春天都得一次。畫家說：「得這種流感死不了人，它來了就走，只要一個勁兒地喝添加了酒的熱咖啡。對了，卡特琳娜怎麼還不端咖啡來呢？」

人們又談起畫家的花園，秋天裡的花園，談起秋天混在一起的色彩，這時，那個穿軍服的男人話最多，他還和畫家談花的形狀，特別談到唇形花和蝴蝶花。

接著，尖嘴耗子端來了咖啡。誰都看得出，在她擺桌子、倒咖啡的時候，一直在給畫家使眼色，最後，顯然怒氣沖沖地把一瓶酒放在桌上，畫家立即抓過去，拔出了軟塞，說：「在我這兒喝咖啡得放點兒什麼。」

除了我，所有的人都喝放了點什麼的咖啡。翻譯拿起杯子時說：「祝你健康。」畫家說：「對呀，如果我們喝咖啡，我們就有權利說，祝大家健康。」

在必要時也說德語的州代表，不僅翻譯了這句話，而且還加以解釋。他讓人遞給他公文包後站起身來，打開彈簧鎖，取出一張藍色的、硬梆梆的大張紙來，依我看，這是件很體面的東西。他用雙手捧著、掂量著，走到沙發旁邊，這時我已看出，他拿的是兩個蒙著麻布的紙盒。州代表雖然說不上虔誠，但卻眨著眼皮，莊重地把紙遞給畫家；畫家剛要伸手去接，他卻輕輕收了回來，因為還有話要說，畫家自己也要說幾句，並打起精神。這時，我們也都站了起來。

他的演說是我聽過的聲音中最輕柔的。他說，倫敦有個皇家學會……，考慮到畫家對歐洲美術的傑出貢獻，根據主席團的共同決議……由於畫家接受了學會至為光榮的推選，因此，他……。畫家此時又伸過手來接那份證書，州代表又把證書輕輕拿了回來，因為他個人還要補充幾句。他說，為皇家學會效勞，不是他的任務，但是在這樣的情況下，他特別高興，而且衷心地願意效勞。此外，他反正在這附近還有事情要辦，他的朋友塔特將軍執意要陪他來；他們幾個人來到這裡，不僅要向南森先生遞交這份名譽會員的證書，而且還要親自登門，以表示他們給予這位自由的、偉大的藝術典範多麼高的評價。講話內容大概就是如此。

講完這些話後，畫家接受了證書。州代表舉起咖啡杯說：「我們可以為此而乾杯！」我們大家，包括我父親，都面向畫家一飲而盡。父親翹著小手指，把杯子拿在胸前，一隻眼看著貴賓，他就這樣向畫家表達自己的祝賀。畫家只是掃了一眼，便把證書放到桌子上那堆信件的旁邊，然後指著酒瓶，讓大家隨意飲用。客人們自己倒酒，也抽煙，只有我父親不抽。

那個穿著軍服的人親切地笑著說，他在諾丁漢自己的家中，掛了幾幅南森的畫，並說了作品的標題，產生的年月。畫家驚愕地抬起了頭。這些畫──《摘罌粟花的女人》肯定在內──原來在德雷斯頓和海德堡，後來從博物館被沒收了，運到柏林，不是在那兒給毀壞了嗎？他，這位將軍，正是在瑞士買到了這幾幅作品。那就是說，畫家偶然聽到而他不願意相信的謠言是真的。柏林的那些瘋子因為需要外匯，把沒收的作品透過中間人賣掉了。由於這位將軍是在瑞士購買這幾幅畫的，所以它們沒有受到損壞。他還知道，許多現代繪畫並沒有被銷毀，而是給弄出了國境。畫家還一直以為一切都完了，八百幅畫全都完了。不，他盡可以放心，將軍告訴他說，被出售的作品還有一些數量，總有一天能弄清一個確切的數字來的。

他們就這樣談著，一件又一件。他們提出了種種問題，只是談到了一件事以後，他們才不再追根究柢。「在所謂禁止繪畫期間，」州代表問道：「那日子怎麼過呀？這種事情可能嗎？」這位州代表簡直無法想像。

畫家說：「必須習慣於這樣一種狀況，得作出相應的安排，作好對付一切情況的準備，否則不行。」他還沒聽說過世界上有哪個畫家完全遵守繪畫禁令的。畫家又不僅僅是在畫架前塗抹顏色，要麼總是在畫，要麼壓根兒就不畫。難道能禁止人家在夢幻中畫嗎？

他沒有把自己要說的話說清楚。州代表說，他想知道，繪畫禁令實際是如何監督執行的？檢查嗎？抄家嗎？誰來執行呢？

我父親願意回答嗎？他不安地坐在那張高高的椅子上，背靠著那雕花的椅背，把帽子拿在手上轉動著，用大拇指刮著自己一陣抽搐的臉。

「為了這件事，為了監督繪畫禁令的執行，也派了地方的警察，」畫家平靜地說：「在某種程度上，就像人們早就了解的那樣，事情都具有兩面性；但是，最終這一切也就那麼過去了。」

「有損失嗎？」

「有，這樣那樣的損失是有的。這是不可避免的。」

「但是，也產生了幾幅作品嗎？」

「肯定的，在禁止繪畫的時期裡產生了一些作品。」

「那些被沒收的畫後來怎樣了？」

畫家聳了聳肩膀，突然說道：「一個只知道履行職責、對自己別無指望的人，能有多少辦法呢？這樣一個人也並非總是一帆風順的。總之，他也並非不會遇到困難。」

他們就這樣交談著。他們好像向著什麼東西游去，抓住了漂浮在水上的某件東西，又讓它繼續漂去。他們坐在那兒聊著，不是事事有結果、句句有答覆的。

「什麼時候能看到特納的大型畫展？」畫家問道，哪怕是長途旅行，甚至拖著感冒的身體，他都願意去看。

將軍說，要是畫家到諾丁漢去，那裡的博物館就有幾幅特納的作品，就可以看到，但是為什麼單要看特納的畫呢？

畫家答道：「因為特納使一切都飄浮不定；不錯，別人，幾乎所有的人也都這樣做，但是，特納僅用顏色來表現這一點。」所以，他，畫家，想實地參觀一次。

將軍又問道：「為什麼不能去諾丁漢參觀呢？」

州代表想知道，畫家是否去過倫敦。沒有，畫家還沒去過，而且也懷疑自己是否會有那麼一天，以前他喜歡旅行，但是現在……。此外，他對大都市還有點反感，一向如此。還有，對他來說，在這裡，在格呂澤魯普與胡蘇姆公路之間，還有許多東西等待他去發現，他雖說不能對這片土地和所有的人都加以研究，但是，他還想對此地作進一步的了解。他，那位將軍，想知道一個大都市對於他的工作是否重要。

我永遠也不會忘記畫家的答覆，他說：「我們所需要的首都，都在我們自身之中。我在此地有我所需要的一切，甚至更多，因為我們的生命短暫，來不及把和這片土地有關而又值得表現的一切，統統表現出來，譬如本地神秘的居民，地上的、空中的、夜間沼澤地裡的，或是海灘上的。以及這裡的人敏銳的聽覺；當天空烏雲密布的時候，他們的恐懼、他們的面孔、他們緩慢的思考，以及和法令衝突的方式，對吧，嚴斯？」

父親大吃一驚，不了解地看著畫家。畫家對父親說：「當你把此地的人們從自己的實際生活中展現出來時，嚴斯，那是在任何大城市裡都展現不出來的。你在這裡能夠找到世界上的一切，難道我說得不對嗎？」

靜默了片刻，大家都在等待我父親回答，至少等著他證實，大家都看著他；可是，魯格布爾警察哨長卻一言不發。他點了點頭，這就是他的全部回答。畫家請大家再倒上咖啡，但是誰都沒有再倒。他，那位將軍當然想看看畫室，更願意到畫室裡去坐坐，但顯然做不到。畫家裝出一副可憐的樣子指了一下廚房，尖嘴耗子正在那裡忙碌著，這一指就是他的解釋。別的時候可以嗎？別的時候完全可以，就是今天不行，要是根據廚房裡這位女士的規定，他連起床也不應該；她很嚴格，畫家覺得，反抗她的嚴格，是毫無意義的。反正，他們還會再來的，這件事已經決定了，也許安排在下個月吧。這裡的每個人都很高興。畫家再一次對來客，當然也包括我在內，表示祝願和感謝。不，我們應該向你表示感謝，特別祝你痊癒。

這四個身分、舉止不同，或多或少地參加了談話的人起身告別，從衣袖中伸出手來，露出牙齒，使臉上的皮膚緊繃並抽搐。他們朝沙發跨出一步，又退回來，側著身子，眼裡看著病人走到門口。我父親是最後一個告別的，我看得出來，他曾反覆考慮，想利用大家都已走了的機會，招呼也不打一聲就往門口走。但他還是走到畫家身旁，身子僵直，非常嚴肅，但不帶敵意，盡可能地拉長了臉，向畫家伸出長滿黃毛的手表示回答，卻沒有用力去握。

「你還有足夠的時間在這兒喝杯咖啡。」畫家說。

我父親說：「還有許多事情等著我去辦呢。」

「那就是說，不坐一會兒了？我很遺憾。」

他離開房間時不像其他人那樣眼睛看著畫家。他在外面做了些什麼呢？他取了自行車，站在柵欄門邊等著笨重的汽車開過來。他過早地舉手敬禮，儘管第一輛和第二輛汽車之間有一段距離，他的手卻一直舉在帽簷上，直到兩輛汽車隆隆地先後駛過木橋，他才把手放下來。

第十六章 恐懼

格呂澤魯普的特奧多爾．施托姆文科中學，是一所有名氣的學校，這是一方面；而另一方面，我去學校的路程卻因此增加了兩倍。一方面，我不用再逃避約普斯特和海尼．邦耶了；另一方面，學校那一堆沒完沒了的作業，每天都要折騰我整整一個下午。一方面，老師不得揍我們了；另一方面，我仍然想念普勒尼斯老師，儘管他打起耳光來非常痛；一方面，我認為母親是有道理的，她沒完沒了地對我說：知識就是力量，較高級的學校能使人有一個較好的「生活起點」；另一方面，我捫心自問，如果我根本不想去希臘，我幹麼要去學習希臘文單詞；一方面，我知道他們並不為每個人都提供在較高級的學校裡學習的機會；另一方面，我也實在不了解父親為什麼老是逢人便講我進了高級中學的事。

儘管我對於進施托姆文科中學的態度一直是矛盾的，但這又有什麼用呢？他們強迫我接受獎學金，送了我一個新書包，給我買了一輛幾乎是全新的自行車，企圖喚起隱藏在我身上的勤奮精神，比平時多給我包上兩片麵包，臨出門前，還要檢查一下我的襯衫、襪子和指甲。當我彎腰扶著自行車把出門時，他們，甚至我的母親都在後面向我揮手。

登上大壩，左邊是北海，右邊是平原；下了大壩，右邊是北海，左邊是平原。我循著魯格布爾警察哨長慣常走的路線行駛，現在，他有時也和我同路，「我領路，你跟在我後面。」「好！」我說。不管他們對我有什麼打算，我都說好，隨他們給我買甜食、夾肉麵包，增加零用錢，並讓我在一定的時間內不受干擾地待在自己的房間裡——這一點對我來說至為重要。父親對我突然關懷備至，不排除這樣一個原因：他從警察手冊中了解到，受到較高教育的人在警察局裡能夠有較好的前途。為了能使我將來當警察廳長，至少當警察局長，他們不讓希爾克下午唱歌，聽收音機，她當然又要怪罪於我，這種事情想也知道。

即使是一條常走的路，即使我閉著眼也能找到大路或岔道，到格呂澤魯普中學的這段行程卻從不使我感到乏味，即使遇上逆風，要花很大力氣，我也不厭煩。所有的東西都在自己的位置上，但是在光線和天氣變化的情況下，這一切又都不是自己原來的模樣了。僅僅是北海，就會產生許多使人驚異的景象。你去的時候，大海還非常遼闊，彷彿在睡夢中舔著海灘；當你返回時，藍綠色的海水卻掀起了洶湧的波濤拍打著防波堤。

那些農舍安分守己，像註定要以煙雨為簾，沒入灰色之中；然後，當乳白色灑向這些農舍，或者當屋前屋後的草地的反射使它們閃閃發光時，它們則安逸而又自信，從煙囪裡冒出做午餐的濃煙。

再說那風吧：有時它自得其樂嗖嗖地吹過自行車輪的輻條，要是它能把人吹得搖搖晃晃，便會放聲大笑；然後就怒氣沖沖地把雨衣掀起來撲打在人的臉上，或者把雨衣吹得嘩嘩直響，把騎車人連打帶推地送下大壩。這裡的一切每日每時都不斷地變化著，人們也常常能從這千變萬化中受到啟示，只要願意，還能因這種千變萬化而激動、而興奮。

我現在正走在回家的路上。秋天，下午將近兩點鐘，海鳥飛翔，海灘靜寂。風從西北方，從斜後方吹來；它吹著我的雨衣，就像鼓起一張溼淋淋的風帆。沙灘上有足跡，誰曾在這裡走過？溼潤的風帶著鹹味和碘酒味。我把書包塞在後架上，它已經溼透了，閃著亮光。地平線上一縷青煙，沒有船隻。彎嘴濱鷸叫著：「維特—維特。」

為了夜間防寒和防雨，牲畜身上已蓋上了柏油帆布。有一個人在那兒放水。前面顯現出「海灘一瞥」的輪廓，自從興納克．廷姆森受某種新的職業機會的刺激，去經營批發燃料的買賣以來，「淺灘一瞥」牆上的漆已經剝落。他之所以經營這個買賣，是因為他在一本統計手冊中看到，冬天將越來越冷，於是他將酒店出售給政府，政府則花了有限的經費把酒店辦成了一個智力愚鈍者的兒童之家。旗杆已經折斷，誰也不去換一根新的。那兩把鑰匙交叉的旗幟在哪兒呢？在大風裡，四個，不，五個阿姨正站在平台上說話，向我父親訴說著什麼。他站在她們中間，低垂著臉，用他的方式表示對情況已經知曉。還有飛禽站的柯爾施密特、大壩管理員布爾特約翰，現在他的大衣與上衣衣領上戴著銅質的德國體育紀念章。

我從車座上抬起了屁股，加勁蹬車，但我仍舊沒有趕上。因為我還沒有到達平台，阿姨和那些男人們已經走下通往海邊的狹窄階梯。他們之間拉開了距離，組成了一條鐵鏈，搖擺著，彼此用手勢說著話，向半島前進。這條鐵鏈斜著向半島移動，一翼向後彎了過來，像一張大網眼的網，彼此之間保持著等距離，搖擺著通過窪地、山丘、海灘，沙丘，向半島的頂端前進著。在那裡，兩股相向而來的激流匯合在一起，使水和水上的飄浮物翩翩起舞。

他們在尋找什麼，他們想要捕捉什麼東西。誰不想和他們一起呢！跟上去！我把自行車推到平台上，跟在他們身後跑了下去，先是跟著那條行進中的鐵鏈，隨後是跟著飛禽站的柯爾施密特留下的足跡爬上山丘。山丘上，風把剛剛種下的海草吹得豎了起來。我追上了他，笑著跟他打了個招呼，試著按照他的腳步前進。我不想問他們在尋找什麼，我也用不著去打聽，因為過一會兒他一定會嚷嚷他怕什麼，這樣，我就能知道他們到處搜尋的原因了。

「有兩個孩子失蹤了，一男一女，大概在天矇矇亮時，還在早餐以前。人們首先只在屋子裡尋找。」柯爾施密特說：「時間太久了，他們失蹤時正好退潮，應該到淺灘上去尋找才對。」他怕他們跑到淺灘上去了。他，飛禽站的職員，預見到最壞的情況。他老是停下來，從山丘往海灘上看去，看著洶湧的波濤，遠望大海，他似乎預料到孩子們更可能在那邊，而不是在半島上。

枝條纖細的柳樹叢攔住了我們的去路，我們在柳樹叢中尋找著，這裡沒有足跡，沒有任何跡象。一個身材高大、穿粗呢大衣的阿姨把我父親叫到她面前，指著沙土。我父親用腳在沙裡刨著，不見足跡。他們分開了，繼續走著。我們爬上沙丘，圍著畫家的木棚轉，沒有走進屋去，這裡也沒有足跡。我把一張從地面伸出的燒焦紙片埋進土中。我們這條活動的鏈條只有在開始時彼此能夠看見，走進沙丘越遠，就越不容易互相從沙丘谷中看到。有時缺少左翼，有時又缺少右翼，接著在中間的人失蹤了，或是脫掉了幾個環節。有時我只能看到兩翼的領頭人物——大壩管理員布爾特約翰和兒童之家的主任。

魯格布爾警察哨長為什麼跑開了？為什麼他不幹了？柯爾施密特注意到了這個情況，馬上就派我補上這個空隙。我尋找著父親的足跡，繼續前進，使這條活動的鏈條連上了。但是沒過一會兒，主任突然站住了，她發出信號，叫喊著，再一次發出信號。她向大家招手，指著從北海出發、向半島尖移動的並排足跡。我們圍在她身後，大家都看出，這是孩子在沙土上留下的足跡，很輕，但挨得很緊，大概他們是手拉著手走過海灘，走到這裡來的。

「這是他們。」主任肯定地說。她不再說什麼就順著足跡前進，於是我們也跟在她的後面。在那條幾乎沉沒的小破船邊，北海的浪花有力地高高飛濺著，濺得我們滿身都是水。沙土地上的波紋似乎是北海波濤的延續，一直延伸到半島尖上，延伸到飛禽站的小屋邊和繫鳥網的木桿處。快呀，大家都加快了腳步。小屋裡面沒有，凳子和桌子下也沒有，儘管足跡越過了海灘，但是那裡也沒有蹤影。原來那兩個孩子正在網裡。

他們就在那個長長的網裡，網一直掛到一個捕鳥籠上，籠子鬆弛地拴著，麻繩繫在木樁上。我們就在這裡找到了這兩個孩子，他們蹲在地上，被歌唱著的鳥兒包圍著，身上現出了一個個網眼的影子。

孩子們毫不害怕，他們不大高興，只是漠然地看了我們一眼。他們背靠背坐在沙地上的籠子裡。女孩正掐著那個油光光的布娃娃的喉嚨，男孩正捧著一隻死鳥在呵氣。女孩長著一張蒼老而又遲鈍的臉，頭上兩條像老鼠尾巴一樣的短辮子，身上穿著一條花格連衣裙。男孩子光著腳，那顆笨重的大腦袋似乎要把他壓垮，脖子是鼓起來的，他在向死鳥呵氣，把小鳥放在自己的大嘴邊時，他的頭搖來搖去，我聽見他發出了呼嚕呼嚕的喉音，大概是表示不耐煩或不滿意的聲音。女孩把布娃娃的臉往沙土裡按，在裡面轉動著，想讓布娃娃窒息在她那兩條褐色的腿中間。

小鳥吱吱叫著，在小女孩的頭上掠過，從小女孩身邊飛過。小女孩一眼也沒看，也不跟在牠們後面追打。男孩把死鳥塞進自己的麻布襯衫領口裡，笑著，上身左右搖擺，口水從嘴唇上往下滴。他用手指抓住網，想站起身來，但沒有成功。小女孩旁若無人地扯著嗓子大聲唱歌，把臉轉向我們。這時主任找到了向著大海的網子入口處，鑽進了籠子。那瘦骨嶙峋的主任用不情願的眼色把女孩抱起來，把她摟得緊緊的。而女孩卻用布娃娃敲著她的頭，一直敲到那白色條紋的寬邊帽落在地上，連髮針也掉了下來。即使主任親吻了她，她也面無表情地用娃娃在主任身上繼續敲打著。

男孩呢？得兩個阿姨外加柯爾施密特的幫助，才能把他從籠子裡拉出來。他並非在捍衛自己的那塊地方，只是不明白這些人想要他做什麼。他低著頭，像要去撞自己的身體一樣，懶洋洋地，什麼也不明白，毫不動搖地只想一個人待著，他被人拉出來後，站在我們這一圈人中生悶氣。

「好了，約亨，」一個阿姨說：「現在該回家了。如果你把小鳥給我，你就可以回家去喝熱可可。」男孩機械地把手在褲子上擦著。

「把鳥給我。」阿姨溫柔地說著，把手伸進男孩襯衫的領口，伸到了較深的地方時，男孩用喉音哼哼著。阿姨的手摸著了男孩的肚子，在那裡停住了，抓住死鳥的尾巴，把牠拉了出來。男孩想要抓住那隻鳥，但沒抓到。

「好吧，我們大家都回家去，先吃點熱的，然後再睡覺。」男孩把手掌彎曲著放在耳邊，好像在聽什麼只有他才聽得到的聲音，他沒有任何抗拒的行為，心甘情願地跟著走，只是有時停了下來，聚精會神地在傾聽著什麼。

我們回到了「淺灘一瞥」，阿姨、孩子、女管理員，甚至還有兩個女廚師也站在平台上等我們。他們叫喊著，擁抱著，放下心來熱烈地撫摩著這兩個孩子。「你們回來了？」「他們在這兒呀。」

我透過洞開的門望去，沒有看見我父親，但是一眼看見了那個每天早晨當我經過這裡的時候，笨拙地跟我招手的那個女孩。有時她下午穿著藍色的圍裙坐在窗台上向我揮手。我給她取了一個名字，叫妮娜。她從門裡走了出來，蹣跚地走到平台上。我對她打了一個手勢，她卻沒有理會。我向她致意，雖然她注意到了，卻沒有回禮。我盡可能不聲張地走到她的身邊，向她微笑，點著頭，為了讓她認出我來，我學著她那笨拙的樣子揮著手，她卻沒有看我一眼，也許是看了我一眼，但什麼也想不起來了。後來，當我走近她，伸手就能摸著她時，她卻害怕地大叫一聲，摟著一個阿姨，尋求她的保護，我只好悄悄地溜開。

我從這群熙熙攘攘的孩子和大人中間擠了出去。那驚異的阿姨一直看著我，心不在焉地撫著那個女孩，安慰著她。我的自行車就在那邊，我推著它走上大壩，像父親那樣蹬著車，騎了上去，使勁地、平穩地踏著腳蹬，向魯格布爾方向駛去。

「你怎麼這麼晚才回來呀？」希爾克在台階上叫道：「我能老是把米飯熱著嗎？」這就是說，今天吃米飯拌糖和肉桂，說不定還有李子湯呢！

我說：「你別這麼大驚小怪的。」她呢，已經放低了聲音，讓步地說：「我已經熱了兩次了，西吉，你到哪兒去了？」父親要求她採取即使不是十分尊重，但也要十分周到的態度對待我，因此她接過了我的書包，向我眨著眼睛，又在我後腦勺上打了一下。她想牽我的手，而我認為這是不合適的，於是我跟在她後面走進了廚房。

「父親在家嗎？」

「不，他不在，他給人叫到『淺灘一瞥』去了，辦點什麼事。據說有兩個孩子跑了，也許是淹死了。」

「最好給我點兒吃的，別說那些你不知道的事情。」

今天的確是吃米飯和李子湯，盤子晃晃悠悠地被端到我面前，輕輕地放下了。她生氣了。

「有兩個孩子迷了路，我也在那兒幫他們找。你想想看，他們藏在飛禽站柯爾施密特的網子裡了。」

「原來是這樣，我們以為你出事了。」

「今天學校裡怎樣？」

「呵，不就是那麼回事。」

提問的根本不是希爾克，那最後一個問題出自母親之口。她披散著頭髮悄悄走了進來，肩上搭著一條毛巾，準備洗頭髮。我不用轉過身就能知道她的模樣，知道她在幹什麼。我還知道她穿著一條淺綠色的襯裙，腳上穿一雙沾滿了乾肥皂泡的皮拖鞋。這會兒她從櫃子裡取出了洗髮膏，洗刷著臉盆，從那肥胖多肉、長滿雀斑與黑痣的胳膊上脫下了襯裙的肩帶，把熱水倒進了臉盆。

「西吉，我不希望你進那個『淺灘一瞥』，你明白我的意思嗎？」

「我根本就沒進去。」

水似乎太熱，她把兩隻手伸了進去，撥弄著水，想讓水涼一點。

「他們把這些孩子送到這兒來就夠了；至少你不應該去。」

「有兩個孩子走丟了，」我說：「我只是幫著找了一下。」

她又開雙腿，低下頭，把頭髮攏到前面，放進盆裡，用憋著的聲音說：「現在那邊老出事，誰都感到不安全。這些沒用的東西，就會打擾我們，給我們帶來不安。要是他們都走了……」

「那他們上哪兒去呢？」

沒有回答。她倒上了水，先把頭髮打溼，然後把頭完全埋在臉盆裡，因為費勁而呼哧呼哧地喘著。

「要是他們還在生病呢，他們是些沒有用的東西，是我們大家的負擔。跟他們什麼也說不清，因為他們不曉人事。你懂我的意思嗎，西吉？我不願你去他們那兒，去看他們，甚至跟他們一起玩。」

水從她的頭髮中滴滴嗒嗒地流了出來。這時她在後腦勺上抹了一些黏乎乎的蜜黃色洗髮膏，開始在頭上揉著，把液體的洗髮膏揉出了一堆泡沫，顫顫悠悠地停在脖子上，一片片地落在耳朵上、落在臉上，隨著她嘶的一聲，大概也溜進了她的眼睛裡。這時，希爾克也得過來幫忙了。

「西吉，就是去看一眼也足以使人受到傷害。人們認識不到這一點，但事情往往會突然發生。你知道嗎？有的印象會深深刻在你的心上，攪亂你的視線。」

我坐在這裡一勺勺地吃著米飯，聽她在那兒絮叨著。希爾克給母親沖洗著她那金黃色的頭髮，給她擰去頭髮上的水，用毛巾搓乾時，我還在那裡坐了一會兒。

「我能不能上樓去做作業？」

「可以。但是你得記得我跟你說過的話，知道嗎，西吉？」

「知道了。」

「今天你們有什麼功課呀？」

「今天？有數學、歷史、作文。」

「作文題是什麼？」

「我的榜樣。」

「這個題目大概不難吧。」

「不難。」

「我倒真想看看這篇作文。」

淡綠色的襯裙裹著她那肥大的臀部，脖子上的皮膚變紅了。她費勁地銜著毛巾喘氣。洗臉盆裡蕩著一盆子黑水，水上還浮著一些泡沫，看得見那些泡沫癟下去，沉下去，消失了。我離開了廚房，回到我的房間，開始做學校的作業，我真高興。

由於我一向對歷史課不感興趣，我就從作文著手。過去發生的事情，今天又發生了。剛開始，我總覺得題目很好寫，能夠大肆發揮，彷彿這題目就是為我出的一樣。像〈假期中最美好的經歷〉、〈參觀州博物館〉或〈我的榜樣〉這類題目，我從來就不覺得困難。對每一個題目起初我都充滿了信心，但是，當我根據要求開始列大綱時，所有這些題目卻又讓我感到力不從心了。作文都得寫大綱、引言、結構、主要部分、總結，全篇作文都要經過這套公式，誰要不按著這個模式來寫，就會文不對題。

儘管所有的題目我幾乎都喜歡，但卻經常文不對題，因為我總是無法抉擇。我分不清哪些是主要問題，哪些是次要問題。我不忍讓某幾個人作為主要人物出現，讓另外幾個人作為次要人物出現。出於禮貌、同情或猜疑使我辦不到這一點。最糟糕的是，我不會做總結，而我們格呂澤魯普的德文老師特雷普林博士卻最熱中於做總結，對什麼他都要做出評價：奧狄修斯的計策、華倫斯坦的性格、無用人之夢、馬格德堡大火時市民的態度等等。要是不作出評價，那就不屑一提。總結！只要提起這點，我到今天還感到有壓力，感到窒息一般地難受。

這次的作文題是〈我的榜樣〉。誰是我的榜樣呢？是魯格布爾警察哨長，我的父親嗎？畫家馬克斯·南森？也許是耐心的象徵——布斯貝克博士？或者是我哥哥克拉斯？他的名字在家裡不能提，連想一想都不行。我應該拿誰進行比較？向誰學習？誰堪稱榜樣？以我的父親為榜樣，為什麼不行？如果以畫家為榜樣，為什麼？

我已經感覺到，圍繞這個題目的一切都在要求評價，以評價做總結。由於我不能把自己所熟識的人根據特雷普林的思想來進行評價，我只得在另外的地方、另外的時間裡尋找我的榜樣。我想最好是杜撰一個、拼湊一個，總之，不能是一個活生生的榜樣。但是怎麼才能使我和他相似？我還記得，我先取了一個馬騰斯的姓，然後取了一個海因茨的名字。這個海因茨・馬騰斯只有一條手臂，我給他圍了一條過長的圍巾，給他穿上一雙高筒雨靴，讓他待在那個令人絕望的卡格島上。由於說不出的原因，這個島不僅是黑天鵝孵小鵝的海島，也是戰爭結束以來，那些沒有經驗的皇家空軍轟炸機飛行員最喜愛的飛行目標。

海因茨・馬騰斯拿著一根短柄的鐵鍬，帶了食品和換洗的衣裳，準備去挖防空壕。我又讓他帶上咀嚼的煙草和一把信號槍，用這把槍他不僅可以轟走孵小鵝的黑天鵝，也能警告飛行員們。他不動聲色地承受了第一次轟炸。後來，人們聽說有人蹲在卡格島上，是為了搶走黑天鵝的蛋。這件事到處流傳，在漢堡、倫敦也傳開了，尤其在英國的動物保護協會成員中傳得更厲害，在皇家空軍飛行員中倒不怎麼流傳。海因茨・馬騰斯向飛行員們發出紅色的信號彈，每次演習結束後，他都能或多或少地撿到一些燒烤過的黑天鵝來吃。

只要一聽到引擎的嗡嗡聲，他就從防空壕裡跳出來，先在天鵝聚集的地方打上幾發信號彈，於是像白雲布滿天空的一群天鵝，驚惶失措地飛速轉圈。接著他朝著天空的飛機開一槍，直到第一批炸彈爆炸。這時，天空發出一片天鵝翅膀拍打聲、呼嘯聲，以及高飛的飛機引擎隆隆聲。

照明彈落下時，光亮顫抖著。那紅色的光芒映照在玻璃上，映照在我的手上、作文本上，也在我房間的牆上閃動著。突然，傳來了叫喊聲和腳步聲。我們家樓下也有亂糟糟的腳步聲，門被推開了，是希爾克，她叫道：「起火了，快，西吉，起火了。」

「哪兒？」

「那兒！快下來！」

我的隱蔽所起火了，我的儲藏室起火了，我的展覽場，我收集的鑰匙和鎖在燃燒，騎士畫和《穿紅大衣的人》也在燃燒，在池塘上方的底座上，那破舊的、沒有葉片的風車，我最喜愛的風車在燃燒。消防車在響嗎？我聽見消防車的嗚嗚聲，但看不見消防車到來，可能它根本還沒有出發。磨房頂在燃燒，火焰從天窗上、從破碎的玻璃窗向外吐著，又跳躍著捲向天空。磨房的池塘也跟著燃燒，但火勢比較平穩。火星上上下下地飛舞，火的熱浪把一束束黃色和紅色的火球越過平原吹到霍爾姆森瓦爾夫去了。約蘇波夫親王、波旁王朝的伊莎貝拉女王，還有騎馬越過米爾貝格戰場的國王卡爾五世都在燃燒。兩張看不見的圖畫，還有克拉斯的那張《摘蘋果的人》也在燃燒。火焰在磨房頂上會合，向一邊歪斜著。狂風呼號，在灰白色天空中飛舞的灰燼像雨點一樣向下撒落。磨房頂快塌了，但又沒有塌下來。

我跑著，看見其他人也在跑著。他們從院牆中跑出來，越過草地，在大壩下面向起火的地方跑去。人們都想及時趕到現場，他們拚命地、匆忙地越過鐵絲柵欄，跳過水溝，爭先恐後地奔跑，以便能找到一個有利的位置。

我跳下台階。希爾克叫我回來，母親也叫我回來。我跑過院子，跑過磚石小路，跑過水閘，當我跑過水渠時，看見火焰映照在渠水上。我抄近路，穿過池塘的蘆葦邊，磨房頂坍塌時，我正好趕到。燃燒著的房頂倒塌在磨房之中，把磨盤砸得四處飛散，一陣火星一下迸了起來。這時，火焰像從一個簡易的煙囪中冒出一樣，任憑過路風吹散。

我停下腳步，看著熊熊大火，看著火焰一股一股地向上升騰，發出有力的呼拉拉響聲，可以說，就像一塊布在風中飄動一樣。一塊火炭從敞開的門中飛出，嘶的一聲落在我面前的溼草地上。我沒有去把它踩滅，只是站在向下飄舞、如落雨一般的灰燼下，看著那熊熊大火。有兩個男人試著用一根橫梁把門撞開，但沒有成功，然而由於多次衝撞把門從門框中撬了起來，使得它斜掛在門框中。儘管人們都在呼喊救火，可是大火並未撲滅。這時火焰從下面的窗戶中竄出，在磨房的外牆向上竄動。

我最後一次看見大火是在什麼時候？那是在戰爭開始，霍爾姆森家的廄舍起火的時候。院子裡的男人們只是把救出來的牲畜往外趕，不許他們再跑回大火之中去。我沒注意到觀火的人群是怎樣被這股熱浪襲著往後退的。

突然，我又是獨自一人了。我閉上雙眼，除了急速跳動的疼痛感外，什麼也感覺不到了。有一股力量衝上心頭，一陣陣地推動著，針一般地刺在我的心上，忽冷忽熱地衝擊著我。但是，這時我還不想行動，我還在反抗那越來越清晰的逼我行動的力量。眼前的一切都在搖晃，那燃燒著的磨房，人群的陰影。我看見我的隱藏所在轉動，儲藏室、放鎖的箱子、掛著畫的牆，都在轉動，在我的周圍越來越劇烈地轉動著。圖畫一起聚攏，變成了一本畫冊。我伸出手，跑到門口，向火牆跑去，向活動的火簾子跑去。我鑽過那吊起來的門，爬上那已破舊的、其大無比的木梯子。在那裡，麵粉箱、梯子和加工得十分粗糙的木架子都在燃燒。

太亮了，要看出什麼東西來，光線太亮了，我必須用手遮住我的臉。我喘不過氣來。當他們抓住我，從樓梯上把我拉到外面去時，我正在找那個滑輪。拉我的是兩個男人，但他們是誰，我可不知道。我扭過身子，彎下腰，甚至倒在地上，都無濟於事。他們緊緊抓住我的手，一點也不放鬆。有一個人說：「注意啦，要不然他又會跑進去了。」他們倆把我抓得這樣緊，使我不得不踮起腳尖，張開著嘴。他們拖著我走出不願讓路的觀火人群，走到下面風車的池塘邊，在那裡放開了我。我無力地倒在地上，遵照他們的命令，用水冷卻著自己的臉、脖子和手。當我抬起臉時，他們笑了。有一個人說：「這小傢伙完全燒焦了。」接著，他們又轉過身子觀火去了。

這時，我也在觀火，或者說，在觀看四處火光的倒影。但我沒有看多久，當格呂澤魯普的消防車到達這裡，當他們打開橡皮管，把吸水泵拖到池塘邊時，我站起身來，將磨房、大火和使暮色遲遲不能降臨的平原留給了他們。我走過池塘、牧場和站在那裡的牲畜。就是在這時，那針刺般的感覺也並未停歇，它沿著脊椎往上竄，鑽進了我的太陽穴，又忽冷忽熱地鑽進我的軀體。

忽然，我停下腳步，那裡有我父親的聲音，也就是說，他也在場，他只是發出一聲命令，什麼也沒幹。柵欄的柱子、牲畜和我自己的影子都在閃動著。

我本能地向布雷肯瓦爾夫走去，好像那裡有什麼在等待著我。風勢有些增大，大火中傳來了一聲大叫，大概是發生了什麼事情。我沒有回過頭去觀望，在我的頭頂上，一股煙霧被風吹得平飄著，拖得長長地尾巴掛在布雷肯瓦爾夫的籬笆上。他們可能已經開始滅火了。

地面好像有些升起，原來我走上了木橋。我停下腳步，畫家早就認出了我。他正默不作聲地站在橋頭，已經熄滅的煙斗還叼在嘴裡，掛在下巴上。他的雙手深深插在大衣口袋中，大衣的下襬輕輕撲打著他的雙腿。他這樣站著，讓人以為他是樹籬的一部分。「來吧，」他說：「只管來。」

我走到他的身邊，他把一隻手放在我的肩上。我們共同觀看那燃燒著的風車。磨房的塔樓在搖晃嗎？我想起了風車的偉大朋友，想起了他那褐色的、現在被火映紅了的手指。他巨人一般地從畫面上升起。難道他不是要在一個與此相似的朦朧狀態中，試著輕輕推動風車讓它轉動起來？塔樓的一面崩潰了，倒塌了。火星在倒塌之中像雨點一樣四處飛散。唉，偉大朋友的親切態度，那樸實無華的自信心能起什麼作用！

「安靜地站著吧，維特—維特，」畫家說：「你怎麼啦？要跟我談談嗎？安靜地站著，孩子。」儘管這沒有葉片的風車對他來說也並非無足輕重，但他還是鎮靜從容地在那裡觀看著它的燃燒。他堅持站在木橋上，很可能他曾經走近風車，卻又退回到這裡，這情況我雖不清楚，但是，我完全能夠想像得出。

煙霧就像冒著蒸氣的船隻在我們頭上飄過。畫家使勁眯起眼睛，目光一直緊緊盯著那邊，穩穩地站在木橋上。這時，整個磨房都倒塌了，它攔腰折斷，向一邊傾斜著，倒向了路邊；當它拍打到地面時，迸射出轉動的火球和跳動的塊狀火星。發燙的碎塊向斜坡下面滾去，有幾塊落到磨房的池塘裡，發出了嘶嘶的聲音。其他的碎屑蹦落在地上時，總是散出一片雨點般的火星。煙霧的顏色不斷變幻著，發出了一股硫磺味。這味道逐漸變得非常刺鼻，使人窒息。風把這股氣味吹到我們臉上。

過了一會兒，畫家說：「火已經滅了，維特—維特，我們進屋去吧。」隨即就推著我走過籬笆和花園，來到畫室。他打開燈，戴上眼鏡，抬起了我的臉。「你鑽到火裡去了嗎？你的眉毛、頭髮，好像你剛到大火中去過，都燒焦了。你發燒了嗎？」

我聳聳肩，而他卻一直彎腰看著我的臉，憂慮地說：「躺下吧，西吉，就躺一會兒。我給你拿點喝的來，一杯黃油牛奶對你沒什麼壞處。」

他關切地把我帶到畫室裡五十五個鋪板中的一個上去。我老早就認為，這些鋪板都是為畫上的人物夜間睡覺準備的，為那些斯洛文人，海邊跳舞的人，黃色的預言家，被風吹彎了腰的田間農民，和那些綠色的狡猾的市場商人準備的。有一次，畫家還快活地向我證實說，所有他畫上的那些閃著光的人物都在這兒睡覺。要是有人露出不相信的神色，他還會感到詫異。他所說的一切，他都要人相信。

他掀開一個鋪板上的遮布，上面是一床洗得褪了色的帳篷布，下面鋪著草，我坐到鋪板上。馬克斯・南森小心翼翼地抬起我的雙腿放到上面，為我蓋好被子，看著我，裝出一副嚴厲的樣子說：「你現在就躺在這兒，你不願意也得躺，好嗎？你安安靜靜地待著，等我回來，好嗎？不會太久的。」

「但是，燈還亮著，是嗎？」

他點了一下頭：「為了不讓你跑掉，我得點著燈。」他替我拍了拍那用麻布套著的枕頭。在他的照料與勸說下，我躺下了。

他走時，顯得很嚴肅。我聽見他的腳步聲遲疑地消失在門口。一陣穿堂風颳過來，翻動了書桌上任意堆起來的紙條，其中幾張飄落到地上。我沒有看見他，但是我感到他就站在外面的窗戶邊。當他走進客廳去之前，又朝裡面看了我一眼。後來，事情就發生了。

我必須思索，回想隨後發生的事情，因為那是第一次。我只是想等著他，我在被子下面直發抖，直到此時，我可以透過比較，把大部分情況解釋清楚。這裡光線充足，這間屋子是我看慣了的，我待在這裡的時間有限，只是從畫家離開到端著黃油牛奶回來這段工夫，我並不感到我是在這裡作客。我今天回想，那時，我躺在鋪板上褐色的被子下，只露出下巴，觀看著周圍我所熟悉的圖畫。過渡階段，我必須找到過渡階段，或者根本就沒有什麼過渡階段？

也許，事情是這樣開始的：我覺得，我被人看見了，不僅如此，也被人認出來了，那是斯洛文人，他們坐在一張圓桌旁，因為喝了酒，眼睛變得渾濁而滿意。市場商人們只對一個漫不經心的過路老太太感興趣。被風吹彎了腰的田間農夫因為暴風雨即將到來而忙碌著。海灘上的那個舞蹈家呢？那個預言家呢？他們只是在和自己聊天。

一定是那兩個兌換銀錢的人。淡淡的黃綠色的手，面具一樣的臉，是他們注視著我，他們不再從眼角越過坐在他們前面的男人互相使眼色，這男人的絕望情緒與他們毫不相干，他的痛苦正合他們的意。我覺得，他們抬起了目光，他們那灰白色的眼睛裡這時沒有任何優越感。我無法解釋，也不想解釋，忽然，那張畫正在收縮，因為我感到一陣疼痛，太陽穴像被鉗子緊緊夾著一樣，一點亮光從畫的背景深處升起，向畫面移來，兌換銀錢的商人似乎屏住了呼吸。

我用雙手抓住被子，因為現在看清楚了，一個小小、明亮的火星從背景移近過來，堅定不移地向前。是什麼戰勝了我的恐懼？是驚愕？是衰弱？還是害怕？我的恐懼使我至少在一段時間內安靜地注視著它。我只記得，是因為那張畫，是因為那個小小的明亮的火焰，是因為恐懼，幾乎就因為這一切。我掀開被子，站起身來，我什麼也不再想，我必須乾脆把那張畫拿下來，把它翻過來，揭下後面的硬紙，把兌換銀錢的商人從鏡框中取出來。放在哪兒安全呢？枕頭下？櫃子裡？

我把襯衫從褲子中拉出，將畫貼在身上——就像那次藏《製造雲霧的人》一樣——把襯衫拉下來，又躺回到鋪板，決定不對任何人說這件事，連畫家也不說。我只想把這張畫放在安全的地方；我想把它帶走，帶到一個我自己還不知道的地方，只是必須得離開這兒，離開這個隨時都能起火的地方。這張畫貼在我身上多麼冰涼，多麼安全啊！我這樣想著，為了不去看其他的畫，我閉上了眼睛。

我應該對他講這件事嗎？他會相信我說的話嗎？或者說，我應該逃走？我並不是想保留這幅畫，同樣地我也並不想保留後來的那些畫，只是由於這些畫受到了威脅，所以我要把它們帶到一個安全的地方去，暫時歸我保護。我不能容許這些畫在無人看管的剎那間被燒毀，我得採取行動。我沒有聽從我的恐懼心理對我的勸告，我的錯誤只是在於我過早發覺某一張畫受到了威脅，我過早為它的安全擔憂。

我並沒有逃走，我躺在那裡，等候畫家回來。他費勁地關上門，坐到鋪板沿上。「來，喝吧！」我喝著，越過杯子的邊緣端詳著他。他變了嗎？他除了拿牛奶以外，是否還做了些別的？「西吉，你瞧你那樣子，」他說：「你在這兒不用害怕。你發燒了嗎？你休息一會兒，然後我陪你回家。」

他從櫃子上取下一個酒瓶，用一把黃色粗齒的起子打開軟木塞，把酒倒進杯子，一飲而盡，又倒了一杯，接著點燃了煙斗。他望著窗外說：「幾乎沒有火了，維特—維特，他們處理完了，明天早上我們就看不見那個破舊的風車了。你常到裡邊去，是嗎？有時我看見你從裡面走出來。為什麼你在大火前跑開了？」

我得上廁所。但是我直挺挺地躺在那裡，一動也不敢動，因為那幅畫的分量會引起他的注意，新的恐懼使我一動也不能動。如果他發現那張畫沒有了，如果他在我身上找到了那張畫，他會怎麼樣？我暗自問著自己，偷看那被我掛回原處的空鏡框。他會永遠禁止我踏進這畫室的門嗎？是否一切都會因此而完結？那空鏡框斜掛著，我掛得太匆忙了，褐色的粗布被子把我纏得這樣緊，似乎是要出賣我。我突然覺得太熱，熱浪向我的身體陣陣襲來，我不能平穩地呼吸了，而我又必須上廁所。

「兩個噴水管，」他站在窗戶那邊說：「現在他們用兩個噴水管滅火，似乎那裡還有什麼東西需要搶救，需要保護。夜裡有雨，他們可以把餘下的事留給雨水去做，你說是吧？」

「是的。」

他從窗戶旁轉過身子，邁著小步走了過來，我則仰望著天花板；這一段路顯得那麼長，他走了那麼久。他終於來到我的身邊。他把杯子放在地板上，坐在鋪板沿上輕輕喘著氣。「把你知道的事說出來，我想，或者說，把你發現的事說出來。」

他掏出那條特大號、散發著尼古丁味兒的手帕，擦乾我的額頭和太陽穴。「你先安靜下來，維特—維特，」他說：「有一天你會看到，我們所做的和共同承受過的，是不會很快就被人忘掉的。我們的足跡保留下來的時間比我們想像的要長。事情是不會那麼快就消失的。你想想看，對那個曾經在這裡生活過的弗雷德里克森我了解得很少；但是，每隔半年，他就在門柱上量一量他的兒子有多高，然後用刀子刻上印記，儘管這印記很小，但總是有東西留存下來了。」

他拍了一下我的大腿。「為了使有些東西留存下來，」他說：「就不應該再去看它們；我想，有些東西為了今後能毫無憂慮地占有它，就必須先丟失它。我是這樣想的。可能有七百幅畫，也許是八百幅，它們會永遠歸屬於我，即使我再也看不見它們了。你說呢？是的，我知道，那是好多幅畫呢！」

「你指的是什麼？」我問道。

而他呢？對我的問題並不介意，說道：「那是一個很好的隱蔽所，你在上面放了很多好東西，有時我感到驚奇，有時我感到高興，真想再給你添一些！」

「你到上面去過？你知道這件事？」

「我知道，我也去過上面，還不止去了一次。」

「那個穿紅大衣的男人。」

「是的，我在那裡重新見到了穿紅大衣的男人，還有許多別的東西。」

「你是怎麼探聽出來的？」

「你安靜地躺著。你看，我什麼都留給你了，甚至包括你留下的那兩張看不見的圖畫，有一天，我還想偷偷地再給你掛上點什麼呢。」

「是他幹的，我說，只有他。他還會這樣幹下去的，他什麼別的事情也不想，只是等機會這麼幹。」

「安靜點，孩子，你不知道自己在說什麼。」

「在棚子邊，在海灘上，都是他幹的，這回也是他幹的。我知道，他什麼都能找到，在他面前，什麼都不保險，這種事他是不會停止的。」

「我們給你找一個新的隱蔽所。」

「那他也一定會找到的，一定。」

「那我們就多找幾個隱蔽所，經常變換變換地方。不過，你現在要安靜，把我的手放開。」

「你得採取行動，南森伯伯，我說，你是唯一能夠採取行動的人，他的情緒不對勁；或者說，他對現在的情況一點也不了解，只要他在那兒站著，傾聽著自己的聲音時，我就害怕。」

「我認識你父親的時間比你長，」畫家說：「磨房裡的火絕不是他放的，你不能這樣想。你還想喝點什麼嗎？」

「我告訴你，在他面前，我們得把什麼都藏起來。」

畫家把我按在鋪板上，他用目光向我表明，他了解的情況比我猜想到的更多。當他又慢慢地說話時，他的聲音裡不再有失望、悲傷，更沒有憤怒：「《兌換銀錢的人》那張畫我一定親自把它看好，你把它拿出來吧。」

他以為這張畫放在鋪板下，於是彎了一下身子，然後憂慮地看著我，說：「來，放在我這兒保險多了。」

「有一個火焰，」我說：「一個小小的火焰向畫面移動。」

「是呀。」

「清清楚楚。我看見了。」

「是呀，我相信，不過你把畫給我。」

他兩下子就掀開了被子，在我身上摸著那張畫，把我的襯衫從褲子裡拉了出來，他不讓我動手，只是叫我安靜：「把手拿開，我自己來。」他的聲音裡沒有失望、沒有憤怒，如前所說。

當他取下鏡框時，我看到從他那肥大的衣袖中伸出來的手腕令人驚訝地瘦削、蒼白。他一句話也不說地把畫放了進去，掛回原來的地方。

「你餓嗎？」

「不。」

「那就是說，你真的有病了。」他微笑著說。

過了一會兒，他又說：「事情總會有損失的，你得習慣這一點，維特—維特。也許這是一件好事，人們總不能停留在原來所擁有的一切東西上，而是必須不斷地重新開始。只要我們這樣做，我們就還能寄望於自己。我從來就不滿足，西吉，我也建議你，盡一切可能不要滿足。」

他忽然驚慌起來，趕緊給我蓋上被子：「天哪，你看你那樣子！孩子，來，我送你回家。」

「我要待在這兒。」我說。

「這不行。」

「但是我要。」

「你可以在我這兒吃飯，然後我送你回家。」

第十七章 病

攔住他，攔住奧柯・布羅德爾森，問問他郵袋裡有沒有我們的信件？我們能不能自己把信拿走，省他一段路？但是怎麼說都沒用，因為那挺胸、僵直地坐在自行車上的獨臂郵差，堅持要把信件送到家中，無論如何也要送到家門口。他用暗示讓人明白這一點，有時還要提醒幾句，總之，是用他那副彷彿他比收信人更了解信件內容的神情。雖說人家看到他送信的神態，不一定會認為每一封信都是他自己寫的，但也會以為，至少寫信的時候他在場。你瞧他在信上敲打的樣子！他揮著信提醒人的神態！是的，了解他的人是不會攔住他問信的，或者讓他過去，或者像我那樣，跟在他的身後跑著，一直跑到院子裡，跑到屋門前。

「有我們的郵件嗎？」他把郵袋放在車座上，打開郵袋，用大拇指翻動著那疊夾在一起的信件。信封一個個翻過去，露出了上面的地址。

「沒有我們的信嗎？」

「只有一封用褐色大信封裝著的信，信封上是粗體字，沒有寄信人的地址，也沒寫寄信人。」

布羅德爾森說。他為難地點著頭，可能在考慮要把我們的信扣下來。但是，最後他還是把信交給了我，指著我家說：「去吧，把信送進去，告訴你家老頭兒，以後只能收有寄信人地址的信件。」

「照辦。」

他招呼也不打，就越過磚石小路，向霍爾姆森瓦爾夫駛去了。

「這兒有你一封信！」

我父親正在擦鞋。他每星期把所有能從家裡蒐羅出來的鞋擦一次。他把鞋拿到廚房，整齊地排在那裡。擦鞋需經過三道手續：擦乾淨、上油、打亮。我只得把信放在桌上。警察哨長一邊用絨布給皮鞋打亮，一邊看著信。他聳了一下肩膀，轉過身子，又看了一下信，似乎有什麼情況現在才引起他的注意。這一次比第一次看的時間要長。他又轉過身子，但是，人們可以清楚地看出，他臉上出現的好奇表情越來越明顯了。

他在尋找寄信人的地址。他放下了絨布和皮鞋，把信拆開，站著看了半天，似乎不知道是怎麼回事。他坐在條凳上繼續看著，他在比較什麼，又拿到有亮光的地方琢磨著，但是似乎還不了解這是怎麼回事。他失神地看著我，叫道：「母親，把母親叫下來，快去！」

於是，我敲門把古德隆·耶普森從她的臥室中叫了出來，讓她走在我前面。在樓梯上我又超過了她，這樣，我能看著她走進廚房，看著她不愉快但卻寬容地站在桌子旁邊，身子在晨衣中冷得發抖。父親沒有注意到她，也許他已經看見她，但卻要在把信交給她之前，再念它幾遍，使自己更有把握些。她在那兒站著，他在那兒看信。她看得出，有什麼事使他難以理解。他把信放在桌子上翻轉過來，歪著頭在那兒讀著。突然，他把信和信封推給了她，跳了起來，抓住她的肩頭，輕輕地、往下按著她坐了下去。她在讀信時，他就站在她的身後。

平靜嗎？他一點兒也不平靜。「你看看，」他說：「你瞧瞧啊，」他又說，「你看出什麼來了？你什麼也沒有看出來？」不管他如何催逼，她根本就不聽他的。她也把信紙翻轉過來放在桌上，然後抬起頭，呆望著爐子，試著要說點什麼，卻又說不出來。

我讓他們自己在這種不知所措和驚得發楞的情況下待一會兒，在他們喘氣的工夫和尋找話語的時候，我想談一談這封信究竟給家裡帶來了什麼。正如前面所說的那樣，信封上沒有寫明寄信人，大信封裡裝著一頁從雜誌上撕下來的紙，一幅複製的畫幾乎占滿了這張紙，畫的名稱是《波濤上的女舞蹈家》。狹窄的紙邊上用粗體字寫著：請注意這張畫像誰，那是有意義的。

這是馬克斯·南森的一幅作品，畫的是希爾克，她在跳舞。她在紅色的天幕下，緊挨著海灘，在平滑而又翻滾著的波浪之間跳舞。她的頭髮披散著，只穿一件帶條紋的短裙。她的乳房似乎妨礙了她的舞蹈動作，於是，她一隻手按在乳房上。那張向後仰的臉上，顯得厭煩和筋疲力竭。她迎著海浪，和海浪一起跳舞，隨著海浪的節奏跳著。看得出，翩翩的舞姿會使她離海灘越來越遠，她將向著大海，一直跳到自己舞蹈終結的地方。波濤上的舞蹈家確實是我的姊姊希爾克。信紙上有寄信人的姓名嗎？當然沒有，如同信封上沒有姓名一樣，信紙上也沒有。郵戳呢？從郵戳上看，信是從格呂澤魯普投寄的。

「你有什麼好說的？」父親說，用手背敲打著那張畫。這就是她，就是希爾克，我絕不會弄錯，這意味著什麼，我們都知道。

「我認得出是她。」母親說。

「誰都認得出她來。」父親說。

「她給他當過模特兒。」母親說。

「她把自己奉獻給人家了。」父親說。

「沒有自尊心。」母親說。

「沒有廉恥。」父親說。

他們看著那幅畫，還有更多的話要說，還有更多的事要絮叨，但是他們認為，最嚴重的事顯然是希爾克做了不利於他們的事情，因為他們始終在可憐自己，為自己表示遺憾。他們之所以對希爾克勃然大怒，是出於對自己這種境遇的同情。

「她竟然對我們做出這種事情來！她竟能把我們置於這種境地！她躲到哪兒去啦？」父親來到走廊，叫著希爾克的名字；聽了一會兒，又叫著。當希爾克的房門打開時，他趕緊回到廚房，想找一個能顯出威風、最好是高一些的位置。由於找不到較高的位置，他決定坐在桌邊。他的身體挺得筆直，兩腿劈開著，使勁地抬起那張乾癟的臉。他就用這副姿態等著希爾克。

「有什麼事嗎？」希爾克問道。當她看了一下我們的臉色後，輕輕問道：「這是怎麼啦？」她猶猶豫豫地走了進來，充滿疑慮而又感到害怕。她在我們的眼神中探索著，不能肯定到底發生了什麼事情。她兩手疊在一起，互相搓著。

「你們大夥要幹麼呀？我怎麼啦？」她把脖子上的頭髮揪在一起，綁了起來，又舔了一下嘴唇。

警察哨長就像讓每一個受審者驚惶失措那樣，也讓希爾克先驚惶失措起來。他並不急於開始，他高興地看著對方由於他有意沉默而產生的窘態。有時我想——至少今天我是這樣想的——他那有意的沉默就是懲罰的一部分，因為他對對方的指責秘而不宣，不給對方辯護的機會。

希爾克走到他的面前，伸出手來請他把話說明白。父親沉默著。

「你倒是說呀！」希爾克終於看到了我的眼神，跟蹤著我的視線。我把她的注意力引到桌子上，引到那封信上。她站在母親背後看見了那幅畫，注視了許久，在我看來，時間簡直太長了。

她不敢拿起那張畫來，說：「是這麼回事呀，現在我可知道了。」她做了一個手勢，尷尬地笑著，竭力想裝出無所謂的樣子：「原來你們指的是這件事。」

她放鬆地嘆了一口氣，從桌邊走開說：「這事情已經很久了，至少是去年春天的事情，或者差不多是那個時候的事。」她想用這種口氣使大家高興起來，至少使氣氛緩和下來。

母親不動聲色地看著塗蠟桌布上的藍色花紋。父親遠遠地、居高臨下地看著那封信。

「就是那麼回事，那有什麼值得大驚小怪的！」希爾克說：「《波濤上的女舞蹈家》，天哪，你們幹麼要反對這張畫呀？畫家需要一個模特兒，他覺得我挺合適，也沒有發生別的事情。就這麼一次，僅有的一次。《波濤上的女舞蹈家》。瞧你們那麼激動，這不是跟到大夫那兒看病一個樣嗎？」她說著，認為自己已經申辯完畢。她的表情也越來越放鬆了。

「那就是說有那麼回事，」父親輕輕地說：「這裡所說的一切都證明是對的了？也就是說，你當過他的模特兒，你曾在他面前光著身子，這就證明你的自尊心不知上哪兒去了！」

希爾克轉過身子，驚訝地看著他：「自尊心？為什麼說自尊心呀？」

「你和我們生活在一起，」父親瞇著眼說：「近幾年來，你總看到了我和他之間發生了什麼事情。」

「這都過去了，」希爾克說：「那個時代已經過去。」

父親把嘴噘成一副蔑視的模樣說：「事情只要走到了這一步，就不會有個了結。但這是另外一回事；現在我們是在說你，說這張畫上的你。也許你明白發生了什麼事情。」

「她和我相像，」希爾克說：「波濤上的舞蹈家與我相像，就是這麼回事。」

父親說：「不光是我們認得出是你，有人不就不寫寄信人的地址，把這畫給我們寄來了？其他人看過這幅畫以後，也會這麼做呀！當人們認出你來時，他們會怎麼想，這一點你連問都不用問！這幅如果是另外的人畫的，還有得說；但這可是他畫的！他還有他自己的那套法規，那種狂妄自大的姿態，蔑視履行自己職責的人。你大概還沒聽說過，人們在外面都議論了他和我之間的事情！」

希爾克慢慢走到窗邊，低著頭站在那裡。看得出，她現在什麼也說不出來。父親並不看她，只是衝著希爾克剛才站著的地方說：「你考慮考慮，這樣一來給我們帶來了什麼影響呀！」

我看了一下母親，她現在也開始挪動身子，從懶洋洋的沉思中醒了過來，坐下來，輕輕叨嘮著：「可怕」，然後又說道：「可怕，他把你弄成了什麼樣子啊！畫上表現出的這種陌生的東西，這瘋狂的神態、陶醉的表情！他把你的身體畫成什麼樣子！那狂熱的腰部、彎曲的大腿，還有你那張臉。你總不會同意他為你畫的這張臉吧？」

「這是一種侮辱。」父親說。

母親說：「到目前為止，他侮辱了每一個被他描繪的人，包括你在內。只有吉普賽女郎才有可能這麼跳舞。」

「是的，」父親說：「他把你畫成了一個吉普賽女郎。」

「這是一種恥辱。」母親說。

警察哨長說：「你現在該怎麼做，你知道吧？」

「事情只有這樣辦，」母親說：「這張畫，像這種畫不能讓它存在。為了你，也為了我們。」

「你幫助他完成這幅畫，」父親說：「現在你得想法把這幅畫消滅掉，這總不難吧！」

希爾克拿過一張凳子，笨拙地縮成一團坐了下去，兩眼看著自己的手掌，猛一下朝自己臉上打去，呻吟著，抽泣著。不了解她的人，此時真會以為她在打嗝；我們可知道她是在哭泣。

「你明白我們的意思了嗎？」父親說：「你明白了嗎？這張畫必須消滅掉。」

看不出希爾克到底懂了父親的話沒有，這時她的上半身晃來晃去，似乎在尋求反抗的辦法，或者說，在尋找一個可以倚靠的地方。

「你可以提出這個要求，」母親說：「你有這個權利。不能讓人看見這幅畫。」

「他用這幅畫毀壞了你的聲譽，」父親說：「只有你才能改變這種狀況。」

他們倆一唱一和配合得多麼有默契，接應得多麼熟練呀！這個人加強或解釋著另一個人的語氣，裝得好像不是直接衝著希爾克說的，而只泛泛談著與希爾克無關的看法、責備和要求。他們還給人一種印象：似乎在他們之間早就交換過意見，所談的這一切與希爾克本人關係不大，而是由於自己面臨著某種風險的緣故。他們互相補充著，互相提示，情緒越來越激動。我姊姊這時不怎麼哭了，我是說，她的哭聲已經變成了無力而均勻的、像是偶爾被哽咽聲打斷的哀號。誰也沒有要求她停下來，誰也不能肯定，希爾克到底聽懂了人們對她的要求沒有。他們只是不斷地對她施加影響，給她工作做，直到電話鈴聲召喚警察哨長到辦公室去為止。

這時，母親也站起身來，離開了廚房。不，她在上樓以前，還走到希爾克身旁，把手平放在希爾克的肩上，輕輕按了一下，這才離開廚房。

我該怎樣去安慰希爾克？我也學母親，把手放在姊姊的肩上，在她身上拍著，不經心地依照收音機裡〈你在我眼裡很漂亮〉的節拍在她的鎖骨上拍著。我得承認，我這樣做漫不經心，因為我的注意力當然集中在打電話的父親身上。他大叫大嚷地說這裡就是魯格布爾警察哨，他的電話號碼是２０２，他自己就是哨長。他用大喇叭一樣的嗓子在那兒喊著。

車禍！發生了車禍……胡蘇姆公路發生了一起車禍……一輛牛奶車和一輛自行車……一輛梅塞德斯牌轎車和一輛馬車，三十八個人死亡……明白了，三十八型的汽車……格呂澤魯普的同事們是否……兩個人受傷，這情況就不一樣了……在通往索爾林莊園的十字路口，是的……懂了，是。

他掛上了聽筒，在走廊裡穿上制服，繫上皮帶。我在鏡子中看到，他抓過了那個鋥亮的公文包，戴上帽子，扣上上衣口袋的扣子，站在門口，看著我們，既未責備，也未警告，聽了一會兒樓上的動靜後叫著說：「回頭見！」然後走出門去了。他沒什麼可說的了，連個總結性的表示也沒有。

我該怎麼對待希爾克呢？我試著把她扶起來，卻辦不到。我想把她的手從她臉上拉開，也辦不到。「來吧，」我說：「來，我送你到你的房間去，你可以在那兒躺一會兒，安安靜靜地把這一切考慮一下。」

她搖了搖頭，輕輕地說：「我不去，我要在這裡待一會兒。」我說：「不，先來吧，先回你屋子裡去。」過了一會兒，她抽搐似地站了起來，給了我一隻手。我領著還在哭泣、一隻手捂在臉上的希爾克，來到走廊上，來到她那窄小的房間。我能感覺到她哭泣時身體的微微顫動。我說：「別哭了，希爾克，你別哭了，哭也沒有用。」她坐在床上，我坐在她身旁，小心翼翼地把她的手從紅紅的、黏著頭髮的臉上拉了下來。

這時她問我是否願意離開這個家，我說：「願意。」然後她說，她曾多次準備離開這個家。只是為了我，她才忍受著這一切。她說：「我最好是了卻此生。」我說：「好的，在為你舉行葬禮的時候，我給你送花去，送虞美人草。」然後她又問自己，這個家為什麼這麼陌生，這麼充滿敵意，問我能不能理解這一切？我說不能。然後我問她：「是誰把他們創造出來的呀？」她問道：「誰？」我說：「魯格布爾警察哨長和他的妻子。」

後來她問道，我們能不能一起逃走，也許逃到漢堡去，她對那裡比較熟悉，我也在那裡有機會找個工作什麼的。

我說：「這主意不錯，為什麼不去？」

接著她又說：「我怎麼能叫人不看到這幅畫呢？」

我說：「這辦不到。」

她問道：「畫家注視著你的時候意味著什麼？」

我說：「什麼意思也沒有。」

然後她又問，她現在該怎麼辦？

我說：「我不知道。」

接著我又問，她聽說過這件事沒有？

她問道：「哪件事呀？」

我說：「克拉斯得了攝影獎。」

她說：「沒聽說過。」

突然，她倒在床上，側著身子，抬起了雙腿，似乎屏住了呼吸在聽什麼。我扯下了綁住她頭髮的蝴蝶結。

她接著說：「阿迪又在漢堡了。」

我說：「噢。」

然後她問我說：要是我是她，會不會跟阿迪結婚？

我說：「要是必須這麼做，我就會這麼做的。」

她說：「要不是有這麼一對父母，情況會完全不一樣的。」

我說：「我們必須把他們給換掉。」

她問誰呀？

我說：「魯格布爾警察哨長和他的妻子。」

她卻說：「你不能這麼說。」

我問她：「難道你不想這樣嗎？」

她回答說：「想。」

我們就這樣在她的房間裡聊來聊去的，她也逐漸安靜下來了，氣氛也舒暢了一點，總之，不那麼緊張了。我脫下她的鞋子，使勁地為她蓋上被子。希爾克可不願意躺在床上，更不願蓋上被子。她想吃麵包，想吃一片抹著李子醬的麵包。我覺得這是一個好兆頭，於是我答應給她拿一片麵包來。

我沒有能走到食品儲藏室。因為馬克斯·南森頭戴一頂大帽子，兩手深深地插在口袋裡站在那裡，用嚴厲而又匆忙的神色質問著我。他非常激動地站在那裡，第一眼就叫人看出，這一路他是多麼艱難地走來的。他不像平時那樣向我微笑，也不像平時那樣高興地打我幾下。與此相反，他緊抿嘴唇，下巴向前翹著，肩膀很緊繃。這樣的話，得振作點精神來迎接他。首先是得面對他的目光和他站在那裡咄咄逼人的姿態。

他問道：「那幅畫在哪兒？拿來，我要帶走。」

「畫？」我問道：「你說的是哪幅畫？」

「算了，別裝了，把畫拿來，事情就了結了，你知道我指的是什麼，我指的是《波濤上的女舞蹈家》。」

「畫丟了嗎？」

「是的，它失蹤了。我到這兒來，就是為了把它帶走，你懂嗎？拿來吧。」

「我沒拿那幅畫。」

「要我搜嗎？」

「你哪兒都可以搜，反正畫不在這兒。」

「你聽著，西吉，你最後一次到布雷肯瓦爾夫去過。要是你不把畫交出來……我知道你為什麼要把畫拿走，但是，這張畫我得拿回去，我就是為了這個到這兒來的。」

「畫不在這兒，肯定不在。」

「那我們就看吧。」畫家說。他抓住我的手腕子，拉著我走到樓上的房間去。「是這兒吧？」

「是的。」

「把門打開吧。」

瞧瞧他是怎樣征服我的房間，怎樣在這兒尋覓的呀！他目標明確地走到屋子中間，彎下腰，先轉著圈在一切可能藏東西的地方搜尋著。我站在窗戶旁，看著他在那兒敲敲書架，把海圖從桌子上掀起來，懷疑地檢查著床鋪。我看見他發現了那口無辜的箱子，但它的體積根本就裝不下這張畫。最後他跪在地上，甚至在修補過的地毯下面搜查。

他一點也不滿足，他是那樣地有把握，在房間裡搜索了一遍以後，走到我面前來，搖晃著我的身體，有節奏地問道：「在哪兒？在哪兒？在哪兒？畫在哪兒？」

我也節奏鮮明地回答說：「不知道！不知道！」

「你拿了！」

「不，我沒拿。」

「你覺得這畫有危險，你想把它送到安全的地方去！」

「不，我沒拿《波濤上的女舞蹈家》這張畫。」

「那就是你們家的哪個人拿了。」

他抓住我的襯衫，用他那有力而又寬大的手使我離開了地面，把我轉了一圈，又緊緊盯住我的眼睛，一再重複著對我的指責。而他所得到的回答不過是「沒有」而已。我讓他抓著我，也迎接了他的目光。

在他抓著我、盯著我的時候，我還能思考問題：誰在這個時候劈木柴呀？因為，我們倆正在爭論的時候，從院子那邊，從棚子裡，一把劈木柴的斧頭也加入了我們的爭吵。這當然是我的父親！他到出事的地點太晚，那些出車禍的人已經散開。那堆木柴擺在那兒已有數星期之久，於是他現在劈柴去了。這些木柴是格呂澤魯普鋸木廠的廢料。

畫家向我父親望去，慢慢地放開了我，把我推到一邊，走到門口去了。他下了樓梯，出門之前，在走道裡點燃了煙斗，鄭重其事地走下台階，巴答巴答地吸著煙向棚子那邊轉過去了。

父親什麼都還沒聽見，或者說不想看見。他非常專心、非常賣力地劈著柴，細心地把那鋸得很短的木塊放在墩子上，向後退一步，估量一下距離，同時舉起斧頭，但並沒有把全副力量都放在劈下去的勁道上。這動作像是把斧子嗖的一下甩在木塊上。由於劈得那樣準確，以致有時劈柴的碎片都留在墩子上，還需要他用手背去把碎片從墩子上挪開。

你倒是把頭抬起來呀！應該說，他早就看到了站在那堆劈柴前的畫家了，因為每一次，只要他彎腰去撿新的木塊時，他就應該看到畫家的鞋和他的大衣。但是，他仍然做出一副好像只有他一個人在院子裡的姿態。我想：我得看看他到底要讓畫家站多久；我還想，我還要看畫家到底能夠站多久。

我們這兒的人習慣於這樣，在誰也不理誰的時候，只要哪個人讓步、退卻、放棄，人們就會很快地說：他輸了。父親舉起斧頭，把那把沾著暗色鴿子血的舊斧頭劈了下去。畫家站著，抽著煙，瞇著眼睛看著父親。情況不會有變化嗎？有，父親更加不間歇、更加賣勁地劈木柴，他根本就不再花時間去估量距離了，而這就說明了一些事。

我能讓這兩個人這樣對峙八天，這將是一個各自為自己辯護的故事。但是，最後我還得指出，是畫家撿起了一塊蹦到一邊去的木頭，把它扔回劈柴堆裡，並說：「別著急，我等你把柴劈完。」父親什麼也沒有說，有些不好意思地檢查斧子的鋒利程度，他用唾溼了的大拇指在刀刃上試著，然後又繼續劈柴，把斧頭向一塊滿是椏杈的木塊劈去，第一斧沒有劈開，木塊和斧頭一起跳了起來，接著又是一斧下去，才劈開了；為了劈開這塊木頭，警察哨長已經使盡全身力氣。

又是一塊木片飛到了畫家的腳前，他又把它撿起來，扔回劈柴堆裡。他說：「一切東西都在自己的位置上。」他沒有得到回答，他站在那兒，雖說很有毅力，但卻又相當無能為力，甚至使人感到有些多餘，好似他在這兒打擾了別人一般。

他意識到這一點，最後，他也可能意識到，得由他先邁步才能達到自己的目的。於是他向父親走去，將大拇指掛在大衣的口袋上，逕直走到他的身邊，輕蔑地說：「總可以在這兒打聽個消息吧，行不行啊？」

警察哨長正劈一塊乾裂的圓木頭，將斧頭劈進木墩裡，又抽了出來，拿它當個支柱，撐著那斧頭柄，把頭扭向一邊。這就是說，他等著畫家提問。

畫家一句廢話也沒說，直截了當地要自己的畫。警察哨長眼睛發直地思考了一陣之後，聳了一下肩膀，輕蔑地回答說，他根本就不明白他的話是什麼意思；對於過去沒收的畫只能憑收條來領，他是否可以看看相關的收條呢？

直到這時他才第一次看著畫家，畫家則耐心而急迫地重複說，他丟了一張畫，名字叫《波濤上的女舞蹈家》，他之所以到這兒來，是因為他確信，他可以從這裡，從魯格布爾帶走這張畫。

父親考慮了一會兒，然後說，他想知道，畫家是否清楚，他給這裡的人加了個什麼罪名？因為這話聽起來，似乎是他，警察哨長偷了這幅畫。於是畫家請求我父親好好想一想，他當時負責沒收一切違反禁令而作的畫，這段日子距離現在並不太久，而他也確實沒收過作品，甚至在禁令的發布人已經完蛋之後，他還繼續按禁令的精神沒收、毀壞、焚燒作品，總之是盲目而又頑固地執行人們過去委託他辦的一切。難道他想不起來？難道他不清楚由於公務上的原因，他曾經常在布雷肯瓦爾夫的四周轉悠？難道在這一切發生之後，他，畫家，連問一問的權利都沒有？

我父親聽著，用手舉起斧頭，木柄緊貼伸開的胳膊，胳膊一點也不顫抖，而是平穩地正對著磚石小路。他說，他想知道畫家的話說完了沒有，能不能現在就離開這兒。他們之間要說的話早在過去的年月裡就說完了，請走吧。畫家說，他能理解，警察哨長得了健忘症。他是要走的，但是在走之前，他想提請父親注意：禁止繪畫的時代的確已經一去不復返了，警察哨長過去看作自己職責的一切，今天應該用別的名稱來代替了。

他只是想指出這一點，特別是要說清楚這一點——最終而又明確無誤地說明這一點——與過去相比，事情已經有了一些變化，他不用再指望和堅持了，他也不再會有什麼可指望或堅持的了。

父親把斧頭放在木墩上，使勁譏嘲地問道：這是不是對他的威脅？畫家是否準備找個機會讓他完蛋？比如說，把他槍斃掉？畫家回答說，他只是不想再有所顧忌而已，情況已經不是這樣了；他不得不有所顧忌的時代已經過去了。我父親說，對他而言，這時代也已經過去了。他也逐漸明白，過去他有時違反了自己的職責，顧忌太多，正因為如此，他們現在才能站在一起談話。

要是他當時一絲不苟，毫無顧忌地執行自己的任務，那他們倆今天就不會站在一起；這一點，也許畫家根本就沒注意到。

畫家說，他夠注意的了，至少他了解，履行職責是一種什麼樣的病，為了對付這種病，他將盡力而為；那些犧牲者——職責的犧牲者——期待這樣做。我父親說他想知道，這是畫家最後的話嗎？他有活要幹。他的嘴角露出輕蔑表情，畫家也看得出來。他彎著身子撿起一塊木柴，費勁地放在木墩上，舉起斧頭，又放了下來。父親說，他沒有那張畫；即使有，他也得反覆考慮，是否該還給他，因為這張畫與他有關。

說完他用兩隻手舉起斧頭劈了下去，劈開的木柴飛向一邊，斧頭劈進了木墩。看來畫家這時才知道，他了解到的是什麼，但是他沒有離開，他還想把事情弄清楚：他們倆是否每句話都相互聽明白了？如果聽明白了，那對魯格布爾警察哨長意味著什麼？他是不是應該再強調一次：現在沒有顧忌了。

即使畫家不是那樣想的，但他的每一句話聽起來就像是威脅一樣，我不能繼續聽他這樣對現在又賣勁幹活的警察哨長講話，便抽身退回屋裡去，看見父親又舉起了斧頭，指向磚石小路。我後退到台階上，感到周身忽冷忽熱，太陽穴上抽搐、緊張、擠壓。當我走進自己的房間時，我不得不用手按摩自己的心窩。

這兩個人還站在棚子邊嗎？他們還站在那裡。不過畫家已經半轉身子準備離開了；但由於他的話已經講開了頭，顯然要把話全部倒出來，把他的失望、日積月累的憤怒，他的譴責和警告全部發洩出來。我父親偶爾回答他一句，或者提出一個反問，有時看著對方，作出一種反應遲鈍的驚訝樣子來，我想說，那實際上是一種壓制著的蔑視態度。他取得優勢了嗎？那時在棚子邊究竟誰比誰更占優勢，我可說不清楚。

馬克斯・南森終於走了。我再也堅持不住，我真希望他能夠加快他的步伐，當他猶豫地站在磚石小路上時，我想：走吧，走吧，你快走啊。走廊上靜悄悄的，聽不見希爾克的聲音，也許她自己去拿李子醬抹麵包去了。臥室後面，聽得見那有規律的呻吟聲，這聲音我不僅很熟悉，而且也使我放心。我母親能毫不費力地連續呻吟上幾個小時。我解開繫在天花板上的繩子，把繩子一拉，天花板開了，又一拉，興納克・廷姆森給我們弄來的摺疊梯子滑了下來；就像在磨房裡那樣，我爬上去以後，就把梯子拉了上去，關上了天花板。

鎮靜！我命令自己，鎮靜！有多少可以掩藏的機會！一個人可以有多少隱藏所！誰也不會在這兒找到我！他們一年之中就上來一次，只是為了把那些捨不得扔掉的東西藏到這兒來，耶普森一家是什麼破爛都捨不得扔掉的。舊床墊、破沙發、洗衣服的籃子、脫了膠的桌椅、一堆剪紙、書籍、鎖不上的箱子，他們什麼都堆到這兒來，讓這些東西在黑暗中無聲無息地腐爛掉。這裡的東西堆得亂七八糟，不管什麼都是往那兒隨便一扔。這裡是還帶著褐色痕跡的煙囪，那裡是半開著的櫃子，那裡是誰也沒有打開過的歪斜小窗戶。

我脫了鞋，溜到那歪斜的小窗戶下面。斧頭劈柴的聲音、碎片崩落的聲音從院子那邊傳來。這是我的箱子，上面用紙口袋覆蓋著，被椅子的殘骸包圍著。我把這些偽裝搬到一邊，先把幾層油紙揭開，打開了箱子蓋，在一旁坐著。當我又看到我自己新收藏的東西完好地擺在那兒時，我不再緊張，身體不再抽搐，太陽穴上的壓力也減輕了。

我拿出《波濤上的女舞蹈家》那張畫，放在箱沿上，光線又高又弱，希爾克就在那微微起伏的波浪之間為我跳舞，在紅色的天幕下，披散著頭髮。這張畫突然與我的關係密切了起來。去了解這穿著條紋短裙、乳房高聳的希爾克，對我產生了某種意義。這個希爾克呀，儘管她已經筋疲力竭，卻還不停地獨自在耀眼的海灘前跳著。我已經決定，不讓任何人看見這張畫，其他的畫也只是供我個人觀賞，我已經學到了某種東西，為了使我自己保持穩定，我已從自己身上了解到我需要什麼。

有人在敲門。

一聽到敲門聲，我想，這一定是魯格布爾警察哨長，是他將斧頭筆直地劈下去，使它牢牢砍在木墩上。

但是這裡有人敲門，敲我的囚室的門，並不像約斯維希那樣羞怯，而是敲得很重，似乎有些絕望——這敲門聲不僅宣布了沃爾夫岡．馬肯羅特的到來，同時也宣布了關於他的處境的新的、不幸的消息。我想，只有以為自己有權利把自己的不幸告訴別人的人，才會這樣敲門。

我慢慢地將身子向門口轉過去，這時，他已經敞著大衣走了進來，連門也等不及關上就衝到我面前，根本沒想到自己應該以怎樣的態度來對待一名難管教的青少年，而且這位青少年還是他的學士論文的剖析對象。

「糟了，」他說：「許多糟糕的事都一下子落到我的頭上，西吉，你還沒看見呢。我可以坐下嗎？」他茫然地在我肩上拍了一下，年輕的心理學家便坐到我的床上，讓我看到的是一個不僅遇到不幸，而且完全淹沒在不幸之中的男人。

「又發生什麼事啦？」

「先說香煙吧。今天有五包，兩包是希爾克給的。」他給我扔過來一包，把其餘的塞進我的被子下面，沮喪地在空中揮了一下手。完了，這意思可能是全完了，或者是：世界永遠也不會變成我們所希望的樣子了。他靈巧地從一個窄小的鐵盒子裡往自己的手心倒了兩顆黃色的藥片，用舌頭把藥片舔了進去，毫不費力地吞下去了。

「是論文嗎？」我問道。

「我的女房東。」他說著，跳了起來，快步在囚室的窗戶到門口間來回走著，兩手不斷拍打著額頭，兩隻手臂做出自由式的游泳動作，顯然是為了放鬆。然後，他突然長嘆一聲，靠在門上，以致我不得不做好約斯維希的眼睛隨時會出現在窺視孔上的準備。接著，馬肯羅特走到我的桌邊站住了。事情關係到他的女房東，北德平衡木冠軍。

沃爾夫岡．馬肯羅特苦笑著。事情是這樣的：他的女房東要生孩子了，這孩子既可能是馬肯羅特的，也可能是她男人——那個起重機手的。這件事還不確定。她無所謂，反正有孩子就行，馬肯羅特的精神負擔卻很大，因為他堅持這個孩子必須是他的。「你應該知道的。」馬肯羅特硬要女房東好好回想一下；她也回想了，結果是搖頭否定了。他要求女房東好好算算；女房東算過以後，猶豫地聳了聳肩。「你了解吧，西吉，當沾點邊的爸爸，最好是一半對一半。」我認為他說得對，建議他一直住在這個家裡，直到孩子長大，讓他自己從兩者之間選出一個父親來。「可是，你自己也不會同意這一點的。」他轉過身子，把脖子從肩膀中伸了出來，向左手關節哈著氣，似乎要使它冷卻下來。「我就在這種情況下寫論文呀！西吉，想像一下，就在這樣的條件下啊！」

沃爾夫岡・馬肯羅特把幾張寫過的紙放在桌子上，這是新的一章論文，看得出來，改動得很厲害。「你當然可以把它當作是草稿來看，儘管如此，我還是請你讀一讀。」他幫我把那摺疊著、墨漬斑斑、揉得皺皺的稿紙展平，並說：「我不知道對不對，但是要寫這樣一篇論文必須有空閒，至少是沒有什麼負擔。你看呢？」

「我想得不一樣，」我說：「負擔越重越好，別老盼著自己健康、空閒和沒有負擔，這只會使你失望。」他又從桌上把稿子拿起來。他可以念給我聽嗎？不。只念幾頁行嗎？不行。他能不能請我在讀稿子時也想一想他那惡劣的處境？不。為什麼呢？因為沒有可以原諒的理由，我說，並希望他能把這未完成的一章帶走。但是，這個心理學家反覆無常，他又把草稿塞給了我，又重複著對我念過的話：人們只有從失敗中才能學到一些東西，如此等等。我想，他可能指望我更同情他、勉勵他、鼓舞他，但是我沒有那樣做，只要他脖子上還戴著這條細金鏈，我就做不到這一點；也許鏈子上掛著一個小金盒，裡面裝著一張他的女房東在平衡木上向下微笑的照片。我仇恨那些戴細金鏈的男人。我只能替他辦一件事，我宣布準備閱讀他的草稿。由於我宣布之後手上又拿起了鋼筆，他只好告辭；只有他才會垂頭喪氣到這種地步。

我不想看這份草稿，至少在晚飯前不想看。魯格布爾吸引著我，我要回到天花板上去，回到箱子旁，回到我的收藏物中去，它們是我根據新的預兆開始收集的。但是，我越是把草稿推向一邊，它就越是擠過來，阻攔我前往魯格布爾的去路，使我的回憶蒙上了一層陰影，於是，我不無反感地把稿紙拿了過來，嘴裡塞了一支香煙，開始念起來。

他把我折騰成什麼模樣了？是不是把我切成了一小片、一小片，又煮成了一鍋粥？他又在哪兒對我進行了研究？我在被他進行了一陣充實、加工和科學的安排之後，是個什麼樣子？

藝術與刑事犯罪之類我們已經知道了，但這一章又是什麼？這第四章的標題是什麼？〈D．有限占有的形式與要求〉，後面用鉛筆寫著：題未定。然後沃爾夫岡．馬肯羅特寫道：

西吉．耶普森早期的痛苦和他受到的外界干擾只能從畫家馬克斯．南森和他父親——農村警察嚴斯．耶普森的關係中來觀察。執行與監督繪畫禁令對於這個警察來說，本來是一項雖說有些特殊，但仍算是經常性的任務；但是由於發生了許多特殊情況，更由於他的特殊性格，使得執行任務在他身上竟變成了一種偏執狂；繪畫禁令的執行與監督，變成一件他個人的事情，甚至在禁止繪畫的時期已經結束以後，他還認為必須繼續進行監督。

這樣做確實危及他人。

由於他父親具有第二視覺——當地人稱之為「透視眼」——因此，恐懼使得西吉產生了與其父之偏執狂相應的一種占有慾，其產生的日期均可查證。此種占有慾造成他那不尋常、不顧道德戒律的收藏熱，前文業已提及，下文將予詳述；此外，他還有一種特殊的占有慾。

這種占有慾第一次出現是在藏有西吉·耶普森全部收藏物的舊磨房被焚毀那一天。由於損失而造成的痛苦，尤其是他認定磨房是他父親放的火，並且為了執行任務，他還會繼續放火，因此西吉對畫家畫室中的某些圖畫產生了錯覺，他看到圖畫的背景有火焰向近處移動。他以為這些圖畫處境危險，為了保護它們，他不得不將這些畫帶到安全的地方去；但這時，他並沒有據為己有的想法，這毋寧說純粹是一種恐懼效果。這在人的身上產生，是極為罕見的，因此，我願在此稱之為「耶普森恐懼症」。

我曾經說過，本文剖析對象的父親曾讓他當通風報信者，但同時他又受畫家的委託，去挽救一些畫，這兩種矛盾的感情他一直未能加以克服。起初這種錯覺的影響尚不明顯，也無法預估；到後來這種錯覺經常發生，幾乎可以準確地預估；只要西吉·耶普森和某張畫之間產生了某種關係，這種錯覺就會自然而然地產生。這種痛苦的感情，我們可以稱之為「災難」。

西吉不僅在畫家住處產生這種「必須把畫藏到安全地方去」的錯覺，而且在學校、儲蓄所和博物館裡，到處都可能產生。事實上，本文剖析對象在以後的日子裡，曾在不同的地方滿足了自己的占有慾。先是在格呂澤魯普，後來在胡蘇姆、石勒蘇益格和基爾等城市，最後在漢堡。我們之所以認為他確實只想把畫從想像的危險中挽救出來，是因為他從來就沒有出售過任何一張畫。他將這些畫細心地包起來，放在他的隱蔽所裡，一直放到他認為危險過去之後。

對評價這種錯覺行為最富啟發性的是石勒蘇益格和漢堡刑事警察局的審訊紀錄：西吉．耶普森在該地作案被當場逮捕後，他為自己辯說，他在拯救那些受到威脅的作品，雖然，如紀錄所載，這是由於神經錯亂所致。

因此，馬肯羅特要轉到這上面去。兩份紀錄都一致採用了「愛好藝術」和「狂熱」的字眼，此外，紀錄上還強調，這種行為並非真正的的偷竊。被審訊人給人留下了純潔而聰明的印象；也由於這樣的印象，所以他當時沒有被起訴。

當然，必須指出的是，擔心圖畫被毀的恐懼並非引起他錯覺行動的唯一原因；另一個重要原因是西吉過去就有、而且越來越嚴重的收藏狂。按本施—吉塞斯的理論來進行檢查（《犯罪的前導》，達姆施塔特，一九二四年），這種收藏癖屬於一種「滿足衝動」的活動；行樂動機強烈到逾越合法限度了。上文業已提到，西吉．耶普森曾為豐富鑰匙和鎖的收藏而偷竊；就法律允許的範圍而言，他承認，這是對所有權不可原諒的侵犯。

與此相反，在偷竊圖畫方面，西吉．耶普森沒有明確的犯法意圖。他甚至用宿命論來自我辯護。他認為，他是天意揀選來「收集受威脅作品的」。這也是他對自己收藏狂的解釋。在收藏時，用一個專門的，在這些情況下係人為的秩序來對抗世界的無秩序，這種觀點他是沒有的。在判決此一案件時，宿命論的概念具有決定性的作用，對不正常的人應使用例外法。值得注意的是，西吉的錯覺和錯覺行為被確定為一種病症為時太晚。

自從西吉．耶普森的父母發現他的犯罪行為後，他們認為體罰是唯一可以使他懺悔的方式。本文的分析對象整天被關在自己的房間裡；只要他在場，人們就不說話。對他進一步的懲罰是不給他飯吃，也禁止他到附近的城市去。這時他在學校的學習成績明顯下降了；但是，只要各種禁令一放鬆，西吉．耶普森又有可能「收集那些被威脅的作品」的時候，他的成績就會立即上升。在他覺得受到威脅的圖畫中，有些作品是珍貴的，這應該看作是偶然現象。

自從魯格布爾警察哨長奉命要破獲馬克斯．南森的一幅水彩畫的竊案後，父子間的關係就產生了值得注意的變化。所有證據都說明西吉．耶普森即是偷竊者，於是，農村警察給他的兒子設了幾個圈套。由於這些圈套沒有成功，在一天夜裡，他們之間發生了一場激烈的爭吵，於是，本文分析對象被無情地攆出了家門。

攆出家門還算不錯的，其實他想把我宰了，他說：我不宰了你，絕不罷休。

這樣，魯格布爾警察哨有一個時期把警務方面的精力和措施都集中在西吉．耶普森身上。唯一認為西吉的處境是一種苦難的人是畫家馬克斯．南森。儘管他不得不禁止西吉．耶普森走進畫室，但卻對他懷著無限的愛護之情。而這正是促使警察哨長冷酷無情地迫害西吉的原因。

不，沃爾夫岡．馬肯羅特，事情是這樣，卻又不是這樣。我不能繼續往下看了，因為有許多情況他沒有說，有許多地方寫得令人愉快卻與事實相違。在說到我的過錯部分，他盡量輕描淡寫。而我什麼都需要，就是不需要把情節輕輕帶過。我決定把這一章退回給他，建議他重寫，寫得符合我的想法。我期望的是寫出一種病來，而不是費勁地辯解。這個問題我們常常談到，我答應過要幫助他，我會幫助他的。

第十八章 參觀

這一次我又早到了。我總是比和人約好的時間或規定的時間來得早。在學校如此，吃飯時如此，在布雷肯瓦爾夫如此，在車站也是如此。無論到哪裡我都去得太早。因此，當我看到漢堡索恩多爾夫美術館的門還關著時，我一點也不奇怪。那穿著灰色衣服、戴著手套，控制並監視著參觀人群的黑猩猩一眼也不瞧我，而是隔得遠遠地，站在那光亮耀眼的大廳裡，繼續他們那語句簡練的談話。即使我禮貌地試探著推動中間的玻璃門，他們也不加理睬。無論去哪兒，我總是到得太早。這一點哪天得讓沃爾夫岡・馬肯羅特分析分析。

我透過玻璃門往裡面看著。我在濛濛細雨中走來走去，大家都看得見我。我不時地拉著門把。我把南森畫展開幕時間與展出期限的大型宣傳廣告不知看了多少遍。管理員們看也不看我一眼，或者說，根本就不想看我。當參加星期日開始的阿爾斯特河地區接力賽的運動員們穿著被雨淋得溼漉漉的緊身衣，沿著有軌電車的軌道跑過時，工作人員都靠在玻璃門上專注地看著。運動員們張著嘴，擺動兩臂，腳步劈拍地向鵝市跑去。

我向工作人員們做了一個手勢，他們沒有看見，終於，他們背著兩手，極為緩慢地踱回大廳中間，站在大吊燈下，像是供人參觀似的。他們在那兒說著給自己聽的話。也許他們在那裡互相欣賞、評價各自可能表現出的嚴厲、警惕和權威。門前要聚集多少人，他們才會把門打開呢？

第二個來的是一位駝背的老人，他拄著手杖登上被雨水淋溼的黑色大理石台階，試圖用肩膀推開那玻璃門。由於沒有成功，他就用濃眉下的眼睛盯著工作人員，最後乾脆用手杖的把手敲打玻璃門。敲打也無濟於事，於是他向宣傳廣告走去，猛地抬起頭來，責備地看著馬克斯・南森那張兩邊臉不同的自畫像，好像要向他發牢騷。他把手杖的金屬頭指著南森的藍色鼻梁，看著南森畫展的開幕時間與展出期限。他又尋找著有軌電車站上的電鐘，上面依然是十一點差一刻。這一點他必須承認，當他向我掃了一眼之後，就縮回腦袋，只好耐心地等下去。這個叫人討厭的傢伙，能毫不費力地消磨時間。

他後面有誰？在他之後來了一對並排走著的男女，一個情緒煩躁的肥胖小夥子，穿一雙補過的雨鞋，沒戴帽子，沒刮鬍子，穿一件過大的、用素色羊毛織成的翻領毛衣，一直拖到大腿處，顯然他是穿著它睡覺的。他那稀疏的淺黃色頭髮搭在額頭上，而那兩片隨時準備說幾句諷刺話的嘴唇間叼著已經熄滅的煙屁股。顯然他不願到這兒來，也許他是被那穿著發亮黑雨衣的長腿長髮少女慫恿來的。她的一條胳膊摟著那小夥子沒有曲線的腰，另一條胳膊抱著一個自製的布娃娃，布娃娃很像她，不只是因為娃娃身上的那件小雨衣。少女穿著涼鞋，眼睛水汪汪的，好像哭過一般，寬臉上五官端正，她把柔情公平地分別傾注在小夥子和布娃娃身上。少女凍得直發抖。

這兩個人向宣傳廣告走去，比平常人花更多時間看著。小夥子聳了聳肩膀問道，在這樣一個美好的星期天，這樣早叫醒他不覺得不合適嗎？少女不知說什麼好，只好把他那沒有曲線的腰摟得更緊。小夥子朝著南森的自畫像方向點了一下頭，說了幾句關於這個畫匠的話：「這個雲和風的畫匠、宇宙舞台的設計師。來看他?!既然我們已經起床了，那就只好忍了。只要看看這張自畫像，你就什麼都明白了：偉大的色彩工匠……」小夥子這樣嘟囔著，少女哼著〈鳥國搖籃曲〉，搖娃娃入睡。

中間的玻璃門打開了，我們大家立即向那裡擁去，但是，兩個頭髮梳得油亮的工作人員卻攔住我們，只讓電視台和廣播電台的傢伙進去。這些人習慣於在任何地方都不等候，他們帶著鐵箱子、攝影機和各種器材擁進大廳。不僅如此，還沒進入大廳，他們就讓十至十二個工作人員開始拉電纜、找插座、安放聚光燈等等。我們把臉貼在玻璃門上，觀察大廳內的準備工作，不時地往後擠著，我從玻璃門上看見了新來的參觀者模模糊糊的影子，他們走上大理石台階，有的像我們那樣把臉貼在玻璃門上，有的朝電鐘那邊看去，有的聊天，有的就站在那裡沉著地等待著。

越接近十一點，來參觀的人就越多，他們搭計程車、電車，或是自己開車，或是步行來到這裡，紛紛踏上大理石台階，用各種姿態互相問候，從幾乎覺察不到的點頭，到沒完沒了的親吻，和隔得遠遠就互相撲過去的擁抱，任誰都會以為，這些人雖然不是一家人，但是彼此不知從何時起就相當熟悉了。

每個人都在握手，或者拍肩膀、吻手。到處是四處巡視的目光。這些人彼此問候的興致極高，各式各樣尷尬的微笑到興高采烈的臉色都有。到處都有人在招手。總有人作出手勢說：待會兒見。他們抽著香煙或煙斗走上台階，上面的喊下面的，下面的喊上面的。儘管他們在互相交談，但眼光卻迅速地環顧著，看誰來了，誰正在路上，誰還沒有到。

我也發現了熟人，身穿風衣的貝恩特．馬爾特查恩，曾經兩次去過布雷肯瓦爾夫的漢堡藝術評論家漢斯—迪特．許布舍爾，滿頭捲曲的細髮，牛角框眼鏡，臉色蠟黃，活像個兩眼突出的大甲蟲幼蟲。

站在索恩多爾夫美術館台階上的這些人，大都值得仔細觀察一番：一個穿黑衣服、戴黑色寬邊帽的女人，長著一嘴大長牙，耳朵上戴一對耳環，足以讓三隻小毛猴吊在上面搖來晃去；一個穿開叉褲，有一張令人驚異的娃娃臉的男人；一個臉色紅潤的男人，叼著粗陋的煙斗，一直注視著他吐出來的煙霧變成的各種形狀，我覺得，他絕對有能力用煙霧畫出他的談話對象；一對穿駱駝絨大衣的老夫婦，兩人的頭髮上都閃著淡紫色的微光；一個長鬚瘡、手執象牙拐杖的男人；一個穿皮裙和海藍色毛衣的女孩，正耐心地為一個身矮腿短的小夥子按摩脊背；一個胸部扁平的紅髮女人，腿上長滿了紅瘡。總之，個個都值得注意，可以說，他們使我感到：人有形形色色的模樣。

別以為工作人員會認識到這點，並因此而愉快地提前開門。他們的確等到十一點才打開門鎖，然後笑咪咪地站在衣帽間裡，似乎是在等大家感謝他們終於開了門。他們的笑也許是因為電視台正在拍攝展覽會的開幕式，兩架攝影機特別在他們面前晃來晃去。總之，我們在他們身邊推擠著、移動著，進了索恩多爾夫美術館，進了明亮光滑的大廳。輕便的紙牆把大廳隔成一個一個小巷，從上面看下來，像是一個迷宮，一個玩具式的迷宮。人群流入小巷和它的兩側，但不是繼續向前走，而是按規定路線自動地返回大廳，站在兩側，背靠高大的窗戶，面向入口處。他們多麼自然地站在那裡，悄聲細語，相互觀察。他們多麼輕而易舉地控制自己的願望，不去觀賞按年月懸掛在那裡的作品。從參觀者列成的陣式來看，有人要致開幕詞了。

說話聲、輕輕的笑聲從人群中傳出，這中間還夾雜著彼此的問候：在這兒才看見你們，下一次可不能隔那麼久啊，我們就定在下周碰面吧，最好我們互相打個電話……對呀，老傢伙要親自出席，報紙上是這麼說的……不是在塔里亞劇院，是在小卡默劇院……你們沒有參加首次演出，應該高興才是……有時候我覺得他像自己的紀念碑……他是怎樣限制色彩的擴展力呀……激情，沒錯，幻想的激情太多……索恩多爾夫美術館是怎麼把老傢伙弄進城來的呀……在他的畫裡，親愛的，色彩對比已發展為象徵了……我認為他是個裝飾師……巴爾杜英現在只搞電視，在劇院裡簡直不能再抨擊時事了……我們現在根本就生活在光學時代，別的感官已經沒有什麼意義了……在他的畫裡，色彩不僅富有詩意，而且具有隱喻的意義……他比六個波拉美尼亞擲彈兵的德國味還重。參觀完動物園後我們去吃飯。在用色彩喚起想像方面，他的確是無人可比的。

這不是托馬斯．施塔克爾貝格嗎？這是施塔克爾貝格？施塔克爾貝格！歌唱家與演員托馬斯．施塔克爾貝格來了，濃密的長髮，帶著螢幕上的那種無可奈何的強笑，打扮得像愛德華國王一樣。他似乎在向每一個人致意，就好像每一個人都在向他打招呼那樣。他習慣於在眾目睽睽之下，以訓練有素、無拘無束的神態在人群中走動，在一個嬌小的大嘴女人的陪伴下，鑽進一群參觀者中去。……完全跟他父親一樣……你瞧，他多像他們家的老頭呀。您現在演什麼呀……我在南森畫展上能碰見您，真是意外……為什麼？施塔克爾貝格說。我的加布里埃勒每生一個孩子，她就想要一張南森的水彩畫作紀念，她也得到了，是嗎？

兩個男人——一個年輕、一個年老——敞著風衣朝我這邊看，端詳著我。沒人向他們致意，他們也不向任何人打招呼。他們相互間也不說話，他們不是一家人。當電視的攝影機向他們照過去時，這兩人一句話也不說，不約而同地轉過身，退到了後面。他們不肯走開，而且不停地觀察著我；我甚至覺得，他們對我的興趣遠比對魯道夫．索恩多爾夫的興趣還要強烈。索恩多爾夫滿是油光的臉傲氣十足，正通過人群走上台階，不僅站在那裡，而且還擺出一副尊嚴而專橫的架式。

大家都看著魯道夫．索恩多爾夫。他似乎感覺到大家已經把注意力都集中到他身上了，於是他在胸前按摩著自己的手指，似乎是為了準備一次特殊的握手而要把手指捏得靈活些。他轉過身子，向工作人員發出一個信號。現在誰都不說話了，笑聲也低了下去，人們停止了走動。美術館館長挺直身子，兩臂輕鬆地放下，輕輕邁動兩腳走到一邊。

馬克斯．南森來了。他在特奧．布斯貝克的伴隨下來了。畫家出席漢堡大型南森畫展的打扮，我還是第一次看到：帶套皮鞋、瘦腿條紋褲、年久發亮的大禮服，絲綢領帶上還掛了一枚別針。高硬的衣領，又大又沉的腦袋上戴了一頂老式硬帽。他這副樣子完全可以陳列在阿爾托納故鄉博物館，安排在複製的一八一八年弗里澤斯蘭人的住房內。他的臉傲慢、深沉，嘴唇似乎露出輕蔑的表情，舉止與衣著相配，莊重，邁著方步，與他的朋友特奧．布斯貝克手挽著手，輕鬆自在地走上台階。索恩多爾夫向他致意表示歡迎時，畫家的臉上沒有笑容，沒有親切感，不情願地回應了對方的問候，讓人幾乎覺察不到地點了一下頭；當參觀者鼓掌時，他也點頭。

在稀稀落落的掌聲中，他走進人群裡，把打算溜走的布斯貝克博士拉到自己身邊。這時他才抬起頭來，充滿敵意地看著聚光燈，看著那嗡嗡叫的攝影機，他真是高傲與固執的化身！當索恩多爾夫第二次把手遞給畫家時，他看也不看；當電視台的導演走到他面前，請他為電視台與美術館館長握手時，他揮手要導演走開。他低著頭說，他準備聽取開幕式的講話：「開始吧。」

於是，索恩多爾夫以主人的身分開始講話。他的聲音溫和，手上拿著一張紙條，在手指間捲來捲去。這時，畫家陷入沉思，同時也帶著一種批判的神情傾聽著，似乎要等待機會進行抗議，至少要糾正一下館長的講話。

館長又一次滿懷敬意地表示歡迎。這當然是美術館的榮譽。他提到了畫家的艱苦歲月與反抗精神。他指出，我們在這裡祝賀……最偉大的畫界代表人物——馬克斯．南森。館長引用了南森打給柏林帝國美術協會的那封已經載入藝術史冊的電報，還提到了那些已經遺失的、再也不可挽回的無價之寶。館長直接對著畫家說：「您終於接受了我們的邀請……肯定大家都會感激您的。」

握手。鼓掌。

接著講話的是漢斯—迪特．許布舍爾。這位漢堡的評論家手上並沒有拿紙條，他自由地說著，自始至終都閉著眼睛，語言簡短有力，不時用舌頭舔自己的嘴唇，無力而傷感地微笑。他所選擇的字眼似乎並未完全經他本人同意，只是出於不得已。他開始敘說、論述，從「恐怖的自然力的體驗者」談到畫家南森的「強而有力的藝術表現激情」。

畫家驚訝但卻贊同地看著評論家。當他談到關於畫面組成的新概念和隱喻的表現方法時，他點著頭；當談到南森在人的身上尋找人的本來狀態時，他也表示同意。

畫家和特奧・布斯貝克悄聲說了幾句話，立刻轉向評論家。此時，他提到畫家具有同樣意義的繪畫構成，如：表面、色彩、光線和裝飾，馬克斯・路德維希・南森又點著頭。我看得出，使畫家最為驚異的是他自己居然對評論家的講話表示贊同。他情不自禁地走近漢斯－迪特・許布舍爾，他正談到南森隨時隨地嘗試著把色彩序列統一成一個所謂「整體共鳴」，一個轉變與調整一切色彩的緊張關係。對此，畫家並不反對；當他談到創造「整體共鳴」乃是他和倫勃朗的最大課題時，他也不持異議。我覺得，他，畫家，給人一種不知所措的印象。

許布舍爾最後說：被感受到的內容如何透過色彩的共鳴結構轉變為繪畫，這裡展出的作品便是明證。講畢，他睜開眼睛，向畫家微微躬身，隨後走向觀眾。他正想退走，馬克斯・南森卻一把拉住他的衣袖，在熱烈的掌聲中，他握住批評家的手，把它拉到自己身邊，長久地注視著這個贏得了自己如此讚賞的人。他也說了幾句，但是聽不清楚。總之，展覽會開幕了。觀眾離開了大廳，談話聲又起，托馬斯・施塔克爾貝格被觀眾團團圍住的地方笑聲不斷。參觀者向走道和走廊散開，不，他們或三五成群，或獨自一人從畫作前走過，有的占據了供長時間賞畫的觀眾用長沙發。

為首的一群人中——好像是有那麼一群人——有索恩多爾夫、畫家、布斯貝克博士和漢斯—迪特・許布舍爾，他們匆匆走去，索恩多爾夫不時地解釋幾句，有時還想止步說上一兩句，但是誰也不願意聽他的，畫家尤其不願意聽。他開始加快速度，帶著這群人往前走。他間或給評論家做個手勢，讓他別掉隊；也就是說，他打算跟他談點什麼，也許，他還想讓評論家多談點他自己。我不清楚是不是這樣。但是有人談論他，而他只能驚異、甚至震驚地對這一切都表示贊同，至少這一點他是沒有心理準備的。

我不知道，如果他發現了我，他會怎樣向我走來。但是我一直向後退縮著，警覺地藏在幾個參觀者後面，因為他最後一次把我從布雷肯瓦爾夫攆出來時，曾警告我，並說他再也不相信我了、再也不信任我了。他說：「再也不能信任你，維特—維特。」然後，命令似地向魯格布爾看去。現在，我能夠觀察他，盡可能地跟在他後面，這就夠了。有一次，布斯貝克博士以為認出了我，他注意到我以後，至少楞了一下。由於我沒有回頭看他，他也沒有把握，事隔多年，認錯人是不足為奇的。

特奧・布斯貝克是唯一發現別人對畫家的打扮有嘲弄、搖頭、竊笑反應的人。每一個反應布斯貝克都察覺到了，但都不予理會。還有人說：這根本不可能，一定是他自已想出來的。

我不想在這裡重複這一切，主要是因為現在到了參觀那張大幅畫的時候了。這幅作品我沒見過，它被單獨地掛在一面牆上。

《花園與面具》這幅畫突然出現在這裡，我再也邁不動步子了。花園像一個色彩庫那樣光彩照人，這是凋謝前的盛景，形式與現象的過度表現，但是，一切界限分明，獨自存在。在一棵樹上，在一根長長的樹枝上，用綠繩掛著三個面具，兩男一女。太陽從側面照射著面具，使它們半邊臉都發著紅光。這幾個面具顯出一種令人恐怖的、謎一般的神情。面具上的眼睛呈土褐色，儘管它們身後的天空是明亮的，沒有一絲雲彩。難道面具威脅著花園？

我想像有一股風，先是一股輕柔的風，輕輕吹動面具，接著是一陣強勁的風，把面具吹得互相碰撞，快速旋轉。這些面具像誰？我覺得它們很面熟，看來是臨摹了誰的臉孔，我在哪裡見過，卻一時想不起來。我想像，到了夜裡面具就會增多，掛滿所有的枝條和灌木，從花壇裡那些乾枯的花莖上升起。我走近那幅畫，走近到處是面具的花園，我還記得，我希望用一根細而硬的棍子，去敲打花莖、灌木和樹枝上的面具，像掐花那樣把它們掐下來，丟到肥料堆上。

這時，他們來到了我身邊，把胳膊伸進我的腋下，將我抬了起來。我始終看著面具的花園，最後終於認出穿風衣的人那不透水的發亮衣料。花園隱去了；這時我才注意到，由於那些搖擺著的面具，一切都在設法隱蔽自己。這兩個人的動作並不用力，也不猛烈，只是用適當的力量把我推向一邊，把我從這幅畫前擠走。看來面具在花園中的存在足以使一切都顛倒了：鮮花盛開或隱沒，色澤加強或變柔。我的左右出現了兩張似曾相識的面孔，此刻他們的特徵是自信和職業性的猜忌。

手肘和拳頭輕輕碰撞我的肋骨，我連疼痛感都沒有。我轉身時發現，在花叢中隱藏著一雙眼睛，著迷地觀察著搖搖擺擺的面具。為什麼要我轉身？我提高嗓門抗議，因為我知道，是誰挾住了我，以及為什麼會發生這樣的事情。這兩個人放開了我，但是，他們的風衣每動一下，發出的聲響不停地在我耳邊鳴響。我們根本就不用彼此示意，一切都在不動聲色中進行著。只要不引人注意，不引起衝突就行。我就像在電影裡看到的處在類似情況下的人所採取的態度那樣：順從、安靜，聽任為之。他們滿意了。

我慢慢向出口處走去，沿路隨便欣賞這一幅或那一幅畫，兩手放鬆地下垂著。只有那麼一次，我在台階前停了下來，等著穿風衣的人靠近我。我用那兩人都覺得我是衝著他說話的方式問道：「你們是從魯格布爾來的嗎？」他們並沒有講這是胡說，其中一個說：「往前走，走吧。」我明白了。他們無需再推我，無需更使勁地擠我，我走下台階後之所以停下，只是因為我不知道他們將把我從哪個門推出去。

總之，他們推著我，兩隻飛快邁動的腳絆住了我，使我失去平衡。我猛地一下跑了起來，跳下外面的大台階。我這樣魯莽地起跑之後，往前跑的勁頭越來越大。我既聽不見停下的喊聲，也聽不見任何警告聲，只聽見我的腳步起落聲和回音，這回音催促我跑得更快。我跑到橋頭，穿過馬路，剛好摩擦過有軌電車那顛簸的車身，於是，這兩個穿風衣的人只好等著，因為他們倆也開始跑了起來。他們跟蹤我的時間越長，就越不需要喊站住。他們被有軌電車擋住，停了一下，此時又固執地追隨我在工地、木棚與材料車和停在這裡的黃色建築機器之間跑動的蹤跡。他們倆一前一後地在我跑過的搖搖晃晃的木板上跑著，跑到大街上，直到紅綠燈前。它正為我轉成綠燈。

接著我越過百貨大樓精心設置的展示窗，在這裡，我頭一次甩掉了他們。但是，那些星期日出來欣賞櫥窗的人卻驚奇而又迷惑地轉過身子，相互提醒要對我加以注意。這時，我已經向著鐵路橋跑去，看著那塊警告牌：煙霧！我想著煙霧，多麼渴望眼前突然升起一片能夠遮蓋我的濃濃煙霧，但是，加油站的另一面毫無遮掩，汽車窗戶裡伸出一隻手付錢，還有那加油站的管理員，正把加油槍掛上去。在這裡，他們還可能找到我，於是我向火車站前擠得滿滿的停車場跑去，彎著身子在汽車之間跑著。飯店不會給我什麼躲藏的機會，德國劇院也不會給我什麼機會，儘管我今天早上從報紙上看到，一位著名的演員在早場演出中朗誦了荷爾德林、施托姆和歌德的作品。

那兩個人已經來到了小橋後面，加油站的管理員也加入他們一夥，告訴他們我逃跑的方向，衝著我這邊點頭。這樣，能遮蔽我的最後只剩下火車站和候車室、廁所、售票處、售貨亭和所有站著的、後退的和前進的旅客。我溜進了涼爽、通風的大廳，四下環視，考慮他們認出我的一切可能性。但我放棄了這裡，越過大廳，逕直向電車站跑去，向一輛正要開動的電車跑去——而一輛電車也的確正要開動。我向火車站回頭望去，已看不見那兩件風衣的蹤影。

乘客們在盯視我嗎？他們對我有什麼懷疑？是我那急促的呼吸聲使他們產生懷疑了嗎？乘客們對我倒是漠不關心，他們以不同的關注心情看著驗票員，他正在檢查一位身體強健的老婦人的車票。

驗票員說：「您的票無效，您有什麼好說的嗎？」

婦人解下潮溼的頭巾說：「誰也沒有這樣對待過我！」

接著，她從地上提起一只沉重的提包，一束鮮花從提包裡伸了出來，示威似地又占據了另一個座位。

驗票員對著亮光看夾在手指間的票，說：「沒有辦法，您的票無效。」

老婦人怒氣沖沖地轉過身子，輕輕對著自己的提包說：「我養大了四個孩子，可還沒有一個人這麼對待我過。」

那位身穿過長的漢堡電車驗票員大衣的人走到婦人面前，當電車猛一轉彎時，他的手一下子撐住了婦人的肩膀。然後他把票拿到婦人面前說：「想使用公共交通工具，就得有一張有效的車票。」

婦人用溼頭巾在電車玻璃上擦著，說：「要是您跟我談話，請先把您的爪子從我的肩上拿開，我怎麼知道我的票無效？」驗票員說：「您換過車，但是沒有買換車票。根據交通系統的規定，您得買一張換車票。」

婦人聳聳肩說：「從來沒有人拿這個規定來對付過我。」

他們倆就這樣你來我去地說著，沒有取得一致的意見。我也說不清以後發生了什麼情況。究竟是驗票員把婦人扔出車廂外，還是這婦人把提包扔在他的臉上？因為我突然認出了那個醋廠，我得下車了。

經過寂靜的院子，走過一堆堆的醋桶，我來到一棟破舊的辦公大樓前。樓門日夜都開著，石台階已經有了裂縫，房頂上掛著一盞燈，但是燈泡已經被人扭走。牆上是一道道髒印子和搬家時碰壞的地方，還有刻在上面的姓名縮寫字母。就在這棟樓的三樓上住著克拉斯，儘管他不是一個人住在那裡，但是門上只用圖釘釘著他的名片，上面寫著：「卡．耶普森，攝影師」。沒有門鈴，我只好用手敲，不停地敲。過了一會兒，我哥哥出來了，穿一件皺巴巴的睡褲，光著腳，不高興地看著我說：「進來吧！」長長的走廊是他的人像畫廊《死亡的漢堡》，他所拍攝的人都是淹死的、被打死的、被刺死的、被掐死的、被槍斃的，或者被車壓死的，其中也有平靜地在床上死去的。

他推開了一扇虛掩著的門，一台唱機在那裡空轉著，桌子上放著一瓶紅酒，五個杯子。寬大的沙發上放著床單等雜物，一張草墊椅子上放著男人和女人的衣服。「約塔！」克拉斯衝著一扇門叫道，接著又叫了一聲：「約塔，你沒聽見哪？」

緊接著，約塔穿著一件褪色的工作褲走了出來，褲子緊緊包著她小小的臀部。她上身穿著一件薄毛衣，太短，身子露出了一大節。他們兩人在向我致意之前，互相看了一眼。約塔親吻了我一下。克拉斯把衣服都扔在沙發上，把椅子推給我說：「坐下吧，約塔會給你喝咖啡，吃火腿麵包。」他們兩人嘴裡都塞著香煙，克拉斯啜了一口紅酒。

「小傢伙，怎麼樣啦？」約塔問道。

我說：「漢堡那邊老是有人跟我過不去。我剛剛繞了一個彎路，有兩個穿風衣的人一直在跟蹤我，一直到火車站我才甩開了他們。」

我說的時候，哥哥舉起酒杯，瞇起一隻眼，越過杯子的邊沿看著牆上和房頂上某個臆想的目標。他對我的敘述似乎不感興趣，因為他一次也沒有打斷過我的講話，到最後他才說：「情況看起來不妙呵，小傢伙。」過了一會兒他又說：「你可以在這兒待到明天，然後你得想出些新的主意來。」

「他可以睡在暗房裡，」約塔說：「睡在躺椅上。」

克拉斯說：「西吉願意在哪兒睡就在哪兒睡，明天我們得想出新的辦法來。只要他們沒有盯住那個人，他們是不會罷休的。」

約塔給我送來了咖啡和火腿麵包，放上一張慢轉唱片。我想這可能是《安德烈姊妹》那一張。約塔嘴裡輕輕跟著唱片哼那歌曲的旋律，有時還要吸一兩口煙，同時還用一枚別針把鬆緊帶穿進一條鬆軟的褲子裡去。克拉斯走到窗前，向下面的院子望去，又看了看街道。他還是沿著酒杯的邊沿凝視著某個假想的目標——窗戶、屋頂，也許還有那醋廠宣傳廣告的綠色字體。

他問道：「他們在打你的什麼主意呀，小傢伙？為什麼一下子弄成這個樣子？」

「我也不知道。」我說。

克拉斯說：「是他在折騰你嗎？是魯格布爾的那個老傢伙嗎？」

「也許是，」我說：「是的，就是他，也許他發現什麼了。」

「發現了你的隱蔽所？」

「是的。」

「你從這兒出去很方便，」哥哥說：「如果他們來了，你就溜進漢西的房間去，那裡有個樓梯通往樓上，我帶你去。」

「我先在這兒待著。」

「你先在這兒待著吧。」哥哥遞給了我一杯紅酒，要我喝下去。他走進廚房，開著門，擰大了水龍頭洗著。

「你跳舞嗎？」約塔問道。我搖了搖頭。

「那你就喝酒吧。」她說。於是我喝了下去，她又給我倒滿了一杯，然後收拾屋子，哼歌，手上拿著一支點燃的煙，走到哪裡就把煙灰撣到哪裡。

後來，我們倆都嚇了一跳，連克拉斯在廚房裡也嚇了一跳，因為外面走廊上有人驚天動地地吼叫了兩聲，這吼聲包含著渴求與勝利，當然也宣告了什麼。

腳步聲越來越近，走到我們門口便停了下來。我們一動也不動地站在那裡，互相呆望著。克拉斯向我使了個眼色，讓我到廚房去，這時，門砰地一下開了。那個穿著素色羊毛衣、補過的雨鞋的小夥子出現在門外，兩隻手在胸前捧著半打紅酒。他還在嚷嚷，但聲音不再拉得那麼長，有所收斂，大叫之後還哼哼兩聲，接著把頭往漢西的房間一甩，也就是說，他就是漢西。他什麼話也沒說，連門也沒關上，就往前走，跟在他後面的是那個穿著閃亮雨衣的長髮少女。她把布娃娃舉在頭上，走過我們身旁時笑咪咪地向我們眨著眼睛。

「我們一會兒就來！」克拉斯喊道。

我應該怎樣描繪漢西的房間？這是一個有兩扇門、陰暗有如地道的屋子，其中一扇門直通樓梯。從三扇高高的窗戶向外看去，是霉爛的醋桶工廠。靠牆有幾只上了色的海船上的箱子，上面鋪著發出酸味的毛皮，充當椅子和床，幾個空罐頭被當作煙灰缸使用。一個畫架，架子上放著坐著的、蹲著的、站著的，疊在一起或並排躺在一起的布娃娃。窗戶下面，灰白色的硬紙上有用炭筆和水彩顏料塗成的東西，這是漢西自述性質的系列畫《娃娃們的起義》。在一個布簾子後面有煤氣爐、水槽、餐具和一排大小不一的鐵盒子。畫架後面的角落裡放著一把躺椅，一個年輕的禿頂男人敞著皮夾克在那兒睡覺。他好像一直就睡在那兒，也許還要接著睡些日子，睡幾個星期。那兩張桌子我可永遠也忘不了，那是兩張鋸了腿的花園桌子。那一盒盒的打氣筒我也不能忘記，漢西收集自行車的打氣筒，他為這些打氣筒上漆和編號。

漢西正在喝酒。多麗絲——那個穿雨衣的少女——打開酒瓶，為每個人斟酒，凡是給了一個杯子的人她都嘖地一聲親吻一下，對約塔尤為關照。漢西捧著兩腿，向大家叫道：「放音樂吧，你們這些放蕩的傢伙們！」於是，音樂聲、吉他聲響了起來，唱機就在睡覺的那個禿頂男人的躺椅旁邊。克拉斯坐在地上，一隻手撐在箱子上，酒杯平穩地放在右膝蓋上。多麗絲也拿過一張散發著酸味的毛皮當墊子躺在地上。一個男人在吉他的伴奏下唱著。他唱的是黑色的太陽和一條黑色的河流，不知是誰淹死在這河裡了，我想一定是個孩子。漢西抽著煙，點著頭，突然跳了起來，一邊在膝蓋窩抓撓著，一邊把他的杯子塞到我的手上。他要幹什麼？

「先生們，」他說道：「我嘴裡滿是沙子，很不舒服，我一直就感到奇怪，現在我才明白這是怎麼來的，是來自那些表現自己宇宙觀的畫，來自那個展覽會。你們得知道，我們今天親眼看見了那個畫匠，那位最偉大的雲彩畫家親自出席了展覽會。」漢西走到畫架前，在上面固定住一張紙。他到處尋找裝油彩筆的盒子，最後在那個睡覺的人身後的箱子中找到了。多麗絲笑著把兩條腿搭在一起。

「請大家注意，我們現在一起來尋找人的原始狀態。如果允許這樣做的話，那我將用德意志的方式使人感動地把它尋找出來——你的腳別動了，多麗絲，別笑了。」他用黃色與白色畫出了一條顏色的軌道，在邊緣畫上抖動的金色。

「現在，我們首先看到的是一片海灘，北海海灘的某一部分，對吧？大海的波濤在這裡哼著自己的頭幾行詩。大自然的沉默、的偉大就在這裡。你頭一天拉的屎，第二天就能長出東西來。」然後他畫上了黑色與白色，於是，海灘上出現了一個黑色的彎曲線條，不，那是一個彎著身子穿著黑衣服的男人，下半身是細腿褲，上半身是大禮服。這男人手上拿著一本書走在海灘上，他正在看這本書，或是他剛剛看完。人們可以想像這是一本重要的書。

「在進行這個工作的時候，」漢西說：「彩筆當然得呻吟，必須說服它，加強色彩的渲染，就像大自然使植物迅速生長一樣。你們大概都懂得我的意思吧？這色彩應該對人們的激情向世界作出答覆，應該從色彩中產生對人們原始狀態的一些看法。」

他用力地畫著，兩唇緊閉，用誇大而驕橫的表情將藍色抖動地畫在黃色之中，讓白色在閃著微光的綠色中爆炸。這時，色彩變成了人們所見到的主題。這裡——我得承認，恐懼感自動產生了。這是一個男人的一張綠臉，他正拿著一本打開的書走在海灘上，臉上露出恐懼與驚訝，但是還看不出這恐懼來自何方。現在，他又畫上了褐色，這暗褐色帶著戲劇性的黑色條紋。這團顏色的面積越來越大，在海灘上像彎弓一樣，向這裡延伸，又在那裡停止。「看吧，這裡是一隻具有世界意義的鳥，這一點是一目了然的。他們倆彼此都認出了對方，德國北部的預言家感到害怕，而這就是所謂人的原始狀態。現在上面的空間也得起點作用，必須得有點雲彩，否則這次相遇的色彩就不夠神秘。現在，讓我們再來解開天上雲彩的秘密。夜幕即將落下，只是還缺少膽小的牲畜叫聲，那怎麼畫上去呢？」

在漢西畫著、塗抹著雲彩的時候，來了一幫人，他們連門也不敲就進來了。這是兩個小夥子和一個身材矮小的黑髮女孩。他們隨意脫掉大衣，讓人斟酒，一聲不吭地隨便找個地方坐下來，看著漢西作畫。漢西在加上雲彩之後，便考慮著這幅畫的標題，就叫《預言家與巨鳥在海灘上相遇》吧。現在，讓我們來弄明白人的原始面目，就像宇宙的裝潢師南森所做的那樣。

漢西想坐下，卻沒有料到我會說話。我也沒有料到自己會這樣，因為，我突然聽見自己大聲說道：「好，一切都很好，一切都那樣具有吸引力，只是在遠近的配置上不對勁。」

當漢西迷惑地看著我時，我已站了起來。我站在畫架前，指出他在遠近的配置上的缺點。漢西突然停了下來，他的眼睛變小了，放棄了要說話的打算。他讓人遞過一杯紅酒，啜了一口：「在宇宙裝潢師那裡，遠近的配置是對勁的，而且總是正確的。」

「還有什麼嗎？」

「那隻鳥，」我說：「並沒有經過觀察，而那位畫匠對什麼都進行過觀察。我是說，他表現出的幻想特徵是符合邏輯的。而人們看得出，這隻鳥是不會孵化的。」

「你還覺得哪兒有問題？」

「還有這色彩的不一致，」我說：「那位舞台繪畫家所用的色彩從來都不是偶然的，他的色彩有說服力，能解釋一切；而這裡所用的顏色卻缺少必要性。」

「那好。你對所有這一切還有什麼說的？快！」

我回頭看看克拉斯，克拉斯看著地板；再看看約塔，她躲過了我的目光。

「我認識他。」

「誰？」「南森，那位最偉大的風景裝潢師。我幾乎對他的一切都了解，有些東西是怎樣產生的，我親眼見過。像你的那組畫他肯定不會去畫的。他為自己的題材進行創作，自己與題材完全一致。」

「別廢話了，」漢西說著，端起酒杯一飲而盡。

「你當然比他占優勢，」我說：「但是，你只有在對他加以傷害時，才比他占優勢，是不是？」

「這個傢伙可真滑稽。」多麗絲叫道，兩隻腳劃著圈。

「你覺得自己挺了不起啊，是吧？」漢西說：「可能因為他給你買過冰棒，或是因為他允許你給他提皮包。你就是那個德行！剛才我在展覽會看見你了。你知道我當時怎麼想的嗎？我想，他可是南森天生的模特兒，當然是某些特定畫的模特兒，比如《割草的年輕人》什麼的。」

這時，克拉斯說話了，他說：「來，西吉，你坐下。」

但是我不能不作出答覆就走開。我說：「你會笑的，我的確當過他的模特兒，因此，我也了解他的工作方式。我覺得，如果你用他的方式對他加以傷害，那你說的無疑是對的。」

「我不喜歡那些重複別人的一切的人，」漢西說。

多麗絲又高興地叫道：「我覺得他真怪，和他在一起，我們得在黑暗中欣賞畫。」

我一言不發，默默地走過漢西的身旁，大家都看著我在組畫《娃娃們的起義》面前蹲下去，盯著我用很長的時間看那一張張的畫。看看這些娃娃們的模樣吧：三角臉，壓偏了的球臉，由點、點、逗號、破折號組成的臉。可以隨意彎曲的胳膊，由兩個疙瘩結成的腿。這是些骯髒的、有彈性的，特別是永遠不會死亡的軀體。娃娃們向一家工廠的煙囪上爬著，並且占據了它。它們炸毀了一座水塔，推翻了一座橋梁，使一輛火車脫軌，從一座樓房上把一面旗幟摘了下來。娃娃們撬開了一座墳墓，娃娃們為皇家陸軍，在逆風中前進，娃娃們在明斯特兵營的射擊場上。它們捆住了一個睡覺的女孩——這當然是多麗絲嘍。它們從一個陀螺前逃走，騎在一隻公雞上，用十二把剪刀同時剪開一把墊椅。

在我觀看這些畫的時候，他們默默無言地觀察著我，我聽得見他們的呼吸聲，聽得見他們抽煙的聲音。我站了起來，慢慢向漢西轉過身去，他正用手將額頭上稀疏的頭髮抹開，面帶嘲諷地站在那裡。

「西吉，你坐到那兒去。」克拉斯叫道。

「怎麼樣？現在你有什麼話說？」

「很出色，」我說：「這一切都很出色。」

「我這些玩意兒並不出色。」

「我只是感到奇怪，」我說：「敲敲肩膀，狂妄、藐視，除此而外，別無其他！你們就是這樣對待這個老人的一切！你們覺得自己很了不起。你們瞧瞧吧，這些他過去就了解、見過，也掌握了。」

「用不著你告訴我南森是什麼人。」

「我似乎覺得，你並不是什麼都懂。」

「你聽著，我的孩子，」漢西說：「我認為你的南森就是不幸的典型，腦子裡只有他的故鄉，對吧，能預見未來，有政治性。」

「人們曾經禁止他繪畫，」我說：「你大概不知道，有人曾禁止他繪畫；他的數百幅畫被消滅了。」

「這在南森就是個謎，」漢西說。

我接著說：「這難道不能說明他的一些情況？你總能理解這些吧？」

「當然，」漢西說：「重要的事情我全懂，比如，我就明白我為什麼看不慣你。」

「我也完全一樣，」我說：「只有一點我不懂，你們是那樣輕率，絲毫不肯花費一點氣力去理解這一切。」

我還要說些什麼，我還有一些話要說出來，但是，還沒等我開口，漢西便以更快的動作——

超越我對他的估計——舉起膝蓋，撞在我的小腹上。我因為突然的疼痛而彎下了身子，就像他畫的海灘上的預言家一樣。我因疼痛而彎腰捧腹，這樣一來，又使他有機會準確——雖不是致命，但卻經過仔細計算地——擊了我兩拳，用一個鉤拳向上又打中我的脖子，一下子就把我摔倒在地上了。

我還記得，我摔下去時，那紅色的火星在我眼前飛舞，一塊塊的紅色自行車內胎片——漢西就是用它黏自己的雨鞋——似乎從黑色的遠方散開，在我的四周飛轉。我摔下去時聽到一聲喊叫，但是不能確定這一聲呼叫發自誰的口中。總之，這場談話中斷了，影片撕裂了，漢西的好客精神已經結束。因為，當我睜開眼睛時，我看見的不是漢西房間裡發黃的壁紙——紙上是打獵的場面，那被擊中的鴨子正向蘆葦叢奔跑——包圍我的是一片黑暗，屋裡散發著一股氯氣，我猜是氯氣。

我睡在一張躺椅上，腿上蓋著一床毯子。我聽見克拉斯說：「他在睡覺。」又聽見約塔說：「那就讓他睡吧。」克拉斯又說：「我們還是過去吧。」他們盡量輕輕地走開，輕輕地關上了門，但是我還是聽得見他們的動靜。我靜靜地躺在暗室裡，想不辭而別。現在是下午還是傍晚？我該去哪兒呢？回魯格布爾去嗎？搭上一艘開往格陵蘭的漁船？到史特拉斯堡去參加外籍兵團？或者說自己去找那兩個穿風衣的人，先打聽打聽，他們究竟了解我多少情況，對我有什麼打算？

我躺著、思考著、盤算著、假設著各種可能性，非常詳盡地擬定一項計畫：作為一個不買票的旅客到美國去，改名換姓，叫希克·耶普森什麼的。我要到那兒去賺錢，開一家美術館，把年輕的美國畫家集聚在我的周圍，藉著他們的幫助舉辦一個國家藝術週。在開幕儀式上，先由主席講話，再由我致辭——謝天謝地，這部文化藝術片沒有成功。

我檢視著這些計畫，又把它們扔到一邊，就這樣衡量著。我並沒有起床，既未離開暗房，也未走出克拉斯的住宅，也竭力不去聽那水龍頭的漏水聲。這水龍頭將水一滴滴地落在我的計畫上，落在我的頭上，我不斷地數著它滴水的次數，數到八十時，我睡著了。我睡得很不安穩，很不踏實，隨時準備著克拉斯和約塔，也許還有漢西來叫醒我。

我忘不了我躺在暗房裡做的那個夢。我乘坐在一條寬大的木船上，獨自向遠離半島的一個島駛去。我坐在船帆的陰影下，木船向藍色而微微隆起的陸地行駛著。這裡是我的新隱蔽所，一座石頭教堂的廢墟，這是我在緲無人跡的海島上唯一能找到的建築物，涼爽寬敞，每一條漏縫都填得嚴嚴實實。我上了岸，將船拖到海灘上。為了保險起見，還將小小的鐵錨埋在地裡。我看了一眼隱蔽所，發現它被一群海豹包圍著，海豹圍成半圓形在那裡曬太陽，毛皮閃亮。牠們抬起頭，端詳著我。一些幼小的海豹也躺在這裡。我臥倒在沙地上，向這些動物爬去，牠們也並不逃走。我在牠們之間移動著，爬到我的隱蔽所，放鬆了身子，這時，我聽到一聲槍響，槍聲消失在大海上，子彈落到廢墟的一塊磚頭上，又嗖地一聲飛走了。

這時，海上駛來了兩艘船，它們沒有船帆，沒有引擎，也沒有船舵，就像被一個絞盤牽引著一樣，逕自向島駛來，人們會以為，這船是行駛在一條軌道上。兩個男人挺直了身子，顯得非常僵硬地站在船上，兩手端著槍。一艘船上站著我的父親，魯格布爾警察哨哨長；另一艘船上站著畫家馬克斯・南森。我夢見他們倆都來打海豹了。

船還在航行中他們就射擊著，槍眼上還飄著淡淡的、美麗的輕煙。第一槍打響後，海豹們便使勁向水上爬去，牠們分路前進，後來又聚在一起，向島的南端搖搖晃晃前進，緊挨著我的隱蔽所，將身體支撐在鰭上，用鰭拍打沙土，為首的海豹像發出警告一般地吼叫著。這時，我衝了出來，但是一聲槍響迫使我倒在地上，於是，我和這群逃跑的海豹一起向海島的南端跑去。牠們的動作比我快，就是那些幼獸也比我快，牠們超過了我，但我並不就此罷休。我在沙地上跟著牠們前進，越過海草，越過被他們擊中了的海豹，我看到第一群海豹已經抵達海灘，牠們躍入海中，潛入水裡。

我和那群向海島南端逃跑的海豹一起跑，顯得動作太慢了、太笨拙了。我遠遠落在牠們後面，感到筋疲力竭，再也站不起來了。當那兩個男人的船隻抵達海灘時，我連腿都直不起來。他們倆很快就從船上跳了下來，彼此打了個招呼後，就撒下一面魚網，拖著網子的兩端向我走來，兩人都穿著淺色的風衣。

我在沙土上匍匐前進，曲折地爬行，我的蹤跡和海豹留下的蹤跡沒有任何差別。只消再花點力氣就行了，只要再跑幾步就夠了，現在，他們拉開網包圍我，大笑著縮小了包圍圈，大笑著圍著我轉動，魚簍的口總是衝著我的臉，好像在煽動我，誘惑我向他們投降，那木製的細圈招呼我鑽進去：進來呀，進來吧！那木圈在我面前滾動、跳躍。現在，這兩個人向我彎下身子，臉上表現出親切的樣子。他們敲我的肩膀，就像耐心的馴獸師指著那越往後越尖的簍子說：來，來，跳呀！

我雖然沒有跳起來，但最終還是鑽進了木圈，一直鑽到那後面打了結的魚簍中去。我立刻就感覺到，他們抬起了我的身子，網線嵌進了我的皮膚，沙土在我眼前旋轉、飛舞。

「是西吉，耶普森嗎？」

「是的。」我說道。

「請跟我們來。」太陽似乎跌落下來，我感到光亮刺眼。

「把燈打開吧。」一束細細的藍色燈光閃亮著，一塊布簾拉開了。

一個聲音說：「這位先生還沒醒呢。」有人抬起了我，將我的腿從毯子中抽出來。我伸出一隻手，觸摸到一件風衣。

「這的確是一間暗房。」一個聲音說。

另一個聲音回答說：「那我們可得注意，別讓光亮把這個小傢伙照過頭了。」

第十九章　海島

在那邊山丘上，藍色管理所大樓對面，始終是那棟被我們稱作過渡室的房子。您得想像一下，那是一棟低矮的，差不多和地面一樣高的木造房子，窗前掛著花盆，窗上飄著紅白格花樣的農村用窗簾。門開著，明亮的走道裡，地板剛剛擦過。這裡沒有管理員辦公室。還有什麼呢？您想像一下：八間屋子住滿了新來的人，那些用汽艇從漢堡運來的新人。

我和小庫爾特・尼克爾一起住在七號房間，昨天他由於仇恨爆發，把這裡的一切設備都打個粉碎。他一頭黑髮，穿一件黑襯衫，前胸敞開著，現在，他像石頭一樣地躺在床上。過去，他是個馬戲團雜耍員，專長是表演大力士。他是不是在側耳諦聽什麼？是不是和我一樣在諦聽希姆佩爾院長的聲音？

此時，院長和一個外國心理學家代表團一起走進了過渡室。他是不是在講解實行一種新的教育綱領的可能性與風險？我站在床邊，靠著木板牆抽煙。外面，一隊難管教的人穿著粗布衣，肩上扛著叉子和鏟子，邊走邊說笑地到田裡去勞動。有幾個人向我們的房子這邊看了一眼，說了幾句話，大笑著。

希姆佩爾院長說：「這是一個閘門，如果我可以這樣說的話。這間過渡室具有閘門的作用。」

一個心理學家（懷疑地）：「如果我理解得正確的話，這是一個為那些被判刑的年輕人準備進入囚禁階段的地方，是嗎？」

希姆佩爾（故意中斷自己說話的流暢性）：「人們也可以把這裡稱作是壓力室，或者是滑冰場。為了使年輕的被囚者克服對這個新環境的恐懼感，我們幾乎是讓他們滑入了被囚階段。這種過渡將減少他們的壓力。我說過，他在這裡固然沒有像外面那麼自由，但是，幾個被我們稱作是小自由的事還是有的，比如：他可以抽煙，可以聽收音機，有半天的時間可以自由支配，此外還可以在海島上活動。」

心理學家：「他在這兒待多長時間？」

院長：「三個月。如果來到這裡的青少年是判了刑的，那就在過渡室裡待三個月。迄今為止，這種逐步向囚禁過渡的準備階段已經證明是最有效的。」

突然醒來的小庫爾特從床上跳了起來，充滿仇恨、直楞楞地看著我，問道：「他們在哪兒？這些豬玀在哪兒？」

我說：「你聽得出來，在五號房間。」

小庫爾特走到我的身旁，悄悄地說：「恭喜你，你聽見了嗎？你得為自己慶賀。」

我說：「為什麼？」

小庫爾特（走到窗戶旁，迅速轉過身子，用兩隻手扶著窗台，靠著窗戶）說：「你會在場的，小傢伙，當我要他們其中的某個人完蛋時，你將是觀眾。暴力行動！就是為這個，他們才把我弄到這兒來。二十七次暴力行為！現在，讓他們親身經歷一下，當我採取暴力行為時是什麼樣子。」

希姆佩爾院長（在隔壁）：「是這樣的，不是所有年輕人待在過渡室的時間都一樣長。我們建立了一個專門的等級制度，根據這個制度來確定每個人要在這兒待多長時間。」

小庫爾特解開褲子，從左大腿處解下了什麼，然後從一個皮袋中取出一把匕首。

我說：「別胡鬧了！」

小庫爾特（充滿仇恨地）說：「如果不是叫那個檢察官的，那就是叫代表團的某個人完蛋。他們全都一樣，懂嗎？他們恨我們、忌妒我們，因為我們年輕。」

我（安撫著他）：「把刀子收起來；誰知道你會拿它去幹什麼？」

小庫爾特（似乎要為自己的仇恨找出個理由來）：「他們怕我們，他們不想了解我們。」

希姆佩爾院長（在隔壁）：「情節較輕的關在這個鬧門裡兩個星期。就是說，在這兒逗留時間的長短端視心理上的感受狀態而定。將來一旦進入囚室就不會產生情緒上的困惑。這種情緒是可以避免的。但是如果要出現，那也是在這個地方。」

小庫爾特（繼續為自己的仇恨找理由）：「這些狗東西誰也不試圖來了解我，我就是這麼個人。只要不老盯著我女朋友，不去碰她，我也不會去招誰惹誰。但是，如果有人打她的主意，或者去碰她，那我就受不了。我不准他們這樣，你懂嗎？我會到那個人那兒去，客客氣氣地請求他。要是他不想挨耳光，那就得把他對我女朋友的興趣收起來。有些人比較理智，有些人不那麼理智。於是我便進行自衛，這些豬玀竟把這稱之為暴力行為。」

希姆佩爾院長：「我建議，我們現在到六號房間去，我可以給你們看一個特殊案件：一個年輕的藝術小偷，他還懂一點繪畫。」

約斯維希的聲音（輕聲地）：「七號房間，院長先生。」

希姆佩爾院長：「是嗎？那就在下下個房間，現在誰在六號房間呢？」

約斯維希：「那個兇手和羅斯巴赫。」

我（慢慢向小庫爾特走去）：「把刀子收起來。」

小庫爾特（警告地）：「你就站在那兒。」

我（停了下來）：「你要是這樣做，你就永遠出不去。」

小庫爾特（笑著）：「我也不想出去，你懂嗎？我只想證明給他們看看。至於有什麼後果，我無所謂。」

我：「你要是砍錯了人呢？」

小庫爾特：「砍他們任何一個都不會錯的，他們都是……他們不讓我們滿意，把我們嚴嚴密密地關在這裡，把海島辦得像個馬術學校……你也一樣，小傢伙，他們也要把你訓練成一匹雜技團的馬。（懷疑地）他們判了你幾年？」

我（繼續向他面前走去）：「根據青少年刑法，三年。」

小庫爾特：「是因為偷竊汽車嗎？」

我：「你怎麼會這樣想？」

小庫爾特（把手一甩）：「你的照片不是在報紙上登過嗎？」

我：「我把畫藏到了安全的地方，這就是我的全部問題。」

小庫爾特（不解地）：「畫？」

希姆佩爾博士（在代表團走進走廊的時候）：「當然，在囚室中也有不同的等級，比如說，第一級的囚禁方式與我們正在參觀的過渡室區別很小。」

一個心理學家：「我是否搞錯了，還是說，根據這個級別，這裡的全部教育綱領都具有閘門的性質？」

希姆佩爾博士（高興人們完全了解了他的意思）：「實際上，我們認為這裡全部都是過渡階段；年輕的被囚者在開始時先要獲得這種感覺，認為這種狀況只是暫時的。」

小庫爾特（踮起腳尖走過我身旁來到門邊，彎腰諦聽著，用眼角觀察著我；光線落在他的頭髮上，光線也在他的那把刀子上跳動，黑色褲子的大腿處繃得緊緊的，他那雙鞋高高的鞋跟上白色的鞋釘閃閃發亮，那隻空著的手正迅速地拿過刀把）：「這群人走過了六號房間？」

我：「把刀子收起來！」

小庫爾特：「你別管，懂嗎？你要是願意，就到廁所去；現在可不是好時候。」

我：「他們會讓你完蛋的，你要是這麼做，這些人會讓你永遠完蛋，理智一點吧。」

小庫爾特（充滿仇恨地）：「是他們逼我這樣做的，這群豬玀，是他們把我和我女朋友分開的，在我被判刑之後，她連手都沒和我握一下。」

希姆佩爾院長和代表團消失在六號房間裡，他們說話的聲音聽不見了。

我（打開收音機）：「我們用音樂來歡迎他們，好嗎？」

小庫爾特（尖銳地）：「把收音機關掉。」

我（關上了收音機）：「你要是這麼做，會把一切都弄糟的。」

小庫爾特：「你大概還沒有注意到，小傢伙，他們早就把我們給弄糟了。你應該聽聽檢察官講的話，他要保護這個社會不受我的破壞。他用權力來保證這個社會的安全不被我破壞。也就是說，他代表路易絲阿姨或威廉叔叔把我送到這兒來。」

他玩著匕首，把它往空中一扔，然後穩穩當當地接住；有一次，他把匕首轉著扔到差一點碰上天花板的地方，退了一步，看著刀子落下來插在地板上。

我：「想想你的父母會說什麼。」

小庫爾特：「如果你說的是我媽，她出海去了，她是德國船上的第二個女電報員。」

我：「那你父親呢？」

小庫爾特：「別瞎問了！老老實實地把你那些問題收起來，懂嗎？」

他走到開著的窗前，花盆中長著天竺葵。他用匕首快速地削下幾朵花幾片葉子，把它扔到窗外。

小庫爾特：「那都是些什麼畫？是博物館的，還是別的地方的？還是一些女孩子的照片？」
我：「有些畫你可以靠著它過一年。我只不過是把它們藏到安全的地方罷了。」
小庫爾特（跳到門邊）：「他們來了。」
我：「你可別胡鬧。」
我聽到希姆佩爾院長在走廊上說：「多虧了這個過渡室，逃跑現象大為減少；一年只有大約八人次，企圖逃跑的多半是同一個囚犯。」
緩慢的腳步聲向我們的門口移動，小庫爾特退了回來，拿刀的手放了下來，集中精力，預先用眼神警告我。
我站在開著的窗前，說：「別那麼做，你瘋了！」
小庫爾特（生氣地）：「你安靜點。」
門開了，小庫爾特猶豫地慢慢退了回去，彎著身子準備起跳。約斯維希走了進來，把一根手指放在唇邊，警告我們，要我們配合，提醒我們做好準備。他的目光落到我身上，我飛快地使了個眼色，讓他去注意小庫爾特站立的地方。也許我還叫了一聲，我記不得了，也許是發出了一聲微弱的、走廊上聽不見的警告。約斯維希有所反應，他蜷縮起身子，彎著腰，像一個捕捉者那樣伸長手臂預防著。
小庫爾特向約斯維希撲了過去，把匕首高高舉起。我兩步就跨了過去，不，我站在窗前，準備只要約斯維希被打倒，我就去幫他。我只要跨兩步就能來到他面前。

沒有呼叫，沒有呻吟，小庫爾特迫使自己無聲地進攻，約斯維希則展開反擊。小庫爾特跳起來時伸直了身子，約斯維希準確地預備還擊。這一瞬間真該拍攝下來。約斯維希一巴掌打到小庫爾特的小手臂上，這一巴掌是向上打去的，正打中他的手臂。隨後，小庫爾特的手臂被甩了起來，手指鬆開了，匕首向天花板飛去。約斯維希又是一下，小庫爾特的手臂又被甩了起來，他自己也跟著轉了一圈。匕首落在地上，落到約斯維希的腳前。小庫爾特彎腰，充滿仇恨地看著約斯維希。他想彎腰拾起匕首，約斯維希卻在上面踏上一隻腳。

約斯維希（憂慮地）：「還不夠嗎？你的腦子那麼難開竅啊？」

小庫爾特（捏著疼痛的小手臂，按著它）：「再找個時間，等著吧，另外找個時間。」

約斯維希把腳從匕首上抬起，說：「把它撿起來，來呀！再試一次！」

他做出一個邀請的姿勢，退了回去；小庫爾特上了當，他彎下腰，伸出手去拿匕首，但是還沒拿到手，約斯維希的腳已踩在他的手上了。小庫爾特站了起來，約斯維希撿起匕首收起來。小庫爾特搖晃著走到自己床前，倒了下去，對著手呵氣、按摩。

約斯維希：「現在總夠了吧？」

小庫爾特（哧地一聲）：「等著吧，你這條老狗！」

走進房間的是來自五個國家的七個心理學家，跟在他們身後的是穿風衣和過膝短褲、滿面春風、渾身洋溢著教育熱情的希姆佩爾院長。這些人環視著我們的房間，就像看家具那樣地端詳著我們。

約斯維希（好意地向小庫爾特）：「你不起來呀？」

小庫爾特：「舔我的屁股吧！」

約斯維希：「院長來了。」

小庫爾特：「那就讓他舔兩次！」

希姆佩爾院長和心理學家們出於研究學術的興奮情緒交換了一下眼神。他們的臉上並沒有顯出意外的神情，而是表現出急於要知道一切的興趣。希姆佩爾對約斯維希說：「這兒出了什麼事嗎，有什麼特殊情況？」

約斯維希：「我想幾乎沒有。（他向小庫爾特那邊點了一下頭）要我幫他一把嗎？只要您同意，我馬上就教給他該如何尊重人。」

希姆佩爾（揮了一下手）：「謝謝，親愛的約斯維希，不需要。我們自己能跟他打交道。」

心理學家們走到小庫爾特的床前，圍成了半圓形：「我們都知道，尼克爾先生，每個人都有情緒不好的時候。現在我們是同一陣線了，我是不是應該說：我們得互相幫助呵？」

小庫爾特（按著自己的手）：「你滾吧，天哪，別跟我胡說八道了。」

一位心理學家：「我推測，這是約蘇波夫式的仇恨因素。」

希姆佩爾（毫不洩氣、親熱地）：「當然，我們馬上就會讓你一個人待著。但是，也許我們先要請你給我們辦點事。這些外國先生們想知道，人們為什麼要把你送到這兒來？」

小庫爾特：「這你早就知道了，你只需要給這些傢伙們念念紀錄就行了。」

希姆佩爾：「但是，尼克爾先生，這些先生們想從您本人這兒了解一下情況。此外，請允許我稱您為你，我稱這兒所有的青少年都是你。」

小庫爾特：「你怎麼稱呼我，隨你他媽的便。」

希姆佩爾（頑強地）：「那麼，為什麼，你認為你為什麼會待在這兒？」

小庫爾特（躺在床上，盯著天花板，在手上呵著氣）：「因為我愛吃小孩，因為我早餐的時候吃了一個小孩。」

希姆佩爾（絕不生氣，好像由於這個回答得到了報酬一般）：「除此以外呢？這並不是唯一的原因啊。」

小庫爾特（從容地）：「因為我對那些男男女女的老混蛋感到噁心，因為我組織了一個協會。」

希姆佩爾：「組織了一個什麼協會？」

小庫爾特：「消滅男男女女老混蛋的協會。」

一個心理學家：「這是不正常的攻擊性因素。」

第二個心理學家彎著腰向小庫爾特說：「你認為你是個了不起的人，是吧？大家都在你面前發抖，對嗎？要是你真以為自己了不起，那明天我們到體育館去，我們都戴上擊拳手套，看誰真正有本事。」

小庫爾特：「滾吧，老頭！你小心點，別叫你自己粉身碎骨！」

希姆佩爾：「我親愛的小庫爾特．尼克爾，你在這兒不是和敵人打交道。我們是要幫助你，但是，為了能夠幫助你，我們得先了解你。」

約斯維希：「您想讓他站起來嗎，院長先生？」

希姆佩爾：「不，讓他在那兒放鬆放鬆吧。」

小庫爾特：「我就知道這幾句話。現在我沒話說了，我什麼也不說了。你跟他說吧！」（他用大拇指向我一指。）

希姆佩爾：「好吧，我們還會有許多機會的。」（他向我走來，心理學家們感興趣地悄聲用英語談論著。他們對小庫爾特，尼克爾的看法似乎不一致，看得出，他們還想要補充幾個問題。但是，由於希姆佩爾院長幾乎是友善地把手向我伸了過來，於是，這些人把興趣轉向了我。）

希姆佩爾（向著我）：「你是我們的藝術專家嘍。」

約斯維希（插了一句）：「這是西吉・耶普森，院長先生。」

希姆佩爾：「我知道。哦，我了解耶普森先生和他的事情。也許，他自己有興致跟這些先生們談談，為什麼他會到我們這兒來。」

約斯維希（輕輕地）：「開口吧，否則，我們就永遠不打交道了。」

我（聳著肩膀）：「您想聽我說什麼？」

希姆佩爾：「我剛才說過了，你為什麼到我們這兒來，我們想聽你自己說說。」

我：「我把父親到處搜尋的畫送到安全的地方去了。就是這麼個原因。」

所有的心理學家都興致勃勃，互相點頭，有一個還取出了筆記本和鉛筆。

希姆佩爾（耐心地）：「就像你所說的，為什麼你父親要搜尋這些畫？」

我（看了無動於衷地躺在床上的小庫爾特一眼）：「起先是由於工作上的需要。那時，從柏林來了一道禁止畫家南森繪畫的命令，我父親送去了這道命令，並且負責監督這條禁令的執行。他是農村警察，魯格布爾警察哨長。後來，他再也約束不了自己了。其餘的一切您都是知道的。」

一位心理學家為了準確起見又問了一次：「是馬克斯．南森嗎？」

另一個心理學家：「是那個表現派畫家嗎？」

希姆佩爾：「你的父親，西吉，身為一個警察，從職務上來說，他應該監督這條禁令的執行。但禁止繪畫的時代過去後，你說，他還繼續對畫家進行監督？」

我：「後來，就和所有那些有怪毛病的人一樣，他也形成了一種怪毛病，認為除了自己的職責以外，什麼都不存在。最後這變成了一種病態，情況就更糟了。」

一位心理學家：「更糟？」

希姆佩爾：「你父親沒收過畫嗎？」

我：「沒收過，焚燒過，毀壞過，就像你們希望知道的那樣。在他的眼裡，什麼都不安全。」

希姆佩爾：「現在我們得談談你。為了避開你父親，你把畫藏到了安全的地方，這是怎麼一回事？你把經過跟我們談談吧。」

我：「這是在磨房被燒毀後開始的。我在磨房裡有個隱蔽所，磨房被毀後，一切都完了，我的收藏物——畫，鑰匙和鎖也完了。事情就是從那個時候開始的，我也不知道是怎麼回事。我看著一幅畫，突然覺得有什麼東西在移動，背景上有一道小小的火焰向圖畫移動，一個明亮的火焰。我在這種情況下，只好採取行動了。」

第一個心理學家：「這是一種有目標的占有慾，對嗎？」

第二個心理學家：「這是一種由於錯覺而進行反抗的反應。」

我：「事情就是這樣，如果我發現一張畫受到威脅，我就要把它藏到安全的地方去，要是你們，大概也會這樣做的。磨房被焚燒之後，我又在我家的頂樓上找到一個新的隱蔽所，於是，我就把畫藏在那裡，但是又被父親發現了。他一直在跟蹤我，直到有一天終於發現了這些畫為止。他抓住了我。」

小庫爾特（從床上）：「你應該把這些畫吃掉，你這個笨東西。」

希姆佩爾（撫慰地）：「你父親是在履行自己的職責。」

我：「他要宰了我，這是他親口說的，他也真辦到了。要是你想知道，我為什麼到這兒來……。」

希姆佩爾院長（熱心地）：「請你說說吧。」

我（慢慢地走到小庫爾特的跟前，在他的床上坐了下來）：「我可以告訴你們，我是代替我老頭——魯格布爾警察哨長到這兒來的。我覺得，小庫爾特也是代替某個人——路易絲阿姨或威廉叔叔到這兒來的，甚至所有的青少年都是代替某個人到這兒來的。難管教的青少年，哼，人們在法庭上給我們按上罪名，在這裡，每天都要證明我們就是這樣的人。也可能，我們中間有某幾個人真是難以管教的，我並不想否定這一點。但是我還想問問，為什麼不建立一個海島和這樣的樓房給那些難以管教的老傢伙們呢？難道他們不需要嗎？」

小庫爾特（氣沖沖地）：「那樣呀，任何海島都嫌太小！」

我：「我想問問，一個人受教育到什麼時候結束呢？到十八歲？或是到二十五歲？」

希姆佩爾（熱心地表示贊同）：「問得好，無可指責。」

我：「在這兒，人們裝模作樣的，也許大家都在裝模作樣。我想問問，這兒的人在良心上過得去嗎？」

一位心理學家：「這是轉移方向的進攻，對嗎？」

我：「因為人們不願意對自己進行宣判，所以就把我們這些年輕人送到這兒來了。這樣做，至少是使他們感到輕鬆，讓他們自己得到解脫。這很簡單，把內咎用大船運到這兒來，然後他們自己可以去享受早餐，晚上啜飲甜酒。」

希姆佩爾（熱心但卻質疑地）：「你把話題扯遠了。」

我：「那好，那我就告訴你們，我為什麼會來到這個海島。因為誰也不敢讓魯格布爾警察哨長去反省，對他進行治療；他就可以這樣病態地活著，病態地去履行自己那命中注定的職責。而我到這兒來，就是因為他已經到了一定的年齡，而一個老傢伙是沒有必要去改變自己的。是的，要是您問我，我就說，我是代替他到這兒來的。這也許能夠成功，也許有一天，他能吸收我在這裡獲得的進步。這一切是可以期待的，也是能夠期待的。不過，我不相信能夠做到這點。」（歇了一會兒。）

希姆佩爾（咳了一聲）：「你的話夠尖銳的，但是我可以理解。是的，我能夠理解你的失望情緒。我很讚賞這種直率之言。」

小庫爾特：「你聽，他連直率和氣憤都區別不了，他卻表示什麼都懂！我最喜歡那些什麼都懂，卻什麼都不幹的人。」

約斯維希（向小庫爾特）：「你可是在和院長講話。」

小庫爾特：「那又怎麼樣？我是我自己的院長。我得告訴你，我的一切是對誰負責，我承擔著什麼責任。」

約斯維希（略帶威脅地）：「我們會經常見面的！」

小庫爾特（向著天花板說）：「一定有機會再碰上的。」

希姆佩爾（對約斯維希）：「您別管了，我們不願意太快失去理智。」（向著心理學家們）：「你們誰還有問題嗎？」（大家都想提問題，他們客氣地互相觀望著，誰都讓對方先說，並禮貌地向小庫爾特躺著的床做出手勢。我是坐著的。）

第一個心理學家（向小庫爾特）：「請允許我向您提一個問題，您小時候很孤獨嗎？有沒有朋友？」

小庫爾特（沉默了一會兒，生氣地）：「要是您想詳細地知道，我可以告訴您，我是在一個養老院旁邊長大的，我的朋友都是那裡的老傢伙，最年輕的七十六歲，我用鏟子把他打死了。」

第一個心理學家（尷尬地笑著）：「問題的確有其特殊性。」

小庫爾特：「我也是這麼想。但是我現在累了，我也想不起別的事情來了。」

拿著筆記本的心理學家（向我）：「還有一點我不太明白，您說，那些受到威脅，受到火焰威脅的畫，被您藏到了安全的地方，這是不是說，您為這個行為排除了偷竊二字？」

我（向小庫爾特）：「怎麼回事，我也突然感到這麼累？是因為空氣嗎？」

小庫爾特（支撐著身子，對拿著筆記本的心理學家）：「您了解得還不夠嗎？您沒看見，這小傢伙累了嗎？您還想研究到什麼程度？來，西吉，把身子伸直了。（他把我拉到床上躺下）我來幫你按摩，一直到你睡著為止。」

我：「可是，有人站在我們床前啊！小庫爾特。」

小庫爾特（諷刺地）：「別怕，小傢伙，他們沒學會別的玩意兒。」

希姆佩爾（息事寧人地）：「先生們，我想你們已經有了一個印象，你們對最重要的情況已經有所了解。現在，請允許我們去參觀八號房間吧。」（希姆佩爾院長和心理學家們向我們親切程度不同地告別了；約斯維希顯然故意最後離開房間。）

約斯維希（憂慮地）：「我原來對你們期望較高。這可是個不成功的表演，但是，我們還會使你轉變的，等著吧。」

小庫爾特：「閉嘴，別叫肚子著涼了，還有穿堂風呢。」（約斯維希走了，關上了門。小庫爾特從床上跳起來，走到門邊，聽著代表團的動靜。）

小庫爾特：「他們在這兒可真碰了一鼻子灰。但是你看到我的時間不多了，我得走。」
我：「八天，要是他們把你逮著了，要禁閉你八天。這是規定。」
小庫爾特：「這樣的話，一個月可以試它兩次。你有煙嗎？」（我給了他一支煙和火柴，我們兩人抽著煙。）
小庫爾特：「注意，小傢伙，我們得到大船那邊去，得溜到大船那邊，藏在那兒。」
我：「我不去。」
小庫爾特：「你大概不正常吧？」
我：「我不知道我到那邊去投奔誰，我沒有藏身之所，沒有任何可待的地方。我不想住在火車站裡。」
小庫爾特：「你可以待在我那兒，我們在朗根霍爾恩有個小花園，在樹叢中誰也找不到我們。」
我：「我不去，這一次就夠了，我想放鬆一段時間。」
小庫爾特：「你大概真的不正常了。」
我：「也許以後，以後我會跟著去，但是現在……他們把我折騰得太厲害了。你應該在這些人中間，在魯格布爾那邊生活一些日子。」
小庫爾特：「你家老頭真的在警察局？」
我：「他把我們大家都折騰夠了。他一直在格呂澤魯普和魯格布爾忙碌著，在家裡也是這樣。這種人你不需要告訴他什麼時候該做什麼。他只要是有什麼任務，他就一輩子都幹那樁事。」

小庫爾特（走到窗前，望著窗外）：「我只要往這兒看一眼就夠了，那邊那個笨蛋，那個工廠、木棚子，還有這些沙地，易北河，它還從來沒有像我在這兒看到的那樣可憐。這一切怎麼叫人受得了？」

我：「也許，你可以進行一番比較，看看過去如何，現在如何。」

小庫爾特：「我早就看出，你是個滑稽的東西。（沉思地）要是我剛才刺中那個傢伙就好了。」

我：「幸虧沒有，你應該高興才對。」

（腳步聲走近了，門被打開，希姆佩爾院長出現了。）

希姆佩爾：「你們又醒了，真好。我沒什麼好責備你們的。我想給你們一個建議。你們過渡室的人可以自由走動，可以到海島上到處走走。要是你們有興致散散步的話，我正好有時間。」

小庫爾特：「謝謝你的好意，我從這兒望一眼就夠了。（向我）你想了解了解海島嗎？」

我：「以後，可能以後再去吧。」

希姆佩爾（坐在桌子上）：「還有，今天是音樂日，你們可以隨意聽收音機。」

小庫爾特：「哦，這兒管它叫音樂日？」

希姆佩爾（文雅、愉快地）：「你們會習慣的。在我們的海島上，每星期的每一天都有一個特殊的名字：星期一是安靜日，這一天是看書的日子；星期二是清潔日，檢查鞋和衣服的衛生情況；今天是音樂日；星期四我們稱之為振奮精神日，這一天是體育運動日；星期五是整頓思想日，因為這一天要寫作文；星期六，對，星期六是愉快日，因為愉快的海島合唱團在這一天排練，由我指揮；我希望你們能參加合唱團。最後，星期天是沉思日，在這一天可以寫信、縫補衣服、談話。」（他緊緊盯住我們，似乎要求我們及時愉快地表示同意。）

小庫爾特：「還有，可以來它一個詐騙日。」

希姆佩爾（堅定地）：「誰要能參加海島合唱團，誰就會得到許多好處。他每周可以兩次，每次兩小時離開工作崗位。」

小庫爾特（向我）：「那你馬上就唱吧，小傢伙。」

希姆佩爾（耐心地）：「你們決定參加什麼工作了嗎？我想，你們既然住在一個房間，當然也願意在同一個工作崗位上。」

小庫爾特：「工作？您讓我們做什麼工作呀？」

我：「宣判書裡沒有說什麼工作的事。」

希姆佩爾：（極抱希望地）：「我們的新工廠可以進行各種訓練。到工廠去工作是很愉快的。誰願意，誰就可以在這兒學一種職業：木工、鉗工、油工、花工等等，還有裁縫、電焊工。學習結束後，可以獲得證書。」

小庫爾特：「蓋上監獄的漂亮圖章！」

希姆佩爾：「蓋上師傅的圖章，還有他的簽名。考試在手工業公會進行。」

小庫爾特（向我）：「你覺得怎麼樣，小傢伙？要是非這麼幹的話，我們要學哪種職業呢？」

希姆佩爾：「當然我們不強迫任何人去學會一種職業，但是，在海島上的每一個人都必須參加勞動，機會是夠多的。」

小庫爾特：「您們這兒大概不要馬戲團雜耍員吧，嗯，表演大力士？」

希姆佩爾（從桌子上滑下來，背著手，在屋子裡走來走去）：「你們要學的東西很多，你們還要認識許多問題。（沉思地）海島向你們開放著。要進行轉變不可能沒有矛盾。你們好像還不知道勞動與麵包之間有什麼關連，不過，沒關係。在我們這個海島上，我們將教會你們認識這種關係。你們將會了解服從的必要性。希望有那麼一天，你們還能理解承擔責任的愉快。

「我們在海島上所需要的一切，都由我們自己來製造，樓房、工具、理想。是的，也包括理想。我們是一個團體，是一個海島的團體，我們自己決定我們所需要的一切。熱心助人，這就是一切。如果你們願意遵守海島的規定，你們就會發現許多機會。萬事起頭難。」

（希姆佩爾站在小庫爾特前面，端詳著他，慢慢把手伸進他的口袋裡，觸摸著、謹慎地把小庫爾特的匕首拿了出來，平放在那半張開的手心上觀察著，小庫爾特的身體緊張了起來。）你的匕首，是嗎？（小庫爾特要把匕首拿過去，希姆佩爾把手縮了回來。）你可是了解這裡的規定的：不得攜帶武器。如果由於不了解情況帶進了武器，則必須立即交出，交到管理大樓四號房間。（歇了一會兒，兩人都默默地互相注視著，希姆佩爾把匕首交給了小庫爾特，退了一步。）你現在就去，馬上就去，把匕首交給四號房間，再把收據給我看看。去吧。（小庫爾特猶豫著，他把匕首拿在手中轉動著。）要我告訴你怎麼去嗎？（小庫爾特充滿仇恨地看著希姆佩爾，慢慢走到他的面前，經過他的身旁，走到了門口，在那裡又一次轉過身子。）」

小庫爾特：「我們都得把話說明白，你無法感化我。」

他離開了房間；希姆佩爾大步走到窗前，一直觀察著小庫爾特，直到他消失在管理大樓中。

希姆佩爾（歪著頭）說：「開始了，你看，就是得有個開頭。你也一樣，西吉，我知道你該怎麼開頭。你覺得海島圖書館怎樣？那裡的書必須重新整理和分類。那些書在你手上會感到十分愜意的。」

我：「就這樣嗎？」

希姆佩爾（用一種使原來的建議失色的腔調說）：「你當然也可以在掃帚工廠工作，我們這裡生產各種掃帚。」

我：「那我就去做掃帚吧。」

希姆佩爾：「為什麼？」

我：「不知道，眼前掃帚和我的關係更近。」

希姆佩爾：「你還可以考慮一下，在我們這裡可以調換工作。要是你願意，先去做掃帚，然後再去整理圖書。」

這時，門被拉開了，一個乾瘦、神情非常恐怖的男人手裡搖晃著一個破眼鏡衝了進來。這是科爾布勇博士。他站在屋中間喘著氣，身上冒著一股膏藥味。

希姆佩爾：「親愛的科爾布勇博士，又發生什麼事情啦？」

科爾布勇：「我到處找你，院長先生，必須讓你知道剛剛發生的事情。」

希姆佩爾：「是上公民課發生的事嗎？」

科爾布勇：「是德語課，總是在上德語課的時候出事。我讓他們寫一篇作文。」

希姆佩爾（看著那副眼鏡）：「眼鏡破了嗎？」

科爾布勇：「有一個青年人突然抽搐起來，從椅子上摔了下去。那是奧勒．普勒茨。我想幫助他，結果發生了一場真正的騷動。」

希姆佩爾：「奧勒．普勒茨！」

科爾布勇：「他們不讓我碰他，他們威脅我，但是我得幫助他呀。混亂之中——您瞧，（拿出眼鏡來）它被扔到了一邊，踩壞了。我認為這是惡意的。」

希姆佩爾：「一切都要調查，題目叫什麼？」

科爾布勇：「作文題嗎？很普通，只要願意，誰都寫得出來……題目是：〈誰能服從，誰就能命令別人〉。」

希姆佩爾：「這是一個有意義的題目。」

科爾布勇：「有兩個年輕人下課時交了白卷。我讓他們到管理所去。」

希姆佩爾：「我馬上就去了解這件事，立即就去。」（他向我伸出手來。）馬上，西吉，你馬上就會在這兒寫出你的第一篇作文。我相信，你會把事情做得比別人更好。你決定以後就告訴我。」

我：「很明確，先去掃帚工廠。」

希姆佩爾把手縮了回去，張開手指，仔細地觀察著。

希姆佩爾：「我希望你會喜歡這個海島，它也會喜歡你。」

我：「看看吧。」

他們兩人都走了。我點燃一支未抽完的香煙，走到窗前，看著他們兩人的身影。我打開收音機，正在報導易北河和威悉河的水位。我關上了收音機和窗戶，躺在床上，伸開雙腿，兩手交叉地放在頸子下面。

第二十章　分離

我先把懲罰性作文鎖了起來。五天以來，那黑灰色的練習本乾淨整齊地疊在一起，放在鐵櫃左邊。鐵櫃鎖著，鑰匙放在小皮包裡；扁平的皮包掛在一根繩子上；繩子在我胸前搖來擺去地晃著。約斯維希已不再問我作文的進展了，他不知道我究竟是寫完了呢，還是正在休息；也許他根本就不想知道，因為那天早上，當他從窺視孔往屋裡看時，我什麼也沒寫，桌子收拾過了，滿是刀痕的凳子也已經挪到桌子下面去了，於是，他仰著上身，抱著一堆白色的鞋盒，用下巴壓著，走進我的囚室，將這堆東西放在空桌子上，提醒我說，我曾答應過他，幫他整理他所收集的舊鈔票。也就是說，我們要把這些舊鈔票，進行分類、壓平、黏補，並分別裝在鞋盒裡。在鞋盒上，我們以藍筆使勁地用粗體字寫上錢幣的年代、使用的時期、統治者和銀行首長的名字。這些印在紙幣和銀幣上的人大多數都有鬍子，十分自信，眼光中充滿了努力向觀看者推薦使用這些鈔票的神情。一般來說，約斯維希在帝國時期、威瑪時期和十二年時期[15]的存款分別裝一個鞋盒就夠

15 Zwölf Jahren，指納粹統治時期。

了，但是，通貨膨脹時期的鈔票卻需要兩個半鞋盒。他為了向我表示謝意，送了我五千萬紙幣。

五天了，我仍然沒有把作文簿交出去。有一次，我打開了櫃子，將作文簿取了出來。這是一個令人愉快的日子，因為又允許我會客了。希爾克來看我。她現在的頭髮多麼短呀，她嘴角顯露的痛苦仍然那麼深，她的眼神多麼冷漠、陰鬱！陰鬱得就像魯格布爾海灘的白天。她走進門後，給我一些糖果，懶洋洋地握了一下我的手，長嘆一聲，坐在凳子上，就和母親坐下去時常常發出的嘆氣聲一模一樣。接著，她慢慢地環視我囚室裡的各種設備，隨後，用肯定的語氣問我，這個房間是不是有了許多變化，她覺得好像變了。我沉默不語，於是，她抬起頭，大概是感覺到了我的失望情緒或拒絕回答的態度。她又問我，我的作文是否有進展，是否已經交了，老師評分了沒有。

這時，我打開鐵櫃，把作文簿取了出來，把這堆本子放在她的面前。希爾克把手臂放在本子上，把捲起來的紙角撫平，用肥胖的手指摸著封面，微笑著，好半天才翻開一本作文簿——絕不是最上面的一本——開始讀著。她坐的姿勢並不放鬆，而是相當緊張，似乎是為了取悅我才品賞什麼似的。

她皺著眉頭看著，突然，當有的地方出現了她所熟悉的情況，或是遇到一些也保存在她的記憶中的情節時，她就直截了當、沒有次序地加以補充和證實；有時就照著作文簿重複念著：是啊，海鷗和暴風雨；布斯貝克博士的慶生會；霍爾姆森一家，他們都去世了；穿紅大衣的男人，對啦；這些名字你都還記得；畫家在大風中走在大壩上；阿斯姆斯・阿斯姆森現在住在格呂澤魯普；阿迪的病，這你還記得；淺灘上的下午；磨房中的隱蔽所；敞篷車早就沒了；海尼．邦耶僑居國外了；你幹麼對我的腿有意見啊；對啦，獨臂郵差布羅德爾森退休了；魯格布爾警察哨，你知道的事可真多……他真是那樣嗎？他有時不是也給我們講過故事嗎？想想我們那裡明亮、乾爽的夏天吧，母親用牛奶車推著我們在海灘上散步。她也完全可以不是這個樣子。想想畫家一天到晚不說話的時候。還有魯格布爾的冬天，水溝被冰雪封著，草地上是一片白霜；秋天，我們躺在蘋果園裡，聽著蘋果落地的聲音；想想大壩上溫暖的傍晚，金龜子嗡嗡叫著……你的作文我都會看的，西吉，今天不看，也許很快就看。

她把這一堆本子遞還給我。我把本子鎖上之後，她說，她不僅會很快再來，而且要經常來。現在完全可以了，因為她已經永遠離開了魯格布爾，準備今天就到「祖國之家」飯店去當招待。那個地方下午上演小節目，晚上，阿迪在那兒演奏「阿爾斯特河三重奏」，這是阿迪寫的三重奏。希爾克現在很忙。

五天了，我還不能和我的作文分手。有時，在寂靜之中，在陰雨連綿的日子裡，當工廠裡沒有任何聲響，大船也沒有把心理學家運來的時候；當沒有按時吹出的口哨聲、操練聲、跑步聲傳來的時候，我總以為他們已經把我遺忘了，我以為他們忘卻了這個海島，放棄了它，離開了這裡，把這裡的一切都拱手讓給了海鷗和烏鴉。但是，有一天，他們會想起我來的，我並不是孤身一人，即使在遠方，他們也一直把我置於他們的視線之中。

就這樣，今天早晨我做好了一切心理準備，可就是沒有想到希姆佩爾博士會派人來叫我。

「去吧，」約斯維希說：「梳梳頭，穿上制服，管理所的人想念你呢，帶著你那用功的證明。」

約斯維希只陪我走到傳達室，然後就讓我一個人走去。我拿著一捆作文簿到管理所大樓去，步子並不匆忙。我撫摩了議員里本薩姆的半身像許久，望著下面窗戶上釘著柵欄的廚房，直到女廚師把我攆走為止。她把對我們的一切情緒都發洩在那味道惡劣的飯菜中了。當我看到院長的狗和另一條陌生的狗和睦地、就像進行著一場充滿哲理性的談話般，聞著地面向海灘那邊走去時，我撿了一些地上破碎的瓦片，向牠們扔了過去，逼牠們走得更快些。

我沒有從那被人踩得硬梆梆的廣場上走，而是沿著工廠的後牆，然後經過綠菜園、紅菜園、白菜園和小白菜園，一直來到通往管理所大樓的彎曲小徑上。這條路也通往浮橋，此時河水上漲，我向浮橋走去，懸掛在兩頭的橋身吱咯作響，上下搖晃著，它不僅因人的踩動而呼吸著，好像自己本身也在呼吸。供人們上下船用的小橋鬆垮地架在浮橋上，搖搖擺擺地磨來蹭去，河上掀起了轉瞬即逝的微波；風兒撲打著掠過蘆葦，但是，乾枯的蘆葦葉已經蕩然無存了。

人們在大塊的沙地上燒著馬鈴薯的根葉，風把這灰色的、黑綠色的煙霧向易北河吹去。從浮橋上看去，好像我們在用自身的力量向河的下游駛去，整個海島都在前進，沿著秋天的河岸，從燃燒馬鈴薯根葉的地方，懷著要改變我們的地理位置，向溫暖而充滿希望的地區游去的願望，向前行駛著。

希姆佩爾的女秘書發現了我，打開一扇窗戶，向我吹口哨、揮手，我也向她揮手致意，然後向管理所大樓走去。樓道上、走道裡、廁所中，到處都是油漆工在忙碌著，到處都在粉刷著，橫木上蹲著，或懶洋洋地站在窗台前。他們說服了四十多個難以管教的人在這兒充當油漆工，艾迪．西魯斯也在其中，其他人我幾乎一個也不認識。雖然我不認識他們，但是他們卻好像全認識我。他們竊竊私語，發出噓聲，相互拍打，發出各種信號。我在這拍打聲的伴隨下走上樓梯，金屬刀、毛刷和掃帚柄聚在一起，向我發出了咚咚響的致敬聲，是的，他們在向我敬禮，在向我表示敬意，他們的臉色說明了這一點。

他們在向誰致意？是向一個老夥伴嗎？向那個被懲罰必須寫作文的人嗎？向他們那個意志頑強的榜樣嗎？約斯維希有一次說：「對外面的人來說，你是一個少有的人，是傳奇，甚至是象徵。當他們處境不佳時，會因為你而快活起來。」

總之，油漆工們用敲打聲來向我致敬，一直到我自己敲響了希姆佩爾的房門，這時，金屬刀、毛刷、掃帚才又開始自己正常的工作。

希姆佩爾穿著襯衫和過膝的短褲，兩個女秘書正刷著他的冬衣，用去污劑擦著、指著，收拾著。他一手指著外面的走廊，另一隻手憂慮地指著他的冬衣說道：「油漆工，你瞧見了，西吉，樓房裡有油漆工在幹活。」

他上衣的翻領上別著一塊牌子：希姆佩爾院長。我知道，這就是說，他即使不是馬上，也是不久後就要去漢堡參加一個會議。他問我是否有興趣坐一會兒，跟他一起喝杯茶，再破例地抽上一支煙？我說，我有興趣。我把那一捆本子放在書桌上，坐了下來，觀察他如何用手做出一些微小而又多變的動作，特別是迅速地用舌頭彈出聲響，催促那些拿著衣服不肯放手，細心地連那看不見的小點也刷著的女秘書們。他用腳有節奏地拍打地板，表示他的時間十分緊迫。最後自己把上衣從她們手中奪了過來，暫時先扔到一邊。

「西吉，你已經坐下來了，茶馬上就來，已經泡了，現在我們聊聊吧。」

我們相互注視著許久，他圍著我和桌子踱步，迅速而有力地敲擊鋼琴：叮姆——達——達。他問我，是不是注意到什麼情況了？我是否全都明白，為什麼管理所允許我寫那麼久的作文？如果不明白，那麼他要把原因告訴我。管理所想要樹立一個榜樣，尤其是一個這樣的榜樣，即：管理所讚賞和支持年輕人在可以達到的限度內，對自己進行自覺的認識和反省。

他們之所以讓我寫這篇文章，是因為他們認為，我能寫好這個題目，能夠證明這個題目的可能性。他，希姆佩爾還注意到另一種情況，他發現，回憶對我來說，是一種心靈上的痛苦，因為，他要讓我自己從這種心靈的痛苦中解脫出來。

是的，他也發現，他對我的懲罰遠遠比不上我對自己的懲罰，因為我堅持要把作文寫完。現在，一切都夠了，不能再繼續下去了。已經達到最大限度了。他問我，有什麼話要說嗎？如果沒有，那麼他想問問我，如果讓我十天之內永遠離開海島，我有什麼意見沒有？丁姆——達——達。對我的案件要減輕處罰，我可以到我想去的任何地方。雖然我沒有學會任何職業技能——他個人對此感到非常遺憾——但是，我無論在掃帚工廠或在海島圖書館作出的成績都是出眾的，因此，他能夠很容易地給我寫出相關的評鑑來。

我問他：「事情是否已經決定了？」

「是的，已經不可改變了，也不能再延遲了。」

「不能延後幾個星期嗎？」

「那也不行。」

「但是作文還沒有寫完啊。」

「那無所謂，像這樣的作文只能暫時結束，而這就夠了。」

「我什麼時候得交？」

「明天早上。」

「這一切都不可改變了嗎？」

「改變不了啦。」他說，他將在大約八點鐘時等我。丁姆——達——達。他又問：「這是全部的作文簿嗎？」

「是的，但是我還想把它帶走，這總可以吧？」

「當然，好吧。明天早上八點，你好好考慮一下，你應該怎樣去答覆小型委員會向你提出的問題。」

「答覆什麼呢？」

「他們會問你，你被釋放以後準備做什麼。」他又對我說，他很抱歉，他得進城去參加一個，嗯，當然是國際性的會議。

要是有人提醒一下說要拿茶和香煙來該多好！我拿著那捆作文簿，鞠躬告退，走了。這一次，我毫不在意地，我得承認，一點也不感激地走過那四十個難以管教的油漆工用敲打聲為我組成的致敬行列。

這就是說，我被釋放了；這就是說，這懲罰性的作文要交出去了。我在這裡還應該做些什麼？我還在期待什麼？我還指望什麼？我飛快地離開管理所大樓，卻沒有回到自己的囚室。儘管這會使我的提前釋放發生問題，我還是走上那被踩得硬梆梆的廣場，走過鉗工工廠和禁閉室。我看見了禁閉室裡奧勒·普勒茨那張死板的臉。他並非由於企圖逃跑而按規定在這裡禁閉八天，而是要禁閉二十一天，因為，他把一個來海島考察的女心理學家的手提包掏個精光。

我來到掃帚工廠，打開了工廠的門。

機器安靜地佇立在那兒，因為現在是午休時間。各種味道撲鼻而來，這裡是松木香和膠水味，那裡是可以升降的圓鋸，那邊是穿孔機、銑床和鑽機。我腦子裡突然產生了一個念頭，我把那堆作文簿整整齊齊地放在穿孔機下，打開了電源，拉開保險桿，在所有的本子左上角鑽了一個掃帚柄大小的洞，然後從中穿了一根繩子。我又把繩子的兩端打了一個結，這樣，這些作文簿就像一隻隻被宰殺的鷓鴣般串在繩子上。我將繩子掛在肩上，離開了掃帚工廠，像一個沒目標的獵人，漫步經過種植馬鈴薯的沙地，來到海灘上。我坐在一根被太陽曬得變白了的木柱下面，這是青少年管理當局寫的一塊警告牌，牌子面向著海水。

我坐在那裡，抽著煙，看著一艘來自漢堡的專業船向我開來。這是一艘鋪設電纜的船隻，船頭有一條放置電纜的細溝。他們釋放了我以後，我應該做什麼呢？到哪兒去為自己找一個藏身之所？克拉斯走了，希爾克也走了——我還能回到魯格布爾去嗎？即使我留在漢堡，我就逃脫開魯格布爾了嗎？

這是一艘英國鋪設電纜的船隻，它深深地浸在水中，上面一捲接一捲堆著遠看像黑鼓一般的電纜。船隻將把這些電纜設在哪一個大海裡？把哪些國家連接在一起？

我知道，我自己的電纜永遠也不會越過魯格布爾通往其他地方，至少，電纜的一端永遠要通往那幢沒有抹上白灰的磚砌小屋。只要我把電線接通，就一定會聽見一個聲音大吼著說：「這裡是魯格布爾警察哨！」無論發生什麼事情，無論是海嘯或地震，都不會切斷我和它的聯繫，我永遠屬於那個地方。扭轉身子、捂著耳朵，這樣做沒有任何作用；想要永遠離開這裡，更是無濟於事。

我只要仔細傾聽，嗡嗡聲和咯咯聲就會傳來。只要有聲音傳來，我就能聽見遠方海鷗如泣如訴的叫聲，那裡的空間在我眼前延伸，擴展，那些農舍又出現在大風之下。我又聽見北海的波浪沖刷著防波堤的嘩嘩聲。魯格布爾就是這樣不可抗拒地展現在我眼前。魯格布爾，這是我進行各方面探究的地方，而它在許多方面並沒有回答我，這樣的地方是不能放棄的。我的耳中灌滿了海鷗那使人發狂的叫聲，浪濤推進的呼嘯聲，還有大風捲動籬笆的沙沙聲。我不能中斷，我將對這裡的一切繼續進行探究。

我要問，是誰在狂風暴雨中前來敲門，讓冒著煙霧的爐子劈啪作響？我要問，他們為什麼如此低估這樣一個病人，為什麼讓病人懷著驚悸、甚至懷著恐懼去對待那個長著「透視眼」的人？

我要問，是誰為人們帶來了黑暗和陰鬱？是誰在沼澤地裡濺起一片泥漿，將霧靄籠罩在它的雙肩？是誰倚著屋簷嘆息，拿茶壺當口哨，將飛行中的烏鴉射在田野裡？

我還要問，為什麼他們要把陌生人拒於門外，對他們伸出來的援助之手表示蔑視？我詢問自己，為什麼他們在半途不能回頭，並去思索一條更好的道路？是誰在黑夜裡把草地染成了黑色？是誰向木棚跑去？我還要問，為什麼在我們這裡，他們在黑夜比在白天觀察得更深，更有結果？為什麼人們如此過分地執行自己所承擔的任務？那無暇顧及說話的貪食，自以為公允，代替浴場的鄉土學，這些我也要探究。我不明白他們走路和站立的姿勢，他們的目光和言語，我對已經了解的一切並不滿意。

總之，我在一根木柱下抽著煙，將煙頭埋在地下，臨離開前，用鞋跟在潮溼的沙地上寫了「扯淡」兩個字。我沿著海灘，沿著黑夜裡候鳥棲息的蘆葦叢，繞著海島走了半圈。沒有任何人看見我，也沒有任何人叫我，即使那兩條狗也沒有看我一眼。牠們親熱地並排坐在自己的後腿上。

回去吧。我拖著腳步回到了自己的房間。管理員辦公室裡空無一人，顯然，約斯維希吃午飯去了。書桌的抽屜裡沒有什麼新鮮玩意兒，那硬得像石頭一般、已經變形了的乳酪麵包還放在那裡。一個信封裡裝著陳舊的紙幣，看來是準備交換用的。這裡唯一陌生的東西是一條估計約有二十歲的鯖魚，牠柔軟，發著微光，已經腐爛不堪了。即使我們對我們喜愛的管理員很有感情，但對這充滿臭氣的玻璃房間也很難習慣。

還有那封信也令我難以忘懷，它只有開頭。使我驚異的是這封信是寫給我的，它是用典型的約斯維希的方式開的頭——

親愛的西吉：

你馬上就要離開我們的海島了，新生活在那邊等待著你。我們可以想像，你很快就會忘記我們。而離開你，對我們來說卻不是十分好受的，並不是因為我們對你的釋放感到嫉妒，而是因為你已經深深印在我們的心中。但是，事情也只能這樣。我常常說，我們這些海島上的人就像老師一樣，當你費了很大的努力熟悉了一個人以後，那也就是到了該離別的時候了。

約斯維希沒有寫出更多的話來。顯然，他已經知道我即將被釋放了。也就是說，釋放，已經決定了；也就是說，我必須把作文交出去了。希姆佩爾會看它嗎？科爾布勇會看它，並且給它評個分數嗎？以後呢？作文簿會轉到哪個書架上去放著？也許它會無聲地消失在檔案櫃裡，或者被扔進碎紙機裡？或者，科爾布勇會把它拿給自己的孫子當玩具，因為他沒有足夠的紙去試自己的彩筆？或者把它交給主管青年的當局？管他呢！我沒有什麼好說的了，我心中只有誰也解答不了的問題，就是畫家也解答不了，他也不行。

這一次，約斯維希輕輕地走了回來，突然站在玻璃前敲著、笑著，將臉伸向小孔說：「請將二號牢房鎖上。」我來到走廊上，向他迎了過去。

「這樣不壞呀，西吉，你想想看，你留在這裡當管理員，你穿上制服，身上掛一串鑰匙，受專門訓練。人們服從你，下班後保證有休息時間。我們這個職業現在後繼無人，這對你是個好機會。你好好考慮一下吧。」

「這可真是不費吹灰之力啊！」我說著拿起作文簿上的繩子背在肩上，走在他前面，不再說話，回到了我的囚室。他打開了房門，先讓我進去，接著自己也走了進來。他拿過一張凳子，我則靠在窗前。我發現希姆佩爾站在浮橋上，向逆流而上的大船揮手。

「時間到了嗎？」

「什麼時間？」

「你在海島上的時間。」

「好像是這樣。」

「你高興嗎？」

「高興什麼？」

「離開這兒，到哪邊去，到哪邊去開始新生活？」

「新生活？那是什麼呢？」

「也許是完全可以自己一個人做的事。」

「這種事不存在。任何事情都帶著別人的印記。」

約斯維希踟躕著來到我的身邊。我覺得他想對我說些輕鬆的、安慰性的話，一些在我看來都是表面性的話。但是，他說不出來。他只是告訴我，為了歡送我，可以依照我的願望做一頓飯。他要是我，就會來一份豬油燒芬肯韋爾德爾比目魚，這才夠味呢！我答應他，一定依他的建議去辦。

他離開時，羞怯地摸了我一下，然後丟下我一個人，走了。我知道，只要他願意，他會多麼小心翼翼，多麼謹慎地把門鎖上啊！只要他願意，他就能充滿感情地離開這裡。

作文寫完已經五天了，明天我必須把它交出去。必須嗎？希姆佩爾說過，不在於事情的結果，而在於為了達到結果所採取的態度和毅力。既然他對我的毅力感到滿意，難道他還會要我的作文簿？我可以將它送給希爾克或沃爾夫岡．馬肯羅特，或者付諸易北河那無情的流水。我也可以在焚燒馬鈴薯根葉的火堆中把它付之一炬；或者，出獄之後，把它當廢紙賣掉。還有別的可能性。不過，我會利用它們嗎？

我好像仍然處在我熟悉的人的包圍中，回憶仍然不斷湧上我的心頭。故鄉的一切淹沒了我，我從經驗中體會到，時間是什麼都不能彌補的，我知道，明天早上我應該去做什麼，將要去做什麼。難道我在魯格布爾失敗了嗎？也許可以這樣說吧。

總之，我將在明天早上六點起床，當管理員在走廊上吹起那惹人心煩的口哨時，當所有的房間都亮起電燈，所有的窺視孔後面都貼著眼睛時，像平時一樣起床。當我到水槽邊刮鬍子洗臉時，我將和平時一樣，巡視一遍易北河，我自己也不知道我在那裡要尋找什麼？我將觀察那在晨曦中閃著微光的方位燈，它們之間距離相等，就像節慶的行列。同時，我將帶著輕微的眩暈感，抽起第一支香煙來。我將穿上制服，讓約斯維希端著早餐走進門來：淡淡的咖啡，兩片麵包上塗著海島自製的四種水果的混合果醬；和平時一樣，我先吃一片麵包，然後把第二片麵包上的果醬舔掉。早餐時，我將聽見樓下餐廳裡那些難以管教的青少年演唱一支迎接黎明的歌曲，這支歌當然也是在海島上產生的。

然後做什麼呢？

我去參加早點名，如果正好進行早點名的話，再像做過上百次的那樣，請假說我要去寫作文，然後回到我自己的囚室裡去。從這裡，我正好可以看見管理所大樓的時鐘。我的作文簿呢？我將從鐵櫃中取出作文簿，坐在桌邊，邊看邊抽著煙。也許不這樣做，也許在約斯維希來接我之前，我得先玩玩培養耐心的遊戲，那是希爾克來看我時留下的，說不定我能同時將那三隻老鼠滑入陷阱呢。

我什麼也不去決定、考慮和計畫，也不去說那些豪言壯語，也絕不做出那種秘而不宣的表情。當那一時刻來到時，我將背著用繩子串在一起的作文簿，默默地走在約斯維希身旁，向那邊走去。我知道，在約斯維希將我帶到希姆佩爾那兒去之前，他將整理好我的上衣，壓平我的頭髮。

那希姆佩爾呢？他將感到非常愉快，表現出親切友好的態度，將手放在我的肩上。要是他剛剛寫成一首歌曲，他還會因此而給我獻上一杯茶。我將把懲罰性作文放在他的書桌上；他將沉思地、讚賞地點頭翻閱著，卻不從頭到尾細細去閱讀其中的任何一篇。只消他一個手勢，我們就會坐下來，不動聲色地相對而坐，大家都很滿意，因為每一個人都感到自己獲勝了。

文學館E06010
德語課 Deutschstunde

作者：齊格飛・藍茨（Siegfried Lenz）
翻譯：許昌菊

總監暨總編輯：林馨琴
主編：周惠玲
執行編輯：翁淑靜
文字編輯：賴惠鳳
校文：賴惠鳳、魏秋綢、翁淑靜、周惠玲
德文協力編輯：林倩葦
封面設計：張士勇工作室
排版：中原造像股份有限公司

發行人：王榮文
出版發行：遠流出版事業股份有限公司
地址：台北市100南昌路2段81號6樓
電話：（02）2392-6899
傳真：（02）2392-6658
劃撥帳號：0189456-1

著作權顧問：蕭雄淋律師
製版印刷：中原造像股份有限公司
2007年3月1日　初版一刷
2019年3月1日　二版一刷
定價：新台幣450元
若有 頁破損，請寄回更換

ISBN 978-957-32-8458-1（平裝）
遠流博識網 http://www.ylib.com
e-mail:ylib@ylib.com

國家圖書館出版品預行編目資料

德語課／齊格飛・藍茨（Siegfried Lenz）作；
許昌菊 譯. -- 二版. -- 臺北市：遠流,
2019.03
面；　公分. --（文學館；E06010）
譯自：Deutschstunde
ISBN 978-957-32-8458-1（平裝）

875.57　　　　108000546